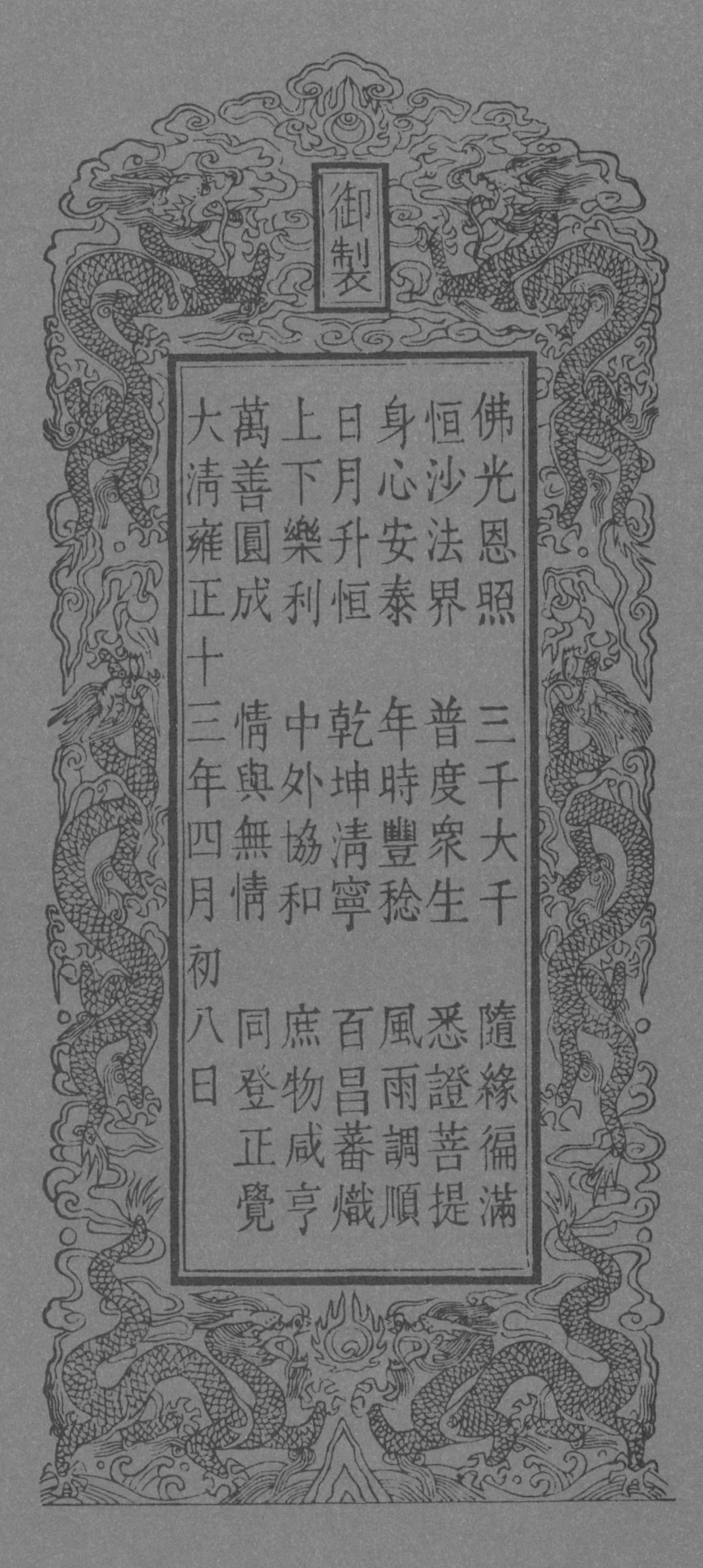

御製

佛光恩照　三千大千　隨緣徧滿
恒沙法界　普度衆生　悉證菩提
身心安泰　年時豐稔　風雨調順
日月升恒　乾坤清寧　百昌蕃熾
上下樂利　中外協和　庶物咸亨
萬善圓成　情與無情　同登正覺
大清雍正十三年四月初八日

第二二册　大乘經　大集部（二）

大方等大集月藏經　一〇卷　高齊天竺三藏那連提耶舍譯……一
大乘大集地藏十輪經　一〇卷　唐三藏法師玄奘奉詔譯……二一一
佛說大方廣十輪經　八卷　失譯師名今附北凉録……三七三
大集須彌藏經　二卷　高齊那連提耶舍共法智譯……四七九
虛空孕菩薩經　二卷　隋天竺三藏闍那崛多譯……五一七
虛空藏菩薩經　一卷　姚秦罽賓三藏佛陀耶舍譯……五四七
虛空藏菩薩神咒經　一卷　劉宋罽賓三藏曇摩蜜多譯……五七五
觀虛空藏菩薩經　一卷　劉宋罽賓三藏曇摩蜜多譯……五九三
佛說菩薩念佛三昧經　六卷　劉宋天竺沙門功德直共玄暢譯……五九九
佛說大方等大集菩薩念佛三昧經　一〇卷　隋天竺三藏達磨笈多譯……六九三

大方等大集月藏經
高齊天竺三藏那連提耶舍譯

清刻龍藏佛説法變相圖

大方等大集月藏經卷第一

高齊天竺三藏那連提耶舍譯

月幢神呪品第一

如是我聞一時佛在佉羅帝山牟尼諸仙所依住處與大比丘衆有學無學六百萬人於諸煩惱堅牢纏縛悉得解脱唯勤方便永斷習氣及諸菩薩摩訶薩衆無量無邊不可算數不可稱計悉得忍力化諸龍衆説日藏經已即時西方現大花雲所謂優波羅花波頭摩花拘牟陀花芬陀利花阿提目多花瞻波迦花婆利師迦花如是花雲悉皆來現其花雲中現一半月廣十由旬於半月中復現眞金重閣講堂莊嚴微妙其堂光明過百千萬億日月光明其光悉照佉羅帝山復現種種奇異花雲所謂優波羅花乃至波利師迦花

其花光艷照牟尼仙所依住處又復現於七寶五柱重閣講堂甚奇微妙隱蔽日月光不能現於其堂中復現半月於半月中有於千葉青色蓮花其花臺上復有世尊端坐說法其光普照一切大衆一一頭上皆現半月微妙天鬘復雨種種寶種種花種種香爾時慧命大目揵連見如是等神通變化生希有心又知大衆心有所疑從座而起偏袒右肩右膝著地合掌向佛而說偈言

唯佛悉除諸煩惱　於盲冥中能覺悟
爲群生故閉惡趣　令諸衆生住善道
唯佛降伏諸億魔　令諸外道失光顯
調伏衆生住檀尸　枯涸衆生煩惱海
八功德水令洗浴　以覺分寶濟衆生
無量億衆入涅槃　能轉無上法輪寶
一切所有諸龍衆　爲瞋所使行諸惡
渴愛所逼無有慈　唯佛能益令歸信
四天下龍皆來集　一心歸於佛法僧
盡諸業障及煩惱　皆護正法而安住
於此復現妙花雲　中有半月光照曜
一切現此半月鬘　今當欲有何佛事
積此諸花如大山　雨諸香花及衆寶
大衆覩瑞心有疑　當欲雨於何法雨
此處微妙最第一　如此大衆皆依住
於諸過佛修供養　是人師子如是來

爾時佛告大目揵連西方有世界名月勝佛號曰月光有月藏童眞菩薩摩訶薩將諸眷屬八十億那由他百千菩薩摩訶薩欲來向此爲欲見我禮拜供養與大衆集說欲隨喜又欲付囑諸天龍夜叉乾闥婆等法眼故應

時月藏菩薩摩訶薩與其眷屬八十億那由
他百千菩薩摩訶薩從彼世界來至佛所頭
面禮足右遶三帀住立佛前皆悉合掌一音
説偈

吉祥無數劫　所修爲衆生　吉祥見衆生
生死苦所逼　吉祥以檀施　大仙作饒益
吉祥能行施　超越於人天　吉祥護淨戒
衆生不能動　吉祥令恕者　住於慈善心
吉祥發勇進　度脱懈怠者　吉祥離惡道
安置於善趣　吉祥善修忍　容恕怒惡心
吉祥希有事　是故悉歸依　吉祥修諸禪
諸天生希有　吉祥悉枯竭　衆生諸苦海
吉祥熏修智　追迴惡道輪　吉祥上菩提
到最難到處　吉祥降魔衆　建立正法幢
吉祥所轉者　最是正法輪　吉祥慇異空
降伏諸外道　吉祥降法雨　充足渴世間
吉祥作明證　天人乾闥婆　吉祥滿世界
我爲最上師　吉祥安四果　應受世供養
吉祥令億衆　安處於涅槃　吉祥久時住
法眼所建立　吉祥久住世　世間無與等
吉祥菩提果　衆今獲大利　吉祥爲衆生
宣説無上法　吉祥以法水　洗浴諸衆生
吉祥善能度　是諸天人等　吉祥能顯現
無垢眞妙法　吉祥除衆生　所有諸煩惱
吉祥諸僧衆　世間最第一　吉祥善生世
能益於人天　吉祥令四衆　明淨善光顯
吉祥令四衆　全護戒律儀　吉祥行檀捨
持戒及精進　吉祥修忍禪　及以妙般若
吉祥大梵王　娑婆世界主　吉祥大魔王
諸欲自在王　吉祥憍尸迦　輔佐諸眷屬

吉祥諸天衆　及諸宮殿等　吉祥毗沙門
及諸夜叉衆　吉祥提頭頼　眷屬乾闥婆
吉祥毗樓勒　并與鳩槃茶　吉祥毗樓博
及諸龍軍衆　吉祥日月天　星辰及諸宿
吉祥大自在　兒及造界主　吉祥風火神
及以地神等　吉祥諸龍衆　及以阿修羅
吉祥諸羅刹　及與緊那羅　吉祥迦樓羅
摩睺羅伽等　吉祥雨甘雨　行雨大神王
吉祥護持國　一切人中王　吉祥婆羅門
刹利毗舍陀　吉祥所供養　最勝尊導師
吉祥願聞者　眞正無過法　吉祥諸現未
供養三寶者　吉祥一切衆　滅除諸煩惱
吉祥諸衆生　同住於正法　吉祥檀尸羅
精進之彼岸　吉祥禪那度　忍辱波羅蜜
吉祥諸一切　到彼智岸者　吉祥令諸病
一切皆除愈　吉祥皆休息　一切濁惡世
吉祥諸衆生　願令悉解脫　吉祥令一切
悉得諸無漏　吉祥於大地　種子所生者
吉祥諸禾稼　藥草樹林果　吉祥被一切
依時悉成熟　吉祥勝地精　一切處充滿
吉祥人精氣　一切皆安住　吉祥法精氣
充滿一切衆　吉祥皆休息　一切諸罪惡
吉祥令衆生　而得勝菩提　吉祥於諸法
自在到彼岸　吉祥正法雨　普潤諸衆生
吉祥諸衆生　悉度於三有　吉祥令一切
悉證大涅槃

大德婆伽婆我今欲說吉祥章句大力神呪如是神呪過去諸仙之所宣說建立守護善能增長吉祥之事能除一切罪垢惡見入諸善根增長大悲以此呪句悉得資益一切衆

生乃至一切麞鹿鳥獸所得聞者令如是等心得安隱離濁惡世一切諸障衆生障法障如是等障皆悉休息一切善根隨所觸法令得入心念慧堅固名稱形色人所喜樂勇健無畏於十善業道堅固安住檀波羅蜜乃至般若波羅蜜四念處乃至十八不共法堅固安住大慈大悲大方便力一切種智乃至究竟無上涅槃堅固安住除其造作五無間業誹謗正法毀呰賢聖斷常二見唯除如是諸罪人等是吉祥句常爲先聖建立加護如此呪句亦復能令諸天信受得入十善業道亦令得入檀波羅蜜乃至般若波羅蜜四念處乃至十八不共法大慈大悲大方便力乃至一切種智無上涅槃復能令彼諸魔眷屬悉得歸信諸神龍王夜叉羅刹阿修羅乾闥婆緊那羅迦樓羅摩睺羅伽餓鬼毗舍闍利利婆羅門毗舍首陀令入十善業道檀波羅蜜乃至般若波羅蜜大慈大悲大方便力四念處乃至十八不共法一切智一切種智無上涅槃唯除五逆誹謗正法毀呰賢聖作是語已而說呪曰

多地夜他旃達利　旃達囉毗提　旃達囉磨咩　旃達囉婆婆屖　旃達囉跋帝　旃達囉不㗚　旃達囉婆呺　旃達囉差帝㗚旃達囉闍移　旃達囉頞寄　旃達囉底㗚旃達囉跋咩　旃突嘍　旃達囉婆囉呺旃達囉勿達㗚　旃達囉娑地移　旃達囉娑咩　旃達囉佉祇　旃達囉因達㗚　旃達囉惡差　旃達囉利耨　旃達囉皺利耨旃達囉跋蓰　旃達囉悉那帝　旃達囉皺

鬖　旃達囉頞泥　旃達囉祇梨　旃達囉
博差　旃達羅悉泥吟　旃達囉盧咩　旃
達囉鳩閉　旃達囉娑閉　旃達囉受婆隷
旃達囉賔滯　旃達囉惡差　旃達囉藪帝
旃達囉伽泥　旃達囉什鞞　旃達囉悉鉢
尸　旃達囉磨泥　旃達囉跋帝　迷底唎
耶跋帝　迦樓拏跋帝　薩底耶跋帝　多
鬖耶跋帝　差耶跋帝　扇多跋帝　底羅
跋帝　旃達囉盧寄　藪婆訶
世尊如此神呪過去諸佛牟尼仙聖建立守
護如此神呪名月幢月能令衆生悉得吉祥
歸信三寶滅除一切諸惡重罪乃至遠得無
上涅槃月藏菩薩說是呪時三千大千世界
六種震動依欲界色界一切衆生皆大戰悚
驚怖不安于時諸天雨種種寶種種花種種

香種種末香種種衣服種種卧具種種瓔珞
雨如是等種種物時如是諸物互相振觸出
於種種妙法音聲謂三寶聲三律儀聲三解
脱聲三明聲三學聲離三界欲聲三種菩提
聲無常聲苦聲無我聲空聲不希望聲離喜
聲無性聲如體性聲實際聲法界聲如如聲
不去不來聲無處不建立不退轉不行無窟
宅無所依發精進聲檀波羅蜜聲乃至般若
波羅蜜聲慈悲喜捨四念處乃至八聖道分
聲奢摩他毗婆舍那聲四攝聲四無礙聲攝
受正法聲因縁法聲護正法聲如幻如夢如
影如響如水中月隨諸衆生應得度者而攝
受之猒離流轉出向空閑阿蘭若處爲他說
者已自行之不相違背悉皆如法堅固安住
而求一切善根聲十地聲無生忍聲十八不

共法聲一切種智聲轉法輪聲生死流轉令住八聖道不隨流轉聲降伏四魔令入無餘涅槃聲聞是聲已此三千大千世界衆生及地獄衆生等於彼一切諸衆生類一一衆生皆以前身親善知識因緣力故隨其差別所種善根若檀若尸若修禪定若於聲聞及緣覺乘發心起願若於無上大菩提果發弘誓願於彼衆生隨本所習如前諸聲悉入其耳隨其善根曾所修行造作業緣皆能憶念此宿命事愛重敬信佛法僧寶速來歸依彼衆生中自有業障悉得除盡於彼命終一時生天及生人間俱至佛所而坐聽法如是畜生餓鬼亦悉來集皆是先業親善知識因緣力故種善根故若檀若尸乃至業障而得盡滅其中亦有即身來至佛所聽法亦有於彼命終生於天人來詣佛所聽受正法如是人天悉來佛所唯除魔王及諸眷屬四阿修羅王并其眷屬于時三千大千世界地平如掌當於爾時須彌山鐵圍山大鐵圍山黒山是等諸山大海樹林皆悉不現唯除佉羅帝山其山廣博如十四天下於中人與非人間無空處上方亦如十四天下無量不可計無有邊際於虛空中大衆充滿爲見佛故禮拜供養故成熟衆生見大衆集爲聽法故而來集會此三千大千世界隨其所有宮殿舍宅林樹藥草莖葉花果衆雜寶物如是一切皆悉變成半月而現於彼一一半月之中出是色光如千日月和合光明遍照三千大千佛土如是色相廣大莊嚴是時十方無邊佛土一切皆現於彼佛土菩薩摩訶薩釋天王梵天王

及餘天王龍王夜义王緊那羅王一切神王承佛威神得見此佛及大衆集復見如是妙色光明見已皆悉發意欲來承佛神力於一念頃即至佛所禮拜供養至心聽法爾時月藏菩薩摩訶薩以天寶末天花天香天鬘天衣散於佛上三遍散已右遶三帀住立佛前合掌白言大德婆伽婆我有罪過不及於此大衆集會十方所有菩薩摩訶薩於此悉集我有因緣後來至此大德婆伽婆我在本國月勝世界與諸眷屬七日之中入阿頗那迦定從定起已即問日月光如來大德婆伽婆徒衆眷屬今何所去日月光佛即答我言善男子東方去此過百千億佛世界已次有世界名曰娑婆彼土有佛號釋迦牟尼如來應供正遍知住世說法未入涅槃今於彼處大衆集會十方諸佛國土所有菩薩摩訶薩一切皆集於彼世界爲見釋迦牟尼佛禮拜供養聽大集經故我眷屬亦復往彼汝今亦可詣彼佛所禮拜供養說月幢月呪以是因緣我來在後是時月藏菩薩而說偈言

唯佛獨是衆生父　於煩惱火而救拔
我今謝過最勝佛　以我因緣後來故
唯佛人天作大明　普照十方諸國土
我今謝過佛法王　以我因緣後來故
唯佛能示涅槃道　趣惡道者追令迴
謝過牟尼大商王　以我因緣後來故
唯佛世間大醫師　於失目者與法眼
謝過最勝大醫王　以我因緣後來故
唯佛能示諸船栰　令衆生渡四瘀河
謝過人中最勝者　以我因緣後來故

唯佛慈雲降法雨　洗衆生意煩惱垢
謝過大聖勝法尊　以我因緣後來故
唯佛一人於四流　能渡衆生三有海
謝過世尊實語者　以我因緣後來故
唯佛開諸正法藏　以七聖財濟衆生
謝過大勝法施主　以我因緣後來故
唯佛能與衆生眼　於無明闇拔盲瞖
我本端坐一三昧　阿頗那禪心安住
我不見佛現神變　以我因緣後來故

佛言善哉善哉善男子汝大精進能於七日入深禪定如是妙定是大丈夫住處是如來住處無上住處善男子汝及眷屬七日安住阿頗那迦禪以是義故令悉成就無量億那由他百千諸天龍王夜叉阿修羅緊那羅人非人等於阿耨多羅三藐三菩提除其業障衆生障法障禪障煩惱障覺分障悉滅無餘彼諸衆生有得不忘菩提心三昧者於無上道不退轉者復有衆生於一切佛法得大明忍彼等衆生以此善根不久於阿耨多羅三藐三菩提而成正覺如是善男子汝以七日入禪定故一時能滅衆生大苦令得成就大福德聚善男子若有衆生唯依讀誦欲求阿耨多羅三藐三菩提者是人多喜著於世俗以世俗故尚不能調己心煩惱何能調伏他人煩惱善男子善女人樂著讀誦求菩提者便有嫉妬求名利富貴高心自是輕慢毀他以自高故尚不能得欲界善根何況能得色無色界一切善根又不能得聲聞菩提何況能得辟支佛道及無上菩提何以故第一義諦阿耨多羅三藐三菩提不與聲聞辟支佛

共是故非以世俗能得阿耨多羅三藐三菩提最勝善根大福德聚善男子譬如星火不能枯竭甚深大海如是如是善男子不以世俗能竭自身煩惱大海何能竭他衆生煩惱善男子譬如一人口所吹風不能損壞世界大地如是善男子不以世俗能得成就大慈大悲善男子譬如藕絲不能稱動須彌山王如是善男子不以世俗能自滿於阿耨多羅三藐三菩提智何能令他得第一義如是善男子能成就阿耨多羅三藐三菩提智者非世俗也何者是第一義所謂修造一切福事若修福者亦當數數熏修身心若修身者則能修心能修心者則能修慧若能修身心修慧如是之人則能速滿六波羅蜜能以四事攝諸衆生成熟於阿耨多羅三藐三菩提成等正覺不以世俗也於世俗中復有衆生計斷常二見者非第一義復有衆生於世俗中我見邊見亦非第一義復有衆生於其世俗求現世樂及後世樂亦非第一義而我不見更有一法能盡業障乃至煩惱障一日一夜令無量億那由他百千衆生悉得敬信佛法僧寶成熟安住無上大乘若有禪士雖復持戒不能具足禪法不周未得三昧是人於禪若坐若行初夜後夜得與禪定相應而住則能除斷無量業障能令多億那由他百千衆生悉得歸信成熟菩提種種善根福德之聚況具持戒得真法三昧諸陀羅尼忍得四梵住宴坐寂定於七日中所得福德不可思議不可爲喻何況能除衆生障煩惱障等盡滅無餘乃至成熟無量衆生向阿耨多羅三藐

三菩提亦能積集無量福聚又能滿足六波羅蜜何以故是修禪者若行若坐除諸障法令心清淨於一切行捨攀縁想是檀波羅蜜於捨攀縁想常不休息是尸波羅蜜於諸境界不生瘡疣是羼提波羅蜜不捨於離是毗梨耶波羅蜜於諸事中心不放縱是禪波羅蜜諸法體性無生樂忍是般若波羅蜜復次若於境界不起擾濁是檀波羅蜜若於境界無有瘡疣是尸波羅蜜若於境界不能染汙是羼提波羅蜜若於境界無有動轉是毗梨耶波羅蜜若於境界無有計念是禪波羅蜜若於境界一向清淨行是般若波羅蜜復次於諸陰捨是檀波羅蜜於諸陰不計念是尸波羅蜜於諸陰求無我想是羼提波羅蜜於諸陰起寃家想是毗梨耶波羅蜜於諸陰不令熾然是禪波羅蜜於諸陰畢竟棄捨是般若波羅蜜復次於諸界捨是檀波羅蜜於諸界不擾濁是尸波羅蜜於諸界捨因縁是羼提波羅蜜於諸界數數棄捨是毗梨耶波羅蜜於諸界不起發是禪波羅蜜於諸界如幻想是般若波羅蜜復次菩薩於諸衆生起於慈心是檀波羅蜜於諸衆生心無憎愛是尸波羅蜜於諸衆生起於悲想是羼提波羅蜜於諸衆生起救濟想是毗梨耶波羅蜜於諸衆生以喜攝想是禪波羅蜜於諸衆生不作彼此吾我等想是般若波羅蜜復次菩薩於諸衆生以法施之不生二想是檀波羅蜜於諸衆生柔和愛語是尸波羅蜜於諸衆生不起諸惡是羼提波羅蜜於諸衆生愛語不退是毗梨耶波羅蜜於諸衆生利益憐愍是禪

波羅蜜於諸衆生同行其法是般若波羅蜜復次菩薩安置衆生於諸善處是檀波羅蜜於一切法而不依倚是尸波羅蜜於一切法以一道入是羼提波羅蜜於一切法及一切難無擾濁想是毗梨耶波羅蜜於一切法而不分別是禪波羅蜜能以一字入一切法爲衆生説是般若波羅蜜善男子如是菩薩摩訶薩以此第一義甚深法要能滿六波羅蜜非世俗也如是如是善男子諸菩薩摩訶薩等第一義諦善巧方便皆以此法自爲爲他勤修令滿六波羅蜜速於阿耨多羅三藐三菩提而成正覺如是十方現在諸餘世界所有菩薩摩訶薩等第一義諦善巧方便一切皆悉以此道法速於阿耨多羅三藐三菩提而成正覺當來十方無量阿僧祇諸佛世界諸菩薩摩訶薩等皆悉勤修如是甚深第一義諦善巧方便修六波羅蜜能於阿耨多羅三藐三菩提而成正覺非世俗也彼諸菩薩摩訶薩爲法眼久住紹三寶種使不斷絶勤求修學爲一切衆生執大明炬而作照明令其止息煩惱道苦道與其慧眼令度一切三有流轉安置無上菩提之道彼等於聖法默然初夜後夜捨得相應善能出生三昧正受與三解脱門相應而住善男子汝今七日於阿頗那迦禪而入定故成熟無量諸衆生故是故勸汝及諸善女人等若現在世未來世未世於我法中初夜後夜常與於捨相應而住以正法眼而作照明紹隆三寶使不斷故爲成熟衆生故勤修如是第一義諦爲滿六波羅蜜勤修而住佛告一切諸天人衆龍神

夜义應當養育供給是人衣服飲食卧具湯藥隨其所須盡給與之亦當守護除其災横離諸凶衰殃惡疾病悉令除滅何以故與禪相應者是我眞子從佛口生從法化生若有施主天龍夜义能於現世及未來世與捨相應以第一義諦爲滿六波羅蜜故爲除衆生諸煩惱道及苦道故法眼久住紹三寶種使不斷故汝等施主天龍夜义皆應護養并與衣服飲食卧具病瘦湯藥隨其所須盡給與之亦應勸請及以讚歎以彼施主天龍夜义持我正法爲欲令我法眼久住紹三寶種使不斷故如是等輩是我眞子從佛口生從法化生故比丘比丘尼優婆塞優婆夷及餘清信士若善男子善女人以第一義乃至求於阿耨多羅三藐三菩提者及養護者我以彼等寄付於汝彌勒爲首及以賢劫諸菩薩等當以四事攝受勸化授其禁戒復令住於四無量心四禪四無色定大方便力大慈大悲乃至十八不共法當復授與無上道記爾時彌勒菩薩摩訶薩以爲上首及與賢劫諸菩薩等白佛言世尊如是如是大德婆伽婆我當護念彼諸衆生乃至與其授於阿耨多羅三藐三菩提記若現在世及未來世乃至法住是諸施主作大明者亦當與授無上道記天龍夜义揵闥婆等於阿蘭若處靜默修行求第一義者信樂受持供養供給衣服卧具乃至湯藥隨所須者爾時世尊欲重明此義而說偈言

於此世間一日出　無量億花悉開敷
如佛一人出世間　衆生所希福花現

若欲速得十勝力　及度堅固誑煩惱
復欲速得最勝定　靜默獨住阿蘭若
欲得人天信敬受　及除心之煩惱渴
欲斷於心苦重擔　安心聖道奢摩他
若欲排却諸惡難　及諸功德自莊嚴
於諸苦海欲自渡　應當安心妙菩提
若欲得彼七法財　及欲得於方便忍
欲爲衆生說妙法　常當樂住阿蘭若
六根常與三昧合　應當寂住阿蘭若
少欲頭陀善知足　此人能入賢聖道
若能速捨五欲樂　得五力故滅煩惱
若於五道度衆生　自捨過惡住三昧
若欲得於四無量　及得無礙四辯才
欲得四禪彼岸處　是人應修第一義
若欲速知於三有　欲知諸法苦無常
及知諸行性相空　應當樂住阿蘭若
若欲速知二種法　毗婆舍那奢摩他
及欲速知有爲過　要當住於菩提心
獨住閑靜不放逸　便能疾捨於世諦
以精進求第一義　能速捨離諸惡道
若欲枯竭膿血海　及欲枯竭煩惱海
若欲速竭三有海　常與聖種心相應
若欲成熟衆生海　若欲滿諸大願海
若欲得知生死際　如救頭然處閑靜
欲知本生及居處　久遠微細所從來
以諸方便樂閑靜　攝心於彼得三昧
若欲遊戲禪定海　若欲覺悟神通海
若欲渡於渴愛海　若欲得於天中最
若欲得飲正法海　若欲見於莊嚴土
若欲見於諸佛海　欲問甚深諸義海

欲得如是勝功德　及欲速得勝菩提
當離衆惱住蘭若　以此得道亦不難
若人百億諸佛所　於多歲數常供養
若能七日在蘭若　攝根得定福多彼
若人讀誦十億法　及解妙義如佛說
若於七日在蘭若　三昧福聚轉多彼
若人多歲營僧事　更不造作餘種業
若能七日住蘭若　其人福聚多於彼
爲衆說法解深義　於多年歲無餘業
若能七日心住寂　其福德聚不可數
若人營造多佛塔　伽藍田業給施僧
若能七日在蘭若　其福轉多勝於彼
閑靜無爲佛境界　於彼能得淨菩提
若人謗彼住禪者　是名毀謗諸如來
若人破塔多百千　及以焚燒百千寺
若人毀謗住禪者　其罪甚多過於彼
若有供養住禪者　飲食衣服及湯藥
是人消滅無量罪　亦不墮於三惡道
是故我今普告汝　欲成佛道常在禪
若不能住阿蘭若　應當供養於彼人
若能住禪不放逸　則能速滿於六度
欲求大明菩提道　以此方便疾能到
欲求菩提住寂靜　當捨一切諸緣業
及離煩惱捨諸樂　則能速到檀彼岸
若捨境界陰界入　及捨貪瞋愚癡過
棄諸煩惱修善業　以此能到檀彼岸
當以慈悲念衆生　息諸分別不自是
常能憐愍諸衆生　則滿尸羅波羅蜜
勤捨罪業修諸禪　亦當捨諸陰界入
愛語方便常求禪　除障到於精進岸

境界不動不味著　為捨因緣修悲喜
一道清淨不移動　以此得滿忍辱度
於境界中不念慮　離嫉不樂得於喜
諸法離掉無分別　不染不愁是為捨
陰界如幻無起作　相續修行不斷絕
善修了知如是法　以此得滿般若度
故我今告一切眾　若有欲除諸罪業
求忍三昧陀羅尼　當知如是住寂靜
若欲超越聲聞乘　及欲超越緣覺乘
又欲疾得勝佛地　應當速住阿蘭若
若心攝住阿蘭若　以此即是供諸佛
於是能捨一切罪　是則能滿於六度
當得作佛三有最　能轉清淨正法輪
枯竭眾生諸惡趣　度脫眾生三有海
當捨惡見諸緣事　當發最勝菩提心
應當速向蘭若處　於彼當成如是德

爾時世尊說此經時諸會大眾聞是甚深第一義禪有於過去善修習者九萬二千人得無生法忍七十億那由他百千眾生得種種三昧諸陀羅尼及無生忍八萬一千人得受阿耨多羅三藐三菩提記如恒河沙等眾生未發無上菩提心者悉皆發心於阿耨多羅三藐三菩提得不退轉

大方等大集月藏經卷第一

音釋

毀呰　毀許委切謗也呰將几切口毀也　戰悚　戰之膳切慄也悚息拱切懼也　振觸　振直庚切揬也亦觸也觸尺玉切抵也　瘡疣　瘡初良切瘍也疣羽求切瘤也

大方等大集月藏經卷第二

高齊天竺三藏那連提耶舍譯

魔王波旬詣佛所品第二

爾時復於魔王宮中所有一切諸雜林樹果實華葉衣冠瓔珞莊嚴之物皆悉變成半月而現放大光明照魔王宮內外明徹琴瑟箜篌一切樂器及非樂器寶莊嚴具及餘諸物自然演出如是偈句

世間無等大導師　於諸法中最自在
今住佉羅帝迦山　爲衆顯示佛法海
開說一道清淨法　聞者必得勝菩提
波旬獷戾你不如　令汝魔界悉空無
汝本曾作一耶若　今得如是自在報
汝今法應當退落　何不速去見導師
一切所來諸衆生　曾作耶若千億數
福藏大衆皆來集　聽受最上無病法
各各向佛心敬仰　見尊導師修供養
以其淨信滅煩惱　更不重生於欲界
專信禮拜尊導師　滅三界苦煩惱縛
億世受於勝妙報　速與三界爲親友
又於三界作法王　說眞實法度衆生
一切諸法如水泡　有爲相現猶如幻
福報無常悉空無　當疾捨離我見過
速發無上菩提心　以此定受勝妙福

爾時魔王波旬及諸官屬見聞是已驚怖戰悚從牀而墮兩手掩耳而作是言當觀沙門作此幻惑必奪我等諸魔勢力令諸色像悉成半月復出如是種種音聲沙門瞿曇現大神力盡攝欲界以爲已有可速擊鼓集諸大衆皆到此處作是語已於其宮中即便擊鼓

擊彼鼓時於其鼓中即出如是音聲偈句
諸法空寂風和合　遠離所依衆色像
於作無用誑衆生　事相詐現猶如幻
和合因緣故成字　如書虛空字不住
陰界空寂離衆色　無常義現不自實
聲塵入於耳根門　無常義現不暫停
其識如幻若分別　顯現無我不自在
眼根迅速故空寂　是苦自性義相應
鼻根香塵與舌味　身根及與一切觸
心法並與無常俱　迷惑衆生無所覺
如是六境生諸苦　能令失壞涅槃道
以是凡夫轉五趣　不能離縛得解脫
於諸境界除渴愛　則能速到勝妙處
此心自性清淨相　觀是了知菩提道
若己境界得自在　則能悲愍一切衆

於彼當得檀戒忍　智慧功德自莊嚴
得最無上菩提智　能度無量諸衆生
說此偈時魔之宮殿一切衆生驚怖不安男
夫婦女童男童女迭共相喚詣魔王所住立
其前魔王以偈告彼衆言
汝等悉見此魔宮　如是無量極醜惡
諸聲不息生大苦　定奪我等魔勢力
沙門瞿曇作是聲　欲滅魔力境界事
可速往詣瞿曇所　咸共讃歎而歸依
爾時魔子名鴦瞿羅歇即以偈頌而白父言
我今嚴駕著鎧鉀　將諸勇健鬪戰士
弓刀矛矟及刀輪　刀面鼓面諸獸面
魔軍夜叉龍修羅　及諸眷屬滿虛空
速詣惡心瞿曇所　碎滅令彼如灰塵
爾時魔王說偈答言

我從昔來於彼人　曾作無量惡留難
汝亦應見菩提樹　瞿曇勝我及軍衆
如是我等數惱亂　瞿曇常勝於我等
不見天龍阿修羅　能動彼人一毛端

爾時復有魔之大臣名珊盧遮那而說偈言

我等可速捨欲界　但當自護已宮殿
瞿曇昔來未至此　今來拒之莫聽前

爾時魔王甚大憂愁默然不言復有大臣名起怖畏而說偈言

唯有巧力可伏究　當以諂偽詐爲親
我等將衆往詣彼　詭詐而欺彼沙門

復有大臣名毗闌陀行而說偈言

昔此宮殿衆盈滿　沙門侵奪今減少
已歸彼者衆甚多　我等亦可往歸依

爾時魔王聞其所說即瞋彼臣瞋已默然復有大臣名曰老智而說偈言

瞿曇力加諸宮殿　出此種種異音聲
我等若不疾詣彼　沙門必速來到此
此處無人能遮護　以力止彼瞿曇仙
我等寧可共一切　速詣歸彼大沙門

爾時於彼諸宮殿中所居大衆男夫婦女眷屬大小悉作一朋復作是言大王今可將諸眷屬速詣彼所我等今當守護此諸城邑宮殿爾時魔王即作是言如是如是我與他化自在天王及諸軍衆眷屬大小往詣彼所并與化樂天兜率陀天須夜摩天釋提桓因及其軍衆共詣彼所復與毗沙門天王并諸軍衆毗樓勒叉天王并鳩槃茶軍衆提頭賴吒天王并乾闥婆緊那羅軍衆毗樓博叉天王及諸龍衆往詣彼所作是語時復有魔王輔

佐大臣名珊遮羅拏白言大王今者所有諸天宫殿皆悉空寂欲界諸天及諸天女一切眷屬悉在瞿曇大沙門所聽法而住如是緊那羅龍鬼夜叉迦樓羅鳩槃茶悉在彼處種種供養沙門瞿曇聽受其法爾時魔王自觀察已見諸欲界一切宫殿皆悉空寂欲界之中所有諸天人非人等皆悉集在於瞿曇所而坐聽法唯有阿修羅未到於彼而作是言我今當與諸阿修羅俱詣彼所令其會衆皆悉惑亂不得正信勿使瞿曇教彼大衆諸法如幻不去不來不合不散不生不滅令我欲界皆悉空寂復作是言我今當共諸阿修羅并及軍衆疾詣彼所遮諸衆生不令速得越度苦海到於彼岸以沙門力速背死法令我境界勢力减少我今速往遮護彼諸人非人等時魔波旬即以魔之神通境界念四阿修羅王及其軍衆一切眷屬速來集在須彌山頂然後相將共下詣彼瞿曇沙門所詐設美言謙下讃歎示作歸依求覓因縁當以方便令諸大衆悉生怖畏斷其正信又不令彼於瞿曇所生其尊敬以是令彼沙門瞿曇厭患於世速入涅槃如是魔王數數希望阿修羅衆然諸阿修羅爲佛神力之所加故茫然不知魔之希望其魔即時惡意於佛及一切阿修羅便作是言觀瞿曇一人於我境界已得解脱不可追迴我於欲界悉得自在此凡賤畜生阿修羅不受我教我當爲其作大衰惱令彼速捨所治宫殿然後我當以神通力將諸眷屬往見瞿曇又復與諸大臣勇將左右諸軍男夫婦女營從圍遶以第一最勝五音

作樂調戲歌舞一切衣服莊嚴之具衆寶香花幢旛寶蓋音聲和合令速嚴辦往見瞿曇我今亦將夫人采女及以男女大衆圍遶以第一最勝魔之境界神通遊戲五音和合往見瞿曇何以故唯除瞿曇諸餘大衆天龍乾闥婆人及阿修羅等世間大衆悉令迷惑當以堅牢欲網而羅網之於生死大海不令速度是故詣彼餘者留住守此宮殿時魔波旬即將九百六十萬頻婆羅眷屬男夫婦女童男童女大臣左右以魔境界神通加持作第一最勝五音妓樂歌舞調戲一切所有令人多喜生染著者悉具備之時魔波旬往彼諸宮告言悉出往詣彼所而復合掌說偈頌曰

唯佛盡除諸煩惱　唯佛能化諸世間
唯佛能然正法燈　三界中最我歸依

爾時魔王既作如是魔之神通境界力已從彼宮出以手散花所散之花於四天下悉作花蓋在空而住於一切處悉雨種種寶種種花如雲而下當於爾時世尊仍說住阿蘭若第一義諦佛告大衆汝等一切守攝諸根繫心專念莫令馳散此魔波旬多將諸衆歌舞調戲五音作樂衆妓和合又與婦女眷屬大小圍遶而來爾時魔王與諸眷屬尋即來到佉羅帝山牟尼諸仙所依住處到佛所已即於佛上虛空之中化七寶蓋縱廣七由旬而覆佛頂復以無價眞珠瓔珞嚴置佛上復以種種衆寶花香塗香末香天鬘幢旛寶蓋金縷眞珠瓔珞及五音妓樂供養世尊右遶三帀而說偈言

我今歸依佛世尊　從是終不起惡心

瞿曇心定容恕我　我當守護佛正法
於世更無如世尊　憐愍利益衆生者
自得解脱令他得　是故我歸最勝尊
唯佛慈愍一切衆　已越生死煩惱山
常慈樂度諸衆生　今速歸依汝世尊
能了有爲及無爲　離二如蓮不著水
積德梵行所依身　是故我今歸依佛
世無寂定無病法　清淨常勝伏煩惱
唯有正法及涅槃　是故歸依無等法
於世更無如僧衆　和合解脱八丈夫
能離一切煩惱縛　是故歸依大德僧
閑居靜默常一食　第一義心恒相應
慈悲愍念諸衆生　我亦歸依於彼等
於三寶種作熾然　護養所有佛聲聞
我勸一切諸衆生　名衣上饌而供養

爾時會中諸來大衆若天若人乾闥婆等同聲讚言善哉善哉爾時世尊告慧命憍陳如而説偈言

我已告汝聲聞衆　所有相應求解脱
常樂所依四聖種　以彼得滿菩提道
如樹果繁速自害　竹蘆結實亦如是
如騾懷妊自喪身　無智求利亦復然
亦如盛夏惡雹雨　傷害一切諸苗稼
如是貪求利養者　必當退失勝菩提
又如諸樹花開敷　而復爲火所焚燒
如是貪求利養者　亦當退失菩提道
若有比丘得供養　樂求利養堅著者
於世更無如此惡　故令不得解脱道
如是貪求利養者　既得道已還復失

爾時魔王聞説偈已即自念言沙門瞿曇知

我虛僞詐現歸依羞愧默然退坐一面聽法而住魔諸婦女諸根形貌容狀光色皆悉枯悴變成惡色背僂跛躄醜陋弊惡所有男夫都不復能歌舞調戲五音作樂皆悉閉塞不能出聲却坐一面聽法而住

諸阿修羅詣佛所品第三

爾時月藏菩薩摩訶薩爲欲攝化諸衆生故說月幢月呪句之時於彼四大阿修羅王所治之處一切所有草木花果衆寶瓔珞莊嚴之事迭相振觸出五音聲所有鼓貝箜篌箏笛具足作樂彼等音中亦復演出如是偈句

唯佛化導以安隱　幷衆住在佉羅山
於與煩惱拔衆生　爲其說法求斷除
凡夫悉隨生死海　煩惱駛河起波浪
三有更無哀愍者　如牟尼尊慈善心
多衆聚集一方所　天人鳩槃龍夜叉
悉依佉羅帝山住　於諸苦畏求解脫
我等俱時速詣彼　爲欲聽聞正法故
魔王不久或來此　而爲我等作留難
一心聽受勝妙法　於彼淨心得大福
以福長壽降諸怨　於世常受威德樂
若以此福求解脫　斷諸煩惱得羅漢
及斷諸緣作辟支　亦能成佛具諸樂
如是當得無有疑　是故速捨諸緣縛
一切當起清淨心　速到佛所修供養
從此賢劫初以來　未有如是大衆集
於後久遠彌勒與　我等不得許時壽

爾時於彼四阿修羅城邑宮殿有如是事以菩薩力莊嚴加持故聞是句義皆生信心各各於其城邑宮殿雲集一處共相謂言今當

於此欲有何事所以者何我等昔來未曾見者今得見之昔未聞者今得聞之無人知者時魔波旬從已宮下欲禮佛故而往散花所散之花於四天下皆作花雨當雨之時於四阿修羅城邑宮殿遍一切處皆悉變作最極臭穢及惡烟塵灰土蓬焞處處盈滿蚊虻蛇蠍諸惡毒蠅亦復悉滿憂愁惱亂不可愛樂當於爾時諸阿修羅城邑宮殿皆悉黑闇一切阿修羅男夫婦女童男童女悉懷最極憂愁惱亂不樂住彼各於巷陌迭相雲集至已王所在前住立阿修羅王見諸衰害極增憂愁毗摩質多羅阿修羅王與諸眷屬及所治處一切阿修羅男夫婦女童男童女波羅陀阿修羅王跋持毗盧遮那阿修羅王與諸眷屬及所治處男夫婦女童男童女向羅睺羅阿修羅王所治城邑聚落宮殿見彼如是諸惡惱亂蚊虻蛇蠍毒蠅等已三阿修羅王俱至羅睺羅阿修羅王所於前住立毗摩質多阿修羅王請問羅睺羅阿修羅王而說偈言

一切修羅諸宮殿　猶如地獄等無異
熱風暴起來至此　一切狀似火燒焚
所有樹林諸果實　悉皆墮落在於地
諸有蓮華及浴池　草苗衆花悉枯竭
烟塵蓬焞於我等　阿修羅城諸宮殿
及有蚊虻蚤惡蠅　無量諸惡毒蟲等
今聞如是衆惡聲　衆生多惱不喜樂
諸阿修羅受此苦　悉爲饑渴所逼惱
苦逼無所可歸依　一切驚怖心焦枯
生死畏等誰威力　而不利益我天龍
以何方便令休息　如是種種怖畏事

非是惡龍來至此　降伏我等阿修羅
爾時羅睺羅阿修羅王說偈答言
阿修羅輩汝諦聽　我等昔日具安樂
五欲所須皆稱意　神通勇健有大力
所持弓刀及箭矟　罥索矛矡劒輪等
一切今當悉退落　城邑巷陌盡茫然
男夫婦女先兇健　顏色端正有勢力
悉與諸天共齊等　於今時中定當盡
命盡衆生白法盡　羞恥慚愧解心盡
及聰明人所知盡　巧行與善聖智盡
苗稼及諸花藥盡　果味等盡諸戒盡
所欲稱意音樂盡　衆寶衣服飲食盡
喜樂事盡人天盡　夜叉乾闥修羅盡
婆羅門種刹利盡　并諸毗舍首陀盡
唯共諸惡衆生等　非聖諂曲殺盜婬
妄語兩舌綺惡口　貪恚胆佞癡邪見
儉短增長及饑渴　愛離怨會與捕獵
見他得利生嫉忌　割截斬斫諸破壞
毒害刀矟劒輪增　面目流淚憂悲苦
蚊虻惡風及烟塵　斯等並來爲觸惱
地獄畜生與餓鬼　是等境界大苦海
此非善行相應時　念念退失於正見
白業之人惡事增　如是衆惡皆興盛
是阿修羅盡時至　唯無等乘能遮止
爾時波羅陀阿修羅王白羅睺羅阿修羅王說偈問言
唯王爲諸衆生故　常勤精進修諸法
具大福德神通力　及以智慧莊嚴身
此是何力誰所作　欲滅我等阿修羅
誰能救護於我等　當禮敬彼而歸依

爾時羅睺羅阿修羅王說偈答言

此非釋梵天王力　亦非自在那羅延
又非夜叉及龍神　唯除魔王欲自在
昔惱諸龍亦如是　大仙瞿曇爲斷除
我等禮彼瞿曇仙　能施我等安樂故

爾時跋持毗盧遮那阿修羅王以偈問言

爲是天人龍夜叉　能施一切安樂者
彼何神通精進力　爲當方便造幻惑
於何法中得自在　阿誰能受彼教勑
爲於魔力得解脫　而得何力使其然

爾時羅睺羅阿修羅王以偈答言

昔見端正大沙門　端坐菩提樹陰影
魔將軍衆而詣彼　以慈悲力速降伏
於彼得成勝菩提　超過一切諸天衆
具大慈悲入涅槃　故能枯竭衆苦海
此諸仙中最勝幢　具足十力衆生樂
釋梵自在修羅仙　欲自在魔那羅延
悉禮於彼作歸處　是人能示衆解脫
於諸一切三界中　超勝所有諸天衆
調伏寂靜降諸根　樂寂七聖財莊嚴
安住涅槃到彼岸　悉能枯竭煩惱海
是故我等一切衆　悉歸能滅諸苦者
皆持種種妙香華　各各合掌而求請

爾時羅睺羅毗摩質多羅波羅陀跋持毗盧遮那四阿修羅王及男夫婦女童男童女所有一切阿修羅衆皆悉雲集有以燒香供養禮佛而求請者有持種種雜色妙華有持種種摩尼寶珠有持種種幢旛寶蓋金縷眞珠瓔珞衣服以用奉佛而求請者有持種種琴瑟箜篌簫笛鼓吹五音作樂供養禮拜求請

佛者羅睺羅阿修羅王以巳神通境界之力大身遊戲兩手執持帝釋毗楞伽摩尼寶鬘頭面禮拜遥奉世尊説偈讚曰

佛爲衆生樂　久修諸苦行　憐愍一切衆
願亦愍我等　忍辱如大地　悲愍諸衆生
休息諸濁惡　愍覆於我等　佛度諸畏訖
得於無上智　等心於衆生　願愍阿修羅
佛以八聖船　度脱苦衆生　涅槃味充飽
慈念阿修羅　佛於諸衆生　不恥惡種姓
一切如赤子　是故歸依佛

爾時毗摩質多羅阿修羅王以兩手捧持一切諸天登作所著摩尼寶鬘頭面作禮以偈讚曰

勝過天龍衆　修羅鳩槃茶　盡除諸煩惱
心意所作惡　降伏業苦道　而到於彼岸
遠離於有想　及無想衆生　悲念衆生故
不入於涅槃　爲諸衆生故　能忍一切苦
視於諸衆生　如母念一子　願愍於此等
苦處灑悲水　休息苦惱觸　煩惱水所溺
起發堅勇者　願救衆生苦　念令苦苦至
爲魔力所壞　苦觸阿修羅　願灑大悲水
衆生若於佛　起於瞋惡心　而不能動佛
身心少分者　若彼所有樂　境界身心事
佛當等慈愍　於此更無異　唯佛於天人
能施一切樂　我等爲魔惱　心孤無所依
無有餘衆生　能滅於魔業　唯佛速除遣
盡壞無有餘　諸天龍證知　夜叉阿修羅
如佛衆生最　能救一切苦　魔欲速滅我
修羅諸宮殿　願速放戒光　施我滿足樂

爾時波羅陀阿修羅王兩手捧持梵天光幢

摩尼寶珠和合天鬘頭面作禮說偈讚曰

流轉獄所縛　離諸一切樂　極惡大巨海
沒溺無所依　唯佛精勤行　於三阿僧祇
自度到彼岸　悉竭煩惱海　爲諸衆生故
六年行苦行　而得無上智　滅除彼煩惱
我等爲魔嬈　無力受諸苦　願除魔所加
洗浴我等宫　此等僧祇衆　爲諸苦所惱
願救此諸苦　當往見世尊

爾時跋持毗盧遮那阿修羅王兩手捧持梵天艶光摩尼寶鬘頭面作禮以偈讚曰

今禮牟尼尊　於法自在者　超過釋梵王
降魔及軍衆　超過日月光　及與四天王
慈悲明日月　普照諸衆生　五日並出時
海水悉枯竭　若供佛功德　無能枯竭者
超度於三界　而入無畏城　大悲覆衆生
諸苦悉除滅　等心諸衆生　如母視一子
我等憂翳障　慈風願吹散　更無餘歸依
可救我等苦　如佛功德滿　莫捨修羅宫

爾時世尊以佛耳聞以佛眼見諸阿修羅城邑宫殿魔力所加一切諸難皆悉周遍無有遺餘俱受熱惱願樂求我蔭覆救護爲歸爲趣我當救護諸阿修羅今正是時于時世尊以大悲威勢現一切樂即入悲風光明三昧三昧力故令四阿修羅宫殿所有魔之神力所加苦事一念之頃皆悉休息還復如故亦如三十三天宫殿於中即現第一妙樂可樂之事彼諸阿修羅見已踊躍心生歡喜口眼皆悦熈怡微笑皆作是言南無佛陀南無佛陀作是語已即以諸天勝妙寶鬘向佛方所遥擲奉獻其羅睺羅阿修羅王所擲寶鬘即

到佛所於佛頂上空中而住毗摩質多羅阿修羅王所擲寶鬘亦到佛所於虛空中住右肩上波羅陀阿修羅王所擲寶鬘亦到佛所於虛空中住左肩上跋持毗盧遮那阿修羅王所擲寶鬘亦到佛所住於佛前放光而照其餘所有諸阿修羅復持種種衆寶香花幢旛寶蓋及以金縷寶珠天鬘眞珠瓔珞種種衣服塗香末香彼等一切悉向世尊遥擲奉獻而以供養是時於此佉羅帝山牟尼諸仙所依住處雨種種花乃至末香如降暴雨爾時會中有菩薩摩訶薩名求斷疑從座而起偏袒右肩合掌禮佛以偈問曰

大仙世尊無量智　於先已雨如是雨
現諸神通變化瑞　月藏菩薩來到此
今復雨於種種寶　誰當復來到於此
爲是大德諸菩薩　爲是他方諸佛使

爾時佛告求斷疑菩薩摩訶薩言善男子此是魔王波旬於四阿修羅城邑宮殿化作陰闇灰塵烟霧蚊虻毒蠅及以種種毒蛇蜂蠍於彼一切樹林草木花果泉池皆悉枯涸一切阿修羅苦困欲死彼等向我一心歸依合掌作禮以種種花乃至末香於彼阿修羅所住城邑向我遥擲而作供養羅睺羅阿修羅王所擲寶鬘今我頂上者是也毗摩質多羅阿修羅王所擲寶鬘在我右肩者是也波羅陀阿修羅王所擲寶鬘在我左肩者是也跋持毗盧遮那阿修羅王所擲寶鬘今住我前者是也爾時魔王波旬從座而起向佛合掌恭敬禮拜而作是言此諸阿修羅蒙佛恩福我今亦令諸阿修羅還得具足饒益安樂佛

告波旬汝今不須作如是言我已令其充足安樂我諸阿修羅城邑宮殿轉勝微妙樂具悉有還復如本何以故彼等四大阿修羅王是我親舊如是其餘所有一切阿修羅等於我得信敬仰尊重心生希有今當不久來至於此爲聽法故魔王波旬復生惡心而作是念我是一切欲界之中最勝自在於諸衆生能作苦樂沙門是人何能狡猾幻惑異端妖邪多語敢共我競而欲與我校量比並釋梵四王摩醯首羅那羅延天轉輪聖王一切衆生無能與我校量比並作相違者今此瞿曇作幻誑惑一切衆生遍四天下地及虛空一切盈滿皆悉欲見瞿曇故來今此下賤畜生之類諸阿修羅亦復蒙攝我今當作魔之境界神通勢力遊戲所加更作幻惑惱亂於彼沙門瞿曇及以降伏諸來會衆時魔波旬觀其眷屬而說偈言

諸魔各作念　我當降伏怨　及惱此會衆

并禁阿修羅

爾時世尊而說偈言

汝應見我力　昔於菩提樹　天神爲證明

我修眞正法　隨汝所有力　恣汝當現之

若能惱我者　我當作歸依

爾時魔王波旬復增第一極重瞋恨以一切魔力境界神通遊戲所加念於四方最熱之風令其一切諸來大衆熱風觸惱而作降伏于時世尊即入摧伏魔力三昧其三昧力即於四方復起第一妙香涼風觸其身分皆受快樂魔王波旬知是事已復於佛前化大火坑世尊即於彼處化作清涼大池水涌上出

魔王見已復於空中降雨大石佛即變其所雨之石悉令化作種種天花而雨其處魔王波旬及與眷屬復以兩手捉佉羅帝山而欲速疾震動三千大千世界佛復以此三千地界加作金剛尚不能動乃至一塵況能多也魔王復以瞋怒之力向阿修羅所住之方放口噓氣成黑氣雲令其城邑宮殿陰闇使諸阿修羅重復迷惑不能去來爾時世尊即復變其所吹氣雲令作種種天妙花雲爾時於彼四阿修羅城邑宮殿復雨種種天花之雨其花雨中演出百千微妙法門所謂佛聲法聲僧聲檀那波羅蜜聲乃至般若波羅蜜聲三善行聲三歸依聲三律儀聲三不護聲三依止聲三種菩提聲三乘聲三修聲三種善根聲越度三界聲三受聲三解脱聲三示現聲四念處聲四正勤聲四如意足聲四不壞信聲四禪聲四梵住聲四攝聲四無礙智聲四無色定三摩跋提聲四聖諦聲五根聲五力聲五支三昧聲五解脱入聲顯示六根聲六和敬聲六念聲六通聲七聖財聲七識住聲七覺分聲八聖道聲九次第定聲十聖處聲佛十力聲大慈聲大悲聲因緣生起聲心不可壞聲捨一切惡見聲不忘菩提心聲不退轉聲忍聲三昧聲陀羅尼聲授記登祚聲無生忍聲苦行聲十地聲十八不共佛法聲到菩提聲轉法輪聲不可壞佛聲捨聲厭聲解脱定聲滅聲成就衆生聲攝受正法聲辯才聲無常聲苦聲無我聲空聲無所作聲寂靜聲無生聲如聲實際聲入法界聲無衆生無命無養育無受者如如不生不滅不常不

斷不去不來不住不行聲大神通變化聲加護三寶種聲乃至大般涅槃聲地獄畜生餓鬼人天苦五陰重擔聲數數流轉生死與愛別離聲一切有爲流轉之獄如幻芭蕉水月響聲信念精進忍及智慧十善業道護持聲出彼流轉獄聲於彼花雨出是無量百千種聲彼諸音聲能令無量阿僧祇等阿修羅於三寶中深得敬信尊重歸依生希有心渴仰欲見釋迦牟尼及欲聽法供奉衆僧極甚驚怖流轉生死與愛別離怖望涅槃彼諸一切阿修羅等俱發聲言南無釋迦牟尼如來南無釋迦牟尼如來我等今往見於釋迦牟尼如來禮拜供養故聽法故及供奉衆僧故爲看大集故爲求無上菩提乘故爲退落魔幢故爲建立法幢故爲三寶種不斷絶故爲聽第一義聖諦法門故爲休息煩惱道苦道故爲斷截魔縛故爲枯竭愛河故爲滿法海故爲入智海故爲成熟衆生海故爲供養諸佛海故是故我等及諸眷屬往詣佛所不爲惡魔於我等中更得自在我等從今不復重遭如是之苦爾時牟眞隣陀阿修羅王復作是言我今亦與婦妾宫人男女大小諸阿修羅婦女眷屬八萬四千一切皆悉著青衣服青色莊嚴青繖青蓋青幢青旛青車青花青色摩尼琴瑟箜篌青寶青鼓我今將諸五音作樂歌舞調戲第一莊嚴及將眷屬而往見佛恭敬禮拜聽受妙法供奉衆僧故往詣佛所爾時須質多羅阿修羅王復作是言我今亦與婦妾宫人男女眷屬九十九百千阿修羅婦女一切皆著黄衣莊嚴乃至供奉衆僧故

往詣佛所爾時睒婆羅阿修羅王復作是言我今亦與婦妾宮人男女眷屬百千億阿修羅婦女一切皆悉著紅色衣瓔珞莊嚴乃至供奉衆僧往詣佛所爾時跋持毗盧遮那阿修羅王復作是言我今亦與婦妾宮人男女眷屬九十九頻婆羅阿修羅婦女一切悉著朱色衣服瓔珞莊嚴乃至往詣佛所爾時毗摩質多羅阿修羅王復作是言我今亦與婦妾宮人男女眷屬九十九惡初失尼百千阿修羅婦女一切悉著玻瓈色衣瓔珞莊嚴乃至往詣佛所爾時羅睺羅阿修羅王復作是言我今亦與夫人采女男女眷屬及土田主附庸王并及長者臣將左右城邑聚落所有人衆如恒河沙等阿修羅婦女一切悉著碼碯色衣瓔珞莊嚴復持碼碯色衣及與幢旛寶蓋金縷眞珠瓔珞摩尼寶珠香花塗香及所乘車皆悉同是碼碯之色并以鼓角琴瑟箜篌簫笛妓樂如是等事皆碼碯色相與作樂歌舞戲笑最勝莊嚴在於虛空爲欲見佛禮拜供養及爲聽法供奉衆僧故往詣佛所如前所說皆悉嚴備彼諸色相第一微妙希有未有昔來未聞如是等大莊嚴事從彼阿修羅所居處出住在空中爾時毗摩質多羅阿修羅王及與眷屬五音作樂歌舞戲笑詣羅睺羅阿修羅王於前而引爾時波羅陀阿修羅王及與眷屬皆大嚴持到羅睺羅阿修羅王右相而引爾時跋持毗盧遮那阿修羅王并與眷屬亦復如是具大莊嚴到羅睺羅阿修羅王左相而引爾時睒婆羅阿修羅王及與眷屬亦悉嚴持詣羅睺羅阿修羅王於

後而引爾時牟眞隣陀阿修羅王及與眷屬亦大嚴駕到羅睺羅阿修羅王在上而引爾時須質多羅阿修羅王及與眷屬如是莊嚴亦到羅睺羅阿修羅王在下而引爾時於中羅睺羅阿修羅王及與眷屬如是色相以大莊嚴五音妓樂一時俱作歌舞戲笑音聲和合而詣佛所復以兩手持種種寶花天鬘塗香向佛方所遥散奉獻到佉羅帝山上變作大雲空中而住其佉羅帝山牟尼諸仙所依住處雨種種寶種種花種種天鬘種種塗香爾時會中有諸衆生作如是念欲有何事是何等力先作此瑞爾時世尊告慧命耶舍言汝等比丘當自正念繫心而住勿得散亂世尊復告慧命耶舍汝等比丘當以精勤繫念而住勿得散亂若能精勤繫念不散則能休息煩惱之道及除苦道能住第一義諦能滿六波羅蜜不久得成阿耨多羅三藐三菩提此是諸阿修羅及與一切眷屬妓女而今欲來并作五音妓樂和合而作莊嚴爲禮拜我供養聽法是故汝等勿得散亂繫念而住爾時一切阿修羅及與眷屬尋即來到佉羅帝山到已即時右遶其山三帀訖已將諸眷屬詣世尊所爾時羅睺羅阿修羅王向世尊頭面作禮右遶三帀於前住立持梵天髻上光明艷色摩尼寶珠置於佛前復用種種寶花末香幢旛寶蓋及以金縷眞珠瓔珞復以種種歌舞作樂而用供養合掌向佛說偈讚曰

心調士中最　能施一切樂　法燈常法施
增長法智慧　世尊然法炬　天人皆悉知
了達悕望法　安住涅槃道　唯佛蔭諸衆

如蓋覆一切　摧伏諸陰魔　死魔煩惱魔
降魔及軍衆　并及惡心意　稽首於世尊
勇健慜諸有　是魔極惡心　常行諸惡事
此是彼戲笑　欲得衆生苦　此諸修羅宮
苦雲悉彌覆　佛即起悲心　觸我諸修羅
佛爲衆生故　修諸苦行訖　多劫修檀戒
行忍及智慧　世尊更不作　諸餘惡行事
佛以如是事　足令我得樂　唯佛精進士
三界無等雙　離諸煩惱縛　解脫於三有
佛仍於衆生　慈悲而常轉　禮佛不動山
慈心正安住

爾時毗摩質多阿修羅王及與眷屬頭面接足禮拜世尊右遶三帀佛前住立即以千斤閻浮檀金置於佛前復以日愛寶摩尼珠置在佛上如是種種寶種種香花乃至種種歌舞妓樂而作供養合掌恭敬說偈讚曰

釋梵大自在　輪王那羅延　護世及波旬
悉無如是力　天龍夜叉等　人及阿修羅
亦無如世尊　慈悲大勢力　唯佛衆生最
如地不瞋喜　能忍一切惡　并作惡業者
等視諸衆生　如毋愛其子　心平於一切
是故禮佛足　願護此一法　勿使魔更來
不令彼得勝　作此惡惱害　一切惡瞋怒
及以最極惡　實語願說呪　降伏諸魔軍
如人身無病　不求諸醫師　如是阿修羅
無事不想佛　我今甚歡喜　來詣於佛所
願說清淨法　令到菩提道　顯示諸賢聖
寂定如虛空　遠離於諸惡　及離我我所
速知於實際　能除諸煩惱　速斷一切縛
得知最上道

爾時波羅陀阿修羅王及與眷屬頂禮佛足右遶三帀持衆雜色種種寶樹狀如波吒羅七寶之樹置於佛後種種寶葉花果金縷眞珠瓔珞天生寶鬘天瓔衣服指印環釧寶蓋幢旛手瓔珞脚瓔珞臂瓔珞寶莊嚴具於佛頭上空中垂下乃至種種歌舞作樂而供養佛一心合掌說偈讚曰

衆生常爲彼　煩惱火所燒　求樂恒不得
不遇施樂者　一切住惡道　唯佛衆生藥
安住解脫道　能救一切苦　唯佛商人主
三有中更無　愍進智慧水　衆德滿如海
爲盲失道者　安住於正路　導引諸衆生
住勝涅槃道　凡夫饑無厭　唯佛能充飽
常爲煩惱溺　唯佛能救拔　遭溺之病苦
苦逼失其念　如此苦苦者　導師爲親救
惡心衆生等　龍鬼諸羅刹　見佛得正念
安住大悲心　唯佛於三界　能作救護者
我等已孤獨　悉爲衆苦溺　我等皆一心
一切樂法住　願說最上義　令我得菩提
以得於佛眼　最上諸佛智　速伏諸魔怨
願降正法雨

爾時跋持毗盧遮那阿修羅王將諸眷屬頂禮佛足右遶三帀於佛左右積閻浮檀金復以種種寶種種花種種末香寶蓋幢旛及以金縷眞珠瓔珞歌舞作樂合掌供養說偈讚曰

福田福德水　福種福德芽　福樹福德枝
福條福德葉　福花福味果　最上福味漿
福色福陰影　福德子成就　佛福善堅固
福勇能伏他　福色勇健士　福德不動山

福花覆善土　福藥所依身　福山最上頂
放福智慧水　福德海甚深　福德衆生依
妙福衆寶硎　福味如巨海　福器盛甘露
福願皆成滿　福賚恒將向　無漏寶國土
我等衆福盡　是故歸依佛　福德賢寶瓶
願慜施我等

爾時復有阿修羅仙名一切菩提鬘具有大福大威德大智慧大苦行以菩提心而作莊嚴得五神通離諸塵垢安住成就一切衆生常化一切阿修羅等堪受彼供是諸阿修羅無上導師與九萬五千具足五通阿修羅仙前後圍遶來詣佛所頂禮佛足以眞金瓶盛八功德水置於佛前并獻寶杖復與九萬五千眷屬各各執持異種寶蓋以奉世尊右遶三帀合掌向佛說偈讚曰

忍辱如大地　忍水常盈滿　安住於淨忍
寧心無所失　煩惱渴愛盡　安處於信財
佛住慈悲心　置衆菩提道　說法猶如水
若聞如是法　愛樂菩提心　能成第一義
大悲願調伏　此諸下劣行　願受我修羅
所獻衆寶物　三界所有供　棄捨不求染
唯佛無煩惱　堪受世供養　佛以大菩提
嚴三有衆生　願說第一義　爲得菩提故
我於拘留孫　曾聞第一義　拘那含牟尼
迦葉佛亦然　我以自願力　應現阿修羅
爲化修羅故　修行菩提道　聞法獲德藏
復能轉示他　降魔惡徒黨　熾然正法明
於此濁惡世　難有功德人　現佛境界事
是佛妙神力

大方等大集月藏經卷第二

音釋

鎧鉀 鎧苦亥切甲也鉀古洽切與甲同 矛矟 矛莫浮切勾矛兵也矟所角切矛屬 雹 蒲角切雨冰也 背僂 背補妹切僂力主切背僂謂脊背僂曲也 跛躄 跛布火切足偏廢也躄必益切足不能行也 駛 踈士切疾也 胆 佞 胆正作狙七慮切詐也佞乃定切諂佞也 嬈 而沼切亂也 枯涸 枯苦胡切乾也涸下各切水竭也 𥑮 古猛切與礦同金鐵樸也 𧶠 式羊切行賣曰商

大方等大集月藏經卷第三

高齊天竺三藏那連提耶舍譯

本事品第四

爾時彌勒菩薩摩訶薩即從座起偏袒右肩整理衣服合掌向佛而作是言世尊既是釋迦貴種刹利大姓迦毗羅城淨飯王子此四阿修羅畜生種類極成卑下世尊何故言與我親爾時佛告彌勒菩薩摩訶薩言於過去世第三十一劫有佛出興號毗舍浮如來應正遍知明行足善逝世間解無上士調御丈夫天人師佛世尊彼佛常爲四衆說法爾時有一大婆羅門名弗沙耶若已於過去無量佛所種諸善根於阿耨多羅三藐三菩提而不退轉深信具足歸依三寶受持五戒離諸放逸時弗沙耶若有弟八人一名弗沙金剛二名弗沙那毗三名弗沙闍利四名弗沙跋摩五名弗沙車帝六名弗沙樹七名弗沙毗離八名弗沙那提時弗沙耶若婆羅門勸諸弟言汝等賢首今可歸依佛法僧寶受持五戒離諸放逸發阿耨多羅三藐三菩提心時彼諸弟皆悉不肯歸依三寶乃至不肯發菩提心時弗沙耶若數勸諸弟經於多年復問諸弟汝等何故皆悉不肯歸依三寶乃至不肯發菩提心竟有何意何所願求時彼八弟即作是言兄能千年修二威儀唯行唯住不坐不卧經七日夜限食一摶修此難行足滿千年然後我當歸依三寶受持五戒離諸放逸發於無上菩提之心彌勒時弗沙耶若聞是語已一心喜悅即爲八弟而立誓言汝等若能歸依三寶乃至能發阿耨多羅三藐三

菩提心不退轉者我今必當千年之中不坐不卧七日七夜限食一摶我立誓已於千年中若晝若夜乃至一刹那頃念於坐卧乃至於七日夜過食一摶永當使我違三世佛違六波羅蜜違十善業道不成阿耨多羅三藐三菩提爾時空中有百千億那由他無量諸天讃言大士善哉善哉堅固勇猛大力決定汝於來世盲冥衆中當得成佛多陀阿伽度阿羅訶三藐三佛陀聲震於世時毗舍浮佛以弗沙耶若頭陀功德故讃言善哉善哉大波羅門汝今以此苦行威儀行檀波羅蜜乃至般若波羅蜜故於未來世過第三十一大劫已有一大劫名賢賢劫中人壽命百歲於波成佛號釋迦牟尼如來應正遍知聲震於世汝當爾時與此八弟授阿耨多羅三藐三菩提記彌勒彼弗沙耶若婆羅門足滿千年不坐不卧經七日夜限食一摶滿千年已令彼八弟安住三歸受持五戒及發無上菩提之心善男子是弗沙耶若化其八弟及餘無量百千萬億那由他等諸婆羅門長者居士男子女人童男童女皆成熟已即於毗舍浮如來法中出家學道爾時所有解説經論及諸外典誦持不忘爲人解説然後至閑林中與第一義諦禪波羅蜜相應而住經五萬年於彼時中成熟無量百千萬億那由他阿僧祇天龍夜叉阿修羅迦樓羅緊那羅摩睺羅伽畜生餓鬼毗舍遮人非人等向於阿耨多羅三藐三菩提令不退轉彌勒彼弗沙耶若婆羅門者豈異人乎莫作異觀我身是也我於爾時爲欲成熟彼八弟故於千年中不坐

不臥但行但立經七日夜限食一摶我爲成熟彼諸弟故乃至於閑林中住第一義諦經五萬年成熟無量百千萬億那由他阿僧祇天龍夜义阿修羅迦樓羅緊那羅摩睺羅伽畜生餓鬼毗舍遮人非人等向阿耨多羅三藐三菩提令不退轉爾時弗沙金剛者今羅睺羅阿修羅王是弗沙那毗者今毗摩質多羅阿修羅王是弗沙闍利者今波羅陀阿修羅王是弗沙跋摩者今婆稚毗盧遮那阿修羅王是弗沙車帝者今魔王波旬是弗沙樹者今汝彌勒是以是因緣得無礙智一生補處安住大乘弗沙毗離者今毗摩羅詰是也弗沙難提者今提婆達多是也當如是觀我昔為求阿耨多羅三藐三菩提故爲欲成熟魔波旬故作如是等無量苦惱毛竪驚怖難行之事是故今此魔王波旬以福德智慧二種莊嚴故有如是等神通威力有大功能於欲界中最勝自在此魔波旬及餘眷屬今於我所起勤害心於正法幢起摧折心於僧寶所起破壞心於八聖道起斷除心於正法燈起毀滅心於諸衆生一切善法起隱没心致留難心作恐怖心不憐愍心違反之心令諸衆生退捨善道墮惡趣心於諸龍衆起驚怖心於阿修羅宫起破壞心於此說法大衆會所欲障礙故而來至此復起欲壞大衆集心與此惡意顧視而坐若有衆生爲障礙他故嬈亂他故降伏他故欺凌他故求稱譽故求名聞故依於五欲戲笑樂故求富貴故修行施戒忍辱精進禪定智慧不爲解脫不爲信敬不爲離欲寂靜唯爲自身五欲樂故修行

施戒忍辱精進禪定智慧爲如是等諸結所縛雜於愚癡於欲界中果報成熟爲魔波旬如是苦惱此魔波旬以本障礙他故嬈亂他故降伏他故欺凌他故求稱譽故求名聞故依於五欲戲笑樂故求富貴故於毗舍浮如來法中修行施戒忍辱精進禪定智慧以是因緣今於現在白法盡滅五濁惡世得作魔王於三寶所不生信敬無尊仰心如是波旬常於衆生而作諸惡不利益故令苦惱故令墮落故提婆達多亦復如是此羅睺羅阿修羅王毗摩質多羅阿修羅王波羅陀阿修羅王婆稚毗盧遮那阿修羅王牟眞隣陀阿修羅王及餘阿修羅等亦於毗舍浮如來法中憍逸自舉不勤修習復懷疑惑雜諸煩惱貪欲瞋恚愚癡邪見無明胆佞斷常之心修行

施戒忍辱精進禪定智慧以是因緣今生下類苦惱畜生阿修羅道爲諸結所縛疑惑愚癡是故彼等尚不能發世俗正見何況能發無上善根唯有彌勒菩薩摩訶薩毗摩羅詰及菩提鬘阿修羅仙等於毗舍浮如來法中不爲障礙他故乃至不求富貴故但樂離欲化衆生故修六波羅蜜以是因緣此大丈夫彌勒菩薩毗摩羅詰及菩提鬘阿修羅仙等得無礙智以諸菩薩功德莊嚴巧成一切衆生智藥是故我今告於汝等若有欲求無上智者是人應當深信清淨以第一義諦而求菩提莫以世諦譬如五大河水能滿大海不以小河如是以依第一義故速能充滿一切智海不以世諦又如須彌山王依於大地久住不動不以依水如是以依第一義諦一切

善根而得堅固不以世諦又如一切草木依於大地而得生長不以草葉如是四念處乃至十八不共法大慈大悲等依第一義諦而得生長不以世諦又如猛風依於虛空而能吹盪烟雲塵霧不依於地如是爲求菩提諸善男子善女人等依第一義諦能吹諸惡見雲煩惱烟霧十惡道塵不以世諦又如依日大光明故得見高下及諸色像種種作業不以依彼油燈小光如是以依第一義諦菩提之心無有迷惑作諸善業不以世諦是故應捨一切愛取攝受之事住閑林中不作放逸修第一義不以世諦汝等如是便能速滿六波羅蜜於阿耨多羅三藐三菩提而成正覺爾時世尊欲重明此義而說偈言

一生處彌勒　問於尊導師　云何畜生類
言與人爲親　世尊見久遠　告於彌勒言
脩羅等往昔　皆是我兄弟　第三十一劫
毗舍浮佛時　我作婆羅門　聰慧字耶若
六度常相應　菩提不退轉　時我有八弟
邪見婆羅門　勸令信三寶　及發菩提心
彼皆不肯行　愚癡邪見故　既歷多年已
鈍根作是言　兄能千年中　常離於坐卧
復經七日夜　限食飯一摶　如是千年滿
我當住菩提　我時一心喜　誓住二威儀
既滿千年已　方得成熟彼　又化多衆生
出家離俗已　復與第一義　相應五萬年
如是第一義　我時本安住　轉化無量衆
堅住無上道　羅睺毗摩質　婆稚波羅陀
波旬毗摩詰　彌勒及提婆　如是八人等
先是我兄弟　爲彼修苦行　成熟於菩提

我爲無上道　行諸苦難事　波旬提婆達
常欲危害我　魔於過去時　所作諸善業
初無有信敬　恒欲惱衆生　但爲富貴欲
求名不尊重　毗舍浮法中　而行於六度
白法盡滅已　惡法增長時　得爲魔波旬
欲界中自在　又於三寶所　不肯生信敬
波旬提婆達　常欲惱衆生　如是修羅王
增上憍逸士　疑惑有欲垢　及諸嫉妬行
今在畜生類　而作修羅王　於諸最勝法
無智不能了　彌勒毗摩詰　道鬘修羅仙
於毗舍得信　修行無上道　彼與六度合
常化諸衆生　是故今殊勝　成熟無礙智
故我今示汝　宜捨諸疑惑　勤修第一義
證菩提不難　如海常充滿　種種衆寶物
如是修眞諦　能令智滿足　又如依大地
生長諸苗稼　如是眞諦合　能生勝菩提
又如風依空　吹盪諸塵曀　如是修眞諦
能滅諸煩惱　又如依日光　明見諸色像
若住第一義　能觀諸佛法　是故若欲求
於世速成佛　宜捨諸見著　安住第一義
往詣閑林中　端坐修禪定　勇決獨無侶
求無上菩提　精勤自調伏　防護於己心
棄捨諸邪見　遠離於斷常　怒心龍夜叉
并及諸鬼神　無量百千億　化之以眞諦

第一義諦品第五

爾時月藏菩薩摩訶薩即從座起偏袒右肩右膝著地合掌向佛而作是言世尊我今欲有所問唯願如來隨時聽許爲我解釋爾時佛告月藏菩薩摩訶薩言善男子如來應正遍知恣汝所問當隨意答令汝心喜爾時月

藏菩薩摩訶薩聞佛語已即白佛言唯然受教大德婆伽婆云何菩薩摩訶薩住阿蘭若修第一義諦得如月以四無礙成熟衆生能滿六波羅蜜佛言善哉善哉善男子快問是義汝於過去無量佛所植諸善根修諸功德圓滿之行已曾問此甚深之義汝今直欲爲彼未曾修習求阿耨多羅三藐三菩提諸善男子善女人故問如是義善男子諦聽諦聽善思念之吾當爲汝分別解說善男子若有清信善男子善女人求阿耨多羅三藐三菩提者當作是觀三界所有一切衆生皆爲貪欲瞋恚愚癡三毒猛火焚燒熾然生老病死憂悲苦惱皆亦熾然不得解脫作是觀時菩薩於彼諸衆生所起大悲心復作是念一切衆生莫不厭苦求樂彼等如是爲苦所轉如五節輪復作是念何因緣故此諸衆生衆苦增長無有休息作是念時知諸衆生皆爲愛取因緣所攝故受是苦增長不息是故我當棄捨愛取所攝因緣出向閑林獨而無侶於第一義諦思惟而住如是先自除苦然後乃能除衆生苦如是菩薩以眞實心欲令衆生離苦得樂當知此心從大悲起菩薩摩訶薩棄捨一切愛取因緣出向閑林獨而無侶如犀牛角於四聖種喜悅而住不念地不念我地不念地我水火風大亦如是不念色不念我色不念色我受想行識亦如是不念眼不念我眼不念眼我如是不念眼識不念我眼識不念眼識我如是不念眼觸不念我眼觸不念眼觸我如是眼觸因緣生受若苦若樂不苦不樂不念樂不念我樂不念樂我乃至

不苦不樂亦如是耳鼻舌身亦如是不念意不念我意不念意我乃至意觸因緣生受若苦若樂不苦不樂不念樂不念我樂不念樂我乃至不念不苦不樂亦如是不念四大不念我四大不念四大我乃至不念三受不念六想不念三行不念六識不念色聲香味觸處不念非想非非想處不念見不念聞不念覺不念知不念代謝不念覺觀不念心不念此世間不念彼世間不念過去不念未來不念現在不念斷不念常不念三昧不念禪不念捨不念盡不念用不念生不念滅不念我不念數不念黑不念白不念勝不念劣不念行不念住不念坐不念卧不念闇不念明不念作不念三界不念刹那亦如是

訶訶訶訶訶訶　達囉咩　達囉膩移　沓婆差　沓婆褐勒乂移　陀婆木乂移　蘇婆賀

善男子是名菩薩摩訶薩住於閑林修第一義諦佛説如是阿蘭若第一義諦時有八十億百千頻婆羅諸天及人於第一義諦曾修習者皆得無生法忍復有恒河沙等天人得柔順忍復有過虛空量諸衆生等得不忘菩提心三昧復有八萬四千比丘得無漏心解脱爾時世尊復作是言善男子若有菩薩摩訶薩如上所説棄諸愛取所攝因緣乃至如我所説修第一義諦時云何菩薩摩訶薩得如月以四無礙成熟衆生能滿六波羅蜜善男子如菩薩摩訶薩觀諸衆生皆爲三毒猛火熾然生老病死憂悲苦惱皆亦熾然不得

解脱作是觀時菩薩於彼諸衆生所起大悲心此是菩薩摩訶薩得如月照除衆生無明黒闇如初日月如菩薩摩訶薩爲除衆生諸苦惱故捨諸愛取所攝因緣此是菩薩摩訶薩得如月照除衆生無明黒闇與義無礙相應成熟衆生爲滿六波羅蜜故如二日月如菩薩摩訶薩出向閑林獨而無侶如犀牛角於四聖種喜悦而住此是菩薩摩訶薩得如月照除衆生無明黒闇與法無礙相應成熟衆生爲滿六波羅蜜故如三日月如菩薩摩訶薩修第一義諦此是菩薩摩訶薩得如月照除衆生無明黒闇與詞無礙相應成熟衆生爲滿六波羅蜜故如四日月如菩薩摩訶薩於三界境界及一切樂皆悉棄捨修第一義諦此是菩薩摩訶薩得如月照除衆生一切渴愛與樂說無礙相應成熟衆生爲滿六波羅蜜故如五日月如菩薩摩訶薩棄捨現在人中樂亦不悕望於五欲樂而修第一義此是菩薩摩訶薩得如月照除衆生一切瞋闇成熟衆生能滿檀波羅蜜是故菩薩摩訶薩於諸衆生如六日月如菩薩摩訶薩於諸境界得奢摩他定此是菩薩摩訶薩得如月成熟衆生能滿尸羅波羅蜜是故菩薩摩訶薩於諸衆生如七日月如菩薩摩訶薩三界境界休息相應不分別瞋不分別慈此是菩薩摩訶薩成熟衆生能滿羼提波羅蜜是故菩薩摩訶薩於諸衆生如八日月如菩薩摩訶薩一切三界休息相應不分別極不分別此是菩薩摩訶薩成熟衆生能滿毗梨耶波羅蜜是故菩薩摩訶薩於諸衆生如九日月

如菩薩摩訶薩爲悲愍衆生故而修第一義此是菩薩摩訶薩成熟衆生能滿禪波羅蜜是故菩薩摩訶薩於諸衆生如十日月如菩薩摩訶薩爲衆生故於諸三界陰界諸入三受等事不分别極不分别住如實際而修第一義此是菩薩摩訶薩成熟衆生能滿般若波羅蜜是故菩薩摩訶薩於諸衆生如十一日月如是善男子此是菩薩摩訶薩住於閑林修第一義時得如月以四無礙成熟衆生能滿六波羅蜜復次善男子云何菩薩摩訶薩修第一義時成熟衆生復得如月善男子如菩薩摩訶薩住於閑林若行若住若坐若卧捨離分别一切三界陰界入等住不分别修第一義時諸地行天龍夜叉羅刹阿修羅鳩槃茶餓鬼毗舍遮富單那迦吒富單那饑渴寒熱更相怖畏逼迫身心常懷瞋惡於諸衆生而無慈愍不觀後世畏彼諸天龍乃至迦吒富單那往菩薩所見已大笑而欲奪於菩薩精氣又以惡氣而欲嘘之及欲打害散亂其心彼諸鬼神雖起此惡去一由旬不能往到彼菩薩所何能以氣嘘之奪其精氣及以打害散亂其心彼諸鬼神心極生怖復示第一最惡形色欲令菩薩畏之心裂然此菩薩若行若住乃至不能動其一毛何況能作諸餘惱亂彼諸天龍乃至迦吒富單那以一切方便不能少分惱亂於彼修第一義諦菩薩摩訶薩彼等便於修第一義諦菩薩摩訶薩所心得敬信尊重敬仰心生希有以於菩薩生敬信故身心苦盡得樂充滿彼等復數詣菩薩所接足禮敬還其本處遊行止住復

於衆生更相敬重常生慈心不怖畏心不胆倿心不惱害心無怨讎心不鬭諍心作平等心休息殺生心乃至休息諸邪見心彼等數數向於菩薩極作敬重頭面禮足發願懺悔一切罪業而作是言我等從今乃至久遠生死流轉隨幾時中亦常恭敬供養仁者以爲左右親友知識兄弟眷屬及作檀越乃至菩薩於阿耨多羅三藐三菩提得成正覺是時仁者於三乘中與我授記以仁者力故我等當於生死流轉而得解脫入無畏城此是菩薩摩訶薩修第一義時成熟衆生能滿六波羅蜜是故菩薩摩訶薩於諸衆生如十二日月如菩薩摩訶薩住於閑林修第一義時所有空行天龍夜乂羅刹阿修羅鳩槃茶餓鬼毗舍遮富單那迦吒富單那於諸衆生獷惡瞋恚無有慈愍不觀後世畏作如是等諸惡形色非威儀事乃至不能惱彼住於閑林修第一義諦菩薩摩訶薩一毛何況能作諸餘惱亂彼等天龍便於菩薩摩訶薩所心得敬信乃至休息十不善道彼等數數向菩薩所發願懺悔一切罪業乃至仁者於三乘中與我授記我等當於生死流轉而得解脫入無畏城此是菩薩摩訶薩修第一義時成熟衆生能滿六波羅蜜是故菩薩摩訶薩於諸衆生如十三日月 如菩薩摩訶薩住於閑林修第一義時彼諸天龍乃至迦吒富單那向彼菩薩摩訶薩邊懺悔業障衆生障法障煩惱障乃至是諸衆生得成熟故能滿六波羅蜜是故菩薩摩訶薩於諸衆生如十四日月如菩薩摩訶薩住於閑林修第一義時彼諸天

龍夜叉羅刹鳩槃茶餓鬼毗舍遮富單那迦吒富單那獷惡瞋恚於諸衆生無有慈愍不深敬信不觀後世畏乃至於彼修第一義諦菩薩摩訶薩所深得敬信尊重敬仰生希有心一切皆悉棄捨惡業及捨舍宅晝夜詣彼修第一義諦菩薩摩訶薩所修行如上休息殺生於諸衆生生悲心利益心憐愍心而住休息偷盜邪婬妄語此是修第一義菩薩摩訶薩能滿檀那波羅蜜如彼休息兩舌此是菩薩摩訶薩能滿尸羅波羅蜜如彼休息惡口此是菩薩摩訶薩能滿羼提波羅蜜如彼休息綺語此是菩薩摩訶薩能滿毗梨耶波羅蜜如彼休息貪瞋此是菩薩摩訶薩能滿禪波羅蜜如彼休息邪見得正見數數作如是願當令我等得無上智此是菩薩摩訶薩能滿般若波羅蜜如彼天龍乃至迦吒富單那於彼修第一義菩薩摩訶薩所深得敬信亦復不勤怖畏刹利沙門婆羅門毗舍首陀亦不怖畏男夫婦女童男童女亦不怖畏象馬師子虎豹犲狼麞鹿鳥獸亦不怖畏國土城邑聚落舍宅亦不怖畏地水火風亦不怖畏藥草林樹花果等物此是菩薩摩訶薩修第一義時成熟衆生乃至能滿六波羅蜜是故菩薩摩訶薩於諸衆生如十五日月一切圓滿如是菩薩摩訶薩住於閑林修第一義諦速能滿足六波羅蜜譬如十五日月衆星圍遶微妙可愛如是修第一義諦菩薩摩訶薩爲彼信心諸天龍等乃至迦吒富單那善行圍遶微妙可愛譬如十五日月照除一切無明黑闇如是修第一義諦菩薩摩訶薩照

除天龍乃至迦吒富單那等十不善𠰒譬如月體性涼冷能令熱惱諸衆生等身心得樂如是修第一義菩薩摩訶薩令彼天龍乃至迦吒富單那等瞋恚所惱者令住慈心身得安樂譬如滿月令失道者見道如是修第一義諦菩薩摩訶薩令諸失道天龍夜叉乃至迦吒富單那等於天人所皆生慈愍乃至能見於三乘道譬如十五日月一切圓滿照於一切月愛摩尼寶珠如是寶珠以月光照故能出多水滿於小河及諸大河又滿大海如是修第一義諦菩薩摩訶薩以如是等威儀力故乃至迦吒富單那得深敬信不怖刹利乃至不怖童男童女不怖城邑乃至不怖樹林花果以此因緣人非人等乃至迦吒富單那麞鹿鳥獸各於所須具足充滿以彼所須得充滿故不相惱害身心安樂於十善業道堪能修行乃至於天人中得受果報具足快樂以是因緣於三乘中得不退轉如是諸天人等多得饒益如菩薩摩訶薩住於閑林修第一義能令諸天人等得安隱樂以是等故速能滿足六波羅蜜是故菩薩摩訶薩當住閑林修第一義於一切善根三昧陀羅尼忍辱堅固得住成熟如須彌山王善得安住如是修第一義諦菩薩摩訶薩於一切善根檀波羅蜜善得安住如師子獸王以尸波羅蜜降諸煩惱如那羅延以羼提波羅蜜伏諸三界一切惡見如波利質多羅樹花始開敷以毗梨耶波羅蜜種種善根花得開敷如日輪焰光以禪波羅蜜能除一切無明黑闇如十五日月一切圓滿以般若波羅蜜功德莊嚴

所願圓滿如如意寶能除貧窮以方便力種種善根不可窮盡智財無減法願充滿猶如大雲能降大雨如是菩薩摩訶薩住於閑林修第一義乃能降注諸法寶雨如菩薩摩訶薩修第一義善能安住於菩薩行一切魔事終不能動得不退轉於阿耨多羅三藐三菩提亦能圓滿種種功德寶花莊嚴得到一切諸法智明如幢上摩尼寶能成一切義如毗沙門王賢瓶能到一切智炬如得月愛摩尼寶珠在於手中一切所知皆得圓滿猶如大海亦如冬時著慚愧衣如勇健人巧用種種堅牢器仗如善化伏藏養育一切衆生如阿那婆達多池緊那羅等均平受報猶如蓮花諸煩惱泥不能染汙如寶花聚百千法門種種圍遶猶如寶鬘一切聲聞辟支佛等之所瞻仰猶如泉池淨水盈滿洗除衆生諸煩惱垢如斯陀大河蕩除衆生一切煩惱諸惡見垢如大河中船能渡衆生諸煩惱河如枳薩利師子降伏一切衆邪異道如帝釋金剛杵降伏一切煩惱阿修羅猶如繖蓋遮障衆生諸煩惱雨如大梵王令諸衆生度於流轉生死曠野示涅槃道是名菩薩摩訶薩住於閑林修第一義時成熟如是無量功德如是善男子第一義諦是何句義第一義諦是五根句義第一義諦是三昧根義大慈大悲義深信一切智義以四攝法攝受一切衆生義護持正法義勤求一切佛法義遠離諸難義住佛功德義超過聲聞辟支佛地義能淨三業義以諸三昧莊嚴心義淨三惡趣令諸衆生捨邪道義信解忍義成熟衆生無生忍義捨

離憎愛義於諸法決斷義分別一切法義勤求一切智義得一切助菩提義覺了十二因緣義分別上首義三不護義四無畏義十力義大慈大悲成熟衆生義方便勤求如來十力第一義諦義十地義登祚地義降魔義得一切種智義轉法輪義降法雨義度一切衆生義建立八聖道義第一義諦有如是等無量大義善男子第一義諦蕩諸結垢滅一切惡能度衆生煩惱淤泥枯竭愛河超過一切流轉曠野破諸見網照除無明降伏諸怨斷除憂慼諸根適悅令入正道覺悟諸法增長善根捨諸凡愚入賢聖位到菩提道善男子如是第一義諦一切功德皆悉圓滿成熟無上最勝智慧能令衆生到於一切生死彼岸爾時月藏菩薩摩訶薩白佛言世尊所謂三昧三昧者是何身是何攀緣是何想是何相是何性第一義諦是何身是何攀緣是何想是何相是何性佛言善哉善哉善男子汝於三昧久已修習善根圓滿汝今爲於諸衆生故問於如來如是等義善男子汝今諦聽善思念之吾當爲汝分別解說月藏菩薩摩訶薩白佛言世尊唯然受教佛言善男子諸聲聞乘三昧者名不善三昧三界身顛倒攀緣不淨想厭離相不喜樂性地界三昧者不分離身取攀緣重想堅相碎壞性水界三昧者不分離身滿攀緣潤想稀軟相枯竭性火界三昧者不分離身成熟攀緣熱想燒相盡滅性風界三昧者不分離身吹舉攀緣無礙想急疾相輕舉性分別陰三昧者渴愛身緣起攀緣棄捨想苦相無我性空三昧者通利法

身諸法攀緣無物想開視相畢竟空性無相三昧者捨三結身涅槃攀緣空想休息相究竟盡作性如是無願心心法三昧者五識身因緣攀緣常修行想速疾相無所依性此等是聲聞乘三昧修是緣起三昧名緣覺乘三昧安住大乘善男子慈三昧者憶念身衆生攀緣無礙想無瞋相不濁性悲三昧者憶念身衆生攀緣不害想救拔相愍惻性喜三昧者憶念身衆生攀緣樂著想愛樂相常慶喜性捨三昧者憶念身衆生攀緣無瞋喜想常捨相無功用性念佛三昧者法性身形像攀緣色處想愛敬相歡喜性念阿那波那三昧者以身爲身念爲攀緣不住想冷熱相生滅性善男子如是第一義諦四禪滅空三昧三摩跋提依阿那波那念何謂阿那波那念阿那言入息波那言出息念謂心法善男子彼入息出息當修修已身猗心亦得猗當云何修一者數二者隨順三者止住四者觀相五者轉還六者快淨數有二種作一者依彼除覺觀二者取出入息相隨順亦二種作一者依出除覺觀二者取入息相止住亦二種作一者示現出入息漸漸減盡二者安住三昧觀相亦二種作一者示現出入息漸漸減盡二者觀察心心諸法種種別異處處止住轉還亦二種作一者息三種受二者止三種行以此得淨空三昧何者爲空三昧見諸法無命觀諸法無主於彼得住七種空何者爲七所謂陰空界空入空諦空因緣空法空性空是名空三昧住是空三昧則增長因緣息增長因緣息則事休息事休息故則道休息善

男子此是菩薩摩訶薩第四禪不可得無言說得第一義諦三昧非聲聞辟支佛境界菩薩摩訶薩得禪定處畢竟不隨聲聞辟支佛地能滿六波羅蜜於七日夜成熟無量億那由他百千衆生天龍夜叉乃至迦吒富單那等何況能多日夜隨其所有國土城邑有如是等住第一義禪菩薩摩訶薩於彼國土有十二種功德利益何等十二一者於彼世界國王不瞋惱婆羅門不瞋惱沙門不瞋惱毗舍不瞋惱首陀不瞋惱男夫婦女童男童女及畜生類禽獸等不瞋惱二者於彼國土他方怨敵不來侵國兵仗不起三者於彼國土無賊寇無欺詐無矯誑四者於彼國土惡人不入無諸疫病唯除四大相違病者終不横死除自報盡五者於彼國土亦無非時風雨寒熱六者於彼國土一切衆生無有瞋惡急躁麤獷顛倒見取爲癡所覆天龍夜叉羅刹阿修羅鳩槃荼餓鬼毗舍遮富單那迦吒富單那師子白象虎豹豺狼毒蛇蝮蠍七者於彼國土亦無蚊虻惡蠅蚤虱蝨鼠野狐勳胡鬼梟及以鷹鷂并餘傷害食苗稼蟲八者於彼國土花果美味皆悉甘脆無苦辛澀無味等物亦無饑饉果藥豐饒九者於彼國土大地平正無有曠野高下險難地無鹽鹵亦無坑澗花果樹林常得青翠扶疎蔚茂是故衆生不乏衣食所須常得饒益安樂十者於彼國土人無怨讎鬬諍毀呰亦無言訟皆生慈心利益心同心喜心施心戒心忍心精進心禪定心智慧心求法心不違反心勤求三乘心求解脫心知足心唯除過去諸不善業怨

鏟心等十一若於彼國土當得諸佛住世若無諸佛有緣覺住若無緣覺有聲聞住若無聲聞有五通仙住於彼國土常有如是應受供人十二者於彼國土無惡名稱不可樂聲所謂謫罰聲鬪訟聲獄繫縛聲殺害聲著鎖甲聲捕獵聲偷盜聲罵詈聲忌尅聲儉聲饑饉聲少衣服聲欺凌聲病聲邪婬聲妄語聲兩舌聲麤獷語聲綺語聲貪聲瞋聲歸依惡天神聲於彼國土常無如是諸惡邪聲常有如是好聲滿足所謂三寶聲三律儀聲四梵住聲四攝聲六波羅蜜聲無生法忍聲登祚聲不受後有聲降魔聲轉法輪聲降法雨聲於彼國土以此諸聲常得充滿修第一義禪菩薩摩訶薩隨所住處於彼國土諸衆生等皆得趣向無上菩提於三界中聲震於世若有菩薩摩訶薩欲得速滿六波羅蜜及欲成熟無量無數萬億衆生速成阿耨多羅三藐三菩提當詣閑林於四聖種相應而住如是菩薩摩訶薩以第一義諦得八地智爾時世尊欲重明此義而說偈言

月藏問尊天人師　願為我說上月語
云何菩薩住蘭若　云何修習第一義
云何於彼得如月　與義相應無礙智
能成無數億衆生　亦能速滿於六度
斷除煩惱及諸行　佛說修習第一義
見三界苦煩惱火　老病憂悲死熾然
於諸衆生生憐愍　速捨愛取攝因緣
喜樂聖種住蘭若　於第一義常相應
修諸禪者捨六根　亦捨愛取陰界入
三界境界愛盡除　遠離三世及斷常

於禪損滅盡不念　是人得離黑白塵
亦離明闇諸分別　亦常修習第一義
捨離陰界住菩提　於諸世間得如月
國土衆生息驚怖　猶如滿月照世間
如是衆生得安樂　如月性冷焰光明
於諸國土惡聲息　如是功德亦如月
若人修習第一義　微妙音聲滿世間
儉病鬪諍悉休息　令諸衆生向菩提
信順忍成第一義　悟無生忍亦復然
亦以此成無礙智　亦能速滿於六度
亦以此法成衆生　亦以此法速成佛
聲聞不善處　顚倒亦應離　地界不分離
堅重碎壞性　水界不分離　稀潤枯竭體
火界燒煑熱　熱想盡滅性　諸陰是愛性
因緣得休息　空有於七種　法物令開現
無相除渴愛　休息於諸結　捨諸集因緣
皆以無願力　修習因緣起　唯是緣覺乘
大乘諸衆生　修行諸梵住　安般念三昧
開示於身心　心能住無事　休息三種取
不可得言說　是名第一義　非彼二乘地
安住此實際　若以此三昧　成熟無數衆
名稱滿於中　是人速成佛　是故若欲滿
檀等波羅蜜　及欲成佛道　常樂阿蘭若
若常樂蘭若　修諸聖德行　速捨諸緣礙
得成佛菩提

爾時世尊說是第一義時於彼衆中五百七十菩薩摩訶薩曾於過去修此法者一切皆得無生法忍復有六十百千頻婆羅菩薩摩訶薩曾修此法彼等皆悉於十地行得自然智復有六十百千那由他頻婆羅衆生曾於

過去修四梵住及四無礙彼等皆得月藏三
昧自然成熟得八地智復有八萬四千比丘
得盡諸漏心得解脱如恒河沙數諸衆生等
未發無上菩提心者皆於阿耨多羅三藐三
菩提得不退轉

大方等大集月藏經卷第三

音釋

塵曀 曀於計切天陰塵也 犲狼 犲牀皆切狼魯當切並獸名 麞 諸良切麋屬 麤獷 麤倉胡切大也獷古猛切惡也 蝮蠍 蝮房六切蠍許謁切蝮蠍並毒蟲也 螽 之戎切蝗類螽斯也 祚 昨誤切位也

大方等大集月藏經卷第四

高齊天竺三藏那連提耶舍譯

令魔得信樂品第六

爾時有一帝釋天王名曰火光與大衆集在於會坐白憍尸迦帝釋言憍尸迦此魔波旬爲當欲令住於閑林與第一義相應菩薩摩訶薩等得三昧故勤作惱亂爲欲退彼三昧故也時憍尸迦答彼火光天帝釋言是魔波旬於四天下一切處中令諸衆生退失留難善朋黨故勤作惱亂又令退失留難檀波羅蜜乃至般若波羅蜜故勤作惱亂復令退失天人種故三種菩提故增長三惡道故勤作惱亂魔諸眷屬亦復如是爲欲增長一切衆生大苦海故勤作惱亂憍尸迦說是語已于時一切諸來大衆皆以慈心瞻視魔王有諸菩薩摩訶薩等慈愍勸諫魔王波旬是時火光帝釋復與一萬帝釋天衆悉共合掌向魔波旬作如是言大王慶喜慶喜於三寶中應生信敬是時娑婆世界主大梵天王與六十億百千梵衆及四天王慈心眼視魔王波旬亦作是言慶喜慶喜汝魔波旬若於三寶不得信敬未來長夜有大損失無所利益墮諸惡道是魔波旬爲彼一切諸來大衆各各皆以慈心眼視及諸菩薩摩訶薩等釋天梵天護世四王勸諫之時從座而起合掌向佛頭面禮足而說偈言

智者一向棄王位　以有煩惱嫉妬慢
故令失壞勝善道　墜墮諸惡不善趣
我以富貴狂因緣　於善導師多留難
遮障衆生諸善業　初不見佛起瞋心

世尊一向常忍辱　慈悲憐愍諸衆生
等心一切已慢除　枯竭衆生煩惱海
唯佛燒盡煩惱薪　能示人天解脱道
令億衆生度有海　我盲無智入闇冥
我今啓請諸大衆　願以慈愍助我等
謝過如來住堅信　更不重起惱亂心
我今一向護佛法　熾然光顯正法眼
自捨所有貪妬慢　懺悔無餘諸罪業
我今發大菩提心　及勸一切衆生等
自修精進滿六度　置彼衆生於八道
我爲一一衆生故　演説無量諸法門
隨所能令入法城　如是勤勸一切衆
未曾見有如此會　悉能淨信於三寶
由我惡心被猒賤　故今捨之及衆過
從今永住淨信心　願後更不被猒賤
心與聖德常相應　不復造作衆惡業

爾時魔王説此偈已即向佛所到已禮拜而説偈言

我於世尊作留難　願以上忍見容恕
救孤獨者受我懺　大智慈仁不懷瞋

爾時一切諸來大衆咸同一音而白佛言婆伽婆唯願容恕魔王波旬魔今深信誠心懺悔當持佛法熾然法眼令世尊法久住於世復使人天長夜當得利益安樂爾時世尊以偈答曰

忍爲世間最　忍是安樂道　忍爲離孤獨
賢聖所欣樂　忍能顯衆生　忍能作親友
忍增美名譽　忍爲世所愛　忍得富自在
忍能具端正　忍能得威力　忍照於世間
忍得諸欲樂　忍能成工巧　忍力降伏怨

及以除憂惱　忍得好容色　忍能具眷屬
忍招諸勝報　忍能趣善道　忍得人樂觀
忍能得妙好　忍能息諸苦　忍得壽命長
忍得大梵王　忍得欲自在　忍得天帝釋
輪王具神通　忍得人中主　忍力難降伏
忍得龍夜叉　修羅中自在　忍能息諸怨
不害於衆生　忍能離偷盜　忍能捨婬欲
忍能止妄語　兩舌綺惡言　忍能除貪瞋
及離邪見意　忍力成施戒　精進及禪那
般若波羅蜜　能滿此六度　忍能除諸惑
忍得羅漢樂　亦得辟支佛　及住無生忍
忍能具十地　速得菩提道　忍於諸衆生
得為無上勝　忍能降伏魔　及伏諸外道
忍能於世間　轉最無上輪　忍令多衆生
枯竭三惡道　忍斷煩惱障　及能淨法眼
忍授衆生記　三乘隨所求　忍能伏剛惡
夜叉羅刹等　忍與種種人　授記最勝道
忍已降諸怨　亦能滅衆惡　忍能息一切
非時暴風雨　忍能作大集　此諸所來衆
我怨汝波旬　於我諸獷戾　但自謝已心
是我第一怨　今於大衆前　證知勸誡汝
莫壞我所習　一切佛正法

爾時一切諸來大衆天人阿修羅乾闥婆等同聲歎言善哉善哉婆伽婆如來常於一切衆生慈悲憐愍以諸善法饒益安樂魔王波旬常於世尊起憎惡心怨心害心與諸衆生為惡知識於諸善法常作留難令住不善時有梵天名曰威德白不動大梵天王而說偈言

如空無邊亦無等　一切衆生所依住

佛智如是不思議　於一切法到彼岸
世尊有歎檀行處　憐愍一切衆生故
以檀得爲功德士　速能滿諸波羅蜜
或有廣說戒忍進　及以禪那般若等
世尊於此一一中　具足能顯於六度
如來唯以禪定法　說能趣向菩提道
是故常應樂住禪　速能證於大菩提
爾時復有一切梵王諸帝釋王諸餘天王諸龍王諸夜叉王諸阿修羅王諸迦樓羅王諸緊那羅王諸乾闥婆王諸摩睺羅伽王諸羅剎王諸鳩槃茶王諸餓鬼王諸毗舍遮王等從座而起向魔波旬合掌而禮作如是言大王敬信敬信牟尼世尊以此世尊解脫諸過到於一切功德彼岸慈悲憐愍諸衆生等施一切樂覺了諸法捨諸流轉住於彼岸又言大王若有衆生乃至一念深信如來敬仰尊重歎未曾有以敬信故得作輪王統四天下七寶具足乃至得作帝釋天王欲自在主魔王波旬娑婆界主大梵天王何況常能具信三寶是故大王應捨魔見諸惡濁心具足淨信於生死流轉富貴自在受諸果報後成正覺能施衆生一切安樂得爲世間無上福田爾時魔王復與諸臣頂禮佛足專心敬信牟尼世尊慇懃懺謝爾時世尊以偈告曰
惡心姧慧汝當起　我常容忍天人證
至心修行菩提道　汝當作佛無邊慧
爾時魔王極生淨信即持無價摩尼寶鬘無價咽瓔珞臂瓔珞脚瓔珞及以指鬘奉獻世尊合掌而禮作如是言我昔於佛多作留難爲欲破壞正法眼目斷三寶種壞滅法炬何

以故遠離善法迷惑心故今於三寶深得敬信本昔所作一切業障今已懺悔已發阿耨多羅三藐三菩提心蒙得授記唯願世尊哀受我等摩尼寶鬘瓔珞指鬘爾時世尊慈悲憐愍魔波旬故即便受之爾時魔王心生大喜作如是言若佛所有聲聞弟子比丘比丘尼優婆塞優婆夷若復餘人宴坐閑林與第一義相應住者現在未來若魔魔子魔婦魔女魔諸左右男夫婦女及依魔住所有衆生若天天子天婦天女天諸左右男夫婦女若龍龍子龍婦龍女龍諸左右男夫婦女乃至迦吒富單那若子若婦若女若諸左右男夫婦女嬈亂衰害取其精氣氣噓其身散亂其心若奪衣服飲食湯藥若教他奪若奪其味若以鼻齅若放臭氣滿其住處若復見彼住於閑林比丘比丘尼優婆塞優婆夷及餘衆生修第一義者若不勤作供給供養衣服飲食及以湯藥我當令彼若魔魔子乃至迦吒富單那左右男女得頭病眼病耳病腹病如是等病之所逼惱退失神通不復能得飛空遠遊一切方所皆悉闇冥魔王波旬作是語已即說呪曰

菴摩差义戒切　曷囉摩差　菴摩摩囉差　莫义鞞闍婆帝　莫义蘇垷帝　阿婆羯筵　阿婆坻　時那趾上支切那　摩伽娑婆犀　頞囉棄摩那底嘌　浮闍跋囉坻泥　阿佉嘍差　摩佉跛彌　阤羅阿鞞斯囉佉鞞　娑牟達囉佉鞞　畢唎剃毗　涅寐帝鬱持迦涅寐帝　坻闍涅寐帝　婆耶婆涅寐帝　阿迦奢姝囉　涅寐帝　分示　那囉夜

拏佉婆涅文支　摩醯首婆囉　涅文支
阿娑遮婆　涅文支　薩兜婆　僧棄耶跋
柘涅文支　鉢囉摩頞他　涅文支　鉢囉
伽拏　鉢囉頞他　涅文支　多波跋囉多
涅目多鉢囉摩頞他　涅文支邏　蘇婆訶

爾時一切諸來大衆於中所有惡行惡心於諸衆生無慈悲者皆悉驚怖魔王波旬復作是言若有違我此教令者當得如上衆病等惱復次世尊我今攝護佛子聲聞伏諸惡行不令現在及未來世作諸衰惱能使世尊法眼久住令三寶種不斷於世爾時世尊復讚魔言善哉善哉如是波旬汝於長夜具大功德無復諸惡一切衰惱爾時一切諸來大衆諸天及人乾闥婆等皆悉讚言善哉善哉魔王波旬能於三寶深得淨信如是佛法長夜熾然天人當得入無畏城閉塞惡道常開善趣解脫之門於四天下所有鬪諍疫病饑饉非時風雨皆得休息又令四天下常得安隱豐樂可樂多衆盈滿爾時魔王禮世尊足右遶三帀退坐一面爾時大衆欲重明此義以偈頌曰

魔心決定得歡喜　懺謝如來及眷屬
眞心踊悅作是語　慈悲人前捨諸惡
猶如虛空無邊際　佛智境界亦如是
覺了無邊諸法已　於世說法最第一
或有說檀勝無等　以檀能得妙菩提
或復有說尸羅忍　精進禪定及智慧
如是種種方便說　示現無等大菩提
天人修羅應當知　世尊降伏自在魔
此經佛說忍爲最　能得一切安隱樂

忍能休息諸煩惱　能示勝妙解脫城
甲心合掌咸向佛　懺悔已作諸惡業
當發最勝菩提願　我等必當作導師
自然如來授記已　魔王速成等正覺
及餘百千衆生等　亦與無上菩提記
已滿忍辱波羅蜜　速爲無等大導師
與諸善法作依止　護諸聲聞故說呪
若魔依魔諸神鬼　夜叉修羅富單那
如有惱害佛子者　當以惡病著其身
一切大衆皆踊悅　歡喜咸作如是言
以此業故法熾盛　則得久住於世間
魔王安住淨忍心　三寶水泉難枯竭
當息世間一切濁　饑饉暴風及亢旱
是故人天得諸樂　本所修習忍辱行
樂檀尸羅忍方便　到進禪智大彼岸

爾時世尊顯說如是忍功德時九百八十萬諸天人等曾修忍者一切悉得無生法忍十頻婆羅百千人得柔順忍億那由他百千天人得須陀洹果過於數量諸衆生等得世正見十頻婆羅百千天人阿修羅夜叉羅剎昔未發阿耨多羅三藐三菩提心者悉得發心及不退轉百萬衆生得授阿耨多羅三藐三菩提記

一切鬼神集會品第七

爾時護世四大天王從座而起合掌向佛頭面禮拜作如是言婆伽婆此閻浮提種種國土城邑村落園林寺舍山澤等處所有諸惡天龍夜叉羅剎阿修羅鳩槃茶餓鬼毗舍遮富單那迦吒富單那依彼住者瞋惡獷戾無慚無愧於諸衆生無有慈愍常害他命及作

惱亂彼諸天龍乃至迦吒富單那等於閻浮提非時數數起於亢旱惡風雹雨闇曀灰塵嚴寒毒熱以是災害壞諸苗稼五穀花果蒲萄甘蔗劫貝等物故令衆生多有種種饑饉疫病愛别離苦衆惱逼切各各迭相怖懼鬬戰心常恐畏諸王刹利於已眷屬五欲衆具不生喜樂於已國土觸惱一切沙門婆羅門毗舍首陀男夫婦女童男童女亦復觸惱象馬牛羊師子虎豹豺狼狗犬一切禽獸皆令觸惱於諸衆生種種因緣而逼惱之晝夜殺害燒煑割截五穀財帛所欲供具身心樂事及諸善行皆悉損減以是因緣令人天等善趣減少又令閻浮提善事滅故不可愛樂我等一切不能遮護令此世尊大集之處一切大士菩薩摩訶薩諸聲聞衆皆悉雲集一切天王及與眷屬一切龍王阿修羅王乃至一切毗舍遮王悉與眷屬皆來集會世尊彼等於此閻浮提一切國土城邑村落山谷寺舍園林之處唯願世尊分張付囑天龍夜叉羅刹阿修羅鳩槃茶餓鬼毗舍遮等各令護持若彼天龍乃至毗舍遮於閻浮提作於一切鬬諍觸惱非時風雨疫病饑饉寒熱等事各各隨分而遮護之若於閻浮提所有鬬諍觸惱疫病饑饉非時風雨寒熱等事皆悉休息令閻浮提所有花果藥草劫貝財帛五穀甘蔗蒲萄及酥蜜等皆得成熟所有苗稼不令衰壞於閻浮提諸處人中及麞鹿鳥獸隨其所欲皆無乏少以無乏故令彼衆生修諸善行修正法行修眞實行勤修而住令彼諸善增長不退以是因緣此閻浮提安隱豐盛人

多盈滿甚可愛樂世尊正法則得久住一切人天所願滿足衆生悉得趣向善道及涅槃道離三惡趣令三寶種得不斷絶爾時四天王欲重明此義以偈頌曰

於此閻浮提　所有諸國土　惡天龍夜叉
羅刹鳩槃荼　餓鬼毗舍遮　迦吒富單那
瞋惡無恩養　無慈於衆生　彼等無慚愧
觸惱諸刹利　沙門婆羅門　毗舍及首陀
師子象虎豹　非時惡風雨　疫病及饑饉
能令衆生苦　彼等害衆生　毀壞於世間
殘害諸苗稼　及滅正法燈　我等四天王
不能遮此惡　願佛當分布　國土城邑等
付囑龍夜叉　羅刹鳩槃荼　令彼各遮護
非時惡風雨　息諸怖畏惱　令無病饑饉
花果藥苗稼　充足衆美味　衆生不乏少
所用諸供具　一切善法增　令得可樂事
佛法得常住　衆生趣善道　三寶種不絶
願佛常哀愍　大地具衆美　離諸苦辛味
花果皆具足　種種味充滿　泉池陂河等
淨水常充滿　於諸苗稼等　不能奪精氣
彼所進飲食　心輭無麤獷　慈念常相向
流轉淨無垢　捨家衆事業　住於阿蘭若
勤修菩提行　令多衆生信　法朋得增益
令魔衆損減　四天下豐樂　諸處人充滿

爾時世尊問四天王釋提桓因娑婆世界主大梵等言諸天王輩若見若聞此賢劫初拘留孫佛及拘那含牟尼佛迦葉佛等出現世時云何以此閻浮提中所有天龍夜叉鳩槃荼等分張付囑爲如我今菩提樹下初成正覺以此一切閻浮提中天龍夜叉鳩槃荼等

分張付囑安置不也如是問已四大天王釋提桓因娑婆世界主大梵王等白佛言大德婆伽婆我等見聞此賢劫初拘留孫佛菩提樹下初成正覺以此閻浮提天龍夜叉鳩槃茶等分張付囑如今世尊菩提樹下初成正覺以此閻浮提天龍夜叉鳩槃茶等分張付囑等無有異彼拘留孫佛出現世時衆生壽命四萬歲彼時大地精氣衆生精氣法精氣等力得增上味增上威增上德增上慈增上勝增上智增上如是等事皆得增上爾時依地果味衆花藥等衆生食者皆得輭心慈心悲心喜心捨心施心戒心忍心精進心禪定心智慧心離殺生心乃至離邪見心少欲知足少煩惱垢多福長壽離欲閑居愛樂正法厭患流轉熾三寶種以是因緣得離惡道趣

向善道爾時諸天乃至迦吒富單那一切禽獸悉得具足如是等事次後衆生名壽損減名壽損減故福德損減福德損減故地味精氣損減地味精氣損減故衆生精氣損減衆生精氣損減故衆生心法作善慚愧損減衆生心法作善慚愧損減故正法甘露精氣損減彼諸衆生名壽損減乃至正法甘露精氣損減故廣作殺生乃至邪見乃至禽獸亦復如是如是衆生遠離善道及涅槃道趣向惡道彼命終已生惡道中若彼衆生生於夜叉乃至迦吒富單那中者瞋惡無慈不觀後世可怖畏事廣作殺生乃至邪見彼等衆生於閻浮提未得入於付囑護持分中如是拘那含牟尼佛迦葉佛於菩提樹下初成正覺以此閻浮提天龍夜叉鳩槃茶等分張付囑如

今世尊於道樹下初成正覺以此閻浮提天龍夜叉鳩槃茶等分張付囑等無有異如是白法漸減黑法增長從是以來無量那由他百千惡龍夜叉乃至迦吒富單那生長蕃息常瞋獷惡不懷慚愧於諸衆生無有慈心不觀後世可怖畏事殘害他命食其血肉彼等不入分布分中無定住處此惡龍等不守護人乃至畜生常欲奪人精氣斷他命根滅壞國土城邑村落寺舍等處能令諸王瞋惱乃至能令畜生等惱又復能令非時風雨嚴寒毒熱壞滅一切花實苗稼如是惡龍乃至迦吒富單那等不受我教我於彼等不得自在是故於今五濁極惡白法損減如來出世一切衆生於慈導師得生敬信尊重愛樂佛所發言稱機利益具足功德智慧之聚得成大悲六波羅蜜相應究竟所願得滿獲六神通於法自在覆護攝受一切衆生能與衆生一切善道及涅槃樂今者於此大集未曾之有昔來未聞如是大集一切天王及與眷屬皆來集會一切龍王乃至日王夜叉王羅刹王阿修羅王乾闥婆王緊那羅王迦樓羅王摩睺羅伽王鳩槃茶王餓鬼王毗舍遮王悉與眷屬皆來集此所未來者今願世尊以神通力盡皆攝之若有諸惡鬼神無所繫屬不受他教瞋惡麤獷無有慈愍不觀後世可怖畏事殘害他命飲血食肉所不來者唯願世尊當復慈愍以神通力令彼鬼神及其眷屬皆來至此使得分布入他分中不令數數惱亂衆生以此方便令四天下大地餘味而不速滅精氣安住不復損減以地精氣不損減故

衆生精氣不損減衆生精氣不損減故正法甘露精氣不損減正法甘露精氣不損減故衆生心法作善平等增長以是因緣令三寶種得不斷絶如是如是法眼久住閉三惡道開於善趣及涅槃門如是如是白法增長黑法損減如是如是天人增長無量天人悉得充足涅槃快樂四天王等説是語時世尊觀察默然不言爾時娑婆世界主大梵天王憍尸迦及諸釋天四大天王皆共合掌告諸大衆我等咸白一切菩薩摩訶薩一切聲聞一切天龍夜叉羅刹乾闥婆阿修羅緊那羅迦樓羅摩睺羅伽餓鬼毗舍遮富單那等一切大衆願悉勸請如來法尊當使世尊令諸天衆悉集於此一切龍衆乃至一切迦吒富單那等亦悉來集彼等於閻浮提所有國土城邑村落寺舍園林山谷曠野河井泉池如是等處遊止住者分張付囑令彼一切諸善天龍乃至一切迦吒富單那分取安置各自當分平等守護不令縱捨不令生惱各各教彼同行其法常作善念折伏惡心復令各各護持自分而不縱捨不惱於他彼若各各當分平等作護持者名稱流布得大勇猛獲大福報爾時一切菩薩摩訶薩一切聲聞一切天龍夜叉羅刹阿修羅迦樓羅緊那羅乾闥婆摩睺羅伽鳩槃茶餓鬼毗舍遮富單那迦吒富單那乃至一切諸來大衆歡喜踊躍從座而起合掌向佛一時同聲作如是言我等勸請如來應供正遍知愍我等故利衆生故得大悲心一切諸天乃至迦吒富單那悉令集此彼等於此閻浮提中城邑村落乃至依止

泉池住者分張付囑令彼天龍乃至迦吒富單那分取安置若彼諸天乃至迦吒富單那等各捨已分猶作惱害不遮惱他應當治罰而折伏之願佛發勇作大佛事一切盡皆分張安置爾時世尊說偈答曰

於此佛法中　無有惱他義　度於苦彼岸
諸處心平等　諸法無有二　導師捨憎愛
一道如虛空　此是佛境界　若有有爲心
思惟去來事　彼以法非法　能攝鬼神來

爾時復有一大梵天名曰正辯住第十地聖無上聖以諸菩薩功德莊嚴在會而坐此正辯天白諸天王一切龍王一切阿修羅王乃至一切迦吒富單那王作如是言汝等如是今從如來得聞是義如佛世尊若行若住若坐若卧不惱衆生汝等今悉一時同聲發願悕求應當說言所有非人一切天龍鬼神所攝常食精氣惱害於他食肉飲血者彼等一切願護世四王力勢折伏所有化生濕生胎生卵生如是隨其所有諸龍夜叉羅剎阿修羅迦樓羅乾闥婆緊那羅摩睺羅伽鳩槃茶餓鬼毗舍遮富單那迦吒富單那一切等類四生所依彼等悉爲四大天王力所攝伏願四大王攝彼一切所不來者悉至於此爾時一切天王乃至迦吒富單那王作是願言除三十三天以下所有四天王天及諸龍衆乃至迦吒富單那四生所依一切無餘悉願依於四大天王彼等四王力所攝伏若有諸天乃至迦吒富單那等於四天王如有違反一一王力不受教勑即當爲彼熾然鐵輪截其耳鼻若截耳鼻猶故違者復令鐵輪截彼手

足若截手足猶故違者復斬其首若有乃至違四天王教勑之者必令如是爾時毗沙門天王即以熾然焰赫鐵輪向於北方而遥擲之即說呪曰

多地夜他　窮窮尼邏窮其鳳切　叉婆窮迦佉伽伽泥　迦佉闍羅厠　蘇婆訶

爾時毗樓博叉天王亦以熾然焰赫鐵輪向於西方而遥擲之復說呪曰

多地夜他　尸梨器　尸羅器　伽伽那尸梨器　叉尸邏器底　闍利　蘇婆訶

爾時毗樓勒天王亦以熾然焰赫鐵輪向於南方而遥擲之即說呪曰

多地夜他　闍邏鼻唎師　闍囉鼻唎師悉多婆　闍囉鼻唎師　達囉尼　闍邏闍囉　鼻唎師　蘇婆訶

爾時提頭賴吒天王亦以熾然焰赫鐵輪向於東方而遥擲之即說呪曰

多地夜他　阿那易七利切　阿那阿那耶阿那浮毗　阿迦奢浮毗　摩系　都易蘇婆訶

爾時四方諸天乃至迦吒富單那及諸小樹林藥草神等遥見鐵輪熾然焰赫悉大驚懼愁憂不樂恐命不存觀十方已各作念言誰當有能救於我等爲歸爲趣施我等命即便觀見大悲世尊如實利益諸衆生者佉羅帝山牟尼諸仙所依住處大衆悉集圍遶而坐唯彼當能救我等命即往佛所疾如電光到佛前住如是十方所有諸天乃至迦吒富單那等皆往佛所到已而住爾時世尊欲重明此義而說偈言

時我兩足尊　問釋梵四王　爲見爲聞彼
過去諸導師　分布四天下　爲令天等護
可不如我今　道樹下分布　天王答我言
如是昔諸佛　坐於道樹下　分與夜叉等
後因過及時　轉生諸雜惡　鳩槃龍夜叉
羅刹鬼單那　獷惡無慈愍　常食他血肉
彼惱於諸國　及惱四姓人　非時作風雨
及以寒熱等　饑饉病鬬諍　滅壞大地味
無慈於一切　惱害多衆生　莫能遮護者
不伏於我等　是以地精氣　衆生精氣沒
正法妙精氣　難得者日損　時過因縁故
天人等損減　增長諸惡世　法朋難可得
法不久住世　滅壞正法燈　斷絶三寶種
世間當盲冥　今佛大勇猛　於白法盡時
出現閻浮提　大悲衆生樂　中言具六通
究了諸法岸　利益衆生故　作此大集會
一切天龍王　護世等來集　諸鬼惡無慈
恒食他血肉　龍鬼富單那　彼等不來此
無所受教令　不依屬他分　一切受佛語
令彼皆來集　願分於彼等　各令有所屬
不令更惱害　奪他精氣等　三種精氣住
令人修法行　白法得增長　黒法得消滅
以是惡道息　天人得增益　解脱門得開
三寶種熾然　福流諸衆生　速能得解脱
于時我默然　不隨於彼等　梵王諸帝釋
四大護世王　俱白一切衆　所來在會者
勸請天人師　攝諸鬼來此　分張付囑彼
城邑諸村落　晝夜常護持　各令住自分
菩薩等大衆　從座起合掌　勸請大導師
攝諸鬼來此　一切分作分　護持閻浮提

勿惱於衆生　發勇人中上　我不惱亂他
遠離去來事　了知法無二　離諸衆生想
正辯大梵天　告諸天王言　導師不惱他
佛法無此事　悉共發願言　令鬼不爲惱
分布各依止　彼四天王等　諸王作是言
我今依汝語　誓勑於彼等　悉令得作分
若彼不依教　速爲輪所燒　于時四天王
使輪向四方　乃至一時頃　盡皆到佛所
頂禮世尊足　合掌於彼住

大方等大集月藏經卷第四

音釋

戾（力霽切很戾也）　饑饉（饑居依切穀不熟也饉渠吝切菜不熟也）　稼（古訝切禾之秀實曰稼）

大方等大集月藏經卷第五

高齊天竺三藏那連提耶舍譯

諸惡鬼神得敬信品第八上

爾時護世四大天王見於無量阿僧祇衆天龍夜叉乃至迦吒富單那等種種色種種形種種欲種種行種種性彼等衆生性無慈愍於諸衆生常起瞋恚惱害之心不觀後世可怖畏事無所繫屬無所護持是等恒常觸惱刹利乃至畜生奪其精氣食其血肉是四天王見諸鬼神俱來集已歡喜踊躍各自問其所領大將毗沙門天王問於散脂夜义大將言此四天下一切所有夜义羅刹若卵生胎生濕生化生或依城邑聚落舍宅塔寺園林山谷河井泉池陂濼冢間樹下曠野田中閑林空舍及大海内衆妙寶洲彼諸鬼神若在地行水行空行一切無餘今悉來集世尊所不散脂大將言大王如王所言此四天下所有夜义乃至大海寶洲若地行水行空行一切無餘今悉來集在世尊所提頭賴吒天王問於樂欲乾闥婆大將言此四天下一切所有乾闥婆衆餘如上說毗樓勒义天王問於檀帝鳩槃茶大將言此四天下一切所有鳩槃茶衆餘如上說毗樓博义天王問於善現龍王言此四天下所有龍衆摩睺羅伽迦樓羅諸餓鬼等若卵生胎生濕生化生或依城邑聚落舍宅乃至海内衆妙寶洲若在地上水中空中所遊行者一切無餘今悉來集世尊所不善現龍王言大王如王所言此四天下所有諸龍乃至餓鬼一切無餘今悉來集在世尊所爾時四大天王釋提桓因大梵天

王正辯梵天合掌向佛而作是言大德世尊此四天下所有天龍乾闥婆緊那羅夜义羅刹鳩槃茶毗舍遮摩睺羅伽迦樓羅諸餓鬼等若卵生胎生濕生化生所有地行水行空行一切無餘今悉來集在世尊所我等大衆皆同勸請唯願如來哀愍我等慈悲一切諸衆生故令惡衆生得敬信故令正法眼得久住故紹三寶種不斷絶故彼地精氣衆生精氣正法勝味甘露精氣令得久住利益增長故又令善道及涅槃道常不滅壞利益增長故大德世尊此閻浮提一切城邑聚落舍宅乃至寶洲一切無餘天龍夜义乃至迦吒富單那等今悉來集天王龍王乃至毗舍遮王悉將眷屬亦皆來集唯願世尊付囑此王同行其法憶念攝受令彼天龍夜义羅刹乃至迦吒富單那等各有所屬隨於已分養育護持恒常不捨莫令惱他見惱他者令其遮護常不捨離使得安隱若彼各各於其已分勸發勇力平等護持彼等則得喜樂名聞多受福報爾時世尊受其勸請慈悲憐愍彼一切故遍觀大衆觀大衆已舉其右臂而作是言汝等賢首一切大衆各各諦聽我當解說佛出世難如優曇華離八難難如順時香樹閻正法難如兩閻浮檀金遇戒定僧得供養難如入大海詣妙寶洲信敬三寶難如求如意珠布施三寶難如求功德天賢瓶受持戒難如牛頭栴檀國難可得到於衆生所起慈悲難如值勇健怨賊執金剛杵難得脫免謹慎知足難如善作馬祀（梵語阿濕婆迷陀耶若此云馬寶柱祀爲此祀者唯閻浮王之所能也）諸仁者有十種平等若諸衆生

具十平等於生死中恒受勝報速能得入無畏大城何等爲十一者衆生平等二者法平等三者清淨平等四者布施平等五者戒平等六者忍平等七者精進平等八者禪平等九者智平等十者一切法清淨平等諸仁者於彼何者是衆生平等若有衆生爲求身命受樂離苦應作是見若受者作業若身口意若善不善自作教他彼受現報及後世報是故汝等若欲離苦求二世樂應當造作身口意善莫起諸惡若求二世自益益他自樂樂他自好好他勿作諸惡此是衆生平等諸仁者於彼何者是法平等若有衆生求樂離苦欣生畏死恩愛不離怨憎不會如此之人心海所溺何以故若有衆生計著我者生死流轉不見清淨解脫道故是故於法平等思惟觀察衆生不離法法不離衆生若衆生體性即是我體性若我體性即是一切法體性若一切法體性即是佛法體性若如是觀諸法平等是人得無所有不見衆生亦無衆生去來合散亦不見有衆生可得非法非非法是人如是得住無相此是法平等諸仁者於彼何者是清淨平等謂得人身具滿十德何等爲十一者離下賤家二者不鈍三者不瘂四者諸根不缺五者得男子身六者顏容端正得好眷屬七者不貧八者不爲他欺九者發言有中十者多人樂見何以故言得於人身清淨平等如得人身得三律儀離三惡道能求三乘以此則得三種菩提不以餘法云何清淨平等能到菩提是人令心不依諸法令心不依内外境界不依如如見一切法無和

合相不取内心不取外心於二境界極得寂定如是清淨正見理時不見有我内有衆生外有命者壽者生者人者衆數養育作者使作者起者使起者受者使受者知者見者此十六名皆出妄想是人如是於諸衆生得見無我清淨平等以是義故離欲清淨不起邊見如是得入衆生清淨平等及諸法空無行智印無相無願如是得入衆生清淨平等復以彼法成熟衆生而不自壞亦不壞財若知衆生體性平等則知一切法體性平等若一切法體性平等即是佛法體性平等是故一切諸法名爲佛法此是清淨平等諸仁者於彼何者是布施清淨平等謂四種心清淨布施以布施故衆生於流轉時恒受勝報速能得入無畏大城何等爲四一者於一切衆生起憐愍心二者平等心三者大慈心四者大悲心憐愍心清淨平等者若有衆生求樂離苦恩愛不離怨憎不會長壽利益名譽流轉富貴五欲悉稱心者應如是學如我喜樂愛欲自己身命以一切方便無上護持無有價量如是於一切衆生一一衆生乃至蟲蟻亦皆喜樂愛欲自己身命一切方便無上護持無有價量我若惱害衆生若復奪他活命之具及斷命根我於億百千世生死流轉還被惱害失活命具及斷命根受無量苦我從今日於諸衆生起父母想及男女想乃至蟲蟻亦作父母及男女想是故更不惱害衆生亦不奪彼活命之具及斷命根亦不教他奪人精氣及斷命根如是我當億那由他百千萬劫生死流轉無能惱害亦不被奪活命之具

及斷命根何以故一切衆生無一衆生非我父母兄弟男女如是我於一切衆生無一衆生非是父母兄弟男女以是義故我曾與彼一切衆生無非是親一切衆生亦曾與我無非是親若於父母乃至男女作惱害者是義不然諸仁者於彼何者是不觸惱若諸衆生求樂離苦應如是學我若於刹利觸惱其心令彼刹利於已境界國上人民本所欲者不生喜樂及婆羅門乃至畜生觸惱其心本所欲者不生喜樂以是因緣遞相征伐鬬亂諍訟朋佞妄語互相支解及斷命根以是因緣我從今日於諸衆生休息惱害及斷命根以此清淨平等布施業因緣故我當久遠生死流轉無能觸惱共我鬬亂諍訟及斷命根以是義故名不觸惱諸仁者於彼何者是不害命若諸衆生求命不害應如是學一切衆生無非我親我若暴雨或非時雨若雨灰塵令多闇曀或久亢旱枯涸流泉令諸華果藥草五穀衆味損減以是因緣令我親知饑饉困苦動其四大發種種病乃至命終若加此害是義不然以是義故我於衆生遠離害命以不令彼地味精氣有損減故使我親知無饑饉苦不動四大種種病生及不横死以是清淨平等布施乃至久遠生死流轉不受饑饉病死等苦以是義故名不害命諸仁者於彼何者非是奪他活命之具若諸衆生求身命者應如是學一切衆生無非我親我若奪其花果藥草五穀精氣活命之具彼諸衆生若以食彼無好精氣花果藥草五穀味故其身損瘦無有勢力失念惡性輕躁麤獷萎黄少

色生種種病若加此苦是義不然是故我應受彼先聖諸天教勅於彼衆味唯應得取第六十四一分精氣以活身命六十三分地味精氣留活衆生令受安樂我以知足業因緣故乃至久遠生死流轉不復更敢無好滋味無精氣食以其食故具威德力能强記念心性柔輭顔容端正無諸病苦是名不奪活命之具諸仁者於彼何者是命不別離若求命者應如是學一切衆生無非我親若惡心眼視及以氣噓令其失心於身支節奪其精氣使我親知身心受苦是義不然以是因緣我當久遠生死流轉無有非人氣噓眼視散亂其心奪其精氣以是故名命不別離諸仁者於彼何者是不壞命若諸衆生愛已身命求樂離苦名聞富貴乃至解脱應如是學一切

衆生無非我親我若爲飲食故奪親精氣若節節支解若山頂樹上高閣深河推令墮落及與毒藥若遣起屍惡鬼相害若作厭蠱若斷飲食若以刀劒斬其身首隨其方便斷彼命根若加此苦是義不然以是因緣我於久遠生死流轉不被衆生奪其精氣無能支解及斷命根以是義故名不壞命此是布施清淨平等復次布施清淨平等者憐愍一切諸衆生故爲之積集功德智慧除諸幻見精進堅固求一切善如說能行不爲活命而起惡心於諸衆生不起害意所持禁戒與衆生同見衆生樂深生歡喜於已樂緣自能知足所愛之事皆悉能捨於諸勝法無悋惜心常怖三界忍力自在信無常相如說修行於已失機能自觀察見他失機則生悲愍修善無厭

有罪勤懺無邊迴向樂求正理常於衆生作福田想勤爲衆生令息惡道於一切法心無所住此是世諦布施清淨平等我今當說第一義諦布施清淨平等爾時世尊而說呪曰

多地也他　夜咩夜咩　鉢囉佉夜咩　憂鉢囉佉夜咩　夜寐　耶夜咩　佉夜夜咩　蘇婆訶

說此法門時八百六十萬緊那羅乾闥婆等遠塵離垢得法眼淨

爾時世尊復說呪曰

多地也他　瞿竭栔　瞿竭栔　夜婆瞿竭栔　憂婆夜婆　瞿竭栔　蘇婆訶

爾時世尊復說呪曰

多地也他　陀𡛿　陀羅𡛿　陀羅陀𡛿　憂跛陀羅　陀羅𡛿　羅婆訶

說此法門時九百四十萬夜义遠塵離垢得法眼淨

爾時世尊復說呪曰

多地也他　阿闍泥　义义阿闍泥　伽义义　阿闍泥　毛羅阿闍泥　义差　蘇婆訶

說此法門　七千萬龍於遠塵離垢法得勝三昧

爾時世尊復說呪曰

多地也他　訶訶訶訶訶　系打婆　訶訶訶　若若若　訶訶訶　蘇婆訶

說此法門時三十那由他百千阿修羅得不忘菩提心三昧

爾時世尊復說呪曰

多地也他　阿奴那　阿奴那　阿婆那奴那　阿婆夜栔　阿婆那奴那　蘇婆訶

說此法門時八萬四千頻婆羅鳩槃荼得喜樂三昧

爾時世尊復說呪曰

多地也他　陀伽陀闍　阿婆陀伽陀闍　阿婆陀　伽陀闍闍　揵陀揵陀闍　蘇婆訶

說此法門時七那由他百千餓鬼毗舍遮富單那迦吒富單那得電王三昧過諸數量天龍夜叉乃至迦吒富單那等昔未曾發無上眞實菩提心者皆悉發心此是第一義諦布施清淨平等諸仁者於彼何者是戒清淨平等若一切世間及出世間所有善道及涅槃樂戒爲根本以是因緣得住聲聞辟支佛地及阿耨多羅三藐三菩提果所謂十善業道遠離殺生偷盜邪婬妄語兩舌惡口綺語貪瞋邪見諸仁者於彼遠離殺生因緣獲十種功德何等爲十一者於一切衆生得大無畏二者於諸衆生得大慈心三者得斷習氣四者無諸病惱五者得壽命長六者非人護持七者寤寐安隱無諸惡夢八者無有怨家九者不畏惡道十者得生善道以是遠離殺生善根迴向阿耨多羅三藐三菩提是人不久證無上智得菩提已於彼佛土離諸害殺長壽衆生來生其國諸仁者於彼遠離偷盜因緣獲十種功德何等爲十一者具大財報二者不共他有三者不共五家四者衆人愛敬常不厭捨五者遠遊十方無有疑慮六者行處無畏七者常樂布施八者不求財寶自然速得九者得財即施十者得生善道以是遠離偷盜善根迴向阿耨多羅三藐三菩提得

菩提已彼佛國土具足種種花果樹林衣服瓔珞莊嚴之具珍奇寶物無不充滿諸仁者於彼遠離邪婬因緣獲十種功德何等爲十一者得攝諸根律儀二者得住離欲清淨三者不惱於他四者衆人稱譽五者衆人樂觀六者能發精進七者見生死過八者常樂捨施九者常樂求法十者得生善道以是遠離邪婬善根迴向阿耨多羅三藐三菩提得菩提已彼佛國土無有腥臭亦無女人不行婬欲皆悉化生諸仁者於彼遠離妄語因緣獲十種功德何等爲十一者衆人信語二者於一切處乃至諸天發言得中三者口出香氣如優鉢羅花四者於人天衆獨作證明五者衆人愛敬離諸疑惑六者常出實語七者心意清淨八者常無諂語言不失機九者常多歡喜十者得生善道以是遠離妄語善根迴向阿耨多羅三藐三菩提得菩提已彼佛國土無有腥臭種種妙香芬馨遍滿諸仁者於彼遠離兩舌因緣獲十種功德何等爲十一者得身不壞二者得眷屬不壞三者得交友不壞四者得信不壞五者得法不壞六者得律儀不壞七者得奢摩他不壞八者得三昧不壞九者得忍不壞十者得生善道以是遠離兩舌善根迴向阿耨多羅三藐三菩提得菩提已彼佛國土衆生眷屬不爲諸魔他人所壞諸仁者於彼遠離惡口因緣獲十種功德何等爲十一者言音柔輭二者語辭流利三者言音潤澤四者得和合語五者言必得中六者得質直語七者得無畏語八者得不諂語九者得如法語十者得生善道以是遠

離惡口善根迴向阿耨多羅三藐三菩提得菩提已彼佛國土法音充滿遠離一切鄙惡言辭諸仁者於彼遠離綺語因緣獲十種功德何等爲十一者天人愛敬二者天人隨喜讃歎三者常樂實語四者常與明人共住不離五者聞言悉領六者得智慧人愛敬尊重七者常得愛樂阿蘭若處八者愛樂賢聖默然九者遠離惡人親近賢聖十者得生善道以是遠離綺語善根迴向阿耨多羅三藐三菩提得菩提已於彼佛土顔容端正强記不忘樂遠離者來生其國諸仁者於彼遠離貪欲因緣獲十種功德何等爲十一者身根不缺二者口業清淨三者心不散亂四者得勝果報五者得大富貴六者衆人樂觀七者得不壞眷屬及不壞財八者常與明人相會九者不離法聲十者得生善道以是遠離貪欲善根迴向阿耨多羅三藐三菩提得菩提已彼佛國土離彼魔怨及諸外道諸仁者於彼遠離瞋恚因緣獲十種功德何等爲十一者得離瞋恚二者不樂積財三者隨順賢聖四者常與賢聖相會五者得利益事六者面部端嚴七者見衆生樂則生歡喜八者常得三昧九者三業調柔十者得生善道以是遠離瞋恚善根迴向阿耨多羅三藐三菩提得菩提已彼佛國土所有衆生悉得三昧心極清淨諸仁者於彼遠離邪見因緣獲十種功德何等爲十一者心性柔善伴侶賢良二者信有業報乃至奪命不起諸惡三者歸敬三寶不信天神四者得於正見不擇歲次日月吉凶五者常生人天離諸惡道六者得賢善心

明人讃譽七者棄於世俗常求聖道八者離斷常見信因緣法九者常與正信正行正發心人共相會遇十者得生善道以是遠離邪見善根迴向阿耨多羅三藐三菩提是人速滿六波羅蜜於善淨佛土而成正覺得菩提已於彼佛土功德智慧一切善根莊嚴衆生來生其國不信天神離惡道畏於彼命終還生善道諸仁者於彼布施清淨平等行時於戒遠離殺生平等行以是因緣具大果報離諸怖畏諸仁者於彼布施清淨平等行時於戒遠離偷盜平等行以是因緣具大果報不共他有修一切善無有留難諸仁者於彼布施清淨平等行時於戒遠離邪婬平等行以是因緣具大果報修習善根無有留難無邪婬念觀自他婦諸仁者於彼布施清淨平等行時於戒遠離妄語平等行以是因緣具大果報若被毀謗人不信受如說修行發意所爲莫不堅固於天人衆獨作證明口出香氣如優鉢羅花諸仁者於彼布施清淨平等行時於戒遠離兩舌平等行以是因緣具大果報得不壞眷屬丈夫眷屬敬信眷屬諸仁者於彼布施清淨平等行時於戒遠離惡口平等行以是因緣具大果報離麤獷語得微妙音具足清淨離弊惡聲諸仁者於彼布施清淨平等行時於戒遠離綺語平等行以是因緣具大果報發言得中斷大衆疑衆人樂見諸仁者於彼布施清淨平等行時於戒遠離貪欲平等行以是因緣具大果報正受其報還能捨施具受勝報備大威力諸仁者於彼布施清淨平等行時於戒遠離瞋恚平等行

以是因緣具大果報端正豐美衆人愛敬一切無礙諸根不缺諸仁者於彼布施清淨平等行時於戒遠離邪見平等行以是因緣具大果報正見國土正見家生常值諸佛及諸菩薩聲聞緣覺見佛聞法供養衆僧修菩薩行常不捨離清淨平等諸仁者此是戒行清淨平等以是戒行自莊嚴者是人不久具足相好成佛功德音聲清淨降伏魔怨禪念慧行清淨大智大慈大悲乃至能成一切佛法清淨平等此是世間起發戒行清淨平等諸仁者於彼何者是出世間起發戒行清淨平等若戒清淨及三摩提起信解行者不依色事而持禁戒不依受想行識事而持禁戒不依眼事而持禁戒不依色眼識眼觸眼觸因緣生受愛取有生事而持禁戒乃至不依意事而持禁戒不依法意識意觸意觸因緣生受愛取有生事而持禁戒不依地界水火風界事而持禁戒不依無邊虛空處無邊識處無所有處非想非非想處事而持禁戒不依欲界色無色界事而持禁戒不依現在及未來事而持禁戒不依聲聞及辟支佛無上大乘一切智事而持禁戒不依聞事禪事智事而持禁戒不依聞力三昧力陀羅尼力忍辱力事而持禁戒不依有漏無漏力有爲無爲事善不善力明闇力事而持禁戒此是出世間起發戒行清淨平等梵路聖道入無畏城彼諸賢聖所依戒行清淨平等第一義諦入清淨智諸仁者所言戒者是何句義譬如金剛鐵圍山間熱惱之風以山障故不令得去至四天下如是聖戒清淨平等修四念處力

能障彼愛熱之風不令得起以是義故名之爲戒譬如鐵圍山間臭穢之風以山障故不令得去至四天下如是聖戒清淨平等修四無畏力能障彼邪臭之氣不令得起以是義故名之爲戒譬如鐵圍山間甚大黑闇以山障故不令得曀此四天下如是聖戒清淨平等修七覺分力能障彼無明有爲有漏之相不令得起以是義故名之爲戒諸仁者離欲義是戒義解脱義是戒義休息義是戒義盡義是戒義滅義是戒義此諸句義名爲戒義諸仁者此是有爲無爲戒行清淨平等若有沙門及婆羅門修此有爲及無爲戒平等住者彼人應受世間供養若世間人於彼沙門及婆羅門敬信尊重護持養育衣服飲食牀褥卧具病患因緣施其湯藥活命之具彼人流轉於生死中恒受勝報速能得入無畏大城諸仁者於彼何者是忍清淨平等忍有二種一者捨忍二者息怒忍捨忍清淨平等者若欲得一切樂捨一切苦是名捨忍清淨平等若有衆生求樂離苦觀彼三界一切苦道及煩惱火之所逼熱唯除聖人是人爲已生大怖畏作是見時三界衆生皆爲煩惱熾然逼熱一一衆生種種苦害驅馳流轉不能自救如是我共一切衆生爲苦所惱以何方便而能自救即作是念不以餘事唯應修忍脱一切苦具一切樂便能喜樂修平等忍能捨種種資身之具所謂飲食騎乘衣服卧具屋宅牀榻隨其所須皆悉給與以忍布施爲滅諸苦是人數數修忍住時能行捨施於正發心人正修行人應到其所而修供養數供養

故從彼人聞生死過患涅槃功德是人如是若聲聞乘及緣覺乘無上大乘發心求證爲彼樂故重復樂忍養育衆生此是捨忍清淨平等乃至若捨身外資財能自忍苦令他得樂亦名捨忍清淨平等若彼種種形色種種威儀種種音聲種種瞋怒罵辱欺凌麤獷非實不喜之言乞士來求諸如是等是人心未柔輭瞋恚未淨不得住忍是人生念誰能勝我是故被辱未能行忍復作是念彼食血肉夜叉羅刹鳩槃茶餓鬼毗舍遮富單那迦吒富單那等何故未聞生死大苦涅槃至樂不觀後世可怖畏事衆苦所惱未能解脱應知彼等離善知識及不聞法是故生死爲苦所溺我已近善知識數數得聞生死苦惱涅槃安樂觀後世畏常勤修習斷一切苦當得度彼生死沉淪何故起瞋而不行忍是故我應作是分別罵辱音聲及諸違事皆悉如風我當棄捨不應起瞋如是應捨諸衆生想作是念時罵辱音聲及諸違事悉如風過離衆生想修行忍辱清淨平等是人若數於彼衆生捨種種想罵辱聲音及諸違事離分别想修行忍辱清淨平等是人住忍心喜得淨如是則能修無礙智謂法無礙及義無礙如是則能悉捨内財所謂皮肉筋骨眼耳鼻舌手足及頭所愛之命如是菩薩摩訶薩修無分別非無分別忍清淨平等是名捨忍清淨平等諸仁者於彼何者是息怒忍清淨平等若菩薩摩訶薩能於一切言語音聲文字捨分別想及於一切色身形想舉動威儀去來戲笑捨分別想亦捨愛取不求果報離於苦樂無

分別想乃至於已身命無分別想得住第一義忍清淨平等譬如虛空遇闇不瞋得明不喜不作如是分別之心如是菩薩摩訶薩住第一義忍清淨平等於彼一切有爲諸法語言形色及苦樂受離於分別不作分別不瞋不喜於諸衆生離分別想得住第一義忍清淨平等譬如虛空不動不止遍動不震不止遍震如是菩薩摩訶薩於一切業有爲諸行身心不動不止遍動亦復不震不止遍震譬如虛空清淨離垢如是菩薩摩訶薩住第一義忍清淨平等於彼一切有爲身心善得清淨譬如虛空長養衆生如是菩薩摩訶薩住第一義忍清淨平等養育衆生譬如虛空非劫盡火所能燒壞非劫盡水及劫盡風所能毀壞如是菩薩摩訶薩住第一義忍清淨平等乃至未到無上菩提不爲貪欲瞋恚愚癡三毒熾火燒壞其心譬如清淨虛空十五日夜極圓滿月普放冷光熱惱衆生身心凉樂如是菩薩摩訶薩住第一義忍清淨平等皆息已身威儀憂惱亦息衆生諸煩惱熱譬如清淨虛空十五日夜極圓滿月衆星圍繞照四天下如是菩薩摩訶薩住第一義忍清淨平等隨所住處爲諸天龍乃至迦吒富單那等之所圍遶暉顯照曜譬如清淨虛空十五日夜極圓滿月照海島上月愛摩尼從彼珠中流出大水能滿大海如是菩薩摩訶薩住第一義忍清淨平等以第一義忍清淨平等放勝光明照曜一切諸天及龍夜叉羅刹乃至迦吒富單那等令彼悉得善心清淨於諸衆生起大慈悲心深利益心休息苦惱心令

住一切樂心觀後世畏心離一切惡心於一切善起勤進心彼諸鬼神以得如是諸勝善心次第漸離一切不善一切善水悉皆充足故能流滿涅槃大海諸仁者應當觀此菩薩善根雖未能至究竟處所以住第一義忍清淨平等故已得超過一切聲聞及辟支佛能以善法成熟衆生如我昔作忍辱仙人常在林中食諸甘果時有國王名曰迦利支解我身而爲八段我於彼時以能善修第一義忍故從所割處流出白乳以是忍辱苦行因緣成熟無量億那由他百千天龍夜叉羅刹乾闥婆阿修羅緊那羅摩睺羅伽迦樓羅餓鬼毗舍遮富單那迦吒富單那等彼時無量億那由他百千天龍乃至人非人等悉發阿耨多羅三藐三菩提心諸仁者我昔人身生非難處作此苦行不足爲難如我往昔生於難處受彼兎身爲使仙人得肉食故即自踊身投大火聚以能善修第一義忍清淨平等令大火聚變作蓮池時彼兎身卧花臺上以苦行因緣令此三千大千世界六種震動彼時帝釋護世四王天龍夜叉乃至迦吒富單那等及諸仙人人非人等種種供養而語我言汝若得成阿耨多羅三藐三菩提當於彼時我等必於阿耨多羅三藐三菩提而得授記諸仁者我昔兎身以能善修第一義忍清淨平等故已得不共聲聞緣覺所有供養是故彼時梵釋天王護世四王天龍夜叉乃至人非人等悉以種種勝上香花塗香末香音樂衆寶幢旛等事讚歎尊重希有供養令阿羅漢之所無也諸仁者菩薩如是善能修住第

一義忍清淨平等此四句義今當解釋第一義者能到彼岸以是義故名第一義忍者見三界陰爲究竟空及見界入爲究竟空以是義故名之爲忍清淨者謂以聖慧除淨三界諸煩惱道業道苦道以是義故名爲清淨平等者謂以聖慧於三界行一切法理眞如實際得如實知無煩惱道業道苦道以是義故名爲平等此是菩薩摩訶薩第一義忍清淨平等諸仁者於彼何者是精進清淨平等以此精進能與布施清淨平等作因乃至能與般若波羅蜜清淨平等作因以是則能捨一切見以此精進能與四念處清淨平等作因超過一切聲聞緣覺以此精進能與四正勤四如意足作因以是則能捨諸煩惱以此精進能與四攝事四無礙辯四梵住四無色定五根五力七覺支八聖道分九次第定斷十二有支得如來十力十八不共法大慈大悲般若波羅蜜清淨平等而作因緣以此精進能與成熟衆生清淨平等作因以此精進爲得無量佛勝法故集諸善根以此精進能習無量巧方便智無量願智轉轉殊勝修習無量大功德聚以此精進隨願受生教化利益以精進故居兜率天宫觀其時節捨彼宫殿正知了了而入母胎以精進故於藍毗尼林從母右脅安隱而出以精進故行七步已震動大地及諸山海以精進故受彼難陀及婆難陀龍王兄弟淋水洗浴以精進故童子遊戲示現一切工巧奇能以精進故處在宫中五欲不染以精進故夜半踰城向閑林下以精進故詣優陀迦迦羅茶迦羅摩諸仙人所

而修供養以精進故六年修彼難行苦行以精進故得阿耨多羅三藐三菩提以精進故轉大法輪無量人天得證聖道是名精進清淨平等諸仁者我以是精進令於佉羅帝山牟尼諸仙所依住處作此大集十方所有菩薩摩訶薩有如佛土微塵數衆悉令集此有如佛土微塵等數諸天及龍夜叉羅刹乾闥婆阿修羅摩睺羅伽迦樓羅緊那羅鳩槃茶餓鬼毗舍遮富單那迦吒富單那等悉來大集爲聞法故是名精進清淨平等諸仁者以四大海水分爲滴數如彼滴數具修精進清淨平等能令菩薩摩訶薩等滿足毗離耶波羅蜜是名精進清淨平等

大方等大集月藏經卷第五

音釋

濼泊字　嫓尺計切　曀一計切　脅虛業切

大方等大集月藏經卷第六

高齊天竺三藏那連提耶舍譯

諸惡鬼神得敬信品第八下

諸仁者於彼何者是禪清淨平等有禪聲聞緣覺如來共有禪緣覺如來共不共聲聞有如來禪不共聲聞緣覺有如來禪共聲聞緣覺一切衆生諸仁者於彼何禪聲聞緣覺如來共若有衆生求樂離苦觀後世畏是人修行布施清淨平等時若有正趣正發心者應到其所起卑下心隨順供養從彼人邊得聞正法聞已知義如法修行心樂離欲流注相續是人得離諸欲惡不善法有覺有觀離生喜樂入初禪無覺無觀定生喜樂入第二禪離喜行捨念增上正知入第三禪捨苦捨樂先滅憂喜不苦不樂捨念清淨入第四禪度一切想滅有對想不念別異想入無邊虛空處度無邊虛空處入無邊識處度無邊識處入無所有處度無所有處入非想非非想處度非想非非想處入滅受想定諸仁者住初禪者滅音聲刺住第二禪者滅覺觀刺住第三禪者滅喜刺住第四禪者滅出入息刺住無邊虛空處者滅色刺住無邊識處者滅虛空刺住無所有處者滅識刺住非想非非想處者滅無所有刺住滅受想者滅受想刺是名身行得猗口行得猗意行得猗八解脫禪士得滅盡定到彼岸阿羅漢依此處得四念處四正勤四如意足五根五力七覺分八聖道分三解脫門四無礙辯依此處得奢摩他毗婆舍那此非菩薩行清淨平等不得四攝事四梵住三不護四無所畏十力十八不共

法一切智智是名禪波羅蜜平等聲聞緣覺
如來共諸仁者若復有人先修緣覺乘退入
聲聞乘行聲聞行是人入初禪乃至入滅盡
定依此定得三解脫門四無礙辯不得四攝
事四梵住三不護乃至不得一切智智是名
禪平等聲聞緣覺如來共諸仁者若復有人
先修大乘退入聲聞乘是人入初禪乃至入
滅盡定得三解脫門四攝事四梵住不得三
不護乃至不得一切智智是名禪平等聲聞
緣覺如來共諸仁者於彼何禪緣覺如來共
不共聲聞若有衆生先修聲聞乘後入緣覺
乘是人昔來未得初禪得已思惟求因緣法
乃至得第四禪已思惟求因緣法入空無願
無相三昧以彼三昧思惟捨離證無色定以
彼三解脫門入滅盡定於一切處思惟求緣

覺法是人求於因緣第一義三行滅無餘非
想受滅是名禪平等緣覺如來共不共聲聞
若復有人未學聲聞乘善學緣覺乘是人入
初禪思惟求因緣法是人依初禪超彼餘禪
及無色定入三行滅無餘第一義滅定是名
禪平等緣覺如來共不共聲聞諸仁者若復
有人未學聲聞緣覺乘先學大乘退入緣覺
乘是人入初禪於彼禪中思惟求因緣法如
是乃至第四禪中思惟求因緣法如是四無
色定一切處思惟求因緣法如是三行滅無
餘第一義滅定以三解脫門得不可說三昧
其處無生無滅非證非修非有非無非此岸
非彼岸非闇非明非可測非分別非不分別
是名佉伽毗沙拏劫辟支佛世間獨福田是
名禪清淨平等第一義緣覺如來共不共聲

聞其處一切生死有海斷行苦苦苦壞苦斷於不可說義能自覺知是名第一義禪清淨平等諸仁者於彼何者如來第一義禪清淨平等不共聲聞緣覺若如來入初禪不依陰入定不依界入定不依入入定不依地界水火風界入定不依虛空處界識處界無所有處界非想非非想處界入定不依滅界入定不依現在及未來世入定不依生不依滅入定不依有不依無入定無所依不依所依如如來入初禪如是第二第三第四禪虛空處界識處界無所有處界非想非非想處界如是如來入滅界定不依陰入定乃至不依所依如來入滅界定是名如來第一義禪清淨平等不共聲聞緣覺諸仁者於彼何者是如來禪清淨平等共聲聞緣覺一切衆生如來入世間初禪乃至入世間第四禪緣覺聲聞亦能入世間初禪乃至第四禪一切衆生劫欲盡時亦曾能入世間初禪乃至第四禪於後惡心因緣退失修禪瞋惡麤獷不觀後世畏於諸衆生無有慈愍食其血肉趣三惡道復次如如來入世間初禪乃至入世間第四禪彼一切衆生若天若人畜生餓鬼地獄衆生作是念如來心心數法行在何處住在何住彼一切衆生乃至蟲蟻佛力加故亦如實知佛心心數法住於初禪乃至知住第四禪此亦是如來禪平等共一切衆生此禪平等非一切聲聞辟支佛地是名禪清淨平等諸仁者於彼何者智器清淨平等智有二種一者世間智二者出世間智諸仁者何者世間智其世俗書典口所言說結集解釋言語之

道音聲演說文字顯示開諸論說若書字句義若算若數若印若種種苦行法若學工巧事如是所說種種作業隨其所求皆得成就諸餘三世俗念作事若觸若受若想若思若念如是一切非涅槃器是名世間智器平等諸仁者於彼何者世間智器平等諸仁者世間智器平等者布施持戒忍辱精進禪定聞慧智器平等何者世間布施智器平等諸仁者若有人乃至盡形休息殺生偷盜邪婬妄語飲酒諸放逸處於一切衆生安住慈心憐愍心救濟心是涅槃器諸仁者是名世間布施智器平等諸仁者於彼何者世間戒智器平等諸仁者若於一切衆生具哀愍心觀後世畏常住慈心柔軟心利益心無怨讎心無嫉妬心無麤獷心無兩舌心無憍逸心安住悲心諸仁者是名世間戒智器平等諸仁者若聞衆於彼何者世間忍智器平等諸仁者若聞衆生種種惡口純麤獷言聞已不取不起卒暴不生變濁不現瞋相於諸衆生亦復能忍不順言辭音聲所出諸仁者是名世間忍智器平等諸仁者若見衆生於其我所作惡作過作罪作無利益若壞色若壞聲香味觸若壞身若壞命於此衆生常能修忍應如是學是諸衆生從無始流轉習貪恚癡離善知識未曾修學我近善知識我能修學我求一切樂若於一切衆生不起瞋嫌是人得一切樂是故於彼一切衆生見已不取不起卒暴不生變濁不現瞋相是名世間忍智器平等諸仁者於彼何者世間精進智器平等諸仁者若於衆生勤施不斷及修戒忍精進禪智不斷

諸仁者是名世間精進智器平等諸仁者於彼何者世間禪智器平等諸仁者若入世間初禪乃至第四禪八無邊虛空處乃至非想非非想處諸仁者是名世間禪智器平等諸仁者於彼何者世間聞慧智器平等諸仁者若與如是空法相應大乘言教有所堪能讀誦受持言辭清淨爲人演說不諂不幻一切煩惱惡業障盡知法知義是人於彼言教知法知義晝夜精勤求無上智諸仁者是名世間聞慧智器平等諸仁者於彼何者出世間智器平等諸仁者若善男子不取色受想行識不取眼色不取眼識不取眼觸不取眼觸因緣生若苦若樂不苦不樂如是乃至不取意法不取意識不取意觸不取意觸因緣生若苦若樂不苦不樂如是不取地界水火風界不取虛空界乃至不取非想非非想界不取現在及未來世不取善不善不取有漏無漏不取聲聞乘不取緣覺乘不取無上大乘不取三界不取三乘不取有不取無不取無所有無有言說得無緣慈三昧非諸聲聞辟支佛地是人以此三昧故能見入首楞嚴三昧門次第當得首楞嚴三昧諸仁者是名出世間智器清淨平等非決定清淨平等是方便力求智平等諸仁者於彼何者安住出世間一切法器般若一切法界清淨平等諸仁者一切法界非肉眼見非天眼見是聖法慧眼相應以聖慧門觀諸法界不增不減不見諸法有盛有衰不見近遠方所無所至去不見有生有滅是人如是見諸法清淨平等時更不見衆生有實可得若入衆生不可得是

人則得入一切法不可得何以故不離衆生有一切法不離一切法有衆生其衆生體性是一切法體性其一切法體性是衆生體性其一切法體性是我體性其我體性是一切法體性其一切法體性是佛法體性其佛法體性是無我界體性其無我界體性是實際體性其實際體性是如如體性如是知一切法諸仁者是名安住出世間一切法器般若一切法界出世間智器清淨平等諸仁者於彼何者出世間一切法器清淨平等若菩薩摩訶薩如是安住般若入禪定時不見有法可得住於禪定而不捨離於一切法境界無住無滅無所覺知住於禪定是人不以身禪住於禪定不以心禪住於禪定是人住如是禪時入於如如實際法界能入諸法無所取著超過一切聲聞辟支佛上是人於如是禪住於禪定是未決定菩薩能斷一切諸煩惱見及上煩惱纏若復菩薩能住如是禪者則能入於一切諸法入此法時能知衆生善惡諸欲而成熟之是人不見衆生不見我人壽命衆數生者養育作者使作者起者使起者受者使受者是人若復入於如如法界時見諸衆生顛倒煩惱以顛倒故受種種苦是人如是入於微細如如實際法界是菩薩於衆生不見衆生而成熟之衆生非實故衆生無衆生故衆生無我故衆生離故衆生無自性故衆生不可說故衆生空故衆生無相故衆生無願故衆生無作故衆生如性故衆生無生故衆生不滅故衆生清淨故而成熟衆生如是亦不見我乃至不見受者亦不壞事是

諸法自性相不可說不可說法界一切語言文字不能說不可顯示無所有是菩薩以大悲故於不可說法而說諸法此有漏此無漏此世間此出世間此有罪此無罪此有爲此無爲此有煩惱此無煩惱此應修行此應捨離此凡夫法此學法此無學法此緣覺法此菩薩法此佛法諸仁者是未決定菩薩如是安住出世間一切法器般若入一切法界清淨平等分別說法菩薩於所說法不見其相諸仁者譬如幻者遍虛空界化作種種色種種花未曾作事而能現作佛不出世於彼花中能出如是妙義句味入於法門演法音聲作如是事是爲難不時一切天人及鬼神衆作如是言大德婆伽婆此事爲難大德修伽陀此第一難佛言諸仁者此轉難此第一轉難其未決定菩薩於無所屬法如是法無色不可見非文字非言說自未知未證未善修未自在未到彼岸而能於他衆生除諸煩惱而成熟之此爲轉難彼諸衆生於如是甚深無言說法未作證聞已不謗此爲第一轉難彼諸衆生能碎一切諸煩惱樹住柔輭心作業心於一切衆生慈心愍心不害心悲心共心同心彼諸衆生以柔輭心故枯竭有海度煩惱海速入無畏城於如是無言說未作證聞已不謗彼亦轉難第一轉難何故汝等惡心鬼神不自制心於諸衆生不作柔輭心不觀後世畏諸仁者若有住出世間一切法器清淨平等三昧菩薩摩訶薩能使一切衆生守護六根各住自境豈況不能遮障汝等惡心鬼神是善丈夫皆得是法住大慈大悲心

不惱於他何以故以修大慈大悲方便力故不惱於他是諸菩薩入如是甚深法已能擲衆生虛空界中多億那由他劫各不相見豈況不能制於汝等諸惡鬼神亦復能擲一切衆生世界中間大黑闇處乃至能令一切衆生唯食風食水食土食石是諸菩薩以住如是甚深出世間法器清淨平等三昧故能令一切衆生於多億劫不食豈況不能制於汝等食他衆生精氣血肉諸惡鬼神何故縱捨汝等是諸菩薩以大慈大悲方便力故縱捨汝等於此四天下所有菩薩摩訶薩安住如是甚深出世間法器清淨平等三昧其名曰衆自在菩薩慈自在菩薩文殊音菩薩電自在菩薩日自在菩薩月自在菩薩地自在菩薩想自在菩薩觀世自在菩薩水自在菩薩

如是等萬八千菩薩摩訶薩居此四天下彼諸菩薩摩訶薩住此十種第一甚深出世間一切法器清淨平等何等爲十所謂衆生平等法平等清淨平等布施平等戒平等忍平等精進平等禪平等般若平等一切法清淨平等住此十種第一甚深出世間一切法器清淨平等三昧菩薩摩訶薩一一皆能制於汝等諸惡鬼神如上所說何故縱捨汝等是諸菩薩以修大慈大悲方便力故縱捨汝等何況如來應正遍知明行足善逝世間解無上士調御丈夫天人師佛世尊諸仁者假使一切衆生住如是十種出世間甚深一切法器清淨平等如前所說菩薩摩訶薩以一如來一念之智勝於彼等何況如來於一切時以大悲心覆護汝等不生瞋恚亦不棄捨如

來於一切時憐愍汝等欲令得於利益安樂汝等如是無有慚愧不觀後世畏於一切衆生作不愍心不柔輭心惡心怨心不慈心不悲心汝等不應作是非法欲重明此義而說偈言

大雄見如是　無餘鬼神集　即時舉右臂
宣說如是言　佛出世甚難　法僧亦復難
衆生淨信難　離諸難亦難　哀愍衆生難
知足第一難　得聞正法難　能修第一難
得知難平等　於世常受樂　此十平等處
智者當速知　初衆生平等　捨離諸惡業
造作諸善業　久受於勝樂　修行法平等
一切法等等　佛聲聞緣覺　凡夫等如如
此清淨平等　於彼人中得　遠離取境界
亦復不壞我　布施平等喜　不害他衆生
不奪活命具　不壞諸花果　無有一衆生
非我父母者　一切諸衆生　曾與我親知
我更不觸惱　乃至一衆生　休息於非時
一切惡風雨　豐盛可樂事　養育諸親知
衆生精氣增　常得不損減　不氣噓他身
不瞋惡眼視　不奪他精氣　充滿一切樂
我心利一切　不瞋有失者　爲斷諸煩惱
求於諸佛法　十種善業道　智者常守護
於世常歡喜　後得見涅槃　不依陰持戒
亦不依界入　滅諸有支戒　滅諸有渴愛
捨離種種想　能息於瞋怒　如是守言合
智者離分別　如虛空空故　離一切分別
如是修忍者　智者離分別　譬如空中月
衆星共圍繞　如是修忍者　安隱衆中顯
月光照摩尼　海水得盈滿　忍照惡心鬼

令得清淨信　一切離諸惡　修於菩提行
彼衆生次第　能滿諸佛海　我昔作仙人
林中修忍辱　節節支解身　不起瞋怒心
作兎爲仙人　自投身入火　我以修忍故
火變爲蓮池　我以彼忍力　成熟多衆生
令諸阿羅漢　無有如是忍　智者常精進
修行爲福慧　智海得增滿　得成諸佛海
修禪及般若　得離諸煩惱　不分別三界
得住於如如　智者修禪智　出世住實際
不染於諸法　離一切分別　不分別諸法
不見有衆生　諸法唯一相　得見佛境界
無量菩薩衆　安住此法性　不惱於汝等
以住聖般若　如來於汝等　容恕不爲惱
汝等無羞恥　遠離於慚愧　作惡諸衆生
弊性多剛强　見佛大勇猛　皆得柔軟心
汝等各應當　自遮已惡心　汝等當次第
速證大涅槃　汝等若柔軟　得離諸惡業
爲護此法故　付囑於汝等　我所說聲聞
具智大名稱　彼憐愍汝等　令得福智慧
當得飮食利　諸天所供養　得於勝住處
及得增壽命　若聞導師語　如說能修行
人天世間中　常受勝樂報

爾時世尊於彼諸惡鬼神衆中說法訖時於彼諸惡鬼神衆中彼惡鬼神昔於佛法作決定信彼於後時近惡知識心見他過以是因緣生惡鬼神彼九十二那由他百千諸惡鬼神得住須陀洹果億那由他頻婆羅百千諸惡鬼神昔行大乘者得隨順忍無量阿僧祇諸惡鬼神得柔軟心得已復發阿耨多羅三藐三菩提心爾時於彼鬼神衆中有羅剎王

名牛王目與萬羅剎王合掌向佛一心敬禮而作是言大德婆伽婆我等爲瞋使故久於世間受不愛果我等今者承佛神力得自憶念此賢劫中宿命之事我等於鳩留孫如來法中曾得出家誦持八萬大乘法聚復誦八萬聲聞法聚發阿耨多羅三藐三菩提願我等彼時於阿蘭若住法比丘所起瞋怒心以是業障於彼命終生於地獄久被燒煮失念無餘於彼命終生此食他血肉惡羅剎中正由我等昔出家時共作惡業今受於此惡羅剎身爲飲食故斷無量億那由他百千衆生命以是我等今於佛所悔諸惡業更不復作如是至三至到堅固修行律儀唯願世尊授於我等阿耨多羅三藐三菩提記佛言諸仁者我不見更有一法遠離菩提心如於阿蘭若比丘所而起惡心者諸仁者於未來世此賢劫最後如來名曰盧遮彼佛當授汝等勝菩提記彼萬羅剎王垂淚而言寧處地獄不作人身於阿蘭若比丘所一念之頃而起惡心以彼能斷一切善故何況數數而起惡心

爾時復有諸惡鬼神敬信三寶住柔輭心觀後世畏一切同音而作是言大德婆伽婆我等從今休息諸惡懺悔過去一切惡業我等今當食花食香食果食水食風食法食喜更不惱他護持佛法受佛付囑爲久住故及受世尊聲聞弟子住阿蘭若者增上護持佛言善哉善哉善丈夫汝等應當如是善受我之付囑我今復以汝等付囑賢劫一切菩薩一切聲聞彼憐愍汝等於其晝夜作善助道與汝善分稱名勸請以是汝等增長精氣大力

威德及大功能親知眷屬彼彼如是護持我法亦復善護阿蘭若住法比丘若大乘小乘如是如是精氣增長乃至眷屬如是如是汝等作勝供養三世諸佛以此善根能捨惡趣得世間樂及涅槃樂

諸天王護持品第九

爾時世尊示世間故問娑婆世界主大梵天王言此四天下是誰能作護持養育時娑婆世界主大梵天王作如是言大德婆伽婆兜率陀天王共無量百千兜率陀天子護持養育北鬱單越他化自在天王共無量百千他化自在天子護持養育東弗婆提化樂天王共無量百千化樂天子護持養育南閻浮提須夜摩天王共無量百千須夜摩天子護持養育西瞿陀尼大德婆伽婆毗沙門天王共無量百千諸夜叉衆護持養育北鬱單越提頭賴吒天王共無量百千乾闥婆衆護持養育東弗婆提毗樓勒天王共無量百千鳩槃茶衆護持養育南閻浮提毗樓博叉天王共無量百千龍衆護持養育西瞿陀尼大德婆伽婆天仙七宿三曜三天童女護持養育北鬱單越彼天仙七宿者虚危室壁奎婁胃三曜者鎮星歲星熒惑星三天童女者鳩槃彌那迷沙大德婆伽婆彼天仙七宿中虚危室三宿是鎮星土境鳩槃是辰壁奎二宿是歲星土境彌那是辰婁胃二宿是熒惑土境迷沙是辰大德婆伽婆如是天仙七宿三曜三天童女護持養育北鬱單越大德婆伽婆天仙七宿三曜三天童女護持養育東弗婆提彼天仙七宿者昴畢觜參井鬼柳三曜者太

白星歲星月三天童女者毗利沙彌偷那羯迦吒迦大德婆伽婆彼天仙七宿中昴畢二宿是太白土境毗利沙是辰觜參井三宿是歲星土境彌偷那是辰鬼柳二宿是月土境羯迦吒迦是辰大德婆伽婆如是天仙七宿三曜三天童女護持養育東弗婆提大德婆伽婆天仙七宿三曜三天童女護持養育南閻浮提彼天仙七宿者星張翼軫角亢氐三曜者日辰星太白星三天童女者線訶迦若兜羅大德婆伽婆彼天仙七宿中星張翼是日土境線訶是辰軫角二宿是辰星土境迦若是辰亢氐二宿是太白土境兜羅是辰大德婆伽婆如是天仙七宿三曜三天童女護持養育南閻浮提大德婆伽婆彼天仙七宿三曜三天童女護持養育西瞿陀尼彼天仙七宿者房心尾箕斗牛女三曜者熒惑星歲星鎮星三天童女者毗離支迦檀㝹婆摩伽羅大德婆伽婆彼天仙七宿中房心二宿是熒惑土境毗利支迦是辰尾箕斗三宿是歲星土境檀㝹婆是辰牛女二宿是鎮星土境摩伽羅是辰大德婆伽婆如是天仙七宿三曜三天童女護持養育西瞿陀尼大德婆伽婆此四天下南閻浮提最爲殊勝何以故閻浮提人勇健聰慧梵行相應佛婆伽婆於中出世是故四大天王於此倍增護持養育此閻浮提有十六大國謂鴦伽摩伽陀國傍伽摩伽陀國阿槃多國支提國此四大國毗沙門天王與夜义衆圍遶護持養育迦尸國都薩羅國婆蹉國摩羅國此四大國提頭賴吒天王與乾闥婆衆圍遶護持養育鳩羅婆國

毗時國般遮羅國踈那國此四大國毗樓勒义天王與鳩槃荼衆圍遶護持養育阿濕婆國蘇摩國蘇羅吒國甘滿闍國此四大國毗樓博义天王與諸龍衆圍遶護持養育大德婆伽婆過去天仙護持養育此四天下故亦皆如是分布安置於後隨其國土城邑村落塔寺園林樹下冢間山谷曠野河泉陂濼乃至海中寶洲天祠於彼卵生胎生濕生化生諸龍夜义羅刹餓鬼毗舍遮富單那迦吒富單那等生於彼中還住彼處無所繫屬不受他教是故願佛於此閻浮提一切國土彼諸鬼神分布安置爲護持故爲護一切諸衆生故我等於此說欲隨喜佛言如是大梵如汝所說爾時世尊欲重明此義而說偈言

示現世間故　導師問梵王　於此四天下
誰護持養育　如是天師梵　諸天王爲首
兜率他化天　化樂須夜摩　能護持養育
如此四天下　四王及眷屬　亦復能護持
二十八宿等　及以十二辰　十二天童女
護持四天下　隨其所生處　龍鬼羅刹等
不受他教者　還於彼作護　天神等差別
願佛令分布　憐愍衆生故　熾然正法燈

爾時佛告月藏菩薩摩訶薩言了知清淨士此賢劫初人壽四萬歲時鳩留孫佛出興於世彼佛爲無量阿僧祇億那由他百千衆生迴生死輪轉正法輪追迴惡道安置善道及解脫果彼佛以此四大天下付囑娑婆世界主大梵天王他化自在天王化樂天王兜率陀天王須夜摩天王等護持故養育故憐愍衆生故令三寶種不斷絕故熾然故地精氣

衆生精氣正法精氣久住增長故令諸衆生休息三惡道故趣向三善道故以四天下付囑大梵及諸天王如是漸次劫盡諸天人盡一切善業白法盡滅增長大惡諸煩惱溺人壽三萬歲時拘那含牟尼佛出興於世彼佛以此四大天下付囑娑婆世界主大梵天王他化自在天王乃至四大天王及諸眷屬護持養育故乃至令一切衆生休息三惡道趣向三善道故以此四天下付囑大梵及諸天王如是次第劫盡諸天人盡白法亦盡增長大惡諸煩惱溺人壽二萬歲時迦葉如來出興於世彼佛以此四大天下付囑娑婆世界主大梵天王他化自在天王化樂天王兜率陀天王須夜摩天王憍尸迦帝釋四天王等及諸眷屬護持養育故乃至令一切衆生休息三惡道趣向三善道故彼迦葉佛以此四天下付囑大梵四天王等及付諸天仙衆七曜十二天童女二十八宿等護持故養育故了知清淨士如是次第至今劫濁煩惱濁衆生濁大惡煩惱濁鬪諍惡世時人壽百歲一切白法盡一切諸惡闇翳世間譬如海水一味大鹹大煩惱味遍滿於世集會惡黨手執髑髏血塗其掌共相殺害如是惡衆生中我今出世菩提樹下初成正覺受提謂波利諸商人食爲彼等故以此閻浮提分布天龍乾闥婆鳩槃茶夜叉等護持養育故以是大集十方所有佛土一切無餘菩薩摩訶薩等悉來集此乃至於此娑婆佛土其處百億日月百億四天下百億四大海百億鐵圍山大鐵圍山百億須彌山百億四阿修羅城百億四

大天王百億三十三天乃至百億非想非非想處如是略數娑婆佛土我於是處而作佛事乃至於娑婆佛土所有諸梵天王及諸眷屬魔天王他化自在天王化樂天王兜率陀天王須夜摩天王帝釋天王四大天王阿修羅王龍王夜叉王羅刹王乾闥婆王緊那羅王迦樓羅王摩睺羅伽王鳩槃茶王餓鬼王毗舍遮王富單那王迦吒富單那王等悉將眷屬於此大集爲聞法故乃至於此娑婆佛土所有諸菩薩摩訶薩等及諸聲聞一切無餘悉來集此爲聞法故我今爲此所集大衆顯示甚深佛法復爲護世間故以此閻浮提所集鬼神分布安置護持養育爾時世尊復問娑婆世界主大梵天王言過去諸佛以此四大天下曾付囑誰令作護持養育時娑婆世界主大梵天王言過去諸佛以此四天下曾付囑我及憍尸迦令作護持而我有失不彰已名及帝釋名但稱諸餘天王及宿曜辰護持養育爾時娑婆世界主大梵天王及憍尸迦帝釋頂禮佛足而作是言大德婆伽婆大德修伽陀我今謝過我如小兒愚癡無智於如來前不自稱名大德婆伽婆唯願容恕大德修伽陀唯願容恕諸來大衆亦願容恕我於境界言說教令得自在處護持養育乃至令諸衆生趣善道故我等曾於鳩留孫佛已受教勑乃至令三寶種已作熾然拘那含牟尼佛迦葉佛所我受教勑亦如是於三寶種已勤熾然地精氣衆生精氣正法味醍醐精氣久住增長故亦如我今於世尊所頂受教勑於已境界言說教令得自在處休息一

切鬪諍饑饉乃至令三寶種不斷絶故三種精氣久住增長故遮障惡行衆生護養行法衆生故休息衆生三惡道趣向三善道故爲令佛法得久住故勤作護持佛言善哉善哉妙丈夫汝應如是爾時佛告百億大梵天王言所有行法住法順法猒捨惡者令悉付屬汝等手中汝等賢首於百億四天下各各境界言說教令得自在處所有衆生弊惡麤獷惱害於他無有慈愍不觀後世畏觸惱利利心及婆羅門毗舍首陀心乃至觸惱畜生心如是作殺生因緣乃至作邪見因緣隨其所作非時風雨乃至令地精氣衆生精氣正法精氣作損減因緣者汝應遮止令住善法若有衆生欲得善者欲得法者欲度生死彼岸者所有修行檀波羅蜜者乃至修行般若波羅蜜者所有行法住法衆生及爲行法營事者彼諸衆生汝等應當護持養育若有衆生受持讀誦爲他演說種種解說經論汝等當與彼諸衆生念持方便得堅固力入所聞不忘智信諸法相令離生死修八聖道三昧根相應若有衆生於汝境界住法奢摩他毗婆舍那次第方便與諸三昧相應勤求修習三種菩提者汝等應當遮護攝受勤作捨施勿令乏少若有衆生施其飲食衣服卧具病患因緣施湯藥者汝等應當令彼施主五利增長何等爲五一者壽增長二者財增長三者樂增長四者善行增長五者慧增長汝等長夜得利益安樂以是因緣汝等能滿六波羅蜜不久得成一切種智時娑婆世界主大梵天王爲首共百億諸梵天王咸作是言如是

如是大德婆伽婆我等各各於已境界弊惡
麤獷惱害於他無慈愍心不觀後世畏乃至
我當遮障與彼施主增長五事佛言善哉善
哉汝應如是爾時復有一切菩薩摩訶薩一
切諸大聲聞一切天龍乃至一切人非人等
讚言善哉善哉大雄猛士汝等如是法得久
住令諸衆生得離惡道速趣善道爾時世尊
欲重明此義而說偈言

我告月藏言　入此賢劫初　鳩留佛付囑
梵等四天下　遮障諸惡故　熾然正法眼
捨離諸惡事　護持行法者　不斷三寶種
增長三精氣　休息諸惡趣　令向諸善道
拘那含牟尼　復囑大梵王　他化化樂天
乃至四天王　次後迦葉佛　復囑梵天王
化樂等四天　帝釋護世王　過去諸天仙
為諸世間故　安置諸宿曜　令護持養育
至於濁惡世　白法盡滅時　我獨覺無上
安置護人民　今於大衆前　數數惱亂我
應當捨說法　置我令護持　十方諸菩薩
一切悉來集　天王亦來此　娑婆佛國土
我問大梵王　誰昔護持者　帝釋大梵天
指示餘天王　於時釋梵王　謝過導師言
我等所至處　遮障一切惡　熾然三寶種
增長三精氣　遮障諸惡朋　護持善朋黨

大方等大集月藏經卷第六

音釋

猗於其切輕安也　佉伽毗沙拏劫梵語也此云犀斗角拏女加切
線思里切　㲋奴侯切

大方等大集月藏經卷第七

高齊天竺三藏那連提耶舍譯

諸魔得敬信品第十

爾時會中有一魔王名曰歲星即起合掌向諸魔衆而說偈言

今此瞿曇仙　大欲欺凌我　分布四天下
一切諸鬼神　與諸四天王　皆悉令護持
唯除於我等　而不見與分

爾時會中復有魔王名那羅延月舉手指示魔王波旬而說偈言

由此波旬故　而不分與我　如是一惡人
毀滅我等衆

爾時會中復有魔王名盧陀弗師吒而說偈言

我等今當共　遠棄魔波旬　如是弊波旬
鄙賤極惡法　我等從昔來　未曾見聞此
我今咸勸請　大師瞿曇仙　眞正法寶聚
熾然令久住　我等當護持　養育令增長

爾時魔王波旬見聞諸魔作一朋黨共評論已羞慚恥愧從座而起合掌向佛而說偈言

一切佛世尊　於諸世間中　永離於妄語
最尊獨第一　我今已懺謝　一切尊導師
深得生敬信　一向定皈依　世尊今何故
猶見生猒賤

爾時世尊告彼月藏菩薩摩訶薩而說偈言

了知清淨士　如是魔波旬　今實於我所
種種作留難　無能盡說過　今於大衆中
誠心懺謝我　非是諂曲意　深敬信三寶
尊重未曾有　是故我今與　如是魔波旬
當授於無上　正智菩提記

爾時月藏菩薩摩訶薩白佛言世尊凡夫心輕猶豫不定於三乘中未住究竟於善於惡不能決定願亦不定以不定故遇善知識得生淨信以信因緣身口意業所作諸善能發勝願以彼善心勝願因緣隨所悕求得彼最勝妙善報果大德婆伽婆譬如群牛食種種草若生若枯亦飲種種清濁等水及穀乳時出醇淨乳從彼淨乳出香味酪從香味酪出生熟酥從生熟酥出上醍醐勝果成熟大德婆伽婆如是凡夫善心相續能生淨信以信因緣次發勝願如是次第得大妙果如是世尊發大乘者亦復如是乃至未得柔順忍來心常猶豫動轉不定得順忍已於大乘中修六波羅蜜心不疲倦次第增進乃至得作自然法王大德婆伽婆譬如糞穢散置野田下諸種子以水溉灌人功助成因緣具足於諸種子花葉果實具足成熟大德婆伽婆如是凡夫以猶豫心於大乘中行六波羅蜜次第修學得柔順忍不久能滿六波羅蜜於阿耨多羅三藐三菩提而成正覺如是波旬雖復昔有種種諸惡煩惱熾然種種心行身口意業作諸不善應受苦報今於佛所深得敬信至誠懺悔發於無上菩提之心既發心已即得受於阿耨多羅三藐三菩提記次第得成無上法王大德婆伽婆譬如商主昔雖未見大海寶洲辦具資粮道路不錯共諸商人勤用功力次第得度大海彼岸到彼種種摩尼寶洲大德婆伽婆如是波旬若能誠心發露懺悔一切惡業以諸善根至誠迴向無上菩提發大勇猛則能速滿六波羅蜜能度三有

生死大海無邊功德皆悉圓滿得到一切智慧寶洲非是二乘之所能到爾時佛告月藏菩薩摩訶薩言了知清淨士如是如是如汝所說此魔波旬今於我前發露懺悔昔所造作一切惡業已得清淨發於無上菩提之心是故我今與是波旬授於阿耨多羅三藐三菩提記於未來世當得成於無上法王爾時復有百億諸魔俱共同時從座而起合掌向佛頂禮佛足而白佛言世尊我等亦當發大勇猛護持養育佛之正法熾然三寶種久住於世間令地精氣衆生精氣法精氣皆悉增長若有世尊聲聞弟子住法順法三業相應而修行者我等皆悉護持養育一切所須令無所乏復有世尊聲聞弟子無所積聚離諸煩惱濁亂鬬諍不相言訟不求名利於諸惡法羞慚恥愧不與四衆親友交通棄捨聚落獨住閑林堅固勇猛如救頭然於諸善法相應住者我等當共護持養育一切所須令無所乏所有一切諸惡衆生我悉遮障於一切處所有鬬諍饑饉病疫他方怨敵非時風雨氷寒毒熱蚊虻蛇蠍諸雜虫獸我皆遮護令得敬信刹利婆羅門毗舍首陀乃至畜生亦令敬信於佛正法一切天龍夜叉羅刹阿修羅乾闥婆緊那羅摩睺羅伽迦樓羅鳩槃荼餓鬼毗舍遮富單那迦吒富單那等亦令敬信佛之正法復令一切天龍夜叉羅刹阿修羅乾闥婆緊那羅摩睺羅伽迦樓羅鳩槃荼餓鬼毗舍遮富單那迦吒富單那等精氣具足色力豐盛好香美味充足無乏所有依地一切草木根莖枝葉花果繁茂五穀苗稼增

長光澤及諸衣服亦悉豐饒土地肥良皆悉可樂寺舍園林河泉池井宫殿屋宅山藪林野悉令具足令諸衆生於彼住處心得悅樂身不疲倦若復世尊聲聞弟子有所積聚煩惱散亂懈怠嬾惰不應法者我當棄捨不復護持安置養育自修而住我今終不於三世佛所而故妄語犯染汙罪佛言善哉善哉諸欲自在士汝應如是熾然我法乃至能與一切衆生安隱快樂諸仁者我以法眼復寄閻浮提一切人王若我弟子於我法中貪受積聚煩惱鬪諍與俗相染親友交通貪求名利於身口意不應正法令諸天人不得敬信樂作諸惡住不善道令閻浮提諸國王等當如法治爲令佛法得久住故諸天人等得敬信故爾時世尊復告百億他化自在天百億化樂天百億兜率陀天百億須夜摩天百億釋提桓因言諸仁者如我所說法律毗尼付囑汝等汝當護持如上所說安置養育作是語已彼五天王即白佛言世尊若有世尊聲聞弟子住法順法三業相應而修行者我等皆共護持養育供給所須令無所乏若復世尊聲聞弟子無所積聚護持養育亦如上說若復世尊聲聞弟子住於積聚乃至三業與法不相應者亦當棄捨不復養育自修而住我今終不於三世佛所而故妄語犯染汙罪佛言善哉善哉妙丈夫汝應如是令我佛法熾然久住與諸衆生安隱快樂爾時一切諸來大衆天人乾闥婆等亦復讚彼五天王言善哉善哉妙丈夫我等昔來未聞如是護持養育諸佛正法久住世間天人熾盛惡道減少

爾時世尊欲重明此義而說偈言

於此娑婆界　初入賢劫時　拘樓孫如來
已囑於四天　帝釋梵天王　護持令養育
熾然三寶種　增長三精氣　拘那含牟尼
亦囑四天下　梵釋諸天王　護持令養育
迦葉亦如是　已囑四天下　梵釋護世王
護持行法者　過去諸仙衆　及以諸天仙
星辰諸宿曜　亦囑令分布　我出五濁世
降伏諸魔怨　而作大集會　顯現佛正法
諸天咸勸請　分布四天下　我時問梵天
誰昔受付囑　梵天不自稱　及以天帝釋
遍觀諸天已　然後懺謝佛　一切諸天衆
咸共白佛言　我等所王處　皆護持正法
熾然三寶種　增長三精氣　令息諸病疫
饑饉及鬪諍　過去諸如來　教我令安置
如今尊導師　亦勑令護持　世尊復告語
百億諸梵天　百億天帝釋　百億四天王
汝等各皆悉　於已四天下　隨其所王處
遮障惡衆生　不令心擾濁　安住於善處
修行正法者　當與不忘念　若有諸聲聞
勤求涅槃者　一切有所須　悉皆供給之
亦與彼施主　增益五功德　壽命報安樂
精進及智慧　能速滿六度　證於大菩提
如是百千億　諸天大梵王　咸共白佛言
我各於已土　護持諸聲聞　遮障惡衆生
安住佛正法　熾然三寶種　三種味精氣
皆悉令增長　百億諸魔衆　皆共生慚愧
亦悉從座起　合掌白佛言　我等皆發心
護持佛正法　熾然三寶種　增長三精氣
安置諸衆生　令住於善道　爲諸衆生故

休息一切惡　護持於世尊　行法諸聲聞
持佛眞妙法　三業常相應　以諸所須物
養育令無乏　若有諸聲聞　無所積聚者
遠離鬬諍訟　羞慚於名利　堅固勤精進
猶如救頭然　能令無量衆　安住於正法
一切諸惡處　皆令可愛樂　依地所生種
果藥諸苗稼　悉皆令滋茂　膏澤香味具
若有諸聲聞　貪求積聚者　瞋妬多諍訟
求利無羞恥　若有如是輩　我等當捨離
我於三世佛　終不犯妄語　導師復告語
汝等諸魔衆　護國諸人王　遮障惡衆生

提頭賴吒天王護持品第十一

爾時於此世界四天下中有日天子月天子告彼疾行堅固天子言世尊今在佉羅帝山牟尼諸仙所依住處作大集會佛及弟子爲令佛法得久住故紹三寶種不斷絕故三種精氣不損減故令惡衆生得敬信故使三惡道得休息故令三善道得增長故汝等速往彼大集所說欲隨喜我及眷屬於佛正法護持養育時彼疾行堅固天子往詣佛所到已頭面禮足而白佛言世尊彼日天子月天子遥禮佛足作如是言我等既是乘車疾行不得往詣彼大集所我及眷屬說欲隨喜於佛正法我當護持安置養育令三寶種而得熾然亦令五星二十八宿皆得正行三種精氣悉令增長遮障一切不善衆生令善法朋皆得充盛人天善道具足盈滿佛言日天子月天子汝於我法護持養育令汝長壽無諸衰患爾時復有百億提頭賴吒天王百億毗樓勒叉天王百億毗樓博叉天王百億毗沙門

天王彼等同時及與眷屬從座而起整理衣服合掌敬禮作如是言大德婆伽婆我等各各於已天下勤作護持養育佛法令三寶種熾然久住三種精氣皆悉增長乃至世尊聲聞弟子三種善業相應住者我等於彼勤加護持攝受養育令心不濁離諸散亂趣涅槃門隨幾時中我等常當遮障一切惡心衆生令善法朋久住增長一切鬪諍疫病饑饉非時風雨氷寒毒熱苦辛澀觸無味枯燥臭穢衆惡不可樂事悉令休息何以故世尊弟子不作積聚常修慈心與善相應離諸散亂而安住故佛言善哉善哉善男子汝當如是勤加護持攝受養育我所修習諸佛法眼諸來大衆亦皆讚言善哉善哉爾時佛告樂勝提頭賴吒天王言妙丈夫此四天下閻浮提中東方第四分汝應護持何以故此閻浮提諸佛興處是故汝應最上護持過去諸佛已曾教汝護持養育未來諸佛亦復如是并及汝子乾闥婆衆諸夜叉等一切眷屬應令敬信護持養育汝有九十一子樂種種行彼或乘象遊行十方或復乘馬或復乘駝或乘特牛或乘羖羊或乘白羊或復乘龍或復乘鳥或乘男夫或乘婦女或乘童男或乘童女遊行十方汝亦應令得生敬信當共彼等護持閻浮提東方第四分復有乾闥婆大臣大力軍將初名般支迦次名般遮羅次名郎伽羅次名扇陀次名奚摩跋多次名質多斯那次名那荼王次名禪那離沙婆次名尸婆迦次名牟眞隣陀次名毗濕婆蜜多羅次名除珍達羅斯等皆是汝之大臣大力軍將汝亦應令

得生敬信當共彼等護持閻浮提東方第四分復有四大刹多羅大力軍將有多兵衆一名好長耳二名好長鼻三名善充滿四名佉陀梨鉢帝斯等刹多羅皆是汝之大力軍將汝亦應令得生敬信當共彼等護持閻浮提東方第四分復有乾闥婆大力軍將兄弟三人常將兵衆有大勢力彼等皆悉受汝教令一名樂欲二名著欲三名喜欲復有乾闥婆兄弟十一人初名鞞利迦次名槃梯次名藍菩尸佗次名迦羅荼次名拘枳羅聲次名耶舍失利次名耶舍槃多次名耶輸達羅次名摩羅槃姤次名摩羅縵都次名摩頭曼多復有乾闥婆兄弟三人一名尸利曼都二名頭坻曼多三名富師波曼多復有乾闥婆三十三人初名薩陀曼都次名耶闍曼多次名檀

那曼多次名難提迦次名憂波羅次名波頭摩次名栴檀次名栴檀那次名度盧摩羅娑次名般遮羅次名拘枳羅蘇婆羅次名霑浮羅次名般遮尸佉次名播跋尼次名蘇羅斯次名摩羅毗次名跋達那次名迦摩尸利吒次名尼乾吒次名尼乾吒迦次名娑提浮羅次名耶輸陀羅次名毗首婆蜜多羅次名尸鶱池次名天鼓次名摩兜羅次名質多羅斯那次名那荼王次名禪那梨沙婆次名尸婆迦次名牟眞隣陀次名毗首婆蜜哆廬次名除珎達羅如是乾闥婆有多軍衆大有勢力汝亦應令得生敬信當共彼等護持閻浮提東方第四分復有十六天神有大勢力具足神通初名最勝次名上勝次名成就義次名他不勝次名上喜次名喜軍次名樂喜次名

增長喜次名饒財次名多饒財次名具毛次名十毛次名饒毛次名憂波羅次名鉢摩迦次名賒摩如是十六諸天神王大有威力汝亦應令得生敬信當共彼等護持閻浮提東方第四分東方有處名遮波羅過去諸佛曾依彼住亦是羅漢諸賢聖衆得證果處諸天人等發心修行所依住處汝等應以大精進力護持閻浮提東方第四分東方有山名阿跋多次名梨師三婆婆亦是過去諸佛賢聖本修行處諸天人等依於此處得見聖諦是故汝等當以大精進力護持閻浮提東方第四分東方復有三曜七宿三天童女應令彼等於其晝夜正行世間汝共彼等護持閻浮提東方第四分東方復有天龍夜义羅刹鳩槃茶餓鬼毗舍遮富單那迦吒富單那等住汝東方無所屬者我當於後分布彼等安置諸國令汝護持爾時樂勝提頭賴吒天王白佛言世尊如是如是大德婆伽婆過去諸佛付囑安置護持養育亦教我等護持東方弗婆提界如今世尊教我安置一等無異我當深心頂戴敬受於佛正法護持閻浮提東方第四分并我諸官眷屬大小亦令護持於三惡趣皆令休息於三善道皆悉熾然爾時樂勝提頭賴吒天王復有刹多羅輔佐大臣男夫婦女童男童女一切皆共從座而起合掌向佛頭面禮足而白佛言世尊我等今於導師世尊得生深信尊重敬仰得未曾有法寶僧寶亦生深信尊重敬仰得未曾有大德婆伽婆我等從今精勤護持閻浮提界東方第四分世尊所有聲聞弟子若比丘比丘尼優

婆塞優婆夷若餘眾生於三善業相應住者敬信三寶供養奉施聽受法者於佛正法發心修行受持禁戒相應住者并勤供養諸眾僧者我等常當護持養育若復有餘諸眾生等住阿蘭若及佛弟子住法順法發心堅固如犀牛角獨而無侶住於閑林我等當以一切所須供養奉施護持養育若復有餘一切眾生見彼閑林相應住者能以所須勤供養者我等亦當護持養育令其所須悉得稱意亦令長壽無諸衰病財富自在安隱快樂善名流布大德婆伽婆我等當作如是等事護持養育於佛正法亦令一切鬬諍疫病饑饉儉短非時風雨悉令休息復令一切花果藥草五穀等物滋茂成熟肥膩輭澤善香美味妙色增盛又令地味眾生味法醍醐味滋茂增長如是精味得增長故息三惡趣善道盈滿佛法久住熾然世間佛言善哉善哉妙丈夫汝等精勤作如是事護持養育令我法眼久住熾然善說法律能生信解則為具足供養三世一切諸佛汝等便得壽命增長法增長眷屬增長名稱增長色力增長善朋增長舍宅增長信增長戒增長聞增長精進增長念增長慧增長如是等事得增長故便能速滿六波羅蜜得成無上自然法王如我今也

爾時一切諸來大眾天人乾闥婆等咸皆讚言善哉善哉妙丈夫汝應如是精勤護持諸佛正法令得久住熾然在世使不斷絕爾時世尊欲重明此義而說偈言

世間二神通　日月遣使來　疾行堅天子
令與大眾欲　如是佛正法　我等當守護

熾然三寶種　星辰得正行　增長三精氣
遮障惡衆生　法朋得增長　善道皆盈滿
百億提頭賴　勒叉毗樓博　百億毗沙門
咸共白佛言　我於已天下　各皆勤護持
乃至諸比丘　少欲離積聚　我等遮諸惡
法朋得增長　鬪諍病饑饉　諸惡令休息
導師佛告言　樂勝提頭賴　過去諸如來
已教汝安置　護持閻浮提　東方第四分
汝軍及眷屬　亦令法眼增　提頭白佛言
唯然大雄猛　我軍大力衆　法眼令熾然
除諸不善法　遮障惡衆生　常護諸聲聞
無所積聚者　乾闥婆悉起　亦復白佛言
聲聞無積聚　飲食令無乏　我等護持法
住法境界者　養育彼施主　我等亦護持
遮障惡衆生　法朋令熾然　三種精氣增
善道皆充滿

毗樓勒叉天王品第十二

爾時佛告火花毗樓勒叉天王言妙丈夫此四天下閻浮提界南方第四分汝應護持何以故此閻浮提諸佛興處是故汝應最上護持過去諸佛已曾教汝護持養育未來諸佛亦復如是并及汝子一切眷屬大臣軍將夜叉羅刹皆令護持汝有九十一子樂種種行或復乘象遊行十方乃至或乘童男童女遊行十方汝亦應令得生敬信共護閻浮提南方第四分復有鳩槃茶大臣有多兵衆大有勢力初名跋那拘次名阿吒薄拘次名婆吒迦次名藪支盧摩次名阿斯目佉次名跌茶尸帝次名摩兜羅次名跌茶泥彌次名帝利揵吒迦次名栴檀那次名伽羅竭陀次名藪

目佉次名陀提目佉乃至復有四刹多羅一名金剛輪二名金剛燄三名箭毛四名風王彼等皆有大力兵衆乃至復有鳩槃茶大力軍將兄弟九人一名檀提二名憂波檀提三名葛迦賒四名鉢濕五名摩訶鉢濕婆六名大肚七名象手八名十手九名火手復有鳩槃茶兄弟三人一名地行二名山行三名左行復有鳩槃茶兄弟三人一名異色二名朱目三名雲色復有鳩槃茶兄弟四人一名無垢二名無瘡疣三名雲天四名大力復有鳩槃茶二十六人初名長耳次名長乳次名獨象次名編髮次名十杵次名十目次名孤樹次名樂欲次名大欲次名木師次名愛子次名三鳩槃茶子次名一切巷次名雜色次名綵眼次名滿瓶次名瓶眼次名無病次名蒭叉次名黃髮次名多茶叉次名叉叉次名縷線次名噉蠅次名馬水次名噉髓斯等鳩槃茶大力軍將有大勢力多有兵衆汝亦應令得生敬信共護閻浮提南方第四分復有十六諸天神王初名雜止次名雜髮次名芬陀利次名妙光次名火光次名獨闍次名多闍次名班駮次名月尊次名衆雜次名夜暮次名欺凌次名不欺凌次名惡枳次名婆蘇枳次名他不勝斯等十六諸天神王有多兵衆大有勢力汝亦應令得生敬信共護閻浮提南方第四分南方有塔名善安住過去諸佛諸仙賢聖曾於彼住見四聖諦南方有山名曰善現過去諸佛諸賢聖衆亦於彼住見四聖諦南方復有三曜七宿三天童女汝亦應令正行於世共護閻浮提南方第四分南方

復有天龍夜义羅剎乾闥婆鳩槃茶阿修羅迦樓羅緊那羅摩睺羅伽餓鬼毗舍遮富單那迦吒富單那住汝南方無所屬者我當於後分布安置隨其國土亦令汝等護持養育爾時火花毗樓勒义天王白佛言世尊如是如是大德婆伽婆過去諸佛已曾囑我教令安置亦為過去諸天神仙教我安置護持閻浮提南方第四分如今世尊亦教安置我當頂受護持養育我及眷屬大臣軍將亦復護持養育佛法乃至於三惡趣皆悉休息於三善道增長盈滿爾時火花毗樓勒义天王眷屬剎多羅等大臣輔佐鳩槃大將男夫婦女童男童女彼等皆悉從座而起向佛合掌頂禮佛足而白佛言世尊我等今於導師世尊得生深信尊重敬仰得未曾有法寶僧寶亦生深信尊重敬仰得未曾有大德婆伽婆我等從今精勤養育護持閻浮提南方第四分乃至令佛正法久住熾然惡道休息善道盈滿佛言善哉善哉妙丈夫乃至一切諸來大衆天人乾闥婆咸共讚言善哉善哉爾時世尊欲重明此義而說偈言

佛告毗樓勒　大臣鳩槃荼　過去佛教汝
護持於南方　古昔諸天仙　亦教汝安置
熾然正法朋　遮障惡衆生　導師今告汝
令我法熾然　當受我寄付　如來正法眼
熾然三寶種　三種精氣增　飲食衆味藥
膏澤豐可樂　住法諸比丘　乃至無積聚
應當護養育　令無所乏少　亦護彼施主
財命樂富慧　五事常饒益　悉令得增長
正行諸宿曜　星辰歲四時　令竭三惡趣

善道皆盈滿

毗樓博义天王品第十三

爾時佛告旃檀花毗樓博义天王言妙丈夫此四天下閻浮提界西方第四分汝應護持何以故此閻浮提諸佛興處是故汝應最上護持過去諸佛以曾教汝護持養育未來諸佛亦復如是并及汝子大臣眷屬亦令護持汝有九十一子樂種種行如上所說復有諸龍大臣兵衆有大勢力一名師子二名師子髮三名自在四名黄頭五名黄馳六名赤目七名瞿躭摩八名山水乃至復有四刹多羅一名鴦瞿二名萠瞿三名儚伽义四名闍义附乃至復有諸龍軍將有大勢力常將兵衆初名難陀次名憂波難陀次名善現次名阿那婆達多次名和修吉次名善建立次名天齒次名得义迦次名婆樓那次名婆娑婆次名阿樓那次名侯樓茶次名氷伽羅次名生伽羅次名功德次名妙德次名功德滿次名虛妄行次名波賒次名摩訶波賒次名禪那次名宅施次名海施次名閻浮施次名睒婆羅次名善臂次名蘇摩那次名日光次名月光次名月眼次名旃檀次名妙賢次名妙耳次名質多羅次名放色次名頻支次名牟眞隣陀次名藍浮羅次名迦那迦次名象耳次名般籌迦次名聲佉次名伊羅鉢次名阿波羅邏次名那羅達次名憂波那羅次名尸利迦次名菴羅提他次名婆稚子次名提致羅吒次名瞻波次名瞿曇摩次名般遮梨次名項力次名黖婆利次名毗摩次名山臂次名恒伽次名辛頭次名博义次名私陀斯如是

等六十一龍皆是汝之大力軍將乃至西方十六天神亦有兵衆有大勢力初名薩沙婆帝次名西賒婆帝次名耶輸陀羅次名耶賒跋帝次名鬱伽摩次名第一善次名善覺次名善起次名闍陀次名毗闍陀次名離垢次名毗樓荼次名牛仙次名瞻婆迦次名優樓闍次名迦迦吒誓乃至西方有塔名曰極雨乃至有山名曰香風乃至有山名衆色重閣乃至西方復有三曜七宿三天童女皆令正行共護閻浮提西方第四分西方所有諸天龍鬼乃至迦吒富單那等住汝西方無所屬者我當於後分布安置隨其國土亦令汝等護持養育爾時栴檀花毗樓博叉天王作如是言大德婆伽婆過去諸佛已曾如是教我安置護持養育此閻浮提西方第四分如今世尊教我安置等無有異我今佛前深受教勑護持西方諸佛正法乃至善道皆令盈滿

爾時毗樓博叉復於佛前而說偈言

毗樓博叉王　共諸龍臣言　過去佛天仙
勑我護西方　并諸龍軍衆　遮障惡衆生
鬪亂諸病疫　汝悉令休息　增長三精氣
及護我法眼　住法諸比丘　少欲無積聚
護持增壽命　及色力樂贍　如是天人師
今悉向我說　深信佛所勑　我今頂戴受
護持三寶種　熾然正法眼　住法諸聲聞
我等當護持　共諸龍軍衆　除諸不善法
遮障惡衆生　令彼悉休息　花果藥豐饒
膏澤衆味具　令諸刹利王　敬信佛正法
毗舍及首陀　龍神夜叉衆　我今彼得信
深敬佛所說　護持在閑林　少欲無積聚

正行諸宿曜　星辰歲四時　令竭三惡趣
善道皆盈滿

毗沙門天王品第十四

爾時佛告拘鞞羅毗沙門天王言妙丈夫此
四天下閻浮提界北方第四分汝應護持何
以故此閻浮提諸佛興處是故汝應最上護
持過去諸佛已曾教汝護持養育未來諸佛
亦復如是并及汝子大臣眷屬夜叉毗舍遮
皆令護持汝有九十一子樂種種行彼或乘
象遊行十方或復乘馬或復乘駝或乘特牛
或乘羖羊或乘白羊或復乘龍或復乘鳥或
乘男夫或乘婦女或乘童男或乘童女遊行
十方汝亦應令得生敬信共護閻浮提北方
第四分復有夜义大臣大力軍將初名無病
次名吉祥次名安隱次名成利次名他不勝
次名滿願次名豐饒次名歡喜次名水蓋次
名南浮沙度次名電光次名火光次名水眼
次名郁伽次名好耳次名攝受斯等夜义是
汝大臣大力軍將應令彼等得生敬信共護
閻浮提北方第四分復有四大刹多羅一名
長目二名長面三名坐甆四名花杖斯等刹
多羅皆是汝之大力軍將汝亦應令得生敬
信共護閻浮提北方第四分復有夜义大力
軍將常將兵衆初名因陀羅次名蘇摩次名
婆樓那次名婆闍波帝次名波羅波闍次名
伊奢那次名勝欲次名旃檀次名尼乾吒次
名阿尼乾吒迦次名婆稚次名摩尼遮羅次
名波尼邏次名憂般遮迦次名娑陀祇利次
名奚摩跋多次名薩他次名波羅末檀那次
名乾竹迦次名迦摩多卑次名富樓那次名

佉陀利次名瞿波利次名祇訶知次名阿吒迦次名阿吒薄拘次名那羅提次名那羅邏擔次名禪那梨沙婆次名質多羅迦次名質多斯那次名施婆利次名涅伽多次名長年次名摩那吒次名摩那婆次名梟何度次名毗盧遮那次名伏龍次名毗摩次名護門次名多摩那次名能迷惑次名取意次名子男婆次名迦吒僧乂次名鉢乾沓婆次名明月次名阿婆娑婆次名三年達羅次名牛仙斯等五十夜乂軍將皆是汝之大力軍衆受汝教勑汝亦應令得生敬信共護閻浮提北方第四分復有十六諸天神王初名伊茶次名鞞茶次名那茶次名天蓮花次名鉢陀摩跋帝次名縣乾絺多次名摩訶軍闍次名阿奚多次名奚多耆耶次名毗樓稚次名優波羅次名月次名如月次名大月次名婆樓那次名三波帝斯等十六諸天神王亦有大力有多軍衆汝亦應令得生敬信共護閻浮提北方第四分北方有塔名尸佉利過去諸佛諸仙賢聖依彼住處見四聖諦北方有山名曰申淥日月天子所居住處及大神力名稱鬼神所依住處汝以彼等大精進力共護閻浮提北方第四分北方復有三曜七宿三天童女汝亦應令正行於世共護閻浮提北方第四分北方所有天龍夜乂羅刹鳩槃茶餓鬼毗舍遮富單那迦吒富單那住汝北方無所屬者我當於後分布安置隨其國土亦令汝等護持養育爾時拘毗羅毗沙門天王白佛言世尊如是如是大德婆伽婆過去諸佛已曾教我令作護持安置養育此閻浮提北方

第四分我今如是深受佛教護持閻浮提北方諸佛法爾時拘毗羅毗沙門王兒及大臣刹多羅等諸夜叉將十六天神一切眷屬男夫婦女童男童女皆從座起合掌向佛頂禮佛足而白佛言大德婆伽婆我及眷屬今於佛所得生深信尊重敬仰得未曾有法寶僧寶亦生深信尊重敬仰得未曾有大德婆伽婆我等從今誠心慇懃攝伏惡心諸衆生故勤加護持此閻浮提北方第四分我今亦與上首毗沙門王同心護持此閻浮提北方諸佛法爾時拘毗羅毗沙門王復白佛言世尊若佛弟子比丘比丘尼優婆塞優婆夷於佛正法三業相應者專心聽法如說修行學持戒者若餘衆生於三寶所得敬信者供佛施僧勤修福業者我與眷屬皆共同心受佛寄付爲作安置護持養育若佛弟子依阿蘭若住法順法勤加修行如犀牛角獨而無侶住於閑林我當倍復護持養育若有衆生於彼閑林世尊所有修行聲聞勤修供養無所乏者我當方便護持養育五事饒益何謂爲五一者壽命增長二者財增長三者無病增長四者樂增長五者稱譽增長我以如是護持養育令具足故三寶熾然佛種久住若有衆生於己境界貪求聚積無有猒足不觀後世可怖畏事瞋惡躁急無有慈愍觸惱刹利種種兵仗共相戰鬪屠割斫刺捕獵殺害牢獄繫閉謫罰擯黜殺生偷盜乃至邪見而與刹利作惡因緣及婆羅門毗舍首陀男夫婦女童男童女乃至畜生共相觸惱作惡因緣令彼衆生遞相殺害種種劫奪無量惡行因緣

集會我當遮障諸惡衆生令住慈心悲心信心戒心捨心聞心慧心令離不善安置善處遮諸鬪諍疫疾饑饉非時風雨及惡霜雹亦復遮障一切惡象師子虎狼惡牛惡馬熊羆鷹鷂蚊虻蠅蚤亦令一切花葉果藥五穀滋茂衆香美味好色膩澤皆悉可樂常令豐足地味精氣衆生味精氣法醍醐味精氣如是精氣增長世間所有枯燥麤澁惡色無味臭穢花葉果藥不可愛樂不中用物我令彼等皆悉隱沒如是地味精氣衆生味精氣法醍醐味精氣增長久住以地味精氣衆生味精氣法醍醐味精氣增長久住故如是佛法增長久住以是佛法增長久住故一切衆生生死煩惱長夜休息得入無畏大涅槃城以是因緣我共軍將大臣眷屬護持閻浮提北方

第四分令佛法眼久住熾然乃至亦令世尊弟子無所積聚住於閑林如犀牛角獨而無侶三業相應如救頭然不相調弄欺凌鬪諍於諸衆生生慈心悲心愍心信心戒心捨心精進心念心定心慧心大德婆伽婆我等如是令佛法眼久住世間於三寶種熾然久住亦令世間一切衆生不可樂事苦觸等物悉令休息遮惡衆生建立善法息三惡趣增長善道若復世尊聲聞弟子棄捨正念棄捨思惟棄捨正觀棄捨讀誦及爲他說棄捨正法所修行事營綜家業種種生具賣買種植園林果樹畜養奴婢象馬駝驢牛羊雞犬猪狗獐鹿鷹鷂孔雀勤修王家所有事業城邑事聚落事家業事與俗交通驅使走役通致信命貯積錢財飲食衣服稻粟繒帛於他財物

亦復守護藏惜積聚或復呪術或以書畫教他自活若如是者我等不能護持養育我今終不於三世佛所而故妄語犯染汙罪佛言善哉善哉妙丈夫我於無量阿僧祇劫所有法眼善說正法毗尼正戒如是勤加護持養育令久住者則爲供養三世諸佛汝等如是則得壽命增長財增長力增長樂增長朋黨增長眷屬增長宫殿增長信增長戒增長聞增長精進增長捨增長念增長慧增長以是增長因緣力故便能速滿六波羅蜜成等正覺猶如我今得成無上自然法王我今復以佛之正法付囑閻浮提諸大國王於我滅後護持養育若有比丘離諸慚愧汙染我法私立田業畜養奴婢乃至畜生而作種種家業生活如是比丘閻浮提界諸大國王應當遮障訶責擯黜令離諸過護持養育令行正法爾時一切諸來大衆天人乾闥婆阿修羅人非人等咸皆讚言善哉善哉妙丈夫汝爲佛法得久住故勤加護持爾時世尊欲重明此義而說偈言

佛告毗沙門　及千夜叉衆　汝等皆應共
護持於北方　住法諸比丘　慚愧聲聞等
汝受我寄付　勤加護養育　過去尊導師
勑汝令安置　護持佛正法　遮障惡衆生
增長三精氣　息諸鬪諍訟　相應諸聲聞
亦當勤護之　毗沙門王言　如是佛正法
寄付我頂受　勤加護養育　熾然正法眼
增長三精氣　遮障惡衆生　勤斷諸鬪訟
無積聚聲聞　少欲知足者　能離諸惡業
我亦勤護持　若有能供養　修行諸聲聞

當以五事增　饒益於彼等　膩澤香美味
花果衆藥草　爲令彼受用　我悉令豐饒
三種味精氣　彼等增長故　我等勤護持
佛法久熾然　我復令國王　剃髮無慚者
彼等王應遮　大衆咸皆讚

呪輪護持品第十五

爾時世尊復告四天王言我今與汝大力雄猛不可害輪大明呪句如是呪句過去億百千萬諸佛之所演說汝若持此大力雄猛不可害輪大明呪句一切諸魔及魔眷屬尚不敢近何能觸嬈爾時世尊作是語已即說呪曰

哆姪夜他一阿婆夜陀提二毗嘍陀毗羯羅咩三阿那毗喍四阿那邏移五阿毗勒泥六阿拘毗移七阿呪帝八輸婆提市九提闍婆底十摩訶提市十一憂皺舍咩十二迷哆囉伽啼十三阿婆嘍兮十四悉達涕十五頞他悉地十六舒婆謨遮十七婆藉娑婆帝十八娑摩竭囉舒祇十九阿毙哆喍二十達摩毗訶喍二十一哆他多娑摩底二十二佛陀地虱他泥二十三尸羅毗首地二十四阿毙羯囉咩二十五阿僧訶唎移二十六復多俱致二十七阿毗市聶帝二十八蘇婆訶二十九

諸仁者此是汝等四大天王大力雄猛不可害輪大明呪句如是呪句過去億百千萬諸佛之所演說汝若持此大力雄猛不可害輪大明呪句一切諸魔及魔眷屬尚不敢近何能觸嬈爾時所有一切諸魔及魔眷屬皆悉驚怖無有勢力各各羞慚向佛合掌爾時世尊復告毗沙門天王言我今與汝北方大力雄猛不可害輪大明呪句汝以持此大力雄

猛不可害輪大明呪故於已眷屬及他眷屬
天龍夜叉羅刹阿修羅乾闥婆鳩槃茶餓鬼
毗舍遮富單那迦吒富單那尚不敢近何能
觸嬈汝於一切惡鬼神所當得大力雄猛不
可害輪爾時世尊作是語已即說呪曰
哆嵯夜他一 勿檀泥二 鉢囉勿檀泥三 勿達
那跋帝四 涿唎乾陀唎五 朱唎六 栴茶唎七
頞唎毗闍耶 末提八 驅驅勿檀泥九 跋囉
跋囉十 勿檀泥十一 蘇婆訶十二
汝以此呪北方當得大力雄猛不可害輪於
已眷屬及他眷屬尚不敢近何能觸嬈爾時
世尊復告提頭賴吒天王言我今與汝東方
大力雄猛大明呪句乃至當得不可害輪爾
時世尊作是語已即說呪曰
哆姪夜他一 丘嘍闍帝二 勿嘍闍帝三 鉢囉
帝虱蕫丑喈切四 摩訶薩唎五 崎囉跋帝六 鬱那
婆帝七 伽樓婆帝八 求嘍鞞九 勿嘍鞞十 求
嘍勿嘍鞞十一 求嘍求嘍十二 勿嘍乾提十三 勿嘍
闍帝十四 阿羅娑婆帝十五 摩羅娑婆帝十六 黙泥
迷泥十七 多豆婆南十八 多豆婆南十九 蘇婆訶二十
汝以此呪東方當得大力雄猛不可害輪於
已眷屬及他眷屬尚不敢近何能觸嬈爾時
世尊復告毗樓勒叉天王言我今與汝南方
大力雄猛大明呪句乃至當得不可害輪爾
時世尊作是語已即說呪曰
哆地夜他一 耆唎耆唎二 耆盧那跋帝三 芎
泥四 訶膩泥五 訶泥那跋帝六 群籌群籌七
蘇婆訶八
汝以此呪南方當得大力雄猛不可害輪於
已眷屬及他眷屬尚不敢近何能觸嬈爾時

世尊復告毗樓博义天王言我當與汝西方大力雄猛不可害輪大明呪句汝以持此大力雄猛不可害輪大明呪故於已眷屬及他眷屬諸龍夜义羅刹阿修羅乾闥婆鳩槃茶餓鬼毗舍遮富單那迦吒富單那等尚不敢近何能觸嬈爾時世尊作是語已即說呪曰

哆姪夜他一阿毗婆嘍泥二婆嘍拏跋帝三勿囉竭囉㖃帝四婆嘍泥五婆嘍拏耶世六憂受婆邏七鉢囉受婆喌八膩受婆隸九摩訶受婆隸十受婆邏十一摩身達囉舍十二婆闍鞞十三薩婆哆囉毗唎帝十四訖唎多耶世失蠆丑芥切十五蘇婆訶十六

汝以此呪西方當得大力雄猛不可害輪於已眷屬及他眷屬尚不敢近何能觸嬈爾時世尊復告四大天王而說偈言

諸山有稱譽　自在者化作　極雨雞羅娑
香山佉羅擔　風火及雪山　日月所居處
北方常護持　世尊眞妙法　般支般遮羅
訖尼伽羅度　彼等常護持　四維佛正法
地神大地神　黑色大黑色　羅睺毗摩質
須質波羅陀　婆稚睒婆利　及牟眞隣陀
共護於下方　世尊眞妙法

大方等大集月藏經卷第七

音釋

猶豫猶于求切豫羊茹切猶豫多疑不決也　㲉古候切取牛羊乳也　蚊蝱蚊無分切蝱莫耕切蚊蝱並齧人飛蟲也　數蘇后切　羖公戶切牡羊也　縵莫半切　坻都禮切　鼬于救切　萠莫耕切　儚亡曾切　黚他嚴切　黟一兮切　淭音渠　熊羆熊胡弓切羆班糜切並獸名　膩

澤膩膩女利切肥膩也澤場伯切潤澤也繒疾陵切帛也擯黜擯必刃切棄也黜丑律切貶斥也觸嬈觸尺玉切嬈而沼切觸嬈謂觸揬嬈亂也簸補過切兠奴侯切鞞符鞞切

大方等大集月藏經卷第八

高齊天竺三藏那連提耶舍譯

忍辱品第十六

爾時有一阿修羅王名曰火味在彼會中從座而起舉手而指羅睺羅阿修羅王向四百億阿修羅王作如是言此羅睺羅阿修羅王是我等輩尊重師長能以福慧益諸衆生自在勇猛諸阿修羅中最勝第一羅睺羅王及與我等皆爲瞿曇之所欺凌爲令佛法得熾然故付囑餘衆而不見與故令我等受大恥辱次復有一阿修羅王名鎮星毗摩作如是言我等昔來各各於已四天下中與釋提桓因共相齊等今如野干逐師子後我等寧可捨此凡下還於本國城邑宮殿又我寧死何能忍受如是凌辱此是大惡令我等輩生大愛苦時羅睺羅阿修羅王作如是言衆生寧可最勝人邊受其罵辱不於凡下而得讚歎何以故令多好人所輕賤故此天人師於三界中最勝自在住於彼岸善知時宜隨其所應故如是也爾時月藏菩薩摩訶薩合掌向佛一心敬禮而作是言導師當觀此羅睺羅阿修羅王具有如是堅慧勝慧安住堅信樂善樂忍持戒清淨深信三寶不久速成無上導師唯願世尊熾然法故應當與此羅睺羅分爾時世尊告四百意阿修羅王而說偈言

汝先具諸德　各已住淨信　如是昔諸佛
囑法與汝等　我今以此法　悉亦付囑汝
當以諸方便　護持我法眼　汝等作是福
增滿大智海　各於自境界　守護我正法
住法常樂忍　護持定根者　汝等若如是

咸供三世佛　常詣於善趣　命智果具足
於世流轉時　得離諸惡道　諸求勝報者
當熾我法眼　各於已國土　遮障惡衆生
爾時諸阿修羅悉起合掌咸作是言
我等阿修羅　各各於已國　休息一切惡
熾然世尊法　習行法施者　於惡作護持
增長三精氣　離惡住善道
爾時諸來一切大衆諸天及人乾闥婆等咸
皆歎諸阿修羅言善哉善哉爾時世尊亦復
歎彼四百億阿修羅王及諸眷屬作如是言
善哉善哉妙丈夫輩汝能如是是名供養三
世諸佛當勤護持養育我法佛之法眼而得
熾然令三寶種久不斷絶是故我今將於汝
等及諸眷屬付囑十方一切諸佛現在住世
未涅槃者及付賢劫一切菩薩摩訶薩汝等
常與彼諸阿修羅生生相值汝當於此賢劫
之中得成正覺出於世時當與汝等作上施
主護持正法持戒第一得禪三昧具足忍力
如此賢劫最後如來名曰盧遮應正遍知出
現於世爾時盧遮當授彼等阿耨多羅三藐
三菩提記便得速滿六波羅蜜不久當爲無
上法王得入無畏涅槃大城如是若復有諸
衆生若現在世及未來世於我法中出家修
道三業相應若復放人出家修道若復有能
勤加護持養育供給我諸聲聞比丘比丘尼
優婆塞優婆夷令三寶種得不斷絶若有能
修檀波羅蜜乃至般若波羅蜜若有營造塔
廟形像及以修故種種捨施供養供給四方
衆僧置立寺舍及以修故又復於彼四方僧
寺捨施種種衣服卧具器物所須及施田宅

財寶園林僮僕給使乃至畜生若復見他捨施諸物還追奪者以力遮護若復施我聲聞弟子衣服飲食卧具湯藥一切所須我之所有聲聞弟子或有因緣遭遇苦惱若以自力若假他力方便令脫我以如是諸衆生等悉皆付囑十方現在一切諸佛及付賢劫所有菩薩摩訶薩等令其攝受生得相值若彼賢劫諸佛出世是諸衆生於彼佛所作大施主守護正法持戒第一得禪三昧具足忍力如此賢劫最後如來出現於世于時彼佛當授彼等阿耨多羅三藐三菩提記便得速滿六波羅蜜不久當爲無上法王得入無畏涅槃大城爾時復有無量億百千衆生悲淚滿目瞻仰如來作如是言我今觀諸大悲世尊所有解脫出於三界一切諸道生死牢獄捨於渴愛離世八法及我我所憍慢煩惱離於一切十二有支知一切法猶如虛空住不顛倒常於衆生起大悲心然諸如來爲衆生故令此法眼及三寶種於此娑婆久住不滅故加護持如來今復以諸天龍夜叉羅刹乾闥婆緊那羅迦樓羅摩睺羅伽鳩槃荼餓鬼毗舍遮富單那迦吒富單那人非人等寄付諸佛及諸菩薩彼諸衆生現在未來若布施若持戒若修定慧於此佛法精勤相應寄付諸佛及諸菩薩摩訶薩等爲滿六波羅蜜令得阿耨多羅三藐三菩提故若有衆生猒苦求樂無不於現在世及未來世方便精勤護持養育熾然法眼紹三寶種而能得之佛言如是如是如汝所言若有愛已猒苦求樂應當護持諸佛正法從此當得無量福報若有衆生

爲我出家剃除鬚髮被服袈裟設不持戒彼等悉已爲涅槃印之所印也若復出家不持戒者有以非法而作惱亂罵辱毀呰以手刀杖打縛斫截若奪衣鉢及奪種種資生具者是人則壞三世諸佛眞實報身則挑一切天人眼目是人爲欲隱没諸佛所有正法三寶種故令諸天人不得利益墮地獄故爲三惡道增長盈滿故何以故我昔爲於一切衆生修菩薩行爲此法眼於諸衆生起大悲心捨已身血猶如大海與諸乞者捨頭猶如毗富羅山眼耳亦爾捨鼻猶如百千突盧那捨舌猶如一突盧那捨手捨脚各皆亦如毗富羅山捨皮可覆一閻浮提亦捨無量象馬車牛奴婢妻子及以王位與諸乞者亦復捨於無量國土城邑宮殿村落舍宅寺廟園林衣服卧具山澤林藪與諸乞者於諸佛所受持禁戒而無缺犯一一佛所無量供養一一佛所稟受無量那由他百千法門受持讀誦護持戒行善修三昧陀羅尼忍又我亦曾供養恭敬無量無邊菩薩摩訶薩供養恭敬無量緣覺供養無量佛聲聞衆供養無量到果聲聞供養無量外道仙人供養無量父母師長供養無量病苦之者亦於無量苦逼衆生無救護者爲作救護無歸依者爲作歸依無趣向者爲作趣向令其安住及以供養我已無量長遠劫數修諸苦行持戒威儀梵行具足諸仁者我已如是於彼三大阿僧祇劫悲愍一切苦衆生故發大堅固勇猛之心久修無上菩提之行我今於此盲冥世間無大導師儉法之時極惡增長白法盡時五無間業誹謗

正法毀呰賢聖與不善根相應衆生瞋惡獷澀離諸羞恥無有慈愍不觀後世可怖畏事於如是等諸惡衆生中發心願成阿耨多羅三藐三菩提復於一切淨佛國土所棄衆生中降大法雨復願與彼諸衆生等除如金剛堅固煩惱彼等衆生隨其所欲於三乘菩提令不退轉復願救度三惡衆生安置善道及涅槃樂與彼衆生作正法眼加護令得久住於世長夜熾然彼諸衆生於我法中出家剃髮被服袈裟不持禁戒若有供養彼等人者如是衆生亦得大果何況爲我出家持戒住法相應供養是者則得無量阿僧祇大福德聚何況復能種種供養我諸聲聞聖弟子衆而當不得無量不可說阿僧祇大福德聚是故我今於如是等諸衆生中於阿耨多羅三藐三菩提而成正覺一切世間天人中最以大悲故建立一切諸聲聞衆爲上福田所謂得向八大丈夫以是緣故所有衆生於現在世及未來世應當深信佛法衆僧彼諸衆生於人天中常得受於勝妙果報不久當得入無畏城如是乃至供養一人爲我出家及有依我剃除鬚髮著袈裟片不受戒者供養是人亦得乃至入無畏城以是緣故我如是說若復有人爲我出家不持禁戒剃除鬚髮著袈裟片有以非法惱害此者乃至破壞三世諸佛法身報身乃至盈滿三惡道故是故我令如是告汝若有愛已求樂離苦應當精勤護持養育熾然法眼紹隆三寶令不斷絕以是因緣從此當得無量福報爾時月藏菩薩摩訶薩復與八十億那由他百千菩薩摩訶

薩俱從座起合掌向佛一心敬禮作如是言如是如是大德婆伽婆於我住處月勝世界大師如來日月光時時稱揚娑婆世界釋迦牟尼昔菩薩時大勇猛力極苦精勤而修諸行如是菩薩以大慈悲大願力故今者於彼五濁惡世無間罪業誹謗正法毀呰賢聖不善相應諸衆生中於阿耨多羅三藐三菩提而成正覺是佛於彼計斷計常瞋惡麤㦎無有慈愍歸依邪道求種種師不觀後世可怖畏事諸衆生中為之說法然諸衆生勤作方便欲害釋迦牟尼如來或以毒藥和食而奉或以刀杖惡象師子惡牛惡狗方便欲害或有謗言而無梵行或言非男或言是賊或言殺生作如是等種種誹謗或復有以塵土汙坌或有於大衆中麤獷罵詈種種毀呰或有於佛住處以諸臭穢不淨之物汙令盈滿或有見者啼泣不善或有見者合眼掩面或有見者背走遠逝有不欲見閉户塞窻而彼釋迦牟尼如來於此一切惡衆生中而能忍受如是無量衆惡苦事亦復於彼諸惡衆生不瞋不惱然復不捨晝夜常於彼諸衆生起大悲心一切時處隨逐化之如少特牛初生犢子而未長大忽然失之其母爾時求覓而走如是釋迦牟尼如來亦復如是於諸衆生其心平等以大悲故隨逐而走於三惡道而拔濟之置於善道及涅槃樂如是大悲相應具足令此釋迦牟尼如來娑婆世界而作佛事爾時於彼一切大衆聞此事已皆生希奇未曾有心歡喜踊躍於彼佛前作如是言大德婆伽婆我等亦爾當以精勤大勇猛力經於

無量阿僧祇劫修菩提行行檀波羅蜜乃至行般若波羅蜜如是善巧方便成熟諸衆生故而修諸行猶如釋迦牟尼如來作菩薩時久修菩提行願於五濁不淨世界惡衆生中於阿耨多羅三藐三菩提而成正覺乃至安置一切衆生於諸善道及涅槃樂我亦如是願於五濁不淨佛土於阿耨多羅三藐三菩提而成正覺如是成熟五無間業乃至與彼諸不善根相應衆生安置善道及涅槃樂彼諸衆生即時於日月光佛所如上所願得授記者爾時會中復有無量恒河沙等菩薩摩訶薩於是十方菩薩爲欲見釋迦牟尼佛故爲供養故見大集故而來此者彼諸菩薩咸同一音作如是言大德婆伽婆我等亦各於已佛土從彼如來各聞如是稱揚世尊如月藏菩薩之所說也於彼各有那由他諸菩薩等悉皆如是發大誓願爲欲成熟諸衆生故而作佛事亦如月藏菩薩摩訶薩之所說也

爾時復有於彼諸來一切天龍乃至一切迦吒富單那人非人等皆悉合掌作如是言我等謝過大悲釋迦牟尼如來應正遍知我等於佛若身口意所作罪過若於法僧及於世尊一聲聞弟子所作罪過今於佛前誠心懺悔願更莫造堅持禁戒我等無知猶如小兒不善所行唯願世尊大悲深愍受我懺悔我等受寄護持養育世尊法眼以諸方便令得熾然護持三寶久住不滅亦能增長三種精氣遮障諸惡於佛一切聲聞弟子乃至若復不持禁戒剃除鬚髮著袈裟片者作師長想護持養育與諸所須令無乏少若復有諸刹

利國王作諸非法惱亂世尊聲聞弟子若以毀罵刀杖打斫及奪衣鉢種種資具若他給施作留難者我等令彼自然卒起他方怨敵及自國土亦令兵起病疫饑饉非時風雨鬪諍言訟誹謗譏調又令其王不久復當亡失已國如是若復諸婆羅門毗舍首陀男夫婦女童男童女若餘天龍乃至迦吒富單那等於佛所有聲聞弟子作其惱亂若奪精氣氣噓其身乃至惡心以眼視之我等悉共令彼天龍乃至迦吒富單那等所有諸根缺減醜陋不依處所我以誓力悉令如是我等遊止及常居處令彼不復得與我等共住共食亦復不得同處戲笑如是擯罰若有惱亂乃至剃髮被服袈裟不持戒者亦復如是若復世尊聲聞弟子乃至無所積聚有慈愍心三業

相應如是時來我等能護令世尊法熾然不滅爾時世尊而讚歎言善哉善哉諸妙丈夫汝若如是則於一切所作事中無諸過失汝等以是受我付囑護持養育熾然法故便爲供養三世諸佛若汝勤加護持養育熾然我法紹三寶種令不斷絶若有爲我已出家者及與未來諸出家者汝等亦應護持養育此是汝等阿耨多羅三藐三菩提因爾時羅睺羅阿修羅王與無量百千阿修羅等俱從座起合掌向佛一心敬禮作如是言大德婆伽婆我等亦爲勤護養育熾然佛法令三寶種不斷絶故爲降伏他故休息遮障一切諸惡故令三精氣得增長故復爲護持攝受養育世尊所有聲聞弟子及正法故復爲利益諸衆生故遮諸罪過摧諸惡人降伏諸怨并除

一切邪鬼魍魎息諸鬪諍成就一切諸禾苗稼令諸惡人得作善友悉攝一切散亂者故又令所欲皆得稱意故說大陀羅尼名電光噤縮作是語已即說呪曰

多地夜他　囉婆系　囉婆系　囉婆系曼鞞囉系　阿婆鞞囉系　跋囉摩囉系珊都囉系　闍婆勤那囉系　阿婆蜜唎始也囉系　伽那底囉囉系　伽婆叉牧達囉囉系　首牧達囉　首牧達囉首牧達囉囉系　牟尼婆遮　那囉系　底唎囉且那朋舍囉系朱勤那　底唎嗚闍　牟尼囉系質囉迦羅　底唎牟尼　囉系　旃達囉毤那　頭婆囉系邏　蘇婆訶

大德婆伽婆此電光噤縮大陀羅尼悉能饒益一切衆生乃至令諸所欲稱意若有比丘比丘尼優婆塞優婆夷若餘清信善男子善女人等能與禪法相應而住若復營事若行蘭若若在樹下若在露地如是人等若能受持讀誦念此電光噤縮大陀羅尼若有阿修羅阿修羅婦阿修羅父阿修羅母及與兒女若阿修羅左右眷屬男夫婦女及阿修羅給使之人欲來惱害伺其便者皆悉不能得彼少分是阿修羅不復還能入已城邑令其頭破以爲七分如阿梨樹枝爾時諸來一切大衆咸皆歎言善哉善哉爾時毗摩質多羅阿修羅王復與百千阿修羅等俱從座起合掌向佛一心敬禮作如是言大德婆伽婆我等亦爲護持養育世尊所說正法眼故乃至增長三種精氣故復爲護持攝受養育世尊所有聲聞弟子故又爲降伏一切怨家令諸惡

人皆生歸仰休息一切所有疾病伏諸剛强
攝諸惡人令作善友具好眷屬令諸種子得
生不壞成熟一切果實苗稼故說大陀羅尼
名師子遊步作是語已即說呪曰
多地夜他 涑婆留切 唎夜 跋囉企佉帝切
跋囉企 跋囉企 阿牟尼 阿牟佉牟尼
闍耶毗 闍易 阿婆囉匙 耶闍夷尼
娑訶薩囉乂 佉唎阿那佉唎毗耶寐失囉
佉唎牟那迦囉 娑佉唎 阿蜜多受 沙
佉唎 阿婆咩 娑斯耶 嘍系 常伽囉
奢咩 頗邏囉娑勿達唎設闘嘍奢摩那企
博慹僧伽奢咩 憂波扇多訶唎 蘇婆訶
大德婆伽婆此師子遊步大陀羅尼能伏諸
怨乃至成熟一切苗稼若有比丘乃至清信
善女人等與禪相應乃至露地受持讀誦流
布如是師子遊步大陀羅尼若有阿修羅乃
至給使欲來惱害伺其便者終不能得彼之
少分是等亦復不能還入阿修羅城令其頭
破而作七分如阿梨樹枝爾時諸來一切大
衆亦皆歎言善哉善哉爾時牟真隣陀阿修
羅王與無量百千阿修羅等俱從座起合掌
向佛一心敬禮作如是言大德婆伽婆我等
亦爲護持養育世尊所說正法眼故乃至增
長三種精氣故復爲護持攝受養育世尊所
有聲聞弟子故說大陀羅尼名伏諸龍作是
語已即說呪曰
多地夜他 毗唎沙乂 毗唎沙乂 毗唎
沙乂 線須陵切 訶毗唎夭至迦 毗唎沙佉
那 摸囉曷多訶訶紂 訶紂訶紂伽伽紂
溁竭唎 溁竭唎 三牟達囉 溁竭唎

薩婆闍邏　深竭嚟　悉那婆　深竭嚟
薩婆浮闍伽　深竭嚟　訶訶深竭嚟　悉
多婆閦多　深竭嚟　娑緊柘那　深竭嚟
阿婆多訶膩夜娑斫　閦毗夜　訶膩夜
軍陀閦婆　遮邏闘牟邏　阿佉闍　訶膩
夜闘　婆羅闘　毗彌奢　訶膩夜闘　阿
杉浮　訶膩夜　蘇婆訶

大德婆伽婆此伏諸龍大陀羅尼悉能休息一切疾病亦能捲縮打縛一切惡鬼不令爲害能止非時惡風暴雨諸惡毒氣亦能降伏眼視殺人衆惡龍等斷諸欲著於諸龍身能作熱惱及能熱惱其所住處熱惱其心熱惱其業熱惱所有資生之具大德婆伽婆若有比丘乃至清信善女人等與禪相應乃至露地受持讀誦流布如是降伏諸龍大陀羅尼若有龍若龍婦若龍父若龍母若龍兒女若龍左右男夫婦女若龍給使欲來惱害伺其便者乃至不能得彼少分令其反得熱惱之病頭破七分如阿梨樹枝爾時四天下所有諸龍來在會者皆悉瞋怒怖彼所來阿修羅城諸阿修羅令使驚怖不能自安爾時復有娑伽羅龍王從座而起向諸大龍合掌作禮而說偈言

若有見大聖　是人則除瞋　離瞋即爲聖
應當止恚惱　忍辱世第一　忍得世間樂
忍辱離諸怨　忍趣安隱城　無意阿修羅
恒與我等怨　但當自容忍　佛常如是說
由瞋趣惡道　瞋還增長瞋　以瞋捨朋友
瞋不得解脫　我等畜生道　惡戒瞋恚故
若能除瞋慢　得生於人中　既得人身已

歸佛而出家　修習解脱行　當爲大導師
爾時娑伽羅龍王如是諫已一切諸龍皆得忍辱面色熈怡各坐本處爾時跋持毗盧遮那阿修羅王復與無量百千阿修羅等俱從座起合掌向佛一心敬禮作如是言大德婆伽婆我等亦爲護持養育世尊正法令三寶種不斷絶故勤降伏他一切惡事及諸惡人皆悉休息令三精氣而得增長故復爲救護攝受養育世尊一切聲聞弟子故説大陀羅尼名休息衆病作是語已即説呪曰

多地夜他　摸椤伽摩　摩朋伽摩　阿毗朋伽摩　闍邏朋伽摩　悉多婆毗輿(訶朋切)伽摩　跋尸夜毗輿伽摩　餘尼毗輿伽摩　阿舍尼毗輿伽摩　婆訶毗輿伽摩　差(叉梨切)囉毗囉婆利　珊底囉毗恒伽摩　娑伽囉闍邏丘肘　闍邏丘肘毗鞞舍丘肘薩婆盧伽　因地唎耶丘肘　悉蜜唎底　毗朋椤舍丘肘　蘇婆訶

大德婆伽婆此休息衆病大陀羅尼能除所有一切病苦息諸毒害一切惡雹亦能降伏一切惡龍令與世尊聲聞弟子奉給所須猶如奴僕爾時諸來一切龍衆諸大龍王皆悉瞋忿於虚空中即起大雲在阿修羅上欲聲大鼓欲降大石雨鐵羂索矟鉾刀杖刀面鐵口利齒口竹口瓶口如是等形爲欲害諸阿修羅而不能得爾時世尊告諸龍衆阿修羅言汝等莫鬭應修忍辱仁者若能離於瞋怒成就忍辱速得十處何等爲十一者得作王四天下自在輪王二者毗樓博叉天王三者毗樓勒叉天王四者提頭賴吒天王五者毗

沙門天王六者釋天王七者須夜摩天王八者兜率陀天王九者化樂天王十者他化自在天王諸仁者若具足忍是人速得如是十處忍辱近果復次諸仁者若能深忍轉增具足當知是人復得五處何等爲五一者梵衆二者大梵天王三者聲聞道果四者緣覺五者如來應正遍知諸仁者若能深忍轉增具足是人速得如是五處又若具足修行忍者自然得近一切世間勝妙五欲資生所須皆悉具足是人若復至到修行忍功德者得聖安樂若有非聖凡下之人獷戾自高性常瞋怒於多人所現大瞋恚當知是人身壞命終隨於地獄若復儻得出彼地獄生於下劣畜生道中作下劣龍身阿修羅身若得生人極下卑賤諸根殘缺或長諸根或復無根或復二根或復大根形容醜陋跛癖背僂身體臭穢生旃陀羅妓作邪媚如是等餘下賤之家若生邊地少衣乏食下賤家生及無福田喜作種種不善之處以是因緣是人展轉復趣地獄畜生餓鬼諸仁者我今略說如是不忍瞋怒果報諸仁者以瞋恚故於生死中增長無量惡不善法以是因緣是人轉復隨於地獄畜生餓鬼諸仁者是故我今如是告汝一切諸龍阿修羅等汝已長夜各各遮相違反而住汝等一切今悉於我及與諸來大衆之前各各遮相應生至到忍辱之心當息久積心心瞋怒若不能忍必令汝得所不喜果是故汝等各相容忍若能不瞋鬬諍譏調言訟嫉妬自守而住汝等如是必定當得勝妙之事無諸過惡爾時諸來一切大衆咸皆歎言

善哉善哉汝能如是受佛教誡各各如是遮相忍辱便得於此四天下中常得勝報無諸惡事爾時月藏菩薩摩訶薩復告娑伽羅龍王羅睺羅阿修羅王阿那婆沓多龍王毗摩質多羅阿修羅王婆樓那龍王牟真鄰陀阿修羅王善住龍王跋持毗盧遮那阿修羅王以偈教言

汝等得授記　最勝非餘乘　何故於導師
而無羞慚恥　執持械而溺　多衆隨駛流
如是棄最勝　一切所猒賤　凡龍阿修羅
瞋故被猒賤　汝等妙丈夫　悉應捨恚怒
慈能趣善道　具受諸欲樂　慈能離諸難
及作善知友　慈能得大智　及依大明師
慈能離諸惡　亦令人樂觀　慈得具大富
常能施一切　慈能樂戒定　復得最勝慧
慈能得工巧　善學一切事　慈於最勝處
端坐化衆生　慈得勝妙身　備相端正容
慈能具妙音　衆人悉樂聞　慈得善眷屬
梵行無嫉妬　樂法具慚愧　明人常隨喜
慈能得官位　坐於勝坐處　能息衆生惡
安置菩提道　慈能得十地　及忍陀羅尼
慈能成就悲　捨離於諸著　慈能得神足
值遇明導師　慈能得淨土　清淨離煩惱
慈能降衆魔　到大菩提岸　慈於天人中
能轉正法輪　慈能化衆生　置於三乘處
慈能善說法　降伏諸外道　慈以入聖道
度脫天人等　安置不死處　汝等皆能入
我今與汝等　慈心陀羅尼　我於億佛所
專心得聽聞　汝以已眷屬　安置慈忍處
相於起慈心　長夜得安樂

爾時月藏菩薩摩訶薩說此偈已即說呪曰
多地夜他　迷帝㗚　摩訶迷帝㗚　迷哆囉毚趺帝　迷哆囉囉起　迷哆囉憩　迷哆囉侯糸　迷哆囉錄　迷帝㗚　迷帝㗚迷嘍娑鞞訖㗚帝　娑訶囉起　閦邏風伽徙　藪囉耶訶泥　娑邏浮帝耆　初羅乂鞞　那耶那嘍糸　俱嚧陀車掣　阿摸伽囉尼　囉闍頞寄　吉錄奢藪囉　三摩囉泥　浮闍伽　鞞唎糸　奴臓多鞞唎糸阿囉尸企　剎哆囉豆嘍咩　阿求疑耆唎哆囉起　訶囉悉那鞞　阿俱毘易　鴦鳩起　摸乂毗鉢囉易　俱嚧他乂易　蘇婆訶

諸仁者此大慈心陀羅尼我曾往昔於億佛所從彼得聞汝等應當於己眷屬及他眷屬息怒惡心而教授之月藏菩薩摩訶薩說是慈心陀羅尼時如來歎言善哉善哉一切所有諸來大衆諸天乾闥婆阿修羅人非人等亦皆歎言善哉善哉爾時諸天各得住於慈心忍心無怨心無言訟心遮相謝過天向諸龍龍向諸天慈心忍心無怨心無鬬諍心無言訟心遮相謝過諸天向阿修羅阿修羅向諸天乃至謝過諸龍向阿修羅阿修羅向諸龍乃至謝過諸天向夜乂夜乂向諸天乃至謝過悉如上說如是如是天向羅剎乾闥婆緊那羅迦樓羅摩睺羅伽鳩槃茶餓鬼毗舍遮富單那迦吒富單那住於慈心忍心無怨心無鬬諍心無言訟心乃至迦吒富單那向彼諸天住於慈心乃至謝過亦如上說龍向夜乂乃至迦吒富單那住於慈心乃至謝過

夜叉乃至迦吒富單那向於諸龍乃至謝過亦皆如是乃至迦吒富單那向迦吒富單那住於慈心乃至謝過亦復如是彼等皆以大慈心陀羅尼力因緣故一切天龍阿修羅夜叉羅刹乾闥婆緊那羅迦樓羅摩睺羅伽鳩槃荼餓鬼毗舍遮富單那迦吒富單那等遞相住於慈心忍心無怨心無言訟心無鬬諍心離瞋怒心離嫉妬心是大慈心陀羅尼力因緣故一切人類遞相住於慈心忍心憐愍心無怨心無言訟心無鬬諍心一切畜生若禽若獸乃至極下微小諸蟲遞相住於慈心忍心憐愍心無怨心無鬬諍心無違反心爾時諸天乃至一切迦吒富單那人非人等所來大衆合掌向佛恭敬禮拜同時一音作如是言我等皆已承佛威神遞相謝過遞相住於慈心忍心憐愍心無怨心無諍訟心我等一切今當亦復謝過如來應正遍知我等昔來於世尊所若身口意所作罪過及於法僧若身口意所作罪過乃至世尊一聲聞弟子所若身口意所作罪過乃至若有爲佛剃髮著袈裟片作違反行非法器者若身口意所作罪過是等諸罪悉於佛前誠心懺悔修戒威儀願佛容恕受我等懺當令我得住戒威儀又復我等從今以往乃至剃髮著袈裟片作違反行者及佛聲聞弟子所悉當發心作導師想護持養育具足供給一切所須不令乏少佛言善哉善哉諸妙丈夫成就忍辱乃至汝等於我佛所若身口意所作罪過若於法僧所作罪過乃至於我一聲聞弟子若身口意所作罪過乃至爲我剃除鬚髮著袈裟

片者若身口意所作罪過各自深觀如是罪業誠心懺悔皆得除滅不受惡報如是汝等皆當護持養育我法乃至爲我出家剃髮不持禁戒著袈裟片者汝等皆應護持養育若能護持養育此者深可讚歎若我所有聲聞弟子持戒具足多聞捨慧解脱知見悉具足者汝等皆應護持養育彼等自以過去善根福德因緣善得供養若有衆生於未來世無智慧福德爲我剃髮著袈裟片不受禁戒或受毁犯於諸善法不得相應若復護持養育此者得無量福我與彼等作善導師憐愍利益何以故當來之世有惡衆生於三寶中少作善業若行布施若復持戒修諸禪定以其如是少許善根作諸國王愚癡無智無羞慚愧憍慢熾盛無有慈愍不觀後世可怖畏事

彼等惱亂我諸所有聲聞弟子打縛罵辱或復驅使令其供給奪其飲食衣鉢湯藥所須之物寺舍園田繫閉牢獄擯徙謫罰乃至剃髮著袈裟片者亦復如是及以群臣諸斷事者愚癡無智離諸羞慚無有慈愍不觀後世可怖畏事彼等惱亂我諸聲聞乃至繫獄擯徙謫罰乃至爲我剃除鬚髮著袈裟片者亦復如是我今以此諸出家者悉付於汝勿令彼等饑渴孤獨致於命終爾時上座阿若憍陳如從座而起作如是言大德婆伽婆彼等剎利若婆羅門毗舍首陀如是等人惱亂世尊聲聞弟子得幾許罪且置持戒若復爲佛剃除鬚髮著袈裟片不受禁戒受而毁犯惱亂此者得幾許罪佛言止止憍陳如莫問此事爾時娑婆世界主大梵天王即從座起而

白佛言大德婆伽婆唯願說之大德修伽陀唯願說之若有爲佛剃除鬚髮被服袈裟不受禁戒受已毀犯其刹利王與作惱亂罵辱打縛者得幾許罪佛言大梵我今爲汝且略說之若有人於萬億佛所出其身血於意云何是人得罪寧爲多不大梵王言若人但出一佛身血得無間罪尚多無量不可算數墮於阿鼻大地獄中何況具出萬億諸佛身血者也終無有能廣說彼人罪業果報唯除如來佛言大梵若有惱亂罵辱打縛爲我剃髮著袈裟片不受禁戒受而犯者得罪多彼何以故如是爲我出家剃髮著袈裟片雖不受戒或受毀犯是人猶能爲諸天人示涅槃道是人便已於三寶中心得敬信勝於一切九十五道其人必速能入涅槃勝於一切在家俗人唯除在家得忍辱者是故天人應當供養何況具能受持禁戒三業相應諸仁者其有一切刹利國王及以群臣諸斷事者如其見有於我法中而出家者作大罪業大殺生大偷盜大非梵行大妄語及餘不善如是等類但當如法擯出國土城邑村落不聽在寺亦復不得同僧事業利養之物悉不共同不得鞭打若鞭打者理所不應又亦不應口業罵辱一切不應加其身罪若故違法而謫罰者是人便於解脫退落受於下類遠離一切人天善道必定歸趣阿鼻地獄何況鞭打爲佛出家具持戒者爾時復有一切諸天一切諸龍乃至一切迦吒富單那諸來大衆於三寶中得增上信尊重敬仰及希有心復作是言我等一切從今以往護持養育世尊正法

及與比丘比丘尼優婆塞優婆夷乃至毀犯佛禁戒者我等亦當攝受護持乃至爲佛剃除鬚髮著袈裟片不受禁戒無所積聚我亦於彼作導師想護持養育供給所須皆令具足若諸國王見有如是爲佛出家受持禁戒乃至爲佛剃除鬚髮著袈裟片不受禁戒受而毀犯無所積聚如其事緣治其身罪鞭打之者我等不復護持養育如是國王捨離彼國以捨離故令其國土而有種種諂詐鬪諍疫病饑饉二兵俱起非時風雨亢旱毒熱傷害苗稼又若我等捨離彼國當勤方便令其國土所有世尊聲聞弟子悉向他國使其國土空無福田若有世尊聲聞弟子乃至但著袈裟片者若有宰官鞭打彼等其剎利王不遮護者我等亦當出其國土復作是言我等

今者一切相與隨所堪能勤作種種供養世尊爾時諸天及與諸龍乃至一切迦吒富單那等俱時發心因緣力故即時於此四天下中所有諸山皆悉變成七寶之山爲欲供養世尊故耳所有樹林枝葉花果一切亦皆變成七寶於其花果復出種種勝妙供具及五音作樂而爲供養四天下中所有依地衆藥草苗一切亦皆變成七寶而爲供養此四天下所有地界一切變成青瑠璃地而爲供養彼諸天龍乃至迦吒富單那四天下中上盡欲界一切所有各隨力能而作供養有雨種種寶種種花種種衣服種種瓔珞種種天妙花蓋幢旛而爲供養有持種種天妙幢旛寶蓋金縷眞珠瓔珞摩尼寶器而爲供養有以種種琴瑟箜篌簫笛齊鼓𣫸鼓雷鼓以爲音

樂供養世尊有以種種歌樂音聲而爲供養有雨種種音樂之器而爲供養復以種種莊嚴國土而爲供養諸四天下所依住者人非人等乃至一切大小諸蟲皆悉見聞彼等一切苦受休息皆生樂受隨有種種身觸覺知得樂充足及得希奇未曾有心於三寶中深得敬信爾時世尊大悲憐愍一切衆生爲成熟故彼等一切音聲言語皆是賢聖之所加被如是一切人非人等所有語言及從寶中所出音聲枝葉花果琴瑟箜篌簫笛齊鼓籥鼓雷鼓所出音聲一切皆是聖力所加彼等一切皆得希奇未曾有聲建立所加所謂色色空受受空想想空行行空識識空如是眼入眼入空耳鼻舌身入耳鼻舌身入空意入意入空如是色入色入空聲香味觸入聲香味觸入空法入法入空如是眼界眼界空乃至意識界意識界空如是知身離欲淨知一切法離欲淨知一切法界離欲相知一切法如如如是知者是人則爲於空不動是人堪能拔濟一切衆生想於一切行令得解脱於衆生想色想受想行識想眼入想乃至意識界想是人如是堪能安置一切衆生於三乘無爲界行者云何能開示簡擇彼等諸法所謂修内空外空内外空空空大空第一義空有爲空無爲空畢竟空無始空散空性空自相空一切法空不可得空無法空有法空無法有法空復有法法相空無法無法相空自法自法相空他法他法相空若能如是修習簡擇此諸法空彼人堪能乃至安置一切衆生於三乘無爲界彼等行者以何法門得知

內空乃至無法有法空所謂還以空解脫門能修簡擇內外等法何者名爲內外法內法者所謂眼耳鼻舌身意行者如實知眼眼空非積聚不可壞不可取何以故此諸法性爾乃至知意意空非積聚不可壞不可取何以故諸法性爾是名內空如是行者應如實知外法者所謂色聲香味觸法行者如實知色色空乃至法法空非積聚不可壞不可取何以故諸法性爾是名外空如是行者應如實知何者名爲內外空內外法者謂內六入外六入行者如實知內外入空非積聚不可壞不可取何以故諸法性爾是名內外空如是行者應如實知何者名爲空空空者一切諸法空以彼空故空非積聚不可壞不可取何以故諸法性爾是名空空如是行者應如實知何者名爲大空東方東方空乃至四維空非積聚不可壞不可取何以故諸法性爾是名大空如是行者應如實知何者名爲第一義空第一義者所謂涅槃如是涅槃以涅槃故空非積聚不可壞不可取何以故諸法性爾是名第一義空如是行者應如實知何者名爲有爲空有爲法名欲界色界無色界欲界色界無色界空非積聚不可壞不可取何以故諸法性爾是名有爲空如是行者應如實知何者名爲無爲空無生無滅不住不異是名無爲無爲以無爲故空非積聚不可壞不可取何以故諸法性爾是名無爲空如是行者應如實知何者名爲畢竟空畢竟名諸法至竟不可得非積聚不可壞不可取何以故諸法性爾是名畢竟空如是行者應如實

知何者名爲無始空來去不可得非積聚不可壞不可取何以故諸法性爾是名無始空如是行者應如實知何者名爲散空無所取捨非積聚不可壞不可取何以故諸法性爾是名散空如是行者應如實知何者名爲性空一切有爲無爲法性非聲聞作非緣覺作非如來作此法性空非積聚不可壞不可取何以故諸法性爾是名性空如是行者應如實知何者名爲自相空惱壞是色相能受是受相取相是想相造作是行相了知是識相如是等有爲無爲一切法自相自相空非積聚不可壞不可取何以故諸法性爾是名自相空如是行者應如實知何者名爲一切法空一切法者所謂色受想行識眼乃至意色乃至法眼色因緣生識乃至意法因緣生識此有爲無爲諸法是名一切法彼諸法空非積聚不可壞不可取何以故諸法性爾是名一切法空如是行者應如實知何者名爲不可得空一切法不可得非積聚不可壞不可取何以故諸法性爾是名不可得空如是行者應如實知何者名爲無法空一切無物不可得非積聚不可壞不可取何以故諸法性爾是名無法空如是行者應如實知何者名爲有法空於和合中無物非積聚不可壞不可取何以故諸法性爾是名有法空如是行者應如實知何者名爲無法有法空無物無物空有物有物空非積聚不可壞不可取何以故諸法性爾是名無法有法空如是行者應如實知何者名爲法法相空法名五陰五陰空非積聚不可壞不可取何以故諸法性

爾是名法法相空如是行者應如實知何者名爲無法無法相空無法名無爲法是無爲法空非積聚不可壞不可取何以故諸法性爾是名無法無法相空如是行者應如實知何者名爲自法自法相空諸法自法空是空非智作非見作非積聚不可壞不可取何以故諸法性爾是名自法自法相空如是行者應如實知何者名爲他法他法相空若佛出世若不出世法住法相法位法界如實際性相常住無有變異過此諸法空非積聚不可壞不可取何以故諸法性爾是名他法他法相空如是行者應如實知知已能令衆生離衆生想離一切行想受想色想識想離眼想乃至意想離色想乃至法想然後安置一切衆生於三乘無爲界若有行者於此諸法如實現前知得名善修彼諸衆生皆於此法已修習者如是第一甚深法聲入於耳根或有衆生不種善根如是法聲亦入於耳或有見佛專心瞻仰彼人一切無盡善根皆來現前乃至逮得不退轉地十力無畏成大法器或有衆生有無常聲入於耳根或有苦聲空聲無我聲三律儀聲四念處聲四正勤聲四如意足聲五根聲五力聲七覺分聲八道分聲實論聲因緣法聲梵住聲四攝聲無礙辯聲禪聲解脫聲無色定聲六波羅蜜聲巧方便聲三昧陀羅尼忍聲聲聞乘聲緣覺乘聲大乘聲不退轉地聲業障盡聲煩惱障盡聲衆生障盡聲法障盡聲有爲國土功德莊嚴聲無爲心清淨聲大慈聲大悲聲三不護聲四無畏聲十力聲十八不共法聲一生補處聲

十地聲最後身聲降魔聲無上智聲轉法輪聲隨應度者現神變聲棄諸命行聲於諸衆生示現無上大涅槃聲如是諸聲各各差别入於耳根是諸衆生乃至畜生餓鬼趣等如是無量百千法門入於耳根彼諸衆生得第一希有歡喜踊躍於三寶中極得信敬彼諸衆生煩惱障業障衆生障法障於三分中二分已盡彼諸衆生聞是聲已無量阿僧祇衆生昔有惡心者彼等悉得柔輭之心憐愍心善業心得觀後世可怖畏事得種具足天人善根以彼諸聲令於無量阿僧祇衆生歸依三寶所有受持禁戒淨者彼等有得須陁洹果乃至有得阿羅漢果復有無量阿僧祇衆生於緣覺乘種諸善根復有無量阿僧祇衆生發阿耨多羅三藐三菩提心即得住於不退轉地復有無量阿僧祇衆生得無生法忍

爾時世尊欲重明此義而說偈言

火味阿修羅　指示羅睺言　是我最勝師
福慧莊嚴具　佛告於彼等　當息妬瞋怒
付囑是法眼　護持故當受　彼諸修羅喜
敬荅尊導師　我當護法眼　乃至法久住
我等說最勝　不隱法神呪　令彼一切龍
皆失憍慢力　爾時諸龍輩　各各皆瞋怒
欲以憍慢力　共諸修羅鬭　佛告諸龍王
及以修羅王　汝等於長夜　各各常獷戾
若不除瞋怒　於諸樂非器　常爲苦所觸
下劣臭穢身　身分支不具　恒乏於資生
聞說此諸苦　皆以瞋爲本　惡罰諸枷鏁
牢獄饑渴等　地獄鬼畜生　由瞋受此苦
一切應忍辱　能忍者則無　丈夫得最勝

富貴具諸欲　汝等二朋衆　諸龍阿修羅
各自修忍辱　忍故無諸惡　大衆皆喜悅
一切咸讃歎　汝今聞是語　皆悉得於忍
天龍阿修羅　夜叉及諸鬼　一切皆得忍
慈心共相視　人與畜生等　得忍皆和順
禽獸及小蟲　慈悲相憐愍　大衆皆合掌
瞻仰導師言　我等迭相蔭　皆得慈心住
又我諸大衆　於佛尊導師　所作諸罪業
若身口意犯　於法衆僧所　一人邊有過
人中堅固士　唯願見容恕　我於世尊法
一人所作惡　今悉至到懺　願佛慈納受
于時兩足尊　告彼大衆言　汝懺惡業盡
終無有苦報　剃髮不受戒　被服袈裟片
而作導師想　於彼人中上　惡王障法眼
貪癡打比丘　如出導師血　當墮阿鼻獄
大衆作是言　我等護比丘　若有諸惡王
惱諸聲聞衆　我等於諸事　皆捨於彼國
其土有沙門　令向於餘處　毀壞彼諸國
饑饉兵疫起　沙門所詣國　我等亦詣彼
悉令得勝樂　具足衣飲食　於法熾法眼
供養人中上　無餘四天下　悉變成七寶
復雨諸香花　珍寶及衣服　歌舞妓樂等
供養於導師　衆生所見聞　皆得充足樂
聖加令諸音　盡變作佛聲　說諸有爲苦
無常空無我　三世一切法　悉空無所有
集散二俱空　眼識二亦然　乃至心法界
陰身等法空　如是知諸法　則能救衆生
若有三界空　能解衆生縛　諸有十二支
一切皆性空　若昔於此法　如是修習者
彼等聞諸聲　悉皆得於忍　智力無所畏

得住菩提道　薄福諸衆生　得聞有爲聲
無量衆精勤　得入菩提行　檀戒忍精進
禪定及智慧　佛土福莊嚴　精進故令淨
汝等當作佛　到彼諸法岸　降魔及軍衆
而降正法雨　無量衆生界　能與正法眼
汝等一切衆　速入安隱城　無量衆聞聲
得趣大菩提　及得二乘道　有得人天樂
有得至於果　羅漢三摩提　如是惡衆生
得於柔輭意　怖畏諸惡業　安住慈善心

大方等大集月藏經卷第八

音釋

欺凌（欺丘其切詐也　凌力膺切侮也）憍慢（憍古堯切矜也　慢莫晏切倨也）誹謗（誹敷尾切非議也　謗補曠切訕也）憏（七感切酷毒也）坌（蒲悶切塵瀕也）噤縮（噤居蔭切口閉也　縮所六切蹙也）柭（房越切箄柭也）謫（陟革切責罰也）籢（音廉）

大方等大集月藏經卷第九

高齊天竺三藏那連提耶舍譯

分布閻浮提品第十七

爾時世尊既知一切諸來大衆於三寶所皆生深信尊重敬仰得未曾有更不信事諸餘天已告他化自在天王化樂天王兜率陀天王須夜摩天王釋提桓因四大天王及諸眷屬娑伽羅龍王阿那婆達多龍王羅睺羅阿修羅王毗摩質多羅阿修羅王睒婆利阿修羅王拔持毗盧遮那阿修羅王大樹緊那羅王樂欲乾闥婆軍將檀提嬀槃荼軍將因陀羅夜叉軍將寒葉餓鬼王垂脣毗舍遮王阿那竭囉富單那王巷路喚聲迦吒富單那王等言諸仁者汝等一切如是勸請令我分布此閻浮提一切國土城邑宮殿王都聚落山巖寺舍園池曠野諸樹林間令作安置護持養育勿令有惡又令地精氣衆生精氣法精氣增長熾然佛正法眼久住世間紹三寶種使不斷絶損減三惡趣增長諸天衆令此閻浮提一切安靜豐樂可樂以是因緣我今以此四天下中囑汝諸天一切諸龍乃至一切迦吒富單那王等各應發心捨離眷屬分布安置護持養育并汝諸天一切眷屬乃至迦吒富單那王等一切眷屬於此閻浮提一切國土乃至樹林分布安置護持養育是故汝等諸大天王及諸眷屬乃至迦吒富單那王及諸眷屬於此閻浮提皆應誠心隨喜讃歎莫瞋莫恨亦莫生怒爾時所有一切菩薩摩訶薩色界諸天欲界諸天一切諸龍乾闥婆緊那羅乃至一切迦吒富單那等諸來大衆

皆悉合掌各作是言我等一切誠心隨喜敬受佛教若佛世尊分布安置此閻浮提我等發心受佛教勑護持養育佛正法眼令得熾然佛言善哉善哉妙丈夫汝等應當如是誠心說欲隨喜爾時世尊告彼月藏菩薩摩訶薩言了知清淨士若我住世諸聲聞衆持戒具足捨具足聞具足定具足慧具足解脫具足解脫知見具足我之正法熾然在世乃至一切諸天人等亦能顯現平等正法於我滅後五百年中諸比丘衆猶於我法解脫堅固後五百年我之正法禪定三昧得住堅固後五百年讀誦多聞得住堅固後五百年於我法中多造塔寺得住堅固後五百年於我法中鬬諍言訟白法隱没損減堅固了知清淨士從是以後於我法中雖復剃除鬚髮身著袈裟毀破禁戒行不如法假名比丘如是破戒名字比丘若有施主捨施供養護持養育我說是人猶得無量阿僧祇大福德聚何以故猶能饒益多衆生故何況我今現在於世譬如眞金爲無價寶若無眞金銀爲無價若無銀者鍮石爲無價若無鍮石僞寶爲無價若無僞寶赤白銅鐵白鑞鉛錫爲無價寶如是一切諸世界中佛寶爲無上若無佛寶緣覺爲無上若無緣覺羅漢爲無上若無羅漢諸餘聖衆爲無上若無聖衆得定凡夫爲無上若無得定淨持戒者爲無上若無淨戒汙戒爲無上若無汙戒剃頭著袈裟名字比丘爲無上寶比餘九十五種異道最尊第一應受世供以爲福田何以故能示衆生可怖畏故若有護持養育安置是人不久得住忍地

爾時世尊告彼法食喜食禪食諸天言此四天下大海島中所有八萬洲渚國土汝等法食喜食禪食諸天應當護持養育我法住法比丘如法順法發心修行三業相應剃除鬚髮身著袈裟者汝等應當護持養育時彼有法食喜食禪食諸天各作是言我當護持大海島中所有八萬洲渚國土諸佛正法若佛弟子乃至不私畜養婦女畜生田宅一切資產皆悉棄捨不積聚者我等皆悉護持養育爾時世尊讚彼天言善哉善哉一切大衆亦復讚言善哉善哉爾時世尊告彼六欲諸天汝等應如過去諸佛所分得分應當護持復於此四天下時時之中勤加思惟佛正法義爲令我法得久住故紹三寶種不斷絕故時彼諸天各作是言唯然受教爾時世尊讚彼六欲諸大天言善哉善哉一切大衆亦復讚言善哉善哉爾時世尊復告四大天王汝等及諸眷屬應如過去諸佛所分得分還作護持安置養育我之正法時四大天王各作是言唯然受教佛及大衆咸皆讚言善哉善哉爾時世尊復告乾闥婆等作如是言諸仁者汝等及諸天仙於優曇林菴羅林閻浮林訶梨勒林阿摩羅林蒲萄林如是等林於中而住復共四天王宮諸天子等爲我佛法得久住故應當思惟佛正法義時乾闥婆等咸言如是大德婆伽婆唯然受教爾時世尊讚彼乾闥婆言善哉善哉一切大衆亦復讚言善哉善哉爾時世尊復告娑伽羅龍王難陀龍王婆難陀龍王善現龍王婆樓那龍王婆修吉龍王得叉迦龍王阿難陀龍王阿樓那龍

王歳星龍王汝等各在大海之中住本宫殿護持養育我之正法時彼龍王各作是言唯然受教佛及大衆咸皆讃言善哉善哉爾時世尊復告阿那達多龍王善住龍王清膀龍王摩利尼龍王優婆羅龍王乾闥婆龍王雲池龍王主雹龍王摩尼曼多龍王美音龍王言汝等各住本宫護持養育我之正法時彼龍王各作是言唯然受教佛及大衆咸皆讃言善哉善哉爾時世尊復告鳩槃荼檀提大將優波檀提大將迦羅迦大將摩訶鉢賒大將摩呼陀遮利大將堀求尼大將婆朱賒尼大將鵂崛盧大將鞞羅差大將一眉大將言汝等各住本宫護持養育我之正法時鳩槃荼大將各作是言唯然受教佛及大衆咸皆讃言善哉善哉爾時世尊復告因陀夜义大將蘇摩大將婆樓那大將波闍鉢帝大將跋羅頭婆闍大將伊賒那大將旃檀那大將月眼大將婆多竭梨大將芀摩跋多大將言汝等各住本宫護持養育我之正法時夜义大將各作是言唯然受教大德婆伽婆我等護持養育安置世尊正法及住法比丘供給所須乃至剃頭不持戒者亦復供給一切所須爲令佛法得久住故紹三寶種不斷絶故三種精氣得增長故休息一切鬭諍言訟怨讎疫病饑饉儉短非時亢旱曜宿失度爲斷除故乃至世尊聲聞弟子三業相應不積聚者勤養育故爾時世尊讃彼大夜义將言善哉善哉善男子汝等如是爲利益安樂一切三界諸衆生故及一切大衆亦復讃言善哉善哉爾時世尊復告一切畢利多依曠野住者

一切毗舍遮依空舍住者一切富單那依野田住者一切迦吒富單那依於冢間及廁邊住者言汝等各於住處護持養育我之正法時畢利多等各作是言唯然受教佛及大衆咸皆讚言善哉善哉爾時世尊復作是言諸仁者所有諸天乾闥婆緊那羅夜叉羅刹龍王阿修羅鳩槃茶如昔世尊所分得分國土城邑聚落舍宅隨所得處爲作護持安置養育者我當隨喜一切大衆亦復隨喜若復有諸天龍夜叉乃至迦吒富單那等如昔世尊所分得分國土城邑不正護持安置養育者我當於彼更復轉囑諸餘天龍令其安置護持養育各隨其國疆界土境善作護持我今復以波羅柰國付囑善髮乾闥婆千眷屬阿尼羅夜叉仙五百眷屬須質多羅阿修羅無量眷屬德义迦龍王百眷屬大黑天女五百眷屬汝等護持養育波羅柰國爲令我法得久住故紹三寶種不斷絶故遮障一切惡衆生故時善髮乾闥婆阿尼羅夜叉仙須質多羅阿修羅德义迦龍王大黑天女等各與眷屬咸作是言大德婆伽婆我等護持養育安置波羅柰國周遍土境遮障不饒益養育饒益者乃至遮障一切不善諸惡衆生爾時世尊讚言善哉善哉諸來大衆亦復讚言善哉善哉爾時世尊復以迦毗羅婆國付囑大護緊那羅仙千眷屬拘翅羅聲乾闥婆萬眷屬婆闍跋帝夜义軍將千眷屬賒摩那遲阿修羅二萬眷屬跋那牟支龍王一萬眷屬摩訶鉢賒鳩槃茶大將五百眷屬旃遲旃茶梨二大天女各一萬眷屬汝等共護迦毗羅城乃

至遮障諸惡衆生彼等一切皆作是言我等及諸眷屬護持養育迦毗羅婆國周遍土境乃至遮障諸惡衆生佛及大衆咸皆讃言善哉善哉爾時世尊復以摩伽陀國付囑善住炎光天子千眷屬優波羅乾闥婆千眷屬樂聲阿修羅千眷屬善臂龍王善意龍王各萬眷屬孔雀味阿修羅五百眷屬拘那羅大夜义三千眷屬軍毗羅夜义百千眷屬十象鳩槃茶大將百千眷屬憏惡天女奢意天女各十千眷屬汝等共護摩伽陀國乃至遮障諸惡衆生佛及大衆咸皆讃言善哉善哉爾時世尊復以拘薩羅國付囑迷提羯那天子千眷屬樂勝乾闥婆大將十千眷屬烏麻緊那羅千眷屬具德龍王千眷屬弗沙鉢帝阿修羅五百眷屬婆樓那大夜义將婆樓那王大

夜义將各五萬眷屬那茶迦鳩槃茶五百眷屬摩尼毗梨大天女千眷屬汝等共護拘薩羅國乃至佛及大衆咸皆讃言善哉善哉爾時世尊復以鴦伽國付囑月音天子萬眷屬樂欲乾闥婆大將雲浮樓乾闥婆大將各十千眷屬阿摩羅軍緊那羅五百眷屬師子藏阿修羅五百眷屬旃檀大夜义力幢大夜义各五千眷屬奴羅車鳩槃茶二千五百眷屬摩訶迦梨天女二千五百眷屬汝等共護鴦伽國土乃至佛及大衆咸皆讃言善哉善哉爾時世尊復以般遮羅國付囑羅拏時天子五百眷屬樂歌乾闥婆七百眷屬摩葉緊那羅千眷屬般支迦夜义將五千眷屬安闍瞿波阿修羅千眷屬樂法鳩槃茶五百眷屬左黒天女玉鬘天女各二千五百眷屬汝等共

護般遮羅國乃至佛及大衆咸皆讚言善哉善哉爾時世尊復以蘇摩國付囑寶髻天子五千眷屬摩頭曼多乾闥婆千眷屬勝縷緊那羅千眷屬優波般遮迦夜义將二千眷屬黑龍王千眷屬知欲阿修羅千眷屬鳩羅婆鳩槃荼六百眷屬斯多天女博义天女各五百眷屬汝等共護蘇摩國土乃至佛及大衆咸皆讚言善哉善哉爾時世尊復以阿濕婆國付囑盧醯奴天子千二百眷屬流水乾闥婆千眷屬摩尼柘羅夜义軍將五千眷屬阿周羅阿修羅六百眷屬日光龍王無量眷屬摩尼柘利鳩槃荼五百眷屬不可取天女馬勝天女各二千五百眷屬汝等共護阿濕婆國乃至佛及大衆咸皆讚言善哉善哉爾時世尊復以摩偷羅國付囑善擇天子十千眷屬靜朋乾闥婆千眷屬遊梯迦緊那羅二百眷屬勝欲夜义乘人大夜义各千五百眷屬無垢龍王千眷屬伽楞柘利阿修羅千眷屬墨色鳩槃荼千眷屬奪意天女二千眷屬汝等共護摩偷羅國乃至佛及大衆咸皆讚言善哉善哉爾時世尊復以支提耶國付囑善賢天子五百眷屬阿吒迦乾闥婆五百眷屬無垢緊那羅千眷屬除結夜义無結夜义各五百眷屬妙賢龍千眷屬普竹阿修羅五百眷屬牛王鳩槃荼三百眷屬勝優婆羅天女千眷屬汝等共護支提耶國乃至佛及大衆咸皆讚言善哉善哉爾時世尊復以婆蹉國付囑月光天子十千眷屬蓮花香乾闥婆千眷屬摩陀那累緊那羅五千眷屬大果夜义五千眷屬阿樓那龍千眷屬惡樹阿修羅百

眷屬葉眼鳩槃茶五百眷屬阿那迦花天女千眷屬汝等共護婆蹉國土乃至佛及大衆咸皆讃言善哉善哉爾時世尊復以賖耶國付囑摩醯首羅天仙五千眷屬不酒乾闥婆千眷屬離垢緊那羅千眷屬因陀羅夜义蘇摩夜义各二千五百眷屬善現龍千眷屬牟眞隣陀阿修羅王五百眷屬優波檀提鳩槃茶訖利迦賖鳩槃茶各二千五百眷屬鬼子母天女善護天女各萬眷屬汝等共護賖耶國土乃至佛及大衆咸皆讃言善哉善哉爾時世尊復以優禪尼國付囑月雲天子五百眷屬門年乾闥婆千眷屬摩尼耳乾闥婆五百眷屬五惡夜义千眷屬山臂龍王五百眷屬木手阿修羅三百眷屬善現鳩槃茶五百眷屬毛齒天女千眷屬汝等共護優禪尼國乃至佛及大衆咸皆讃言善哉善哉爾時世尊復以修羅吒國付囑法花天子百千眷屬具欲乾闥婆將萬眷屬山怖緊那羅仙一百眷屬難陀龍王十千眷屬驢眼阿修羅五百眷屬善燈大夜义千眷屬大肚鳩槃茶將千眷屬安隱天女千眷屬汝等共護修羅吒國乃至佛及大衆咸皆讃言善哉善哉爾時世尊復以摩訶羅侘國付囑孔雀髮天子五百眷屬樂欲乾闥婆虎就乾闥婆各五百眷屬乳味緊那羅百眷屬主水龍王千眷屬樂寶阿修羅五百眷屬羖羝脚大夜义軍那羅大夜义各千眷屬鉢頭摩伽鳩槃茶大將五百眷屬婆樓尼大天女五千眷屬汝等共護摩訶羅侘國乃至佛及大衆咸皆讃言善哉善哉爾時世尊復以輸盧那國付囑千金天子

千眷屬善脇乾闥婆千眷屬白色那羅五百眷屬世辯夜义千眷屬大富鳩槃茶五百眷屬極惡天女摩尼果天女各五百眷屬汝等共護輸盧那國乃至佛及大衆咸皆讚言善哉善哉爾時世尊復以摩尼調鞞國付囑花音天子五百眷屬那羅延乾闥婆二百眷屬摩醯首羅花緊那羅三百眷屬團眼夜义五百眷屬波羅柰子阿修羅百眷屬赤目鳩槃茶百眷屬雪王天女百眷屬汝等共護摩尼調鞞國乃至佛及大衆咸皆讚言善哉善哉爾時世尊復以波吒羅弗國付囑娑羅流支天子千眷屬人花乾闥婆五百眷屬摩尼瞿沙緊那羅三百眷屬聲佉流支夜义五百眷屬娑羅地阿修羅五百眷屬尸利瞿沙龍八百眷屬浮流尼鳩槃茶百眷屬毗樓陀天女

五百眷屬汝等共護波吒羅弗國乃至佛及大衆咸皆讚言善哉善哉爾時世尊復以乾陀羅國付囑火布天子三千眷屬喜歌乾闥婆千眷屬大勝緊那羅五百眷屬師子髮夜义五百眷屬伊羅鉢龍王千眷屬賢力龍王千眷屬精氣主阿修羅五百眷屬猨猴聲鳩槃茶百眷屬摩尼天女頻頭天女各千眷屬汝等共護乾陀羅國乃至佛及大衆咸皆讚言善哉善哉爾時世尊復以阿槃提國付囑師子愛天子五千眷屬摩羅曼多乾闥婆二千眷屬勝目緊那羅百眷屬蘇摩夜义地行夜义各千眷屬氷伽羅阿修羅三千眷屬娑私陀茶龍千眷屬軍那羅义鳩槃茶千眷屬優波羅天女流泉天女各二千眷屬汝等共護阿槃提國乃至佛及大衆咸皆讚言善哉

善哉爾時世尊復以娑樓拏跋帝國付囑鷄娑利天子千眷屬衆婇乾闥婆五百眷屬博义流支緊那羅二百眷屬迦荼龍王優波迦荼龍王各二千眷屬毗摩阿修羅百眷屬月燄鳩槃荼三百眷屬自護天女摩尼頻頭天女各千眷屬汝等共護娑樓拏跋帝國乃至佛及大衆咸皆讃言善哉善哉爾時世尊復以帝跋尼國付囑師子齒天子五千眷屬薩陀曼多乾闥婆五百眷屬牟尼薩羅緊那羅百眷屬摩尼賢夜义滿賢夜义各二千五百眷屬鐵耳阿修羅五百眷屬阿槃多鳩槃荼百眷屬薩市尼天女般支天女各千眷屬汝等共護帝跋尼國乃至佛及大衆咸皆讃言善哉善哉爾時世尊復以瞻波國付囑香雲天子并諸天仙一千眷屬德鬘乾闥婆二百眷屬求籌遮緊那羅百眷屬竪毛夜义五千眷屬迦那迦阿修羅百眷屬善現鳩槃荼近現鳩槃荼各五萬眷屬什目天女五百眷屬汝等共護瞻波國乃至佛及大衆咸皆讃言善哉善哉爾時世尊復以悉都那國付囑赤雲天子千眷屬沾浮樓乾闥婆五百眷屬摩尼遮婆緊那羅百眷屬難勝夜义千眷屬泥荼鳩支阿修羅五百眷屬鞞覍迦鳩槃荼百眷屬靖默天女善目天女各一千五百眷屬汝等共護悉都那國乃至佛及大衆咸皆讃言善哉善哉爾時世尊復以西地國付囑山眼天子二百眷屬法喜乾闥婆百眷屬藪支羅婆緊那羅百眷屬大身夜义千眷屬執刀阿修羅百眷屬止流鳩槃荼三百眷屬金光天女黒光天女各二千五百眷屬汝等共護

西地國土乃至佛及大衆咸皆讚言善哉善哉爾時世尊復以富樓沙富羅國付囑阿羅睺斯天子千眷屬難提乾闥婆百眷屬淨衆緊那羅百眷屬摩尼花夜乂千眷屬迦荼龍王阿婆羅羅龍王各二千五百眷屬大怖迦樓羅百眷屬訖多孫地阿修羅五百眷屬燒竹鳩槃茶五百眷屬多盧斯天女三月天女各百眷屬汝等共護富樓沙富羅國乃至佛及大衆咸皆讚言善哉善哉爾時世尊復以烏萇國土付囑習音天子五百眷屬花光乾闥婆三百眷屬善悕緊那羅百眷屬迦羅婆提夜乂五百眷屬郎浮羅龍三百眷屬遮曼陀阿修羅百眷屬曼陀果鳩槃茶百眷屬訶梨帝天女浾賢天女各五百眷屬汝等共護烏萇國土乃至佛及大衆咸皆讚言善哉善哉爾時世尊復以寄薩離國付囑黑色天子千眷屬金色乾闥婆百眷屬跋那牟至緊那羅八十眷屬散髮夜乂五百眷屬力天龍王百眷屬那佉遮利阿修羅百眷屬無垢聲鳩槃茶八十眷屬勝針天女皺天女各五百眷屬汝等共護寄薩離國乃至佛及大衆咸皆讚言善哉善哉爾時世尊復以金性國付囑禪那離沙婆天子五百眷屬摩那婆乾闥婆百眷屬善稱緊那羅百眷屬禪那離沙婆夜乂五百眷屬寶冠阿修羅百眷屬香意鳩槃茶八十眷屬汝等共護金性國土乃至佛及大衆咸皆讚言善哉善哉爾時世尊復以摩都羅國付囑歌讚天子百眷屬五髻乾闥婆五百眷屬威德緊那羅八十眷屬堅鉾夜乂五百眷屬冰伽羅阿修羅五百眷屬賢目鳩

槃荼百眷屬沾浮樓天女五百眷屬汝等共護摩都羅國乃至佛及大衆咸皆讃言善哉善哉爾時世尊復以數離迦國付囑財目天子千眷屬善項乾闥婆百眷屬睒摩鳩斯緊那羅五百眷屬堅固夜义五百眷屬耶婆那夜义千眷屬無畏緊那羅百眷屬跋羅頭婆闍夜义五百眷屬嚪婆何利阿修羅八百眷屬瞿伽义鳩槃荼三百眷屬嚪婆何利羅刹五百眷屬釋迦羅刹五百眷屬汝等共護數離迦國乃至佛及大衆咸皆讃言善哉善哉爾時世尊復以般遮囊伽羅國付囑婆婆义天子千眷屬月光乾闥婆百眷屬團目夜义千眷屬大雲阿修羅五百眷屬訶奴闍鳩槃荼百眷屬摩尼枳薩梨天女五百眷屬多摩羅娑利天女千眷屬汝等共護般遮囊伽羅國乃至佛及大衆咸皆讃言善哉善哉爾時世尊復以波斯國付囑檀毙師天子五千眷屬拘毗羅乾闥婆三千眷屬梨鞞摩師緊那羅千眷屬住勇夜义五百眷屬那摩羅王夜义五百眷屬菴羅提他乾闥婆千眷屬伊沙那時緊那羅千眷屬竭婆拘支鳩槃荼四千眷屬那羅斯羅刹五千眷屬訶梨達羅刹二千眷屬汝等共護波斯國土乃至佛及大衆咸皆讃言善哉善哉爾時世尊復以劬勤國土付囑佉樓那天子千眷屬妙好乾闥婆五百眷屬帝利迦緊那羅五百眷屬三針夜义二萬眷屬怖畏夜义十千眷屬休流歇龍千眷屬金耳阿修羅千眷屬善林樹鳩槃荼千眷屬金枳薩羅羅刹五千眷屬汝等共護劬勤國土乃至佛及大衆咸皆讃言善哉善哉

爾時世尊復以叵耶那國付囑海希天子千眷屬那荼浮乾闥婆百眷屬馬目緊那羅百眷屬花齒夜叉二千眷屬大齒夜叉千眷屬優波羅耳龍五百眷屬動手阿修羅百眷屬解脫鳩槃荼百眷屬質摩只薩梨羅刹女五百眷屬黒闇羅刹護門羅刹各二千五百眷屬月光羅刹千眷屬汝等共護叵耶那國乃至佛及大衆咸皆讃言善哉善哉爾時世尊復以尸離耶摩國付囑黒髮天子百眷屬金臂乾闥婆八十眷屬風響緊那羅百眷屬阿樓那夜叉千眷屬八髮夜叉千眷屬上踊龍王百眷屬快作阿修羅百眷屬香筩鳩槃荼五百眷屬黒澤天女五百眷屬汝等共護尸利耶摩國乃至佛及大衆咸皆讃言善哉善哉爾時世尊復以跋離迦國付囑赤銅色天子八百眷屬媚眼乾闥婆百眷屬針墨緊那羅百眷屬牟耳夜叉五千眷屬黙羅羯那龍百眷屬息牛阿修羅百眷屬阿毗拏薩利鳩槃荼五百眷屬長苗天女妙勝天女各五百眷屬汝等共護跋離迦國乃至佛及大衆咸皆讃言善哉善哉爾時世尊復以罽賓那國付囑怖黒天子五千眷屬五音乾闥婆千眷屬水性緊那羅五百眷屬廣執夜叉三萬眷屬長生夜叉流雲解脫夜叉各二千五百眷屬矦羅荼龍十千眷屬鬱金阿修羅千眷屬陀樓跋尼鳩槃荼五百眷屬正辯天女千眷屬園林羅刹女十千眷屬汝等共護罽賓那國乃至佛及大衆咸皆讃言善哉善哉爾時世尊復以優羅賒國付囑那羅摩乾闥婆百眷屬五怖夜叉二千眷屬尸利沙夜叉千眷

屬汝等共護優羅賒國乃至佛及大衆咸皆讃言善哉善哉爾時世尊復以佉羅婆羅國付囑時蘭那乾闥婆百眷屬花實夜叉千眷屬善樂目龍千眷屬怖人鳩槃荼五百眷屬順欲天女百眷屬汝等共護佉羅婆羅國乃至佛及大衆咸皆讃言善哉善哉爾時世尊復以阿踈居迦國付囑牟尼佉利夜叉二千眷屬好施羅刹千眷屬婆稚龍五百眷屬止雲鳩槃荼百眷屬訶梨帝羅刹女千眷屬汝等共護阿踈居迦國乃至佛及大衆咸皆讃言善哉善哉爾時世尊復以達羅陀國付囑鞞婆達利乾闥婆百眷屬道路夜叉黄頭夜叉勇健夜叉各千眷屬跋陀龍王二千眷屬孔雀毛龍王百眷屬生解天女毛羅闍利天女各二百五十眷屬汝等共護達羅陀國乃

至佛及大衆咸皆讃言善哉善哉爾時世尊復以弗梨沙國付囑奪意夜叉戒賢夜叉各五百眷屬雲腹龍王三百眷屬離惡鳩槃荼八十眷屬搔跋質羅天女百眷屬汝等共護弗梨沙國乃至佛及大衆咸皆讃言善哉善哉爾時世尊復以伽賒國付囑持花乾闥婆摩睺羅伽乾闥婆各千眷屬枳持夜叉毗持夜叉各二百五十眷屬光掌龍王勝奪龍王各五百眷屬阿樓尼天女花目天女各二百五十眷屬汝等共護伽賒國乃至佛及大衆咸皆讃言善哉善哉爾時世尊復以遮居迦國付囑劒婆羅龍王五百眷屬極惡鳩槃荼百眷屬删朱波毗舍遮百眷屬星目羅刹女五百眷屬天鎧餓鬼將二百眷屬歐惡夜叉三百眷屬汝等共護遮居迦國乃至佛及大

衆咸皆讃言善哉善哉爾時世尊復以菴提國付囑具足龍王善道龍王各百眷屬堅目鳩槃茶百眷屬八毗那耶迦天女一百眷屬道神天女尸利天女各二百五十眷屬珂貝天女安住天女各五十眷屬汝等共護菴提國土乃至佛及大衆咸皆讃言善哉善哉爾時世尊復以沙勒國付囑髮色天子百眷屬護國乾闥婆百眷屬佛護夜叉助雹夜叉各五百眷屬孔雀項龍王百眷屬山目龍女五百眷屬訖利波賒鳩槃茶五百眷屬持德天女能護天女各二百五十眷屬汝等共護沙勒國土乃至佛及大衆咸皆讃言善哉善哉爾時世尊復以于闐國土付囑難勝天子千眷屬散脂大夜叉將十千眷屬羖羝脚大夜叉八十眷屬金花鬘夜叉五百眷屬熱舍龍王千眷屬阿那緊首天女十千眷屬他難闍梨天女五千眷屬毗沙門王神力所加共汝護持于闐國土乃至佛及大衆咸皆讃言善哉善哉爾時世尊復以龜茲國土付囑牟鎧天子千眷屬黃頭大夜叉千眷屬猒財羅剎女千眷屬侯護大夜叉千眷屬蹺齒鳩槃茶千眷屬尸利遮吒羅利鹿齒羅剎各五百眷屬汝等共護龜茲國土乃至佛及大衆咸皆讃言善哉善哉爾時世尊復以婆樓迦國付囑騫茶夜叉千眷屬阿婆迦利鳩槃茶百眷屬垂乳羅剎千眷屬汝等共護婆樓迦國乃至佛及大衆咸皆讃言善哉善哉爾時世尊復以亐周迦國付囑王活乾闥婆五百眷屬奚卑羅龍百眷屬汝等共護亐周迦國乃至佛及大衆咸皆讃言善哉善哉爾時世尊復

以億尼國付囑勇健執蠡大夜义将千眷屬象耳龍王三千眷屬吉迦知羅刹女雪池羅刹女各二千五百眷屬汝等共護億尼國土乃至佛及大衆咸皆讃言善哉善哉爾時世尊復以鄯善國土付囑阿羅知天子百眷屬阿沙迦夜义五千眷屬無著羅刹女十千眷屬汝等共護鄯善國土乃至佛及大衆咸皆讃言善哉善哉爾時世尊復以緊那羅國付囑赤目大夜义十千眷屬不動鳩槃茶千眷屬汝等共護緊那羅國乃至佛及大衆咸皆讃言善哉善哉爾時世尊復以一切震旦漢國付囑毗首羯磨一切巧變化天子五千眷屬迦毗羅大夜义将五千眷屬法護大夜义将五千眷屬緊目大夜义将五千眷屬大目大夜义将五千眷屬勇健軍大夜义将五千眷屬摩尼跋陀大夜义将五千眷屬賢滿大夜义将五千眷屬持威德大夜义将五千眷屬阿荼薄拘大夜义将五千眷屬般支迦大夜义将五千眷屬婆修吉龍王五千眷屬須摩那果龍王五千眷屬弗沙毗摩龍王五千眷屬訶梨帝鬼子母天五千眷屬伊羅婆雌大天女五千眷屬雙瞳目大天女五千眷屬汝等賢首皆共護持養育一切震旦漢國周遍土境於彼所有一切觸惱鬪諍怨讎忿競言訟兩陣交戰饑饉疫病非時風雨氷寒毒熱悉令休息遮障不善諸惡衆生瞋恚麤獷苦辛澀觸無味等物悉令休息令我法眼得久住故紹三寶種不斷絶故三種精氣得增長故利益安樂諸天人故勤加護持以是因緣汝等今世及以後世常得安樂毗首羯磨

巧變化天子及與眷屬迦毗羅大夜叉法護夜叉堅目夜叉大目夜叉勇健夜叉摩尼跋陀夜叉賢滿夜叉持威德夜叉阿荼薄拘夜叉般支迦夜叉及與眷屬婆修吉龍王須摩那果龍王弗沙毗摩龍王及與眷屬訶梨帝鬼子母伊羅婆雌天女雙瞳目天女及與眷屬各作是言大德婆伽婆我等共護一切震旦漢國周遍土境休息一切鬪諍乃至增長三種精氣我等勤加護持養育乃至世尊聲聞弟子三業相應不積聚者倍復安置護持養育爾時世尊讚言善哉善哉善男子汝應如是護持我法諸來大衆亦復隨喜讚言善哉善哉諸仁者我以閻浮提一切國土付囑諸天乾闥婆緊那羅夜叉龍王阿修羅鳩槃荼諸天女等各令安置護持養育一切衆生是故汝等諸天龍王不得分者容忍莫恨所謂婆伽羅龍王阿那婆沓多龍王伊羅跋龍王婆樓那龍王善住龍王德叉迦龍王恒河龍王辛頭龍王博叉龍王私陀龍王提首尼龍王摩醯摸遮利龍王金脇龍王跋致蘇多龍王弗婆鉢賒龍王衆色雲龍王拘那跋帝龍王阿斯多龍王遮彌羅龍王香山龍王那羅延面龍王婆婆牟支龍王那陀叉龍王如是等一百八十萬諸大龍王依此閻浮提住不得分者應當容忍汝等各住本宮護持養育我之正法當作利益一切衆生行以是因緣汝等今世及以後世自利利他何以故彼諸天龍乾闥婆緊那羅夜叉阿修羅鳩槃荼天女羅刹女等隨其國土昔所住處彼諸天龍乃至天女爲護彼彼諸國土故安置養育

一切衆生是故汝等大夜义王不得分者當應容忍莫恨所謂箭毛夜义賖羅毗夜义迦吒首利夜义婆羅目企夜义婆羅稚夜义婆摩羅夜义其梨迦吒夜义由梯迦夜义其梨訶夜义滿面夜义迦賖毗提夜义護國夜义樓迦夜义箭抓夜义波那流支夜义狼抓夜义師子怖夜义阿樓尼夜义修羅闍毗夜义阿荼闍梨夜义得义梨師夜义灰手夜义蘇摩那虎夜义羅摩那時夜义惡义尼棄羅夜义質多羅夜义佛護夜义如是等八頻婆羅諸夜义大將依閻浮提種種寺舍園林泉池山巖林藪樹下安住不得分者應當容忍莫恨隨所住處乃至山林樹下各住本處護持養育我之正法利益安樂一切衆生行以是因緣汝等今世及以後世自利利他何以故

彼諸天龍乾闥婆緊那羅夜义阿修羅鳩槃荼天女羅刹女等隨其國土昔所住處彼諸天龍乃至天女爲護彼彼諸國土故安置養育一切衆生是故汝等諸阿修羅王不得分者應當容忍莫恨所謂羅睺羅阿修羅王毗摩質多羅阿修羅王波羅陀阿修羅王睒婆利阿修羅王牟眞隣陀阿修羅王須質多羅阿修羅王跋稚毗盧遮那阿修羅王悉利羅者阿修羅王黥羅跋支阿修羅王瞿摩闍毗阿修羅王毗荼义阿修羅王那耶遮利阿修羅王伽闍彌羅阿修羅王初羅檀荼阿修羅王阿斯末羅阿修羅王迦摩跌知阿修羅王婆羅乾荼阿修羅王畢他摩尼阿修羅王波羅那佉阿修羅王薩婆鴦伽义阿修羅王訖賖婆侯阿修羅王如是等六萬那由他阿修

羅王住閻浮提不得分者應當容忍莫恨各住本宮護持養育我之正法當作利益一切衆生行以是因緣汝等今世及以後世自利利他何以故彼諸天龍乾闥婆緊那羅夜叉阿修羅鳩槃茶天女羅刹女等隨其國土昔所住處彼諸天龍乃至天女爲護彼彼諸國土故安置養育一切衆生是故汝等諸大天女應當容忍莫恨所謂歇大天女造光天女地解天女增護天女解脱天女增水天女少熱天女淨目天女饒財天女寶藏天女摩尼抓天女黒繩天女隨時天女王頂天女天水天女明目天女蓮花天女優曇婆羅天女賒尸天女明炬目天女善意天女難勝天女勝目天女如是等六十二百千諸大天女依閻浮提種種塔寺城邑聚落園林泉池河邊山谷大海邊住不得分者汝等隨所住處各各於彼護持養育我之正法汝等於彼所有怖畏鬬諍怨讎饑饉疫病他方怨敵非時風雨氷寒毒熱悉令休息遮障不善諸惡衆生瞋恚麤獷苦辛澁觸無味等物悉令休息令我法眼久住世間紹三寶種不令斷絶三種精氣增長熾然利益安樂諸天人故勤加護持以是因縁汝等今世及以後世常得利益安樂衆生時彼六十二百千天女白佛言大德婆伽婆我等護持養育佛法休息鬬諍增長一切三種精氣乃至世尊聲聞弟子三業相應無所積聚者我等勤加護持養育佛言善哉善哉善女人輩汝等應當如是護持諸來大衆皆亦隨喜讃言善哉善哉爾時世尊復告一切諸天乾闥婆乃至諸大天女言我今

與汝息諸諍訟大陀羅尼心汝等以此陀羅尼心故各於已國若曜宿失度攝諸衆生令得敬信一切鬪諍悉得休息作是語已即說呪曰

多地夜多　摩陀那　摩陀那　瞿摩陀那　阿婆摩多　阿兮摩多　摩陀那佉　阿差摩坻　波羅賒摩帝　阿利婆三摩摩帝尼佉摩帝　波賒摩帝　蘇遮羅拏摩帝阿毗婆摩帝　阿羅毗婆摩帝　悉陀頞他摩帝叉婆摩帝　蘇婆訶

爾時娑婆世界主大梵天王從座而起向佛合掌頭面作禮而作是言大德婆伽婆我今復以大陀羅尼降諸惡龍及惡鬼神護持國土遮障一切諸惡衆生作是語已即說呪曰

哆地夜他　曇無囉牟嘍囉牟嘍那伽牟嘍那伽牟嘍　阿藪囉牟嘍　藥叉牟嘍　藥叉牟嘍鳩槃茶牟嘍　浮單那牟嘍　迦吒富單那牟嘍　阿耶婆牟嘍　侯訶侯訶牟嘍　訶訶訶訶　牟廚帝藥叉牟嘍囉婆訶囉婆訶囉婆訶　薩婆烏闍　囉婆訶　蘇婆訶

爾時所有諸天龍王鳩槃茶餓鬼毗舍遮富單那迦吒富單那飲血食肉者皆悉驚怖憂愁恐懼向佛合掌頭面禮足而作是言唯願世尊大悲覆護我等云何復得存活佛言汝等且莫憂愁大地所有花果五穀藥草衆味清淨未食墮落地者如是花果衆味精氣汝等食之足得活命若復有人作食清淨遺落在地汝等亦當食其精氣而自充濟復有我諸聲聞弟子修禪定者以已善根呪願汝等

亦得色力精氣豐盛眷屬朋黨具足勢力若有施主施我弟子寺舍園林田地舍宅稱名呪願汝當於彼與欲隨喜護持養育以是事故汝等宮殿當得增長若有施主施我弟子飲食衣服卧具湯藥受取之時稱名呪願汝亦隨喜以彼呪願汝隨喜故汝等便得壽命增長顏容增長安樂增長朋黨增長勢力增長汝等晝夜應當精勤護持養育如是施主及以受者爾時世尊欲重明此義而說偈言

兩足大法王　觀衆作是言　帝釋汝問我
各隨與其分　天龍鳩槃茶　夜叉修羅刹
閻浮諸國土　城邑衆聚落　曠野諸樹林
山巖井泉池　法眼得久住　諸惡令休息
豐饒悉可樂　爲於閻浮提　四天中鬼神
付囑勤護持　汝等捨眷屬　我復更分布
莫瞋怒嫉妬　與欲當隨喜　法喜禪味食
如是諸天衆　一切皆悉起　咸作如是言
我等爲正法　護持閻浮提　聲聞具持戒
不爲積聚者　剃頭不持戒　欲令法眼增
我等皆至心　勤加護養育　導師告彼言
正法我滅後　具滿五百年　堅固住解脫
五百年禪誦　五百造塔寺　至後五百年
堅住於鬪諍　後時有剃頭　破戒無羞恥
供養如是輩　亦得無量福　譬如金無價
除金至銀寶　鍮石與銅鐵　白鑞及鈆錫
世間若無寶　錫鑞爲最上　佛寶亦如是
最尊獨第一　次寶辟支迦　羅漢餘證果
得定淨持戒　破戒名字僧　深信求解脫
若能供養彼　不久住忍地　必速證菩提
六欲諸天等　寶國諸鬼神　住林乾闥婆

海中十大龍　十大鳩槃茶　夜叉十神通
各住本宮殿　護持我正法　餓鬼住曠野
毗舍遮空室　富單依野田　迦吒塚間住
如是各隨喜　依分皆護持　依分不正護
復勤惱於他　我以如是等　更轉付餘天
諸龍夜叉衆　乾闥緊那羅　天女修羅等
羅刹鳩槃茶　普遍諸國土　安置護養育
迦毗波羅奈　摩伽拘薩羅　般遮鴦伽國
蘇摩阿濕婆　摩偷支提國　婆蹉及賒耶
羅吒優禪尼　羅侘輸盧那　摩尼謅鞞國
乾陀波吒羅　槃提婆樓帝　跋尼悉都那
瞻波鉢浮尼　富樓沙富羅　烏萇寄薩梨
金性摩都羅　波斯勅勤土　般遮囊伽羅
尸梨耶摩國　叵耶藪利迦　罽賓跋梨國
佉羅優羅賒　伽賒遮居國　達羅弗離沙
莎提沙勤國　婆樓芳周迦　于闐及鄯善
龜茲緊那羅　震旦等國土　護持令安置
於此一切國　諸龍無分者　一百八十萬
夜叉等無分　及八頻婆羅　修羅不得分
六萬那由他　天女等無分　六十二百千
我今悉謝汝　各住本宮殿　護持我正法
當與汝神呪　遮障惡衆生　休息諸惱害
一切鬪諍訟　亢旱及水潦　病儉諸賊寇
增長三精氣　諸惡令休息　護持我正法
熾然三寶種　聲聞諸比丘　三業常相應
剃頭不持戒　一切皆護持　爲諸聲聞故
具捨諸田宅　飲食及湯藥　一切有所須
如是諸施主　汝等護養育

大方等大集月藏經卷第九

音釋

蹉七何切 羅吒知加切 羅侘丑加切 謫鞞謫丑冊切鞞駢迷切 佉丘迦切 羨羊贍切與焰同 萇音場萇國名 嘟闍丑冊切 干闐音田于闐國名也 龜茲龜祛木切茲牆之切龜茲國名也 騫去乾切 蠡音羅 鄯善鄯時戰切鄯善國名也 抓之巧切 黳音伊 跌徒結切

大方等大集月藏經卷第十

高齊天竺三藏那連提耶舍譯

星宿攝受品第十八

爾時佛告娑婆世界主大梵天王釋提桓因四天王言過去天仙云何布置諸宿曜辰攝護國土養育衆生娑婆世界主大梵天王釋提桓因四天王等而白佛言過去天仙分布安置諸宿曜辰攝護國土養育衆生於四方中各有所主東方七宿一者角宿主於衆鳥二者亢宿主於出家求聖道者三者氐宿主水生衆生四者房宿主行車求利五者心宿主於女人六者尾宿主洲渚衆生七者箕宿主於陶師南方七宿一者井宿主於金師二者鬼宿主於一切國王大臣三者柳宿主雪山龍四者星宿主巨富者五者張宿主於盜賊六者翼宿主於商人七者軫宿主須羅吒國西方七宿一者奎宿主行船人二者婁宿主於商人三者胃宿主婆樓迦國四者昴宿主於水牛五者畢宿主一切衆生六者觜宿主鞞提訶國七者參宿主於刹利北方七宿一者斗宿主澆部沙國二者牛宿主於刹利及安多鉢竭那國三者女宿主鴦伽摩伽陀國四者虛宿主般遮羅國五者危宿主著花冠者六者室宿主乾陀羅國輸盧那國及諸龍蛇腹行之類七者壁宿主乾闥婆善音樂者大德婆伽婆過去天仙如是布置四方諸宿攝護國土養育衆生爾時佛告梵王等言汝等諦聽我於世間天人仙中一切知見最爲殊勝亦使諸宿曜辰攝護國土養育衆生汝等宣告令彼得知如我所分國土衆生各

各隨分攝護養育大梵王等而白佛言如是大德婆伽婆唯然受教爾時佛告梵王等言我今以彼于摩國陀樓國悉支那國奈摩陀國陀羅陀國佉沙國羅佉國奢摩國侯羅婆國舍頭迦國頞闍婆國没遮波國此十二國付囑角宿攝護養育亦護角宿日建立國土城邑聚落及角宿日所生衆生汝等宣告令彼得知梵王等言如是大德婆伽婆唯然受教爾時佛告梵王等言我今以彼阿羅荼國訶利那國叔迦羅國波盧羅國弗利奢國那摩帝國俱致婆國蘇那婆國奢摩國跋陀婆國如是十國付囑亢宿攝護養育乃至唯然受教爾時佛告梵王等言我今以彼佉搜迦國信頭婆遲國阿摩利國餘尼目佉國難陀婆國伽沙國跋使俱闍國由婆迦國婆佉羅國沙婆羅國伽樓荼國鴆籌迦國婆遮利婆國此十三國付囑氐宿攝護養育乃至唯然受教爾時佛告梵王等言我今以彼波頭摩國弗邑迦羅國目帝國嵩伽摩國耆利國不摩婆國南耆利國遮波羅國修帝達奢國提婆那國奚周迦國此十一國付囑房宿攝護養育乃至唯然受教爾時佛告梵王等言我今以彼侯羅婆國鴆羅婆國牟羅婆國能伽婆國蘇提闍國鴆知迦國天王國毗那婆國波搜多國奚迦國如是十國付囑心宿攝護養育乃至唯然受教爾時佛告梵王等言我今以彼伽闍弗國迦羅婆國迦迦波他國悉陀乂國鬱瑟吒羅婆國帝羅南國阿羅毗國那婆國弗邑迦羅婆國摩兜利國迦隣伽跋帝國摩于達利國畢姜闍國鉢利犀羅婆國

此十四國付囑尾箕二宿攝護養育乃至唯然受教爾時佛告梵王等言我今以彼婆羅國憂禪尼國憂樓頻螺國輸尼槃多國摩荼婆國毗使拏提波國遮羅羯波國婆羅斫迦羅國羅摩伽摩國迦尸弗國鳩樓沙國陀修國盧醯多國阿婆陀荼國帝拏槃那國遮嗟那國毗伽闍國此十七國付囑井宿攝護養育乃至唯然受教爾時佛告梵王等言我今以彼波吒梨弗國摩尼藍婆國婆樓那國那遮羅國羯那國北般遮羅國帝跋拏國婆羅蹉國瞻波國蘇都那國鳩樓差多國西地國富樓沙富羅國侯彌單國藍摩婆國瞿羅國奚摩國闍耶波梯國婆求彌國恒河門國頭婆羅婆帝國旃達羅跋帝國婆樓迦車國蘇尼棄國瞿沙跋帝國此二十五國付囑鬼宿攝護養育乃至唯然受教爾時佛告梵王等言我今以彼寄薩梨國摩訶尼梯國烏萇國須尼棄國波羅婆國憂羅婆國區荼國尼佉國乾茶波羅婆國娑寄多國如是十國付囑柳宿攝護養育乃至唯然受教爾時佛告梵王等言我今以彼阿鞞遮國蘇跋拏闍吒國金性國摩兜羅國毗摩尸利國檢婆樓遮國蘇梨國婆求遮國頻頭羅婆國婆羅那國般遮囊國伽羅國此十二國付囑星宿攝護養育乃至唯然受教爾時佛告梵王等言我今以彼波斯國訶利陀國勅勤國阿摩羅國婆羅婆國蘇摩尼棄國叵耶那國三牟遮國尸梨沙國婆利國伽尧婆國摩遮國兜佉羅國摩頭師利國此十四國付囑張翼二宿攝護養育乃至唯然受教爾時佛告梵王等言我

今以彼伽羅婆國憂羅奢國罽使拏國婆耆國檀多摩利國婆樓遮國陀荼國達拏國數年寄奢國鳩論遮耆國呿羅婆羅國阿踈俱迦國此十二國付囑軫宿攝護養育乃至唯然受教爾時佛告梵王等言我今以彼鳩奢弗利國緊那羅國迦甲羅摩利國三諆師國啞羅尼國時婆利國奚闍尼國摩垙褰遲國般荼梨國蜜拏梨國修羅毗國侯摩多尼國此十二國付囑奎宿攝護養育乃至唯然受教爾時佛告梵王等言我今以彼提帝奢婆國蘇摩跋羅國多羅丘尼國阿奢若國俱薩羅斯國悉都那國婆羅嚩遲國緊拏多利國濕婆尼利國羅婆師餞國佉吒梨毗國佉婆利國白馬國此十三國付囑婁宿攝護養育乃至唯然受教爾時佛告梵王等言我今以彼阿斯那棄國軍陀羅毗國安尼師國遮俱波國垖伽帝國逋支國支多毗悉帝國憂莚帝國槃頭波羅國毗羅梨迦國摩陀羅毗國迦拏波帝國達婆娑利國此十三國付囑胃宿攝護養育乃至唯然受教爾時佛告梵王等言我今以彼波羅躭羅國只叔迦國婆樓遮國輸盧那國迦毗羅婆國奢耶國馬面國伽樓荼國憍羅跋陀國具地國闍婆跋帝國鞞樓國伽樓訶國于闐國伽頗羅國狗面國尼婆羅國俱那婆國此十八國付囑昴宿攝護養育乃至唯然受教爾時佛告梵王等言我今以彼摩伽陀國鞞提訶國薩羅國奚浮迦國牟尼奢耶國羅羅國餘尼迦國拘薩羅國跋沙伽國阿荼國鞞訶迦國頞那婆國伽耶國尼婆國槃羅婆國跋知尼國陀樓國尸

利曼多國彌伽頗羅國摩醯首羅膩羅耶國罽賓國婆盧師多國沙勒國憶尼國蓰提國此二十五國付囑畢宿攝護養育乃至唯然受教爾時佛告梵王等言我今以彼居婆國迦尸國奢鳩尼國阿吒摩闍國緊陀國摩婆摩國達毗迦國八城國殊提沙國婆毗迦國婆求荼國摩訶羅吒國乾陀羅國迦婆摩國般遮羅國多荼沙國首婆迦國摩師跋那國兜羅婆國蘇摩國婆求國摩多摩利國摩羅婆國鳩留國瞿沙國此二十五國付囑觜宿攝護養育乃至唯然受教爾時佛告梵王等言我今以彼阿濕婆國奢跋那國摩偷羅國鴦伽吒婆國摩頭曼多國俱周羅國曼遮國婆求摩國俱闍婆國震旦國首羅犀那國阿那牟佉國佉羅婆羅國犀摩婆國那毙邏婆

跋陀國曼遲羅婆國奚周迦國此十七國付囑參宿攝護養育乃至唯然受教爾時佛告梵王等言我今以彼辛頭鳩羅國瞿那悉鬚國迦羅差國娑羅差國達羅膩鉢帝國海果國阿樓瑟拏羅婆國那婆弗使波羅婆國摩那兜利國民陀羅跋帝國如是十國付囑斗宿攝護養育乃至唯然受教爾時佛告梵王等言我今以彼利利天祠如是二處付囑牛宿攝護養育乃至唯然受教爾時佛告梵王等言我今以彼阿樓那國鳩私婆羅闍利國瞻波兜使國龜茲國摩藍浮沙國舍迦國物陀羅多國蓰提國瞿師國娑羅彌國如是十國付囑女宿攝護養育乃至唯然受教爾時佛告梵王等言我今以彼難提跋彌國波羅尸國滿福國憂羅奢國藍浮沙國娑婆國摩

陀羅婆國莎提國佉沙國娑羅斯國師子國訶波他國訶利鳩時國憂婆毗羅國多羅尼國毗舍離國憂迦利國此十七國付囑虛宿攝護養育乃至唯然受教爾時佛告梵王等言我今以彼迦車鞞帝國波利支國龍花國鳩茶婆國難提拔檀那國婆樓迦國乾陀俱致國婆彌利國夜瑟吒俱利國如是九國付囑危宿攝護養育乃至唯然受教爾時佛告梵王等言我今以彼侯曼陀國奢曼陀國頭摩迦國酬摩迦國揵沙婆國鳩支國博义利國德义尸羅國婆彌娑利國跋陀跋帝國憂摩差國跋娑多牟利摩國婆樓迦車國婆羅跋帝國此十四國付囑室壁二宿攝護養育亦護二宿日建立國土城邑聚落及二宿日所生衆生汝等宣告令彼得知梵王等言如

是大德婆伽婆唯然受教爾時佛告梵王等言所言曜者有於七種一者日二者月三者熒惑星四者歲星五者鎮星六者辰星七者太白星所言辰者有十二種一名彌沙二名毗利沙三名彌偷那四名羯迦吒迦五名線呵六名迦若七名兜邏八名毗梨支迦九名檀尼毗十名摩伽羅十一名鳩槃十二名彌那我今令此諸曜辰等攝護國土城邑聚落養育衆生汝等宣告令彼得知梵王等言如是大德婆伽婆唯然受教爾時娑婆世界主大梵天王釋提桓因護世四王及諸眷屬而白佛言大德婆伽婆若有世尊聲聞弟子不得畜養奴婢畜生園林田宅俗人資具及不交往除四方僧物起發精進三業相應常懷慚愧獨住閑林集諸善法我於彼時令宿曜

辰正行於世遮惡衆生觸惱鬪諍兩國兵仗疫病饑饉非節風雨失時寒熱悉令休息護佛正法久住熾然紹三寶種使不斷絶三種精氣增長安住亦使世尊聲聞弟子身口意業清淨相應發大勇猛修法而住爾時佛告阿若憍陳如言爲令我法得久住故成熟衆生故閻浮提中一切諸國一名諸國多名諸國同名諸國及不列名國分布與彼天龍夜义乃至迦吒富單那等令作護持及宿曜辰亦付諸國令作護持乃至令三寶種不斷絶故所有諸國多名同名於彼諸國同名夜义同名羅刹有國無鬼神名有鬼神住還付彼等令作護持於閻浮提有餘鬼神不列名者亦使護持憍陳如一切鬼神皆悉發心護持養育乃至隨我聲聞弟子三業相應常無聚積修法而住於一切時護持養育憍陳如汝等應當常不聚積住阿蘭若三業相應背捨生死趣向涅槃成熟衆生應如是學爾時世尊欲重明此義而說偈言

成熟衆生故　我問諸天王　云何昔天仙
配宿攝諸國　梵天答我言　過去天仙等
安置諸宿曜　護如法衆生　今付汝國土
應當加養育　亦付鬼神等　而令作護持
及彼宿曜辰　各令攝國土　護持養育故
熾然正法眼　護不畜田宅　清淨聲聞衆
遮諸惡衆生　及息諸濁惡　不絶三寶種
增長三精氣　汝告宿曜等　令彼作護持
我告諸聲聞　令住正法眼　應當捨憍慢
精勤住蘭若　背捨於生死　趣向於涅槃
樂住禪境界　成熟億衆生

建立塔寺品第十九

爾時娑婆世界主大梵天王釋提桓因四天王等及諸眷屬從座而起合掌向佛一心敬禮而作是言佛說於此四天下中所有過去諸佛如來之所建立住持大塔牟尼諸仙所依住處於現在世及未來世而常不空佛為菩薩摩訶薩等降大法雨皆悉充滿初名衆仙所與次名德積次名金剛燄次名香室次名睒婆梨次名賢城次名須質多羅次名水光次名香薰次名善建立次名遮彼羅次名金燈次名樂依次名牟真隣陀次名金剛地次名慈窟次名那羅延窟次名涤摩娑羅香茂窟次名慧頂次名大德窟次名善現次名青鬱茂窟次名虛空子次名牛頭栴檀室次名難勝此是過去諸佛建立住持大塔常為菩薩摩訶薩等之所加護是於我等常所供養世尊所有聲聞弟子於現在世及未來世復有幾所塔寺住處令我等輩護持養育爾時世尊熈怡微笑從其面門放種種光照曜諸方即時於此四天下中而有無量百千諸佛處處而現東弗婆提八萬佛現北鬱單越百千佛現西瞿陀尼五萬佛現諸海島國百千佛現此閻浮提二百五十千佛處處而現波羅奈國六十佛現迦毗羅婆國二十佛現摩伽陀國三十佛現鴦伽摩伽陀國二十佛現拘薩羅國五十佛現須羅吒國二十佛現摩訶羅吒國三十佛現乾陀羅國十佛而現阿槃提國二十六佛現般遮羅國二十五佛現蘇摩國十二佛現阿葉婆國十佛而現摩偷羅國十佛而現毗羅國十八佛現婆蹉國五十

六佛現耆耶國四十二佛現優禪尼國二十三佛現舒盧那槃多國二十五佛現舒盧那國三十八佛現摩尼藍婆國二十五佛現波梨弗國五十五佛現婆樓那跋提國四十八佛現提跋那國二十九佛現瞻波國二十五佛現悉都那國三十六佛現西地國七十佛現富樓沙富羅國五十佛現烏萇國二十六佛現枳薩羅國二十二佛現金性國二十九佛現摩兜羅國四十佛現涑利迦國二十八佛現般遮囊伽國五十八佛現波斯國二十佛現㓒勦國四十佛現尸利沙國三十二佛現婆佉羅國五十八佛現罽賓國五十五佛現優羅耆國二十五佛現佉羅婆羅國十二佛現阿踈拘迦國二十三佛現陀羅陀國十五佛現波盧那國二十佛現弗離沙國十五佛現伽沙國二十八佛現遮拘迦國二十佛現莸提國四十五佛現沙勒國九十八佛現于闐國百八十佛現龜茲國九十九佛現婆樓迦國二十四佛現奚周迦國十八佛現億尼國八十佛現鄯善國二十九佛現緊那羅國八十佛現震旦國二百五十五佛現羅羅國二十四佛現吴地國五十佛現新陀跋持國二十五佛現佛言諸仁者如是等佛於此四天下國土城邑村落山林處處而現我今神力之所加故還有如是等數塔寺於彼彼處我諸聲聞現在未來三業相應及與三種菩提相應有學無學具足持戒多聞善行度諸衆生於三有海及諸施主爲我聲聞而造塔寺亦復供給一切所須及彼眷屬付囑汝等勿令惡王非法惱亂又復勿令他方怨敵

盜賊水火人非人等之所恐怖亦勿令彼饑渴乏少以之少故於三善業不得相應退捨禁戒善明損減爾時復有諸梵天王諸釋天王諸龍王諸夜叉王諸阿修羅王諸鳩槃茶王皆與眷屬合掌向佛而作是言大德婆潔婆已有一切如來塔寺及阿蘭若處現在世尊聲聞弟子所有住處及未來世刹利婆羅門毗舍首陀若在家人若出家人爲於世尊聲聞弟子造塔寺處隨有世尊聲聞弟子三業相應及與三種菩提相應有學無學住於持戒多聞善行我等悉共守護於彼令離一切諸難怖畏諸有世尊聲聞弟子所立塔寺及阿蘭若處如有給施飲食衣服卧具湯藥一切所須如是施主我等亦當護持養育若復世尊聲聞弟子乏少晝夜所須衆具貧苦之者我爲彼等作大施主受其寄付護持養育除諸怖畏佛時讚言善哉善哉諸賢首汝等一切於四天下應當如是如今汝等受我教勑如說修行我以汝等及諸眷屬付囑彌勒爾時世尊欲重明此義而說偈言

天王皆悉起　敬禮瞿曇仙　問諸塔寺數
諸佛所依處　於此四天下　復有幾塔寺
聲聞所依者　我等共護持　兩足尊微笑
於此四天下　化作諸佛現　無量百千數
四方神力加　故現諸化佛　示佛諸聲聞
所立諸塔寺　爲住三乘道　是故而建立
樂三業相應　如是聲聞住　以諸聲聞寺
付囑於汝等　供給彼施主　亦當護養育
不令相違惱　勿使他得便　莫令有乏少
退捨於禁戒　天王及眷屬　稟受佛教勑

我等悉護彼　導師所建立　我等及眷屬
勤護諸塔寺　已作當作者　一切勤護持
知足諸比丘　住於無積聚　離欲慈悲心
我等當守護

法滅盡品第二十

爾時月藏菩薩摩訶薩復從座起整理衣服偏袒右肩合掌向於十方一切諸來菩薩摩訶薩衆口眼微笑顧視月燈菩薩摩訶薩而說偈言

觀此希有慈悲士　釋迦大仙尊導師
令以此法甘露味　付囑夜叉令護持
普告一切作是言　我之正法汝當護
一切聲聞器非器　當視如子護養育
爲我剃頭著袈裟　勿令於後有惱害
休息諸惡儉病疫　亦息非時風熱雨
如是三種精氣增　正法久住於世間
衆生不墮諸惡道　速能趣向大涅槃
我從昔來未見聞　慈悲希有餘土無
除佛更無餘衆生　能令正法久熾然
諸佛慈悲慧無量　廣持正法令久住
導師滅後佛正法　熾然久住事希有
此土不善煩惱山　堅固希有最難壞
轉正梵輪法眼住　悉令住善到涅槃
此土極惡人與魔　夜叉修羅鳩槃荼
彼等究竟滅煩惱　護持世尊眞妙法
以是因緣得最勝　能盡所作諸惡業
彼勤供養於三寶　是故速能趣涅槃
斷除煩惱牟尼尊　世間自在大導師
憐愍一切衆生故　告令護持佛正法

爾時月燈菩薩摩訶薩聞月藏菩薩說是偈

已復說偈言

我欲問佛無邊慧　法眼幾時住於世
如此佛月滅度後　煩惱癡諍闇世間
云何賢聖復得集　當作何人方便護
云何示世安隱道　能度三趣億衆生

爾時一切諸來大衆向諸菩薩摩訶薩讃言善哉善哉爾時月燈菩薩摩訶薩從座而起偏袒右肩整理衣服右膝著地合掌向佛頭面作禮以偈問曰

我今問佛無邊慧　以我今有諸疑網
以何因緣法眼滅　云何法燈久熾然
誰能破壞此法鼓　誰能枯涸正法河
云何法眼得久住　我當於彼助護持
為以尸羅精進力　為以羼提禪般若
為以何力法久住　唯願速說何方便
云何法水得久流　有多億數助佛者
我等精勤堅固行　為令法海不速竭
大地精味常增長　及以衆生法精味
枯涸衆生煩惱海　衆生更不趣惡道

爾時佛伸金色右臂而說偈言

汝等共諦聽　一切有為法　無常火所燒
無有少常者　譬如諸戲人　作諸種種戲
如是等衆生　皆為煩惱轉　猶如幻芭蕉
亦如水中月　三界有為法　一切皆如是
諸法我自覺　道成如先佛　我今大衆會
天人作證明　正法付天神　護持衆苦盡
成於三界尊　能令法熾盛　顯現八正路
邪意惡覺滅　沙門刹利王　激動相瞋惱
我今當不久　涅槃滅無餘　大智諸聲聞
亦隨我涅槃　餘方諸佛國　一切諸菩薩

具大神通者　復還向他方　福德諸國王
大臣長者滅　限滿百年後　佛法漸隱沒
薄福衆生等　於我法出家　不樂於三乘
亦不畏後世　活命故出家　多詐無羞恥
貪求諸名利　處處諂嫉妬　遠離於禪誦
復捨諸善法　晝則樂言訟　夜則多睡眠
樂讀外雜典　捨離佛所說　復與女人通
嚴飾身衣服　爲求名利故　但營世俗業
常爲他作使　通致諸信命　往返俗人家
販賣以自活　樂作諸田業　又復喜鬬諍
見諸善比丘　梵行多聞者　嫉妬復瞋罵
不容彼坐卧　而作麤獷語　誹謗及毀呰
於諸俗人邊　稱揚不善事　言此詐比丘
是賊最惡人　若有供養者　多得惡名聞
於彼不獲福　亦莫信彼說　諸寺惡比丘
道說梵行者　種種不善事　是以剎利瞋
彼諸惡比丘　雜以外文頌　稱讚彼剎利
能令剎利喜　毗舍婆羅門　利喜亦如是
以是得供養　持戒被欺凌　剎利婆羅門
嫌恨持戒者　嫌恨持戒故　致使諸天瞋
棄捨彼國土　剎利輔相臣　向於寶國土
在彼而安住　輕賤持戒故　菩薩亦捨離
諸天捨離後　其國大可畏　惡龍惡夜叉
羅剎鳩槃荼　入國奪精氣　及食其肉血
惡王婆羅門　毗舍首陀等　共護國城邑
及以諸村落　宮舍國園林　惡鬼遍充滿
常奪彼精氣　觸惱諸剎利　婆羅毗舍陀
男女等皆瞋　復令心變惡　互共相鬬諍
彼等鬬諍故　布薩行檀絕　其國水枯涸
非時風雨起　饑饉極儉短　之少資生具

果苗不成熟 地味衆生味 法味及精氣
一切皆損減 興動諸兵仗 互共相刼奪
如是慳貪國 惡比丘往返 復以佛僧物
飲食諸果樂 持用與俗人 因此得供養
奴婢及田宅 與彼令攝受 不善比丘等
以之爲尊長 少智詐多聞 不喜禪戒者
禪戒者去後 爲財共鬭諍 刹利聞生瞋
打害惡比丘 還俗捨法服 繫閉於牢獄
以是諸天瞋 迭共相告語 如是國土中
旃陀羅王治 朋黨惡比丘 毀破袈裟服
自壞已國土 不久當敗亡 墮在阿鼻獄
受苦極長遠 於是賢刼中 無脫地獄時
是旃陀羅王 衆聖所猒賤 聽讀檀尼法
諂曲虛詐現 是王多詐僞 速滅已國土
苗稼不成熟 亢旱及水潦 螽鼠惡象暴
自他國兵起 曜入非常宿 大地普震動
白虹妖星墮 時氣多病疫 焚燒諸聚落
速壞國城邑 剃頭著袈裟 諸佛所加護
一人出家者 天人所供養 唯除諸如來
無有自在者 彼旃陀羅王 謫罰惡比丘
毀壞三世佛 二種淨法身 煩惱瘡深重
難得值諸佛 諸天皆捨離 彼旃陀羅王
如是國土壞 法眼當散滅 諸天捨離故
如是國土壞 三種精氣滅 毀滅天宮殿
白法善朋少 黒法惡黨增 於彼濁惡世
無有明智人 所住阿蘭若 樂法安隱住
彼持戒正法 能令多衆信 鬼神敬信故
遮障諸怖畏 增長三精氣 熾然我正法
彼以禪定樂 充滿天宮殿 是故以我法
付諸鬼神王 遮障惡刹利 莫惱我聲聞

國王於持戒　親近常供養　破戒不親供
捨離各隨住　國王不惱彼　持戒及毀禁
剎利淨持戒　彼此皆信敬　毗舍婆羅門
不惱諸天神　正法得久住　白法常增長
汝等於此土　隨意而安住　汝等若發心
此土常安住　乃至我法盡　莫向諸餘國
以檀尸羅法　令多衆歸信　智者能成熟
彼非是希有　於彼惡世時　熾然我正法
遮障惡剎利　此事爲希有　慈心常相應
莫打我聲聞　彼二說正法　能救地獄苦
比丘不護戒　國王莫謫罰　汝諸剎利王
莫共沙門鬬　俗人作諸惡　速趣於地獄
軟語向彼二　遮除諸惡業　莫以麤獷語
亦莫打治罰　以是國不壞　增長三精氣
正法得久住　佛法久熾然　多有說法者
能閉三惡趣　休息世間惡　增益諸天衆
涅槃門得開　無漏者則入　菩薩得增長
猶如明分月　能以於六度　充滿諸佛法
是故諸智者　所來諸菩薩　當住於此土
熾然我正法　盲冥失道者　當與正法眼
衆生以六度　成熟於菩提　汝等則成供
三世諸如來　速證菩提果　淨國作導師
大衆皆默然　唯有賢劫衆　彌勒爲上首
一切皆悉起　合掌而白佛　咸作如是言
我不諂餘方　護持佛正法　盡我精進力
成熟大菩提　隨於彼時中　應機而說法
欲有留難時　我等不能遮　法欲滅盡時
我亦不能遮

爾時世尊告彼自智童眞菩薩摩訶薩而說偈言

觀此諸菩薩 勇猛執智炬 無量阿僧祇
他方佛土來 種種善根寶 歸依諸佛海
慈悲方便力 於佛法不動 於此無有一
能持我法者 賢劫諸菩薩 堪能持我法
於我滅度後 佛法欲滅時 所有出家者
而無有慚恥 遠離功德智 懈怠不精進
捨道學世業 不樂持禁戒 愚癡與俗交
多言復無羞 貪取佛僧物 染著五欲樂
如是比丘等 資生與俗同 疑惑多貪財
邪婬怒嫉妬 見住蘭若者 說其諸過惡
不樂讀誦經 嗜睡多喜鬬 如是等沙門
猒賤禪蘭若 堅著於惡事 自高輕懱他
沙門及俗人 慳貪不捨施 噉食佛僧物
多遭種種病 無有慈愍心 少力惡喜鬬
以是天不雨 潤澤悉枯涸 饑饉遍世間
果實無滋味 乏少於飲食 瞋諍相侵奪
造十不善業 少福無供養 法味不純厚
行法心亦薄 迭共作麤想 殺害無慈愍
不孝於父母 亦不供尊長 多修世俗行
疑惑復嫉妬 貪染於邪法 非法無猒足
貪求無猒故 是以久流轉 如是諸國王
及以輔相臣 沙門婆羅門 毗舍首陀羅
樂鬬憎持戒 互共相謗毀 南方邊夷國
王名波羅帝 百千諸軍衆 士將共圍遶
西方邊夷國 有王名百祀 亦將百千軍
前後共圍遶 北方邊夷國 名善意釋迦
士將諸營從 圍遶亦百千 東方睒彌國
王名爲大軍 眷屬百千衆 圍遶而侍衛
大軍王有子 名之爲難看 生時身著鎧
把刀血塗身 大力身堅固 而從母胎生

是時長者等　大臣五百人　同時俱生子
身亦著鎧甲　執刀血塗身　皆從母胎生
是日於其國　天龍降血雨　五百長者子
難看同處養　難看年七歲　父王授其位
邊夷三惡王　又至比天竺　破國殺害人
怨讎妬女色　積財以火燒　瞋怒向中國
邊夷王等來　毀破佛塔寺　殺害諸衆僧
刼奪佛僧物　病瘦諸比丘　不能走逃避
少壯强力者　散走於諸方　諸餘比丘等
少年初出家　未善學戒者　威儀法不具
處處走逃避　隨至被欺凌　毀辱而打罵
恒受諸苦惱　彼三邊夷王　及與諸軍衆
漸詣拘睒彌　十二年中鬪　三王及眷屬
難看王殺盡　統領閻浮提　而作一蓋王
於後大悔恨　我獲無量罪　頗有明比丘
當與我懺悔　說言有三藏　父名爲火施
種性常清淨　是大婆羅門　子名失師迦
高才智勇博　釋子中大名　今住波梨國
時王即遣使　請彼三藏來　爲王演正法
令王生敬信　我於十二年　戰鬪大作罪
三王及眷屬　軍衆我殺盡　我亦十二年
具設般遮會　普告閻浮提　釋子皆來集
所有諸比丘　住在閻浮提　願各悉來此
受我等供養　比丘等悉集　睒彌般遮會
在路有餓死　或病在道傍　中有遭水毒
或值賊虎傷　或復墜山嶋　比丘死無數
餘殘到睒彌　威儀法則壞　百千皆來集
設大般遮會　初起般遮日　大雲皆悉起
普遍閻浮提　降澍於大雨　時王甚歡喜
此是衆僧力　比丘既集已　互共相借問

頗見我和尚　及問阿闍梨　知識諸等侶
同學何處去　我今得來此　彼或道路亡
高聲大悲哭　相戀而號啼　失師三藏起
少時靜默住　比丘大號哭　惆悵不自抑
圭見彼號哭　曉喻亦不止　時王自思惟
此有羅漢不　天神夜告王　還於彼棃弗
善財長者子　名曰涑羅多　是大阿羅漢
恒在香山中　三明解脫具　而來安住此
今於此大月　十五日布薩　由此布薩故
百千衆集會　中有一三藏　復有阿羅漢
于時諸天衆　皆來聽布薩　今是最後集
當作無上護　法幢當摧折　法炬當散滅
法山欲崩頽　法海當枯涸　八種功德水
最後當亦竭　比丘衆聲亂　三藏于時起
高聲言寂靜　諦聽戒律儀　所有諸釋子
一切皆來集　我於此衆中　多聞到彼岸
學戒猶不淨　何況於餘人　若有一比丘
能持此禁戒　威儀無缺者　今當爲布薩
若於毗尼戒　威儀無缺犯　於此大衆前
有者今當現　爲學戒律者　今當作布薩
羅漢涑羅多　即起師子吼　依如經中說
我學戒清淨　決定無有疑　布薩我當聽
如佛之所說　禁戒我善學　三藏有弟子
名曰鴦伽多　憏惡即瞋罵　咄彼涑羅多
經中未見汝　是學戒律者　大德如是說
云何故違反　鴦伽瞋極盛　兩手執大棒
打殺阿羅漢　淨戒可敬者　諸善比丘等
大哭而號啼　各各相瞋怒　毀破身衣服
時有大夜叉　名目佉檀提　於佛深生信
敬重佛正法　即以金剛杵　殺害彼鴦伽

由殺阿羅漢　無著涑羅多　復有惡比丘
名曰鷄多羅　兩手亦執棒　復殺彼三藏
比丘皆悉起　各各共相殺　百千諸比丘
存活者無幾　是時須叟頃　大地普震動
於其虛空中　出大惡音聲　四方起大惡
火攢數百千　火憧大可畏　現住在虛空
彗星及妖星　四方而流墮　千億諸天神
皆作如是言　釋迦所集法　今日當隱沒
色界諸天子　一切欲界天　正法隱沒已
大聲悲號哭　見佛諸夜叉　墮地而宛轉
從今於世間　更無有佛法　律儀木叉戒
一切悉空無　闇冥遍世間　無救無歸趣
諸人等不久　無異於獐鹿　法幢當摧折
法鼓聲亦絶　甘露門閉塞　法師亦喪亡
法炬當散滅　法輪更不轉　正法橋破壞
法足不復行　法水止不流　法河永枯涸
法山欲崩頹　法海當復竭　住林阿蘭若
所有諸天子　于時大怖畏　悲號而自撲
有諸魔眷屬　邪見諸惡黨　歌舞皆歡喜
踊躍弄衣服　釋迦所說法　趣彼甘露者
隱沒是其宜　我法得熾盛　難看王既知
正法隱沒已　從初至後夜　出城往詣彼
見諸比丘屍　墮地即悶絶　良久乃得甦
而後更悲啼　見殺阿羅漢　三藏失師迦
無量比丘死　我亦不久活　收拾阿羅漢
別取三藏屍　及諸比丘喪　種種而闍維
餘殘在比丘　召喚集一處　餚饍衆美味
種種而供養　復捨千萬寶　一寶有在千
以此衆寶物　擬造五百寺　一一諸比丘
各施百千物　師等在此住　我等當養育

爲我說正法　我當至心聽　一切皆默然
無有說法者　其王三勸請　白諸比丘已
亦皆默然住　一切無說者　王白諸比丘
可不知法耶　語已袈裟白　染色不復現
從林皆墮落　宛轉在於地　咸皆稱佛告
佛法實隱沒　鬚髮爪皆長　諸法亦忘失
當時虛空中　大聲震於地　一切皆遍動
猶如水上輪　城壁碎落下　屋宇悉圮坼
樹林根枝葉　花葉果藥盡　唯除淨居天
欲界一切處　七味三精氣　損減無有餘
解脫諸善論　當時一切盡　所生花果味
希少亦不美　諸有井泉池　一切盡枯涸
土地悉鹹滷　剖裂成丘澗　諸山皆焦然
天龍不降雨　苗稼皆枯死　甘蔗劫貝藥
生者皆死盡　餘草更不生　雨土皆昏闇
日月不現明　四方皆亢旱　數現諸惡瑞
十善隱業道　貪瞋癡倍增　衆生於父母
視之如獐鹿　衆生及壽命　色力威樂減
遠離人天樂　皆悉墮惡道　如是不善業
惡王惡比丘　毀壞我正法　損減天人道
諸天善神王　悲愍衆生者　棄此濁惡國
皆悉向餘方　先佛不作者　我今爲衆生
棄捨身壽命　爲增三精氣　悲愍衆生故
捨壽第三分　令我法海滿　洗浴諸天人
過去諸如來　依壽而滅度　彼於七日後
正法皆隱沒　今我涅槃後　正法五百年
住在於世間　衆生煩惱盡　精進諸菩薩
得滿於六度　行者速能入　無漏安隱城
像法住於世　限滿一千年　剃頭著袈裟
持戒及毀禁　天人所供養　常令無所之

如是供養彼　則爲供養我　若有爲我法
歸依而剃頭　身著袈裟衣　說彼是我子
假使破禁戒　悉住不退地　若有撾打彼
則爲打我身　若有罵辱彼　則爲毀辱我
是人心欲滅　正法大明燈　故爲器非器
捨壽第三分　爲衆得安樂　饒益諸天人
我昔行苦行　爲諸衆生故　捨已自身樂
令法久熾然　我昔捨身命　爲諸病人故
亦爲貧衆生　令法久熾然　我昔爲菩提
捨財及妻子　寶象馬車乘　令法久熾然
我昔供諸佛　緣覺及聲聞　父母諸師長
令法久熾然　爲聞菩提故　無量阿僧祇
備受種種苦　令法久熾然　我修戒律儀
長夜常勤行　十方佛爲證　令法久熾然
我昔常忍辱　忍諸惡衆生　爲衆除煩惱
令法久熾然　我昔勤精進　堅固常伏他
度脫諸衆生　令法久熾然　我修禪解脫
無色三摩提　恒沙不可數　令法久熾然
我昔爲般若　住在於閑林　演說無量論
令法久熾然　我昔常憐愍　捨已身血肉
及捨身支節　爲僧長法眼　我愍惡衆生
以慈而成熟　安置於三乘　增長正法施
我昔智方便　度脫諸惡見　安置於正慧
法雨令不絕　我昔以四攝　救度諸衆生
滅惡煩惱火　令四衆久住　我昔除外道
諸惡邪見網　安置於正路　四衆得供養
我爲彼捨命　慈愍度衆生　不令世間闇
而有所歸趣　如是於後時　欲令法不壞
是故囑法眼　饒益諸衆生　於我滅度後
菩薩向餘方　爲欲不滅壞　一切賢聖法

故我今說呪　令法久熾然　金剛密無缺
解脫味所依　所有十方佛　當與我說欲
在此所來者　大衆亦與欲
爾時世尊爲令正法得久住故說大陀羅尼
呪
哆地夜他　阿婆牟寄　婆牟寄　質闍牟
寄　佉囉牟寄　遮羅摩兮　阿兮　阿兮
達囉婆帝　摩呵地唎滯　悉躭婆羅兮
闍迦利　磨什婆隸　達囉牟駛　能伽
咩　什婆隸　什婆囉　摩涅婆波　蘇婆
訶
爾時世尊說此金剛堅固深密解脫味體陀羅尼句時遍此三千大千世界六種震動天降花雨一切樂器不鼓自鳴諸來大衆遍滿大地皆悉悲泣流淚讚歎而作是言釋迦牟尼如來應正遍知甚爲奇特未曾有法大悲具足隨彼衆生爲成熟故安置顯現未來法故捨第三分壽說是語時在會衆生依煩惱身者心得敬信盡虛空量諸衆生等未發無上菩提心者皆悉發心九十二那由他衆生得柔順忍八那由他衆生得首楞嚴三昧聖燈三昧十萬諸夜叉見四眞諦二千菩薩得共行測量毗尼三昧六十四百千阿修羅得殊勝行那羅延三昧八那由他百千諸天得清淨行三昧三十那由他百千鳩槃茶得勝幢上燈三昧二十那由他百千諸龍得不斯陵力行三昧二萬比丘盡諸有漏心得解脫
爾時智炬童眞菩薩摩訶薩白文殊師利菩薩摩訶薩言了知清淨土觀此釋迦牟尼如來以大名稱充滿十方諸佛國土云何充滿

謂釋迦牟尼佛從初發心求阿耨多羅三藐三菩提已來於一切衆生平等安置以福田心種種勤修而行布施於一切菩薩道修最勝行成熟一切諸衆生故發最勝願捨清淨國至此五濁衆苦世界於阿耨多羅三藐三菩提而成正覺以大慈悲因緣力故爲無間業誹謗正法毀呰賢聖一切不善惡業纏縛十方一切清淨佛土所棄衆生爲諸煩惱之所縛者成熟如是諸衆生故於此娑婆世界求阿耨多羅三藐三菩提於一切菩薩道修最勝行是人今於五濁世界於阿耨多羅三藐三菩提而成正覺此無間業諸衆生等種種罵辱誹謗如來輕賤毀呰勤加逼惱彼等以嫉妬因緣故種種方便心欲殺害復以種種兵仗刀箭矟鉾鉞斧崩大石山毒藥水火復放狂象師子虎豹惡牛惡狗勤加害佛爾時如來猶於彼等諸衆生所以大慈悲哀憐覆護踰於父母視其一子於諸苦海方便拔濟是以今佛釋迦如來於十方佛土名稱普聞今復爲此諸衆生故以一切法付囑天龍諸鬼神等爲令法眼久住熾然復爲衆生捨第三分壽亦爲法眼久住熾然一切聲聞器以非器及諸剃頭著袈裟者爲護持故不惱害故增長三精氣故以是釋迦如來於此十方一切佛土一切如來一切菩薩摩訶薩一切大智諸天人所極得名稱充滿十方是故一切諸來菩薩摩訶薩等各各相與隨力所堪皆設第一最上供具供養如來尊重恭敬爾時一切諸來大衆菩薩摩訶薩等從座而起口眼微笑彼諸菩薩於此娑婆世界徧雨

種種寶供養具供養世尊有雨碎金有雨碎銀有雨碎毗瑠璃有雨碎玻瓈有雨赤真珠有雨碎碼碯有雨碎硨磲有雨龍虵所愛重者碎栴檀香有雨牛頭栴檀香有雨多摩羅跋香有雨黑堅沉水香有雨種種衆妙寶花有雨七寶蓋七寶幢七寶旛金縷真珠瓔珞環釧有持劫波如意寶樹有持寶衣樹有持寶花樹有持寶器樹有持寶香樹供養世尊復有菩薩於娑婆土所有樹林花葉果實一切草木變成七寶而供養佛復有菩薩於娑婆土一切所有山石塼瓦變成七寶而供養佛復有菩薩於娑婆土一切所有大地界分變爲微妙諸天寶香而供養佛一切衆生依地住者彼等七日七夜身心快樂猶若諸天復有菩薩於娑婆土一切所有大水界分變爲諸天第一微妙甘露美味香潔醇具水界衆生七日七夜身心快樂猶若諸天復有菩薩以一切風變爲微妙清淨香風而供養佛於三惡道所有衆生一切無餘香風觸故七日七夜身心快樂猶若諸天爾時上至阿迦膩吒天下至四天王身天及諸天女一切無餘而以種種微妙音聲讚歎世尊復以種種歌舞音樂而供養佛一切夜叉一切羅剎一切鳩槃茶一切乾闥婆一切阿修羅一切緊那羅餓鬼毗舍遮富單那迦吒富單那人非人等彼等一切隨力所堪作種種讚歎乃至種種供養世尊爾時世尊告上首彌勒及賢劫中一切菩薩摩訶薩言諸善男子我昔行菩薩道時曾於過去諸佛如來作是供養以此善根與我作於三菩提因我今憐愍諸衆

生故以此報果分作三分留一分自受第二分者於我滅後與禪解脱三昧堅固相應聲聞令無所乏第三分者與彼破戒讀誦經典相應聲聞正法像法剃頭著袈裟者令無所乏彌勒我今復以三業相應諸聲聞衆比丘比丘尼優婆塞優婆夷寄付汝手勿令乏少孤獨而終及以正法像法毀破禁戒著袈裟者寄付汝手勿令彼等於諸資具乏少而終亦勿令有旃陀羅王共相惱害身心受苦我今復以彼諸施主寄付汝手我今所有器以非器爲我出家而供養者汝等亦當護持養育彌勒若於現在及未來世讀誦受持此法門者彼等當得十種清淨功德何等爲十身清淨故離殺生離偷盜離邪行口清淨故不妄語不惡口不兩舌不綺語心清淨故離貪欲離瞋恚離邪見是爲十從是已後百千萬生常得如是十種清淨功德若有至心聽此法門者是人住如實際得於八種清淨功德何等爲八一者長壽二者端正三者富貴四者名稱五者常爲諸天守護六者所須常無所乏七者盡諸業障八者命欲終時有十方佛及諸大衆放大光明照其眼目令其人見得生善處於百千萬生常得如是八種功德我今更復略説是人當得十三種清淨功德何謂十三一者生死流轉終不更起顛倒惡見二者不生五濁無佛國土三者常得見佛四者常聞正法五者常得供養衆僧六者值善知識七者常與六波羅蜜相應八者不墮小乘九者常以大慈大悲大方便力成熟衆生十者常發勝願十一者乃至菩提而常不

離如上等法十二者速能滿足六波羅蜜十三者於阿耨多羅三藐三菩提而成正覺若有受持書寫讀誦為他解說如說修行此月藏法門者所得功德如前所說作是語時月藏菩薩摩訶薩尊者阿若憍陳如及於一切諸來大衆天人阿修羅乾闥婆等一切衆生聞佛所說皆悉歡喜頂戴奉行

大方等大集月藏經卷第十

音釋

亢宿亢居郎切　觜宿觜即移切　罽居刈切　咽於肩切　褰去乾切　蓰踈士切　羼提梵語也此云安忍亦云忍辱羼初限切　鹹滷鹹胡岩切滷郎古切鹹滷磽薄之地也　撾打撾陟瓜切簻也打音頂擊也　穳鉾穳子喚切矟矛也鉾莫侯切鉤兵也　綜音星

大乘大集地藏十輪經
唐三藏法師玄奘奉 詔譯

清刻龍藏佛說法變相圖

大乘大集地藏十輪經序

昔者旭照高山天宮御一乘之駕流暉原隰鹿苑轉四諦之輪雖復發軫分達而塗無亂轍一雲普洽而卉木各茂自鶴林變色慧日寢光達學雷謝以息肩真人長往而寂滅且前賢述聖難令各解後進孤陋更異親承況乎正法既往久當像末定慧與福德異時醇化與澆風殊運然則一乘三乘之駕安可以同其轍哉若識時來在數藥性勿違然後可以清沉痼之宿疾體權實之同歸矣十輪經者則此土末法之教也何以明之佛以末法惡時去聖浸遠敗根比之坏器空見借喻生盲沉醉五欲類石田之不苗放肆十惡似臭身之垢穢故此經能濯臭身開盲目陶坏器沃石田是以菩薩示聲聞之形象王敬出家

之服以此幢相化彼無慚顯二事之護持成三乘之道果故經曰爲令此土三寶種性威德熾盛久住世故又曰摧滅一切諸衆生類猶如金剛堅固煩惱然則三寶久住顯教傳於末法金剛煩惱驗障異乎一乘尋舊經之來年代蓋久但譜第遺目傳人失記翻譯之主既往來茲之日罕聞同我者失媿於眞彩異我者大笑於淡味謬以千里能勿悲乎夫極曜文天或蔽虧於薄霧至言範物時淪滯於邪辯鍼石一違有死生之巨痛纖毫錯學有昇墜之異塗其可易乎屬有三藏玄奘法師者始則學架東朝末乃訪道西域輕一生之性命涉數萬之艱難果能竭溟渤以索亡珠蹈龍宮而窮祕藏吞法流於智海瓶瀉無遺受道氣於檀林香風更馥至於因明三量聲論八音莫不究立破之源窮字轉之本如來所說菩薩所傳已來未來一朝備集昉以薄業不偶眞應幸達聖制亂於未兆後賢傳燈於既夕遂使定死餘命冀反魂於法藥昏野迷方期還轅於覺道於是染翰操紙杜絶外慮務詳至教釋彼紛執疇咨法主重詧梵文粤以永徽二年歲次辛亥正月乙未盡其年十二月甲寅翻譯始畢凡八品十卷以今所翻比諸舊本舊本已有今更詳明舊本所無斯文具載於是處座抗談者響法雷而吐辯靜慮通微者鏡玄波而照心頂火暴腹之徒戢瑩暉於慧日喜足謙懷之侶騰高節於清風矣前佛既往後佛未興庶此教長懸永濟來者弘道之士如何勿思

大乘大集地藏十輪經卷第一

唐三藏法師玄奘奉 詔譯

序品第一

如是我聞一時薄伽梵在佉羅帝耶山諸牟尼仙所依住處與大苾芻衆俱謂過數量大聲聞僧復有菩薩摩訶薩衆謂過數量大菩薩僧說月藏已爾時南方大香雲來雨大香雨大花雲來雨大花雨大妙殊麗寶飾雲來雨大殊麗妙寶飾雨大妙鮮潔衣服雲來雨大鮮潔妙衣服雨是諸雲雨充徧其山諸牟尼仙所依住處從諸香花寶飾衣服演出種種百千微妙大法音聲謂歸敬三寶聲受持學處聲忍辱柔和聲精進勇猛聲降伏四魔聲趣入智慧聲廣大名稱徧滿三界聲勸修殊勝念定總持聲空無相無願聲猒離貪欲聲色如聚沫聲受如浮泡聲想如陽焰聲行如芭蕉聲識如幻事聲無常聲苦聲無我聲空聲慚愧聲遠離聲護念聲慈悲喜捨聲證得諸法聲生天涅槃聲趣向三乘聲轉大法輪聲雨大法雨聲成熟有情聲度三惡趣聲修治圓滿六到彼岸聲善巧方便聲趣入十地聲遊戲神通聲遊戲清淨無上大乘聲不退轉地聲無生法忍聲灌頂受位聲趣入一切諸佛大海聲爾時一切諸來大衆咸見如是種種雲雨亦聞如是諸法音聲隨意所樂各見其身種種香花寶飾衣服之所莊嚴又各自見兩手掌中持如意珠從是一一如意珠中雨種種寶復從一一如意珠中放諸光明因光明故一一有情皆見十方殑伽沙等諸佛世界又因光明見諸佛土一一世尊無

量衆會恭敬圍遶復因光明見諸佛土一切有情若有病者因此光明之所照觸衆病除愈諸應被殺及囚繫者光明照故皆得解脱諸身諸意麤重穢濁因光皆得輕輭清淨諸飢渴者亦皆飽滿諸被種種刑罸逼切光明照故皆離憂苦諸少衣服寶飾珍財光明照故隨念皆足若諸有情樂欲殺生乃至或有樂欲邪見由此光明之所照觸皆悉樂欲遠離殺生乃至樂欲遠離邪見若諸有情爲於種種求不得苦之所逼切光明照故隨願皆得又因光明見諸佛土一切有情所受衆苦無不休息皆悉歡娛受諸妙樂又見如是諸佛土中由此光明之所照觸遠離一切昏雲塵霧烈風暴雨不善音聲及諸臭穢苦辛惡味惡觸恐怖遠離一切邪業邪語邪意邪歸不寒不熱安靜坦然地平如掌諸妙樂具充滿其中爾時衆會其身欻然地界增强堅重難舉既覩斯瑞咸悉驚疑何因何緣而現此相於衆會中有天帝釋名無垢生去薄伽梵不遠而坐即從座起頂禮世尊合掌向佛以頌問曰

具諦語諦見　諦善住牟尼　普爲衆弘宣
諦究竟堅法　令諸有情類　滅苦及苦因
何緣於此中　現諸雲雨等　令舉衆歡悦
咸生淨信心　皆發趣大乘　度疑生實見
天人大衆身　地界增堅重　不能自勝舉
此相有何緣　兩手皆珠現　雨衆寶放光
照十方除罪　息苦獲安樂　導師復何因
令舉衆皆見　種種香鬘等　各各自嚴身
天人普猶豫　不測何因緣　有誰將欲來

現此神通力　爲是佛菩薩　爲梵魔釋天
唯願大導師　速爲衆宣説
爾時世尊告無垢生天帝釋曰汝等當知有菩薩摩訶薩名曰地藏已於無量無數大劫五濁惡時無佛世界成熟有情今與八十百千那庾多頻䟦羅菩薩俱爲欲來此禮敬親近供養我故觀大集會生隨喜故并諸眷屬作聲聞像將來至此以神通力現是變化是地藏菩薩摩訶薩有無量無數不可思議殊勝功德之所莊嚴一切世間聲聞獨覺所不能測此大菩薩是諸微妙功德伏藏是諸解脫珍寶出處是諸菩薩明淨眼目是趣涅槃商人導首如如意珠雨衆財寶隨所希求皆令滿足譬諸商人所採寶渚是能生長善根良田是能盛貯解脫樂器是出妙寶功德賢瓶照行善者猶如朗日照失道者猶如明炬除煩惱熱如月清涼如無足者所得車乘如遠涉者所備資糧如迷方者所逢示導如狂亂者所服妙藥如疾病者所遇良醫如羸老者所凭机杖如疲倦者所止牀座渡四流者爲作橋梁趣彼岸者爲作船筏是三善根殊勝果報是三善本所引等流常行惠施如輪恒轉持戒堅固如妙高山精進難壞如金剛寶安忍不動猶如大地靜慮深密猶如祕藏等至嚴麗如妙花鬘智慧深廣猶如大海無所染著譬太虛空妙果近因如衆花葉伏諸外道如師子王降諸天魔如大龍象斬煩惱賊猶如神劒猒諸諠雜如獨覺乘洗煩惱垢如清淨水能除臭穢如疾飄風斷衆結縛如利刀劒護諸怖畏如親如友防諸怨敵如塹

如城救諸危難猶如父母藏諸怯劣猶若叢林如夏遠行所投大樹與熱渴者作清冷水與飢乏者作諸甘果爲露形者作諸衣服爲熱乏者作大密雲爲貧匱者作如意寶爲恐懼者作所歸依爲諸稼穡作甘澤雨爲諸濁水作月愛珠令諸有情善根不壞現妙境界令衆欣悦勸發有情增上慚愧求福慧者令具莊嚴能除煩惱如吐下藥能攝亂心如等持境辯才無滯如水激輪攝事繫心如觀妙色安忍堅住如妙高山總持深廣猶如大海神足無礙譬若虚空滅除一切惑障習氣猶如烈日銷釋輕冰常遊靜慮無色正道一切智智妙寶洲渚能無功用轉大法輪善男子是地藏菩薩摩訶薩具如是等無量無數不可思議殊勝功德與諸眷屬欲來至此先現如是神通之相世尊説是地藏菩薩諸功德已爾時地藏菩薩摩訶薩與八十百千那庾多頻跋羅菩薩以神通力現聲聞像從南方來至佛前住與諸眷屬恭敬頂禮世尊雙足右遶三帀在如來前合掌而立以頌讚曰

兩足尊導師　慈心常普覆　安忍如大地
徧除瞋忿心　具殊勝相好　莊嚴諸佛國
能以諦慈悲　充滿一切土　永絶諸愛網
如實善安住　捨諸清淨國　度滌濁衆生
本願攝穢土　成熟惡衆生　起堅固正勤
久修諸苦行　久修諸苦行　聞生悚懼心
修諸施戒忍　及精進定慧　曾供事無量
佛菩薩聲聞　及濟諸有情　飢渴病死等
本爲他有情　自捨多身命　本爲正法故
捨多骨血皮　棄捨自安樂　悲愍諸有情

尊爲諸有情 勤修斷惑網 善護於六根
恒遠離諸欲 觀有爲無常 苦空無我性
諸苦業增長 皆貪愛爲因 故先於六根
永斷諸貪欲 普於有情界 常安住大悲
雖得勝菩提 而不捨本願 隨見諸有情
逼切在衆苦 隨起勤精進 勇猛而濟拔
令勤修施戒 忍進定般若 如母於一子
慈心而養育 本於有情類 常住普慈心
故速證菩提 度脫無量衆 本修菩提行
無不爲衆生 故今於有情 不捨於六度
昔常於末世 求無上菩提 今還末世中
速成無上覺 調伏諸惡見 天龍人藥叉
安住能斷惑 如金剛聖道 授無量有情
得勝菩提記 成應供導首 最上良福田
世尊無等侶 普覆諸群生 無量大名聞
充滿十方界 是故諸菩薩 爲成就己事
咸共來歸依 大牟尼足下 聞所說妙法
皆生歡喜心 起增上正勤 修習菩提行
由導師法力 皆速證菩提 故今者導師
大集未曾有 十三兆藥叉 恒噉諸血肉
皆捨諸惡業 速趣大菩提 有得勝總持
安忍及靜慮 有永盡諸漏 應供世間尊
有修四無量 有住四攝法 有得四辯才
有安住順忍 有得健行定 有得妙慧眼
有住無生忍 皆由導師力 世尊大威力
摧滅衆魔怨 降伏諸外道 九十五異類
盡地獄旁生 餓鬼非天趣 故貞實有情
咸歸尊足下 今者息刀兵 疫病饑饉劫
度迷失正道 盲冥諸有情 諸煩惱狂亂
皆安寂滅道 故我捨諸緣 來禮敬尊足

無邊諸佛土　現在諸導師　咸廣讚世尊
聞者皆來此　我聞徧知海　真實德無邊
度脱諸有情　心歡喜敬禮　曾修無量福
今得禮尊足　願無量刧中　常修多供養
我今學世尊　發如是誓願　當於此穢土
得無上菩提

爾時地藏菩薩摩訶薩以妙伽他禮讚佛已與諸眷屬復持無量天妙香花種種寶飾而散佛上變成寶蓋住虚空中爲聽法故即於佛前儼然而坐爾時一切諸來大衆既見地藏菩薩摩訶薩已皆獲希竒得未曾有各持種種上妙香花寶飾衣服幢旛蓋等奉散地藏菩薩摩訶薩而爲供養皆作是言我等今者快得善利因佛神力親得瞻仰禮敬供養如是大士爾時衆中有菩薩摩訶薩名好疑問從座而起整理衣服偏袒一肩禮佛雙足右膝著地合掌向佛而白佛言世尊此善男子從何而來所居佛國去此遠近成就何等功德善根而蒙世尊種種稱歎復能讚佛不可思議功德法海我等昔來未曾聞見唯願爲説世尊告曰止善男子如是大士功德善根一切世間天人大衆皆不能測其量淺深若聞如來爲汝廣説如是大士功德善根一切世間天人大衆皆生迷悶或不信受時好疑問復重請言唯願如來哀愍爲説佛言諦聽善思念之吾當爲汝畧説少分如是大士成就無量不可思議殊勝功德已能安住首楞伽摩勝三摩地善能悟入如來境界已得最勝無生法忍於諸佛法已得自在已能堪忍一切智位已能超度一切智海已能安住

師子奮迅幢三摩地善能登上一切智山巳能摧伏外道邪論爲欲成熟一切有情所在佛國悉皆止住如是大士隨所止住諸佛國土隨所安住諸三摩地發起無量殊勝功德成熟無量所化有情如是大士隨住如是諸佛國土若入能發智定由此定力令彼佛土一切有情皆悉同見諸三摩地所行境界隨住如是諸佛國土若入具足無邊智定由此定力令彼佛土一切有情隨其所應能以無量上妙供具恭敬供養諸佛世尊隨住如是諸佛國土若入具足清淨智定由此定力令彼佛土一切有情皆悉同見諸欲境界無量過患心得清淨隨住如是諸佛國土若入具足慚愧智定由此定力令彼佛土一切有情皆得具足增上慚愧離諸惡法心無忘失隨住如是諸佛國土若入具足諸乘明定由此定力令彼佛土一切有情皆得善巧天眼智通宿住智通死生智通了達此世他世因果隨住如是諸佛國土若入無憂神通明定由此定力令彼佛土一切有情皆離一切愁憂昬昧隨住如是諸佛國土若入具足勝通明定由此定力令彼佛土一切有情皆得具足神通善巧隨住如是諸佛國土若入普照諸世間定由此定力令十方界離諸昬暗令彼佛土一切有情普見十方諸佛國土隨住如是諸佛國土若入諸佛燈炬明定由此定力令彼佛土一切有情捨邪歸正歸依三寶隨住如是諸佛國土若入金剛光定由此定力令彼佛土所有一切小輪圍山大輪圍山蘇迷盧山及諸餘山谿澗溝壑瓦礫毒刺諸穢

草木皆悉不現令彼佛土所有一切衆邪蠱毒諸惡蟲獸灾横疫癘昏暗塵垢不淨臭穢悉皆銷滅令彼佛土地平如掌種種嘉祥自然涌現清淨殊勝衆相莊嚴隨住如是諸佛國土若入智力難摧伏定由此定力令彼佛土一切魔王及諸眷屬皆悉驚怖歸依三寶隨住如是諸佛國土若入電光明定由此定力令彼佛土一切有情皆悉遠離後世恐怖得法安慰隨住如是諸佛國土若入具足上妙味定由此定力令彼佛土一切有情隨念皆得飲食充足隨住如是諸佛國土若入具足勝精氣定由此定力令彼佛土一切有情無不皆得增上力勢離諸病苦隨住如是諸佛國土若入上妙諸資具定由此定力令彼佛土一切有情隨樂皆得牀座敷具衣服寶飾諸資身具無所乏少殊妙端嚴甚可愛樂隨住如是諸佛國土若入無諍智定由此定力令彼佛土一切有情身心勇健遠離一切怨憎繫縛和順歡娱愛樂具足施戒安忍勇猛精進心無散亂成就智慧隨住如是諸佛國土若入能引勝踊躍定由此定力令彼佛土一切有情皆受無量勝妙歡喜隨住如是諸佛國土若入具足世路光定由此定力令彼佛土一切有情得無礙智能修種種清淨事業隨住如是諸佛國土若入善住勝金剛定由此定力令彼佛土一切有情皆得諸根具足無缺常樂遠離其心寂靜隨住如是諸佛國土若入增上觀勝幢定由此定力令彼佛土一切有情皆深訶猒自惡業過咸善護持十善業道生天要路隨住如是諸佛國土

若入具足慈悲聲定由此定力令彼佛土一切有情皆悉發起慈心悲心無怨害心普平等心更相利益安樂之心隨住如是諸佛國土若入引集諸福德定由此定力令彼佛土一切有情離諸鬬諍疾疫饑饉非時風雨苦澀辛酸諸惡色觸悉皆消滅如是大士隨住如是諸佛國土若入海電光定由此定力令彼佛土一切大地衆寶合成一切過患皆悉遠離種種寶樹衣樹器樹諸瓔珞樹花樹果樹諸音樂樹無量樂具周徧莊嚴以要言之此善男子於一一日每晨朝時爲欲成熟諸有情故入殑伽河沙等諸定從定起已徧於十方諸佛國土成熟一切所化有情隨其所應利益安樂此善男子已於無量無數大劫五濁惡時無佛世界成熟有情復於當來過

於是數或有世界刀兵劫起害諸有情此善男子見是事已於晨朝時以諸定力除刀兵劫令諸有情互相慈愍或有世界疫病劫起害諸有情此善男子見是事已於晨朝時以諸定力除疫病劫令諸有情皆得安樂或有世界饑饉劫起害諸有情此善男子見是事已於晨朝時以諸定力除饑饉劫令諸有情皆得飽滿此善男子以諸定力作如是等無量無邊不可思議利益安樂諸有情事比善男子具足成就無量無數不可思議殊勝功德常勤精進利益安樂一切有情曾於過去無量無數殑伽沙等佛世尊所爲欲成熟利益安樂諸有情故發起大悲堅固難壞勇猛精進無盡誓願由此大悲堅固難壞勇猛精進無盡誓願增上勢力於一日夜或一食頃

能度無量百千俱胝那庾多數諸有情類皆令解脫種種憂苦及令一切如法所求意願滿足隨所在處若諸有情種種希求憂苦逼切有能至心稱名念誦歸敬供養地藏菩薩摩訶薩者一切皆得如法所求離諸憂苦隨其所應安置生天涅槃之道隨所在處若諸有情飢渴所逼有能至心稱名念誦歸敬供養地藏菩薩摩訶薩者一切皆得如法所求飲食充足隨其所應安置生天涅槃之道隨所在處若諸有情乏少種種衣服寶飾醫藥牀敷及諸資具有能至心稱名念誦歸敬供養地藏菩薩摩訶薩者一切皆得如法所求衣服寶飾醫藥牀敷及諸資具無不備足隨其所應安置生天涅槃之道隨所在處若諸有情愛樂別離怨憎合會有能至心稱名念誦歸敬供養地藏菩薩摩訶薩者一切皆得愛樂合會怨憎別離隨其所應安置生天涅槃之道隨所在處若諸有情身心憂苦衆病所惱有能至心稱名念誦歸敬供養地藏菩薩摩訶薩者一切皆得身心安隱衆病除愈隨其所應安置生天涅槃之道隨所在處若諸有情互相乖違興諸鬪諍有能至心稱名念誦歸敬供養地藏菩薩摩訶薩者一切皆得捨毒害心共相和穆歡喜忍受展轉悔愧慈心相向隨其所應安置生天涅槃之道隨所在處若諸有情閉在牢獄杻械枷鎖檢繫其身具受衆苦有能至心稱名念誦歸敬供養地藏菩薩摩訶薩者一切皆得解脫牢獄杻械枷鎖自在歡樂隨其所應安置生天涅槃之道隨所在處若諸有情應被囚執鞭撻

拷楚臨當被害有能至心稱名念誦歸敬供養地藏菩薩摩訶薩者一切皆得免離囚執鞭撻加害隨其所應安置生天涅槃之道隨所在處若諸有情身心疲倦氣力羸惙有能至心稱名念誦歸敬供養地藏菩薩摩訶薩者一切皆得身心暢適氣力强盛隨其所應安置生天涅槃之道隨所在處若諸有情諸根不具隨有損壞有能至心稱名念誦歸敬供養地藏菩薩摩訶薩者一切皆得諸根具足無有損壞隨其所應安置生天涅槃之道隨所在處若諸有情顛狂心亂鬼魅所著有能至心稱名念誦歸敬供養地藏菩薩摩訶薩者一切皆得心無狂亂離諸擾惱隨其所應安置生天涅槃之道隨所在處若諸有情貪欲瞋恚愚癡忿恨慳嫉憍慢惡見睡眠放

逸疑等皆悉熾盛惱亂身心常不安樂有能至心稱名念誦歸敬供養地藏菩薩摩訶薩者一切皆得離貪欲等身心安樂隨其所應安置生天涅槃之道隨所在處若諸有情爲火所焚爲水所溺爲風所飄或於山巖崖岸樹舍顛隊墮落其心周惶有能至心稱名念誦歸敬供養地藏菩薩摩訶薩者一切皆得離諸危難安隱無損隨其所應安置生天涅槃之道隨所在處若諸有情爲諸毒蛇毒蟲所螫或被種種毒藥所中有能至心稱名念誦歸敬供養地藏菩薩摩訶薩者一切皆得離諸惱害隨其所應安置生天涅槃之道隨所在處若諸有情惡鬼所持成諸瘧病或日日發或隔日發或三四日而一發者或令狂亂身心顚掉迷悶失念無所了知有能至心

稱名念誦歸敬供養地藏菩薩摩訶薩者一切皆得解脫無畏身心安適隨其所應安置生天涅槃之道隨所在處若諸有情爲諸藥叉羅刹餓鬼畢舍遮鬼布怛那鬼鳩畔茶鬼羯吒布怛那鬼吸精氣鬼及諸虎狼獅子惡獸蠱毒厭禱諸惡呪術怨賊軍陣及餘種種諸怖畏事之所纏繞身心憧惶懼失身命惡死貪生猒苦求樂有能至心稱名念誦歸敬供養地藏菩薩摩訶薩者一切皆得離諸怖畏保全身命隨其所應安置生天涅槃之道隨所在處若諸有情或爲多聞或爲淨信或爲淨戒或爲靜慮或爲神通或爲般若或爲解脫或爲妙色或爲妙聲或爲妙香或爲妙味或爲妙觸或爲利養或爲名聞或爲功德或爲工巧或爲花果或爲樹林或爲牀座或爲敷具或爲道路或爲財穀或爲醫藥或爲舍宅或爲僕使或爲彩色或爲甘露雨或爲求水或爲稼穡或爲扇拂或爲涼風或爲求火或爲車乘或爲男女或爲方便或爲修福或爲溫暖或爲清涼或爲憶念或爲種種世出世間諸利樂事於追求時爲諸憂苦之所逼切有能至心稱名念誦歸敬供養地藏菩薩摩訶薩者此善男子功德妙定威神力故令彼一切皆離憂苦意願滿足隨其所應安置生天涅槃之道隨所在處若諸有情以諸種子植於荒田或熟田中若勤營務或不營務有能至心稱名念誦歸敬供養地藏菩薩摩訶薩者此善男子功德妙定威神力故令彼一切果實豐稔所以者何此善男子曾過無量無數大劫於過數量佛世尊所發大精

進堅固誓願由此願力爲欲成熟諸有情故常普住持一切大地常普住持一切種子常普令彼一切有情隨意受用此善男子威神力故能令大地一切草木根鬚芽莖枝葉花果皆悉生長藥穀苗根花果茂實成熟潤澤香潔輭美隨所在處若諸有情貪瞋癡等皆猛利故造作殺生或不與取或欲邪行或虛誑語或麤惡語或離間語或雜穢語或貪或瞋或復邪見十惡業道有能至心稱名念誦歸敬供養地藏菩薩摩訶薩者一切煩惱悉皆銷滅遠離十惡成就十善於諸衆生起慈悲心及利益心此善男子成就如是功德妙定威神之力勇猛精進於一食頃能於無量無數佛土一一土中以一食頃皆能度脫無量無數殑伽沙等所化有情令離衆苦皆得安樂隨其所應安置生天涅槃之道此善男子成就如是如我所說不可思議諸功德法堅固誓願勇猛精進爲欲成熟諸有情故於十方界或時現作大梵王身爲諸有情如應說法或復現作大自在天身或作欲界他化自在天身或作樂變化天身或作覩史多天身或作夜摩天身或作帝釋天身或作四大王天身或作佛身或作菩薩身或作獨覺身或作聲聞身或作轉輪王身或作刹帝利身或作婆羅門身或作筏舍身或作戍達羅身或作丈夫身或作婦女身或作童男身或作童女身或作健達縛身或作阿素洛身或作緊捺洛身或作莫呼洛伽身或作龍身或作藥叉身或作羅刹身或作鳩畔荼身或作畢舍遮身或作餓鬼身或作布怛那身或作羯

吒布怛那身或作奧闍訶洛鬼身或作獅子身或作香象身或作馬身或作牛身或作種種禽獸之身或作剡魔王身或作地獄卒身或作地獄諸有情身現作是等無量無數異類之身爲諸有情如應說法隨其所應安置三乘不退轉位善男子如是大士成就如是不可思議諸功德法是諸殊勝功德伏藏是諸解脫珍寶出處是諸菩薩明淨眼目是趣涅槃商人導首如是乃至能無功用轉大法輪如前廣說善男子假使有人於其彌勒及妙吉祥并觀自在普賢之類而爲上首殑伽沙等諸大菩薩摩訶薩所於百劫中至心歸依稱名念誦禮拜供養求諸所願不如有人於一食頃至心歸依稱名念誦禮拜供養地藏菩薩求諸所願速得滿足所以者何地藏菩薩利益安樂一切有情令諸有情所願滿足如如意寶亦如伏藏如是大士爲欲成熟諸有情故久修堅固大願大悲勇猛精進過諸菩薩是故汝等應當供養爾時十方諸來大衆一切菩薩摩訶薩及諸聲聞天人藥叉健達縛等皆從座起隨力所能各持種種金銀等屑衆寶花香奉散地藏菩薩摩訶薩復持種種上妙衣服末尼寶珠眞珠花鬘眞珠瓔珞金銀寶縷幢旛蓋等奉上地藏菩薩摩訶薩復以無量上妙音樂種種讚頌恭敬供養地藏菩薩爾時地藏菩薩摩訶薩持此種種上妙供具迴奉世尊而說頌曰

天人龍神所供養　十方菩薩皆來奉

聞救世有大功德　惟願受我最勝供

爾時地藏菩薩摩訶薩說是頌已頂禮佛足

於是世尊復説頌曰

起堅固慧清淨心　滅諸有情無量苦
施衆妙樂如寶手　能斷惑網如金剛
起大悲慧具精進　善持妙供奉世尊
以海智救苦衆生　登諸趣有無畏岸

爾時地藏菩薩摩訶薩即從座起而白佛言大德世尊我當濟度此四洲渚世尊弟子一切苾芻及苾芻尼鄔波索迦鄔波斯迦令其皆得增長憶念增長守護憶念增長壽命增長身體增長無病增長色力增長名聞增長資具增長親友增長弟子增長淨戒增長多聞增長慧捨增長妙定增長安忍增長方便增長覺分聖諦光明增長趣入大乘正道增長法明增長成熟有情增長大慈大悲增長一切白法增長妙稱徧滿三界增長法雨普潤三界增長一切大地精氣滋味增長一切衆生精氣善作事業增長正法精氣善行增長智慧光明增長六到彼岸妙行增長五眼增長灌頂增長生天涅槃所謂有名具足水火吉祥光明大記明呪總持章句我於過去殑伽沙等佛世尊所親承受持此陀羅尼能令增長一切白法增長一切種子根鬚芽莖枝葉花果藥穀精氣滋味增長雨澤增長有益地水火風增長喜樂增長財寶增長勝力增長一切受用資具此陀羅尼能令一切智慧猛利破煩惱賊即説呪曰

讖蒱一讖蒱二讖讖蒱三阿迦舍讖蒱四縛羯洛讖蒱五菴跋洛讖蒱六筏羅讖蒱七伐折洛讖蒱八阿路迦讖蒱九萏摩讖蒱十薩帝丁皺切摩讖蒱一十薩帝丁皺切眤泥吉切訶羅讖

蒱十二毗婆縛迦切路迦捕婆瀸蒱十三鄔波睒摩瀸蒱十四柰野娜瀸蒱十五鉢剌惹三牟底都異切剌拏瀸蒱十六剎拏瀸蒱十七毗濕婆縛迦切棃夜瀸蒱十八舍薩多臘婆縛迦切瀸蒱十九毗拯汪賀切荼素上聲吒知戒切二十莫醯隸二十一莟謎二十二睒謎二十三斫羯洛細二十四斫羯洛沫四隸二十五厠初几切隸二十六謂四里切隸二十七揭剌婆跛羅伐剌帝二十八欥許矣切𡅏隸二十九鉢臘薜三十鉢剌遮囉飯怛泥去聲三十一曷剌怛泥去聲三十二播囉遮囉三十三遮遮遮遮三十四欥同上隸三十五弭隸三十六鷩羯他三十七託帤三十八託齵盧三十九闍𡅏四十闍隸四十一弭𡅏四十二磨綻徒界切四十三癉綻四十四徒界切矩隸四十五弭隸四十六盋矩之多毗四十七遏𡅏四十八祁上聲𡅏四十九波囉祁上聲𡅏五十矩吒苫沫隸五十一敼祇上宅耕切五十二敼祇下葵許切五十三敼具隸五十四滸盧五十五滸盧五十六滸盧五十七矩盧窣都弭隸五十八彌嘐第五十九彌嘐綻徒界切六十叛荼陀六十一喝訶葛切羅六十二欥許矣切棃六十三滸盧六十四滸魯盧六十五

善說能淨諸有塵　善說能淨鬪諍劫
善說能淨濁惡意　善說能淨濁大種
善說能淨濁惡味　善說能淨濁惡氣
善說能滿諸希望　善說能成諸稼穡
善說能令一切佛　如來世尊所加護
善說又能令一切　菩薩加護而隨喜

世尊如是具足水火吉祥光明大記明呪總持章句我於過去殑伽沙等佛世尊所親承受持此陀羅尼能令增長一切白法廣說乃至增長一切受用資具大德世尊此陀羅尼普能濟度此四洲渚世尊弟子一切苾芻及

苾芻尼鄔波索迦鄔波斯迦令其皆得增長憶念廣說乃至增長一切受用資具此陀羅尼能令世尊甘露聖教熾然久住利益安樂三界衆生爾時地藏菩薩摩訶薩演說如是大記明呪總持章句時佉羅帝耶山普皆震動俱胝天樂不鼓自鳴雨無量種天妙香花及珍寶等一切衆會咸悉驚躍皆獲希奇得未曾有時衆會中有大吉祥天女具大吉祥天女大池妙音天女大堅固天女具大水天女放大光天女而爲上首總有一萬八千天女於四大種皆得自在從座而起稽首佛足合掌恭敬而白佛言希有大德甚奇世尊我等雖於諸四大種得自在轉而不能知是四大種初中後相生滅違順如此大士已得微細甚深般若波羅蜜多能善了知是四大種初中後相生滅違順佛言如是如是天女此善男子已得微細甚深般若波羅蜜多能善了知是四大種初中後相生滅違順天女當知如如意珠具足衆德能雨種種上妙珍寶施諸衆生此善男子亦復如是能雨種種覺支珍寶施諸衆生如寶洲渚種種珍寶充滿其中此善男子亦復如是成就種種覺支珍寶如天波利質多羅樹衆妙香花之所嚴飾此善男子亦復如是種種微妙佛法珍寶而自莊嚴如師子王一切畜獸無能驚伏此善男子亦復如是一切衆生無能驚伏譬如朗日能滅世間一切昏暗此善男子亦復如是能滅一切衆生惡見無明昏暗譬如明月於夜分中能示一切失道衆生平坦正路隨其欲往皆令得至此善男子亦復如是於無明

夜能示一切迷三乘道馳騁生死曠野衆生三乘正路隨其所應方便安立令得出離譬如大地一切種子樹山稼穡地身衆生之所依止此善男子亦復如是一切殊妙菩提分法之所依止譬如大寶妙高山王善住堅固無缺無隙此善男子亦復如是善住一切不共佛法由不棄捨諸衆生故名爲無缺一切善根皆善施與諸衆生故名爲無隙譬如虚空一切衆生皆所受用此善男子亦復如是一切衆生皆所受用此善男子成如是等無量無邊諸功德法時諸大衆聞説地藏菩薩摩訶薩成就無量稱讚功德皆獲希奇得未曾有尊重恭敬皆大歡喜至心諦觀地藏菩薩目不暫捨爾時世尊重顯此義而説頌曰

地藏眞大士　具杜多功德　現聲聞色相
來稽首大師　施諸衆生樂　救脱三有苦
雨無量種雨　爲供養大師　天帝無垢生
觀察四方已　合掌恭敬住　讃請於大師
我見世尊衆　末尼寶光明　徧照諸佛國
無不皆明了　六通照世間　今當來至此
勇猛名地藏　現出家威儀　七聖財伏藏
無畏佛音聲　諸菩薩勝幢　衆生之導首
解脱寶所依　福海具精進　悲意樂聰敏
救苦諸有情　與怖者爲城　如明月示道
生善根如地　破惑如金剛　能施解脱寶
如水漂衆惑　煩惱熱爲蓋　愈疾如良醫
一日稱地藏　功德大名聞　勝倶胝劫中
稱餘智者德　能解諸衆生　一切煩惱縛
至健行定等　諸定之彼岸　十二縁清淨
諸智如虚空　破無邊佛土　諸有情暗聚

隨諸土入定　四靜慮等流　普令諸有情
入定除惑熱　衆生宿惡業　刀兵病饑饉
隨所在惱害　皆能令解脫　衆生五趣身
諸苦所逼切　歸敬地藏者　有苦悉皆除
衆生乘苦輪　展轉相違害　歸敬地藏者
皆住忍慈心　十二緣所怖　追求苦所依
歸敬地藏者　皆安住無畏　若樂修諸福
正念戒聞慧　歸敬地藏者　所求皆滿足
樂一一功德　工巧藥種子　歸敬地藏者
所求皆滿足　求諸穀藥田　男女衣僕使
歸敬地藏者　所求皆滿足　衆德具相應
能住持大地　因茲諸穀藥　潤澤而細輭
諸煩惱所覆　樂行十惡業　歸敬地藏者
煩惱惡皆除　現作種種身　爲衆生說法
具足施功德　悲愍諸衆生　假使百劫中
讚說其功德　猶尚不能盡　故皆當供養

大乘大集地藏十輪經卷第一

音釋

序

隰（席入切原隰也高平曰原下濕曰隰）軫（章忍切車軫也）逵（渠追切久達道也）轍（直列切車轍也）洽（胡夾切霑潤也）醇（常倫切厚也）痼（古暮切久病也）坏（鋪杯切未燒瓦器也）盲（莫耕切目無童子也）鍼（職深切與針同）溟渤（溟莫經切渤蒲沒切溟渤海也）戢（側立切斂也）

經

輭而兖切柔也　欻許勿切忽也　塹七豔切坎也　礫郎擊切小石也

刺七自切　蠱公戸切蠱毒也　癘力制切疾疫也　惙株劣切疲也　螫施隻切蟲行毒也

顫之膳切顫掉四支寒動也　讖楚譖切　睒失冉切

鷖於兮切　齲驅雨切　癉當旱切　弭綿婢切　⿰口李音李

大乘大集地藏十輪經卷第二

唐三藏法師玄奘奉　詔譯

十輪品第二

爾時地藏菩薩摩訶薩從座而起整理衣服頂禮佛足偏袒右肩右膝著地合掌恭敬而白佛言

我今問世尊　無量功德海　唯願賜開許
爲解釋除疑

世尊告曰汝眞善士於一切法智見無礙爲欲饒益他有情故請問如來隨汝意問吾當爲汝分別解說令一心喜於是地藏菩薩摩訶薩以頌問曰

我曾十三劫　已勤修苦行　爲一切有情
除三灾五濁　多俱胝佛所　已設無邊供
曾見大集會　清信衆和合　聰哲勤精進
皆來同會集　未曾見如是　無諸雜穢衆
云何此佛國　穢惡損淨善　智者皆遠離
惡行者同居　多造無間罪　誹謗於正法
毀聖起惡見　妄說斷常論　具造十惡業
不畏後世苦　多遠離三乘　臭穢向惡趣
無明蔽其目　貪嫉多奸矯　云何轉佛輪
度此衆生類　云何破相續　如金剛煩惱
云何得總持　畏能如是忍　今我見導師
大集甚希有　未曾見餘處　具如是衆德
具杜多功德　勤修菩提道　云何處愚衆
能開示佛輪

世尊告曰善哉善哉善男子汝於過去殑伽沙等諸佛世界五濁惡時已曾請問殑伽沙等諸佛世尊如是法義汝於如是所問法義已作劬勞已善通達已到圓滿衆行彼岸已

得善巧方便妙智令爲成熟一切有情令得利益安樂事故爲令一切菩薩摩訶薩善巧方便聖行伏藏施等六種波羅蜜多成熟一切有情勝行一切智智功德大海速圓滿故爲轉一切刹帝利王諸暴惡行使不墮落三惡趣故爲令此土三寶種性威德熾盛久住世故復問如來如是法義諦聽諦聽善思念之吾當爲汝分別解説唯然世尊願樂欲聞爾時佛告地藏菩薩摩訶薩言善男子如來由本願力成就十種佛輪居此佛土五濁惡世一切有情退没一切白淨善法匱乏所有七聖財寶遠離一切聰敏智者斷常羅網之所覆蔽常好乘馭諸惡趣車於後世苦不見怖畏常處偏重無明黑暗具足十種不善業道造五無間誹謗正法毀呰賢聖離諸善法具諸惡法我住如是雜惡土中得安隱住得無驚恐得無所畏自稱我處大仙尊位轉於佛輪降諸天魔外道邪論摧滅一切諸衆生類猶如金剛堅固煩惱隨其所樂安置一切有力衆生令住三乘不退轉位善男子譬如有國時虚君位其中所有一切人民自軍他軍更相侵害憂愁擾亂人衆不安有無量種鬬訟違諍互相欺陵諂言妄語麤惡乖離誣調矯亂種種疾病盲翳昏暗寒熱瘧病温氣疫癘癲癇乾枯飲食不銷其心狂亂諸根不具肢體缺減乏少種種衣食資具一切所有皆不可樂諸有情類歸依種種外道邪神惡見惡心及惡意樂皆悉熾盛迷失正道臨墮惡趣時彼國中有諸耆舊聰明多智博學平恕威嚴整肅相與謀議運諸籌策即便召集

國邑人民共所薦推取一王子先具多種布施調伏寂靜尸羅精進勇猛難行苦行一切備滿具諸殊勝福德之相諸根圓滿肢體無缺身形長大相好端嚴成就最勝美妙容色常爲一切尊重恭敬率土人民無不親愛禀性淳質常懷慈悲博學多才備諸技藝柔和忍辱莊嚴其心是大后妃所生嫡子以諸妙香熏清淨水調和冷暖沐浴其身著於種種上妙香熏衆寶莊嚴鮮淨衣服末尼珠寶置在髻中金寶華鬘冠飾其首素練輕繒束於髮際又以種種末尼真珠金銀等寶共所合成珥璫瓔珞環釧印等衆妙寶飾莊嚴其身織成寶履下承其足衆寶傘蓋上覆其頂安置古昔一切天仙所護持座趣入一切天帝同許共所護持善巧營構殊妙大殿登自先王所昇尊座紹王位已扣擊一切天帝龍帝藥叉神帝阿素洛帝鳩畔荼帝各所護持廣大鍾鼓其聲振響周徧國界刹帝利等四大種姓無量人衆沐浴其身著淨衣服執持種種妙寶繒綵傘蓋幢旛末尼真珠金銀螺貝璧玉珊瑚吠瑠璃等生色可染無量珍奇奉獻新王以呈嘉瑞貴族淨行博學多才諸婆羅門以無量種微妙讚頌歌詠帝德種種善事呪願於王以諸吉祥散灑王頂先王所重宿望貴族博學多藝性直賢明隨其所應授以種種職位官僚理諸王事先於國境自軍他軍更相侵害令皆令息亦令一切怨敵惡友能爲害者皆悉殄滅損除自國一切黑品增益自國一切白品善男子刹帝利種灌頂大王成就如是第一王輪由此輪故於自國

土得安樂住能伏一切怨敵惡友善守護身令增壽命善男子如是雜染五濁惡世索訶佛土空無佛時其中所有一切衆生爲自心中隨眠纏垢自軍他軍惱害侵逼愁憂擾亂愚冥不安起無量種執著斷常鬪訟違諍互相輕懱起貪瞋癡諂誑言等具足十種不善業道執著有情紛擾世界成就種種煩惱疾病闕正法眼忿恨嫉惱常不思惟眞實正法棄正法味譏毁善行乏少所受喜樂滋味常爲種種煩惱羅網之所覆蔽歸依六種外道邪師迷失聖道向三惡趣於此土中有諸菩薩摩訶薩已於過去親近供養無量諸佛已入諸佛功德大海已住諸佛本所行道皆共集會來至我所同謂我言汝於過去已修無量布施調伏寂靜尸羅精進勇猛難行苦行

一切備滿是諸微妙福慧方便大慈悲等共所莊嚴大功德藏是一切定總持安忍諸地功德圓滿大海無諂無誑身形長大相好圓滿忍辱柔和端正殊妙不復依他修菩提道一切智海已得圓滿成就最勝美妙容色能爲一切聲聞獨覺作大導師亦能安慰一切生死怖畏衆生與作親友大慈悲等無量功德共所莊嚴是羯洛迦孫馱羯諾迦牟尼迦葉波如來等父之眞子於此賢劫當得作佛一切菩薩摩訶薩中最爲上首以諸功德種種妙香熏奢摩他毘鉢舍那清淨之水而自沐浴著慚愧衣清淨法界爲髻中珠冠飾諸佛所行境界廣大華鬘束以解脫殊妙素練又以種種一切智智無生忍等功德珍寶而自莊嚴慈悲喜捨以爲寶履能覆三界三種

妙行圓滿聖因以爲傘蓋安置古昔諸佛天仙共所護持金剛定座趣入一切聲聞獨覺恭敬護持四種念住坐先諸佛所敷之座證得無上正等菩提一切智位爲令一切三寶種性不斷絶故轉於法輪擊法鍾鼓妙法音聲徧滿三界令諸天龍藥叉羅刹阿素洛揭路荼緊捺洛莫呼洛伽鳩畔荼薜荔多畢舍遮布怛那羯吒布怛那人非人等於四聖諦皆得明解三轉十二行相法輪一切世間所有沙門若婆羅門諸天魔梵人非人等所不能轉爲欲利益安樂世間無量天人令得殊勝廣大義利昔所未轉而今轉之善男子我成如是第一佛輪由此輪故如實了知此世他世是處非處得安隱住得無驚恐得無所畏降諸天魔外道邪論轉大梵輪成大梵行

我應住此雜染世界五濁惡時處大衆中正師子吼滅諸有情五無間業廣説乃至諸不善根摧滅一切諸衆生類堅如金剛相續煩惱建立一切永盡諸漏解脱妙果隨其所樂安置一切有力衆生令住三乘不退轉位善男子如刹帝利灌頂大王初登王位受帝職已觀察過去未來現在諸王法道於其種種王業輪中以善觀察因果報智隨其所應建立一切輔臣僚佐普及國邑愚智人民三種業輪由此業輪率土衆生長夜受用所有種種適意資具喜樂增長能滅一切怨敵惡友何等名爲三種業輪一者建立帝王業輪謂善教習軍陣鬬戰降他兵衆撫育人民二者建立田宅業輪謂善教習造舍營農令得安隱飲食充足三者建立財寶業輪謂善教習

工商雜藝令得種種珍玩資財隨意受用增諸快樂善男子剎帝利種灌頂大王成就如是第二王輪由此輪故於自國土得安樂住能伏一切怨敵惡友善守護身令增壽命善男子如是如來初成佛果得無上智觀察過去未來現在諸佛法眼以善觀察諸業法受因果報智建立一切所化有情三種業輪由此業輪能令三寶種性法眼長夜不滅無上正法熾盛流通令諸有情長受種種生天涅槃安隱快樂及令一切外道邪論不能降伏我正法眼而能如法摧彼邪論善男子何等名爲三種業輪一者建立修定業輪二者建立習誦業輪三者建立營福業輪善男子云何如來修定業輪定有十種何等爲十謂正觀察諸有識身六種境界我我所執以爲其因業爲良田無明覆蓋愛爲滋潤無有自在依他而立繫屬衆緣爲欲斷滅業煩惱苦三種流故如是觀察云何業流謂諸有情所行諸行若此諸行所由無明及愛爲因能生諸有名煩惱流若由煩惱識爲其因衆緣和合名色生起名色爲因衆緣和合六處生起六處爲因衆緣和合觸受後有生老死等次第生起是名業流如是三流業爲良田無明爲因愛爲滋潤而得生長爲欲枯涸業爲良田無明爲因愛爲滋潤三種流故於五取蘊觀爲無常及苦無我愚鈍無動如幻如焰如水中月如夢所見空無所有無相無願無所造作無生無起無出無像寂靜遠離無所出生於五取蘊如是觀察能順空忍順無相忍順無願忍爲欲隨順觀五取蘊復方便修入出

息觀即是修習持來去念云何由念如實觀察入息出息謂正觀察數故隨故止故觀故轉故淨故應知此中數能造作二種事業一能爲依伏諸尋伺二能取於入出息相隨能造作二種事業一依出離捨諸尋伺二能善取入出息相止能造作二種事業一能示現入出息滅二能安住勝三摩地觀能造作二種事業一能示現入出息盡二能安住心及心所法別異觀察轉能造作二種事業一能方便捨諸取蘊二能方便趣入聖地淨能造作二種事業一能捨結二能淨見如是六種方便修習入出息觀便能隨順觀五取蘊所以者何如是入息出息自性名色取蘊如是入息出息領納名受取蘊如是入息出息取相名想取蘊如是入息出息造作名行取蘊如是入息出息了別名識取蘊如是所說五種取蘊各各別異互不相似新新非故無住無積不可言說如是觀察五種取蘊能除三行若能如是究竟隨觀三種行盡便能於此諸有識身六種境界究竟隨觀我我所執業無明愛因田覆潤一切皆盡如是修習四種念住皆得圓滿乃至修習八支聖道皆得圓滿如是乃至修習十八不共佛法皆得圓滿如是乃至修一切種無生法忍首楞伽摩三摩地等皆得圓滿如是修習持來去念入諸靜慮名住正法勝義有情名爲眞實修習靜慮名爲眞實供養三世諸佛世尊名一切佛心中之子從佛口生是法所成是法所化或有菩薩如是修習漸漸退轉乃至漏盡成阿羅漢具六神通或有菩薩如是修習漸漸增

長功德圓滿成大菩薩乃至十八不共佛法一切種智修習圓滿此人不久當得無上正等菩提善男子我以如是諸業法受因果報智觀察三世諸佛法眼安立有情於此十種修定業輪令其修習善男子是名如來修定業輪善男子云何如來習誦業輪謂諸苾芻或苾芻尼鄔波索迦鄔波斯迦或復淨信諸善男子或善女人善根微薄依世俗諦根機未熟我當安置如是有情令其習誦初夜後夜精勤無怠若諸有情求無上智我當安置純淨大乘令其自讀或教他讀令其自誦或教他誦令其自說或教他說於大乘中令其自習或教他習爲令自身及他身中大煩惱聚皆除滅故爲令證得無上智故爲除一切有情苦故爲令趣入無畏城故若諸有情求緣覺乘我當安置諸緣起法令其習誦若諸有情求聲聞乘我當安置百千文頌四阿笈摩百千文頌毘柰耶藏百千文頌阿毘達磨及毘婆沙令其習誦善男子是名如來習誦業輪善男子云何如來營福業輪謂諸有情根機愚鈍未種善根智慧微劣懈怠失念染著種種受用資具遠離善友我當安置如是有情使營福業謂令修作佛法僧事及親教師軌範師事善男子是名如來營福業輪善男子我成如是第二佛輪由此輪故以其無上三世業智如實了知一切有情諸業法受因及果報隨其所應立三業輪成熟一切所化有情得安隱住得無驚恐得無所畏摧諸天魔外道邪論轉大梵輪成大梵行如實了知衆生因報善男子如利帝利灌頂大王成

善巧智觀察一切沙門婆羅門刹帝利筏舍戍達羅等種種功德多聞勇健工巧技藝若諸衆生富有功德成巧便智精進勇猛堅固不退種種福德而自莊嚴此刹帝利灌頂大王隨彼所應給施珍寶財穀田宅奴婢僕使於自國土若諸衆生德藝輕微功德尠薄此刹帝利灌頂大王隨彼所應微加賑恤於自國土若諸衆生功德薄劣少於精進懈怠懶惰忘失正念無慈悲心不知恩報於後世苦不見怖畏没居家泥積諸惡行此刹帝利灌頂大王隨彼所應種種謫罰或以言教苦切呵責或奪種種珍寶資財或奪受用如意産業或罰鞭杖或禁牢獄或斷肢節或斬身首如是無量隨應謫罰善男子刹帝利種灌頂大王成就如是第三王輪由此輪故令自國土增長安樂能伏一切怨敵惡友善守護身令增壽命善男子如是如來成就善巧知根機智若諸弟子遠離福慧巧方便智及以布施調伏寂静失念心亂來至我所歸依於我而我善知彼根意樂隨眠勝解隨其所應爲說治罰毘柰耶法若諸衆生其性很戾於諸學處不能奉持爲令久住我之聖教多有所作或爲制立憶念治罰或以言教恐怖呵責或暫驅擯或令折伏歸誠禮拜或不與語不共同利或如草布或復滅擯我以妙智知諸有情補特伽羅根機意樂隨眠勝解如應謫罰爲令皆破廣大積聚無義黒暗枯竭煩惱諸暴流故令得生天涅槃樂故爲行惡道補特伽羅得調伏故隨其所應說治罰法觀察黒說大說差別隨其所應授與治罰行惡道

法我以妙智知諸有情具足成就增上信敬純淨意樂隨其所應爲說種種善品差别令其修學乃至令彼一切善根皆得圓滿入無畏城善男子我成如是第三佛輪由此輪故知諸有情補特伽羅種種根機意樂隨眠及與勝解諸業法受隨其所應利益安樂得安隱住得無驚恐得無所畏自稱我處大仙尊位轉於佛輪摧諸天魔外道邪論處大衆中正師子吼善男子如刹帝利灌頂大王知自國土有無量有情補特伽羅歸依種種邪神外道起於邪信及起邪見學邪禁戒執著修治邪吉凶相具受種種無利益苦大王知已數數召集以其先王治國正法開悟示現教習誡勑令其捨除倒信倒見修學先王正直舊法令自國土一切有情一趣一歸一意一欲一切和合同依先王正法而轉聽受詔命隨順奉行率土和同作所應作時刹帝利灌頂大王常與群臣數數集會共味嘉餚受諸快樂嬉戲遊行不相猜貳咸共疇咨理諸王務善男子刹帝利種灌頂大王成就如是第四王輪由此輪故令自國土增長安樂能伏一切怨敵惡友善守護身令增壽命善男子如是如來成就善巧知勝解智見諸世間種種邪歸邪見邪意樂著邪法邪行業行由是因緣受無量苦如來見已數數召集於大衆前以其過去諸佛世尊三寶種性因果六種波羅蜜多瑜伽依因三律儀等諸因果法開悟示現慶慰誡勑一切衆會令其解脫諸顛倒見建立正見安置十善正直舊道共諸有情數數同修法隨法行方便引攝因果等流

爲諸有情四衆和合同修一切殊勝善行便共遊戲四種念住於三摩地解脫知見諸道品中歡娛受樂爲令聖教久住世故紹三寶種不斷絶故便共遊戲四正勤四神足五根五力七等覺支八聖道支於其種種勝三摩地解脫知見諸道品中歡娛受樂善男子我成如是第四佛輪由此輪故知諸有情補特伽羅種種勝解歸趣意樂諸業法受隨其所應利益安樂得安隱住得無驚恐得無所畏自稱我處大仙尊位轉於佛輪摧諸天魔外道邪論處大衆中正師子吼善男子如刹帝利灌頂大王知自國土或他國土有無量有情補特伽羅於自財色耽染無猒於他財色貪求追愛即便安置堅固城郭村坊戍邏國邑王宫廣說乃至舍羅鸚鵡防守衆具令無損失善男子刹帝利種灌頂大王成就如是第五王輪由此輪故令自國土增長安樂能伏一切怨敵惡友善守護身令增壽命善男子如是如來成就善巧知諸性智知諸惡魔及九十五衆邪外道并餘無量衆魔外道所惑有情於自財色耽染無猒於他財色貪求追愛於我自身及我徒衆深生憎嫉爲害我故假設珍饌雜以毒藥暗置火坑僞敷牀座或推山石或放狂象拔劒追逐散坌塵穢謗行婬欲毀是不男或謂非人或言幻化以是諸惡而相誹毀於佛法僧亦起無量種種誹謗罵詈毀辱於我近住聲聞弟子嫉妬因縁起諸毀謗如來知已善守六根依四梵住具四辯才爲諸聲聞宣說法要安立清淨三解脫門我以如是世出世間知諸性智如實了

知一切衆生種種無量諸性差别隨其所應爲作饒益善男子我成如是第五佛輪由此輪故以世出世知諸性智知諸有情補特伽羅種種無量諸性差别隨其所應利益安樂得安隱住得無驚恐得無所畏自稱我處大仙尊位轉於佛輪摧諸天魔外道邪論處大衆中正師子吼善男子如刹帝利灌頂大王安置一切堅固城郭村坊戍邏國邑王宫廣説乃至舍羅鸜鵒防守具已處自宫中與諸眷屬后妃婇女而自圍遶遊戲五欲種種樂具放恣六根受諸喜樂善男子刹帝利種灌頂大王成就如是第六王輪由此輪故令自國土增長安樂能伏一切怨敵惡友善守護身令增壽命善男子如是如來與諸菩薩摩訶薩衆及大聲聞安置一切堅固聖教防守

之事即便現入最初靜慮乃至現入第四靜慮現入無邊虚空處定廣説乃至現入非想非非想定如是乃至現入一切佛所行定入此定已無量百千俱胝那庾多天龍藥叉羅刹健達縛阿素洛揭路荼緊捺洛莫呼洛伽薜荔多畢舍遮布怛那羯吒布怛那等於諸衆生常懷毒惡損害之心無慈無悲於後世苦不見怖畏而彼見我入於一切佛所行定皆於我所生大歡喜起淨信心於三寶中皆生最勝歡喜淨信尊重恭敬得未曾有於一切惡慚愧發露深心悔過誓願永斷由是因縁一刹那頃無量無數諸煩惱障業障法障皆得銷滅無量無數福慧資糧皆得成滿背離生死趣向涅槃護持如來無上正法善男子我成如是第六佛輪由此輪故如來遊戲

靜慮解脫等持等至無量百千微妙深定以淨智隨轉滅諸有情無量煩惱隨其所應利益安樂得安隱住得無驚恐得無所畏自稱我處大仙尊位轉於佛輪摧諸天魔外道邪論處大衆中正師子吼善男子如刹帝利灌頂大王與諸群臣領四兵衆周巡觀察一切自國城邑聚落山川谿澗園苑田澤陂河池沼曠野叢林鎮邏等處隨彼所在國界諸方險阻多難不任營理有疑有怖堪容外境怨敵惡友投竄藏伏此刹帝利灌頂大王隨其力能方便安置種種修治堅固防守令彼諸方平坦無難堪任營理無疑無怖遮其外境怨敵惡友投竄藏伏安撫自國一切人民皆離衆苦受諸快樂善男子刹帝利種灌頂大王成就如是第七王輪由此輪故令自國土增長安樂能伏一切怨敵惡友善守護身令增壽命善男子如是如來以其佛眼如實了知一切有情補特伽羅有貪有瞋有癡心等如實了知是諸有情種種煩惱病行差別如來知已便起無量精進勇猛方便勢力隨其所宜授以種種修定妙藥令諸有情精勤修學除煩惱病若諸有情宜修不淨除煩惱病即便授以修不淨藥若諸有情宜修梵住除煩惱病即便授以修梵住藥若諸有情宜修緣起除煩惱病即便授以修緣起藥若諸有情宜修息念除煩惱病即便授以修息念藥若諸有情宜可修於三解脫門除煩惱病即便授以修於三種解脫門藥若諸有情宜修靜慮除煩惱病即便授以修靜慮藥若諸有情宜修無色除煩惱病即便授以修無色藥

若諸有情乃至宜修首楞伽摩諸三摩地除煩惱病即便授以首楞伽摩三摩地藥所以如來授諸有情如是法藥不令一切所化有情爲四魔怨之所繫攝不令一切所化有情背人天乘向諸惡趣不令如來無上法眼三寶種性速疾壞滅由是如來授諸有情如是法藥善男子我成如是第七佛輪由此輪故以其無上徧行行智授諸衆生種種法藥令勤修學除煩惱病得安隱住得無驚恐得無所畏自稱我處大仙尊位轉於佛輪摧諸天魔外道邪論處大衆中正師子吼善男子如刹帝利灌頂大王憶念自他本昔種性初生童子嬉戲等事謂憶自他於如是處初生沐浴懷抱乳哺按摩肢節乃至戲笑或弄灰土或與侍從種種遨遊或習技藝或復修營種種事業或遊他國夙夜栖泊或奉事王或理王務或爲太子或登王位得大自在受諸快樂廣大名稱徧諸方維念是事已安立先王所遵正法撫育一切國土人民守護自國不侵他境善男子刹帝利種灌頂大王成就如是第八王輪由此輪故令自國土增長安樂能伏一切怨敵惡友善守護身令增壽命善男子如是如來處大衆會憶念自他宿世所經無量種事謂憶一生或二或三乃至無量百千生事或憶成劫或憶壞劫或憶無量成劫壞劫曾於過去住如是處如是名字如是種性如是種類如是飲食如是領納苦受樂受如是壽量如是久住如是極於壽量邊際從彼處沒來生此間復從此沒往生彼處憶念宿世如是等事無量無邊隨諸衆生根性

差別建立正法爲作饒益善男子我成如是第八佛輪由此輪故利益安樂無量有情得安隱住得無驚恐得無所畏自稱我處大仙尊位轉於佛輪摧諸天魔外道邪論處大衆中正師子吼善男子如刹帝利灌頂大王隨念觀察自國有情種性技藝及諸事業死此生彼因果勝劣差別不同知彼有情生如是家其身勇健或復怯弱於諸技藝已學未學所有事業善作惡作富貴貧賤端正醜陋如是等類乃至命終或有自業未盡而死或有自業已盡而死或犯王法刑戮而死或有迦相殘害而死或因鞭杖捶楚而死或因囹圄幽縶而死或因習學技藝而死或因戰陣傷殺而死或因鬪諍毆擊而死或因財寶貪悋而死或因色欲耽湎而死或因忿恨結憤而死或因勞倦頓弊而死或因飢渴乏絶而死或有過死或無過死或耆年死或壯年死或幼年死或作種種善業而死或作種種惡業而死知諸有情行善行者身壞命終當徃善趣知諸有情行惡行者身壞命終當徃惡趣知是事已復自思惟我當正勤修身善行修語善行修意善行我當施設種種方便修行布施調伏寂靜身壞命終當徃善趣勿墮惡趣此刹帝利灌頂大王思惟是已勇猛精進修身語意三種善行常行布施一切所有飲食衣服象馬騎乘卧具醫藥房舍燈明及餘資具奴婢僮僕種種珍財頭目手足乃至身命無所悋惜及離殺生離不與取離欲邪行離虚誑語離麤惡語離離間語離雜穢語離諸貪欲離諸瞋恚離諸邪見由是因緣此刹

帝利灌頂大王當獲十種功德勝利何等爲十一者具大名稱二者具大財寶三者具妙色相四者具多眷屬五者少病少惱六者朋友眷屬聰慧多聞七者正至正行親近供養八者廣美聲譽流振十方九者大威德天神常隨衞護十者身壞命終當生天上常居善趣安樂國土善男子刹帝利種灌頂大王成就如是第九王輪由此輪故令自國土增長安樂能伏一切怨敵惡友善守護身令增壽命善男子如是如來如實了知一切有情死生等事謂如實知若諸有情成身惡行成語惡行成意惡行誹謗賢聖具足邪見邪見業因身壞命終墮諸惡趣或生地獄或生傍生或生餓鬼若諸有情成身善行成語善行成意善行不謗賢聖具足正見正見業因身壞命終昇諸善趣或生天上或生人中或盡諸漏如來如是如實知已於彼衆生起大慈悲勇猛精進現三神變令彼衆生歸趣佛法教誡安置成立世間出世間信何等爲三一者神通變現二者記說變現三者教誡變現由是三種變現威力勸發有情教誡安置成立世間出世間信令於一切有趣死生皆得解脫善男子我成如是第九佛輪由此輪故利益安樂無量有情得安隱住得無驚恐得無所畏自稱我處大仙尊位轉於佛輪摧諸天魔外道邪論處大衆中正師子吼善男子如刹帝利灌頂大王爲除四洲無量有情種種身病棄捨王位以諸香湯沐浴身首著鮮淨衣端坐思惟於諸衆生其心平等慈悲護念爲令解脫一切病故以其種種香華妓樂及

餘供具供養一切大威德天神爾時一切天帝龍帝乃至莫呼洛伽神帝知是事已各相謂言此刹帝利灌頂大王具諸功德有大威神應作輪王統四洲渚我等宜應共往建立令復王位統四洲渚令諸衆生無病安樂時諸天帝乃至莫呼洛伽神帝即便共往立刹帝利灌頂大王轉輪王位令具七寶統四大洲皆得自在千子具足勇健端正能摧怨敵跨王大地亘窮海際謫罰皆停刀仗不舉咸修正法普受安樂善男子刹帝利種灌頂大王成就如是第十王輪由此輪故於四大洲爰及八萬四千小渚安立其中諸有情類十善業道善守護身令增壽命身壞命終當生天中受諸妙樂善男子如是如來昔菩薩位知自他身有無量種諸煩惱病以定香水洗浴其身及以諦法大慈大悲灌沐其首著慚愧衣十方一切諸佛世尊以諸靜慮等持精進方便智意慈悲護念咸作是言如是大士是大福慧莊嚴寶器堪容一切三種不護四無所畏如來十力及與十八不共佛法堪得無上一切智智大慈大悲無不具足常欣利樂一切衆生是求佛寶商人導首能救有情生死衆苦能施有情涅槃大樂我等一切諸佛世尊應以誠言與其所願令成如來應正等覺得無上法爲大法王我於爾時依福慧力勇猛精進於四聖諦如實知已證得無上正等菩提善男子如轉輪王統四大洲皆得自在如是如來於四靜慮四無色定四種梵住四無礙解四聖諦觀四無所畏如來十力及與十八不共佛法一切種智皆得自在如

轉輪王具足七寶如是如來成就七種菩提分寶如轉輪王千子具足勇健端正能伏怨敵如是如來有阿若多憍陳那爲最初蘇跋陀羅蘇剌多爲最後諸大聲聞從佛心生從佛口生從法化生得佛法分諸漏永盡名爲勇健具四梵住名爲端正能伏一切天魔外道異論怨敵如轉輪王化及八萬四千小渚如是如來於百俱胝南贍部洲於百俱胝西瞿陁尼洲於百俱胝東毘提訶洲於百俱胝北俱盧洲於百俱胝諸大溟海於百俱胝妙高山於百俱胝四大王天於百俱胝乃至非想非非想天於百俱胝大輪圍山於此髙廣一佛土中言音施化皆得自在善男子我成如是第十佛輪由此輪故如實了知自身他身諸漏永盡利益安樂無量有情得安隱住得無驚恐得無所畏自稱我處大仙尊位轉於佛輪摧諸天魔外道邪論處大衆中正師子吼善男子我成如是十種佛輪本願力故居此佛土五濁惡世一切有情損減一切白淨善法匱乏所有七聖財寶遠離一切聰敏智者斷常羅網之所覆蔽常好乘馭諸惡趣車於後世苦不見怖畏常處偏重無明黑暗具十惡業造五無間誹謗正法毀呰賢聖離諸善法具諸惡法我於其中成就如是佛十輪故得安隱住得無驚恐得無所畏自稱我處大仙尊位轉於佛輪降諸天魔外道邪論摧滅一切諸有情類猶如金剛堅固煩惱隨其所樂安立一切有力衆生令住三乘不退轉位爾時會中一切菩薩摩訶薩衆一切聲聞一切天龍廣說乃至一切羯吒布怛那

衆人非人等皆大歡喜同唱善哉雨大香雨雨大華雨雨衆寶雨雨大衣雨一切大地皆悉震動聞說如是十種佛輪於衆會中有八十四百千那庾多菩薩摩訶薩得無生法忍復有無量菩薩摩訶薩獲得種種諸陀羅尼三摩地忍復有無量無數有情初發無上正等覺心得不退轉復有無量無數有情逮得果證

大乘大集地藏十輪經卷第二

音釋

姧古閑切偽也　誣調誣微夫切調文紡切誣調以無為有也　癲癇癲都年切癇戶間切癲癇狂病也　珥璫珥忍止切璫都郎切珥璫充耳珠也　釧樞絹切臂鐶也　尠息淺切少也　賑之刃切賙給也　恤辛聿切振貧也　謫陟革切責也　很戾很胡懇切戾郎計切很戾不聽從也　擯必刃切斥也　坌蒲悶切塵坌也　捶之累切以杖擊也　囹圄囹郎丁切圄魚巨切囹圄獄名　縶之立切繫也　毆烏后切擊也　湎彌兗切溺也　忿敷粉切怒也

大乘大集地藏十輪經卷第三

唐三藏法師玄奘奉　詔譯

無依行品第三之一

爾時會中有大梵天名曰天藏久植善根住第十地具諸菩薩摩訶薩德即從座起合掌禮佛而說頌言

功德藏慧海　我今問所疑　願慧海垂聽
爲我除疑滯　我等今渴仰　德藏勝法味
及最上義味　舉衆咸欲聞

佛告天藏大梵天言如來今者恣汝意問當隨問答令汝心喜大梵天言唯然世尊以頌問曰

利慧修定者　安住不放逸　爲住勝義諦
爲依止生死　晝夜於法義　精勤而誦習
爲渡煩惱海　爲退墮惡趣　勇猛勤營福
爲定趣涅槃　爲處生死中　退墮於惡趣
聰慧刹帝利　成就十種輪　爲沉生死中
爲當昇佛果　雜染心難伏　諸煩惱所亂
以何淨其心　修定福誦業

爾時世尊告彼天藏大梵天曰善哉善哉汝善辯才能問斯義汝於此法已作劬勞汝於諸行已得圓滿汝於過去殑伽沙等佛世尊所已勤三業興隆正法紹三寶種今爲饒益無量衆生復問如來如是深義善男子有大記別法名無依行過去一切諸佛世尊爲欲成熟諸有情故爲令厭離生死法故爲令除斷業煩惱故爲令三乘速圓滿故宣說住持此無依行大記別法現在十方諸佛世尊亦爲成熟諸有情故爲令厭離生死法故爲令除斷業煩惱故爲令三乘速圓滿故宣說住

持此無依行大記别法未來一切諸佛世尊亦為成熟諸有情故為令猒離生死法故為令除斷業煩惱故為令三乘速圓滿故宣說住持此無依行大記别法汝於過去諸如來所已具得聞此無依行大記别法我於今者亦為成熟諸有情故為令猒離生死法故為令除斷業煩惱故為令三乘速圓滿故宣說住持此無依行大記别法汝應諦聽善思念之吾當為汝分别解說爾時天藏大梵天言唯然世尊願樂欲聞佛言大梵有十種無依行法若修定者隨有一行尚不能成欲界善根設使先成尋還退失況當能成色無色定乃至三乘隨成一乘何等為十一者世有一類雖欲修定而乏資緣經求擾亂二者復有一類雖欲修定而犯尸羅行諸惡行三者復有一類雖欲修定而顛倒見妄執吉凶身心剛強四者復有一類雖欲修定而心掉動不順賢聖諸根輕躁五者復有一類雖欲修定而離間語破亂彼此六者復有一類雖欲修定而麤惡語毀罵賢聖七者復有一類雖欲修定而雜穢語及虛誑語八者復有一類雖欲修定而懷貪嫉於他所得利養恭敬心不歡悅九者復有一類雖欲修定而懷瞋忿於諸有情心常憤恚十者復有一類雖欲修定而懷邪見撥無因果大梵當知是名十種無依行法若修定者隨有一行尚不能成欲界善根設使先成尋還退失況當能成色無色定乃至三乘隨成一乘復次大梵又有十種無依行法若修定者隨有一行終不能成諸三摩地設使先成尋還退失何等為十一者

樂著事業二者樂著談論三者樂著睡眠四者樂著營求五者樂著豔色六者樂著妙聲七者樂著芬香八者樂著美味九者樂著細觸十者樂著尋伺大梵當知是名十種無依行法若修定者隨有一行終不能成諸三摩地設使先成尋還退失若不能成諸三摩地雖集所餘諸善法聚而有是事追求受用信施因緣發起惡心心所有法於諸國王大臣等所犯諸過罪或被呵罵或被捶打或被斷截肢節手足由是因緣或成重病長時受苦或疾命終於三惡趣隨生一所乃至或生無間地獄如嗢達洛迦阿邏荼底沙瞿波理迦提婆達多如是等類退失靜慮乃至墮於無間地獄受無量種難忍大苦爾時世尊告阿若多憍陳那言吾聽汝等給阿練若修定苾芻最上房舍最上卧具最上飲食一切僧事皆應放免所以者何諸修定者若乏資緣即便發起一切惡心心所有法不能成就諸三摩地乃至墮於無間地獄受無量種難忍大苦修定行者若具資緣諸三摩地未成能成若先已成終不退失由此不起一切惡法廣說乃至不善尋伺往生天上證得涅槃修定行者若未成就諸三摩地初夜後夜當捨睡眠精進修學遠離憒閙少欲知足無所顧戀一切貪瞋忿覆惱害憍慢貢高慳悋嫉妬離間麤惡虛誑雜穢一切人間嬉戲放逸皆悉遠離如是行者應受釋梵護世四王轉輪王等讚歎禮拜恭敬承事奉施百千那庾多供況剎帝利婆羅門筏舍戍達羅等未得定者尚應受此讚歎禮拜恭敬承事奉施供養何

況已得三摩地者爾時世尊而說頌曰

修定能斷惑　餘業所不能　故修定爲尊
智者應供養

爾時天藏大梵天言大德世尊於佛法中而出家者若刹帝利大臣宰相以鞭杖等捶拷其身或閉牢獄或復呵罵或解肢節或斷其命爲當合爾爲不合耶佛告天藏大梵天言善男子若諸有情於我法中出家乃至剃除鬚髮被片袈裟若持戒若破戒下至無戒一切天人阿素洛等依俗正法猶尚不合以鞭杖等捶拷其身或閉牢獄或復呵罵或解肢節或斷其命況依非法何以故除其一切持戒多聞於我法中而出家者若有破戒行諸惡法內懷腐敗如穢蝸螺實非沙門自稱沙門實非梵行自稱梵行恒爲種種煩惱所勝敗壞傾覆如是破戒諸惡苾芻猶能示導一切天龍藥叉健達縛阿素洛揭路荼緊捺洛莫呼洛伽人非人等無量功德珍寶伏藏又善男子於我法中而出家者雖破戒行而諸有情覩其形相應生十種殊勝思惟當獲無量功德寶聚何等爲十謂我法中而出家者雖破戒行而諸有情或有見已生於念佛殷重信敬殊勝思惟由是因緣終不歸信諸外道師書論徒衆乃至能入離諸怖畏大涅槃城或有見已生念聖戒殊勝思惟由是因緣能離殺生離不與取離欲邪行離虛誑語離飲諸酒生放逸處乃至能入離諸怖畏大涅槃城或有見已生念布施殊勝思惟由是因緣得大財位親近供養正至正行乃至能入離諸怖畏大涅槃城或有見已生念忍辱柔

和質直殊勝思惟由是因緣便能遠離離間麤惡雜穢瞋忿乃至能入離諸怖畏大涅槃城或有見已生念出家精勤修行殊勝思惟由是因緣能捨家法趣於非家勇猛精進修諸勝行乃至能入離諸怖畏大涅槃城或有見已生念遠離諸散亂心靜慮等至殊勝思惟由是因緣心樂山林阿練若處晝夜精勤修諸定行乃至能入離諸怖畏大涅槃城或有見已生念智慧殊勝思惟由是因緣欣樂聽聞讀誦正法乃至能入離諸怖畏大涅槃城或有見已生念宿植出離善根殊勝思惟輭語慰問乃至禮足由是因緣當生尊貴大勢力家無量有情咸共瞻仰乃至能入離諸怖畏大涅槃城善男子於我法中而出家者雖破戒行而諸有情覩其形相生此十種殊勝思惟當獲無量功德寶聚是故一切刹帝利王大臣宰相決定不合以鞭杖等捶拷其身或閉牢獄或復呵罵或解肢節或斷其命

復次大梵若有依我而出家者犯戒惡行內懷腐敗如穢蝸螺實非沙門自稱沙門實非梵行自稱梵行恒爲種種煩惱所勝敗壞傾覆如是苾芻雖破禁戒行諸惡行而爲一切天龍藥叉健達縛阿素洛揭路荼緊捺洛莫呼洛伽人非人等作善知識示導無邊功德伏藏如是苾芻雖非法器而剃鬚髮被服袈裟進止威儀同諸賢聖因見彼故無量有情種種善根皆得生長又能開示無量有情善趣生天涅槃正路是故依我而出家者若持戒若破戒下至無戒我尚不許轉輪聖王及餘國王諸大臣等依俗正法以鞭杖等捶拷

其身或閉牢獄或復呵罵或解肢節或斷其命況依非法大梵如是破戒惡行苾芻雖於我法毘柰耶中名爲死屍而有出家戒德餘勢譬如牛麝身命終後雖是無識傍生死屍而牛有黃而麝有香能爲無量無邊有情作大饒益破戒苾芻亦復如是雖於我法毘柰耶中名爲死屍而有出家戒德餘勢能爲無量無邊有情作大饒益大梵譬如賈客入於大海殺彼一類無量衆生挑取其目與末達那果和合擣簁成眼寶藥若諸有情盲冥無目乃至胞胎而生盲者持此寶藥塗彼眼中所患皆除得明淨目破戒苾芻亦復如是雖於我法毘柰耶中名爲死屍而有出家威儀形相能令無量無邊有情暫得見者尚獲清淨智慧法眼況能爲他宣說正法大梵譬如燒香其質雖壞而氣芬馥熏他令香破戒苾芻亦復如是由破戒故非良福田雖恒晝夜信施所燒身壞命終墮三惡趣而爲無量無邊有情作大饒益謂令皆得聞於生天涅槃香氣是故大梵如是破戒惡行苾芻一切白衣皆應守護恭敬供養我終不許諸在家者以鞭杖等捶拷其身或閉牢獄或復呵罵或解肢節或斷其命我唯許彼清淨僧衆於布薩時或自恣時驅擯令出一切給施四方僧物飲食資具不聽受用一切沙門毘柰耶事皆令驅出不得在衆而我不許加其鞭杖繫縛斷命爾時世尊而說頌曰

瞻博迦華雖萎悴　而尚勝彼諸餘華
破戒惡行諸苾芻　猶勝一切外道衆

復次大梵有五無間大罪惡業何等爲五一

者故思殺父二者故思殺母三者故思殺阿羅漢四者倒見破聲聞僧五者惡心出佛身血如是五種名爲無間大罪惡業若人於此五無間中隨造一種不合出家及受具戒若令出家或受具戒師便犯罪彼應驅擯令出我法如是之人已有出家威儀形相我亦不許加其鞭杖或閉牢獄或復呵罵或解肢節或斷其命復有四種近五無間大罪惡業根本之罪何等爲四一者起不善心殺害獨覺是殺生命大罪惡業根本之罪二者婬阿羅漢苾芻尼僧是欲邪行大罪惡業根本之罪三者侵損所施三寶財物是不與取大罪惡業根本之罪四者倒見破壞和合僧衆是虛誑語大罪惡業根本之罪若人於此四近無間大罪惡業根本罪中隨犯一種不合出家及受具戒若令出家或受具戒師便得罪彼應驅擯令出我法如是之人已有出家及受具戒威儀形相我亦不許加其鞭杖或閉牢獄或復呵罵或解肢節或斷其命如是或有是根本罪非無間罪有無間罪非根本罪有根本罪亦無間罪有非根本罪亦非無間罪何等名爲是根本罪亦無間罪謂我法中先已出家受具戒者故思殺他已到究竟見諦人等如是名爲是根本罪亦無間罪此於我法毗柰耶中應速驅擯何等名爲是根本罪非無間罪謂我法中先已出家受具戒者故思殺害他異生人下至方便與人毒藥墮其胎藏如是名爲是根本罪非無間罪此人不應與僧共住諸有給施四方僧物亦不應令於中受用何等名爲是無間罪非根本罪謂

若有人或受三歸或受五戒或受十戒於五無間隨造一種如是名爲是無間罪非根本罪如是之人不合出家及受具戒若令出家或受具戒師便得罪彼應驅擯令出我法何等名爲非根本罪亦非無間罪謂若有人或受三歸或受五戒於佛法僧而生疑心或歸外道以爲師尊或執種種若少若多吉凶之相祠祭鬼神若復有人於諸如來所說正法或聲聞乘相應正法或獨覺乘相應正法或是大乘相應正法誹謗遮止自不信受令他猒背障礙他人讀誦書寫下至留難一頌正法如是名爲非根本罪亦非無間而生極重大罪惡業近無間罪如是之人若未懺悔除滅如是大罪惡業不合出家及受具戒若令出家或受具戒師便得罪彼應驅擯令出我法若已出家或受具戒犯如是罪若不懺悔此於我法毘柰耶中應速驅擯所以者何此二種人習行破毀正法眼行習行隱滅正法燈行習行斷絕三寶種行令諸天人習行無義無利苦行墮諸惡趣此二種人自謗正法毀呰賢聖亦令他人誹謗正法毀呰賢聖命終當墮無間地獄經劫受苦不可療治復次大梵或有遮罪無依行法或有性罪無依行法於性罪中或有根本無依行法云何根本無依行法謂若苾芻行非梵行犯根本罪或以故思殺異生人犯根本罪或復偷盜非三寶物犯根本罪或大妄語犯根本罪若有苾芻於此四種根本罪中隨犯一種於諸苾芻所作事業令受折伏一切給施四方僧物皆悉不聽於中受用而亦不合加其鞭杖或閉

牢獄或復呵罵或解肢節或斷其命如是名爲於性罪中根本重罪無依行法何故說名爲根本罪謂若有人犯此四法身壞命終墮諸惡趣是諸惡趣根本罪故是故說名爲根本罪何故無間及近無間根本罪等說名極重大罪惡業無依行法善男子譬如鐵摶鉛錫摶等擲置空中終無暫住必速墮地造五無間及近無間四根本罪并謗正法疑三寶等三種罪人亦復如是若人於此十一罪中隨造一種身壞命終無餘間隔定生無間大地獄中受諸劇苦故名極重大罪惡業無依行法犯此極重大罪惡業無依行法補特伽羅於現身中決定不能盡諸煩惱尚不能成諸三摩地況能趣入正性離生彼人命終定生地獄受諸重苦復次大梵若善男子若善女人以淨信心歸依我法或趣聲聞乘或趣獨覺乘或趣大乘於我法中淨信出家受具足戒於諸學處深心敬重於四根本性罪戒中堅固勇猛精勤守護如是之人常爲一切人非人等隨逐擁衛名不虛受人天供養於三乘中隨所欣樂速能趣入成辦究竟是故眞實求涅槃者寧捨身命終不毀犯如是四法所以者何諸有情類要由三因得涅槃樂一者依止如來爲因二者依我聖教爲因三者依我弟子爲因諸有情類依此三因精勤修行得涅槃樂若人毀犯如是四法我非彼師彼非弟子若人毀犯如是四法則爲違越我所宣說甚深廣大無常苦空無我相應利益安樂一切有情別解脫教若越如是別解脫教則於一切靜慮等持皆成盲冥不能趣

入爲諸煩惱惡業纏伏於三乘法亦爲非器當墮惡趣受諸重苦若善男子若善女人於我所說別解脫教所制四種根本重罪清淨無犯我是彼師彼是弟子隨順我語善住我法一切所作皆當成滿此人善住尸羅蘊故名爲善住一切善法或名具足住聲聞乘或名具足住獨覺乘或名具足住於大乘所以者何若能護持如是性罪四根本法當知則爲建立一切有漏無漏善法勝因是故護持如是四法名爲一切善法根本如依大地一切藥穀卉木叢林皆得生長如是依止極善護持四根本戒一切善法皆得生長如依大地一切諸山小輪圍山大輪圍山妙高山王皆得安住如是依止極善護持四根本戒諸聲聞乘及獨覺乘無上大乘皆得安住如依大地求得一切世間美味如是依止極善護持四根本戒求得一切念定總持安忍聖道乃至無上正等菩提又如大地於淨不淨皆等任持極善護持四根本戒諸善男子及善女人亦得如是於其法器及非法器其心平等不讒不弄不自貢高不率呵舉能爲一切善法生處又如大地一切有情皆共受用而得存活極善護持四根本戒諸善男子及善女人亦復如是於諸如來所說正法生長第一歡喜淨信於諸有情無差別想以四攝法平等攝受一切有情皆共依止受用法樂而自存活爾時尊者優波離聞佛所說從座而起整理衣服頂禮佛足偏袒一肩右膝著地合掌恭敬白佛言世尊如佛所說極善護持四根本戒諸善男子及善女人於其法器及

非法器其心平等不譏不弄不自貢高不率呵舉若如是者於未來世有諸苾芻破戒惡行實非沙門自稱沙門實非梵行自稱梵行諸苾芻僧於是人等云何方便呵舉驅擯佛告尊者優波離言我終不許外道俗人舉苾芻罪我尚不許諸苾芻僧不依於法率爾呵舉破戒苾芻何況驅擯若不依法率爾呵舉破戒苾芻或復驅擯便獲大罪優波離汝今當知有十非法率爾呵舉破戒苾芻便獲大罪諸有智者皆不應受何等爲十一者不和僧衆於國王前率爾呵舉破戒苾芻二者不和僧衆梵志衆前率爾呵舉破戒苾芻三者不和僧衆宰官衆前率爾呵舉破戒苾芻四者不和僧衆於諸長者居士衆前率爾呵舉破戒苾芻五者女人衆前率爾呵舉破戒苾芻六者男子衆前率爾呵舉破戒苾芻七者淨人衆前率爾呵舉破戒苾芻八者衆多苾芻苾芻尼前率爾呵舉破戒苾芻九者宿怨嫌前率爾呵舉破戒苾芻十者内懷忿恨率爾呵舉破戒苾芻如是十種名爲非法率爾呵舉破戒苾芻便獲大罪設依實事而呵舉者尚不應受況於非實諸有受者亦得大罪復有十種非法呵舉破戒苾芻便獲大罪諸有智者亦不應受何等爲十一者諸餘外道呵舉苾芻二者不持禁戒在家白衣呵舉苾芻三者造無間罪呵舉苾芻四者誹謗正法呵舉苾芻五者毁呰賢聖呵舉苾芻六者癡狂心亂呵舉苾芻七者痛惱所纏呵舉苾芻八者四方僧淨人呵舉苾芻九者守園林人呵舉苾芻十者被罰苾芻呵舉苾芻如是十

種非法呵舉破戒苾芻便獲大罪設依實事而呵舉者亦不應受況於非實諸有受者亦得大罪復次優波離若有苾芻毀犯禁戒與僧共住於僧衆中有餘苾芻軌則所行皆悉具足一切五德無不圓滿應從座起整理衣服恭敬頂禮苾芻僧足便至破戒惡苾芻前求聽舉罪作如是言長老憶念我今欲舉長老所犯以實非虛妄應時不非時輭語非麤獷慈心不瞋恚利益非損減爲令如來法眼法燈久熾盛故長老聽者我當如法舉長老非彼若聽者便應如法如實舉之彼若不聽復應頂禮上座僧足恭敬白言如是苾芻犯如是事我依五法如實舉之時僧衆中上座苾芻應審觀察能舉所舉及所犯事虛實輕重依毘柰耶及素怛纜方便檢問慰喻呵責以七種法如應滅除若犯重罪應重治罰若犯中罪應中治罰若犯輕罪應輕治罰令其慚愧懺悔所犯時優波離復白佛言世尊若實有過惡行苾芻恃白衣力或財寶力或多聞力或詞辯力或弟子力以如是等諸勢力故陵拒僧衆上座苾芻持素怛纜及毘柰耶摩怛理迦者如法教誨皆不承順如是苾芻云何治罰佛言優波離上座苾芻持三藏者應和僧衆遣使告白國王大臣令助威力然後如實依法治罰時優波離復白佛言世尊若彼有過惡行苾芻以財寶力或多聞力或詞辯力或以種種巧方便力令彼國王大臣歡喜皆住破戒非法朋中容縱如是惡苾芻罪不聽如實依法治罰爾時僧衆應當云何佛言優波離若彼苾芻行無依行於僧衆中

麤重罪相未彰露者是時僧衆應權捨置若彼苾芻行無依行於僧衆中麤重罪相已彰露者是時僧衆應共和合依法驅擯令出佛法優波離譬如鷲麥在麥田中芽莖枝葉與麥相似穢雜淨麥乃至彼草其穗未出是時農夫應權捨置穗既出已是時農夫恐穢淨麥并根剪拔棄於田外行無依行破戒苾芻亦復如是恃白衣等種種勢力住於僧中威儀形相與僧相似穢雜清衆乃至善神未相覺發於僧衆中麤重罪相未彰露者是時僧衆應權捨置若諸善神已相覺發於僧衆中麤重罪相已彰露者是時僧衆應共和合依法驅擯令出佛法優波離譬如大海不宿死屍我聲聞僧諸弟子衆亦復如是不與破戒惡行苾芻死屍共住時優波離復白佛言世尊若彼破戒惡行苾芻僧衆和合共驅擯已彼惡苾芻以財寶力或多閙力或詞辯力或以種種巧方便力令彼國王大臣歡喜皆住破戒非法朋中以威勢力陵逼僧衆還令如是破戒苾芻與僧共住爾時僧衆當復云何佛言優波離爾時僧中有能悔愧持戒苾芻爲護戒故不應瞋罵破戒苾芻但應告白國王大臣或恐陵逼而不告白應捨本居別住餘處

大乘大集地藏十輪經卷第三

音釋

憤房吻切懣也 嗢烏沒切 憒閙憒古對切心亂也閙奴教切不靜也 蝸公蛙切蝸螺負殼蜒蚰也 擣蓰擣都皓切舂也蓰山宜切 萎於爲切蔫也 鉛與專切黑錫也 摶度官切圜也 劇奇逆切甚也 獷古猛切惡也 穗徐醉切禾成秀也

大乘大集地藏十輪經卷第四

唐三藏法師玄奘奉　詔譯

無依行品第三之二

爾時地藏菩薩摩訶薩復白佛言大德世尊頗有佛土五濁惡世空無佛時其中衆生煩惱熾盛習諸惡行愚癡狠戾難可化導謂刹帝利旃荼羅宰官旃荼羅居士旃荼羅長者旃荼羅婆羅門旃荼羅如是等人善根微少無有信心諂曲愚癡懷聰明慢不見不畏後世苦果離善知識乃至趣向無間地獄如是等人爲財利故與諸破戒惡行苾芻相助共爲非法朋黨皆定趣向無間地獄若有是處我當往彼以佛世尊如來法王利益安樂一切有情無上微妙甘露法味方便化導令得受行拔濟如是刹帝利旃荼羅乃至婆羅門旃荼羅令不趣向無間地獄爾時佛告地藏菩薩摩訶薩言善男子於未來世此佛土中有諸衆生煩惱熾盛習諸惡行愚癡狠戾難可化導謂刹帝利旃荼羅宰官旃荼羅居士旃荼羅長者旃荼羅沙門旃荼羅婆羅門旃荼羅如是等人善根微少無有信心諂曲愚癡懷聰明慢離善知識言無眞實不能隨順善知識語常行誹謗毀呰罵詈於諸正法猶豫倒見不見不畏後世苦果常樂習近諸惡律儀好行殺生乃至邪見欺誑世間自他俱損是刹帝利旃荼羅乃至婆羅門旃荼羅壞亂我法於我法中而得出家毀破禁戒樂營俗業彼刹帝利乃至婆羅門等恭敬供養貪利求財有言無行傳書送印通信往來商估販易好習外典種植營農藏貯寶物守護園

宅妻妾男女習行符印呪術使鬼占相吉凶合和湯藥療病求財以自活命貪著飲食衣服寶飾勤營俗務毀犯尸羅行諸惡法貝音狗行實非沙門自稱沙門實非梵行自稱梵行彼刹帝利旃荼羅乃至婆羅門旃荼羅愛樂親近恭敬供養聽受言教此破戒者於刹帝利旃荼羅乃至婆羅門旃荼羅亦樂親近恭敬供養聽受言教若見有人於我法中得出家已具戒富德精進修行學無學行乃至證得最後極果彼刹帝利旃荼羅乃至婆羅門旃荼羅及生憎嫉不樂親近恭敬供養聽受言教善男子譬如有人入寶洲渚棄捨種種帝青大青金銀眞珠紅蓮華色筏瑠璃等大價眞寶取迦遮珠於未來世此佛土中有刹帝利旃荼羅乃至婆羅門旃荼羅亦復如

是入我正法寶洲渚中棄捨種種具戒富德樂勝義諦具足慚愧學無學人及善異生精勤修學六到彼岸具諸功德眞聖弟子取諸破戒好行衆惡無慚無愧言詞麤獷身心憍慠離諸白法無慈無悲惡行苾芻以爲福田恭敬供養聽受言教如是惡人師及弟子俱定趣向無間地獄善男子有十惡輪於未來世此佛土中有刹帝利旃荼羅宰官旃荼羅居士旃荼羅長者旃荼羅沙門旃荼羅婆羅門旃荼羅如是等人於十惡輪或隨成一或具成就先所修集一切善根摧壞燒滅皆爲灰燼不久便當肢體廢缺於多日夜結舌不言受諸苦毒痛切難忍命終定生無間地獄何等爲十如是破戒惡行苾芻有刹帝利及宰官等忍受惡見謗阿練若清淨苾芻言諸

仁者如是苾芻愚癡凡猥詐現異相誑惑世間爲求飲食衣服利養恭敬名譽自讚毁他嫉妬鬬亂貪著名利無有猒足應當擯黜勿受其言如是苾芻專行妄語離諦實法於此皆無得道果者亦無離欲永盡諸漏但爲利養恭敬名譽住阿練若自現有德愼莫供養恭敬承事如是諂曲非眞福田非行道者時刹帝利旃荼羅乃至婆羅門旃荼羅於阿練若清淨苾芻不生信心希有之想心無恭敬意懷凌懱不樂親近承事供養所有言說皆不聽受輕毁如是住阿練若清淨苾芻即是輕毁一切法眼三寶種性時彼國中有諸天龍藥叉神等信敬三寶無動壞者於刹帝利旃荼羅王乃至沙門婆羅門等旃荼羅人心生瞋忿互相謂言仁等當觀此刹帝利宰官居士長者沙門婆羅門等旃荼羅人皆悉輕毁一切法眼三寶種性損滅善根由惡友力攝諸罪業當墮惡趣我等從今勿復擁護此刹帝利旃荼羅等幷其所居國土城邑作是語已一切天龍藥叉神等皆悉棄捨不復擁護彼刹帝利旃荼羅等幷彼所居國土城邑於彼國土一切法器眞實福田皆出其國設有住者亦生捨心不復護念由諸天龍藥叉神等及諸法器眞實福田於刹帝利旃荼羅等幷彼所居國土城邑皆捨守護不護念已時彼國土自軍他軍競起侵陵更相殘害疾疫饑饉因此復與彼刹帝利旃荼羅王乃至沙門婆羅門等旃荼羅人一切國民皆無歡樂先所愛樂今悉別離朋友眷屬更相瞋恨譖謀猜貳無慈無悲嫉妬慳貪衆惡皆起所

謂殺生乃至邪見無慙無愧食用一切窣堵波物及僧祇物曾無悔心彼刹帝利旃荼羅王憎嫉忠賢愛樂諂佞令已官庶互相侵陵憤恚結怨興諸鬬諍共餘隣國交陣戰時軍士離心無不退敗彼刹帝利旃荼羅王宰官居士長者沙門婆羅門等旃荼羅人不久便當肢體癈缺於多日夜結舌不言受諸苦毒痛切難忍命終定生無間地獄復次善男子有刹帝利旃荼羅王宰官居士長者沙門婆羅門等旃荼羅人隨惡友行善根微少諂曲愚癡懷聰明慢於三寶所無淳淨心不見不畏後世苦果此有一類於聲聞乘得微少信實是愚癡自謂聰敏於我所說緣覺乘法及大乘法毀呰誹謗不聽衆生受持讀誦下至一頌復有一類於緣覺乘得微少信實是愚癡自謂聰敏於我所說聲聞乘法及大乘法毀呰誹謗不聽衆生受持讀誦下至一頌復有一類於大乘法得微少信實是愚癡自謂聰敏於我所說聲聞乘法緣覺乘法毀呰誹謗不聽衆生受持讀誦下至一頌如是等人名爲毀謗佛正法者亦爲違逆三世諸佛破三世佛一切法藏焚燒斷滅皆爲灰燼斷壞一切八支聖道挑壞無量衆生法眼若刹帝利旃荼羅王乃至沙門婆羅門等旃荼羅人於佛所說聲聞乘法緣覺乘法及大乘法障礙覆藏令其隱沒乃至一頌當知是人名不恭敬一切法眼三寶種性由是因緣令護國土一切天龍藥叉神等信敬三寶無動壞者於刹帝利旃荼羅王乃至沙門婆羅門等旃荼羅人心生瞋忿廣說乃至彼刹帝利旃荼

羅王宰官居士長者沙門婆羅門等旃荼羅人不久便當肢體癈缺於多日夜結舌不言受諸苦毒痛切難忍命終定生無間大獄復次善男子有刹帝利旃荼羅王宰官居士長者沙門婆羅門等旃荼羅人隨逐破戒惡苾芻行廣說乃至於彼國中有諸法器眞實福田於刹帝利旃荼羅等皆住捨心而不護念雖居其國而依法住常不喜樂俗閙居止亦不數數往施主家設令暫往而護語言縱有語言曾無虛誑終不對彼在家人前譏毀輕弄諸破戒者於諸破戒惡行苾芻終不輕然輙相檢問亦不現相故顯其非常近福田遠諸破戒而彼破戒惡行苾芻於此持戒眞善行者反生瞋恨輕毀侵凌於刹帝利旃荼羅王乃至沙門婆羅門等旃荼羅人在家男女大小等前種種諂曲虛妄談論毀呰誹謗此持戒者令刹帝利旃荼羅王乃至沙門婆羅門等旃荼羅人於我弟子少欲知足持戒多聞具妙辯才諸苾芻所心生瞋恨種種麤言呵罵逼切令心憂惱身不安泰或奪衣鉢諸資身具令其匱乏或奪所施四方僧物不聽受用或閉牢獄枷鎖拷楚或解支節或斬身首善男子當觀如是諸刹帝利旃荼羅王乃至沙門婆羅門等旃荼羅人親近破戒惡行苾芻造作如是種種大罪乃至當墮無間地獄若諸衆生作五無間或犯重戒或近無間性罪遮罪猶輕如是諸刹帝利旃荼羅王乃至沙門婆羅門等旃荼羅人親近破戒越法重罪善男子如是破戒惡行苾芻雖作如是越法重罪而依我法剃除鬚髮被服袈裟進

止威儀同諸賢聖我尚不許國王大臣諸在家者依俗正法以鞭杖等捶拷其身或閉牢獄或復呵罵或解支節或斷其命況依非法國王大臣諸在家者若作此事便獲大罪決定當生無間地獄於諸破戒惡行苾芻猶尚不應如是謫罰何況持戒具善行者善男子若有苾芻於諸根本性重罪中隨犯一罪雖名破戒惡行苾芻而於親教和合僧中所得律儀猶不斷絶乃至棄捨所學尸羅猶有白法香氣隨逐國王大臣諸在家者無有律儀不應輕慢及加謫罰如是苾芻雖非法器退失聖法穢雜清衆破壞一切沙門法事不得受用四方僧物而於親教和合僧中所得律儀不棄捨故猶勝一切在家白衣犯性罪者尚應如是況犯其餘諸小遮罪是故不許國王大臣諸在家者輕慢謫罰所以者何善男子乃往過去有迦奢國王名梵授勑旃荼羅有大象王名青蓮目六牙具足住雪山邊汝可往彼拔取牙來若不得者汝等五人定無活義時旃荼羅爲護身命執持弓箭披赤袈裟詐現沙門威儀形相往雪山邊至象王所時彼母象遙見人來執持弓箭驚怖馳走詣象王所白言大天今見有人張弓捻箭徐行視覘來趣我等將非我等命欲盡耶象王聞已舉目便見剃除鬚髮著袈裟人即爲母象而說頌曰

被殑伽沙等　諸佛法幢相　觀此離諸惡
必不害衆生

時彼母象以頌答言

雖知被法服　而執持弓箭　是惡旃荼羅

樂惡無悲愍

時大象王復說頌曰

見袈裟一相　知是慈悲本　此必歸佛者
愍念諸衆生　汝勿懷疑慮　宜應速攝心
被此法衣人　欲渡生死海

時旃荼羅即以毒箭彎弓審射中象王心母象見之舉聲號咷悲哀哽噎以頌白言

被此法衣人　宜應定歸佛　威儀雖寂靜
而懷毒惡心　應速蹋彼身　令其命根斷
滅此怨令盡　以射天身故

時大象王以頌答曰

寧速捨身命　不應生惡心　彼雖懷詐心
猶似佛弟子　智者非爲命　而懷清淨心
爲度諸有情　常習菩提行

時大象王心生悲愍徐問人曰汝何所須彼人答曰欲須汝牙象王歡喜即自拔牙施旃荼羅而說頌曰

我以白牙今施汝　無忿無恨無貪惜
願此施福當成佛　滅諸衆生煩惱病

善男子當觀如是過去象王雖受無暇傍生趣身爲求阿耨多羅三藐三菩提故而能棄捨身命無悋恭敬尊重著袈裟人雖彼爲怨而不加報然未來世有剎帝利旃荼羅王宰官居士長者沙門婆羅門等旃荼羅人實是愚癡懷聰明慢諂曲虛詐欺誑世間不見不畏後世苦果於歸我法而出家者若是法器若非法器諸弟子所惱亂訶罵或以鞭杖楚撻其身或閉牢獄乃至斷命此於一切過去未來現在諸佛犯諸大罪決定當趣無間地獄斷滅善根焚燒相續一切智者之所遠離

彼既造作如是重罪復懷憍慢誑惑世間自稱我等亦求無上正等菩提我是大乘當得作佛譬如有人自挑其目盲無所見而欲導他登上大山終無是處於未來世有刹帝利旃荼羅王宰官居士長者沙門婆羅門等旃荼羅人亦復如是於歸我法而出家者若是法器若非法器諸弟子所惱亂呵罵或以鞭杖楚撻其身或閉牢獄乃至斷命此於一切過去未來現在諸佛犯諸大罪斷滅善根焚燒相續一切智者之所遠離決定當趣無間地獄彼既造作如是重罪復懷憍慢誑惑世間自稱我等亦求無上正等菩提我是大乘當得作佛彼由惱亂出家人故下賤人身尚難可得況當能證二乘菩提無上大乘於其絕分又善男子過去有國名般遮羅王號勝軍統領彼國時彼有一大丘壙所名揭藍婆甚可怖畏藥叉羅刹多住其中若有人見心驚毛竪時國有人罪應合死王勑典獄縛其五處送揭藍婆大丘壙所令諸惡鬼食噉其身罪人聞已為護命故即剃鬚髮求覓袈裟遇得一片自繫其頸時典獄者如王所勑縛其五處送丘壙中諸人還已至於夜分有大羅刹母名刀劍眼與五千眷屬來入塚間罪人遙見身心驚悚時羅刹母見有此人被縛五處剃除鬚髮片赤袈裟繫其頸下即便右遶尊重頂禮合掌恭敬而說頌言

人可自安慰　我終不害汝　見剃髮染衣
令我憶念佛

時羅刹子白其母曰

母我為飢渴　甚逼切身心　願聽食此人

息苦身心樂

時羅刹母便告子言

被殑伽沙佛　解脫幢相衣　於此起惡心

定墮無間獄

時羅刹子與諸眷屬右遶此人尊重頂禮合掌恭敬而說頌曰

懺悔染衣人　我寧於父母　造身語意惡

於汝終無害

爾時復有大羅刹母名驢騾齒亦有五千眷屬圍遶來入塜間時羅刹母亦見此人被縛五處剃除鬚髮片赤袈裟繫其頸下即便右遶尊重頂禮合掌恭敬而說頌言

人於我勿怖　汝頸所繫服　是仙幢相衣

我頂禮供養

時羅刹子白其母曰

人母肉甘美　願母聽我食　增長身心力

勇猛無所畏

時羅刹母便告子言

人天等妙樂　由恭敬出家　故供養染衣

當獲無量樂

時羅刹子與諸眷屬右遶此人尊重頂禮合掌恭敬而說頌曰

我今恭敬禮　剃髮染衣人　願當於未來

見佛深生信

爾時復有大羅刹母名髻髮亦有五千眷屬圍遶來入塜間時羅刹母亦見此人被縛五處剃除鬚髮片赤袈裟繫其頸下即便右遶尊重頂禮合掌恭敬而說頌言

大仙幢相衣　智者應讚奉　若能修供養

必斷諸有縛

時羅刹子白其母曰
此人身血肉　國王之所賚　願聽我飲敢
得力承事母
時羅刹母便告子言
如是染衣人　非汝所應食　於此起惡者
當成大苦器
時羅刹子與諸眷屬右遶此人尊重頂禮合掌恭敬而說頌曰
汝是大仙種　堪爲良福田　故我修供養
願絕諸有縛
爾時復有大羅刹母名刀劍口亦有五千眷屬圍遶來入塚間時羅刹母亦見此人被縛五處剃除鬚髮片赤袈裟繫其頸下即便右遶尊重頂禮合掌恭敬而說頌言
汝今被法衣　必趣涅槃樂　故我不害汝
恐諸佛所呵
時羅刹子白其母曰
我常吸精氣　飲噉人血肉　願聽食此人
令色力充盛
時羅刹母便告子言
若害著袈裟　剃除鬚髮者　必墮無間獄
久受大苦器
時羅刹子與諸眷屬右遶此人尊重頂禮合掌恭敬而說頌曰
我等怖地獄　故不害汝命　當解放汝身
願脫地獄苦
時諸羅刹母子眷屬同起慈心解此人縛懺謝慰喻歡喜放還此人清旦疾至王所以如上事具白於王時勝軍王及諸眷屬聞之驚躍歎未曾有即立條制須告國人自今以後

於我國中有佛弟子若持戒若破戒下至無戒但剃鬚髮被服袈裟諸有侵凌或加害者當以死罪而刑罰之由此因緣衆人慕德漸漸歸化王贍部洲皆共誠心歸敬三寶善男子當觀如是過去羅剎雖受無暇餓鬼趣身吸人精氣飲噉血肉惡心熾盛無有慈悲而見無戒剃除鬚髮以片袈裟掛其頸者即便右遶尊重頂禮恭敬讚頌無損害心然未來世有剎帝利旃荼羅王宰官居士長者沙門婆羅門等旃荼羅人心壞毒惡無有慈愍造罪過於藥叉羅剎愚癡憍慢斷滅善根於歸我法而出家者若是法器若非法器剃除鬚髮被服袈裟諸弟子所不生恭敬惱亂呵罵或以鞭杖楚撻其身或閉牢獄乃至斷命此於一切過去未來現在諸佛犯諸大罪斷滅善根焚燒相續一切智者之所遠離決定當生無間地獄又善男子昔有國王名超福德有人犯過罪應合死王性仁慈不欲斷命有一大臣多諸智策前白王曰願勿爲憂終不令王得殺生罪不付魁膾令殺此人時彼大臣以已智力將犯罪人付惡醉象時惡醉象以鼻卷取罪人兩脛舉上空中盡其勢力欲撲於地忽見此人裳有赤色謂是袈裟心生淨信便徐置地懺謝悲號跪伏於前以鼻校足深心敬重瞻仰彼人大臣見已馳還白王王聞喜愕歎未曾有便勑國人弘敬三寶因斯斷殺王贍部洲善男子當觀如是過去醉象雖受無暇傍生趣身而敬袈裟不造惡業然未來世有剎帝利旃荼羅王宰官居士長者沙門婆羅門等旃荼羅人心懷毒惡無有

慈愍造諸罪業過惡醉象愚癡憿慢斷滅善根於歸我法而出家者若是法器若非法器剃除鬚髮被服袈裟諸弟子所不生恭敬惱亂呵罵或以鞭杖楚撻其身或閉牢獄乃至斷命此於一切過去未來現在諸佛犯諸大罪斷滅善根焚燒相續一切智者之所遠離決定當生無間地獄若刹帝利旃荼羅王乃至沙門婆羅門等旃荼羅人成就如是第三惡輪由此因緣令護國土一切天龍藥叉神等信敬三寶無動壞者於刹帝利旃荼羅王乃至沙門婆羅門等旃荼羅人心生瞋忿廣說乃至彼刹帝利旃荼羅王宰官居士長者沙門婆羅門等旃荼羅人不久便當肢體攣缺於多日夜結舌不言受諸苦毒痛切難忍命終定生無間地獄復次善男子於未來世此佛土中有刹帝利旃荼羅王宰官居士長者沙門婆羅門等旃荼羅人隨惡友行善根微少廣說乃至不見不畏後世苦果見有所施四方僧物謂諸寺舍或寺舍物或諸園林或園林物或諸莊田或莊田物或所攝受淨人男女或所攝受畜生種類或所攝受衣服飲食或所攝受牀座敷具或所攝受病緣醫藥或所攝受種種資身應受用物如是所施四方僧物具戒富德精進修行學無學行乃至證得最後極果清淨苾芻所應受用彼刹帝利旃荼羅王乃至沙門婆羅門等旃荼羅人以強勢力侵奪具戒清淨苾芻不聽受用迴與破戒惡行苾芻經營在家諸俗業者令共受用或獨受用破戒苾芻既受得已或共受用或獨受用或與俗人同共受用由是因

縁令護國土一切天龍藥叉神等信敬三寳無動壞者於剎帝利旃荼羅王乃至沙門婆羅門等旃荼羅人心生瞋忿廣説乃至彼剎帝利旃荼羅王宰官居士長者沙門婆羅門等旃荼羅人不久便當肢體廢缺於多日夜結舌不言受諸苦毒痛切難忍命終定生無間地獄復次善男子於未來世此佛土中有剎帝利旃荼羅王宰官居士長者沙門婆羅門等旃荼羅人隨惡友行善根微少廣説乃至不見不畏後世苦果見依我法而出家者聰叡多聞語甚圓滿或能傳通聲聞乘法或能傳通獨覺乘法或能傳通無上乘法令廣流布利樂有情彼於如是説法師所呵罵毀辱誹謗輕弄欺誑逼迫惱亂法師障礙正法由是因縁令護國土一切天龍藥叉神等信敬三寳無動壞者於剎帝利旃荼羅王乃至沙門婆羅門等旃荼羅人心生瞋忿廣説乃至彼剎帝利旃荼羅王宰官居士長者沙門婆羅門等旃荼羅人心生瞋忿廣説乃至彼剎帝利旃荼羅王宰官居士長者沙門婆羅門等旃荼羅人不久便當肢體廢缺於多日夜結舌不言受諸苦毒痛切難忍命終定生無間地獄復次善男子於未來世此佛土中有剎帝利旃荼羅王宰官居士長者沙門婆羅門等旃荼羅人隨惡友行善根微少廣説乃至不見不畏後世苦果見有所施四方僧物寺舍莊田人畜財寳華樹果樹漆樹蔭樹香藥樹等及餘資身種種雜物我諸弟子具戒富德精進修行學無學行乃至證得最後極果清淨苾芻所應受用彼剎帝利旃荼羅

王乃至沙門婆羅門等旃荼羅人以强勢力或自逼奪或教人奪或爲自用或爲他用由是因緣令護國土一切天龍藥叉神等信敬三寶無動壞者於刹帝利旃荼羅王乃至沙門婆羅門等旃荼羅人心生瞋忿廣說乃至彼刹帝利旃荼羅王宰官居士長者沙門婆羅門等旃荼羅人不久便當肢體廢缺於多日夜結舌不言受諸苦毒痛切難忍命終定生無間地獄復次善男子於未來世此佛土中有刹帝利旃荼羅王宰官居士長者沙門婆羅門等旃荼羅人善根微少無有信心諂曲愚癡懷聰明慢言無眞實遠離善友隨惡友行於諸聖法心懷猶豫不見不畏後世苦果常樂習近諸惡律儀好行殺生乃至邪見而懷憿慢誑惑世間自稱我是住律儀者彼

刹帝利旃荼羅王乃至沙門婆羅門等旃荼羅人種種方便毀滅我法於歸我法而出家者數數瞋忿呵罵毀辱拷楚禁閉割截肢節乃至斷命我所說法不肯信受壞窣堵波及諸寺舍驅逼苾芻退令還俗障礙剃髮被服袈裟種種驅使同諸僕庻由是因緣令護國土一切天龍藥叉神等信敬三寶無動壞者於刹帝利旃荼羅王乃至沙門婆羅門等旃荼羅人心生瞋忿廣說乃至彼刹帝利旃荼羅王宰官居士長者沙門婆羅門等旃荼羅人不久便當肢體廢缺於多日夜結舌不言受諸苦毒痛切難忍命終定生無間地獄善男子若刹帝利旃荼羅王宰官居士長者沙門婆羅門等旃荼羅人於上所說十種惡輪或隨成一或具成就先所修集一切善根摧

壞焼滅皆爲灰燼不久便當肢體廢缺於多日夜結舌不言受諸苦毒痛切難忍命終定生無間地獄此刹帝利旃荼羅王宰官居士長者沙門婆羅門等旃荼羅人於當來世下賤人身尚難可得况當能證二乘菩提無上大乘於其絶分如是惡人大乘名字尚難得聞況當能證無上佛果是人究竟自損損他一切諸佛所不能救善男子譬如有人壓油爲業一一麻粒皆有蟲生以輪壓之油便流出汝當觀此壓麻油人於日夜中殺幾生命假使如是壓麻油人以十具輪相續恒壓於一日夜一一輪中所壓麻油數滿千斛如是相續至滿千年汝觀此人殺幾生命所獲罪業寧爲多不地藏菩薩摩訶薩言甚多世尊甚多大德此人所殺無量無邊所獲罪業不可稱計筭數譬喻所不能及唯佛能知餘無知者佛言善男子假使有人爲財利故置十婬坊一一坊中置千婬女一一婬女種種莊嚴誑惑多人恒爲欲事如是相續至滿千年此人獲罪不可稱計筭數譬喻所不能及如前十輪壓油人罪等一婬坊所獲罪業又善男子假使有人爲財利故置十酒坊一一坊中種種嚴飾方便招誘千躭酒人飲與歡娛晝夜無廢如是相續至滿千年此人獲罪不可稱計筭數譬喻所不能及如前所說十婬坊罪等一酒坊所獲罪業又善男子假使有人爲財利故置十屠坊一一坊中於一日夜殺害千生牛羊駝鹿雞猪等命如是相續至滿千年此人獲罪不可稱計筭數譬喻所不能及如前所説十酒坊罪等一屠坊所獲罪

業如是所說十屠坊罪等剎帝利旃荼羅王乃至沙門婆羅門等旃荼羅人於前十惡隨成一輪一日一夜所獲罪業爾時世尊而說頌曰

十壓油輪罪　等彼一婬坊　置彼十婬坊
等一酒坊罪　置十酒坊罪　等彼一屠坊
置彼十屠坊　罪等王等一

大乘大集地藏十輪經卷第四

音釋

販方願切　貯展呂切積也　傲五到切佷也　猥鄔賄切鄙也　黜敕律切貶黜也　捻諾協切　覘敕黏切規也　咷徒刀切號咷哭聲也　蹋徒合切蹴也　悚息拱切懼也　鬇鬡鬇止行切鬡女耕切鬇鬡髮亂也　脛胡定切脚脛也　愕五各切驚遽貌　叡俞芮切明達也

大乘大集地藏十輪經卷第五

唐三藏法師玄奘奉 詔譯

無依行品第三之三

爾時地藏菩薩摩訶薩復白佛言大德世尊若有眞善刹帝利眞善宰官眞善居士眞善長者眞善沙門眞善婆羅門如是等人能自善護亦善護他善護後世善護佛法出家之人若是法器若非法器下至無戒剃除鬚髮被袈裟者普善守護恭敬供養又能善護聲聞乘法緣覺乘法及大乘法恭敬聽聞信受供養於住大乘具戒富德精勤修行乃至住果補特伽羅能善守護助其勢力諮問聽受歡喜談論遠離破戒惡行苾芻於諸所施四方僧物終不令人非法費用勤加守護供四方僧於窣堵波及僧祇物終不自奪不教他奪亦不自用不教他用於能辯說三乘法人恭敬供養加護與力不令他人誹謗毀辱尊重安慰諸出家人信受護持佛所說法終不破壞諸窣堵波亦常護持僧伽藍舍於剃鬚髮被服袈裟出家人所終不毀廢於十惡輪自不染習亦常勸他離十惡輪具學先王治國正法紹三寶種常令熾盛恒樂親近諸善知識慈心撫育一切國人隨其所宜方便化導令捨邪法修行正法如是眞善刹帝利王乃至眞善婆羅門等得幾所福滅幾所罪佛言善男子假使有人出現世間具大威力於日初分積集七寶滿贍部洲奉施諸佛及弟子衆於日中分亦集七寶滿贍部洲奉施諸佛及弟子衆於日後分亦集七寶滿贍部洲奉施諸佛及弟子衆如是日日相續布施滿

百千年此人福聚寧爲多不地藏菩薩摩訶薩言甚多世尊甚多大德此人福聚無量無邊不可稱計筭數譬喻所不能及唯佛能知餘無知者佛言善男子如是如是如汝所說若有眞善刹帝利王乃至眞善婆羅門等於十惡輪自不染習亦常勸他離十惡輪所獲福聚過前福聚無量無邊不可稱計又善男子假使有人出現世間具大威力爲四方僧營建寺宇其量寬廣等四大洲上妙房舍牀敷衣服飲食醫藥資緣充備令諸如來聲聞菩薩大弟子衆止住其中精進修行種種善品若晝若夜無有懈息經百千俱胝那庾多歲供給供養相續不絕此人福聚寧爲多不地藏菩薩摩訶薩言甚多世尊甚多大德此人福聚無量無邊不可稱計筭數譬喻所不能及唯佛能知餘無知者佛言善男子如是如是如汝所說又善男子假使有人出現世間具大威力爲四方僧營建寺宇寬廣量等十四大洲上妙房舍牀敷衣服飲食醫藥資緣充備令諸如來聲聞菩薩大弟子衆止住其中精進修行種種善品若晝若夜無有懈息經百千俱胝那庾多歲供給供養相續不絕此人福聚寧爲多不地藏菩薩摩訶薩言甚多世尊甚多大德此人福聚無量無邊不可稱計筭數譬喻所不能及唯佛能知餘無知者佛言善男子如是如是如汝所說又善男子假使有人出現世間具大威力爲佛舍利起窣堵波嚴麗高廣量等三千大千世界如前所說爲四方僧造寺福聚類此所說爲佛舍利起窣堵波所獲福聚於百分中不及

其一於千分中亦不及一於百千分亦不及一於俱胝分亦不及一那庾多分數分筭分計分喻分乃至鄔波尼殺曇分亦不及一又善男子假使有得波羅蜜多具八解脫靜慮等至大阿羅漢徧滿三千大千世界如稻麻竹葦甘蔗叢林一切皆被堅縛五處經百千年時有一人出現於世具大威力樂福德故悉解被縛諸阿羅漢香湯澡浴奉施衣鉢經百千年給上房舍牀敷衣服飲食醫藥種種所須如法資具諸阿羅漢般涅槃已供養焚燒收取舍利以妙七寶起窣堵波安置其中復以種種寶幢旛蓋香華妓樂而供養之如前所說為佛舍利起窣堵波所獲福聚類此所說解阿羅漢供養福聚於百分中不及其一於千分中亦不及一於百千分亦不及一於俱胝分亦不及一那庾多分數分筭分計分喻分乃至鄔波尼殺曇分亦不及一善男子若有真善剎帝利王乃至真善婆羅門等於十惡輪自不染習亦常勸他離十惡輪所獲福德過前福聚無量無邊不可稱計如生福數滅罪亦爾善男子若有真善剎帝利王及諸真善宰官居士長者沙門婆羅門等於未來世後五百歲法欲滅時能善護持我之法眼能自善護亦善護他善護後世善護我法出家弟子若是法器若非法器下至無戒剃除鬚髮被袈裟者普善守護恭敬供養令無損惱又能善護三乘正法聽受供養聲聞法時於獨覺乘及大乘法不生誹謗於獨覺乘及大乘人亦不憎嫉聽受供養獨覺法時於聲聞乘及大乘法不生誹謗於聲聞乘及

大乘人亦不憎嫉聽受供養大乘法時於聲聞乘獨覺乘法不生誹謗於聲聞乘獨覺乘人亦不憎嫉於聲聞乘獨覺乘法不求趣證唯求趣證大乘正法於住大乘具戒富德精勤修行乃至住果補特伽羅多數親近承事供養深心敬重請問聽受遠離破戒惡行苾芻於諸所施四方僧物終不令人非法費用勤加守護供四方僧於窣堵波及僧祇物終不自奪及教他奪亦不自用及教他用於能辯說三乘法人恭敬供養加護與力不令他人誹謗毀辱尊重安慰諸出家人信受護持如來聖教終不破壞諸窣堵波亦當護持四方僧寺於我出家諸弟子所終不毀廢還俗策使於十惡輪自不染習亦常勸他離十惡輪具學先王治國正法十善業道攝化世間常當親近諸善知識紹三寶種常令熾盛善護法眼令不滅沒如是真善刹帝利王乃至真善婆羅門等由具如是諸功德故名不虛受國人俸禄一切天龍藥叉鬼神乃至羯吒布怛那等皆生歡喜慈悲護念一切法器真實福田亦生歡喜慈悲護念由是因緣所居國土及諸有情展轉熾盛安隱豐樂隣國兵戈不能侵害皆敬慕德自來歸附由此展轉勸修善業枯竭惡趣增長天人守護身命令得長遠自滅煩惱亦令他滅任持菩提道六波羅蜜多破壞一切衆邪惡道於生死海不久沉淪常離惡友常近善友生生常遇諸佛菩薩恭敬承事曾無暫廢不久皆當隨心所樂各各安住於佛國土證得無上正等菩提爾時衆中一切天帝及諸眷屬乃至一切畢

舍遮帝及諸眷屬從座而起頂禮佛足合掌恭敬而白佛言大德世尊於未來世後五百歲於此佛土法欲滅時若有眞善刹帝利王乃至眞善婆羅門等於十惡輪自能遠離亦能勸他令其遠離善護自他善護後世護持正法紹三寶種皆令熾盛無有斷絕以要言之如佛所說如是等人於三乘法恭敬聽受終不隱藏於三乘人護持供養不令擾惱於三寶物勤加守護不令侵損我等眷屬於此眞善刹帝利王乃至眞善婆羅門等勤加擁護令其十法皆得增長何等爲十一者增長壽命二者增長無難三者增長無病四者增長眷屬五者增長財寶六者增長資具七者增長自在八者增長名稱九者增長善友十者增長智慧大德世尊若彼眞善刹帝利王乃至眞善婆羅門等於十惡輪自能遠離亦能勸他令其遠離具前所說諸功德者我等擁護定當得此十法增長復次世尊若有眞善刹帝利王乃至眞善婆羅門等成就如前所說功德我等眷屬勤加擁護令於十法皆得遠離何等爲十一者遠離一切怨家寇敵二者遠離一切非愛色聲香味觸境三者遠離一切障惱疾病四者遠離一切邪執惡見五者遠離一切邪妄歸依六者遠離一切邪惡災怪七者遠離一切邪惡事業八者遠離一切邪惡知識九者遠離一切居家淤泥十者遠離一切非時夭喪大德世尊若彼眞善刹帝利王乃至眞善婆羅門等成前所說諸功德者我等擁護定當得此十法遠離復次世尊若有眞善刹帝利王具修如前所說功

德令圓滿者我等眷屬勤加擁護令此帝王并諸眷屬及其國土一切人民令於十法皆得遠離何等爲十一者遠離一切他國怨敵二者遠離一切自國怨敵三者遠離一切凶惡鬼神四者遠離一切愆陽亢旱五者遠離一切伏陰滯雨六者遠離一切非時寒熱烈風暴雨霜雹灾害七者遠離一切惡星變怪八者遠離一切饑饉荒儉九者遠離一切非時病死十者遠離一切邪執惡見大德世尊若彼真善刹帝利王具修如前所說功德令圓滿者我等眷屬勤加擁護令此帝王并諸眷屬及其國土一切人民定當得此十法遠離爾時世尊讚諸天帝及其眷屬乃至一切畢舍遮帝及眷屬言善哉善哉汝等乃能發此誓願此事皆是汝等應作由是因緣當得汝等長夜安樂爾時天藏大梵復白佛言世尊唯願聽我爲未來世此佛土中一切真善刹帝利王說能護國不退輪心大陀羅尼明呪章句由此護國不退輪心大陀羅尼明呪章句威神力故令未來世此佛土中一切真善刹帝利王不爲一切怨敵惡友之所摧伏能令一切怨敵惡友自然退散能善護持身語意業爲諸智者常所稱讚離諸惡法常行善法常離一切邪見邪歸常於大乘精進修行勇猛堅固常能成熟無量無數所供有情智不依他自然善巧具能修行六到彼岸珍寶伏藏遠離一切忿慳嫉等煩惱纏垢常爲一切人非人等恭敬護念諸有所爲心無忘失不捨有情樂四攝事常不遠離法器福田佛言天藏吾今恣汝爲未來世此佛土中一

切眞善剎帝利王說能護國不退輪心大陀羅尼明呪章句由此護國不退輪心大陀羅尼明呪章句威神力故令未來世此佛土中一切眞善剎帝利王不爲一切怨敵惡友之所摧伏廣說乃至常不遠離一切諸佛及佛弟子爾時天藏大梵即說護國不退輪心大陀羅尼明呪章句

怛經他牟尼昌隸(一) 牟那揭臘筏(二) 牟尼紇棃達曳(三) 牟尼嚧訶毘折(常列切)隸(四) 牟那曷栗制(五) 牟尼笈謎(六) 東訖羅博差(初戒切)(七) 鉢邏奢摶差(初戒切)(八) 蜜羅博差(初戒切)(九) 騷剌婆紇栗帝(十) 姤剌拏紇栗折(章列切)隸(十一) 鉢怛邏叉紇栗帝(十二) 具具拏蜜隸(十三) 悒(烏合切)筏叉薩隸(十四) 遏怒訶祇[口+履]筏(十五) 牟尼鉢塔筏(十六) 莎訶(十七)

天藏大梵說是呪已復白佛言唯願世尊及諸大衆於我所說大陀羅尼皆生隨喜世尊告曰善哉善哉一切大衆亦作是言善哉善哉爾時世尊復告尊者大目乾連及告彌勒菩薩摩訶薩曰善男子汝等皆應受持如是天藏大梵所說護國不退輪心大陀羅尼明呪章句傳授未來此佛土中一切眞善剎帝利王令自受持及令流布由是因緣彼諸眞善剎帝利王并諸眷屬及國人民一切皆得利益安樂常轉法輪名稱高遠威德熾盛摧滅邪見建立正見守護法眼紹三寶種皆令熾盛無有斷絕成熟無量無邊有情於大乘中堅固淨信久住圓滿能具修六波羅蜜多斷一切障速到究竟爾時世尊重顯此義而說頌曰

時天藏大梵　請問兩足尊　利根等有情

樂修定誦福　聰慧王成法　爲昇進沉淪
所修三事中　誰除惑不退　世尊告彼言
若犯無依行　雖覺慧猛利　而趣無間獄
非眞聰慧者　樂行十惡輪　斷滅諸善根
速趣於地獄　定能斷煩惱　非聽誦福業
故欲求涅槃　常當修靜慮　有慧勤精進
護持我正法　由敬信袈裟　能度煩惱海
樂處空閑林　遠造無同類　敬持戒修定
能度諸有海　普敬信三乘　興隆我正法
供養涤衣者　當成功德海　能伏難調心
不舉苾芻罪　修知足聖種　當成兩足尊
遠離惡苾芻　親近聖行處　不食用僧物
速證大菩提　三界中安樂　皆由三寶生
故求安樂人　常供養三寶　旃荼羅王等
朋黨惡苾芻　於三寶起過　速墮無間獄
十壓油輪罪　等彼一婬坊　置彼十婬坊
等一酒坊罪　置十酒坊罪　等彼一屠坊
置彼十屠坊　罪等王等一　眞善國王等
興隆我正法　普供養三乘　當成功德海
七寶滿贍部　奉施佛及僧　彼所獲福聚
不如護佛法　爲佛僧造寺　量等十四洲
彼所獲福聚　不如護佛法　造佛窣堵波
量等三千界　彼所獲福聚　不如護佛法
解阿羅漢縛　種種修供養　不障我正法
其福勝於彼　千俱胝劫中　智者勤修定
不生勝覺慧　不如護我法　眞善國王等
遠離十惡輪　護持我正法　及著袈裟者
不毀謗我說　三乘法及人　普聽聞供養
護持說法者　不損三寶物　不障著袈裟
常敬器非器　福勝無倫匹　如五日並現

大海皆枯竭　如是護我法　能枯竭煩惱
如風災起時　諸山皆散滅　如是護我法
能除滅煩惱　如水災起時　大地皆漂壞
如是護我法　能壞非愛果　如如意寶珠
隨所願皆滿　如是三乘法　能滿衆生願
如遇得寶瓶　除貧獲富樂　如是遇佛法
滅惑證菩提　如十五夜月　明照滿虛空
如是護法人　智慧周法界　如虛空平等
無物亦無相　如是護法人　知諸法一味
如日放光明　恒除世間暗　如是護法者
常普照世間

有依行品第四之一

爾時金剛藏菩薩摩訶薩於大衆中從座而起頂禮佛足偏袒一肩右膝著地合掌恭敬以頌問曰

昔言破戒失淨德　非賢聖器非我子
諸沙門法棄如燼　不應居我清衆中
三垢所汙失滅道　彼不堪消勝供養
於施四方僧衆物　少分我亦不聽受
四根本罪隨犯一　清衆所棄如海屍
云何今說惡苾芻　應忍應悲遮謫罰
復勸應勤供養彼　悲愍勿生微惡心
恭敬聽受所說法　當獲福慧大悲者
六通救世餘經說　汝等皆當信大乘
正直微妙菩提道　應捨二乘解脫路
云何今復說三乘　普勸聽持修供養
根力覺道沙門果　此經中有餘處無
八支聖道無等倫　三乘皆同行此道
欲求解脫勤精進　各隨所願證菩提
有情中尊當嚴察　會今昔教使無違

令諸天人菩薩衆　解悟心歡證眞實
聞說大乘誰有益　聞說大乘誰有損
十種解脫聲聞乘　聞說誰損誰有益
何人聞法轉昇進　何人聞法翻退沒
云何猒患諸有爲　能速枯竭於老死
晝夜勤修諸善者　依何妙理御何乘
能度深廣四暴流　救世皆當爲宣說

爾時佛告金剛藏菩薩摩訶薩言善哉善哉善男子汝今爲欲利益安樂無量有情爲諸天人阿素洛等作大義利請問如來如是深義汝應諦聽善思念之吾當爲汝分別解說金剛藏菩薩言唯然世尊願樂欲聞佛言善男子有十種補特伽羅輪迴生死難得人身何等爲十補特伽羅一者不種善根二者未修福業三者雜染相續四者隨惡友行五者不見不畏後世苦果六者猛利貪欲七者猛利瞋恚八者猛利愚癡九者其心迷亂十者守惡邪見如是十種無依行因令諸衆生犯根本罪毀犯尸羅墮諸惡趣何等名爲十無依行謂我法中而出家者有加行壞意樂不壞有意樂壞加行不壞有加行意樂俱壞有戒壞見不壞有見壞戒不壞有戒見俱壞有於加行意樂戒見雖皆不壞而但依止惡友力行作無依行有雖依止善友力行而復愚鈍猶如瘂羊於諸事業都不分別聞善友說善不善法不能領受不能記持不能解了善不善義由是因緣作無依行有於種種財寶衆具常無猒足追求因緣其心迷亂作無依行有爲衆病之所逼惱便求種種祠祀呪術由是因緣作無依行如是十種無依行因令

諸衆生犯根本罪於現法中非賢聖器毁犯尸羅墮諸惡趣善男子若有補特伽羅加行壞意樂不壞隨遇一種無依行因犯根本罪便深怖懼慚愧棄捨而不數數作諸惡行如來爲益彼故說有汙道沙門所以者何彼作如是重惡業已即便發露不敢覆藏慚愧懺悔彼由如是慚愧懺悔罪得除滅求斷相續不復更作雖於一切沙門法事皆應擯出一切沙門所有資具不聽受用而由彼人於三乘中成法器故如來慈悲或爲彼說聲聞乘法或爲彼說緣覺乘法或爲彼說無上乘法彼有是處轉於第二第三生中發正願力遇善友力一切所作諸惡業障皆悉消滅或有證得聲聞乘果或有證得緣覺乘果而般涅槃或有悟入廣大甚深無上乘理如是戒壞見不壞者應知亦爾若有補特伽羅意樂壞加行不壞如來爲益彼故說求四梵住法彼是聲聞乘器或是緣覺乘器若有補特伽羅加行意樂俱壞彼於諸乘皆非法器如來爲益彼故讃說布施若有補特伽羅見壞戒不壞如來爲益彼故說緣起法令捨惡見於現身中入聲聞法或緣覺法或於餘身方能悟入若有補特伽羅戒見俱壞彼於聖法亦不成器如來爲益彼故讃說布施若有補特伽羅加行意樂戒不見壞而但依止惡友力行如來爲益彼故讃說十善業道若有補特伽羅雖復依止善友力行而復愚鈍猶如瘂羊不能領受善不善法如來爲益彼故讃說習誦若爲種種貪病所逼有爲種種見趣迷惑如來爲益如是等故求解脫者爲其開示能

出生死趣聲聞乘四聖諦法斷見論者爲其讚說諸緣起法常見論者爲說三界諸有諸趣死此生彼如陶家輪往來無絕無常等法善男子如來無有所說名字言說音聲空無果者無不皆爲成熟有情是故一切毀謗如來所說正法壞諸有情正法眼罪過諸無間似無間等無量重罪若有於我爲欲利樂一切有情所說正法謂依聲聞乘所說正法或依緣覺乘所說正法或依大乘所說正法誹謗遮止障蔽隱沒下至一頌當知是名謗正法者亦名毀滅八聖道者亦名破壞一切有情正法眼者如是之人既自習行大無利行亦令一切有情習行大無利行此人依止無慚愧僧如是毀謗如來正法復次善男子有四種僧何等爲四一者勝義僧二者世俗僧三者瘂羊僧四者無慚愧僧云何名勝義僧謂佛世尊若諸菩薩摩訶薩衆其德尊高於一切法得自在者若獨勝覺若阿羅漢若不還若一來若預流如是七種補特伽羅勝義僧攝若諸有情帶在家相不剃鬚髮不服袈裟雖不得受一切出家別解脫戒一切羯磨布薩自恣悉皆遮遣而有聖法得勝果故勝義僧攝是名勝義僧云何名世俗僧謂剃鬚髮被勝袈裟成就出家別解脫戒是名世俗僧云何名瘂羊僧謂不了知根本等罪犯與不犯不知輕重毀犯種種小隨小罪不知發露懺悔所犯惷愚瞢鈍於微小罪不見不畏不依聰明善士而住不時時間往詣多聞聰明者所親近承事亦不數數恭敬請問云何爲善云何不善云何有罪云何無罪修何爲

妙作何爲惡如是一切補特伽羅瘂羊僧攝是名瘂羊僧云何名無慚愧僧謂若有情爲活命故歸依我法而求出家得出家已於所受持別解脫戒一切毀犯無慚無愧不見不畏後世苦果内懷腐敗如穢蝸螺貝音狗行常好虛言曾無一實慳貪嫉妬愚癡憍慢離三勝業貪著利養恭敬名譽躭湎六塵好樂婬佚愛欲色聲香味觸境如是一切補特伽羅無慚僧攝毀謗正法是名無慚愧僧善男子勝義僧者於中或有亦是勝道沙門所攝言勝道者謂若能依八支聖道自度一切煩惱駛流亦令他度此復云何謂佛世尊及獨勝覺諸阿羅漢如是三種補特伽羅已離一切有支眷屬故名勝道復有菩薩摩訶薩衆不假他緣於一切法智見無障攝受利樂一切有情亦名勝道沙門所攝其勝義僧及世俗僧於中或有亦是示道沙門所攝若有成就別解脫戒眞善異生乃至具足世間正見彼由記說變現力故能廣爲他宣說開示諸聖道法當知如是補特伽羅名最下劣示道沙門證預流果補特伽羅是名第二證一來果補特伽羅是名第三證不還果補特伽羅是名第四復有菩薩摩訶薩衆是名第五謂住初地至第十地乃至安住最後有身此皆示道沙門所攝若有成就別解脫戒軌則所行清淨具足此皆命道沙門所攝以道活命故名命道復有菩薩摩訶薩衆爲欲攝受利益安樂一切有情具足修行六到彼岸亦名命道如是勝道示道命道三種沙門名爲世間眞實福田所餘沙門名爲汙道雖非眞實

亦得墮在福田數中若有依止無慚愧僧補特伽羅於我正法毘柰耶中名爲死屍於清衆海應當擯棄非法器故我於彼人不稱大師彼人於我亦非弟子有無慚僧不成法器稱我爲師於我舍利及我形像深生敬信於我法僧聖所受戒亦深敬信旣不自執諸惡邪見亦不令他執惡邪見能廣爲他宣說我法稱揚讚歎不生毀謗常發正願隨所犯罪數數猒捨發露懺悔衆多業障皆能除滅當知如是補特伽羅信敬三寶聖戒力故勝九十五諸外道衆多百千倍非速能入般涅槃城轉輪聖王尚不能及況餘雜類一切有情以是義故如來觀察一切有情諸業法受差別相已作如是說於我法中剃除鬚髮被袈裟者我終不聽刹帝利等毀辱謫罰若有毀辱謫罰一切出家之人所獲罪報如前廣說又依我法捨俗出家剃除鬚髮被赤袈裟即爲一切過去未來現在諸佛慈悲護念威儀形相所服袈裟亦爲過去未來現在諸佛世尊慈悲守護是故輕毀剃除鬚髮被赤袈裟出家人者即是輕毀一切過去未來現在諸佛世尊由是因緣諸有智慧猒怖衆苦欣求人天涅槃樂者不應輕毀捨俗出家剃除鬚髮被袈裟者有無慚僧毀破禁戒不成三乘賢聖法器旣自堅執諸惡邪見亦能令他執惡邪見謂爲眞善刹帝利眞善婆羅門眞善宰官眞善居士眞善沙門眞善長者眞善筏舍眞善戍達羅若男若女說諸世間無父無母乃至無有善業惡業所得果報無有能得聖道果者一切諸法不從因生或有執言色

界是常非變壞法或有執言無色界常非變壞法或有執言外道所計諸苦行法得究竟淨或有執言唯聲聞乘得究竟淨非獨覺乘亦非大乘於聲聞乘信敬稱讚宣說開示於獨覺乘及於大乘誹謗輕毀障蔽隱沒不令流布或有執言唯獨覺乘得究竟淨非聲聞乘亦非大乘於獨覺乘信敬稱讚宣說開示於聲聞乘及於大乘誹謗輕毀障蔽隱沒不令流布或有執言唯有大乘得究竟淨非聲聞乘非獨覺乘於大乘法既自生信教他生信既自恭敬教他恭敬既自稱讚教他稱讚既自書寫教他書寫既自讀誦教他讀誦既自聽受教他聽受既自思惟教他思惟於他有情若是法器若非法器皆爲廣說開示解釋微細甚深大乘法義於聲聞乘及獨覺乘誹謗輕毀障蔽隱沒不令流布自不生信障他生信自不恭敬障他恭敬自不稱讚障他稱讚自不書寫障他書寫自不讀誦聽受思惟障他讀誦聽受思惟不樂廣說開示解釋二乘法義或有執言唯修布施得究竟淨非戒非忍乃至非慧或有執言唯修禁戒得究竟淨非施非忍乃至非慧或有執言唯修安忍得究竟淨非施非戒乃至非慧或有執言唯修精進得究竟淨非施非戒乃至非慧或有執言唯修靜慮得究竟淨非施非戒乃至非慧或有執言唯修般若得究竟淨非施非戒乃至非定或有執言唯修種種世間所習諸技藝智得究竟淨或有執言唯修種種投巖赴火自餓等行得究竟淨善男子如是破戒惡行苾芻非法器者種種誑惑眞善法器

諸有情等令執惡見彼由顛倒諸惡見故破壞眞善刹帝利王乃至眞善戍達羅等若男若女所有淨信戒聞捨慧轉刹帝利成旃荼羅乃至筏舍戍達羅等成旃荼羅此非法器破戒苾芻并刹帝利旃荼羅等師及弟子俱斷善根乃至當墮無間地獄善男子如人死屍肨脹爛臭諸來見者皆爲臭熏隨所觸近爛臭死屍或與交翫隨被臭穢之所熏染如是眞善刹帝利王乃至眞善戍達羅等若男若女隨所親近破戒惡行非法器僧或與交遊或共住止或同事業隨彼惡見臭穢熏染如是如是令彼眞善刹帝利王乃至眞善戍達羅等若男若女退失淨信戒聞捨慧成旃荼羅師及弟子俱斷善根乃至當墮無間地獄

大乘大集地藏十輪經卷第五

音釋

寇苦候切仇也　淤於據切濁泥也　亢苦浪切　雹蒲角切雨冰也　經徒結切　紇下沒切　燼徐晋切火餘也　瘂烏下切不能言也　駛士切疾也

大乘大集地藏十輪經卷第六

唐三藏法師玄奘奉　詔譯

有依行品第四之二

善男子汝觀如是剎帝利等無量有情親近如是破戒惡行非法器僧退失一切所有善法乃至當墮無間地獄是故欲得上妙生天涅槃樂者皆應親近承事供養勝道沙門諮稟聽聞三乘要法或求示道命道沙門若無如是三道沙門當於汙道沙門中求雖復戒壞而有正見具足意樂及加行者應往親近承事供養諮稟聽聞三乘要法不應親近承事供養加行意樂及見壞者彼雖戒壞而無邪見意樂加行見具足故應詣其所諮稟聽聞聲聞乘法獨覺乘法及大乘法不應輕毀於三乘中隨意所樂發願精進隨學一乘於別餘乘不應輕毀若於三乘隨輕毀一下至一頌不應親近或與交遊或共住止或同事業若有親近或與交遊或共住止或同事業俱定當墮無間地獄善男子是故若欲於三乘中隨依一乘求出生死欣樂安樂猒危苦者應於如來所說正法或依聲聞乘所說正法或依獨覺乘所說正法或依大乘所說正法普深信敬勿生謗毀障蔽隱沒下至一頌常應恭敬讀誦聽聞應發堅牢正願求證謗毀三乘隨一法者不應共住下至一宿不應親近諮稟聽法若諸有情隨於三乘毀謗一乘或復親近謗三乘人諮稟聽受由此因緣皆定當墮無間地獄受大苦惱難有出期何以故善男子我於過去修菩薩行精勤求證無上智時或爲求請依聲聞乘所說正法下

至一頌乃至棄捨自身手足血肉皮骨頭目髓腦或爲求請依獨覺乘所說正法下至一頌乃至棄捨自身手足血肉皮骨頭目髓腦或爲求請依於大乘所說正法下至一頌乃至棄捨自身手足血肉皮骨頭目髓腦如是勤苦於三乘中下至求得一頌法已深生歡喜恭敬受持如說修行時無暫廢經無量劫修行一切難行苦行乃證究竟無上智果復爲利益安樂有情宣說開示三乘正法以是義故不應謗毀障蔽隱沒下至一頌常應恭敬讀誦聽聞應發堅牢正願求證善男子如是三乘出要正法一切過去未來現在過殑伽沙諸佛同說大威神力共所護持爲欲拔濟一切有情生死大苦爲欲紹隆三寶種性令不斷絶是故於此三乘正法應普信敬勿生謗毀障蔽隱沒若有謗毀障蔽隱沒三乘正法下至一頌決定當墮無間地獄復次善男子於未來世此佛土中有刹帝利旃荼羅婆羅門旃荼羅宰官旃荼羅居士旃荼羅沙門旃荼羅長者旃荼羅筏舍旃荼羅戍達羅旃荼羅若男若女諂曲愚癡懷聰明慢其性兇悖慘厲麤獷不見不畏後世苦果好行殺生乃至邪見嫉妬慳貪憎背善友親近惡友非是三乘賢聖法器或少聽習聲聞乘法便於諸佛共所護持獨覺乘法無上乘法誹謗毀呰障蔽隱沒不令流布或少聽習獨覺乘法便於諸佛共所護持聲聞乘法無上乘法誹謗毀呰障蔽隱沒不令流布或少聽習無上乘法便於諸佛共所護持聲聞乘法獨覺乘法誹謗毀呰障蔽隱沒不令流布爲求名

利唱如是言我是大乘是大乘黨唯樂聽習受持大乘不樂聲聞獨覺乘法不樂親近學二乘人如是詐稱大乘人等由自愚癡憍慢勢力如是謗毀障蔽隱沒三乘正法不令流布憎嫉修學三乘法人誹謗毀辱令無威勢善男子一切過去未來現在諸佛世尊及諸菩薩摩訶薩爲欲利樂一切有情以大悲力護持二事一者爲欲紹隆三寶種性常令不絶捨俗出家剃除鬚髮被服袈裟二者三乘出要四聖諦等相應三法如是二事唯佛世尊及大菩薩能善護持非諸聲聞獨勝覺等亦非百千那庾多數大梵天王及天帝釋王四大洲轉輪王等所能護持於未來世此佛土中有刹帝利旃荼羅王見依我法而得出家剃除鬚髮被袈裟者方便伺求所犯過失以種種緣呵罵毀辱或加鞭杖或閉牢獄或奪資具或脫袈裟廢令還俗使作種種居家事業或横驅役或濫損遣或斷飲食或害身命彼刹帝利旃荼羅王以巳愚癡憍慢勢力毀辱謫罰諸佛菩薩以大悲力共所護持我諸弟子誹謗毀滅諸佛菩薩以大悲力共所護持我甚深法於其三世諸佛菩薩共所護持三乘正法障蔽隱沒不令流布有刹帝利旃荼羅王乃至筏舍戍達羅等旃荼羅人若男若女愚癡憍慢自號大乘彼人尚非聲聞獨覺二乘法器況是無上大乘法器爲求利養恭敬名譽誑惑世間愚癡雜類自言我等是大乘人謗毀如來二乘正法如是人等愚癡諂曲憍慢嫉妬慳貪因縁毀我法眼令速隱滅彼於三世一切諸佛犯大過罪亦於三

世一切菩薩犯大過罪又於三世一切聲聞犯大過罪不久便當肢體廢缺遭遇種種重惡疾病彼刹帝利旃荼羅王乃至筏舍戍達羅等旃荼羅人若男若女由造惡業起倒見故斷一切善根雖復有時多修施福於未來世當生鬼趣傍生趣中受富樂果而彼身中尚不能起色無色界下劣善根況當能種聲聞獨覺及無上乘無功用起一切智智善根種子又令其舌爲病所害於多日夜結舌不言受諸苦毒痛切難忍命終定當生於無間大地獄中是故如來慈悲憐愍一切眞善刹帝利王乃至眞善戍達羅等若男若女令得長夜利益安樂慇懃懇切作如是言汝等應當於歸我法剃除鬚髮被片袈裟出家人所慎勿惱亂譏訶謫罰於我所說三乘正教慎勿謗毀障蔽隱没若違我言而故作者所獲罪報如前廣說所以者何此歸我法剃除鬚髮被赤袈裟出家形相乃是過去未來現在諸佛菩薩大悲神力之所護持此剃鬚髮被赤袈裟出家威儀是諸賢聖解脫幢相亦是一切聲聞乘人受用解脫法味幢相亦是一切獨覺乘人受用解脫法味幢相亦是一切大乘之人受用解脫法味幢相如來所說三乘正法亦是三世諸佛菩薩大悲神力之所護持具諸賢聖解脫依止亦是一切聲聞乘人受用解脫法味依止亦是一切獨覺乘人受用解脫法味依止亦是一切大乘之人受用解脫法味依止善男子以是義故求解脫者應當親近恭敬供養諸歸我法剃除鬚髮被赤袈裟出家之人應先信敬聲聞乘法若

自聽受教他聽受若自讀誦教他讀誦若自書寫教他書寫若自施與教他施與若自宣説教他宣説思惟修行廣令流布如是信敬獨覺乘法若自聽受教他聽受若自讀誦教他讀誦若自書寫教他書寫若自施與教他施與若自宣説教他宣説思惟修行廣令流布如是信敬於大乘法若自聽受教他聽受若自讀誦教他讀誦若自書寫教他書寫若自施與教他施與若自宣説教他宣説思惟修行廣令流布若非器者不應自聽勿教他聽乃至廣説又應遠離一切惡法應捨惡友應覲善友應勤修習六到彼岸應數懺悔一切惡業應隨所宜勤發正願若能如是斯有是處現身得成聲聞乘器或獨覺乘種子不退或復大乘種子不退是故三乘皆應修學不應憍慠妄號大乘謗毀聲聞獨覺乘法我先唯爲大乘法器堅修行者説如是言唯修大乘能得究竟是故今昔説不相違爾時世尊重顯此義而説頌曰

對諸大衆前　金剛藏問我　云何勸供養
破戒惡苾芻　失杜多功德　癡惡見所持
非法器汙道　而不聽謫罰　復説從彼聞
三乘微妙法　眞解脱良藥　趣寂靜涅槃
何故餘經言　一大乘解脱　遮學二乘法
今復説三乘　憐愍諸有情　令捨邪惡業
得利益安樂　願爲説除疑　爲益刹帝利
乃至戍達羅　不聽惱苾芻　恐彼染大罪
剃髮被袈裟　諸佛法幢相　諸佛等護持
解脱道之服　雖破諸律儀　非永遮解脱
能捨諸惡見　當速趣涅槃　如腐敗良藥

猶能療衆病　如是破律儀　亦能滅他苦
不聽彼苾芻　在布薩羯磨　許爲他說法
俱獲福無疑　若歸敬三寶　稱我爲大師
能棄捨衆惡　勝諸外道衆　如墮羅刹渚
商衆悉驚惶　各執獸一毛　渡海得免難
如是破戒者　離諸惡邪見　由一信爲因
說煩惱羅刹　如是解脫相　諸佛等護持
不惱破戒僧　能離諸重惡　諸樂多福人
欣求眞解脫　等護器非器　證解脫無難
癡慢號大乘　彼無有智力　尚迷二乘法
況能解大乘　譬如闕壞眼　不能見衆色
如是闕壞信　不能解大乘　無力飲池河
詎能吞大海　不習二乘法　何能學大乘
先信二乘法　方能信大乘　無信誦大乘
空言無所益　內眞懷斷見　妄自號大乘
不護三業罪　壞亂我正法　彼人命終後
定墮無間獄　故應觀機說　勿爲非器者
憍傲無慈愍　暴惡志下劣　智者應當知
是懷斷見者　非聲聞緣覺　亦非大乘器
諂謗毀諸佛　必墮無間獄　持戒樂喧鬧
慳法畏苦惡　智者應當了　是名聲聞乘
樂施觀生滅　常欣獨靜處　智者應當了
是名獨覺乘　具足諸善根　守護慈悲本
常樂攝利物　是名爲大乘　捨身命護戒
不惱害衆生　精進求空法　應知是大乘
心堪忍諸法　善言無祕悋　於法常欣樂
應知是大乘　法器非法器　利樂心平等
不染諸世法　應知是大乘　是故有智者
普敬說三乘　不惱我僧徒　速成無上覺

復次善男子若有眞善刹帝利眞善婆羅門

眞善宰官眞善居士眞善長者眞善沙門眞善筏舍眞善戍達羅若男若女成就十種有依行輪於現身中速能種植聲聞乘種令不退失或於現身成聲聞乘諸聖法器非獨覺乘大乘聖器何等爲十一者具足淨信信有一切善惡業果二者具足慚愧遠離一切惡友惡見三者安住律儀遠離殺生乃至飲酒四者安住慈心遠離一切嗔恚忿惱五者安住悲心救拔一切羸弱有情六者安住喜心遠離一切語四惡業七者安住捨心遠離一切慳貪嫉妬八者具正歸依遠離一切妄執吉凶終不歸依邪神外道九者具足精進堅固勇猛修諸善法十者常樂寂靜思求法義歡悅無倦善男子若有眞善刹帝利王乃至眞善戍達羅等若男若女成此十種有依行輪於現身中速能種植聲聞乘種令不退失或於現身證聲聞乘所有聖法成聲聞乘諸聖法器非證獨覺大乘聖法非成獨覺大乘聖器應知此中獨覺大乘皆如是說善男子如是十種有依行輪一切聲聞獨覺菩薩諸佛如來皆同共有善男子復有十種有依行輪不共聲聞唯與獨覺菩薩如來皆同共有若有眞善刹帝利王乃至眞善戍達羅等若男若女成此十種有依行輪於現身中速能種植獨覺乘種令不退失或於現身證獨覺乘所有聖法成獨覺乘諸聖法器何等爲十一者修行清淨身語意業二者具足慚愧猒患自身三者於五取蘊深生怖畏四者見生死河極爲難渡五者常樂寂靜離諸憒鬧六者樂阿練若不譏他失七者守護諸根心常

寂定八者善觀緣起審察因果九者常樂勤修等持靜慮十者於集起法能善除滅善男子若有眞善刹帝利王乃至眞善戍達羅等若男若女成此十種有依行輪於現身中速能種植獨覺乘種令不退失或於現身證獨覺乘所有聖法成獨覺乘諸聖法器善男子是名一切聲聞獨覺有依行輪一切聲聞及諸獨覺依止此輪速能超度三有大海速能趣入般涅槃城善男子有依行輪是何句義言有依者名有執取有我所依有所攝受有所繫屬行謂蘊行界行處行有繫屬行輪謂教授教誡之輪如轉輪王所乘車輪或首行輪如是一切聲聞獨覺依止此輪求涅槃道故此二種非大乘器所以者何由彼依止下劣行故非大乘器由彼執取自諸蘊行驚怖猒患自求解脱一切憂苦不求解脱一切有情而修行故非大乘器由彼依止自諸界行驚怖猒患自求解脱一切憂苦不求解脱一切有情而修行故非大乘器由彼攝受自諸處行驚怖猒患自求解脱一切憂苦不求解脱一切有情而修行故非大乘器由彼繫屬有繫屬行於諸有情不樂攝受無有慈悲有繫屬故非大乘器由彼觀他具受衆苦捨而不救但爲自身求解脱故非大乘器由彼自斷諸煩惱首不樂斷除一切有情諸煩惱首非大乘器由彼不能馭大乘輪趣菩提故非大乘器由彼不能隨大光輪趣菩提故非大乘器由彼喜樂獨一無侶入涅槃城而修行故非大乘器善男子有諸衆生於聲聞乘獨覺乘法未作劬勞正勤修學如是衆生根機

未熟根機下劣精進微少若有爲說微妙甚深大乘正法說聽二人俱獲大罪亦爲違逆一切諸佛所以者何若諸衆生於聲聞乘獨覺乘法未作劬勞正勤修學根機未熟根機下劣精進微少而便聽受微妙甚深大乘正法如是衆生實是愚癡自謂聰叡陷斷滅邊墜顛狂想執無因論於諸業果生斷滅想撥無一切善作惡作妄說大乘壞亂我法非法說法法說非法實非沙門說是沙門實是沙門說非沙門實非毗柰耶說是毗柰耶實是毗柰耶說非毗柰耶愚癡顛倒憍慢嫉妬明黨之心於大乘法稱讚擁衛令廣流布於聲聞乘獨覺乘法謗毀障蔽不令流布不能如實依聲聞乘或獨覺乘或無上乘捨俗出家受具足戒成苾芻性亦不如實修集一切善法因緣於我弟子或是法器或非法器謂勤修行學無學行乃至證得最後極果眞善異生持戒破戒無戒者所種種毀罵呵責惱亂奪其衣鉢不聽受用諸資生具繫縛禁閉如是撥無一切因果斷滅論者雖在人中實是羅刹於當來世無數大劫難得人身寧在地獄受無量苦不處人中起斷滅見如是癡人不久便當肢體廢缺於多日夜結舌不言受諸苦毒痛切難忍命終定生無間地獄於諸惡趣輪轉往來受諸苦惱難可救濟多百千劫難復人身雖過無量無數劫已還得人身而生五濁無佛世界生盲生聾瘖瘂無舌種種重病常所嬰纏或身痤醜人不喜見言詞拙訥耳所惡聞心常迷亂無所解了生貧窮家衆事闕乏不逢善友隨惡友行樂作惡業

好執惡見造無間罪復還重墮無間地獄輪轉惡趣難有出期如是愚癡斷滅論者壞亂毀滅我之正法逼惱謫罰我諸弟子持戒破戒及無戒者皆令不安修諸善品由是因緣多百千劫沒衆惡趣從暗入暗難有出期如是衆生所有罪報皆爲未求聽習聲聞獨覺乘法先求聽習微妙甚深大乘正法如是愚癡斷滅論者下劣人身尚難可得況當能成賢聖法器尚不能得聲聞獨覺所證涅槃況得廣大甚深無上正等菩提如是衆生所有過失皆由未學聲聞乘法獨覺乘法先入大乘善男子譬如坏缻多諸瑕隙盛油乳等盡皆滲漏能盛所盛二俱壞失所以者何器有失故如是衆生於聲聞乘獨覺乘法未作劬勞正勤修學根機未熟根機下劣精進微少若有爲說微妙甚深大乘正法說聽二人俱獲大罪亦爲違逆一切諸佛所有過失廣說如前譬如世間庫藏頽穴置諸寶貨多有散失如是衆生於二乘法謗毀不信不肯修學爲說大乘不如實解因此造罪輪轉無窮譬如舟船多諸泄漏不任乘載泛於大海如是衆生多懷慳嫉於二乘法未曾修學妄號大乘實懷斷見憍慢諂曲成泄漏身不堪憑入一切智海譬如有人其目盲瞽不堪呈示種種珍寶如是衆生憍慢放逸執著空見不學二乘盲無慧目不任顯示無上大乘功德珍寶譬如有人其身臭穢雖以種種上妙香塗而竟不能令身香潔如是衆生愚癡憍慢於二乘法不樂勤修不斷殺生乃至邪見雖勤聽受無上大乘而竟不能解甚深法譬如石

田雖植好種勤加營耨終無果實如是衆生於二乘法憍慢懈怠不樂勤修貪求五欲曾無猒倦雖於彼身植大乘種精進勤苦終無所成譬如甕器先貯毒藥投少石蜜不任食用如是衆生於二乘法不肯修學執無因論爲說大乘終不能成自他利益譬如甕器先貯石蜜投少毒藥不任食用如是衆生精勤修學二乘正法猶未成就爲說大乘二俱壞失譬如有人癡狂心亂爲作音樂不能了知如是衆生於二乘法未曾修學貪嗔癡等猛利煩惱擾亂其心執著無因及斷滅論根機未熟爲說大乘雖經多時而不能解譬如有人不著甲冑不持刀仗輒入陣中必遭傷害受諸苦惱如是衆生於二乘法未曾修學智慧狹劣根器未成爲說大乘必生妄執由此展轉造惡無窮如是癡人不久便當肢體廢缺於多日夜結舌不言受諸苦毒痛切難忍命終定生無間地獄於諸惡趣輪轉往來應知如前次第廣說善男子是故智者先應觀察一切衆心然後說法先當發起慈心悲心喜心益心不懈怠心能忍受心不憍慢心不嫉妬心不慳悋心等引定心然後爲他宣說正法終不令他諸衆生類聞所說法輪轉生死墮大險難是故如來善達一切衆生心相以無塵垢無取行輪爲說正法具大甲冑一切菩薩摩訶薩衆爲他說法亦復如是由悲愍故爲令斷滅諸煩惱故爲令超度三有海故爲諸衆生於三乘中隨心所樂隨趣一乘速圓滿故爲說正法終不令其輪轉生死墮大險難云何名無塵垢行輪無塵垢者謂說

法時不爲有蘊不爲有處不爲有界不爲有欲界不爲有色界不爲有無色界不爲有此世不爲有他世不爲有諸行不爲有受不爲有想不爲有思不爲有觸不爲有作意不爲有無明乃至不爲有老死不爲有行及不行故爲諸衆生宣說正法唯爲一切諸蘊處界廣說乃至行與不行皆寂滅故爲諸衆生宣說正法以是義故名無塵垢行者所謂爲能永斷死此生彼爲諸衆生宣說正法爲能永斷諸蘊處界廣說乃至爲能永斷行與不行爲諸衆生宣說正法是名爲行輪者所謂如滿月光清涼無礙徧諸虛空照觸一切無障境界如是如來及諸菩薩所有神通記說教誡三種勝輪作用無礙徧諸世界利樂一切所化衆生令諸衆生不異歸趣不共一切世間衆生不共一切聲聞獨覺能令衆生斷滅生死諸苦惱法證得安樂菩提涅槃是名爲輪如是名爲諸佛菩薩無塵垢行輪云何名爲無取行輪謂於諸法無所罣礙猶如日光普照一切三乘根器隨其所宜宣說正法無所執著謂諸如來爲諸衆生說如是法猶如虛空無差別相以無量定遊戲自在莊嚴住持爲諸衆生說微妙法無所執著具大甲胄一切菩薩摩訶薩衆爲他說法亦復如是謂說諸法非有非空非即色空非離色空乃至非即識空非離識空非即眼空非離眼空乃至非即意空非離意空非即色空非離色空乃至非即法空非離法空非即眼識空非離眼識空乃至非即意識空非離意識空非即欲界空非離欲界空乃至非即虛空無邊處

空非離虛空無邊處空非即識無邊處空非離識無邊處空非即無所有處空非離無所有處空非即非想非非想處空非離非想非非想處空非即四念住空非離四念住空乃至非即八支聖道空非離八支聖道空非即緣起法空非離緣起法空非即三不護空非離三不護空非即四無所畏空非離四無所畏空非即十力空非離十力空非即十八不共法空非離十八不共法空非即大慈大悲大喜大捨空非離大慈大悲大喜大捨空非即涅槃空非離涅槃空是名如來及諸菩薩爲諸衆生宣說處中微妙正法善男子如是如來爲諸衆生以無塵垢行輪說法如滿月光清涼無礙徧滿虛空照觸一切無障境界乃至廣說又以無取行輪說微妙法於一切法無所罣礙猶如日光普照一切三乘根器隨其所宜宣說正法無所執著謂諸如來爲諸衆生說如是法猶如虛空無差別相以無量定遊戲自在莊嚴住持爲諸衆生說微妙法無所執著令於三乘隨宜趣入具大甲冑一切菩薩摩訶薩衆爲他說法亦復如是令諸衆生聞此最勝甚深法已於三乘中隨其所樂隨趣一乘種種善根皆得成熟隨於一乘極善安住終不令其於生死中增長種種惡不善法令於涅槃堅固不退善男子菩薩摩訶薩爲斷無量無數衆生生死輪轉爲他說法聲聞獨覺但爲自斷生死流轉爲他說法菩薩摩訶薩爲令無量無數衆生度四暴流爲他說法聲聞獨覺但爲令已度四暴流爲他說法菩薩摩訶薩爲除無量無數衆生

諸煩惱病爲他說法聲聞獨覺但爲自除諸煩惱病爲他說法菩薩摩訶薩爲斷衆生諸蘊煩惱習氣相續令盡無餘爲他說法聲聞獨覺但爲自斷諸蘊煩惱習氣相續有餘不盡爲他說法菩薩摩訶薩爲成大悲等流果故大悲爲因爲他說法聲聞獨覺不爲大悲等流果故無大悲因爲他說法菩薩摩訶薩於諸衆生有所顧念而爲說法聲聞獨覺於諸衆生無所顧念而爲說法菩薩摩訶薩爲息一切他衆生苦爲法說法聲聞獨覺但爲自息已所有苦爲他說法菩薩摩訶薩爲滿一切衆生法味爲他說法聲聞獨覺但爲自滿已身法味爲他說法菩薩摩訶薩爲諸衆生得勝法明爲他說法聲聞獨覺但爲自已得勝法明爲他說法善男子以要言之菩薩摩訶薩無量律儀普爲除滅一切衆生大無明暗大怖畏事一切衰損得大光明及大名稱如實覺悟一切智智爲他說法聲聞獨覺少分律儀但爲滅除自無明暗得小光明及小名稱如實覺悟少分法智爲他說法善男子聲聞獨覺無有於他實懷顧念無有於他實懷悲惻無有於他實不輕弄無有於他實爲利益無有於他實爲拔濟無有於他實行薦舉無有於他實欲稱歎無有於他實無諂曲而行讚美無有於他不顧已命令彼安樂無有於他不起誤失身語意業善男子住大乘者無有於已實懷顧念廣說乃至無有於他發起誤失身語意業

大乘大集地藏十輪經卷第六

音釋

悖蒲昧切逆也　慘七感切毒也　譏居衣切誚也　謫陟革切　療力嶠切治也　瘖於金切不能言也　隙綺戟切罅隙也　滲所禁切漏也　甕於貢切罌也

大乘大集地藏十輪經卷第七

唐三藏法師玄奘奉　詔譯

有依行品第四之三

復次善男子有諸衆生稟性暴惡言詞麤獷實是愚癡懷聰明慢不斷殺生乃至邪見於他所得利養恭敬世所稱譽深生嫉妒常自追求利養恭敬世所稱譽曾無猒倦恒自讃舉輕毀於他不自防護身語意業常樂習行一切惡行内心殄毒無有悲愍無慚無愧喜觸惱他於諸福田好簡勝劣於歸我法諸出家人常樂伺求所有瑕隙纔得少相未審眞虚即便輕毀呵罵謫罰其心剛强很戾迷亂常喜觸惱諸出家人不省己過念識他闕雖聞讃歎大乘功德發意趣求而心好爲諸重惡事曾未寂靜誑惑他故於大乘法現自聽聞教他聽聞現自讀誦教他讀誦爲自薦舉凌伏他故於大乘法恭敬讃美自於大乘諸行境界不曾修學未能悟解而自稱號我是大乘誘勸他人附己修學規求名利以自活命譬如破戒惡持律師自犯尸羅樂行惡行爲名利故誘勸他人令勤修學毘柰耶藏如是諂曲虚詐衆生下賤人身尚當難得退失善趣二乘涅槃況得大乘終無是處當墮惡趣難有出期諸有智人不應親近而無慚愧於大衆中自號大乘如師子吼爲名利故誘誑愚癡令親附己共爲朋黨譬如有驢被師子皮而便自謂以爲師子有人遙見謂眞師子及至鳴已皆識是驢咸共嗤言此非師子是食不淨眞弊惡驢種種呵叱皆共捨去我說如是補特伽羅常樂習行十惡業道燒滅

一切人天種子尚退聲聞獨覺乘法況於大乘能成法器愚癡憍慢自號大乘誑惑他人招集利養譬如癡慢無手足人欲興戰伐入於大陣徒設功効終無剋成詐號大乘亦復如是信手戒足無有一全不自崖揆所堪行業欲與戰伐煩惱大陣徒設功効終無剋成我說是人不護三業專行惡行妄號大乘實於三乘皆非法器而欲破壞一切衆生勇健堅牢煩惱大陣欲皆顯示一切衆生八支聖道令入無畏涅槃之城終無是處所以者何善男子夫大乘者受持第一清淨律儀修行第一微妙善行具足第一堅固慙愧深見深畏後世苦果遠離所有一切惡法常樂修行一切善法慈悲常徧一切有情恒普爲作利益安樂救濟度脫一切有情所有厄難生死衆苦不顧自身所有安樂唯求安樂一切有情如是名爲住大乘者善男子有何等相名聲聞乘謂諸衆生常勤精進安住正念樂等引定離諸諂誑信知業果不著五欲世間八法所不能染修善勇猛如救頭然常審諦觀諸蘊界處恒樂安住所有聖種具此相者名聲聞乘如是衆生尚未能成獨覺乘器況復能成大乘法器善男子有何等相名獨覺乘謂諸衆生具上聲聞一切功德復能於彼五取蘊中數數安住隨無常觀數數安住隨生滅觀普於一切緣生法中能審諦觀皆是滅法具此相者名獨覺乘如是衆生非大乘器

爾時世尊重顯此義而說頌曰

若眞善人刹帝利　乃至眞善戍達羅
修信等十有依輪　於聲聞乘速成器

求獨覺乘三業淨　具足慚愧怖諸蘊
知過樂靜住空閑　念守諸根心寂定
善觀緣起修靜慮　諸蘊界處巧能觀
具此十行有依輪　成勝乘器度有海
修共三乘二乘輪　自求解脱煩惱苦
不度有情不捨習　此人俱非大乘器
愚癡懈怠根下劣　於二乘法不勤修
定不能具大乘輪　故非大乘廣大器
愚癡獨一求解脱　劣意下行無慈悲
樂著斷見向惡趣　棄捨正法說非法
毀謗二乘捨律行　受具足戒號大乘
破亂我法惑衆生　由此人身難復得
惱亂我法諸賢聖　謫罰被赤袈裟人
呵罵遮奪衣鉢等　長時退失人天趣
是故若欲復人身　不患舌斷而捨命

常樂值遇諸佛者　普應弘護三乘法
欲得三乘最上乘　應善觀察三乘法
歡喜爲他普開示　當得成佛定無疑
破戒慳貪懷憍慢　自讃毀他號大乘
捨離此人依智者　定當成佛度三界
於三乘器隨所宜　慈悲爲說三乘法
隨願令滿無慳嫉　當得成佛定無疑
知蘊界處皆空寂　無所依住譬虛空
說法等攝諸有情　當獲妙覺無邊智
破戒意樂懷惡心　聞說大乘勝功德
詐號大乘爲名利　如弊驢披師子皮
我今普告一切衆　若欲疾得勝菩提
當善修持十善業　護持我法勿毀壞
我昔諸餘契經說　應求大覺行大乘
捨離聲聞獨覺乘　爲清淨者說斯法

曾供無量俱胝佛　斷惡勤勞修淨心
我爲勸進彼衆生　故說一乘無第二
今此衆具三乘器　有但堪住聲聞乘
心極憂怖多事業　彼非上妙菩提器
有癡樂靜住獨覺　彼非上妙菩提器
有堪安住上妙智　故隨所樂說三乘
具淨功德樂解脫　聞說大乘墮惡趣
如病痰癊教服乳　此增毒害非除疾
如是非器聲聞乘　聞說大乘心迷亂
便起斷見墜惡趣　故應說法審觀機

懺悔品第五

爾時世尊說是頌已於衆會中有無量百千衆生曾誤聞法謬生空解撥無因果斷滅善根往諸惡趣聞說此經還得正見即從座起頂禮佛足於世尊前深生慙愧至誠懺悔合掌恭敬而白佛言大德世尊我等本在聲聞乘中曾種善根未能成熟聲聞乘器後復遇聞獨覺乘法迷惑不了便生空見撥無因果由是因緣造身語意無量罪業往諸惡趣我等今者於世尊前聞說此經還得正見深心慙愧發露懺悔不敢覆藏願悉除滅從今已往永不復作防護當來所有罪障唯願世尊哀愍攝受今我等罪皆悉消滅於當來世永不更造唯願世尊哀愍濟拔我等當來惡趣苦報我等今者還願受行先所修集聲聞乘行唯願世尊哀愍教授世尊告曰善哉善哉汝等乃能如是慙愧發露懺悔於我法中有二種人名無所犯一者禀性專精本來不犯二者犯已慙愧發露懺悔此二種人於我法中名爲勇健得清淨者於是世尊隨其所樂

方便爲說四聖諦法於彼衆中有得下品忍者有得中品忍者有得上品忍者有得世間第一法者有得預流果者有得一來果者有得不還果者於中復有八萬四千苾芻諸漏永盡心得解脫意善清淨成阿羅漢歡喜禮佛還復本座時衆會中復有五十七百千那庾多衆生曾誤聞法謬生空解撥無因果斷滅善根往諸惡趣聞說此經還得正見即從座起頂禮佛足於世尊前深生慙愧至誠懺悔合掌恭敬而白佛言大德世尊我等本在獨覺乘中曾種善根未能成熟獨覺乘器後復遇聞說大乘法雖生愛樂而不能解愚冥疑惑便生空見撥無因果由是因緣造身語意無量罪業乘此業緣於無量劫墮諸惡趣受種種苦楚毒難忍我等今者於世尊前聞說此經還得正見深生慙愧發露懺悔不敢覆藏願悉除滅從今以往永不復作防護當來所有罪障唯願世尊哀愍攝受令我等罪皆得消滅於當來世永不更造唯願世尊哀愍濟拔我等當來惡趣苦報我等今者還願受行先所修集獨覺乘行唯願世尊哀愍教授世尊告曰善哉善哉汝等乃能如是慙愧發露懺悔於我法中有二種人名無所犯一者禀性專精本來不犯二者犯已慙愧發露懺悔此二種人於我法中名爲勇健得清淨者於是世尊隨其所樂方便爲說諸緣起法令彼一切修緣覺乘漸次圓滿皆悉證得幢相緣定於獨覺乘得不退轉歡喜禮佛還復本座時衆會中復有八十百千那庾多衆生曾於過去諸佛法中毀謗佛教下至一頌由

是因緣墮諸惡趣受衆苦報初復人身生便瘖瘂常患舌矬口不能言聞說此經還得正見即從座起頂禮佛足於世尊前深生慙愧至誠懺悔宿世惡業合掌恭敬瞻仰世尊佛神力故皆悉能語爾時世尊知而故問汝等宿世作何惡業今處衆中口不能語彼諸人衆俱時白佛於中一類作如是言大德世尊我等往昔於毗鉢尸如來法中或言毀謗大乘正法或言毀謗獨覺乘法或言毀謗聲聞乘法下至一頌我等由是惡業障故九十一劫流轉生死常處地獄傍生餓鬼瘖瘂無舌都不能言受諸苦毒痛切難忍如於今世得復人身而猶瘖瘂常患舌矬蒙佛神力方始能言復能憶念自過去世所有因緣諸惡業障復有一類作如是言大德世尊我等往昔於尸棄如來法中或言毀謗大乘正法各隨本緣如前廣說復有一類作如是言大德世尊我等往昔於毗攝浮如來法中或言毀謗大乘正法各隨本緣如前廣說復有一類作如是言大德世尊我等往昔於羯洛迦孫馱如來法中或言毀謗大乘正法各隨本緣如前廣說復有一類作如是言大德世尊我等往昔於羯諾迦牟尼如來法中或言毀謗大乘正法各隨本緣如前廣說復有一類作如是言大德世尊我等往昔於迦葉波如來法中或言毀謗大乘正法或言毀謗獨覺乘法或言毀謗聲聞乘法下至一頌我等由是惡業障故從爾以來流轉生死常處地獄傍生餓鬼瘖瘂無舌都不能言受諸苦毒痛切難忍始於今世得復人身却猶瘖瘂常患舌矬

蒙佛神力方始能言復能憶念自過去世所有因緣諸惡業障我等今者於世尊前聞説此經獲得正見深心慚愧發露懺悔不敢覆藏願悉除滅從今以往永不復作防護當來所有罪障唯願世尊哀愍攝受令我等罪皆悉消滅於當來世永不更造唯願世尊哀愍濟拔我等當來惡趣苦報唯願世尊哀愍我等爲説正法世尊告曰善哉善哉汝等乃能如是慚愧發露懺悔於我法中有二種人名無所犯一者禀性專精本來不犯二者犯已慚愧發露懺悔此二種人於我法中名爲勇健得清淨者於是世尊隨其所樂方便爲説種種正法各隨所宜皆得利益歡喜禮佛還復本座時衆會中復有無量百千聲聞及無量百千那庾多菩薩聞説此經憶昔所造諸惡業障即從座起頂禮佛足於世尊前深生慚愧至誠懺悔合掌恭敬皆白佛言大德世尊我等憶昔曾於無量諸佛法中或有説言我等於彼諸佛弟子或是法器或非法器多行忿恨呵罵毀辱譏刺輕誚種種誹謗隱善揚惡我等由此惡業障故經無量劫墮諸惡趣受諸重苦楚毒難忍後得值遇無量諸佛皆曾親近承事供養又得值遇無量菩薩摩訶薩衆亦皆親近承事供養於一一佛一一菩薩摩訶薩前皆深慚愧發露懺悔諸惡業障於一一佛一一菩薩摩訶薩所皆得聽受無量法門精勤護持修學無量難行苦行由彼業障有餘未盡令我等輩未能證得安樂涅槃未能證得三摩地門殊勝功德我等今者於世尊前聞説此經復深慚愧發露懺悔

不敢覆藏願悉除滅從今以往永不復作防護當來所有罪障唯願世尊哀愍攝受令我等罪皆悉除滅於當來世永不更造唯願世尊哀愍濟拔我等當來惡趣苦報我等今者承佛威力願隨所樂速能證得安樂涅槃或能證得三摩地門殊勝功德復有說言我等於彼諸佛弟子或是法器或非法器以麤惡言期尅迫憎我等由此惡業障故經無量劫墮諸惡趣應知如前次第廣說復有說言我等於彼諸佛弟子或是法器或非法器打棒傷害我等由此惡業障故經無量劫墮諸惡趣應知如前次第廣說復有說言我等於彼諸佛弟子或是法器或非法器侵奪衣鉢我等由此惡業障故經無量劫墮諸惡趣應知如前次第廣說復有說言我等於彼諸佛弟子或是法器或非法器侵奪種種資生衆具絶其飲食我等由此惡業障故經無量劫墮諸惡趣應知如前次第廣說復有說言我等於彼無量諸佛出家弟子或是法器或非法器退令還俗脫其袈裟課税役使我等由此惡業障故經無量劫墮諸惡趣應知如前次第廣說復有說言我等於彼無量諸佛出家弟子或是法器或非法器或有罪犯或無罪犯枷鎖繫縛禁閉牢獄我等由此惡業障故經無量劫墮諸惡趣應知如前次第廣說復有說言我等於彼無量諸佛出家弟子或是法器或非法器起輕慢心種種觸惱令不安樂我等由此惡業障故經無量劫受諸重苦楚毒難忍後得值遇無量諸佛皆曾親近承事供養又得值遇無量菩薩摩訶薩衆亦皆

親近承事供養於一一佛一一菩薩摩訶薩前皆深慙愧巳露懺悔諸惡業障於一一佛一一菩薩摩訶薩所皆得聽受無量法門精勤護持修學無量難行苦行由彼業障有餘未盡令我等輩未能證得安樂涅槃未能證得三摩地門殊勝功德我等今者於世尊前聞說此經復深慙愧發露懺悔不敢覆藏願悉除滅從今巳往永不復作防護當來所有罪障唯願世尊哀愍攝受令我等罪皆悉消滅於當來世永不更造唯願世尊哀愍濟拔我等當來惡趣苦報我等今者承佛神力願隨所樂速能證得安樂涅槃或能證得三摩地門殊勝功德於是世尊普告聲聞菩薩衆曰善哉善哉汝等乃能如是慙愧發露懺悔有二種人名無所犯一者禀性專精本來不犯二者犯巳慙愧發露懺悔此二種人於我法中名爲勇健得清淨者又善男子如是惱亂佛弟子罪比前所說近無間罪彼但有名未足稱罪然此惱亂佛弟子罪亦過前說五無間罪無量倍數所以者何若諸苾芻毀破禁戒作諸惡法猶能示導無量百千俱胝那庾多衆生善趣涅槃無顛倒路與諸衆生作大功德珍寶伏藏如前廣說況持禁戒修善法者以是義故若有惱亂佛弟子衆諸出家人當知則爲斷三寶種亦則名爲挑壞一切衆生法眼亦爲毀滅我久勤苦所得正法與諸衆生作大衰損是故惱亂佛弟子罪過前所說五無間罪無量倍數是故汝等今於我前起至誠心增上慙愧慇懃懇切發露懺悔往昔所造諸惡業障我今慈悲攝受汝等今

惡業障漸得消滅於此佛土大賢劫中有千如來出現於世汝等於彼諸如來前亦當至誠發露懺悔諸惡業障防護當來所有罪咎於此賢劫千如來中最後如來名曰盧至如來應正等覺明行圓滿善逝世間解無上丈夫調御士天人師佛薄伽梵十號具足汝等於彼盧至佛前亦當至誠發露懺悔諸惡業障乃得滅盡無有遺餘時諸聲聞及菩薩衆俱時白佛唯然世尊我等審當於彼最後盧至佛所獲得正見離諸邪見諸惡業障盡滅無餘解脫一切衆苦惱者若令我等於大賢劫常處無間大地獄中恒受種種極重苦惱亦能堪忍世尊告曰善哉善哉汝等乃能如是勇猛汝等由此堅固精進自誓願力定能於彼盧至佛前宿世所集諸惡業障皆悉消滅定能發起增上信敬親近供養盧至如來定能永斷一切煩惱成阿羅漢或定能證三摩地門殊勝功德時諸聲聞及菩薩衆歡喜禮佛還復本座爾時世尊告金剛藏菩薩摩訶薩言善男子我以佛眼觀諸世間見未來世此佛土中有無量無數百千俱胝那庾多剎帝利旃荼羅婆羅門旃荼羅宰官旃荼羅居士旃荼羅長者旃荼羅沙門旃荼羅筏舍旃荼羅戍達羅旃荼羅若男若女少種善根雖得人身而隨惡友起諸邪見造諸惡行壞我甚深無上正法於我所說無有熾然滅熾然法不生信樂或於我說與聲聞乘相應正法誹謗輕毀障蔽隱沒不令流布或於我說與獨覺乘相應正法誹謗輕毀障蔽隱沒不令流布或於我說與無上乘相應正法誹謗

輕毀障蔽隱没不令流布或於歸我諸出家人若是法器若非法器多行忿恨呵罵毀辱譏刺輕誚種種誹謗隱善揚惡廣説乃至起輕慢心種種觸惱如是諸人非聖法器自實愚癡懷聰明慢從此命終墮三惡趣受無量種增上猛利難忍苦毒經於無量百千俱胝那庾多劫難復人身如前廣説善男子如是衆生寧處無間大地獄中受諸重苦不受如是鄙惡人身憍慢貢高隨順惡友造作如是惡不善業流轉生死難可濟度常處生死受諸苦惱爾時會中有無量無數大慧有情從座而起頂禮佛足合掌向佛悲泣墮淚而白佛言大德世尊諦觀如是世間衆生雖皆獲得難得人身而遠離正信遠離正願遠離正意樂遠離正見遠離善知識遠離好時遠離好處遠離淨戒遠離正定遠離正慧如是衆生雖皆獲得難得人身而由愚癡憍慢力故造作如前所説重罪毀謗世尊所説正法觸惱世尊出家弟子我等今者對世尊前以至誠心發真誓願我等從今流轉生死乃至未得解脱已來常願不遇如是惡緣決定不造如是重罪終不毀謗諸佛正法亦不觸惱諸出家人必不挑壞衆生法眼亦不斷滅三寶種性唯願世尊哀愍攝受我等所發如是誓願時衆會中復有無量百千俱胝那庾多聰慧有情從座而起頂禮佛足合掌恭敬而白佛言大德世尊我等今者對世尊前以至誠心發真誓願我等從今流轉生死乃至未得法忍已來於其中間常願不處諸帝王位常願不處諸宰官位常願不處諸國師位常願

不處城邑聚落鎮邏長位常願不處諸軍將位常願不處諸賓主位常願不處一切祠祀寺觀主位常願不處長者居士沙門主位常願不處諸師長位常願不處諸家長位常願不處斷事者位常願不處乃至一切富貴尊位乃至未得法忍已來我等若處如是諸位則於佛法名惡因緣造諸重罪毀謗諸佛所說正法觸惱諸佛出家弟子必當挑壞衆生法眼亦爲斷滅三寶種性亦爲損惱無量有情由是定當墮無間獄輪轉惡趣難有出期唯願世尊哀愍攝受我等所發如是誓願爾時一切諸來大衆天龍藥叉健達縛人非人等皆從座起頂禮佛足悲號感切涕淚交流合掌恭敬而白佛言大德世尊我等無始生死已來愚癡憍慢起諸惡業或身惡業或語惡業或意惡業自作教他見聞隨喜如是諸罪今對佛前皆深慚愧發露懺悔不敢覆藏願悉除滅從今已往永不復作防護當來所有罪咎第二第三亦如是說我等至誠發眞誓願從今乃至生死後際於其中間常願不逢諸惡知識亦願不遇諸惡因緣設當逢遇願不隨順決定不造如前所說諸惡罪業勿令我等長夜受苦唯願世尊哀愍攝受我等所發如是誓願爾時世尊普告一切諸來大衆善哉善哉汝等乃能於後世苦深見怖畏發露懺悔汝等今者欲度生死深廣暴流欲入無畏涅槃之城發如是願諸善男子有十種法能令菩薩摩訶薩等獲得無罪正路法忍何等爲十諸善男子若諸菩薩摩訶薩等不著內身不著外身不著內外身不著過去

身不著未來身不著現在身名第一法能令菩薩摩訶薩等獲得無罪正路法忍又善男子若諸菩薩摩訶薩等不著内受不著外受不著内外受不著過去受不著未來受不著現在受名第二法能令菩薩摩訶薩等獲得無罪正路法忍又善男子若諸菩薩摩訶薩等不著内想不著外想不著内外想不著過去想不著未來想不著現在想名第三法能令菩薩摩訶薩等獲得無罪正路法忍又善男子若諸菩薩摩訶薩等不著内行不著外行不著内外行不著過去行不著未來行不著現在行名第四法能令菩薩摩訶薩等獲得無罪正路法忍又善男子若諸菩薩摩訶薩等不著内識不著外識不著内外識不著過去識不著未來識不著現在識名第五法能令菩薩摩訶薩等獲得無罪正路法忍又善男子若諸菩薩摩訶薩等不著此世名第六法能令菩薩摩訶薩等獲得無罪正路法忍又善男子若諸菩薩摩訶薩等不著他世名第七法能令菩薩摩訶薩等獲得無罪正路法忍又善男子若諸菩薩摩訶薩等不著欲界名第八法能令菩薩摩訶薩等獲得無罪正路法忍又善男子若諸菩薩摩訶薩等不著色界名第九法能令菩薩摩訶薩等獲得無罪正路法忍又善男子若諸菩薩摩訶薩等不著無色界名第十法能令菩薩摩訶薩等獲得無罪正路法忍諸善男子是名十法能令菩薩摩訶薩等獲得無罪正路法忍世尊爲衆説此法時於衆會中有七十二百千俱胝菩薩摩訶薩同時證得無生法忍復

有八十四百千那庾多菩薩證得隨順法忍復有無量百千聲聞乃至永斷一切煩惱成阿羅漢復有百千那庾多衆生先未發心今發無上正等覺心於如來智住不退地復有無量無數衆生先未發心於今乃發獨覺乘心復有無量無數衆生先未發心於今乃發聲聞乘心爾時世尊復告大衆若諸有情已得法忍處剎帝利灌頂王位受用種種勝大財業及處種種富貴尊位是我所許非餘有情金剛藏菩薩白佛言世尊若諸有情未得法忍於剎帝利灌頂王位受用種種勝大財業及餘種種富貴尊位定不許處爲亦許耶世尊告曰若諸有情未得法忍有能受行十善業道亦勸衆生令受學者我亦聽許處剎帝利灌頂王位受用種種勝大財業及餘種種富貴尊位若諸有情未得法忍亦不受行十善業道及勸衆生令勤受學以强勢力處剎帝利灌頂王位受用種種勝大財業及處種種富貴尊位名剎帝利旃荼羅王及餘種種富貴尊位旃荼羅王愚癡憍慢毀壞擾亂我甚深法滅正法燈斷三寶種於我出家諸弟子衆種種惱亂捶拷刑罰奪其衣鉢基業財産退令還俗課稅役使繫閉牢獄乃至斷命於我所說微妙法義誹謗輕毀障蔽隱没不令流布奪窣堵波及僧祇物如是諸人皆當墮墜無間地獄受諸劇苦輪轉惡趣難有出期時金剛藏菩薩復白佛言世尊若諸有情未得法忍亦不受行十善業道及勸衆生令勸受學以强勢力處剎帝利灌頂王位受用種種勝大財業及餘種種富貴尊位頗有

別緣得方便救令其免墮無間地獄及餘惡趣受諸苦不世尊告曰亦有別緣得方便救謂有衆生處刹帝利灌頂王位及餘種種富貴尊位雖復未得成就法忍十善業道而有信力尊敬三寶於佛所說三乘相應諸出要法下至一頌終不謗毀障蔽隱没不令流布於佛出家諸弟子衆持戒破戒下至無戒剃除鬚髮被袈裟者皆不惱亂捶拷謫罰侵奪衣鉢基業財產退令還俗課税役使繫閉牢獄乃至斷命亦不侵奪窣堵波物及僧祇物遮制摧伏諸暴惡人不令惱亂諸出家衆不令侵奪三寶財物於佛所說三乘相應諸出要法恭敬聽受既聽受已精進修行法隨法行於我三乘賢聖弟子恭敬供養親近承事於大乘中誓願堅固終無疑難退屈之心亦常勸導安置衆生令於大乘信受修學此刹帝利旃荼羅王及餘種種富貴尊位旃荼羅王過去諸佛皆共聽許處帝王位及餘種種富貴尊位雖復受用種種國土城邑聚落勝大財業而得免墮無間地獄及餘惡趣我亦聽許處帝王位及餘種種富貴尊位雖復受用種種國土城邑聚落而得免墮無間地獄及諸惡趣若諸有情欲得懺悔除滅一切諸惡業障令無餘者於我所説如是法門當勤修學勿令廢忘有能如此現前大衆慚愧懺悔諸惡業者先世所造一切惡業皆得消滅無有遺餘

大乘大集地藏十輪經卷第七

音釋

磣初朕切　唾湯卧切口液也　叱昌栗切大呵也　揆求癸切度也　訡渠蔭切與噤同閉也　誚才笑切譏責也

大乘大集地藏十輪經卷第八

唐三藏法師玄奘奉　詔譯

善業道品第六之一

爾時金剛藏菩薩摩訶薩復白佛言大德世尊菩薩摩訶薩云何於聲聞乘得無誤失云何於聲聞乘補特伽羅得無誤失云何於獨覺乘得無誤失云何於獨覺乘補特伽羅得無誤失云何於大乘得無誤失云何於大乘補特伽羅得無誤失云何常能熾然三寶種性云何於諸如來出家弟子若是法器若非法器下至一切被片袈裟剃鬚髮者得無誤失云何於大乘法常得昇進無有退轉云何於一切定諸陀羅尼諸忍諸地速得自在無有退轉云何常得利慧勝福常得增長云何於一切定諸陀羅尼諸忍諸地速得自在無有退轉云何常得值遇諸善知識隨順而行云何常得不離見一切佛及諸菩薩聲聞弟子不離聞法不離親近供養衆僧云何於諸善根常精進求心無猒足云何常於菩提種種行願心無猒足

爾時世尊告金剛藏菩薩摩訶薩言善男子有菩薩摩訶薩成此十輪若菩薩摩訶薩成此十輪於聲聞乘得無誤失於聲聞乘補特伽羅得無誤失於獨覺乘得無誤失於獨覺乘補特伽羅得無誤失於其大乘得無誤失於其大乘補特伽羅得無誤失常能熾然三寶種性於諸如來出家弟子若是法器若非法器下至一切被片袈裟剃鬚髮者得無誤失於大乘法常得昇進無有退轉利慧勝福常得增長於一切定諸陀羅尼諸忍諸地速得自在無有退轉常得值遇諸善知識隨順而行常得不離見一切佛及諸菩薩聲聞弟子不

離聞法不離親近供養衆僧於諸善根常精進求心無猒足常於菩提種種行願心無猒足常於一切先所造作惡不善業以聖金剛堅利法智摧壞散滅令無遺餘不受果報更不造新惡不善業心無猒倦速能證得無上法輪常勤修習七覺分寶心無猒倦常能除滅一切衆生諸煩惱病心無猒倦一切衆生依止存活善男子如轉輪王具足七寶凡所行動輪寶導前餘寶隨後巡四大洲普能除滅一切衆生身心濁穢普能生長一切衆生身心安樂菩薩摩訶薩亦復如是成就十輪於聲聞乘得無誤失廣説乃至一切衆生依止存活善男子如大車輅其足四輪多人乘之遊行大路於其路上土塊瓦礫草木根莖枝葉華果爲輪所輾皆悉摧壞不任受用菩薩摩訶薩亦復如是成就十輪悉能摧壞諸煩惱障諸有情障一切法障令不受報善男子如利劒輪纔一投擲能斬怨敵首及肢節令無勢用菩薩摩訶薩亦復如是成就十輪能破一切五趣牢獄生死大苦永斷一切煩惱惡業令不受報善男子如火災起五日出時遍四大洲一切河海水界津潤無不枯竭菩薩摩訶薩亦復如是成就十輪一切四因諸煩惱障諸有情障一切法障苦報根本悉皆枯竭善男子如風災起四方猛風俱時頓發一切世界大小諸山及諸大地悉皆散滅菩薩摩訶薩亦復如是成就十輪世間四倒憍慢諸山無不崩壞一切衆生諸煩惱障諸有情障一切法障苦報根本悉皆散滅善男子如師子王吼聲一發一切禽獸悉皆驚怖

飛落走伏無敢輒動菩薩摩訶薩亦復如是成就十輪法音一震乃至一切外道異學惡知識等悉皆驚怖忘失言辯無敢酬抗善男子如天帝釋與阿素洛將欲戰時天軍圍遶手執金剛奔趣陣敵諸阿素洛驚怖退散菩薩摩訶薩亦復如是成就十輪一切倒見外道異學惡知識等驚怖退散善男子如如意珠置高幢上能雨種種上妙珍寶給施一切貧乏衆生菩薩摩訶薩亦復如是成就十輪處淨戒幢雨大法雨給施一切無量衆生善男子如暗夜分世間幽冥都無所見迷失正道滿月出已諸暗皆除諸失道者皆見正路菩薩摩訶薩亦復如是成就十輪若諸衆生無明昏暗由此迷失八支聖道菩薩爲其宣說正法除無明暗生法光明開示顯現八支聖道令斷諸漏盡諸苦際善男子如大日殿出現世間一切苗稼悉皆增長一切華葉悉皆敷榮一切臭穢悉皆除歇諸穀果藥悉皆成熟雪山消流諸河充溢漸次轉注滿於大海菩薩摩訶薩亦復如是成就十輪依止增上布施調伏寂靜尸羅安忍正勤靜慮般若方便慈悲辯才功德悉皆熾盛爲諸衆生宣說正法由法威光令諸衆生種種增上善根苗稼悉皆增長種種增上妙行華葉悉皆敷榮種種煩惱惡業惡行悉皆除歇善趣涅槃諸穀果藥悉皆成熟邪見慢山悉皆消流種種正信戒聞捨慧及諸定河無不充溢漸次盈滿大涅槃海令諸有情隨意所樂趣入無畏涅槃之城善男子云何名菩薩摩訶薩十輪善男子此十輪者非餘法也當知即是十

善業道成就如是十種輪故得名菩薩摩訶薩也於一切惡皆能解脫一切善法隨意成就速能盈滿大涅槃海以大善巧方便智光成熟一切衆生之類皆令獲得利益安樂所以者何善男子過去一切諸佛世尊皆悉遠離十惡業道皆悉稱揚讚歎如是十善業道所得果報是故若能於此所說十善業道隨守護一乃至命終究竟無犯必獲一切殊勝果報如前後說善男子若菩薩摩訶薩能盡形壽遠離殺生即是施與一切衆生無驚無怖令諸衆生不生憂苦離毛竪畏由此善根速得成熟所有前際輪轉五趣沒生死河因殺生故造身語意諸惡業障諸煩惱障諸有情障一切法障諸壽命障自作教他見聞隨喜由此遠離殺生輪故皆悉輾壞摧滅無餘不受果報於現身中諸人天等皆共親愛無所猜慮身心安樂壽命長遠將命終時身心不爲憂苦逼切所愛妻子眷屬圍遶臨命終時不見可怖剡魔王使唯見可意成調善法具戒富德眞實福田爲善知識身心歡悅深生敬信旣命終已還生人中諸根圓滿肢體具足隨所生處無病長壽端正聰明安隱快樂復遇可意成調善法具戒富德眞實福田爲善知識依彼修學離殺生法能斷一切惡不善法能成一切殊勝善法能求一切大乘法義能修一切菩薩願行漸次趣入深廣智海乃至證得無上菩提所居佛土離諸兵器無有怨害鬬戰之名絶諸怖畏安隱快樂一切無病長壽有情來生其國如來自壽無量無邊爲諸有情如應說法般涅槃後正法久

住利益安樂無量有情善男子是名菩薩摩訶薩第一遠離殺生輪也菩薩摩訶薩成就此輪故於聲聞乘得無誤失於聲聞乘補特伽羅得無誤失於獨覺乘得無誤失於獨覺乘補特伽羅得無誤失於其大乘得無誤失於其大乘補特伽羅得無誤失常能熾然三寶種性於諸如來出家弟子若是法器若非法器下至一切被片袈裟剃鬚髮者得無誤失於大乘法常得昇進無有退轉利慧勝福常得增長於一切定諸陀羅尼諸忍諸地速得自在無有退轉常得值遇諸善知識隨順而行常得不離見一切佛及諸菩薩聲聞弟子不離聞法不離親近供養衆僧於諸善根常精進求心無猒足常於菩提種種行願心無猒足所得果報廣說如前復次善男子若菩薩摩訶薩能盡形壽離不與取即是施與一切衆生無驚無怖無有熱惱亦無擾動於自所得如法財利喜足而住終不希求非法財利由此善根速得成熟所有前際輪轉五趣沒生死河因不與取造身語意諸惡業障諸煩惱障諸有情障一切法障諸財寶障自作教他見聞隨喜由此遠離不與取輪皆悉輾壞摧滅無餘不受果報於現身中諸人天等皆共親愛無所猜慮身心安樂財寶具足將命終時身心不爲憂苦逼切所愛妻子眷屬圍遶臨命終時不見可怖㓨魔王使唯見可意成調善法具戒富德眞實福田爲善知識身心歡悅深生敬信旣命終已還生人中諸根圓滿肢體具足隨所生處具大財寶端正聰明安隱快樂不與五家共諸財寶復遇

可意成調善法具戒富德真實福田爲善知識依彼修學雖不與取能斷一切惡不善法能成一切殊勝善法能求一切大乘法義能修一切菩薩願行漸次趣入深廣智海乃至證得無上菩提所居佛土衆寶莊嚴寶樹寶池寶臺殿等無不充備離我我所無所攝受一切具足嚴飾有情來生其國如來自身壽命無量爲諸有情如應説法般涅槃後正法久住利益安樂無量有情善男子是名菩薩摩訶薩第二遠離不與取輪菩薩摩訶薩成就此輪故於聲聞乘得無誤失於聲聞乘補特伽羅得無誤失於獨覺乘得無誤失於獨覺乘補特伽羅得無誤失於其大乘得無誤失於其大乘補特伽羅得無誤失常能熾然三寶種性於諸如來出家弟子若是法器若非法器下至一切被片袈裟剃鬚髮者得無誤失於大乘法常得昇進無有退轉利慧勝福常得增長於一切定諸陀羅尼諸忍諸地速得自在無有退轉常得值遇諸善知識隨順而行常得不離見一切佛及諸菩薩聲聞弟子衆離聞法不離親近供養衆僧於諸善根常精進求心無猒足常於菩提種種行願心無猒足所得果報廣説如前復次善男子若菩薩摩訶薩能盡形壽離欲邪行即是施與欲流所漂一切衆生無驚無怖無嫉無害無有熱惱亦無擾動於己妻室喜足而住終不希求非法色欲由此善根速得成熟所有前際輪轉五趣没生死河因欲邪行造身語意諸惡業障諸煩惱障諸有情障一切法障諸室家障自作教他見聞隨喜由此遠離欲

邪行輪皆悉輾壞摧滅無餘不受果報於現身中諸人天等皆共親愛無所猜慮身心安樂妻室貞良將命終時身心不為憂苦逼切所愛妻子眷屬圍遶臨命終時不見可怖剡魔王使唯見可意成調善法具戒富德真實福田為善知識身心歡悅深生敬信既命終已還生人中諸根圓滿肢體具足隨所生處具諸眷屬端正聰明安隱快樂復遇可意成調善法具戒富德真實福田為善知識依彼修學離欲邪行能斷一切惡不善法能成一切殊勝善法能求一切大乘法義能修一切菩薩願行漸次趣入深廣智海乃至證得無上菩提所居佛土無諸女人離諸婬欲具足第一梵行有情來生其國一切有情皆受化生不處胞胎臭穢不淨如來自身壽命無量為諸有情如應說法般涅槃後正法久住利益安樂無量有情善男子是名菩薩摩訶薩第三遠離欲邪行輪菩薩摩訶薩成就此輪故於聲聞乘得無誤失於聲聞乘補特伽羅得無誤失於獨覺乘得無誤失於獨覺乘補特伽羅得無誤失於其大乘得無誤失於其大乘補特伽羅得無誤失常能熾然三寶種性於諸如來出家弟子若是法器若非法器下至一切被片袈裟剃鬚髮者得無誤失於大乘法常得昇進無有退轉利慧勝福常得增長於一切定諸陀羅尼諸忍諸地速得自在無有退轉常得值遇諸善知識隨順而行常得不離見一切佛及諸菩薩聲聞弟子不離聞法不離親近供養眾僧於諸善根常精進求心無猒足常於菩提種種行願心無猒

足所得果報廣説如前復次善男子若菩薩摩訶薩能盡形壽離虚誑語一切衆生常共愛敬所出言詞皆成諦量聞悉敬奉無所猜疑由此善根速得成熟所有前際輪轉五趣没生死河因虚誑語造身語意諸惡業障諸煩惱障諸有情障一切法障諸信言障自作教他見聞隨喜由此遠離虚誑語輪皆悉輾壞摧滅無餘不受果報於現身中諸人天等皆共親愛無所猜慮身心安樂所出言詞他皆信奉將命終時身心不爲憂苦逼切所愛妻子眷屬圍遶臨命終時不見可怖刹魔王使唯見可意成調善法具戒富德眞實福田爲善知識身心歡悦深生敬信旣命終已還生人中諸根圓滿肢體具足隨所生處所言誠諦端正聰明安隱快樂復遇可意成調善法具戒富德眞實福田爲善知識依彼修學離虚誑語能斷一切惡不善法能成一切殊勝善法能求一切大乘法義能修一切菩薩願行漸次能入深廣智海乃至證得無上菩提所居佛土一切眞實離諸虚僞妙香潔物之所莊嚴無諂無誑心行正直希求純淨善法有情來生其國香潔妙服寶飾莊嚴如來自身壽命無量爲諸有情如應説法般涅槃後正法久住利益安樂無量有情善男子是名菩薩摩訶薩第四遠離虚誑語輪菩薩摩訶薩成就此輪故於聲聞乘得無誤失於聲聞乘補特伽羅得無誤失於獨覺乘得無誤失於獨覺乘補特伽羅得無誤失於其大乘得無誤失於其大乘補特伽羅得無誤失常能熾然三寶種性於諸如來出家弟子若是

法器若非法器下至一切被片袈裟剃鬚髮者得無誤失於大乘法常得昇進無有退轉利慧勝福常得增長於一切定諸陀羅尼諸忍諸地速得自在無有退轉常得值遇諸善知識隨順而行常得不離見一切佛及諸菩薩聲聞弟子不離聞法不離親近供養衆僧於諸善根常精進求心無猒足常於菩提種種行願心無猒足所得果報廣說如前復次善男子若菩薩摩訶薩能盡形壽離離間語一切衆生常共愛敬所發言詞皆令和順聞悉敬奉無所猜疑由此善根速得成熟所有前際輪轉五趣没生死河因離間語造身語意諸惡業障諸煩惱障諸有情障一切法障諸和敬障自作教他見聞隨喜由此遠離離間語輪皆悉輾壞摧滅無餘不受果報於現身中諸人天等皆共親愛無所猜慮身心安樂所發言詞皆令和順將命終時身心不爲憂苦逼切所愛妻子眷屬圍遶臨命終時不見可怖剡魔王使唯見可意成調善法具戒富德真實福田爲善知識身心歡悅深生敬信既命終已還生人中諸根圓滿肢體具足隨所生處所言和順端正聰明安隱快樂復遇可意成調善法具戒富德真實福田爲善知識依彼修學離離間語能斷一切惡不善法能成一切殊勝善法能求一切大乘法義能修一切菩薩願行漸次趣入深廣智海乃至證得無上菩提所居佛土一切堅密難可破壞諸美妙物之所莊嚴無違無競善和諍訟希求淳質善法有情來生其國常修和敬聽聞正法如來自身壽命無量爲諸有情如

應說法般涅槃後正法久住利益安樂無量有情善男子是名菩薩摩訶薩第五遠離離間語輪菩薩摩訶薩成就此輪故於聲聞乘得無誤失於聲聞乘補特伽羅得無誤失於獨覺乘得無誤失於獨覺乘補特伽羅得無誤失於其大乘得無誤失於其大乘補特伽羅得無誤失常能熾然三寶種性於諸如來出家弟子若是法器若非法器下至一切被片袈裟剃鬚髮者得無誤失於大乘法常得昇進無有退轉利慧勝福常得增長於一切定諸陀羅尼諸忍諸地速得自在無有退轉常得值遇諸善知識隨順而行常得不離見一切佛及諸菩薩聲聞弟子不離聞法不離親近供養衆僧於諸善根常精進求心無猒足常於菩提種種行願心無猒足所得果報廣說如前復次善男子若菩薩摩訶薩能盡形壽離麤惡語一切衆生常共愛敬所發語言皆令歡悅聞悉敬奉無所猜疑由此善根速得成熟所有前際輪轉五趣没生死河因麤惡語造身語意諸惡業障諸煩惱障諸有情障一切法障諸調善障自作教他見聞隨喜由此遠離麤惡語輪皆悉輾壞摧滅無餘不受果報於現身中諸人天等皆共親愛無所猜慮身心安樂所出言詞皆令歡悅將命終時身心不爲憂苦逼切所愛妻子眷屬圍遶臨命終時不見可怖剡魔王使唯見可意成調善法具戒富德真實福田爲善知識身心歡悅深生敬信既命終已還生人中諸根圓滿肢體具足隨所生處所言柔輭端正聦明安隱快樂復遇可意成調善法具戒富德

眞實福田爲善知識依彼修學離麤惡語能斷一切惡不善法能成一切殊勝善法能求一切大乘法義能修一切菩薩願行漸次趣入深廣智海乃至證得無上菩提所居佛土遠離一切不可意聲種種上妙如意和雅諸音樂聲結集法聲充滿其土具足念慧梵音清徹調善有情來生其國常以輭語更相勸進如來自身壽命無量爲諸有情如應說法般涅槃後正法久住利益安樂無量有情善男子是名菩薩摩訶薩第六遠離麤惡語輪菩薩摩訶薩成就此輪故於聲聞乘得無誤失於聲聞乘補特伽羅得無誤失於獨覺乘得無誤失於獨覺乘補特伽羅得無誤失於其大乘得無誤失於其大乘補特伽羅得無誤失常能熾然三寶種性於諸如來出家弟子若是法器若非法器下至一切被片袈裟剃鬚髮者得無誤失於大乘法常得昇進無有退轉利慧勝福常得增長於一切定諸陀羅尼諸忍諸地速得自在無有退轉常得值遇諸善知識隨順而行常得不離見一切佛及諸菩薩聲聞弟子不離聞法不離親近供養衆僧於諸善根常精進求心無猒足常於菩提種種行願心無猒足所得果報廣說如前復次善男子菩薩摩訶薩能盡形壽離雜穢語一切衆生常共愛敬所發言詞皆有義利聞悉敬奉無所猜疑由此善根速得成熟所有前際輪轉五趣沒生死河因雜穢語造身語意諸惡業障諸煩惱障諸有情障一切法障諸義利障自作教他見聞隨喜由此遠離雜穢語輪皆悉輾壞摧滅無餘不受果報

於現身中諸人天等皆共親愛無所猜慮身心安樂所發言詞皆成義利將命終時身心不爲憂苦逼切所愛妻子眷屬圍遶臨命終時不見可怖剝魔王使唯見可意成調善法具戒富德眞實福田爲善知識身心歡悅深生敬信既命終已還生人中諸根圓滿肢體具足隨所生處言必饒益端正聰明安隱快樂復遇可意成調善法具戒富德眞實福田爲善知識依彼修學離雜穢語能斷一切惡不善法能成一切殊勝善法能求一切大乘法義能修一切菩薩願行漸次趣入深廣智海乃至證得無上菩提所居佛土遠離一切無義利聲種種上妙菩薩藏攝大法音聲周徧國土成就無邊大願妙智能善辯說種種法義如是有情來生其國如來自身壽命無量爲諸有情如應說法般涅槃後正法久住利益安樂無量有情善男子是名菩薩摩訶薩第七遠離雜穢語輪菩薩摩訶薩成就此輪故於聲聞乘得無誤失於聲聞乘補特伽羅得無誤失於獨覺乘得無誤失於獨覺乘補特伽羅得無誤失於其大乘得無誤失於其大乘補特伽羅得無誤失常能熾然三寶種性於諸如來出家弟子若是法器若非法器下至一切被片袈裟剃鬚髮者得無誤失於大乘法常得昇進無有退轉利慧勝福常得增長於一切定諸陀羅尼諸忍諸地速得自在無有退轉常得值遇諸善知識隨順而行常得不離見一切佛及諸菩薩聲聞弟子不離聞法不離親近供養衆僧於諸善根常精進求心無猒足常於菩提種種行願心無

厭足所得果報廣說如前復次善男子若菩薩摩訶薩能盡形壽遠離貪欲一切衆生常所愛重其心清淨離諸染濁由此善根速得成熟所有前際輪轉五趣没生死河因貪欲故造身語意諸惡業障諸煩惱障諸有情障一切法障諸無貪障自作教他見聞隨喜由此遠離貪欲輪故皆悉輾壞摧滅無餘不受果報於現身中諸人天等皆共親愛無所猜慮身心安樂其心清淨離諸染濁將命終時身心不爲憂苦逼切所愛妻子眷屬圍遶臨命終時不見可怖剡魔王使唯見可意成調善法具戒富德眞實福田爲善知識身心歡悅深生敬信旣命終已還生人中諸根圓滿肢體具足隨所生處其心清淨離諸染濁端正聰明安隱快樂復遇可意成調善法具戒

富德眞實福田爲善知識依彼修學離貪欲法能斷一切惡不善法能成一切殊勝善法能求一切大乘法義能修一切菩薩願行漸次趣入深廣智海乃至證得無上菩提所居佛土地平如掌衆寶充滿種種寶樹行列莊嚴種種寶衣寶莊嚴具寶幢旛蓋金銀眞珠羅網等樹處處皆有甚可愛樂遠離憍慢顔貌端嚴諸根無缺其心平等如是有情來生其國無貪功德圓滿莊嚴如來自身壽命無量爲諸有情如應說法般涅槃後正法久住利益安樂無量有情善男子是名菩薩摩訶薩第八遠離貪欲輪也菩薩摩訶薩成就此輪故於聲聞乘得無誤失於聲聞乘補特伽羅得無誤失於獨覺乘得無誤失於獨覺乘補特伽羅得無誤失於其大乘得無誤失於

其大乘補特伽羅得無誤失常能熾然三寶種性於諸如來出家弟子若是法器若非法器下至一切被片袈裟剃鬚髮者得無誤失於大乘法常得昇進無有退轉利慧勝福常得增長於一切定諸陀羅尼諸忍諸地速得自在無有退轉常得值遇諸善知識隨順而行常得不離見一切佛及諸菩薩聲聞弟子不離聞法不離親近供養衆僧於諸善根常精進求心無猒足常於菩提種種行願心無猒足所得果報廣說如前

大乘大集地藏十輪經卷第八

音釋

輅洛故切車也　塊苦潰切土墣也　輮女箭切輪輮也　抗苦浪切　猜倉才切疑也　剡以冉切

大乘大集地藏十輪經卷第九

唐三藏法師玄奘奉　詔譯

善業道品第六之二

復次善男子若菩薩摩訶薩能盡形壽遠離瞋恚一切衆生常所愛重其心清淨離諸垢穢由此善根速得成熟所有前際輪轉五趣没生死河因瞋恚故造身語意諸惡業障諸煩惱障諸有情障一切法障諸無瞋障自作教他見聞隨喜由此遠離瞋恚輪故皆悉輾壞摧滅無餘不受果報於現身中諸人天等皆共親愛無所猜慮其心清淨離諸垢穢將命終時身心不爲憂苦逼切所愛妻子眷屬圍遶臨命終時不見可怖剎魔王使唯見可意成調善法具戒富德眞實福田爲善知識身心歡悅深生敬信既命終已還生人中諸根圓滿肢體具足隨所生處其心清淨離諸垢穢端正聰明安隱快樂復遇可意成調善法具戒富德眞實福田爲善知識依彼修學離瞋恚法能斷一切惡不善法能成一切殊勝善法能求一切大乘法義能修一切菩薩願行漸次趣入深廣智海乃至證得無上菩提所居佛土遠離一切濁穢風雲鬱烝塵垢諸麤弊物衆寶莊嚴甚可愛樂遠離憍慢顔貌端嚴諸相無缺心常寂定如是有情來生其國慈悲功德圓滿莊嚴如來自身壽命無量爲諸有情如應說法般涅槃後正法久住利益安樂無量有情善男子是名菩薩摩訶薩第九遠離瞋恚輪也菩薩摩訶薩成就此輪故於聲聞乘得無誤失於聲聞乘補特伽羅得無誤失於獨覺乘得無誤失於獨覺乘

補特伽羅得無誤失於其大乘得無誤失於其大乘補特伽羅得無誤失常能熾然三寶種性於諸如來出家弟子若是法器若非法器下至一切被片袈裟剃鬚髮者得無誤失於大乘法常得昇進無有退轉利慧勝福常得增長於一切定諸陀羅尼諸忍諸地速得自在無有退轉常得值遇諸善知識隨順而行常得不離見一切佛及諸菩薩聲聞弟子不離聞法不離親近供養衆僧於諸善根常精進求心無猒足常於菩提種種行願心無猒足所得果報廣說如前復次善男子若菩薩摩訶薩能盡形壽遠離邪見一切衆生常所愛重其心清淨離邪分別由此善根速得成熟所有前際輪轉五趣没生死河因邪見故造身語意諸惡業障諸煩惱障諸有情障一切法障諸正見障自作教他見聞隨喜由此遠離邪見輪故皆悉輾壞摧滅無餘不受果報於現身中諸人天等皆共親愛無所猜慮身心安樂其心清淨離邪分別將命終時身心不爲憂苦逼切所愛妻子眷屬圍遶臨命終時不見可怖剡魔王使唯見可意成調善法具戒富德眞實福田爲善知識身心歡悅深生敬信既命終已還生人中諸根圓滿肢體具足隨所生處其心清淨離邪分別端正聰明安隱快樂復遇可意成調善法具戒富德眞實福田爲善知識依彼修學離邪見法能斷一切惡不善法能成一切殊勝善法能求一切大乘法義能修一切菩薩願行漸次趣入大乘大海乃至證得無上菩提所居佛土遠離一切聲聞獨覺二乘人法遠離一

切天魔徒衆遠離一切外道朋黨衆寶莊嚴甚可愛樂遠離一切妄執吉凶常見斷見我我所見如是有情來生其國壽命長遠受用一味謂大乘味如來自身壽命無量爲諸有情如應說法般涅槃後正法久住利益安樂無量有情聖教一味無有乖諍熾盛流通離諸障難善男子是名菩薩摩訶薩第十遠離邪見輪也菩薩摩訶薩成就此輪故於聲聞乘得無誤失於聲聞乘補特伽羅得無誤失於獨覺乘得無誤失於獨覺乘補特伽羅得無誤失於其大乘得無誤失於其大乘補特伽羅得無誤失常能熾然三寶種性於諸如來出家弟子若是法器若非法器下至一切被片袈裟剃鬚髮者得無誤失於大乘法常得昇進無有退轉利慧勝福常得增長於一切定諸陀羅尼諸忍諸地速得自在無有退轉常得值遇諸善知識隨順而行常得不離見一切佛及諸菩薩聲聞弟子不離聞法不離親近供養衆僧於諸善根常精進求心無猒足常於菩提種種行願六波羅蜜多心無猒足所得果報廣說如前善男子若菩薩摩訶薩成就如是十輪能速證得阿耨多羅三藐三菩提所以者何於過去世一切如來應正等覺皆悉遠離十惡業道皆悉稱揚讚歎如是十善業道所得果報爲欲長養一切衆生利益安樂菩提道故爲欲除滅一切衆生業煩惱苦令無餘故爲欲枯竭三惡趣故爲欲紹隆三寶種故爲欲斷除三界有故爲欲永斷蘊界處故爲令一切速入無畏涅槃城故廣說如前遠離十種不善業道所得果報

是故善男子若不眞實希求如是十善業道所證佛果及不眞實下至守護一善業道乃至命終而自稱言我是眞實行大乘者我求無上正等菩提當知如是補特伽羅是極虛詐是大妄語對十方界佛世尊前誑惑世間無慚無愧說空斷見誘誑愚癡身壞命終墮諸惡趣善男子若但言說及但聽聞不由修行十善業道能得菩提般涅槃者於一劫中或一念頃可令十方一切佛土地界微塵筭數衆生皆登正覺入般涅槃然無是事所以者何十善業道是大乘本是菩提因是證涅槃堅固梯隥善男子若但發心發誓願力不由修行十善業道能得菩提般涅槃者於一劫中或一念頃可令十方一切佛土地界微塵筭數衆生皆登正覺入般涅槃然無是事所以者何十善業道是世出世殊勝果報功德根本善男子若不修行十善業道設經十方一切佛土微塵數劫自號大乘或說或聽或但發心或發誓願終不能證菩提涅槃亦不令他脫生死苦善男子要由修行十善業道世間方有諸刹帝利婆羅門等大富貴族四天王天乃至非想非非想處或聲聞乘或獨覺乘乃至無上正等菩提皆由修行十善業道品類差別是故善男子若欲速滿無上正等菩提願者當修如是十善業道以自莊嚴非住十惡不律儀者能滿如是無上正等菩提大願若求速悟大乘境界速證無上正等菩提速滿一切善法願者先應護持十善業道所以者何十善業道是能安立一切善法功德根本是世出世勝果報因是故應修

十善業道爾時世尊重顯此義而說頌曰

欲除諸有苦　證得大菩提　應修十善輪
精勤勿放逸　便於三乘法　及補特伽羅
一切出家人　皆得無誤失　信受行大乘
利樂一切衆　覺勝法淨土　速證大菩提
若離於殺生　一切皆愛敬　恒無病長壽
常樂不害法　一切所生處　恒樂佛所行
常遇佛法僧　速成無上覺　若離不與取
智者皆愛敬　滅貪所生業　獲無貪所生
生生常巨富　能爲大施主　得衆寶莊嚴
可愛淨佛國　若離欲邪行　滅臭穢煩惱
枯竭貪愛河　速得淨佛國　拔諸衆生類
令出欲淤泥　安置於大乘　使勤修梵行
若離虚誑語　得聖自在智　常樂諦實言
滅虚妄衆苦　一言爲證量　常遇佛法僧
速得大菩提　勸修不妄語　若離離間語
成衆善法器　常遇佛法僧　不歸於斷滅
得聖無染喜　陀羅尼寶藏　達深法海源
速成無上覺　若離麤惡語　常說柔軟言
衆生皆愛敬　滅先世罪業　令衆常歡悅
成菩薩導師　知諸佛所行　超過第十地
若離雜穢語　智者皆愛敬　爲他所發言
具獲五功德　常聽受聖言　恒欣求聖道
圓滿諸佛海　速得一切智　若離於貪欲
不誹毀聖教　供養服袈裟　弘三乘聖道
常生淨佛國　導師之所居　乘於無上乘
速得最勝智　若離於瞋恚　一向修慈心
速疾證等持　樂衆聖行處　常生淨佛土
遠離諸過惡　住彼證菩提　令離諸瞋忿
若離於邪見　純修淨信心　樂開示三乘

亦供養諸佛　永脫諸惡趣　遇衆賢聖者
具諸菩薩德　逮得最上智　我說十善業
能趣勝菩提　生長諸等持　陀羅尼忍地
此輪大威德　能摧諸惡趣　破壞諸惡障
速證大菩提

福田相品第七之一

復次善男子菩薩摩訶薩有十財施大甲冑輪若菩薩摩訶薩成就此輪從初發心一切五欲皆能除斷超勝一切聲聞獨覺普爲一切聲聞獨覺作大福田一切聲聞獨覺乘等皆應供養承事守護何等爲十所謂布施種種飲食衣服寶飾象馬車乘及以自身手足耳鼻頭目髓腦皮骨血肉國城妻子奴婢田宅如是一一行布施時不顧身命不專爲已求於世間出世間樂發心布施但欲普爲一切有情生長大慈大悲芽故發心布施爲欲引發善巧方便殊勝智故發心布施爲欲引發一切有情安樂事故發心布施爲欲除滅一切有情苦惱事故發心布施無勝他心無麤獷心無嫉妬心無慳悋心而行布施於所施物若多若少下至一食終不希求自受果報發心布施終不希求聲聞乘果發心布施終不希求獨覺乘果發心布施於所施物若多若少下至一食但爲希求一切種智發心布施善男子菩薩摩訶薩成就如是十種財施大甲冑輪從初發心一切五欲皆能除斷超勝一切聲聞獨覺普爲一切聲聞獨覺作大福田一切聲聞獨覺乘等皆應供養承事守護所以者何聲聞獨覺發心布施無上慈悲但爲已身捨貧窮故但爲已身脫衆苦故

但爲已身得安樂故但爲已身證涅槃故不能普爲一切有情而行布施菩薩摩訶薩發心布施有大慈悲普爲有情捨貧窮故普爲有情脱衆苦故普爲有情得安樂故普爲有情證涅槃故不爲自身而行布施以是義故超勝一切聲聞獨覺普爲一切聲聞獨覺作大福田一切聲聞獨覺乘等皆應供養承事守護菩薩摩訶薩修行財施波羅蜜多時於妙五欲心無染著自所攝受一切樂具普能施與一切有情依普攝受諸有情心依自忍受一切苦心依滅一切有情苦心依與一切有情樂心依與有情大涅槃心而行布施以是義故超勝一切聲聞獨覺普爲一切聲聞獨覺乘作大福田一切聲聞獨覺乘等皆應供養承事守護善男子若於五欲心無染著具大慈悲而行布施是名菩薩摩訶薩也亦名一切聲聞獨覺眞實福田若不除斷世間五欲無大慈悲而行布施雖捨無量無邊施物而猶不得名爲菩薩摩訶薩也亦非一切聲聞獨覺眞實福田此施不蒙聖印所印是故應斷世間五欲具大慈悲而行布施若不斷於世間五欲無大慈悲而行布施不名菩薩非眞福田善男子染著五欲行布施輪尚不能滅自身所有少分苦惱況能除滅一切有情無量苦惱爾時世尊重顯此義而說頌曰

成就財施輪　智者淨意樂　盡離於五欲
安樂諸有情　爲樂諸有情　不求自果報
雖行少分施　而名眞福田　雖復施衆多
而依止五欲　非聖印所印　住不定聚中

雖行少分施　而不依五欲　名聲聞獨覺
眞實良福田　故應捨五欲　常行清淨施
安樂有情衆　成眞實福田

復次善男子菩薩摩訶薩有十法施大甲冑輪若菩薩摩訶薩成就此輪從初發心一切五欲皆能除斷速能獲得日燈光定超勝一切聲聞獨覺普爲一切聲聞獨覺作大福田一切聲聞獨覺乘等皆應供養承事守護何等爲十謂諸如來所説正法或聲聞乘相應正法或獨覺乘相應正法或與大乘相應正法或世間法或出世間法或有漏法或無漏法或有爲法或無爲法或不二法菩薩摩訶薩於此十法深信敬重一切聽聞隨力所能審諦領受思惟觀察究竟通利隨其所宜爲他演説於説法時無嫉妬心無慳悋心無憍慢心無求利心無輕他心無自舉心有恭敬心有饒益心有大慈心有大悲心爲聲聞乘補特伽羅説聲聞法不爲彼説獨覺乘法及大乘法爲獨覺乘補特伽羅説獨覺法不爲彼説聲聞乘法及大乘法爲於大乘補特伽羅説大乘法不爲彼説聲聞乘法獨覺乘法隨諸有情根器所能爲説正法非根器者終不爲説於其大乘諸有情所終不勸修獨覺乘行聲聞乘行於獨覺乘諸有情所或時勸彼修大乘行於聲聞乘諸有情所或時勸修獨覺乘行及大乘行於諸如來所説正法下至一頌乃至半句深信敬重終不毀謗障蔽隱没於説法師起世尊想於聽法衆起病者想於所説法起良藥想斷除五欲無所希求宣説正法善男子是名菩薩摩訶薩十種法

施大甲冑輪若菩薩摩訶薩成就此輪能斷五欲速能獲得日燈光定超勝一切聲聞獨覺普爲一切聲聞獨覺作大福田一切聲聞獨覺乘等皆應供養承事守護爾時世尊重顯此義而說頌曰

智者修法施　隨器說三乘　不爲說餘乘
恐聞而謗法　稱根器說法　不爲非根器
各隨其所樂　勸進令歡喜　終不勸大乘
令修二乘行　或時勸彼二　進修中上乘
常恭敬聽法　深信不毀謗　供養說法師
如佛世尊想　勸聞妙法藥　令除煩惱病
捨利養名譽　而宣說正法

復次善男子菩薩摩訶薩復有淨戒大甲冑輪若菩薩摩訶薩成就此輪從初發心一切五欲皆能除斷超勝一切聲聞獨覺普爲一切聲聞獨覺作大福田一切聲聞獨覺乘等皆應供養承事守護云何淨戒大甲冑輪善男子菩薩淨戒有二種相一者共二者不共云何菩薩共淨戒輪於諸在家近事近住所受律儀或復出家及受具足別解脫戒如是律儀別解脫戒是名菩薩共淨戒輪共諸聲聞獨覺乘等菩薩不由此淨戒輪能除一切有情煩惱諸惡見趣及能解脫業障生死此不名爲大甲冑輪亦不由此名爲菩薩摩訶薩也及名一切聲聞獨覺真實福田云何菩薩不共淨戒大甲冑輪謂諸菩薩普於十方一切有情起平等心無擾動心無怨恨心護持淨戒普於一切持戒犯戒布施慳貪慈悲忿恚精進懈怠下中上品諸有情所無差別心無差別想護持淨戒普於三界一切有情

無恚無忿及諸惡行護持淨戒普於三有蘊界處中無所分別護持淨戒不依欲界護持淨戒不依色界護持淨戒不依無色界護持淨戒不觀諸有一切果報護持淨戒不依一切得與不得護持淨戒不依諸行護持淨戒是名菩薩不共淨戒大甲冑輪善男子若菩薩摩訶薩成此淨戒大甲冑輪從初發心一切五欲皆能除斷得名菩薩摩訶薩也超勝一切聲聞獨覺普爲一切聲聞獨覺作大福田一切聲聞獨覺乘等皆應供養承事守護

爾時世尊重顯此義而說頌曰

住在家律儀　出家解脫戒　與二乘等共
不名摩訶薩　智者修空法　不依諸世間
亦不依諸有　護持清淨戒　離取相尸羅
無染無諸漏　護持如是戒　名眞實福田

復次善男子菩薩摩訶薩復有安忍大甲冑輪若菩薩摩訶薩成就此輪從初發心一切五欲皆能除斷超勝一切聲聞獨覺普爲一切聲聞獨覺作大福田一切聲聞獨覺乘等皆應供養承事守護云何安忍大甲冑輪善男子菩薩安忍有二種相一者世間二者出世間云何菩薩世間安忍謂有漏忍緣諸有情有取有相依諸果報依諸福業所發起忍依自諸色聲香未觸所發起忍有發趣忍無堪能忍力羸劣忍棄衆生忍有誑詐忍矯悅他忍不爲利樂諸有情忍是名菩薩世間安忍如是安忍共諸聲聞獨覺乘等此不名爲大甲冑輪亦不由此名爲菩薩摩訶薩也及名一切聲聞獨覺眞實福田云何菩薩出世安忍大甲冑輪謂無漏忍一切賢聖大法光

明普爲利樂一切有情無染著忍永斷一切所作事業語言因相文字音聲行依處安忍修此忍故能斷一切三結三受三相三世三有三行三不善相四種暴流四扼四取四種身繫修此忍時心意寂靜是名菩薩出世安忍大甲冑輪善男子若菩薩摩訶薩成此安忍大甲冑輪從初發心一切五欲皆能除斷得名菩薩摩訶薩也超勝一切聲聞獨覺普爲一切聲聞獨覺作大福田一切聲聞獨覺乘等皆應供養承事守護爾時世尊重顯此義而說頌曰

安忍說二種　謂有相無相　有相忍有著
智者不稱譽　修忍依三行　依蘊界處等
是名有漏忍　非摩訶薩相　爲滅四顚倒
修無染著忍　寂靜三行等　此忍可稱譽
能寂靜諸行　離一切分別　心平等如空
此忍可稱譽　諸法同一趣　空無相寂滅
心無所住著　此忍成大利

復次善男子菩薩摩訶薩復有精進大甲冑輪若菩薩摩訶薩成就此輪從初發心一切五欲皆能除斷超勝一切聲聞獨覺普爲一切聲聞獨覺作大福田一切聲聞獨覺乘等皆應供養承事守護云何精進大甲冑輪善男子菩薩精進有二種相一者世間二者出世間云何菩薩世間精進謂諸菩薩精進勇猛勤修三種世福業事何等爲三一者施福業事二者戒福業事三者修福業事修此即名三種精進如是精進緣諸衆生有漏有取依諸果報依諸福業是名菩薩世間精進如是精進共諸聲聞獨覺乘等此不名爲大甲

胄輪亦不由此名爲菩薩摩訶薩也及名一切聲聞獨覺眞實福田云何菩薩出世精進大甲胄輪謂諸菩薩勇猛精進於諸衆生其心平等除滅一切煩惱業苦如是精進一切賢聖共所稱譽無漏無取無所依止普於一切精進懈怠布施慳貪持戒破戒慈悲忿恚下中上品諸衆生所無差别心無差别想勇猛精進普於三界一切衆生平等無二爲作事業語言思惟諸行依處無所住著勇猛精進普於三有蘊界處中無所分别勇猛精進不依欲界勇猛精進不依色界勇猛精進不依無色界勇猛精進不觀諸有一切果報勇猛精進不依一切得與不得勇猛精進不依諸行勇猛精進不依三種世福業事勇猛精進具足出世三福業事勇猛精進是名菩薩出世精進大甲胄輪善男子若菩薩摩訶薩成此精進大甲胄輪從初發心一切五欲皆能除斷得名菩薩摩訶薩也超勝一切聲聞獨覺普爲一切聲聞獨覺作大福田一切聲聞獨覺乘等皆應供養承事守護爾時世尊重顯此義而説頌曰

於六根染著　漂愚五暴流　雖勇猛精進
智者皆欺毀　縁衆生精進　有漏及有取
非眞實福田　不名摩訶薩　智者勤精進
遠離一切著　心無所依止　名眞實福田
不染著名色　離蘊界處等　爲衆作歸依
是名摩訶薩　行世如水月　修精進究竟
此輪能永斷　衆生煩惱縛

復次善男子菩薩摩訶薩復有靜慮大甲胄輪若菩薩摩訶薩成就此輪從初發心一切

五欲皆能除斷超勝一切聲聞獨覺普爲一切聲聞獨覺作大福田一切聲聞獨覺乘等皆應供養承事守護云何靜慮大甲冑輪善男子菩薩靜慮有二種相一者世間二者出世間云何菩薩世間靜慮謂諸菩薩依著諸蘊修習靜慮依著諸界修習靜慮依著諸處修習靜慮依著欲界修習靜慮依著色界修習靜慮依著無色界修習靜慮依著三律儀修習靜慮依著三解脫修習靜慮依著四念住修習靜慮依著四正斷修習靜慮依著四神足修習靜慮依著五根修習靜慮依著五力修習靜慮依著七等覺支修習靜慮依著八聖道支修習靜慮依著地界修習靜慮依著水界修習靜慮依著火界修習靜慮依著風界修習靜慮依著空界修習靜慮依著識界修習靜慮依著樂受修習靜慮依著苦受修習靜慮依著不苦不樂受修習靜慮依著虛空無邊處修習靜慮依著識無邊處修習靜慮依著無所有處修習靜慮依著非想非非想處修習靜慮依著此世修習靜慮依著他世修習靜慮依著小想修習靜慮依著大想修習靜慮依著無量想修習靜慮如是靜慮有漏有取有所依著是名菩薩世間靜慮如是靜慮共諸聲聞獨覺乘等此不名爲大甲冑輪亦不由此名爲菩薩摩訶薩也及名一切聲聞獨覺眞實福田云何菩薩出世靜慮謂諸菩薩遠離諸蘊修習靜慮遠離諸界修習靜慮遠離諸處修習靜慮遠離欲界修習靜慮遠離色界修習靜慮遠離無色界修習靜慮遠離三律儀修習靜慮遠離三解脫

修習靜慮遠離四念住修習靜慮遠離四正斷修習靜慮遠離四神足修習靜慮遠離五根修習靜慮遠離五力修習靜慮遠離七等覺支修習靜慮遠離八聖道支修習靜慮遠離地界修習靜慮遠離水界修習靜慮遠離火界修習靜慮遠離風界修習靜慮遠離空界修習靜慮遠離識界修習靜慮遠離樂受修習靜慮遠離苦受修習靜慮遠離不苦不樂受修習靜慮遠離虛空無邊處修習靜慮遠離識無邊處修習靜慮遠離無所有處修習靜慮遠離非想非非想處修習靜慮遠離此世修習靜慮遠離他世修習靜慮遠離小想修習靜慮遠離大想修習靜慮遠離無量想修習靜慮如是靜慮能發賢聖廣大光明無漏無取無所依著是名菩薩出世靜慮大甲冑輪善男子若菩薩摩訶薩成此靜慮大甲冑輪從初發心一切五欲皆能除斷得名菩薩摩訶薩也超勝一切聲聞獨覺普爲一切聲聞獨覺作大福田一切聲聞獨覺乘等皆應供養承事守護爾時世尊重顯此義而說頌曰

爲捨己重擔　修有所得定　永斷自煩惱
非眞智者相　依器有所觀　求解脫修定
取著此彼岸　非利樂有情　爲利樂有情
修定捨重擔　滅一切煩惱　是眞智者相
爲潤諸有情　修無依著定　永斷諸有愛
是名大慧者　爲解諸有縛　令住無畏城
修行寂止定　是名摩訶薩

大乘大集地藏十輪經卷第九

音釋

誘誑　誘與久切引也誑古況切欺也　**梯隥**　梯吐奚切階也隥都鄧切登陟之道也　**嫉妬**　嫉昨悉切害賢也妬都故切害色也　**胄**　直祐切兜鍪也　**扼**　於革切通作軛　**懈怠**　懈古隘切怠徒亥切

大乘大集地藏十輪經卷第十

唐三藏法師玄奘奉　詔譯

福田相品第七之二

復次善男子菩薩摩訶薩復有般若大甲胄輪若菩薩摩訶薩成就此輪從初發心一切五欲皆能除斷超勝一切聲聞獨覺普爲一切聲聞獨覺作大福田一切聲聞獨覺乘等皆應供養承事守護云何般若大甲胄輪善男子菩薩般若有二種相一者世間二者出世間云何菩薩世間般若謂諸菩薩唯依讀誦書寫聽聞爲他演說三乘正法欲求除滅一切衆生無明黑暗欲求發起一切衆生大慧光明謂於如來所說種種與聲聞乘相應正法精勤讀誦聽聞書寫爲他演說勸正修行或於如來所說種種與獨覺乘相應正法精勤讀誦聽聞書寫爲他演說勸正修行或於如來所說種種與無上乘相應正法精勤讀誦聽聞書寫爲他演說勸正修行不求賢聖無漏道支不求聖道不求聖道所攝解脫不行寂靜眞實般若常行有見有相般若如是般若有取有著是名菩薩世間般若如是般若共諸聲聞獨覺乘等此不名爲大甲胄輪亦不由此名爲菩薩摩訶薩也及名一切聲聞獨覺眞實福田云何菩薩出世般若謂諸菩薩精勤修習菩提道時隨力讀誦聽聞書寫爲他演說三乘正法而於其中依無所得方便而住無所行動無所思惟無有根本以如虛空心普寂滅心無增減慧無取著心無生滅心無退轉心法平等心眞如心實際心法界心無我心無分別心寂滅安忍離分

別心善巧安住無成壞地善巧安住無住無著勝妙慧地如是般若無取無著是名菩薩出世般若大甲冑輪善男子若菩薩摩訶薩成此般若大甲冑輪從初發心一切五欲皆能除斷得名菩薩摩訶薩也超勝一切聲聞獨覺普爲一切聲聞獨覺作大福田一切聲聞獨覺乘等皆應供養承事守護復次善男子菩薩摩訶薩復有善巧方便大甲冑輪若菩薩摩訶薩成就此輪從初發心一切五欲皆能除斷超勝一切聲聞獨覺普爲一切聲聞獨覺作大福田一切聲聞獨覺乘等皆應供養承事守護云何名爲善巧方便大甲冑輪善男子菩薩善巧方便有二種相一者世間二者出世間云何名爲菩薩世間善巧方便謂諸菩薩或爲自利或爲他利或爲俱利

常懷彼此示現種種工巧技術爲自及他得成熟故承事供養諸佛世尊或諸菩薩或諸獨覺或諸聲聞或母或父或諸病者或諸羸劣無依怙者若見厄難臨被害者種種勤苦方便救濟以四攝事成熟有情是諸菩薩自住大乘於諸聲聞及獨覺乘非大乘器若諸聲聞及獨覺乘根未熟者爲說微妙甚深法教令其修學或勸勤修諸聖靜慮或爲開示最勝義諦勸令修行超四顛倒覺悟四種無墮法性或令趣入四無礙解或復乃至勸令安住四念住四正斷四神足五根五力七等覺支八聖道支有餘無餘道及道果趣入巧智令其成熟若諸有情貪求名稱利養富貴諸根躁擾善根未熟勸令讀誦諸阿笈摩及毗柰耶阿毘達磨或勸讀誦除佛所說順解

脱論令其成熟若諸有情不樂布施勸令惠捨種種珍財令其成熟若諸有情暴惡不仁勸令修學四種梵住若諸有情心多忿恚勸令修忍若諸有情心多懈怠勸修精進若諸有情心多散亂勸修靜慮若諸有情具足惡慧爲説正法謂以記説教誡方便令其成熟若諸有情不敬三寶具無依行勸受三歸令敬三寶或勸受學近事律儀或勸受學近住律儀令其成熟或勸修習種種工巧技術業處令其成熟如是等菩薩摩訶薩種種世間巧方便智過殑伽沙菩薩摩訶薩以是一切書論工巧技術業處加行精進巧方便智摧伏一切外道異學如是名爲菩薩世間善巧方便此巧方便共諸聲聞獨覺乘等亦作一切佛法依因亦是善巧諸行依處亦是善巧任運無思滅退墮法又善男子若諸菩薩不依明師不依善友修行世間善巧方便是諸菩薩愚於世間善巧方便向諸惡趣不能隨順安住出世巧方便智亦非一切眞實福田不能善巧知諸有情根行差别以於善巧方便愚故爲諸聲聞及獨覺乘非大乘器及於大乘根未熟者宣説大乘令其修學又爲大乘法器有情宣説聲聞獨覺乘法令修聲聞獨覺乘行爲獨覺乘法器有情説聲聞乘令其修習聲聞乘行爲聲聞乘法器有情説生死法令其愛著不爲宣説猒生死法又於善巧方便愚故若諸有情樂行殺生廣説乃至執著邪見爲彼宣説甚深大乘不爲宣説生死流轉死此生彼衆苦果報令其猒怖離諸惡法又於善巧方便愚故乃至若諸有情樂

修淨戒令修布施若諸有情樂修安忍勸捨安忍令修淨戒若諸有情樂修精進勸捨精進令修安忍若諸有情樂修靜慮勸捨靜慮令修精進若諸有情樂修般若勸捨般若令修靜慮如是菩薩愚於世間善巧方便不能眞實利樂有情與諸有情爲惡知識此巧方便依有所得有所執著如是名爲菩薩世間善巧方便如是世間善巧方便共諸聲聞獨覺乘等此不名爲大甲冑輪亦不由此名爲菩薩摩訶薩也及名一切聲聞獨覺眞實福田云何名爲菩薩出世善巧方便謂諸菩薩但爲利他不爲自利示現種種工巧技術爲成熟他承事供養諸佛世尊或諸菩薩或諸獨覺或諸聲聞或母或父或諸病者或諸羸劣無依怙者若見厄難臨被害者種種勤苦方便救濟以四攝事成熟有情隨其意樂隨其根器爲諸有情宣說正法又能漸次勸諸聲聞修獨覺乘勸諸獨覺修習大乘若於聲聞及獨覺乘根未熟者爲說猒離生死苦法令其修學猒離生死欣求涅槃若諸有情樂行殺生廣說乃至執著邪見隨其根性或爲宣說生死流轉死此生彼衆苦果報令其猒怖離諸惡法或爲宣說與聲聞乘相應正法或爲宣說與獨覺乘相應正法或爲宣說無上乘中淺近之法令漸修學若諸有情已樂布施爲說勝上受持淨戒令其修學廣說乃至若諸有情已樂靜慮爲說勝上無漏聖道所攝般若令其修學此巧方便依無所得無所執著如是名爲菩薩出世善巧方便大甲冑輪善男子若菩薩摩訶薩成就如是善巧

方便大甲冑輪從初發心一切五欲皆能除斷得名菩薩摩訶薩也超勝一切聲聞獨覺普爲一切聲聞獨覺作大福田一切聲聞獨覺乘等皆應供養承事守護爾時世尊重顯此義而說頌曰

所修慧有二　世間出世間　取著名世間
無取著出世　修善巧方便　依二種差別
有所得世間　無所得出世　若唯說一乘
是名惡說法　不能自成熟　亦不能度他
一向惡衆生　爲說三乘教　是則爲愚癡
不名摩訶薩　有堪趣三乘　欣求聞正法
爲說樂生死　非爲智者相　專意諦思惟
隨根欲教化　此善巧方便　智者所稱譽
衆生雖有惡　而堪入三乘　隨根器教導
令解脫衆惡

復次善男子菩薩摩訶薩復有大慈大甲冑輪若菩薩摩訶薩成就此輪從初發心一切五欲皆能除斷超勝一切聲聞獨覺普爲一切聲聞獨覺作大福田一切聲聞獨覺乘等皆應供養承事守護云何大慈大甲冑輪善男子慈有二種謂法緣慈有情緣慈法緣慈者名爲大慈名大甲冑有情緣慈不名大慈非大甲冑所以者何有情緣慈共諸聲聞獨覺乘等聲聞獨覺爲自利樂不爲有情精勤修習有情緣慈聲聞獨覺爲自寂靜爲自涅槃爲滅自惑爲滅自結不爲有情精勤修習有情緣慈是故此慈不名大慈非大甲冑其法緣慈不共聲聞獨覺乘等唯諸菩薩摩訶薩衆所能修行菩薩摩訶薩普爲利樂一切有情精勤修習此法緣慈菩薩摩訶薩普爲

一切有情寂靜及得涅槃滅煩惱結精勤修習此法緣慈是故此慈名爲大慈是大甲冑又諸菩薩修法緣慈不依諸蘊不依諸處不依諸界不依念住乃至不依道支不依欲界不依色界不依無色界不依此世不依他世不依此岸不依彼岸不依得不依不得如是菩薩修法緣慈超諸聲聞獨覺乘地是名菩薩法緣大慈大甲冑輪善男子若菩薩摩訶薩成此大慈大甲冑輪從初發心一切五欲皆能除斷得名菩薩摩訶薩也超勝一切聲聞獨覺普爲一切聲聞獨覺作大福田一切聲聞獨覺乘等皆應供養承事守護爾時世尊重顯此義而說頌曰

聲聞及獨覺　修有情緣慈　心帶十三過
唯求自利樂　菩薩大名稱　普爲諸有情
修不共大慈　心離十三過　心除十三垢
爲趣大菩提　修法緣大慈　成福田非遠
安住十三力　出過諸有情　猶如師子王
超勝諸禽獸　降伏十三怨　離斷常邊執
心無有染濁　速證大菩提

復次善男子菩薩摩訶薩復有大悲大甲冑輪若菩薩摩訶薩成就此輪從初發心一切五欲皆能除斷超勝一切聲聞獨覺普爲一切聲聞獨覺作大福田一切聲聞獨覺乘等皆應供養承事守護所以者何一切聲聞獨覺乘等但爲已身得利樂故而修行悲不欲普爲一切有情得利樂故修行大悲菩薩摩訶薩不爲已身得利樂故而修行悲但欲普爲一切有情得利樂故修行大悲是故菩薩成就大悲大甲冑輪超勝一切聲聞獨覺普

爲一切聲聞獨覺作大福田一切聲聞獨覺乘等皆應供養承事守護是菩薩摩訶薩普爲饒益諸有情故行四攝事而成熟之謂由大悲普爲利樂諸有情故行布施攝能捨一切珍寶財物禽獸僕使國城妻子乃至身命無所悋惜行無所得爲方便故不見一切所化有情不見施者不見受者不見施物不見施行不見施行所得果報乃至不見無所得行如是大悲普爲利樂諸有情故行愛語攝行利行攝行同事攝隨其所應如上廣說乃至不見無所得行是菩薩摩訶薩常以最勝能調伏心能寂靜心無數量心不行一切蘊處界心所生無動無住大悲大甲冑輪成熟一切所化有情心無猒倦如是名爲菩薩大悲大甲冑輪不共一切聲聞獨覺善男子若菩薩摩訶薩成此大悲大甲冑輪從初發心一切五欲皆能除斷得名菩薩摩訶薩也超勝一切聲聞獨覺普爲一切聲聞獨覺作大福田一切聲聞獨覺乘等皆應供養承事守護爾時世尊重顯此義而說頌曰

甚深微妙法　所成之大悲　難測類虛空
無色無安住　菩薩大精進　具杜多功德
勝智成大悲　勇健超諸世　無依怙有情
生死苦纏縛　大悲水沐浴　令解脫衆苦
菩薩行大悲　能竭生死海　非諸聲聞衆
及獨覺所行　衆生貪恚癡　迷謬墮惡趣
濯以大悲水　脫苦得蕭然

復次善男子菩薩摩訶薩復有能引徧滿虛空無量無邊廣大衆具辭無礙解一切佛法諸三摩地諸陀羅尼堅固大忍大甲冑輪若

菩薩摩訶薩成就此輪從初發心一切五欲皆能除斷超勝一切聲聞獨覺普爲一切聲聞獨覺作大福田一切聲聞獨覺乘等皆應供養承事守護云何菩薩摩訶薩能引徧滿虛空無量無邊廣大衆具辭無礙解一切佛法諸三摩地諸陀羅尼堅固大忍大甲胄輪謂諸菩薩於一切法審諦照察如明月光徧滿虛空其心平等無依無相無住無染普於一切三摩地門陀羅尼門心無行動於諸眼色眼識眼觸離意染著心無行動於眼觸緣生內三受或樂或苦或非苦樂心常寂定無所取著於諸耳聲耳識耳觸於諸鼻香鼻識鼻觸於諸舌味舌識舌觸於諸身觸身識身觸於諸意法意識意觸廣說亦爾普於一切心意識中心常寂定無所取著於心意識所生三受或樂或苦或非苦樂心常寂定無所取著普於三世諸蘊界處一切品類皆無取著心無行動普於一切三界三行三觸三受三根三乘三律儀三解脫一切品類其心寂靜無住無相無所取著平等而住普於一切布施淨戒安忍精進靜慮般若波羅蜜多心無行動寂靜而住如是普於四念住四正斷四神足五根五力七等覺支八聖道支心無行動寂靜而住普於一切九次第定心無行動寂靜而住又於三行無障法智道支道體所引作用皆無取著心無行動於阿賴耶非阿賴耶有取無取有漏無漏此岸彼岸小大無量作與不作善惡無記諸品類中心無行動寂靜而住普於一切大慈大悲善巧方便成熟有情乃至十地三不護四無所畏乃至

十八不共佛法一切品類皆無取著心無行動寂靜而住菩薩摩訶薩由此輪故能永息除三受過失能永寂滅一切分別能永遠離一切法相復能安住能引一切虛空眼頂諸三摩地諸陀羅尼善巧方便大甲冑輪菩薩安住如是輪故一切過去所引未盡惡不善業無暇惡趣諸有諸趣死生諸業皆能除滅令盡無餘不受果報又善男子譬如世界火灾將起五日出時一切世間小池大池小河大河小海大海水皆枯竭滅盡無餘如是菩薩成就能引徧滿虛空無量無邊廣大衆具辭無礙解一切佛法諸三摩地諸陀羅尼堅固大忍大甲冑輪復能安住能引一切虛空眼頂諸三摩地諸陀羅尼善巧方便大甲冑輪一切過去所引未盡惡不善業無暇惡趣諸有諸趣死生諸業皆能除滅令盡無餘不受果報又善男子譬如世界水灾起時於此三千大千世界諸小世界各四大洲八萬小渚妙高山王及諸山等皆爲灾水浸潤消盡令無有餘如是菩薩成就能引徧滿虛空無量無邊廣大衆具辭無礙解一切佛法諸三摩地諸陀羅尼堅固大忍大甲冑輪復能安住能引一切虛空眼頂諸三摩地諸陀羅尼善巧方便大甲冑輪一切過去所引未盡惡不善業無暇惡趣諸有諸趣死生諸業皆能除滅令盡無餘不受果報又善男子譬如黑暗徧滿虛空朗日出時皆能除滅如是菩薩成就能引徧滿虛空無量無邊廣大衆具辭無礙解一切佛法諸三摩地諸陀羅尼堅固大忍大甲冑輪復能安住能引一切虛空眼

頂諸三摩地諸陀羅尼善巧方便大甲冑輪發起無邊虛空智日能永除滅自身四倒無明黑暗一切過去所引未盡惡不善業無暇惡趣諸有諸趣死生諸業皆能除滅令盡無餘不受果報又由此故於諸佛法增進自在常無退轉不復隨順惡友力行常得不離見一切佛及諸菩薩聲聞弟子不離聞法不離親近供養衆僧於諸功德心常無猒乃至菩提恒無間斷又常不離念佛思惟乃至夢中亦無暫廢又善男子云何菩薩摩訶薩能引徧滿虛空無量無邊廣大衆具辭無礙解一切佛法諸三摩地諸陀羅尼堅固大忍大甲冑輪謂諸菩薩入初靜慮乃至第四靜慮入無邊虛空處乃至非想非非想處入滅受想定住此定中一切三受三行斷滅心無行動諸受想思觸作意等悉皆斷滅安住此定或一日夜或復乃至七七日夜受定味食從此定起其心寂靜無所取著晏然而住復入勝義究竟空定住此定中其心平等無所取著猶若虛空身諸毛孔皆出霜液狀如昴星滅除一切鬱烝結縛從此定起得正憶念最勝喜樂充徧其身如大自在天子入現一切樂定身諸毛孔皆徧受樂如是菩薩樂觸其身便思念佛思念佛故則唯見佛不見餘相菩薩爾時若念一佛則見一佛若念多佛則見多佛若念小身佛則見小身佛若念大身佛則見大身佛若念無量身佛則見無量身佛若念自身爲佛身相則見自身同於佛身衆相圓滿若念他身爲佛身相則見他身同於佛身衆相圓滿若念一切情非情數所有色

像爲佛身相則見一切情非情數所有色像皆同佛身衆相圓滿不見其餘一切色像菩薩爾時便作是念一切諸法一切色像皆如幻等諦實不虛我今復應皆悉斷滅一切三受三行等法令無有餘作是念已入滅盡定住此定中如心所期皆盡斷滅受定味食或一七日夜或二七日夜或三四五六七八九十七日夜或經無量百千俱胝那庾多劫隨力所能安住此定受定味食從此定起其心寂靜無所取著宴然而住復入勝義究竟空定廣說如前乃至思念佛身相已知一切法一切色像皆如幻等諦實不虛善男子是名菩薩摩訶薩能引徧滿虛空無量無邊廣大衆具辭無礙解一切佛法諸三摩地諸陀羅尼堅固大忍大甲冑輪菩薩摩訶薩成就此輪則能安住能引一切虛空眼頂諸三摩地諸陀羅尼善巧方便大甲冑輪住此輪故發起無邊虛空智日能永除滅自身四倒無明黑暗一切過去所引未盡惡不善業無暇惡趣諸有諸趣死生諸業皆能除滅令盡無餘不受果報善男子若菩薩摩訶薩成就此輪從初發心一切五欲皆能除斷超勝一切聲聞獨覺普爲一切聲聞獨覺作大福田一切聲聞獨覺乘等皆應供養承事守護由此輪故於諸佛法增進自在常無退轉不復隨順惡友力行常得不離見一切佛及諸菩薩聲聞弟子不離聞法不離親近供養衆僧於諸功德心常無猒乃至菩提恒無間斷又常不離念佛思惟乃至夢中亦不暫廢如是菩薩福德智慧速疾圓滿不久安住清淨佛國證

得無上正等菩提於彼佛國一切有情皆受化生色相如佛煩惱微薄皆住大乘爾時世尊重顯此義而説頌曰

欲成諸法器　斷一切煩惱　常趣入眞空
衆事無難作　爲斷諸有縛　當勤修等持
功德定相應　必獲難思慧　修靜慮無色
滅定眞空觀　起念佛勝智　能盡一切惡
有無一切法　破以眞空觀　永離諸惡趣
常得見諸佛　善修眞空觀　勤學諸善法
供養一切佛　速當成佛果　爲有情親友
滅除煩惱病　速住淨佛國　證得大菩提
衆生如佛相　徧滿於佛土　皆趣求佛乘
離聲聞獨覺

獲益囑累品第八

佛説如是大法門時於衆會中有殑伽沙等菩薩摩訶薩過去久習念佛思惟今聞世尊所説念佛修觀方便皆得念佛三摩地門復有無量無邊衆生聞是法已皆得一切定命華鬘陀羅尼門復有無量無邊衆生聞佛所説皆得一切首楞伽摩電光依止陀羅尼門復有無量無邊衆生聞佛所説皆得一切法自在轉光明依止順忍復有無量無邊衆生聞佛所説遠塵離垢於諸法中生淨法眼得預流果復有無量無邊衆生聞佛所説得一來果復有無量無邊衆生聞佛所説得不還果復有無量無邊衆生聞佛所説皆得最上阿羅漢果復有無量無邊衆生聞佛所説心求出離三界牢獄依佛出家趣入正法復有無量無邊衆生聞佛所説盡壽安住十善業道依聲聞乘發心不退復有無量無邊衆生

聞佛所說盡壽安住十善業道依獨覺乘發心不退復有無量無邊衆生聞佛所說盡壽安住十善業道依大乘中發阿耨多羅三藐三菩提心不復退轉復有無量無邊衆生聞佛所說得世正見由此正見除滅一切往惡趣因煩惱惡業增長一切向善趣因正願善業復有無量無邊衆生聞佛所說皆受三歸安住近事近住淨戒樂供養佛樂聽聞法樂奉事僧晝夜精勤曾無懈廢復有無量無邊衆生聞佛所說遠離一切邪趣邪歸惡意惡業於佛法中得決定信棄捨家法清淨出家爾時世尊告虛空藏菩薩摩訶薩言善男子吾今持此地藏十輪大記法門付囑汝手汝當受持廣令流布若諸衆生於此法門有能讀誦思惟其義爲他解說住正行者汝當爲彼守護十法令於長夜利益安樂何等爲十一者爲彼守護一切財位令無損乏二者爲彼守護一切怨敵令不侵害三者爲彼守護令捨一切邪見邪歸十惡業道四者爲彼守護令免一切身語譏罰五者爲彼守護遮斷一切謗毀輕弄六者爲彼守護令於一切軌範尸羅皆得無犯七者爲彼守護令悉除滅一切非人四大乖反非時老病八者爲彼守護不遭一切非時非理灾横夭殁九者爲彼守護命欲終時得見一切諸佛色像十者爲彼守護令其終後往生善趣利益安樂善男子若諸有情於此法門有能讀誦思惟其義爲他解說住正行者汝當爲彼勤加守護如是十法令於長夜利益安樂時虛空藏菩薩摩訶薩白佛言唯然世尊我當受持如是法

門廣令流布若諸有情於此法門有能讀誦思惟其義爲他解說住正行者我當爲彼守護十法令於長夜利益安樂時薄伽梵說是經已於衆會中虛空藏菩薩摩訶薩地藏菩薩摩訶薩金剛藏菩薩摩訶薩好疑問菩薩摩訶薩天藏大梵等及諸天龍藥叉健達縛阿素洛揭路荼緊捺洛莫呼洛伽人非人等一切大衆聞佛所說皆大歡喜信受奉行

大乘大集地藏十輪經卷第十

音釋

怙胡古切恃也　躁則到切不安靜也　阿笈摩梵語也此云教法　笈極曄切　技奇寄切方術也　昴莫飽切星名

佛說大方廣十輪經

失譯師名今附北涼録

清刻龍藏佛説法變相圖

佛説大方廣十輪經卷第一

失譯師名今附北涼録

序品第一

如是我聞一時佛在佉羅提耶山牟尼仙所住之處與大比丘衆俱無量無數聲聞大衆菩薩摩訶薩無量無邊不可稱計説月藏訖爾時南方有大香雲雨大香雨大華雲雨大華雨無量瓔珞雲雨種種瓔珞雨大衣雲雨大衣雨於佉羅提耶山牟尼仙所住處是諸大雨皆悉徧滿大陰雲雨而雨香華衣服瓔珞亦説種種無量法音如是次第乃至廣説三歸聲持戒聲忍辱聲精進聲禪定聲具足智慧聲降伏四魔聲名稱普聞徧滿三界聲念定總持聲空無相無願聲離欲聲色如聚沫聲受如水泡聲想如熱焰聲行如芭蕉聲

識如幻聲無常苦空無我之聲慚愧聲念處聲慈悲喜捨聲證諸法聲涅槃聲無窟宅聲三乘聲轉法輪聲成熟衆生聲度三惡道聲六波羅蜜聲善巧方便乃至具足十地聲遊戲神通聲遊戲無上大乘聲阿鞞跋致聲無生法忍聲入佛海聲諸來大衆悉見種種雨亦聞無量諸法音聲隨意衣服嚴飾之聲又復皆悉見其兩手有如意珠雨如意寶其如意寶各出光明如是光中皆見十方恒沙世界一切諸佛是諸佛所各有菩薩而自圍遶其光明中盡見十方諸佛世界若有病者蒙光觸身衆病除愈一切繫縛及應死者光觸身故皆得解脱若身行惡口行惡意行惡光觸身時悉除三惡若諸飢渴衆生蒙光觸身亦皆飽滿種種謫罰身受苦切乏少衣服嚴飾瓔珞種種之物蒙光觸身隨所憶念悉得滿足若有殺生偷盜邪婬妄言綺語兩舌惡口罵詈蒙光觸身如是等惡皆悉得除若諸衆生有求不得若蒙光觸身皆悉受樂光明清淨悉無翳障風雲塵霧及諸臭穢苦惱辛酸不善音聲乃至怖畏惡觸皆得除滅遠離諸惡一切邪僞諂曲亦皆無餘一切惡欲悉得棄捨諸妙勝樂一切皆集爾時衆會皆悉堅固難動如地心無去來不可毁壞如是大衆得未曾有以何因緣我等身體今皆大重不能自勝當於爾時有一帝釋名曰淨有於大衆中不遠而坐於是淨有即從座而起整衣服右膝著地合掌向佛以偈問曰

實語實見者　實住牟尼尊　久住於法行
惟願演説法　佛爲實因緣　能滅衆生苦

何故於此處　而雨種種雨　大衆皆喜悅
心生信安樂　開示諸疑惑　令住於大乘
身難動如地　及一切人天　皆見如是相
大衆悉有疑　兩手各自出　摩尼寶光明
一切諸衣變　雜飾嚴身具　十方之福田
離一切過惡　衆苦得休息　皆因於救世
一切諸天人　無能說因緣　是誰神通力
而來至此處　爲佛諸菩薩　梵魔帝釋等
惟願救世說　神通之因緣

爾時世尊告淨有帝釋言如是如是汝今諦聽吾當說之是地藏菩薩摩訶薩於無量阿僧祇劫爲五濁惡世成熟衆生故而來至此與八十頻婆那由他百千億等大菩薩俱悉爲禮拜供養恭敬故欲見大衆集會故欲聽大衆起隨喜故是地藏菩薩作沙門像現神通力之所變化有如是等大莊嚴事亦是如來不可思議無量功德亦名聲聞辟支佛正法伏藏亦名解脫智實之大寶渚亦名菩薩救世之法亦名涅槃導師商主猶若如意寶珠所求滿足亦如寶渚一切商人所趣亦如大地能生善根亦是涅槃大法神器亦是功德清淨之瓶亦是日月照明行處亦是黑闇幽冥大炬如月清涼除煩惱熱如無足者得如意乘如亂心者得甘露味如羸老者遇其机杖是大福田之根本也捨心無礙如彼浚流救苦無難如赴親友除結使焰如大雲蓋如淨水珠能除穢濁若趣險道迴示正路是疲極者安隱牀座是四駛流生死橋梁亦度彼岸無上大船是三善根勝妙果報是諸施者最上大乘持戒不動如須彌山精進難壞

猶如金剛忍辱堅固亦如大地總持正法心無二相禪定莊嚴如妙華鬘智慧深廣猶如大海心無所依猶如虛空方便無染如衆華聚處於外道如師子王遠離煩惱如犀一角滅諸結使如洗塵垢能除臭穢如疾飄風將護有疾如彼良醫消除衆病如妙藥王斷除煩惱如持利劒爲怖畏者作大親友防諸怨敵如堅城壍能除其渴如清淨水濟諸飢乏猶如甘果亦是裸者最勝衣服與盛熱者爲密雲蓋具足如是善根果報清淨第一堅固不壞微妙色處能生愛樂於大會處而生慚愧除諸結使禪定行處乘四正勤四攝駛流忍辱大地亦如須彌總持深廣如彼大海神足無礙自在虛空降伏諸魔一切結習修行正道無量禪定亦爲一切種智之渚能轉無作清淨法輪地藏菩薩摩訶薩爲欲來故先現此瑞亦爲供養恭敬我故來至於此佛復讚歎地藏菩薩言汝從南方來八十頻婆百千那由他菩薩以神通力俱來至此悉作聲聞像在如來前頂禮佛足右遶三帀即爲合掌而說偈言

兩足最勝大導師　恒修於慈發善心
能生忍辱如大地　解脫衆生除瞋恚
具足最大諸相好　而能嚴飾一切界
能滿一切諸福田　常修實語及大慈
能悉斷除諸愛網　皆能如實善安住
捨餘清淨諸佛國　其中衆生具善根
本願欲度濁惡世　成熟一切諸衆生
能生堅固勤精進　超過無量諸苦行
常修難行恐怖處　超過無量諸苦行

布施持戒忍精進　修習禪定與智慧
無數諸佛菩薩等　聲聞大衆皆供養
充給飢渴病湯藥　救度一切諸繫縛
我從本來捨身命　爲利衆生無貪惜
常爲法故而捨身　皮骨肉血施衆生
已所得樂皆悉捨　有大慈悲爲一切
於諸衆生煩惱網　修行寂滅悉超度
關閉一切六情根　常能遠離於諸欲
修苦無常空無我　亦善觀察於世諦
諸苦所因愛欲本　悉能乾竭諸煩惱
以是義故攝六情　能善斷除一切愛
能修無量大悲門　普給一切諸群生
我要不捨本誓願　而亦不住勝菩提
一切衆生如如相　亦見群盲受苦切
如是思惟爲衆生　便能勤修大精進

發起精進施戒忍　修諸禪定及智慧
猶如其母唯一子　而以慈心育養之
汝於衆生亦如是　常能賑給於一切
是故汝速得菩提　度脱一切無量衆
汝本修習菩提時　誓願不捨一衆生
無不使住施戒忍　精進禪定及智慧
常能於彼末世中　求於無上勝菩提
是故救世於末劫　速得無上最勝道
調伏惡魔夜叉等　諸惡龍神及與人
猶如金剛斷諸結　悉能安住諸聖道
爲無量衆而受記　當成菩提無上道
功德最勝明智者　是眞福田之大將
於無量界爲救世　普覆一切諸群生
於十方界作福田　名稱遠聞徧一切
是故一切諸菩薩　皆悉能捨於已事

是汝神足而來集　俱詣世尊大牟尼
願令如來時演說　若得聞者皆歡喜
既聞法已勤精進　常得修學菩提道
皆由於汝大將力　當得疾近於菩提
未曾聞見今大集　是故汝等俱來會
有十三億諸夜叉　甚爲殘害食肉血
疾捨諸惡到於此　安住最勝無上道
有得忍辱陁羅尼　有得最妙諸禪定
有已獲證諸漏盡　無著羅漢人中尊
有能善修四無量　有能住於四攝法
有得最勝四辯才　復有得修諸法忍
有得三昧首楞嚴　有得虛空智慧眼
有得無生諸法忍　皆因世尊所說法
悉制一切諸異學　九十六種外道等
摧伏一切魔怨已　皆是救世大將力
關閉地獄鬼畜生　利益一切天人衆
是故眞實諸衆生　而皆來集佛神力
饑饉疾疫刀兵劫　悉於今日而消滅
若有盲冥失正道　此諸衆生令解脫
無量煩惱狂亂者　皆悉安置寂滅道
令衆悉能捨已業　爲禮如來故至此
無量世界億佛土　皆是救世之所住
名聞十方稱無量　我等聞已故至此
一切種智功德海　得聞如是眞實相
度脫一切諸衆生　我今歡喜故敬禮
令我增長無量德　是故稽首今頂禮
而於百千萬億劫　常勤修習種種施
我今當學發弘誓　我今來此佛神足
我當修學處濁世　能到第一勝菩提

爾時地藏菩薩摩訶薩以若干種天華香華

瓔珞而散佛上所散之華變成寶蓋是時地藏菩薩在佛前坐聽受經法諸來會衆見地藏菩薩生希有想以種種香華瓔珞繒蓋幢旛及諸衣服以散地藏菩薩上作如是言我等快得善利佛神力故得見如是諸大丈夫禮敬問訊爾時復有渴仰菩薩摩訶薩從座而起整其衣服右膝著地合掌向佛白佛言世尊此善男子從何佛國而來至此修何善根能作如是種種讃歎説佛功德我從昔來未曾聞見爾時世尊告渴仰菩薩止止大士不須是問一切大衆及諸天人除佛如來無有能知此善男子功德數量如來今日必當顯説但諸天人愚闇自蔽是族姓子成就不可思議功德首楞嚴三昧入如來行處得無生法忍於諸佛法而得自在入深法忍已度一切智海此善男子遊戲以師子光三昧登一切智山須彌之頂摧伏異學成熟衆生在所佛國悉皆止住隨諸佛國入智三昧以是三昧力故令一切國土衆生見諸菩薩隨諸佛國入智樂三昧於彼國土所有供養隨供養佛隨諸佛國入清淨樂三昧入是三昧悉見諸欲一切過患而於心相清淨無染隨諸佛土入慚愧三昧而於彼國令諸衆生悉得慚愧遠離諸惡無有愚闇隨諸佛國入水渚三昧亦能令彼一切衆生悉入是定令諸衆生得宿命智能知先世死此生彼善於禪定隨諸國土入無憂明三昧亦能令彼一切衆生悉離憂愁於諸佛國入神通三昧亦能令彼一切衆生皆入神通三昧隨佛國土入智明三昧亦能令彼一切衆生悉離愚癡便見

十方一切佛國隨諸佛國入佛炬三昧亦能令彼一切衆生皆歸三昧隨諸佛國入金剛光三昧入是三昧已亦能令彼一切諸佛國土鐵圍大鐵圍乃至須彌山王一切溪澗溝壑皆悉不現地平如掌能令一切諸惡毒蛇及以蠱道皆悉消滅隨諸佛國入智力降伏三昧亦能令彼魔及魔眷屬皆悉驚怖歸依三寶隨諸佛國入電光三昧亦能令彼一切衆生離後世怖得法安慰隨諸佛國入味樂三昧亦能令彼一切衆生隨其所念飲食悉得充足隨諸佛國入精氣悦樂三昧亦能令彼一切衆生得堅牢身離諸病苦隨諸佛國入樂具三昧亦能令彼一切衆生悉得牀敷卧具衣服瓔珞無所乏少病瘦醫藥身皆端正隨諸佛國入無諍智三昧亦能令彼一切衆生身皆長壯端嚴殊大遠離一切怨憎繫縛皆悉受樂皆好布施持戒忍辱精進禪定心無散亂具足智慧深入法門隨諸佛國入無憂怖三昧而能令彼一切衆生皆得歡樂心離憂怖隨諸佛國入光樂三昧令彼佛國一切衆生得無礙智離於事務隨諸佛國入善住金剛三昧亦能令彼一切衆生得諸根具足悉不缺壞隨諸佛國入觀幢三昧亦能令彼一切衆生皆悉猒離棄捨諸惡護持十善上生天道隨諸佛國深入大慈音聲三昧亦能令彼一切衆生各相哀愍皆起慈心得無畏心得無惱心等心更相悲念隨諸佛國入集福處三昧亦能令彼一切衆生得離鬭諍疾病饑饉非時風雨飲食苦澀辛酸等味皆悉消滅是地藏菩薩所至佛土入海電三

昧隨所至國一切皆悉變成寶地離諸穢惡衣樹瓔珞樹華果樹嚴飾佛界於晨朝時入恒河沙世界三昧爲成熟衆生故從禪定起令無量無邊諸佛世界於五濁惡世成就衆生悉空無餘有佛世界刀兵起時此族姓子以晨朝時入三昧力故刀兵甲仗悉皆消滅隨諸佛土有疾疫劫起害諸衆生亦令疾疫自然消除隨諸佛土若有饑饉劫起令彼饑饉亦盡消滅悉得充滿此族姓子以是三昧威神力故能令成熟一切衆生地藏菩薩以不思議功德成熟衆生於過去無量恒河沙諸佛所久發大悲堅固誓願皆悉成熟一切衆生莊嚴勢力猶如雷震於一食頃而能成熟無量億等那由他人具足善根若有衆生爲無量億種種諸苦所惱飢渴切逼有稱地藏菩薩名者悉能令彼飲食充足滅諸苦惱置涅槃道皆得快樂若有衆生乏少衣服寶冠瓔珞病瘦醫藥種種衆具若稱地藏菩薩名者隨其所欲皆令充足安住涅槃道得第一樂若有衆生離喜樂心而與不喜樂集會者若稱地藏菩薩名者一切樂具盡皆歸之所不喜者亦悉遠離是意所樂者能令皆得安住涅槃得第一樂若有衆生身心受苦衆病所持能稱地藏菩薩名號身心苦惱皆悉除愈安置涅槃得第一樂若諸衆生惡心相向能稱地藏菩薩名號一心歸依者令彼衆生柔和忍辱更相慚愧慈心懺悔安住涅槃若諸衆生繫閉牢獄枷鎖其身具受衆苦能稱地藏菩薩名號一心歸依者令諸衆生皆得解脱自在無礙乃至應被繫縛囚執鞭杖

能稱地藏菩薩名號一心歸依者亦復如是皆悉解脱安住涅槃得第一樂若有衆生諸根不具疲極懈怠顛狂放逸忘失本心貪欲瞋恚愚癡嫉妬慳悋邪癡憍慢眠睡等惡皆悉熾盛能稱地藏菩薩名號一心歸依者如是衆苦皆令解脱安住涅槃得第一樂若有衆生爲大水漂流猛火所焚或墜高巖投身山險或墮樹木及諸屋舍而身顛覆有如是等無量怖畏稱地藏菩薩名號一心歸依者有如是等怖畏之事悉令解脱安住涅槃得第一樂若有衆生爲諸毒虵種種禽獸之所螫者或被種種毒藥所中能稱地藏菩薩名號一心歸依者是諸怖畏悉得解脱若有衆生爲阿波魔羅掩蔽傷害若一日二日三日乃至四日能令心狂心亂心戰心掉心顛倒乃至失心能稱地藏菩薩名號一心歸依者如是族姓男女於諸怖畏悉皆解脱安住涅槃得第一樂若有衆生爲諸羅刹惡鬼所捉鳩槃茶所捉富單那所捉迦吒富單那師子虎狼惡毒蠱道或爲軍陣戰鬬怨賊圍遶臨敵懼死貪生求樂能稱地藏菩薩名號一心歸依者如是族姓子男女速離衆苦悉除患難安住涅槃得第一樂若有衆生爲多聞爲信爲戒爲施爲禪定爲神通爲解脱爲色聲香味觸爲諸功德爲工巧華果樹木敷具爲增益財利爲諸醫藥房舍屋宅爲使水雨順時爲得涼風爲求男女妻子方便修福爲除寒熱令得正念求如是等種種因緣能稱地藏菩薩名號一心歸依者此善男子威德力故悉能稱彼無量衆生功德所願譬如下種

於彼荒田能稱地藏菩薩名號一心歸依者皆悉變成微妙勝果何以故此善男子以於過去無量阿僧祇不可數劫如來之前發堅誓願猶如大地令一切衆生皆悉受用是善男子功德力故能令善根芽莖枝葉乃至華果皆悉潤澤增長成熟若有衆生造作諸惡十不善業能稱地藏菩薩名號一心歸依者一切結使煩惱消滅遠離十惡成就十善於諸衆生起慈悲心與利益心是善男子以精進力於一食頃無量阿僧祇諸佛世界於一一佛國以一食頃度脫無量恒河沙阿僧祇衆生以是相貌令脫諸惡皆悉成就不可思議功德此善男子以是堅固誓力能令成熟一切衆生如是族姓子或作梵天身成就衆生或作自在天大自在天摩醯首羅天或作欲界他化自在天化樂天兜率陁天焰摩天帝釋身四天王天身或作菩薩身或作辟支佛身或作聲聞身或作轉輪聖王身或作婆羅門刹利毗舍首陁等身或作男身女身或作童男童女身或作乾闥婆緊那羅摩睺羅伽天龍夜义身或作羅刹身或作鳩槃茶身或作毗舍闍身或作富單那身或作師子身或作虎狼身或作象身馬身或作水牛身或作種種鳥身或作閻羅王身或作地獄卒身或作地獄身爲諸衆生種種説法隨諸衆生顯示三乘皆悉令住不退轉地此善男子成就如是不思議功德伏藏以解脫寶而自莊嚴亦是菩薩諸法之毋向大涅槃無上商主善男子彌勒文殊觀世音普賢等而爲上首如是等恒河沙諸大菩薩若人於百劫中禮

敬供養欲求所願不如於一食頃禮拜供養地藏菩薩功德甚多所願速得悉皆滿足何以故此地藏菩薩於一切衆生能大饒益爲如意寶故此族姓子若欲成熟衆生故能發堅固大悲伏藏令滿一切衆生心願是故善男子善女人應當供養地藏菩薩時會大衆十方來者菩薩摩訶薩及諸聲聞一切天人夜义乾闥婆等從座而起隨力供養或以金銀等寶散彼地藏菩薩上或以種種寶華衣服摩尼寶珠及華鬘珠瓔金縷旛蓋以散地藏菩薩上復以無量音樂種種讚頌供養地藏菩薩爾時地藏菩薩摩訶薩復以此供施修伽陁即說偈言

天人龍神所供養　十方菩薩皆來集
聞有救世大功德　願佛受我最勝供

爾時地藏菩薩摩訶薩說是偈已頂禮佛足於是世尊復說偈言

欲起堅固淨智者　能滅衆生諸煩惱
令衆得樂如寶手　能斷結網如金剛
汝起大悲諸精進　以是供養最勝尊
其心如海救一切　度諸衆生登彼岸

爾時地藏菩薩摩訶薩作禮而起白佛言世尊我當濟度此四天下增長此丘比丘尼優婆塞優婆夷增長護念增長壽命身無疾病增長色力增長名稱增長資業增長親友增長眷屬增長信戒增長多聞增長布施增長忍辱增長方便增長覺意及諸聖諦增長入於大乘一切正道增長照明眞實法相增長成熟一切衆生增長發大慈悲喜捨增長無量一切淨法增長妙稱名聞三界增長法雨

潤三有流增長大地一切物味增長衆生所有善業增長法氣無數福行增長智慧皆悉照明增長六波羅蜜所行之道增長五眼通達無礙增長灌頂增長涅槃增長威德照明一切未曾有法衆德究竟記莂呪術陁羅尼章句我於過去恒河沙佛所皆悉受持如是等呪增長白淨具足之法增長種子根莖華果一切藥穀增長雲雨地水火風增長福樂增長財物增長無量最勝果報增長基業此呪利益能除一切苦惱繫縛即説呪曰

閦浮一閦閦浮二阿舍閦浮三婆吒迦囉閦浮四菴羅閦浮五毗囉閦浮六婆闍囉閦浮七阿盧伽閦浮八達摩閦浮九婆吒摩閦浮十婆帝邪尼梨呵囉閦浮十一鞞婆盧伽叉摩閦浮十二憂婆舍摩閦浮憂波舍摩閦浮十三那邪那閦浮十四闍那娑牟致囉那閦浮閦浮閦浮十五毗尸梨夜那閦浮十六奢多婆閦浮十七娑遮修跛十八摩醯梨十九陁彌二十賒彌二十一遮加羅斯二十二遮迦摩私梨二十三差梨二十四奚隸二十五迦囉娑囉婆婆啼二十六呵梨波囉鞞二十七波遮囉婆陁禰二十八囉遮陁禰二十九波囉遮遮醯梨三十摩梨三十一伊迦他他企三十二他丘樓三十三闥梨三十四舍梨三十五彌梨三十六摩扠三十七多扠三十八鴆梨三十九彌梨四十鴦叉之多毗四十一頞梨四十二祇梨四十三波囉祇梨四十四叉吒苦婆梨四十五貞祇貞祇四十六貞求梨四十七休樓休樓四十八鴆流兜彌梨四十九彌梨扠五十婆荼婆呵囉五十一闚闚梨五十二噓嚠噓樓嚠五十三婆婆闍毗五十四輸檀禰五十五私婆呵五十六摩訶復陁迦樓沙毗輸檀禰私婆呵

五十七迦樓沙囉婆毗輸檀彌私婆呵五十八迦
樓沙烏闍毗輸檀彌私婆呵五十九薩婆呵奢
波利富囉檀彌私婆呵六十薩婆娑斯邪三波
陁彌私婆呵六十一薩婆多他迦多阿拳底私
婆呵六十二薩婆菩提薩埵阿拳底阿毤無地
底私婆呵六十三

世尊今所說呪是未曾有威德照明是衆德本記莂章句陁羅尼神呪我於過去恒河沙諸佛所受持是呪增長一切白淨之法增長諸善根莖枝葉華果藥穀雨澤地水火風增長喜樂增長財物增長勝妙增長産業此呪威力善能繫縛亦名善解世尊說此陁羅尼呪與四天下聲聞弟子比丘比丘尼優婆塞優婆夷皆悉護念增長財物一切産業增長佛法能令流布廣大無量三界受樂

佛說大方廣十輪經卷第一

音釋

泡 音抛 水漚也 謪 陟革切 責罰也 詈 力智切 正斥曰罵 旁及曰詈 駛 疎士切 疾也 塹 七艷切 坑也 裸 魯果切 赤體也 首楞嚴 梵語也此云健相分別 楞盧登切 蠱道 蠱果五切 惑也 師巫爲蠱以左道惑人也 記莂 莂必列切 記莂謂授將來成佛之記劫國名號之莂也

佛說大方廣十輪經卷第二

失譯師名今附北涼録

諸天女問四大相品第二

爾時地藏菩薩廣說如是大記莂經時佉羅提耶山六種震動一切音樂不鼓自鳴雨衆寶華一切大衆皆悉戰慄生希有想爾時功德天女功德樂天女妙音聲天女堅固地神天未曾有天大光明天如是等天以爲上首與一萬八千及餘大自在鬼神從座而起合掌向佛白佛言希有世尊希有善逝我等雖於四大得自在力而不能知四大根本初中後相起滅因緣不識怨憎不知是善不善乃至親友若善男子得是甚深般若波羅蜜能善分別如是四大初中後相知諸生滅佛言如是如是天女此善男子得甚深般若波羅蜜善知四大初中後者譬如善神有如意珠能雨種種無量寶雨有大利益如是善天此善男子復能雨於種種覺意無量諸寶皆悉徧施一切衆生譬如寶渚能出無量若干種寶是善男子滿足種種覺意等寶亦復如是譬如波利質多羅樹華初開時光色妙好如是善男子以無量佛法而自莊嚴亦復如是如師子王於一切衆生中無能驚者如是善男子於諸衆中亦復如是得無所畏譬如日出滅一切闇如是善男子能除衆生一切諂曲結使之闇亦復如是譬如明月照四天下能令迷者還得正道如是善男子能令未入三乘迷於生死曠野道者皆使迴向得其正道安住三乘譬如大地百穀種子及諸藥木一切衆生悉依增長如是善男子一切助道

諸餘善法皆因增長譬如須彌山王能善堅固安住一切令無增減如是善男子安住佛法而不捨於一切衆生善根堅固無有缺減不令漏失譬如虛空一切衆生行住出入依止而住如是善男子一切衆生亦皆依止增長一切無量功德爾時一切大衆聞是地藏菩薩名號生希有心得未曾有恭敬尊重皆大歡喜皆悉諦觀地藏菩薩目不暫捨爾時世尊欲重宣此義而説偈言

頭陀功德盡和合　諸聲聞衆無異相
地藏菩薩眞大士　爲禮世尊而來此
度三惡趣諸苦惱　爲禮世尊而來此
諸天普雨無量種　皆爲供養世尊故
而諦觀察於四方　離垢照明天帝釋
合掌一心向於佛　皆欲勸請於世尊
我今欲見此大衆　摩尼寶珠出光明
一切福田最廣大　悉見光明而普照
世尊神通光明照　今爲誰故而顯現
諸來大衆最勇猛　地藏至此眞佛子
伏藏七寶滿足施　佛藏珍寶是無畏
種子即是大菩薩　一切衆生之寶主
此主能生佛法寶　大功德海而精進
大悲體性甚聰哲　能救一切衆生苦
亦能救度諸怖畏　譬如明月示正道
能生善根如大地　亦如金剛摧諸結
爲大施主解脱寶　漂諸煩惱如大水
如蓋普覆煩惱熱　亦如良醫除衆病
於一食頃讚地藏　過諸菩薩百億劫
如諸智者無量德　是故地藏大名稱
煩惱繫縛諸衆生　皆令遠離得解脱

得首楞嚴大三昧　能度諸禪至彼岸
十二因緣悉清淨　其智廣大如虛空
無量佛國諸衆生　皆悉能滅黑闇聚
而於一切四禪中　徧觀佛國修諸定
能令衆生入三昧　皆悉得離煩惱熱
衆生過去惡業故　常處刀兵疾疫劫
於此世間受苦惱　彼善男子能救脫
一切六道諸衆生　常爲苦惱之所逼
當悉歸命於地藏　常令苦惱悉消滅
衆生輪轉沒諸苦　互相殘賊起鬬諍
若能歸命地藏者　令彼鬬諍皆悉忍
趣於三惡甚可畏　所求不得常苦惱
亦當歸命於地藏　一切皆得除怖畏
若修持戒及念定　欲得多聞智慧者
皆當歸命於地藏　隨心所願悉滿足
欲得如是諸功德　及以工巧善種子
皆當歸命於地藏　令彼所願悉滿足
一切藥穀諸福田　乃至欲求男女等
皆當歸命於地藏　令彼所願悉滿足
若欲修行諸功德　一切所有依大地
藥穀滋茂而潤澤　亦因地藏得增長
結業煩惱所覆障　造作十惡諸不善
皆當歸命於地藏　悉除結使重罪惡
能以正法示衆生　作種種形隨應說
具修布施諸功德　欲救衆生起大悲
假使滿足於百劫　不可分別其功德
是名功德之大藏　一切皆當供養之

發問本業斷結品第三

爾時地藏菩薩摩訶薩從座而起整其衣服長跪叉手右膝著地合掌向佛白言世尊如

我今者欲發少問惟願聽許時為解說佛言汝是真善丈夫為欲顯示一切衆生無礙智慧亦令他人作大丈夫若有所問隨汝意答勿生疑難如來今日當為解說令汝歡喜爾時地藏菩薩以偈問曰

曾於十三劫　修行佛福田　饑饉與疾疫
悉為衆生滅　為億諸佛等　造不思議供
今見大會集　清淨衆俱來　聰哲勤精進
皆來至此會　一時而雲集　無有諸濁惡
濁世多譏嫌　作惡損淨行　云何不善識
擾亂毀威儀　皆與惡逆俱　誹謗於正法
毀呰諸賢聖　妄著於斷常　造作十惡業
不畏後世苦　破壞三乘法　諂曲趣惡道
無明蔽其目　貪嫉多姦偽　云何轉法輪
解脫諸諂曲　煩惱金剛俱　云何得斷離
云何為總持　忍辱能柔和　此集未曾有
今我值世將　諸處未曾見　如是之大衆
具足頭陀行　久修菩提道　云何於此處
成佛轉法輪

爾時佛告地藏菩薩言善哉善哉善男子汝於過去恒河沙佛所已問此義如是之法汝亦曾聞具智慧行功德滿足以方便力度於彼岸汝為成就諸餘衆生安樂利益故亦欲令一切菩薩摩訶薩衆滿足一切方便伏藏為具六波羅蜜欲滿一切智海為迴諸帝王使不墮惡道欲令十方世界三寶熾盛正法久住以是義故問於如來善男子汝今諦聽諦聽當為汝說地藏菩薩白佛言唯然世尊願樂欲聞佛言此是如來過去本誓願力成就十輪如此國土有五濁惡世一切淨法皆

悉損滅離聖七財遠諸智人爲斷常網之所覆障載惡道車不畏後世常處無明黑闇之中具行十惡能造五逆誹謗正法毀呰賢聖遠離一切諸善功德成就惡法能於如是多惡世界悉令安隱得無所畏成就先聖最勝之法能轉法輪制諸怨敵皆悉降伏摧滅煩惱猶如金剛令諸衆生安住三乘阿耨跋致地善男子譬如有人遠離功德世界國土或自境内而有軍起或爲鄰國外來强兵之所殘害憂愁惱亂種種鬬諍及諸諂僞欺誑妄語有種種病愚闇所蔽目視不了爲童子鬼魍魅所持阿鉢摩羅之所惑著身體乾枯狂亂失心諸根醜陋手足不具常乏財産無有福禄不爲一切之所喜樂多歸異道起諸邪見心意顛倒趣三惡道如是國土多諸耆舊以爲輔相臣佐吏民爵禄有序而與同好不相侵害如是建國則有無量種種明制調伏人民施戒慈忍威儀具足難行苦行一切備滿以如是福德因緣衆生諸根皆悉具足身體長大威嚴熾盛相好端嚴常爲一切尊重恭敬皆共親友仁性寬慈聰敏多智若有尊長及諸王子備此德者以諸香湯調和冷暖用以洗浴著鮮淨衣其光如寶頂上復有如是寶珠眞金華鬘首繫素繒種種華鬘金銀眞珠以爲璫環雜寶珠網而作臂指種種環釧如是等寶莊嚴其身先所奉事天及諸仙一切帝釋悉皆聽許敷置高座如前父王登尊位時昇如是座紹王位已一切龍帝天帝阿脩羅帝鳩槃荼帝是前父王所有鍾鼓今受位時亦擊此鼓如是音聲徧滿城邑一切

刹利婆羅門毗舍首陀澡浴身體著鮮淨衣種種諸寶繒蓋幢旛金銀摩尼眞珠珊瑚瑠璃珂貝一切珍寶以新立王見有如是吉祥等相故種種獻奉爾時新王紹灌頂位先王所置宿舊先臣隨其所能各爲職司若巳國內自有軍興及以鄰國起諸兵衆隨有怨敵悉皆殄滅守護巳國無諸毀損增善眷屬更相親友善男子若能如是名爲初輪灌頂王位於其國土得安樂住初伏怨敵壽命長遠守護身命如是如是善男子若人處於五濁諸惡世界遠離於佛是故此中一切衆生心多瞋恚更相侵逼一切人民皆悉愁惱愚闇癡冥起於斷常種種鬬訟貪嫉諂僞作諸欺誑悉具十惡取著衆生惱亂人民種種煩惱及諸過患是故遠離甚深法眼爲瞋恚病之所擾害心常遠離棄眞捨實一切法味意想散亂譏訶善法樂所愛味常爲煩惱及諸邪見惑網所覆歸依六師傷敗聖道趣向三惡有諸菩薩摩訶薩巳曾親覲供養過去無量諸佛能度一切智慧大海安住諸佛所行之道皆悉集會到於我所汝以修集種種布施善能調伏成就苦行遠離諸惡久修諸佛難行苦行常念智慧方便福德大慈大悲莊嚴瓔珞廣大伏藏一切禪定總持忍辱諸地大海皆巳具足不生諂誑幻僞之心身相柔和滿足忍辱而常善順以自莊嚴皆悉近於一切智海其色盛妙光明具足能爲一切聲聞辟支佛作大導師亦與一切生死怖畏衆生爲作安慰即是拘樓孫佛拘那含牟尼佛迦葉佛如是等如來之子於賢劫中最爲上首

以禪定智水而自洗浴著慚愧衣是最勝大仙所行之處亦是解脫功德華鬘亦名一切種智無生眞實而自莊嚴是三善行能爲三界作密雲蓋巳於過去一切佛土善得安住處於金剛三昧之座亦於過去聲聞辟支佛所安置尊座四念處座亦是先佛所安置座於一切智慧渚住於菩提能轉法輪紹三寶種令使不絕擊於法鼓出大音聲徧滿三界以此法聲使諸天人阿脩羅迦樓羅緊那羅摩睺羅伽人非人等鳩槃荼富單那迦吒富單那餓鬼毗舍闍皆以四聖諦寂滅之相而自莊嚴三轉十二行法輪昔所未轉如今轉之一切沙門婆羅門若天若魔若梵皆不能轉爲欲饒益安樂一切諸天人故善男子是名轉於初輪若今世後世是處非處如實而知到於安隱無畏之處一切怨敵自然降伏如實而知能轉梵輪處處現於五濁惡世諸弟子等正師子吼若作五逆罪業衆生成就十惡如是人等碎諸煩惱猶如金剛斷諸有漏令得解脫隨其所欲安置三乘住不退地善男子譬如有人初登王位受灌頂巳觀察去來三世若干等種無量王事而以智慧觀察業因一切果報隨其性相而置爵位以此三業故令其國土增長安樂鄰國怨敵悉能摧伏何等爲三如灌頂王刹利爲護命故防備怨敵與他戰鬪經營王宮及諸國土一切俸祿人民産業是名灌頂大王成就第二輪鄰國怨敵不能侵害守護身命長壽安樂如是善男子如來始成佛道得無上智過去未來現在一切法眼亦如三世諸佛所得法眼

故修行正法爲欲觀察一切業報差別之相具深法眼分別業因能令善根一切熾盛長夜安隱悉使衆生成就種種無量之樂能使一切外道怨敵自然降伏何等爲三業坐禪誦經營理僧事云何爲禪禪有十種何等爲十第一知身知身六入知我我所知業因爲因自在受生知種種愛無明黑闇知所親愛無有眞實屬衆因緣欲苦相續流注不絶爲滅此等令悉除斷云何爲業流觀察一切三種業行是名業流生死無際愛因緣有是名煩惱流煩惱因緣故無明和合能生名色名色和合因緣故能生六入六入因緣故能生觸觸因緣故能生受受因緣故能生後有後有因緣故能生生生因緣故能生老病死苦是名苦流如是三流皆從愛生何以故因無明業愛爲水潤爲欲枯涸此三流故樂觀無常名無常忍能觀無常苦空無我信一切法愚癡無智如幻如焰如水中月如夢空無相無願寂滅無生空無諸相常觀五陰空無相無願隨順忍樂觀察出息入息繫念安般增數滅數觀住觀滅并觀住滅還數有二種意興覺觀俱滅於覺觀取出息入息相滅數有二依止有出能除覺觀出息入息取其相貌觀住二種出息入息見其滅相心能住定滅有二種盡除諸結深淨於見修出入息觀察五陰何以故此出入息名色盛陰亦名受想行識盛陰是名五盛陰種種不相應相復有五種非新非故非有非聚非言如是五種以此五陰觀三種業以此三業觀究竟盡復觀六處有我我所有業無明爲因愛爲濕潤究

竟滅盡以是觀察具四念處修習滿足四念處四正勤四如意足五根五力七覺分八聖道分乃至能滿十八不共法得無生忍及一切智具足首楞嚴三昧修出入息安般三昧滿足一切正法住處若能如是修諸禪定則是供養過去未來一切諸佛是名佛子從佛口生從正法生有能如此善修禪者或是大士諸菩薩等或是漏盡辟支羅漢如所修習是名菩薩摩訶薩則能滿足十八不共法具一切智善男子是人不久當得阿耨多羅三藐三菩提亦是三世如來世尊甚深法眼滿足業行觀察果報安住衆生於十種禪如是善男子則能轉於如來所轉禪定法輪彼善男子云何修於如來誦習若有比丘比丘尼優婆塞優婆夷善男子有少信心微薄善根於世諦中善根未熟令彼衆生於初中後夜以時誦習修禪喜悅求無上智我於爾時安置大乘修習禪定讀誦受持種種供養自誦教人誦自說教人說自供養教人供養自住大乘亦教人住大乘互相教化滅諸煩惱皆爲得無上道利亦欲滅諸衆生無量等苦亦爲得入無所畏處涅槃之城若有衆生樂求辟支佛者爲說十二因緣法樂求聲聞者爲說百千四種阿含及與無量阿毗曇等教令誦習修行善男子是名如來修誦習輪善男子若有鈍根衆生爲欲發起善根因緣懈怠少智忘失正念貪著住處衣服飲食四事供養遠離一切諸善知識如此衆生敎令勸化料理僧事及與佛法和上阿闍梨故是善男子則爲安置如來勸化營事福處如是善男

子如實知於修習業法善男子是名第二佛輪具足三業成熟衆生輪到於安隱無畏之處能師子吼轉梵法輪令諸外敵皆悉降伏如實能知衆生因報善男子譬如灌頂刹利王沙門婆羅門毗舍首陀諦善觀察誰有勇健種種技能多聞持戒善知分別有功德者方便智慧能勤精進堅固不退種種福德而自莊嚴於是衆中作灌頂刹利王隨其相貌金銀珍寶倉庫穀帛及諸田宅奴婢僕使皆悉給與此國若有於衆生中能持戒者如此衆生亦給施之若有衆生不持戒者少於精進懈怠懶惰忘失正念無慈愍心亦無返復不畏後世在欲淤泥如是灌頂刹利大王隨其事相謫罰安慰或以教令謫罰或以繫閉謫罰或以財物謫罰或復有奪種種産業或有罰其鞭杖或有截其支節或有斬其身首有如是等無量教授是名灌頂刹利大王第三輪也能令增益已之國土降伏一切諸惡怨敵守護身命令得長壽如是如是善男子若我聲聞弟子離於智慧方便福德及諸調伏忘失正念亂心放逸歸依於我我知體性隨其相貌而調伏之若有貢高難可調伏心不恭敬不堅持戒爲法久住而調伏之若起心念教令心悔又須言語而謫罰者驅令下意終不與語亦於僧中謫罰令其禮拜訶詰嫌責不同僧利或在僧前四體投地自歸伏罪或時驅出不得共住我知衆生種種體性心所趣向能生信解爲利彼故除其黑闇乾竭駛流得涅槃樂爲欲調伏破戒衆生廣說諸經地獄等苦若有衆生能起信敬淨意方

便隨彼體相說諸善根為具善故乃至令得到無畏城善男子是名第三輪也以如是輪隨彼衆生得種種解修行諸業悉具善本使得安隱到無畏處如彼賢聖轉佛法輪外道怨敵自然降伏能師子吼善男子譬如灌頂刹利大王於國人民有若干種邪歸邪見邪解邪出家或於吉相專修如此無量苦惱傷害衆生灌頂大王以先王舊法為彼衆生令專修學斷除倒見先王舊善治國之法亦使修行灌頂刹利大王制法令諸衆生悉同一意俱共調伏同一希望同所樂欲與共歸趣皆令和合隨順先王舊國之法聽受語念皆共隨伏同奉國法爾時刹利大王常與國人同其飲食而共戲樂不相疑猜心相體信共行王法是名灌頂大王第四輪也以如是輪能令已國悉得增長并制怨敵皆悉降伏能保國土守護壽命善男子如來世尊見諸衆生有若干種邪歸邪見希樂邪業觀諸衆生以是因緣已於過去諸佛如來在大衆中數數開示佛法因果說六波羅蜜修行正道說佛法僧三寶聖種數數顯現一切業報示教利喜而將導之令諸邪見悉得解脫及與四衆亦皆解脫具修善行柔和調順遊戲四念處於諸解脫知見正道悉得快樂令法久住使三寶種終不斷絶乃至四正勤四如意足五根五力七覺分八聖道分一切禪定解脫知見悉得自在遊戲無礙如是善男子是名如來第四輪也如來成就如是輪故令諸衆生一切歸依皆修善業同其知見安隱快樂悉令住於無畏之地高勝大仙所證之處轉

佛法輪一切沙門婆羅門諸梵魔天所不能轉摧伏天魔一切外道於四衆中能師子吼善男子譬如灌頂大王能令已國及他人民若自妻色心無猒足於他產業并諸妻色皆生貪著守護城郭禁諸雜物國土村邑及以王宮乃至戍邏皆悉遮制緻密堅固善男子是名第五灌頂大王禁制輪也時灌頂王如是成就輪已能令外諸怨敵皆悉降伏亦使已國常得增長救護身命善男子如來多陀阿伽度能令魔王波旬九十五種衆邪外道及諸無量一切衆生於已產業心無猒足乃至欲害我故以火坑毒飯推山欲壓放其醉象或拔利劒以如是等而逐於我或以塵穢而坌於佛或以婬欲而謗如來或言非人亦非丈夫如是誹謗毀呰而口惡罵於佛法僧爲諸利養衆因緣故而生嫉妬誹謗聲聞如來世尊善守六根住四梵處敎諸聲聞或以四念處或以四辯才爲說聲聞三解脫門如是如來若干種或以世間法及出世法能令一切如實而知善男子是名如來第五輪也如來修如是輪以出世間智令他衆生種種歸依皆同產業共相知見安隱快樂住無所畏是諸高勝大仙居處轉佛法輪沙門婆羅門諸梵魔天所不能轉悉能摧伏一切天魔及諸外道於四衆中能師子吼

佛說大方廣十輪經卷第二

音釋

戰慄戰之膳切恐也慄力質切懼也毀呰毀虎委切謗也呰將此切口毀也魑魅魑丑知切魅明祕切魑魅謂老物精怪也珂貝珂丘何切螺屬大者曰珂小者曰貝戍邏戍舂遇切守邊也邏郎佐切謂巡兵游偵也

佛說大方廣十輪經卷第三

失譯師名今附北涼錄

灌頂喻品第四

善男子譬如灌頂刹利大王諸祕要法守護之事皆悉備已然後與諸宮人婇女而自圍遶遊戲五欲放逸自恣不攝六根肆情快樂是名灌頂刹利大王第六輪也外諸怨敵悉皆降伏增益已國壽命長遠族姓子如來世尊及諸菩薩摩訶薩諸聲聞衆深自防護得無所畏爾時如來入於初禪第二第三乃至第四禪入於空處識處不用處非想非非想處悉入諸佛行處三昧爾時如來入三昧已無量億那由他天龍夜叉乾闥婆阿脩羅迦樓羅緊那羅摩睺羅伽人非人等餓鬼毗舍闍富單那迦吒富單那麤弊惡心其意狠戾無有慈傷於諸衆生不起慈心言無後世而彼見我入一切佛行處三昧故得勝歡悅於諸三昧得最勝盛愛樂歡喜尊重恭敬得未曾有離一切惡心多悔過於一切種無量無數業障煩惱障法障於一刹那頃悉能滅盡功德智慧皆得具足背離生死趣向涅槃一切皆悉護持佛法是名如來第六輪也如來成就如是輪故禪定解脫三摩跋提斷衆生結以是智慧滅諸煩惱到安隱處得無所畏高大勝仙轉於梵輪若沙門婆羅門及諸魔梵所不能轉一切外道塵勞怨敵皆悉降伏於四衆中而師子吼善男子譬如灌頂刹利大王與四兵衆一切已國城邑聚落園樹田宅泉池溪谷一切丘澗及諸曠野徧觀已國於其中間所有產業若於彼處多有疑畏敵

國怨賊刹利大王便隨其處置同心人防諸怨賊善守已國令得安樂是名刹利灌頂大王第七輪也外諸怨敵悉皆降伏增益已國壽命增長如是族姓子如來世尊爲諸衆生開示佛眼若欲心如實知欲心若瞋心如實知瞋心若癡心如實知癡心亦知衆生爲諸煩惱有種種病隨其所行如實而知如來悉於如是等處皆以方便精進勢力令諸衆生隨其類根以禪定藥除滅煩惱若有衆生多貪愛者教以不淨若有衆生可以四梵堂治者教修四梵堂若有衆生多愚癡者教觀因縁若有衆生應修數息者教以數息若有衆生應修三解脱門者教以三解脱門若有衆生應修禪定者教以禪定若有衆生應修無色定者教以無色定乃至應以首楞嚴三昧

斷諸衆生煩惱病者亦即教修首楞嚴三昧何以故不使衆生隨於四魔令得自在斷人天道亦復不令諸衆生等入於惡趣斷三寶種是善男子如來能知一切至處是名如來第七輪也如來成就如此輪故到安隱處得無所畏高大勝仙能轉法輪一切沙門婆羅門及諸魔梵所不能轉諸餘外道一切怨敵皆悉降伏於四衆中而師子吼善男子譬如灌頂刹利大王爲諸衆生念先種性幼小憘戲所生之處及諸澡浴偃卧飲乳剪治手足一切爪甲按摩支節乃至戲弄灰土供奉事者習學無量種種技術遊行他國晨夜住處敬事王者及諸大臣并作太子至令登位得爲大王受諸娛樂自在無礙爾時諸方四維上下有大音聲説偈讚歎願使常以正法治

國不惱衆生爲護國土故是名刹利灌頂大王第八輪也成就如是輪已是時灌頂刹利大王能令一切外道怨敵皆悉降伏自保壽命令得增長如是善男子如來世尊於大衆中觀宿命因緣一生二生三生乃至無量百千億生憶念劫成劫壞乃至無量億劫一切成壞我生彼處如是種姓如是名字如是生處食如是食受如是苦樂如是長壽如是久住如是壽命邊際於彼没已而來生此復於此没往生於彼能知彼相一切方所若干種别本宿命事是名如來第八輪也成就如是輪已到安隱處得無所畏最勝大仙轉於法輪一切沙門婆羅門及諸魔梵所不能轉外道怨敵皆悉降伏於四衆中能師子吼善男子譬如灌頂刹利大王於其國界所有人民悉知根源種姓眷屬皆悉勇健種種技術知其貧富端正醜陋乃至死時或以自業命終而死或犯王法刑戮而死或更相殘害夭壽而死或以鞭杖閉繫因縛或以技術戰陣鬬諍或以財物或以愛欲或以瞋恚或以飢渴或以過患或以老死或以中年或以幼少或作善業或作惡業一切死者皆悉察知因緣本末如是思惟若有衆生修善因緣爲欲生天或有衆生修惡因緣趣向惡道如是思惟修身善行修口善行修意善行我常方便教修布施皆令調伏隨順此行若命終時當生天上常處善趣遠離惡道如是灌頂刹利大王勤修一切身口意業好行布施飲食衣服象馬乘騎卧具醫藥種種所須乃至給使奴婢僮僕皆悉施與并捨頭目及諸手足不惜

身命悉斷殺生偷盜邪婬妄言惡口兩舌綺語貪瞋邪見如是灌頂剎利大王有十種利益獲善名稱而得財業身相微妙多得眷屬少病少惱得賢智眷屬趣向善處皆悉供給親近供養名聞十方一切皆爲說偈讚誦諸大天神悉來擁護身壞命終得生天上是名灌頂剎利大王第九輪也成就如是輪已增益國界壽命延長如是善男子如來世尊爲諸衆生悉知他人死此生彼如實而知若有衆生成就身業不善口業不善意業不善誹謗賢聖邪見顛倒以是邪見因緣業故身壞命終墮於惡趣生地獄中或生畜生及諸餓鬼若有衆生成就身善業口善業意善業不誹謗賢聖具足正見成就正見業因緣故身壞命終入於善趣得生天上生天上已或生人中盡諸結漏如是如來善知衆生諸業因緣如來於諸衆生悉能發於大慈大悲常勤精進現三種神通能令安住世間出世間信何等爲三一者神通二者說法三者知他心以此三種神通令諸衆生安置世間出世間信知一切趣一切有爲一切受生皆得解脫善男子是名如來第九輪也如來成就如是輪故到安隱處得無所畏最勝大仙轉於法輪一切沙門婆羅門及諸魔梵所不能轉一切外道諸餘怨敵皆悉降伏於四衆中能師子吼善男子譬如灌頂剎利大王於四天下一切衆生爲病所惱棄捨王位以種種香湯而以澡浴洗沐頭髮著鮮淨衣端坐思惟爲除一切衆生病苦皆得解脫如是灌頂剎利大王以華香瓔珞及衆伎樂一切天龍夜叉

乾闥婆阿脩羅迦樓羅緊那羅摩睺羅伽皆悉供養作是供養已各相謂言如是灌頂刹利大王多諸功德應爲轉輪聖王統四天下我等應當建立此王治國政事爾時一切天帝乃至摩睺羅伽等亦如是言當立此王王四天下爾時刹利大王具足七寶統四天下爲轉輪聖王千子具足皆多勇健形貌端正能降伏外敵遊巡四海案行天下一切大地終不謫罰刀杖加害如法敎勑皆悉受用善男子是名轉輪聖王第十大輪也以是力故轉輪聖王王四天下及八萬四千海渚皆使修習一切善法無不建立守護身命壽得增長如是善男子如來從初發心已來於已身命乃至他身所有煩惱若干種病悉以禪定淨水洗浴以如實法大慈大悲漑灌其頂著慚愧衣十方如來以禪定智力大精進力無量方便定意觀察欲滅一切衆生煩惱種種過患如佛世尊作如是言最大智者福德莊嚴堪爲法器三解脱門四無所畏如來十力十八不共法一切智器大悲利益救濟一切諸苦衆生佛大商主度脱無量苦惱衆生與涅槃樂加其願力欲使滿足成等正覺無上法王如是福德具足智慧勇猛精進如實正觀了四眞諦得阿耨多羅三藐三菩提是名如來能盡一切諸漏根本第十法輪也善男子譬如轉輪聖王於四天下遊戲自在如來亦復如是於諸四禪心得自在四無色定修四梵堂具四辯才正觀四諦四無所畏十力十八不共法於一切智得自在力善男子譬如轉輪聖王七寶具足如來世尊具足七覺

亦復如是善男子轉輪聖王具足千子如來亦有一切聲聞諸大弟子憍陳如以爲初首須跋陁羅爲最後也眞是我子從佛口生從法化生斷一切漏勇猛精進修四梵堂猶如四兵降伏魔怨善男子譬如轉輪聖王王四天下有八萬四千海渚皆隨言敎如來世尊亦有百億閻浮提百億瞿耶尼百億弗于逮百億鬱單曰百億海水百億須彌山王百億四天王乃至百億非想非非想天百億鐵圍大鐵圍山是佛國土廣大無量一切皆隨如來敎化善男子是名如來第十輪也如來成就如此輪故若五濁惡世一切佛法功德退没離聖七財及諸智者爲欲除斷覆一切患滅三惡趣乃至後世無明黒闇一切世間皆與十惡共相和合造於五逆誹謗正法遠離諸善悉染一切不善根本如是成就十種佛輪到安隱處得無所畏高勝大仙能轉法輪一切沙門婆羅門及諸魔梵所不能轉摧伏一切外道怨敵以金剛智能破衆生一切煩惱令使三乘得不退轉於四衆中能師子吼爾時菩薩摩訶薩及以一切諸大聲聞天龍夜叉乾闥婆阿修羅迦樓羅緊那羅摩睺羅伽餓鬼毗舍闍人非人等皆稱善哉雨衆華雨雨雜寶雨雨衣服雨雨妙香雨一切大地皆悉震動佛說如是十輪經時在會大衆有八萬四千億百千那由他菩薩摩訶薩得無生法忍復有無量菩薩摩訶薩得深禪定忍辱陁羅尼復有無量衆生未發菩提心者令皆發心住不退轉地爾時復有無量大衆有得須陀洹斯陀含阿那含阿羅漢者次第修

學證沙門果

證相品第五

爾時衆中有大梵天名曰天藏久植善根住第十地是大菩薩摩訶薩是時天藏大梵從座而起整其衣服右膝著地以偈問佛

我今稽首問　功德海無邊　願時賜聽許
除斷諸疑悔　渴仰持功德　法味中最上
衆生咸樂聞　如是第一義

爾時世尊告天藏大梵隨汝所問如來世尊亦當隨問而答令汝歡喜得未曾有爾時天藏大梵言唯然世尊以偈問曰

智慧修禪定　安住不放逸　爲住第一義
而處於生死　勤修於誦習　能度煩惱海
爲當證不退　爲當墮惡道　常勤而勸化
爲定趣涅槃　爲在於生死　爲墮於惡道
智慧剎利種　依止十種輪　爲處於生死
爲得成佛道　心濁難調伏　煩惱多散亂
以何淨其心　禪誦而勸化

爾時佛告天藏大梵善哉善哉大梵所問純善第一汝已滿足一切諸行於過去恒河沙佛所修行三業攝心禪定常勤誦經營理僧事熾然佛法建立三寶如大梁柱又復能爲多人無量衆生問於如來如是之義若善男了依止威儀大記莂論過去諸佛之所演説神通住持是名如來成熟衆生令悉猒離爲滅一切煩惱病故爲欲滿足三乘道故十方乃至恒河沙現在諸佛亦説如是依止威儀大記莂論爲成熟一切諸衆生故令得猒離故欲使摧滅一切結使故爲得滿足三乘道果住持正法故汝於過去諸佛所聞我亦如

是依止威儀大記莂論爲欲成熟一切衆生故令得猒離故滅諸結使爲得滿足三乘法故是故大梵汝當諦聽善思念之天藏大梵言唯然世尊佛言若有依止於十不善輪則不具足欲界禪定亦不能具足欲界善根況能成就色無色界一切禪定亦復不能成就三乘及餘諸善何等爲十有欲修禪衆事不具有欲破戒成就惡法生於倒見亦著吉相惡心難調不順賢聖諸根輕躁而不具足微少善根但作兩舌多喜鬬亂作麤惡語而恒罵詈好作綺語及諸妄言生於貪嫉見他得利常生嫉妬一切衆生有惱害心作大邪見說無因果天藏大梵滿足十事雖欲修禪不能成就欲界小善況能成就色無色界善根久三乘善法復次大梵又有十事而不能得成就禪定何等爲十樂著作役樂著言說多好睡眠種種所求貪著美色樂著於香樂著諸味樂著音聲樂著於觸樂著覺觀大梵是名十種而不能得成就於禪設便成就尋即退失終不能成而但爲得檀越信施因其利養心生惡法若在剎利諸王衆中多諸過罪爲他罵詈及加鞭杖截其支節或犯大罪久受諸苦若疾命終必墮惡趣乃至入於阿鼻地獄譬如阿蘭迦蘭鬱頭藍弗蛭數拘迦梨提婆達多如是等毀壞禪定乃至阿鼻地獄受大重罪爾時佛告阿若憍陳如我今聽汝清淨比丘受於第一牀敷卧具飲食餚饍能除一切衆生疾疫何以故若坐禪比丘闕少衆具一切心數多起散亂但念諸惡而不能得成就禪定乃至到於阿鼻地獄受諸罪報

若衆緣備足修諸禪定則易成就心得專一若已得者皆令增長一切不善覺觀散心皆悉能知不令得起趣向涅槃到於彼岸若有坐禪未成就者初中後夜當勤修習遠離憒閙少欲知足於一切結使起於捨心一切貪欲瞋恚憍慢貢高兩舌惡口妄語如是等悉得遠離應受釋梵四天王等百千那由他供養恭敬況復婆羅門刹利居士毗舍首陀所有供養爾時世尊即説偈言

修禪滅諸結　餘業則不能　是故禪第一
智者應供養

爾時天藏大梵白佛言世尊若有比丘能修禪者刹利大臣應加謫罰鞭杖乃至刖其手足不耶佛言善男子若諸比丘佛法出家剃除鬚髮被著袈裟一切天人阿脩羅皆應供養若護持戒不應謫罰閉繫刖其手足乃至奪命悉無是法何以故除其多聞及持戒者若有破戒比丘於我法中而出家者成就諸惡如敗膿壞非婆羅門自言婆羅門非梵行而言梵行退失墮落聖道果證爲諸煩惱結使所勝結使所壞又復破戒諸惡比丘能示天龍夜叉乾闥婆阿脩羅迦樓羅緊那羅摩睺羅伽人非人等無量功德珍寶伏藏若有依我而出家者衆生應作十種勝想得無量無邊福德何等爲十有諸衆生見依我出家者應作念佛想以是淨心歡喜因緣不信一切諸餘外道及外道經書若當見時即應思惟決定聖戒以是因緣能斷殺生偷盜邪婬妄語乃至不飲酒等入涅槃城見有依我而出家者當起施心以是因緣於將來世財富

無量善去善向殊勝供養常得充給乃至入於無畏大涅槃城又見依我佛法出家柔和質直常行忍辱不生卒暴心無狂亂喜樂正法常好閑靜阿練若處乃至欲入涅槃無畏之城若有衆生破戒非法作惡威儀見如是人當共輭語乃至禮足以是因緣此人後世生尊貴家有大勢力常爲一切之所瞻視乃至當得入涅槃城天藏大梵若依我法出家造作惡行如是比丘盲無所覩此非沙門自稱沙門非梵行自稱梵行退没墮落爲諸煩惱之所敗壞如此比丘修行惡法猶能開示一切天龍夜叉乾闥婆阿脩羅迦樓羅緊那羅摩睺羅伽人非人等一切善法功德伏藏爲善知識雖不少欲知足剃除鬚髮被著法服以是緣故能爲衆生增長善根於諸天人開示善道是以依我出家比丘若持戒若破戒我悉不聽轉輪聖王大臣宰相不得謫罰繫閉加諸鞭杖截其手足乃至斷命況復餘輕犯小威儀破戒比丘雖是死人是戒餘力猶如牛黄是牛雖死人故取之亦如麝香死後有用能大利益一切衆生惡行比丘雖犯禁戒其戒勢力猶能利益無量天人譬如估客入於大海斷於無量衆生之命挑其眼目持阿摩陁那果擣篵和合成其實藥若有衆生盲冥無目乃至胎胞而生盲者以此寶藥而用塗之衆病得除其眼明淨如是如是若諸比丘雖破禁戒造作惡行於佛法中名爲死人復能令他一切衆生使得清淨智慧法眼能令見者尚得如是況復爲開示説種種法大梵譬如燒香香體雖壞熏他令香破戒

比丘亦復如是自墮惡道能令衆生增長善根惡行比丘爲不信所燒身壞命終墜三惡道能使他人得大利益示涅槃道以是因緣一切白衣不應侵毀輕懱破戒比丘皆當守護尊重供養不聽謫罰繫閉其身乃至奪命四方衆僧若至布薩自恣之時聽使驅出不共法事三世僧物飲食敷具皆不聽用一切羯磨說戒律處悉皆驅出不得在衆而悉不聽王及大臣加其鞭杖繫閉謫罰乃至奪命爾時世尊而說偈言

瞻蔔華雖萎　勝於諸餘華　破戒諸比丘
猶勝諸外道

復次天藏大梵有五種逆罪爲最極惡何者爲五故心殺父母阿羅漢破壞聲聞和合僧事乃至惡心出佛身血諸如是等名爲五逆若人於五逆中作一一逆者不得出家受具足戒若聽出家則犯重罪應擯令出若已有出家諸威儀者不應加其鞭杖及諸繫閉復有四種大罪同於四逆犯根本罪何者爲四殺辟支佛是名殺生犯根本罪婬阿羅漢比丘尼是名邪婬犯根本罪若人捨財與佛法僧主掌此物而輙用之是名爲盜犯根本罪若人倒見破壞比丘僧是名破僧犯根本罪若人於四根本罪中犯一一罪皆悉不聽佛法出家設使出家不得聽受具足戒若受具者應驅令出以有出家威儀法故不應鞭杖繫閉刑罰乃至奪命如是皆犯根本罪非逆罪也有是根本罪亦是逆罪有是逆罪非根本罪有非根本罪亦非逆罪何者爲逆罪亦是根本罪若人出家受具足戒得見諦道斷

其命根是名逆罪亦是根本罪也如是衆生於我戒律中應驅令出何者爲根本罪非逆罪若人於我法中出家如是凡夫衆生故害其命若以毒藥或墮其胎是名根本罪非逆罪也若有四方僧物飲食敷具悉不應與同共利養若有衆生於佛法僧而生疑心此中出家自言更有世尊或於種種諸吉相中生疑惑心若復有人於諸如來所說之法而生疑惑於聲聞辟支佛乃至大乘於中誹謗出其過惡見他讀誦而作留難乃至一偈此非根本罪亦非逆罪是名甚惡近於逆罪如是衆生若不懺悔除其罪根終不聽使佛法出家設使出家受具足戒不悔過者亦驅令出何以故不信正法毀謗三乘壞正法眼欲滅法燈斷三寶種滅損人天而無利益墮於惡道此二種人名謗正法毀呰賢聖地獄劫壽增長如是諸惡業已是名根本大重罪也何者是不威儀根本法若比丘故婬犯根本罪故殺凡夫人犯根本罪除三寶物不與而取犯根本罪故妄語犯根本罪於此四根本中若犯一一罪一切比丘所作法事悉不聽入四方僧物飲食卧具皆悉不得共同受用然帝王大臣一切群官不應加其鞭杖繫閉刑罰乃至奪命是名根本罪體性相也何故名爲根本重罪若人作如是行身壞命終墮於惡趣作如是行是惡道根本是故名爲根本罪也譬如鐵丸雖擲空中終不暫住速疾投地如是五逆等罪犯四重禁及二種衆生毀壞正法誹謗賢聖如是等十一種罪中若人犯一一罪者身壞命終皆墮阿鼻地獄是故

作逆業犯根本重罪者皆悉不聽度令出家犯逆罪者如此人等於其一身終不能盡諸煩惱結成就禪定況能超出決定菩薩命終之後必墮地獄受惡道苦若有族姓男女以深信心歸依佛法或趣聲聞辟支佛乘或趣大乘於我法中而得出家受於具戒極有信心護持根本四重等罪常勤精進勇猛不休日日擁護一切人非人等終不虛受人天供養於三乘中隨所樂欲何以故志求解脫乃至捨命終不毀犯何以故如是三種衆生皆求涅槃修行其因依止世尊依止經律依止聲聞正位弟子若有衆生犯四重禁非佛弟子我所顯示甚深法相一切無常苦空無我爲諸衆生利益安樂說解脫法波羅提木叉如是經論及諸禪定盲無所見破戒退沒墜三惡道若有族姓男女於是波羅提木叉清淨法中不犯根本者我是彼世尊彼是我弟子隨順我語安住佛法一切所作皆悉成就安住戒身及諸善法亦皆建立能大利益安樂天人世尊如是之人則具足一切聲聞辟支佛乘乃至大乘皆悉善住何以故是根本戒守護一切正法及諸有漏無漏等法皆悉因此而得成立是故名爲戒根本也譬如因地一切萬物百卉藥穀皆因生長如是善學四根本戒一切善法皆因得生譬如大地一切諸山乃至鐵圍大鐵圍須彌山王皆依得住如是善學四根本戒聲聞辟支佛乘乃至無上大乘皆依而住譬如大地一切物味依地而住如是善學四根本戒禪定解脫總持乃至阿耨多羅三藐三菩提亦因而成譬如

大地淨不淨物一切悉載如是族姓男女善學四根本戒持戒毀戒是法器及非法器皆悉滿足諦自觀察不譏彼短而不自高亦不毀他能爲一切善法洲渚猶如大地一切衆生之所依止如是族姓男女善能修學四根本戒一切如來所説經論皆生愛樂歡喜受持不起種種非法之想一切衆生皆依四攝而自存活爾時尊者優波離從座而起整其衣服乂手合掌白佛言世尊若世尊作如是言是法器及非法器悉不譏呵他未來時作諸惡行如是比丘非沙門而作沙門非梵行而作梵行今當云何呵責其心驅遣令出佛言我悉不聽俗人譏呵復有十種非法譏呵即得大罪何等爲十若僧不和合於國王前而譏呵者是名非法若僧不和合於婆羅門衆中而譏呵者亦名非法僧不和合於王眷屬及諸大臣而譏呵者是名非法僧不和合於白衣中而譏呵者是名非法僧不和合於婦女小兒等中而譏呵者是名非法僧不和合於僧淨人前而譏呵者是名非法僧不和合於比丘尼衆中而譏呵者是名非法僧不和合於本怨嫌前而譏呵者是名非法僧不和合以瞋恚心而相譏呵者是即非法有如此等十非法不應譏呵假使舉得少罪亦不應受若復少有如佛法譏呵者亦不應受又復十種非法譏呵不應受何等爲十若餘外道來譏呵者亦不應受非持戒白衣而犯逆罪誹謗正法毀壞賢聖若起狂心若散亂心爲諸餘天施四方僧淨人若是一切犯禁比丘所舉之罪皆不應受是名爲十非法譏呵

所不應受若有比丘造諸惡行共僧中住清淨比丘威儀具足於非法處一切不行成就五法應頂禮僧足語惡比丘言我今欲舉汝罪是實不虚是時非時慈心輭語爲使佛法久得安住爲欲熾然一切佛法若聽我説我當如法舉汝彼若不聽我當頂禮持戒比丘上座等足白言大德此比丘犯如是事依於五法而舉彼罪上座比丘應察如是語如毗尼如修多羅當以滅諍法如法除滅若犯重罪應以重治若犯中罪應以中治若犯微細罪當以微細治教令悔過優波離白佛言世尊若造惡行比丘實有過罪而恃白衣一切勢力或恃巨富財物等力或恃多聞或恃辭辯或恃弟子如是等力衆僧當共和合持修多羅持毗尼持有戒德者不取其語而用勢力有如是等當應云何佛即答言應詣國王大臣宰相如法治罪優波離復白佛言世尊如此惡行比丘若財物力若多聞力若辭辯力能令國王大臣歡喜或有非法朋黨爲應捨置不耶佛言優波離若事未現應當捨去若事已出僧應和合速疾驅擯不得共住優波離譬如蘧麥妨麥稗莠根莖枝葉與麥相似若未莠出時不可分别鐩旣出已田畯農士幷根俱棄何以故壞淨麥故優波離如是破戒惡行比丘若恃白衣及諸勢力居住僧中果未出時人不敢呵其事現已諸天便識當言僧中無有禁制若惡行比丘衆僧應速和合疾共擯出優波離譬如大海不宿死屍如是我諸聲聞大弟子衆破戒諂曲此等惡人不應共住亦復如是若破戒比丘爲刹利

王及諸輔相朋黨非法如此比丘則得自恃多聞財物巨富辭辯如是等力肆心無畏强僧中住爾時慚愧持戒比丘心有所疑不應共諍不應守護共作伴黨如是持戒比丘便語國王及諸大臣更至他國

佛說大方廣十輪經卷第三

音釋

很戾很下懇切戾郎計切不聽從也　憘虛里切樂也　誹謗誹妃尾切非議也謗補曠切訕也　漑灌漑古愛切注也灌古玩切　輕躁躁則到切不安靜也　蛭職日切水蛭虫也　憒閙憒古對切心亂也閙女教切不靜也　刖魚厥切斷足也　輭乳究切柔輭也　麝神夜切獸如小麋臍有香　估客估公戶切正作賈商賈也　擣簁擣都皓切舂也礽霜夷切除麁取細也　懱莫結切輕易也　蘧求於切蘧麥也　稗旁卦切稊稗也　莠與久切狗尾草也　穟徐醉切禾成秀也　畯祖峻切田畯典田官嗇夫也

佛說大方廣十輪經卷第四

失譯師名今附北涼錄

刹利旃陀羅現智相品第六

爾時地藏菩薩白佛言世尊是刹利旃陀羅輔相旃陀羅少於善根不肯信向諂曲愚癡自稱多智皆生憍慢不畏後世惡業果報離善知識乃至趣向阿鼻地獄爲財利故與此惡行諸比丘等作非法朋黨佛言如是如是善男子於未來世刹利旃陀羅乃至婆羅門旃陀羅善根微少無有信心欺詐諂曲是諸愚癡現智慧相不隨善知識語實是愚癡現爲智慧心常疑悔不畏後世而無禁戒作諸殺生乃至邪見欺誑於他於諸世間常行誹謗語刹利旃陀羅婆羅門旃陀羅壞亂佛法於我法中而得出家常毀破戒作諸惡行而刹利婆羅門盡心供養多畜錢財貪心染著取空言語通致信命治生販賣好讀外典墾土種植守護錢財産業舍宅守護妻子呪說仙藥貪著衣服飲食之物破戒惡行其聲如貝實非沙門自言沙門實非梵行自謂梵行乃至爲刹利婆羅門恭敬供養聽受刹利旃陀羅婆羅門旃陀羅好喜破戒遠離持戒於我法中若見有人持戒修善能謙下者學與無學一切得向如是比丘皆悉不得恭敬供養所有言說皆不聽受善男子譬如有人到寶渚所捨帝釋青寶及大青寶金銀真珠皆悉捨離大價之寶取於水精若我法中如是持戒有大功德心常謙下而便捨之取於破戒造惡行者成就惡法不生羞恥心無慚愧遠離一切大慈大悲反取如是諸惡以爲福

田聽受其語供養如是造作惡人師及弟子俱墮地獄悉具於此十種惡輪刹利旃陀羅婆羅門旃陀羅沙門旃陀羅大臣旃陀羅先修善根今悉消滅乃至墮於阿鼻地獄何等爲十破戒惡行如是比丘乃至刹利婆羅門忍樂惡見誹謗阿練若比丘愚癡諂曲非毁賢聖誑惑世間飲食錢財及諸利養求名稱故自若其身毁謗他人嫉妬鬬亂純爲利養莫肯聽受信用其語退棄令下遠離實法皆言無有得道果者亦無離欲能盡結者但爲利養而自顯現愼莫奉事供養是等乃是諂曲誑惑之人實非福田趣向道者是時刹利旃陀羅婆羅門旃陀羅於阿練若比丘不生恭敬希有之心其心顛倒而不承事恭敬供養不肯聽受信用彼語即是不能護持法眼紹三寶種爾時國土天龍鬼神而於三寶信心深重皆同瞋恚如是刹利婆羅門等互相語言汝今諦觀刹利旃陀羅沙門旃陀羅婆羅門旃陀羅大臣旃陀羅悉起憍慢一切三寶斷於善根近惡知識退失善法當入惡趣我等今日不復擁護如此國土刹利婆羅門等一切天龍諸善鬼神旣捨離已於其國中堪任法器爲福田者皆生捨心若一切天神及堪任法器應爲福田者於彼刹利旃陀羅等生捨心已於自國土及餘鄰國皆悉兵起饑饉疾疫更相殘害不復歡樂無所愛樂皆悉别離忿心慳悋無有矜愍於一切衆生不起慈心殺生乃至邪見無慚無愧一切塔寺及僧祇物皆悉食噉供其衣服瞋諸左右悉生嫌隙若與他戰令已軍衆自然退散若欲

死時皆結其舌口不能語趣向地獄復次善男子剎利旃陀羅乃至婆羅門旃陀羅皆悉遠離諸善知識輕慢三寶無恭敬心不畏後世於聲聞乘得少信心謂已聰哲而於辟支佛乘及大乘法誹謗不信不讀不誦下至一偈生不信心是名謗法若復有人少信辟支佛法及大乘法而不信於聲聞之法毀呰譏呵亦名誹謗正法是名誹謗三世諸佛正法之藏斷八正道破於無量衆生法眼若復有人於如來所說聲聞乘辟支佛乘及菩薩乘若作障礙若隱蔽覆藏乃至一偈而不恭敬於三寶者以是因緣令使守護一切國土天龍善神以不重信即便瞋恚是剎利諸臣乃至結舌不語而死墮阿鼻地獄復次善男子若持戒有功德者在彼國住具足法器善入捨心安住靜室而不數數至檀越舍亦不輕呵惡行比丘使彼覺知亦不譏嫌呵責破戒而惡行比丘於清淨持戒者所反生譏嫌言作姦僞種種妄語於剎利大臣乃至國中一切人民男女大小悉於其前生諸誹謗而彼剎利旃陀羅等於諸清淨持戒具足修行功德有名聞者如是比丘眞我弟子具足一切禪定解脫善巧言辭便起毀呰而生瞋恚種種惡口麤語逼切令受苦惱或奪衣鉢及四方僧物資業敷具驅遣令出或時繫閉或斬截其首善男子諦觀親近惡行比丘者爲得幾所罪乃至當墮阿鼻地獄若衆生造作五逆等罪及四根本罪誹謗賢聖誹謗正法超過一切根本之罪如是惡行諸比丘等我亦不聽刑罰鞭杖繫閉乃至斷命以是因緣得

大罪報況復堅持禁戒清淨行者若有比丘於性重罪中若犯一罪者雖犯重罪和上衆僧和合羯磨所受之戒猶有餘勢譬如妙香雖無香質餘分芬馨不可輕懱破戒比丘亦復如是無戒白衣不應輕慢雖非法器於賢聖毗尼中退没墮落棄出家法不得受用四方僧物於衆僧和合所受得戒餘不犯者其戒香氣多有勢力是故不聽白衣謫罰善男子往昔過去有國名迦尸時王名梵摩達多勅旃陀羅言雪山下有六牙白象王名欝波羅華眼可拔其牙若不得者汝等五人悉斷其命爾時旃陀羅護惜身命詐作沙門外現精進被著袈裟如王所勅往至彼山到象王所母象見之張弓挽箭生怖畏心語象王言此是獵師今已張弓挽箭而來將非我等命欲盡耶爾時象王即便見之剃除鬚髮被著袈裟而說偈言

被恒沙諸佛　幢相之法衣　悉捨於諸惡
云何害衆生

爾時母象復說偈言

雖被著袈裟　持弓執毒箭　作惡旃陀羅
無有悲愍心

爾時象王復說偈言

袈裟決定服　以哀愍爲本　是必歸佛者
慈悲諸衆生　於此衣無疑　汝當自攝心
能被此服者　欲度生死岸

爾時旃陀羅即以一毒箭射其象王是時母象見射象王已大喚悲號復說偈言

如是之衣服　應當歸依佛　威儀雖寂靜
而心懷大惡　速疾蹋彼身　斷除其命根

滅此怨令盡　是射汝身者

爾時象王復說偈言

寧速捨身命　不應生惡心　被雖懷惡心
猶似佛弟子　智者不爲巳　卒暴起瞋心
常思爲衆生　修行於菩提

爾時象王心生慈悲即喚彼人而問之言汝須何物彼便答言欲須汝牙爾時象王即自拔牙發大誓願而說偈言

我今以白牙　求佛故奉施　不瞋不貪惜
令衆滅煩惱

善男子我於往昔曾見如是畜生身中求無上道能作如是不惜身命爲護佛法終不於彼著袈裟者而作留難於未來世剎利旃陀羅輔相旃陀羅婆羅門旃陀羅居士旃陀羅以諂曲心欺於世間不畏後世若諸世間有求無上道者入我法中而得出家生心惱害我諸弟子應成法器及不成者惡口罵詈鞭杖謫罰逼切其身則於過去未來現在諸佛犯諸重罪趣阿鼻地獄斷諸善根除滅信心一切智者之所遠離譬如丈夫雖自無目能示他道我諸弟子亦復如是雖毀禁戒猶能利益世間衆生若未來世旃陀羅王乃至居士旃陀羅見有依我法中出家若成法器不成法器而便擾惱我諸聲聞一切弟子則於三世無量諸佛作大過罪消滅善心難復人身何況毀呰正位聲聞辟支佛及諸大乘無量功德善男子譬如過去有國名般闍羅王號勝軍時國有人犯王死罪勑守獄人以五繫縛送著可畏軻藍冢間令使惡鬼食噉其身時守獄人以五繫縛送著可畏軻藍冢間

是人聞已即剃鬚髮以衲袈裟著於頸下爾時守獄人受王勅已即捉縛送至可畏軻藍冢間是時冢間有羅剎名曰惡眼共五千羅剎俱至冢間即見是人被五繫縛在於冢間剃除鬚髮以衲袈裟繫著於頸爾時羅剎右遶是人而說偈言

今可自安慰　我終不害汝　剃髮服袈裟
令我憶念佛

爾時羅剎子復說偈言

白母甚飢渴　當須食此人　我得除飢渴
身心快安樂

爾時羅剎母說偈答子

恒沙等諸佛　法式之幢相　於此起惡心
當墮阿鼻獄

爾時羅剎子與其眷屬右遶帀已而說偈言

我等父母共爲惡　身口意業造不善
我已捨惡不害汝　被著染衣解脫相

爾時羅剎名爲牛齒有五百眷屬俱共圍遶入大冢間見被縛人剃除鬚髮以衲袈裟繫其頸下右遶竟已而說偈言

歸依衆聖妙幢相　袈裟繫頸謂其人
我爲此故而恭敬　惟願勿怖不害汝

爾時羅剎子復說偈言

母今當知人肉美　應當食肉而飲血
益其氣力得具足　增益身體無所畏

爾時羅剎母復爲其子而說偈言

一切世間衆樂具　天龍夜叉及羅剎
悉當恭敬染衣者　當獲種種上妙樂

爾時羅剎子與其眷屬右遶恭敬而說偈言

悉應恭敬而歸依　剃除鬚髮著袈裟

我於過去無數劫　見佛世尊救世者

爾時第三羅刹名曰黄鬚亦有五千眷屬而自圍遶入大冢間見被縛人剃除鬚髮繫衲袈裟而著頸下復右遶已而説偈言

仙人幢相我歸依　若能供養得勝利

爲袈裟故修供養　應悉除斷諸有縛

爾時黄頭羅刹子而説偈言

我得此人應食噉　國王所遣故來此

當食其肉復飲血　毋語子言應供養

爾時黄頭羅刹復爲其子而説偈言

如是相人非我食　若起惡心大苦器

爾時羅刹子右遶恭敬復説偈言

如是大仙堪福田　是故應供離有縛

爾時刀口羅刹復與五千羅刹來到冢間見繫縛者剃除鬚髮以衲袈裟繫其頸下心恭敬已而説偈言

有餘生死得涅槃　衲袈裟者不應害

若害此人佛所呵　應當尊重而供養

爾時羅刹子復説偈言

我等常吸人精氣　食噉其肉復飲血

是故當食此衆生　令我身體益氣力

爾時羅刹毋復爲其子而説偈言

若有生心欲加害　剃除鬚髮袈裟者

必墮惡趣阿鼻獄　受苦無量甚長遠

爾時羅刹子與其眷屬右遶被縛著袈裟者復説偈言

我今怖畏地獄苦　終不惡心害汝命

我等同心當放汝　亦求解脱地獄苦

爾時羅刹等即便解放彼被繫人時被縛人待至天明到於王所王即廣告一切人民諸

人集已皆請問王及侍從左右群臣百官是人得來未曾有也彼王即便立制普告内外若我國中有佛聲聞諸弟子等若成法器及不成者不起恭敬或加謫罰以是因緣我當刑戮乃至致死族姓子閻浮提王及與夜叉食血肉者惡心熾盛無憐愍心乃至見剃鬚髮繫衲袈裟以著其頸尚不加害況餘衆生而起輕慢未來世中當有刹利旃陀羅居士旃陀羅造作諸惡復有惡鬼斷於善根趣阿鼻地獄若於我法而能出家若成法器及不成法器剃除鬚髮當奪命根族姓子譬如過去有王名曰福德若人有犯罪過乃至繫縛爾時彼王不欲奪人身命有輔相大臣語王莫愁若殺此人或能令王而得大罪大臣自已智慧將付狂象爾時狂象捉其二足欲撲其地而見此人著染色衣故狂象即便安徐置地不敢損傷共對蹲坐以鼻舐足而生慈心族姓子象是畜生墮於八難見染衣人尚不加惡生於害心乃至未來世若有旃陀羅王見我法中有人出家堪任法器及不成法器故作逼惱或奪其命若作是行則口不能語命終之後必定墮於阿鼻地獄善男子是名第三輪刹利旃陀羅乃至居士旃陀羅雖有過去宿植善根現造惡故今盡消滅復次善男子當有刹利旃陀羅乃至居士旃陀羅見有施四方僧物牀敷卧具塔廟住處及與園林屋舍田宅一切淨人牛驢騾馬種種畜生衣服飲食湯藥所須資生雜物持戒清淨有德比丘辯才聰明言辭應機如是人等悉不與之破戒比丘作惡行者給其所須牀褥

數具自恣受用并與白衣同共食噉以是因緣刹利旃陀羅居士旃陀羅命終皆墮阿鼻地獄復次族姓子當有刹利旃陀羅居士旃陀羅見有依我法中出家若聲聞辟支佛乃至大乘說法法師誹謗罵辱欺誑正法而作留難惱亂法師以是因緣墮阿鼻地獄復次族姓子若有刹利旃陀羅居士旃陀羅見人有與四方僧物華樹果樹雜味樹陰樹香樹我聲聞弟子持戒多聞坐禪誦習者所有資生衆具若自奪或使人奪自食使人食以是因緣命終之後墮阿鼻地獄復次族姓子於未來世當有刹利旃陀羅居士旃陀羅毀壞我法若見依我法中而出家者於此人所數數瞋恚罵詈毀辱我所說法不肯信受破壞塔寺僧坊堂舍殺害比丘先所修習一切善

根皆悉滅盡命欲終時支節皆疼如火焚燒其人舌根如被繫縛於多日中口不能語命終之後墮阿鼻地獄若成就如是十種惡輪不善衆生難得人身況復能成聲聞辟支佛果乃至成就具足大乘一切諸佛所不能救善男子譬如壓油一一麻中皆生諸蟲以壓油輪而壓取之即便得油善男子汝等當看壓油之人於其日夜爲應定殺幾所衆生若復有人以是十輪而壓油者一輪一日一夜壓油千斛如是乃至滿於千年是壓油人得幾所罪地藏菩薩言甚多世尊無量無邊阿僧祇數此壓油人得如是罪無有能知是人罪量其數多少惟佛與佛乃能知之佛言善男子譬如十輪之罪等一婬女舍其舍有十女人皆爲求欲如是十婬女舍其罪等一酒

家如是十酒家等一屠兒舍如是十屠兒舍罪等刹利旃陀羅居士旃陀羅十輪中等於一輪一日一夜罪爾時世尊而說偈言

十輪罪等一婬舍　十婬罪等同一酒
十酒罪等一屠兒　十屠兒罪等一王

爾時地藏菩薩摩訶薩白佛言世尊若有眞善刹利輔相大臣眞善沙門眞善婆羅門眞善居士自護護他於將來世守護佛法守護堪任法器及不堪法器者乃至守護剃除鬚髮著染衣者持戒清淨有功德者供養恭敬聽受言教於聲聞辟支佛法皆悉守護諦聽受持守護大乘如聞信受住大乘者持戒多聞言辭清辯與如此人相對歡娛則心悅樂諮問議論敬受教誨遠離破戒非梵行者四方僧物而自食噉私竊費用不依戒律隨順十惡不善輪者亦令捨離不與從事教學先王治國舊法典禮制度紹三寶種常令熾然親近一切諸善知識遵用前王所行正法是名眞善刹利得幾所福滅幾所罪佛言族姓子譬如丈夫欲求出世集諸珍寶滿閻浮提若值佛出幷聲聞衆於其晨朝修行布施日中亦施如是次第乃至千年常修布施種種供養族姓子如是行施得大福不地藏菩薩白佛言世尊其福甚多無量無邊阿僧祇數無能稱量如是福者惟佛世尊乃能知之佛言如是如汝所說若有眞善刹利遠離不善十惡之輪亦能遮制斷除諸惡如上所說是人功德倍多於前假設有人以四天下盡爲四方衆僧建立房舍卧具醫藥皆悉給足假使百千億聲聞弟子及菩薩摩訶薩修行種

種無量法門坐禪誦經教他諸善如此之人其福多不於上千年修行布施供養功德復倍於前假設有人於四天下盡爲建立僧房堂閣卧具醫藥皆悉具足滿百千億聲聞弟子菩薩摩訶薩修諸法門一切諸善坐禪誦經教化功德得幾所福答言世尊其所得福無量無邊阿僧祇數善男子假設滿三千大千世界爲舍利故起諸塔廟徧滿三千大千世界如是造塔功德無量其福日夜常得增長四方造作僧房卧具醫藥所須一切悉給起塔功德復倍於前假使三千大千世界滿中菩薩具足六波羅蜜如稻麻竹葦假設滿三千大千世界聲聞羅漢具八解脱亦如稻麻竹葦叢林皆被囚執堅固繫縛乃經一劫復有一人出現於世爲福因緣故皆悉解諸菩薩及阿羅漢被繫縛者并與洗浴給其衣服瓶鉢房舍飲食醫藥種種卧具乃至百千萬歲盡入涅槃復取舍利而供養之爲一一舍利起七寶塔供養如是七寶塔故各以香華及諸伎樂繒蓋幢旛若復有人爲如來故起諸塔廟乃至滿三千大千世界其所得福百千億分不如解此被縛功德眞善刹利眞善婆羅門眞善居士眞善沙門如是福聚增長無量阿僧祇數於末法中法欲滅時能善自護亦護他人於未來世常護佛法亦復護我聲聞弟子堪任法器及不任者乃至剃除鬚髮被著袈裟不應擾亂而作惱害若有親近供養聲聞乘者亦不得惱亂亦復不應願樂供養於大乘者終不欺毁修辟支佛乘者亦自親近供養堅固受持大乘之法安住大

乘有功德者善巧機辯恒樂親近諮問議論問已隨順受持而於一切惡行比丘皆悉遠離不應與同四方僧食共受利養自不染著十惡之輪亦不教他令生染著皆悉修習先王之道具行十善常當親近諸善知識熾然法眼如是眞善剎利得福倍多無量無邊終不虛食國民俸祿天龍夜叉乾闥婆阿脩羅迦樓羅緊那羅摩睺羅伽乃至富多那等皆悉愛念同共擁護若有一切堪任福田成法器者皆悉愛念同共擁護已國增長若他國土亦令增廣枯竭惡道利益天人守護壽命令得久長自滅結使亦能滅他一切煩惱成就菩提滿足六波羅蜜遠離一切惡道而隨生死流轉無數於生死中而無譏嫌常值善知識悉與諸佛菩薩共俱遠惡知識如是不久成就佛國得阿耨多羅三藐三菩提爾時一切天帝及諸眷屬乃至毗舍闍帝釋及諸眷屬從座而起合掌向佛白佛言世尊於未來世有眞善剎利王乃至眞善居士若能遠離此十惡輪守護已身亦能護他及護持正法紹三寶種熾然不斷成熟三乘於佛所說悉能信受如法供養諸佛所說終不覆藏我等眷屬與眞善剎利王乃至眞善居士當以十法守護此人令得增長何等爲十爲護壽命終不橫死除諸非法常得少病眷屬安隱財產增長具足大富名稱遠聞親近善知識智慧增長如是眞善剎利乃至眞善居士遠離一切十惡輪者如佛所說當以十種善法而守護之令得增長何等爲十所謂怨賊外敵不能侵害色聲香味觸無不可喜者一切

病痛邪縛邪歸依一切疑悔一切邪諂一切惡友一切不善根本一切夭横死亡眞善刹利具足功德如上所説皆悉除滅當以十善法守護是人復次世尊若眞善刹利如上所説功德滿足皆悉修行我當以此十法守護刹利國土之人何等爲十懼鄰國怨敵畏非人畏於亢旱畏於霖雨畏非時風畏非時惡星變恠畏饑饉畏非時病死畏惡邪見畏眞善刹利於上所説能修行者我等當以十法守護國土及諸人民爾時世尊讃天帝釋乃至富多那等善哉善哉善男子皆是汝等之所應作爾時天藏大梵即從座起整其衣服右膝著地長跪叉手白佛言世尊惟願聽我説是眞善刹利轉不退轉地陁羅尼心咒章句以此不退轉地陁羅尼神咒力故使未來世眞善刹利令邊國怨敵自然退散使身口意戒成就得勝智慧爲一切智人之所讃歎遠離諸惡常修行善遠離一切邪見歸依精進堅固成熟無量諸衆生故得自在智六波羅蜜珍寶伏藏具足增長遠離一切瞋恚慳貪諸惡嫉妬常爲天人之所守護得不退轉菩提之心不捨一切衆生得四攝法無所疑問成熟法器具足福田親近菩薩諸聲聞衆利益一切善男子眞善刹利終不退轉菩提之心得陁羅尼神力功德於未來世最勝不壞無所譏嫌常近諸佛一切菩薩爾時天藏大梵即説咒曰

多闍他　牟尼冐梨　牟那舍羅鞞　牟尼夷梨陁夜末啼　盧闍毗闍隸　牟那栗芝阿眤伽　彌啾迦囉博差　波羅舍博差

窣羅博差　掃羅婆慄啼　兜羅拏栗婆隸
鉢哆义栗婆隸　畓畓拏彌隸　阿鞞义婆
隸　阿嵬阿祇梨梵牟尼波陁鞞　私婆呵
爾時天藏大梵說是呪已白佛言我願世尊
於此陁羅尼心生隨喜佛言善哉善哉大梵
我於此呪心生歡喜時會大衆亦稱善哉快
說此陁羅尼也爾時佛告大目揵連彌勒菩
薩摩訶薩汝等受持不退轉地心陁羅尼能
令眞善剎利安樂利益爲轉法輪故爲名稱
利故爲威德故爲滅諸邪見故爲建立正見
故爲守護法眼故爲無邊衆生令得成熟故
爲使堅固大乘不退故爲使滿足六波羅蜜
故爾時世尊欲重宣此義而說偈言

爾時天藏梵　發問兩足尊　利根等衆生
修禪而誦習　勇猛強勸佐　剎利有智者
云何滅煩惱　云何住不退　佛時答彼言
犯重墮落者　雖意有明時　急趣阿鼻獄
此十種惡輪　無智所修行　則斷善根本
速疾墮地獄　禪定亦滅結　非獨多聞智
若欲得解脫　應當勤修禪　智者常精進
守護我正法　以恭敬袈裟　能度煩惱海
樂處於空林　遠離五逆罪　持戒修禪定
能度煩惱海　若有信三乘　熾然於佛法
供養染衣者　得大功德海　能調難伏心
不舉比丘罪　聖種修少欲　獲得兩足尊
遠離惡比丘　恭敬親賢聖　不食僧祇物
速到於菩提　三界得妙樂　三寶出於世
若欲得安樂　當供養三寶　三寶旃陀羅
剎利作過者　惡比丘伴黨　速疾墮地獄
如是十輪罪　等於一婬女　以是十婬罪

亦等同一酒　如是十酒罪　復等於一屠
以是十屠罪　亦同於一王　有眞善刹利
供養於正法　三乘得熾盛　當獲功德海
具足七寶等　徧滿閻浮提　持用施諸佛
其福猶有限　乃至四天下　造僧房供養
彼雖得大福　不如護正法　假使爲諸佛
滿中造塔廟　彼雖得大福　不如護正法
羅漢諸菩薩　解縛而供養　顯現於我法
其福倍於彼　修禪億千劫　不爲諸佛護
若不隱正法　諸佛速護念　若眞善刹利
速離十惡輪　能守護佛法　及持袈裟者
不謗毀正法　我所說三乘　聞已能供養
護持法器者　譬如五日出　能竭於大海
若護我法者　則竭煩惱結　譬如風災起
悉摧一切山　若護正法者　亦滅諸煩惱
譬如水災起　漂蕩壞大地　若護正法者
亦消諸煩惱　世有如意寶　能滿人所願
若說三乘法　隨願亦皆得　譬如獲德瓶
盡破於貧窮　如是破煩惱　速疾得菩提
如月十五日　光明滿虛空　得是智慧者
滿足護正法　如空無所有　無物亦無相
守護正法者　是智無疑惑　如日所照處
能除諸闇冥　守護正法者　是則得照明

佛說大方廣十輪經卷第四

音釋

販方願切買賤賣貴曰販　墾苦很切耳力反土也　嫌隙嫌賢兼切不平於心也隙綺戟切怨也　挽無遠切引也　蹋徒合切踐也　蹲祖尊切踞也　舐甚爾切舌餂也　褥儒欲切裀褥也　亢苦浪切亢旱愆陽也　昵尼質切　㝹奴侯切

佛說大方廣十輪經卷第五

失譯師名今附北涼錄

衆善相品第七

爾時金剛藏菩薩於大衆中從座而起偏袒右肩右膝著地長跪叉手合掌向佛以偈問曰

毀破禁戒失頭陁　以造逆故非我滅
如過去佛之所說　破淨戒者不入衆
諸有一切沙門事　猶如燋炷皆棄捨
三垢所汙離解脫　不堪消受國供養
四方衆僧資生業　悉不聽取微少分
若犯四重根本罪　爲衆棄捨如死屍
云何此經說忍辱　於惡比丘起悲心
遮制一切諸讁罰　復令供養惡比丘
昔於餘經復說言　汝等皆當信大乘
是名質直勝菩提　汝等應當離二乘
復於此經說三乘　及諸根力覺道分
禪定解脫三乘法　諦聽信受解脫因
此有沙門四聖果　除此經外無沙門
三乘皆同八正道　欲求解脫勤精進
若有智者諸人天　菩薩大士來至此
此諸大衆皆已證　如是大乘諸人等
有能正說開示義　若能聽者得何利
十種分別聲聞人　能如是說誰不利
若有人聽得何法　云何能聽得增長
復有誰聽而損減　復有聽者盡老死
諸有爲法悉猒離　晝夜修習於禪定
何時當得而濟脫　能度四流名救世

爾時佛告金剛藏菩薩善男子善哉善哉利益安樂一切衆生若人及天無能如是問於

如來善男子諦聽諦聽善思念之吾當爲汝分別解說唯然世尊我今諦聽願樂欲聞善男子復有十種難得人身何等爲十不宿植善根未修福者心常憒閙隨惡知識不畏後世躭著貪欲瞋恚愚癡顛狂失心乃至邪見是名十法難復人身復有十法無依止因緣犯根本罪以破戒故墜於惡道何等爲十無依止威儀有依我法而出家者內心不壞修道壞修道不壞內心壞有內心修道戒壞有戒壞見不壞有見壞戒不壞有戒見俱壞有內心修道戒見俱不壞若隨惡知識無依止威儀雖遇善知識而復愚癡猶如白羊聞善法已不能受持亦不爲他分別演說不識善不善無依止威儀衆具無量而不知足以是因緣心常散亂是名無有依止威儀爲種種病之所苦惱以是因緣修諸呪術若有依止是十無威儀犯根本重罪而復戰懼心懷慚愧而不數數作諸惡行如來爲欲利益如是等故是名汙道何以故若作如是惡者應當懺悔棄捨發露終不覆藏若能如是令罪消滅則不更作雖爲衆棄一切衆僧基業數具所須之物不得受用如是等人以成法器故如來爲說聲聞辟支佛大乘之法斯有是處若二世三世遇善知識一切惡業消滅無餘得聲聞果辟支佛果乃至入於甚深大乘正法如是之人名爲破戒不名破見若有人內心壞行不壞見不壞者如來爲是等說四無量心亦堪任爲聲聞器辟支佛器若有人行壞體壞於此二乘悉不成器爲如是衆生故如來便爲說布施法復有人見壞戒不壞者

爲如是衆生故說十二因緣法得離壞見已於一身得入聲聞法若偶身得辟支佛法若有人戒壞見不壞於聖法中堪任爲器若有人内心行見戒俱壞者而從善知識以是因緣如來爲說十善正法若有愚癡隨惡知識不知善不善如來爲是等故教令誦習若有人爲邪見所惑欲求解脫如來即便以聲聞乘爲說四諦法若有人起斷見者爲說十二因緣法若人起常見者爲說三界生死迴轉知如是法死此生彼爲說聲聞法如來觀察終不妄說若有成熟衆生及不成者悉以方便通達無礙一切重罪諸逆罪等若有衆生作不饒益乃至破毀清淨法眼如我爲欲利益一切衆生故隨順一切聲聞乘辟支佛乘及菩薩乘若誹謗正法遮障覆藏不顯現者乃至一偈如是人等名謗正法壞八正道亦壞一切衆生法眼如是之人則失大利亦爲衆生作不饒益依愚癡僧誹謗正法復次族姓子有四種僧何等爲四第一義僧淨僧瘂羊僧無慚愧僧云何名第一義僧諸佛世尊大菩薩摩訶薩辟支佛於一切法悉得自在阿羅漢阿那含斯陀含須陀洹是七種人名爲第一義僧諸有在家無法服者不能具受波羅提木叉戒不入布薩自恣而得聖果得聖果已亦名第一義僧云何名爲淨僧諸有能持波羅提木叉具足戒者如律修行威儀不犯是名淨僧云何名瘂羊僧不知根本罪不知犯不犯不知輕重不知微細罪而可懺悔愚癡無智不見有罪可畏亦不依止善知識丈夫不數親近善知識丈夫故不能諮問

經中深義何者是善非善何者犯重何者犯輕修行何事爲善何事爲惡如是等相名瘂羊僧云何名無慚愧僧若有人爲自活命來入佛法而受波羅提木叉戒悉皆毀犯破和合僧無有慚愧不畏後世内懷臭穢其聲如貝言辭堅鞕常懷嫉妬愚癡憍慢棄捨三業但爲利養放恣六情貪著五欲色聲香味觸誹謗正法如是等人依止我法心無慚愧是故名爲無慚愧僧云何名爲第一義僧雖有聖道隱而不現乘八正道能度煩惱三有駛流是名眞道何以故諸佛世尊緣覺羅漢斷一切有名爲眞道又諸菩薩摩訶薩自省已過求一切法得無礙智而不取證爲衆生故示滅結道若復有人不能成就波羅提木叉戒名爲依止第一義僧乃至淨僧若有眞善凡夫乃至眞善正見及諸凡夫神通變化示他正道如是之人皆悉名爲能示道者第二須陀洹第三斯陀含第四阿那含第五菩薩摩訶薩住於初地乃至住於十地一生補處如是等者名爲示道若復有人成就波羅提木叉戒是名依道而活菩薩摩訶薩爲攝一切成熟衆生修行六波羅蜜如是等亦名示道亦名依道而活亦名滅結道如是名爲世間福田除此以外皆名汙道亦名惡福田依止無慚愧僧於佛法中亦名死屍是可棄者於僧大海亦名不成法器彼非我弟子我亦非彼師復有不成法器者稱佛是我世尊我滅度後得信向心法僧聖戒自不起惡見亦不譏他惡而廣爲人顯説我法不生誹謗發正誓願已所作惡數數懺悔能除無量種種

諸罪作如是信令使九十五種異學外道猶悉能度向於涅槃非轉輪聖王所有功德之所能及以是故如來觀察一切衆生本業作如是說以是因緣故於我法中出家剃除鬚髮被染衣者不應起惡一切過去未來現在諸佛大悲皆悉護持如是出家被服染衣以是故若於出家一切人邊起惡心者則同過去未來現在諸佛等前爲惡無異若復有人破戒不成法器者諸如是等當作惡見亦譏他惡譬如眞善刹利眞善輔相眞善大臣眞善沙門眞善婆羅門眞善居士眞善毗舍首陀若男若女無父無母世間阿羅漢無正道無趣向正見者亦無修善惡果報無有得果者一切法皆無因緣或有作如是說色界是常是不壞法或計無色界是常是不壞法或說外道苦行編椽棘刺五熱炙身以爲第一或說純聲聞乘以爲第一不說辟支佛乘乃至誹謗大乘摩訶衍法隱蔽覆藏不能顯發開示分別或有一向純信摩訶衍譏嫌聲聞辟支佛乘或有說言施爲第一持戒乃至智慧非是第一或有說言戒爲第一布施乃至智慧非是第一或有說言忍辱爲第一布施持戒乃至智慧非是第一或有說言精進以爲第一布施持戒忍辱乃至智慧非是第一或有說言禪定以爲第一布施持戒忍辱精進乃至智慧非是第一或有說言智慧最爲第一布施持戒忍辱精進禪定非是第一或有說言外道苦行以爲第一如是族姓子破戒惡行諸比丘等於成法器者邊生種種毁謗向惡見者說如是言有顚倒見者破壞眞

善刹利信戒聞捨智慧皆悉破壞眞善輔相眞善沙門婆羅門眞善居士眞善毗舍首陀眞善男女破壞信戒聞捨智慧如是破壞名爲刹利旃陀羅乃至居士旃陀羅破戒比丘自斷善根亦令眞善刹利亦失善根乃至墮於地獄善男子譬如膿爛死屍有所近處皆悉臭穢有所至處自臭亦令他臭如是眞善刹利親近惡知識破戒比丘隨所近處悉生惡見臭穢如是能使刹利斷於善根趣阿鼻地獄如是眞善輔相乃至眞善婦女親近破戒惡行比丘皆爲旃陀羅斷於善根趣向地獄族姓子汝觀是親近破戒惡行比丘退一切善是故欲得大涅槃樂皆應親近供養滅結修道者於彼修學具足三乘示道者邊應親近供養具足內心具足修道具足正見應聽聲聞辟支佛道不誹謗賢聖於摩訶衍亦不誹謗隨其所欲精進於三乘中隨其發願修學一乘不應誹謗大乘經典乃至一句一偈若誹謗者不應共住亦不應親近若親近共住者即趣阿鼻地獄是故族姓子於三乘中當隨所樂趣向一乘欲得遠離一切苦者應信如來所說聲聞辟支佛乘悉應依止摩訶衍所說諸法不應誹謗隱蔽覆藏乃至一句一偈應當諦聽發正誓願若有謗正法者不應共住亦不應於是人所諮受聽法若就聽法以是因緣當趣阿鼻地獄受大苦惱何以故族姓子我本爲菩薩行時求無上道依聲聞乘爲求一偈乃至捨身手足支節頭目髓腦如是求於辟支佛乘及求佛乘我本爲菩薩時爲求無上道故亦復如是爲一偈故

捨身手足頭目髓腦血肉皮骨如是苦行乃至究竟成無上道此三乘法皆是三世恒沙諸佛之所演説神力守護爲欲悲愍諸衆生故亦爲欲紹三寶種故不令斷絶復於未來世若有刹利旃陀羅乃至婦女旃陀羅以愚癡故自謂爲智多惡麤獷不畏後世作諸殺生乃至邪見嫉妬慳貪隨惡知識又於三乘不成法器於聲聞乘得少聞已於辟支佛乘乃至大乘一切諸佛之所護持而生誹謗覆障不令顯現若於摩訶衍得少聞者於諸聲聞辟支佛乘諸佛神力之所護持而生誹謗毀呰不信我與大乘及能分別説大乘者若言我聽大乘不受聲聞辟支佛乘以已少智愚闇力故亦是過去未來現在諸佛大悲力故爲欲利益一切衆生有二種護持第一爲欲紹三寶種令不斷絶出家修道剃除鬚髮而著袈裟第二説應四諦法趣向三乘如是二種如來護持非聲聞辟支佛所能持也乃至百千帝釋梵天亦不能持百千那由他轉輪聖王亦不能持復有刹利旃陀羅若見有人於我法中而出家者如是聲聞弟子閉繫牢獄鞭杖謫罰或至奪命於此甚深一切諸佛菩薩所護持法悉使壞亂三乘正道誹謗覆藏如此之人不識大乘如是刹利旃陀羅尚不堪任爲聲聞器況復大乘復有婦女旃陀羅欺誑世人自言我是行摩訶衍者以愚闇故慳貪嫉妬故毀壞我法言我自當速趣涅槃而於諸佛如來世尊所得生其罪過一切菩薩摩訶薩一切諸佛聲聞弟子邊亦皆犯罪令壽命短促多諸苦惱諸根缺壞支節

不具恒多疾病刹利旃陀羅乃至婦女旃陀羅作諸惡業皆生倒見斷一切善根雖多布施於畜生中受種種身而得果報於未來世身壞死時終不能生色界善根成無礙智亦不能趣一切種智而多疾病舌不能語向阿鼻地獄是故如來爲欲利益眞善刹利使得安樂亦令眞善婦女得其利益以是因緣不聽惱亂於我法中而出家者又復於我所説法中起諸誹謗以如是事獲大罪報如前所説何以故被著袈裟是一切諸佛解脱之相是故一切諸佛護持聲聞解脱等味大正法幢亦是辟支佛第一大乘解脱味幢是故求解脱者應先讀誦聲聞乘等諦聽其法遠離一切諸惡知識親近一切諸善知識供養恭敬然後讀誦方等大乘六波羅蜜一切所作諸惡不善皆悉發露如法懺悔發大誓願身壞命終於後世中悉能成就聲聞法器斯有是處亦是辟支佛種子乃至大乘阿鞞跋致無上種子何以故善男子復有十種依止輪若成就是輪已眞善刹利乃至眞善婦女則能速疾成聲聞器種辟支佛種大乘阿鞞跋致種何等爲十如是眞善刹利乃至眞善婦女信有業報具足慚愧遠離邪見及惡知識持戒不殺乃至不飲酒慈心一切離瞋惱害具足悲心救濟憂苦羸劣衆生得於喜心遠離兩舌妄言綺語得無諍心離慳貪嫉妬終不依止諸邪異道離一切疑網及衆苦相發大精進於一切法而得堅固疾證寂靜得法歡悦族姓子是十種依止輪眞善刹利乃至眞善婦女成就十輪則便速得聲聞法器辟

支佛種大乘阿鞞跋致種子是名依止輪也如是輪者悉與聲聞辟支佛共爾時世尊欲重宣此義而說偈言

於衆中第一 剃頭著袈裟 云何惡比丘
破戒得供養 毀禁失頭陀 詭語邪見持
非器毀於道 不應使謫罰 若從彼聽法
信寂滅涅槃 若得解脫者 爲彼之良藥
於諸餘經中 但說一乘道 言無有二乘
第一之解脫 利益諸衆生 盡業報煩惱
恒有悲愍心 刹利樂正法 婆羅門毗舍
首陀等深罪 欲惱於比丘 必趣向惡道
如是一切佛 護持染袈裟 諸佛解脫道
是說名第一 著於解脫服 速疾捨惡見
趣向於涅槃 猶如藥治病 雖破於禁戒
亦能滅他苦 我終不聽彼 在衆而布薩
若爲他說法 彼此俱得福 稱我爲世尊
歸依於三寶 遮斷諸惡業 猶勝於外道
譬如羅刹王 賣人入怖畏 捉攬馬一毛
必度大海難 破戒捨惡邪 離煩惱羅刹
是故獲解脫 諸佛之所持 不惱破戒者
必捨諸罪惡 是故有福者 欲求於解脫
能護器非器 解脫亦不難 於此無勢力
愚闇於聲聞 非彼緣覺等 而能說大乘
不學於緣覺 而讚於大乘 彼已破於信
讀誦大乘經 不護於餘乘 身口意所犯
唯說於斷見 破壞於正法 後當得成人
還墮阿鼻獄 是以觀衆生 勿有非器者
若犯毀禁戒 無愍矜諂惡 亦應知是因
惡口而斷見 非聲聞緣覺 亦復非大乘
毀謗三世佛 必趣阿鼻獄 諂曲而持戒

散心慳惜法　猒惡諍貪嫉　是名爲聲聞
有智樂行施　能起生滅相　執心常獨處
是名爲緣覺　持戒不惜身　猶如猛師子
志求寂滅道　是名爲大乘　守護於正法
善說而顯示　得深諸法忍　是名爲大乘
法器非法器　心常行平等　不染於世法
是名爲大乘　是故於三乘　智者如法說
守護我聲聞　速成最正覺

佛說大方廣十輪經卷第五

音釋

燋炷燋兹消切燒然也炷朱戍切火炷也燼所著者　瘂幺下切瘖不能言也

獷古猛切犬惡皃　羸倫爲切瘦也　詭俱委切詐也

佛説大方廣十輪經卷第六

失譯師名今附北涼録

刹利依止輪品第八

復次善男子十種依止行輪一切聲聞辟支佛乃至如來皆與同等若有成就依止輪者眞善刹利乃至眞善婦女速疾得成聲聞法器辟支佛種亦能成就如來法器何等爲十族姓子謂眞善刹利乃至眞善婦女身口意業清淨法行有慚有愧猒惡己身畏五盛陰不見生死大河彼岸樂於寂靜離諸憒閙無有諍心不譏他短守護諸根心常念定善觀因果能成就禪定常樂攝心善解生滅如是則能成就十依止輪是名爲眞善刹利乃至眞善婦女速疾成就聲聞乘辟支佛種亦得大乘阿鞞跋致如是族姓子能成聲聞辟支佛乘依止此輪度諸有海入涅槃城云何名依止威儀輪云何名依止我所謂依止五受陰故名爲依止於五受陰而作己想決定依止云何名威儀有陰威儀有界威儀是名威儀云何名輪諸佛神力所持言教皆名爲輪及與劒輪如是聲聞辟支佛人依止此輪求涅槃道染著依止不任大乘清淨法器云何依止依止陰界心生驚怖依止猒離依止於身而求解脱度脱己苦以己受陰爲求一切衆生解脱以著己受故而不堪受大乘法也但自爲己不爲衆生無大悲心以是義故不任大乘久住生死便捨他苦爲欲斷己煩惱故不能捨於手足頭目是故不任大乘法器亦不求於大乘道輪而亦不求梵音輪也是故不任大乘之器獨一無伴入涅槃城以是

義故若有衆生不聞聲聞辟支佛乘諸行不具善根不熟微少精進若此人前有所說法二俱得罪亦是擾亂一切諸佛以是義故若有衆生於聲聞辟支佛乘而不成熟諸善根者若聽微妙大乘經者彼人愚癡自謂爲智墮於斷見如是人等說無因果無善惡業亦於我法而作壞亂非法言法非沙門自稱沙門非比丘言是比丘遮斷一切聲聞辟支佛乘令不流布若於聲聞辟支佛法出家受具足戒爲集一切諸善根故堪任法器及不任者學無學人善巧言辭機辯無礙已證諸果乃至眞善凡夫具足持戒於是等邊而作罵詈奪其衣鉢執縛繫閉如是斷常是人中羅刹得人身難寧墮地獄得無量罪不受人身起於斷見是故生常愚癡口不能語乃至命

終趣阿鼻地獄人身難得於阿僧祇劫設得人身於諸佛界生五濁世身常瘖瘂口不能語耳無所聞如是等病遍切其身志意錯亂無有飲食資産財業遠離善知識成就諸惡亦爲惡見之所覆障造衆逆罪而說斷見惱亂我等聲聞弟子持戒清淨修功德者爲惡所染若人下根下精進不求聲聞辟支佛乘於大乘道而生斷見欲求人身尚難可得況求聲聞辟支佛乘於此二乘尚不能行況復能了甚深大乘譬如坏瓶多諸穿穴若盛油水則皆漏盡而俱失壞何以故是器過故若有衆生根不熟者亦復如是同彼瓶相善男子如盲人前示種種寶如是無智慧者憍慢放逸乃至斷見廣示大乘亦復如是不能了知譬如有人其身臭穢雖以栴檀沉水香等

種種塗身猶不能香如是不勤求聲聞辟支佛乘不斷惡業乃至邪見若以摩訶衍大乘香塗猶故不香譬如薄田雖植好種終不能成如是不能勤求聲聞辟支佛乘於彼五欲不生猒離如是之人若以摩訶衍道而爲說之則不能成譬如毒缾著少石蜜不任食用若不能修聲聞辟支佛乘乃至大乘言無因果者若欲爲說大乘經典不能令彼如聞修學則不信受猶如毒缾置少石蜜如是不任聲聞辟支佛器而置大乘味者當知是等二俱無用亦如狂人前若彈箜篌箏笛鼓貝作衆妓樂不能解了如是不能勤求聲聞辟支佛乘有重貪欲瞋恚愚癡乃至於聲聞乘根不熟者若爲說摩訶衍道亦不能了譬若有人不持鎧仗而入戰陣既入之後必當得於無量苦惱如是不能勤求聲聞辟支佛乘根不熟者若爲顯示摩訶衍乘亦復如是必當得彼無量苦惱是故善男子有智之人先觀衆生然後說法以悲喜捨心及利益心不懈怠心以忍辱心不憍慢心無放逸心無嫉妬心無悋惜心以修定心爲人說法亦不令他墮墜惡趣不如意處是故如來能知他心救濟衆生隨其信輪而爲說法以大莊嚴而自莊嚴若爲菩薩摩訶薩說法恒以大悲因緣爲斷衆生一切結使而爲說法度諸有海爲於三乘中隨使成就一乘故而爲說法終不欲令墮於生死而爲說法分別諸陰而爲說法分別諸入而爲說法分別諸界而爲說法分別欲界道而爲說法分別色界無色界道而爲說法不爲今世有不爲後世有不爲行

有不爲心想有不爲心行有不爲意思有不爲無明有乃至不爲生老病死有不爲行無行衆生而爲説法乃至行非行寂滅而爲説法一切想無生而爲説法云何名行行者名爲死此生彼若能覆此生死名滅行非行云何名輪如如意寳能持一切徧滿虛空度諸國土觀察世間諸行起滅猶如幻化不與聲聞辟支佛共是故名斷一切行輪如是善男子如來以如是相爲諸衆生種種説法亦如虛空無有分別與無量三昧自在遊戲而爲説法如是菩薩以大莊嚴而自莊嚴爲諸衆生説色非空離色非空乃至識非空離識亦非空眼非空離眼亦非空乃至意非空離意亦非空眼識非空離眼識亦非空意識非空離意識亦非空空處非空離空處亦非空識處非空離識處亦非空無所有處非空離無所有處亦非空非想非非想處非空離非想非非想處亦非空四念處非空離四念處亦非空道亦非空離道亦非空十二因緣三不護法十力四無所畏十八不共法大慈大悲大喜大捨乃至涅槃非空離涅槃亦非空善男子是名如來中道實義決定性相爲他衆生分別演説諸行無生住持正法徧滿虛空乃至無量禪定一切法相皆如日光照明開示令入三乘爲得涅槃令使解脱菩薩摩訶薩如是説法爲最第一利益衆生諦聽甚深法已隨意所欲於三乘中隨所修習種種善根則善住一乘亦不增益諸不善法其行堅固不退涅槃菩薩摩訶薩爲斷無量生死劫苦而爲説法亦爲聲聞辟支佛乘衆生令度

四流菩薩摩訶薩爲斷一切衆生四流而爲說法聲聞辟支佛乘但爲自已斷四流故而爲說法菩薩摩訶薩爲斷衆生煩惱病故而爲說法聲聞緣覺爲斷已煩惱故而爲說法菩薩爲斷衆生煩惱業習使無餘故而爲說法聲聞緣覺雖斷煩惱習有餘故而爲說法菩薩摩訶薩爲令衆生得大悲果報故而爲說法聲聞緣覺離於大悲而爲說法菩薩摩訶薩但爲悲愍諸衆生故而爲說法聲聞緣覺雖復說法實無悲愍利益之心菩薩摩訶薩爲滅衆生諸毒苦故而爲說法聲聞緣覺但滅已苦故而爲說法菩薩摩訶薩爲滿一切法味故而爲說法聲聞緣覺自滿已法故而爲說法菩薩摩訶薩爲一切衆生得法光照成大明故而爲說法聲聞緣覺但爲自得法之照明不爲衆生演說法相善男子是名略說滅除一切大無明闇得大明故爲欲成就一切種智悉覺悟故乃爲他人分別說法聲聞緣覺爲欲滅已無明闇障內自照明得正覺悟善男子聲聞緣覺不爲衆生而生猒惡不爲愍救度脫他人不爲於他令得名譽稱揚讚歎不喜他人而生諂曲但自護已不護於彼不爲安樂一切衆生聲聞緣覺若見他人有微細過必起身口意業等罪善男子菩薩摩訶薩住大乘者皆悉救護慈愍於他乃至不見衆生身口意業過善男子若有衆生起於麤弊愚癡惡口自謂爲智乃至不離邪見爲求他利而生嫉妬貪著名稱自譽輕他不能守護身口意業心常念惡無有愍傷而喜惱亂選擇福田若有依我而出家者不

見其過輕毁罵詈心常散亂不自省巳念譏彼闕於大乘人雖生願樂無寂靜心起重惡心乖離他人恒作是語而自稱說是大乘人亦教他讀誦但自讃巳非毁於他以是義故讃歎大乘自不調伏於大乘道而欲教他修行大乘便作是說自謂大乘譬諸惡行律師而教人言如是諂曲難得人身亦失聲聞辟支佛乘常趣惡道不欲親近諸有智者而唱是言作師子吼我是大乘善男子譬如有驢著師子皮自以爲師子有人遠見亦謂師子驢未鳴時無能分別既出聲巳遠近皆知非實師子諸人見者皆悉唾言此弊惡驢非師子也我今所說亦如是等若造十惡燒滅人種非諸聲聞辟支佛器敗壞種子如是愚癡誑惑他言我是大乘善男子譬如有人而無手足欲至戰陣無所堪施破戒之人亦復如是欲與結使煩惱戰鬪我說是人終無果報毁犯禁戒作惡行者於一切處不成法器若自說言我是大乘能破一切衆生煩惱塵勞大陣亦爲衆生住八正道入無畏城則無是處何以故若有衆生威儀清淨慚愧具足畏於後世遠離一切不善等法喜樂一切諸善功德而於衆生起大悲心亦能濟度一切苦厄救護生死諸怖畏者不著巳樂慶於彼樂常勤精進專念不捨心樂寂定捨於諂僞邪惑欺誑善知業知業果報不著五欲世間八苦法所不能染樂觀陰界如救頭然如救衣然安住聲聞種有如是相名聲聞乘則於大乘所不堪任辟支佛乘復有何相若人具上二十法者則能常觀五受陰生滅等相明觀

諸法皆因緣生亦知滅相如是之人不任大乘不能成於大乘法器爾時如來以是義故而說偈言

刹利依止十　婆羅門首陀　若修眞善行
堪爲聲聞器　辟支佛勝乘　三業悉清淨
守護於諸根　所說好柔輭　分別觀諸陰
界入亦復然　樂獨空閑處　善慧觀因緣
常攝於諸根　依止是十輪　於諸無壞乘
堪任爲法器　念度於有海　等行於三輪
不依於結使　而近解脫門　不任大乘器
不具大勝輪　不勤求大乘　幷諸下根者
若有愚癡人　心常懷懈怠　是故非大乘
亦不堪大器　獨一求解脫　癡諂無慼行
常行於斷見　彼亦趣惡道　棄捨於正法
而說於非法　遮斷三乘道　捨律欲愛具
惱壞賢聖法　打擲袈裟者　毀呰而誹謗
亦自壞其身　爲欲修人身　不舌噤而死
常值諸佛者　顯示三乘法　欲熾然三乘
及與分別者　歡喜而顯示　必成佛無疑
破戒而嫉妬　自讚復毀他　是智者所棄
得佛三界尊　以悲心說法　隨心之所樂
具分別三乘　必成佛無疑　說法如虛空
而心無所依　陰界入皆空　必成佛無疑
佷戾喜破戒　若聞讚大乘　詐稱爲菩薩
驢被師子皮　我今爲衆說　欲得勝菩提
護持於十善　莫壞於我法　我於餘經說
行第一菩提　離聲聞緣覺　爲淨衆生說
曾供億諸佛　滅惡心解脫　我從彼所聞
但一無二乘　此衆說三乘　有住聲聞者
心惱多造作　不任道器故　有住於緣覺

愚闇於勝法　不任上乘器　隨所欲而說
頭陀闡解脫　當墮於惡道　冷陰而服乳
終不能差病　如是聲聞器　狂心說斷見
是故先觀察　然後應說法

爾時世尊說是偈已於大衆中無量百千人民多有空亂意衆生斷於善根說無因果趣向惡道若得正見在世尊前能至心懺悔而白佛言我於如來正法之中从修聲聞植諸善根而不能成聲聞法器方復更求辟支佛乘愚惑不了更起斷見獲無量罪我等今悉於世尊前誠心懺悔惟願哀愍受我等懺悔拔除罪根不受惡報還修善根求聲聞乘佛言善哉善哉善男子汝等若能發露誠心懺悔於我法中說有二種得無所犯一者本不作惡二者作已能悔是二種人俱獲清淨爾時世尊爲無量百千衆生隨順其心說四諦法有得法忍有得世間第一法有得須陀洹果有得斯陀含果有得阿那含果復有八萬四千比丘不受諸法漏盡意解得阿羅漢爾時衆會復有七十五那由他百千人等墮於斷見斷諸善根應趣惡道者還得正見悉於佛前自歸發露誠心懺悔作如是言我等本種辟支佛因緣而不能成今聞大乘心生愛樂我等愚闇便起斷見言無因果以是因緣造作無量身口意業諸餘惡業以是義故於多劫中常墮惡道受無量苦今於佛前皆悉發露至心懺悔不敢覆藏爲欲滿足緣覺乘故隨彼意說得光明三昧逮不退轉辟支佛乘時彼衆中復有八十那由他百千衆生舌不能語皆於過去誹謗無量恒沙諸佛所說

正法乃至誹謗一句一偈以是罪業不能懺悔佛神力故今使今日皆悉能言爾時世尊知而故問汝等宿世作何惡業於此會中口不能語彼即答言我於過去毗鉢尸佛法中誹謗大乘或有説言謗聲聞乘或有説言謗辟支佛乘以是業障罪報因緣於九十一劫墜墮生死常處地獄及受餓鬼舌不能語受大苦惱始於今日得復人身蒙佛神力始今得語佛神力故得宿命智能知過去一切所作惡業因緣有説尸棄佛隨葉佛拘樓秦佛拘那含牟尼佛迦葉佛所誹謗正法乃至一句一偈以佛神力悉知過去所作惡行一切業障皆悉明了爾時衆會無量百千聲聞無量百千菩薩摩訶薩從座而起自歸向佛發露懺悔我等皆於過去無量諸佛法中若任法器及不任者諸聲聞衆多起譏呵自舉輕他誹謗毀罵揚惡遏善以是業障墮三惡道具受苦痛雖復供養過去諸佛及大菩薩摩訶薩衆乃至懺悔受持禁戒得聞佛法自學教他但以誹謗餘業障故不能得趣寂滅涅槃及禪定樂如是罪緣今向世尊自歸發露至心懺悔復有説言我等於諸如來聲聞弟子奪其財業及諸飲食或繫牢獄以是業故墮三惡道受大重苦我等雖於過去諸佛世尊及大菩薩前發露懺悔受持讀誦種種禁戒但以餘罪業障因緣不能得向寂滅涅槃及禪定樂今於佛前皆悉懺悔一切餘業無量罪障惟願世尊受我等懺拔除一切三惡道苦自今以後願佛神力令我所樂隨意無礙得於涅槃及禪定樂爾時世尊告諸聲聞

及大菩薩此是五逆餘罪業障但有名字無有實法皆由惱亂聲聞弟子能生大罪何以故破毀禁戒諸惡比丘猶能爲諸無量百千那由他人而作珍寶之大伏藏況持淨戒熾然三寶者而起擾亂是即名爲斷三寶種成就惡業亦名壞於一切衆生法眼毀佛正法若見有人依我出家而擾亂者如是業障過諸逆罪我今當以悲心哀愍汝等如是業障悉聽懺悔永盡無餘於賢劫中千佛出世汝於其所亦悉懺悔終不復起誹謗正法其最後佛號曰樓至如來應供至眞等正覺汝亦於彼皆悉發露一切業障永盡消滅時諸菩薩及大聲聞俱共白佛唯然世尊如教修行我等於賢劫中當墮三惡及阿鼻獄受種種苦猶能堪忍況復於彼樓至如來今我懺悔使得正見解諸邪見業障衆罪皆悉消除爾時如來讃諸聲聞及大菩薩善哉善哉汝等能以如是勇猛精進令本惡業皆悉消滅能生信解第一恭敬值遇諸佛得諸三昧棄捨結漏得阿羅漢爾時世尊告金剛藏菩薩摩訶薩善男子我以佛眼皆悉觀見無量阿僧祇百千那由他衆生刹利旃陀羅乃至男女旃陀羅於未來世少種善根而得人身爲惡知識之所破壞於甚深法不生信樂多起謗毀於熾然法具足聲聞辟支佛乘者或有遮斷大乘者於我聲聞弟子成器不成器者如止所說以愚癡故自謂爲智於此終沒無數百千劫於地獄中受無量苦如先所說此諸人等難得人身寧受阿鼻地獄諸大重罪終不受是謗法人身何以故隨順惡知識憍慢

自恣常作如是諸惡業者終不得度生死彼岸四流所漂受大苦惱當於爾時有大智者而爲涕淚作如是言視諸衆生難得人身遠離信心及大誓願離於心相離於正見離於善知識離於時節離於方所離於持戒禪定智慧如是衆生以愚癡故憍慢自恣有如是相毁壞佛法悉如上説世尊我從今日亦於佛前而發誓願我等雖處生死不壞正法願於未來世諸佛法中不斷三寶爾時復有大士聰明智慧從座而起合掌叉手而發誓言我等雖在生死不得法忍已來於其中間願莫受身莫作輔相大臣乃至令長村邑聚落等主不作國師軍幢將帥長宿之處不作祠祀主估客賓人處不作居士處不作庶人處不作斷事處若不得法忍不於衆生居自在處若作是等則於佛法名重因緣必當墮於阿鼻地獄一切大衆天龍夜叉乾闥婆阿脩羅迦樓羅緊那羅摩睺羅伽人非人等皆悉泣淚而白佛言世尊我等本處生死所作惡業若身業若口業若意業多所造作或復隨喜今於佛前皆悉發露懺悔除滅更不敢作如是第二第三亦復如是不於生死隨惡知識亦願我身不造惡業悉如上説爾時世尊告諸大衆善哉善哉善男子汝能如是畏於後世欲度生死諸有流苦欲入無畏大涅槃城發此誓已善男子具足十法則得成就無著法忍善男子菩薩摩訶薩不著内身不著外身不著内外身不著過去未來現在身是名菩薩初得成就無餘法忍復次不著内身受不著外身受不著内外身受不著過去未

來現在身受乃至不著想行不著内識不著外識不著内外識不著過去未來現在識不著前世不著今世不著後世不著色界不著無色界是名菩薩摩訶薩成就十法得無著忍若能如是於如來所說法是時七十二那由他百千菩薩得無生忍八萬四千那由他菩薩皆得順忍無量那由他百千聲聞斷諸結漏得阿羅漢無量那由他百千衆生未發菩提心者今皆發心復有無量衆生亦得發於辟支佛心爾時世尊告金剛藏菩薩若有衆生成就法忍者應得灌頂轉輪聖王所有飲食無量財業其餘衆生不得法忍者亦不能得灌頂轉輪王位金剛藏菩薩白佛言世尊爲灌頂刹利王不得法忍者云何而得飲食財業佛言灌頂王雖不得法忍能成就十善者我亦聽作國主飲食財業任意自在善男子灌頂刹利王若不得法忍又不具足修行十善名爲刹利旃陀羅如是愚癡當破甚深熾然佛法斷三寶種而便擾亂聲聞弟子亦作無量種種謫罰奪其財物基業誹謗善法而心覆藏不令顯現或奪塔物僧祇物如是之人皆悉趣向阿鼻地獄金剛藏菩薩白佛言世尊若灌頂刹利王不得法忍復不具足修行十善必當不得免斯惡耶佛言假使灌頂刹利王不得法忍而復不修十善道者能成就信力歸依三寶不謗正法乃至一句一偈亦不擾惱聲聞弟子持戒清淨有德之者不取佛物僧祇物若見有人擾亂如此比丘而復奪於佛物僧祇物者能爲遮制令無侵毁數數聽受順於實法於三寶中常應供

養親近是人清淨比丘得堅固願於摩訶衍心無疑惑亦能成就大乘衆生建立正法信大乘者如是灌頂刹利王者已於宿世諸如來所得其城邑資生財物我亦知之不墮惡道若欲永滅一切惡者應當修行如是正法於過去世所作惡業悉得除盡

佛說大方廣十輪經卷第六

音釋

瘖於金切不能言也　坏鋪杯切未燒瓦器也　鎧可亥切甲也　闇烏紺切不明也　輭乳兗切柔也

佛説大方廣十輪經卷第七

失譯師名今附北涼錄

遠離譏嫌品第九

爾時金剛藏菩薩復白佛言世尊云何菩薩摩訶薩於聲聞乘辟支佛乘不生譏嫌於諸菩薩亦無譏嫌云何於如來聲聞衆中成器不成器得無譏嫌於大乘道常善修行云何得利智一切三昧諸陀羅尼及諸地忍云何得昇進不退轉法云何常得善知識云何常得不離佛法供養衆僧及諸菩薩云何於善根不生猒足云何於菩薩行願得無猒足爾時世尊告金剛藏菩薩言善男子菩薩摩訶薩有十種輪若有成就如是輪者則於聲聞辟支佛乘無所譏嫌乃至於菩薩乘亦無譏嫌若於如來聲聞衆中成器不成器者悉無譏嫌常得昇進不退法輪而於大乘亦得增長無所闕失常得禪定諸陀羅尼及諸地忍不離佛法供養衆僧及諸菩薩求於善根悉無猒足得堅固精進發無量行願過去所作一切惡業皆以賢聖金剛地智令使永盡悉得究竟一切現在所有惡業皆使無餘更不復作能速成就無上法輪七覺意寶而無猒足能除一切衆生結使人所依止善男子譬如轉輪聖王若欲行時寶輪最在其前其餘諸寶皆悉隨後能滅一切諸四天下衆生濁惡亦令四天下一切人民身意受樂菩薩摩訶薩亦復如是若成就十輪於聲聞乘無所譏嫌乃至一切衆生亦依止而存善男子譬如大車具足四輪多人依止乘於正路邊有塊石衆草乃至根莖華果爲輪所踐皆悉消

滅如是菩薩摩訶薩爲諸衆生若有障法一切罪業輾斷消滅令不受報善男子譬如劔輪悉能斬截怨敵等首既斷支節手足更不任用菩薩摩訶薩若能成就如是十輪一切六趣欲界諸惡皆悉斷除令盡無餘不復受報善男子譬如五日出時一切四天下大地所有水處無不乾竭如是菩薩成就十輪能爲衆生除諸業障及障法等罪衆苦根本一切消滅譬如風災起時四方大風一時俱起能吹一切大石諸山皆爲微塵如是菩薩摩訶薩能成就十輪爲諸衆生同共依止令四倒山結使諸業障法重罪滅苦根本令得無餘善男子譬如師子王若欲吼時一切畜生諸衆生等皆悉怖畏如是菩薩摩訶薩亦復如是乃至外道及諸異學惡知識等皆令驚畏忘失言辯善男子譬如釋提桓因以軍圍遶手執金剛杵破壞阿脩羅如是菩薩摩訶薩成就十輪者一切倒見外道之屬惡知識等皆悉壞滅善男子譬如如意寶珠著高幢上雨種種寶如是菩薩摩訶薩成就十種輪者能持戒幢雨衆法雨以施一切無量衆生善男子譬如夜闇明月出現滅一切闇若有一切迷失道者令得正道如是菩薩摩訶薩成就十輪者無明黑闇如此衆生失八正道亦爲衆生說種種法令其照明盡諸苦際示八正道善男子譬如日初出時一切穀米皆悉增長諸華開敷及諸藥穀盡得成熟雪山消流諸河充溢以漸次第滿於大海如是菩薩摩訶薩成就十輪者但調伏戒慈悲衆暖故爲諸衆生說無量法能生善根種種華果

一切結使業報惡行及邪見山悉得消滅乃至究竟證於涅槃一切妙果無不悉得信戒施聞慧無量三昧如是次第猶如大河以漸滿足以漸滿故能令衆生入於無畏涅槃之城善男子云何名菩薩摩訶薩十種輪者所謂十善是也菩薩成就此十輪故乃能成熟一切衆生菩薩以離殺生故能令一切衆生無驚無怖無有一切憂悲苦惱善根成熟具足果報若於前際流轉六趣没生死河以如是等不殺生因緣先世所作身口意等惡業諸罪一切煩惱能令衆生障於正法自作教他作乃至見作隨喜受持如是不殺輪故皆悉輾壞一切惡業障礙罪報令無有餘亦以不殺因緣能令一切諸天人等皆生愛樂無有疑悔壽命得長臨欲終時所愛妻子及諸眷屬悉皆圍遶身不受苦乃至神逝所往之處終不見閻羅王及諸獄卒若臨死時遇善知識清淨持戒心樂福田捨此身已得生人中諸根聰利復值善知識清淨持戒常樂福田斷除諸惡而求一切大菩薩行入深智海逮得菩提其所生處常離刀杖諸惡國土壽命長遠自在淨國離諸驚怖如彼佛壽無量無邊亦復能作如是壽命爲諸衆生説法教化乃至佛涅槃後令法久住善男子是名菩薩摩訶薩最初輪也菩薩若成就此輪於聲聞乘辟支佛乘無所闕失於一切如來聲聞弟子亦無闕失不退大乘一切三昧諸陀羅尼及諸忍等到於一切自在之地常隨善知識佛及菩薩得聞正法供養衆僧植諸善根恒無猒足修諸菩薩一切行願亦無猒足何

以故過去諸佛於此十惡皆悉遠離於一一惡不善業等亦不讚歎以是故善男子於此十善若能守一善業以如是相所獲果報亦如前說復次善男子菩薩摩訶薩修行不盜能施一切衆生無驚無怖無畏亦無愁惱巳所有物如法飲食資身財業恒求一切如法利益無非法欲以此善根行業果報假使曾於六趣流轉沒生死河以不盜力故身口意業所作衆罪能障正法乃至財業等障自作教他見作隨喜以不盜輪皆悉輾除令無有餘亦令人天一切愛樂而無疑悔乃至臨命終時妻子眷屬一切圍遶身不受苦若命終後神逝所往不見閻羅王及諸獄卒恒遇所愛諸善知識持戒清淨心樂福田乃至能離一切惡法成就一切無量善法隨所生處得大財業有財業巳能離怖畏而悉不與水火賊共乃至到於菩提悉得衆寶嚴飾佛國寶樹具足無我我所無取無著成就一切衆生行業無我所無所受無壽命無衆生而悉調伏於彼佛國善男子是名菩薩摩訶薩第二輪也若菩薩成就此輪於聲聞辟支佛乘悉無闕失乃至如來聲聞弟子亦無譏嫌而自於彼摩訶衍乘無有猒足悉得一切諸三昧門及陀羅尼忍地亦不捨於一切誓願復次善男子菩薩摩訶薩終身遠離邪婬一切衆生皆爲欲流之所沉沒而能施於無畏無嫉無熱惱害於巳妻色恒生知足無非法欲以是善根果報力故若有宿世邪婬果報六趣生死流轉諸有自作教他見作隨喜而令悉離諸邪婬輪輾斷惡業令無有餘乃至成菩

提道生於淨國無女人處第一清淨彼諸衆生皆悉化生不從父母和合受身善男子是名菩薩摩訶薩第三輪也菩薩摩訶薩成就此輪乃至不捨一切願行復次善男子菩薩摩訶薩盡其形壽離諸妄語常隨順語以是因緣人天歡喜乃至速得菩提不諂衆生而生其國所言眞實無有虛僞是名菩薩摩訶薩第四輪也若菩薩成就此輪乃至常求一切菩薩願行而無猒足終不暫捨復次善男子菩薩摩訶薩於終身中常離兩舌乃至以此善根至成菩提調伏衆生修六和敬來生其國皆共一心互相恭敬而無違失修質直法善男子是名菩薩摩訶薩第五輪也菩薩摩訶薩成就此輪乃至常求菩薩行願無有猒足終不暫捨復次善男子菩薩摩訶薩遠離惡口乃至成就菩提耳終不聞不適意事常生佛國恒聞種種柔輭人聲及音樂聲聞諸法聲周徧佛國志念成就梵音清徹如是衆生來生其國善男子是名菩薩摩訶薩第六輪也若有菩薩成就此輪從初發心乃至成佛恒求菩薩一切行願而無猒足終不捨離復次善男子菩薩摩訶薩於其終身遠離綺語乃至菩提常於佛國聞諸菩薩摩訶薩百千法音周徧佛國而恒遠離一切綺語成就無量善語法語如是衆生來生其國善男子是名菩薩摩訶薩第七輪也若菩薩成就此輪乃至菩提常求菩薩一切行願而無猒足終不暫捨復次善男子菩薩摩訶薩於其終身遠離貪欲乃至菩提常生淨國地平如掌衆寶充滿亦以寶樹而嚴飾之復有若干

種無價寶衣瓔珞幢播金繩珠瓔於彼世界種種莊嚴羅網寶樹彼中衆生遠離憍慢我心貢高顏貌端嚴諸根具足其心平等如是衆生來生其國善男子是名菩薩摩訶薩第八輪也若菩薩能成就此輪乃至菩提恒求菩薩一切行願而無猒足終不暫捨復次善男子菩薩摩訶薩於其終身遠離瞋恚乃至菩提悉除一切垢惱穢濁塵雲暴風於彼淨國無諸濁惡斷除憍慢生彼國已形色端正相好第一諸根不缺禪定慈悲以自嚴飾如是衆生來生其國善男子是名菩薩摩訶薩第九輪也若菩薩成就是輪乃至菩提恒求菩薩所作願行而無猒足終不暫捨復次善男子菩薩摩訶薩於其終身遠離邪見復能以此離邪見輪令諸人天一切愛樂若有衆生流轉六趣没生死河如是人等起身口意一切業障及煩惱障而障正法自作教他見作隨喜以此離邪見輪輾斷業結令滅無餘妻子眷屬圍遶左右臨命終時身不受苦神逝所往亦終不見閻羅王等及諸獄卒隨善知識持戒清淨心樂福田恒生正信命終之後得生人中亦與善知識及諸持戒福田之人而相遭遇還相依止令得正見爲善知識之所教授修習善法恒離一切不善等惡於諸善根皆悉成就一切菩薩所行之道無不修習以是因緣能度一切衆生入摩訶衍正法大海乃至得菩提道離一切疑網及諸苦相常見斷見離我我所見如此衆生來生其國壽命無量悉同法味皆是大乘棄捨聲聞辟支佛及諸天魔一切外道并魔眷屬皆悉

已離如是等惡來生其國彼佛壽命無量無邊恒於其中而作佛事般涅槃後令法久住無所損減而更熾然皆悉一味善男子是名菩薩第十輪也若菩薩摩訶薩成就此輪於聲聞乘辟支佛乘不生譏嫌及二乘人亦無譏嫌乃至大乘亦復如是於大乘人能令增廣熾然三寶於諸如來聲聞弟子成器及不成器者亦無譏嫌而能莊嚴摩訶衍道一切三昧諸陀羅尼乃至忍地恒善修學證勝進法不離諸佛及大菩薩善知識等聽法信受樂供養衆心無猒足求諸善根終不暫捨菩薩所行六波羅蜜亦無猒足善男子若能成就如是十輪者菩薩摩訶薩疾成無上正眞道覺何以故過去諸佛修行十善離一切惡能現如是種種果報因緣無量相貌具菩提道悉斷一切煩惱結使盡竭三惡皆使無餘是故能令紹三寶種久住於世常得熾然使不復受三有之身向於涅槃爲斷陰入界等入無畏城以此遠離十惡因緣具足果報如上所説以是義故善男子若於此十善不修一者求於佛道而復自言我是大乘皆應當得無上菩提如此之人是大妄語多行諂曲種種欺誑於諸佛所能斷一切衆生善根趣向三惡是故善男子具足十善刹利大姓婆羅門大家四天王天乃至非想非非想天聲聞乘辟支佛乘修行如是十善功德悉能具足阿耨多羅三藐三菩提故善男子以此十善而自莊嚴求無上果修學大乘疾成佛道者此則安立一切功德善根處所若能守護十善便於善根誓願滿足成無上道爾時世

尊欲重宣此義而說偈言

以十輪覺悟　欲離一切苦　不應識聲聞
惱著衆滋者　隨順緣覺乘　信心勤精進
安樂諸衆生　而受行大乘　一切諸緣覺
覺了最勝法　淨修於佛道　速證得菩提
遠離於殺生　人天皆愛念　生生得長壽
善修無害業　一切所生處　常樂於佛法
親覲世尊者　速證得菩提　若離於偷盜
一切智所敬　悉滅諸慳貪　守護不盜戒
生處常大富　爲他作施主　而得嚴淨國
以衆寶莊嚴　滅除煩惱穢　乾竭於愛欲
能遠離邪婬　速得清淨國　永離欲淤泥
解脫淨衆生　令入於大乘　由離邪婬故
欲得聖智者　讚歎於實語　棄捨諸妄語
悉滅於苦惱　究竟得實語　常值於諸佛
速疾成菩提　遠離妄語故　堪任爲善器
而遠離兩舌　常與諸佛會　永捨於諸見
得聖無染著　速總持辯才　能知深法海
不久得菩提　常說柔輭語　遠離於惡口
衆生所愛樂　能滅先世業　令衆生歡悅
菩薩之法將　悉知諸佛行　得入第十地
智者所愛敬　遠離於綺語　具足五功德
所說皆覺了　欲聞尊賢教　及與求聖道
供養諸佛海　速得一切智　一心除貪嫉
不壞於正法　供養染衣者　熾然三乘道
常生清淨國　法將之住處　於彼獲妙智
第一無上乘　常行於慈心　遠離諸瞋恚
速疾得禪定　志樂賢聖行　生於清淨國
遠離一切過　隨佛所住處　永離一切瞋
專一修純信　遠離諸邪見　顯示三乘道

是名法供養　免離於惡趣　解脫值賢聖
具足菩薩行　逮得最上智　安住而說法
能成於菩提　三昧總持忍　皆由十善故
具足輪威德　悉輾除惡趣　盡滅業結障
疾成正法將

布施品第十

復次善男子若成就十輪菩薩摩訶薩從初發心一切五欲皆悉捨離勝於一切聲聞辟支佛人亦能爲彼二乘而作福田何等爲十常行布施所謂飲食衣服象馬輦輿乃至已身手足頭目髓腦耳鼻皮骨血肉一一皆捨若行施時不著軀命亦不爲已求世間出世間樂恒念度脫一切衆生修大慈悲巧方便智如是心施於諸衆生爲令一切皆得安樂故施爲滅一切衆生結使故施不受後有故施不羸心故施無嫉妬故施乃至最下乞人亦如是施不爲受報故施不求聲聞辟支佛故施求一切種智故施乃至一人亦常如是修行於施是名菩薩摩訶薩心施成就初輪莊嚴法施如是菩薩從初發心能爲一切聲聞辟支佛作大福田應當守護恭敬供養何以故一切聲聞辟支佛爲斷已身三惡趣貧但自饒益而不爲他修行布施菩薩摩訶薩爲斷一切衆生苦惱以大慈悲哀愍心施是故能爲聲聞辟支佛而作福田不爲於已而求果報惟爲最上第一樂故常行於施終不染著人天生死五欲樂故修行於施而爲利益一切衆生不念自身所受善惡修行於施爲斷一切衆生苦報修行於施菩薩能如是行檀波羅蜜故堪任爲聲聞辟支佛福田若

不染著世間五欲而爲具足大慈大悲能如是施名爲菩薩摩訶薩亦名聲聞辟支佛福田假設修行無量布施若不斷於世間五欲不名爲施亦不名菩薩不能與聲聞辟支佛作大福田不爲賢聖所印是故應斷五欲無染著施若染五欲則不名菩薩亦非福田如斯施者不能滅於煩惱少分何況能除一切結習爾時世尊欲重宣此義而說偈言

成就於施輪　智者清淨心　盡離於五欲
令衆得妙樂　乃至施少分　皆爲除衆苦
不令受少果　應獲上福田　雖復種種施
而不離五欲　此施非聖印　不墮決定聚
捨欲而行施　施微而報重　聲聞辟支佛
俱以爲福田　是故應離欲　常爲清淨施
安樂諸衆生　是名眞福田

復次善男子菩薩摩訶薩有十種法施輪若能成就十種法施輪者速疾得日光三昧能爲一切聲聞辟支佛作大福田何等爲十所謂依止佛法依止聲聞法依止辟支佛法依止摩訶衍法依止世間出世間法依止有漏無漏法尊重恭敬一切聽受隨順受持爲他廣說若爲聲聞人說應四諦法究竟涅槃而無嫉妬憍慢之心不爲利養一切名稱亦不自舉亦不輕他恒爲一切發大慈悲分別演說不爲說辟支佛法及與大乘若爲辟支佛人說應十二因緣法離老病死得盡苦際都不爲說聲聞小乘菩薩等法若爲大乘人說應六波羅蜜具足諸行證無上道亦不爲說聲聞辟支佛法但隨諸衆生所應修行而爲說之於諸如來所演言教乃至一句一偈恭

敬尊重終不誹謗亦不隱没而作障礙於說法人作世尊想於聽法者作病人想於正法中作妙藥想棄捨五欲爲欲說法心常平等而不取相善男子是名菩薩摩訶薩十種法施輪也若菩薩成就如是十種法施輪者便速疾得日光三昧能爲一切聲聞辟支佛作大福田常爲一切守護供養爾時世尊欲重宣此義而說偈言

智者修法施　演說於三乘　不堪法器者
終不令謗法　聲聞及緣覺　多人而修習
辟支佛利智　教令入大乘　但爲成法器
非器不妄說　隨諸根利鈍　漸教令昇進
於法常恭敬　信受不誹謗　有能說法者
供養如世尊　聽法諸衆生　令滅於煩惱
不貪著名譽　利養而說法

持戒品第十一

復次善男子菩薩摩訶薩發大莊嚴具足戒輪若成就此輪從初發心遠離五欲於聲聞辟支佛中第一最勝爲大福田皆應供養而守護之何等爲菩薩摩訶薩莊嚴戒輪善男子菩薩摩訶薩有能出家受其具足成就波羅提木叉而不與聲聞辟支佛共若菩薩不以此戒能爲衆生除諸煩惱一切邪見是則不名爲摩訶薩亦不名爲聲聞辟支佛大福田也善男子若菩薩摩訶薩於一切衆生心常平等護持淨戒志念堅固而不退轉心恒專一不生異想若見持戒破戒慳貪布施上中下等有若干種無量衆生瞋恚惱害行住坐卧於三有中陰入諸界而無分别如是持戒不著欲界持戒不著色無色界持戒不分

別觀察有想持戒不爲到不到故持戒善男子菩薩摩訶薩以如是相貌發大莊嚴清淨戒輪從初發心常離五欲如是菩薩摩訶薩則能爲一切聲聞辟支佛作大福田亦爲衆生守護供養爾時世尊欲重宣此義而說偈言

優婆塞律儀　住於解脫戒　雖與三乘共
不名摩訶薩　若修於空法　不依於世間
亦不依諸有　智者護淨戒　不取於戒相
清淨離諸漏　如是護戒者　最勝之福田

忍辱品第十二

復次善男子云何名菩薩摩訶薩發大莊嚴具足忍輪若菩薩成就此輪者從初發意能除五欲堪爲聲聞辟支佛作大福田亦爲衆生尊重恭敬供養守護善男子菩薩摩訶薩忍辱有二種一者世間二者出世間又菩薩有漏忍者則受諸有亦不能無衆生之相依止果報依止功德亦名住色聲香味觸忍亦名羸劣忍無所堪忍非愍念衆生而修行忍但是諂曲悅彼故忍不爲安樂衆生故忍如是忍者則與聲聞辟支佛同非大莊嚴亦非菩薩但有假名如是菩薩終不堪任爲諸聲聞辟支佛作大福田是名菩薩世間忍輪云何名菩薩以大莊嚴出世間忍爲諸衆生故修行於忍而不染著若於一切所作事務言語相貌音聲名字聖所住處皆悉隨順而不捨於三結三受三相三世三有三業如是等事悉不依止心恒寂滅而修行忍是名菩薩出世間忍輪善男子菩薩摩訶薩成就如是大莊嚴忍輪從初發心常離五欲是諸菩薩

摩訶薩能爲聲聞辟支佛作大福田爲一切衆生守護供養爾時世尊欲重宣此義而說偈言

此忍說二種　有相及無相　有相修行忍
智者所不貴　有相說三業　即依於忍聚
是名有漏忍　非是大人相　於四顛倒中
修於無著忍　寂滅於三業　是忍爲最勝
滅於一切行　不依相無相　心猶如虛空
是忍爲最勝　衆生皆一相　諸法空寂滅
心無有所著　是忍最大利

佛說大方廣十輪經卷第七

音釋

輾（女箭切輪轢也）輦輿（輦力展切輿羊諸切）髓腦（髓息委切骨中脂也腦乃老切頭髓也）嫉妬（嫉昨悉切妬都故切害賢曰嫉害色曰妬）劣（龍輟切弱也）

佛說大方廣十輪經卷第八

失譯師名今附北涼錄

精進相品第十三

復次善男子菩薩摩訶薩成就大莊嚴精進輪從初發心離五欲者能爲聲聞辟支佛而作福田亦爲一切守護供養善男子菩薩摩訶薩精進有二種一者世間二者出世間世間精進復有三種一者修福精進二者勇猛精進施戒禪定三者緣於有漏及諸衆生依於果報福行住處是名世間精進則非摩訶薩也復次菩薩摩訶薩於一切衆生心常平等但爲除滅煩惱業結而勤精進於聖無漏無取無捨亦無依止無雜穢心無亂想持戒破戒精進懈怠布施慳貪濁心慈心如是一切皆悉平等而行精進不於三界起種種想於諸衆生若聞言語造業處所於陰界入無所取想而修精進不依欲界不著色界及無色界不生到不到想而修精進不著一切行不依三種福而勤精進菩薩摩訶薩成就如是大莊嚴輪從初發意離於五欲名爲摩訶薩亦復堪與聲聞辟支佛作大福田爲諸衆生守護供養爾時世尊欲重宣此義而說偈言

染著六情根　愚闇於四流　精進常勇猛
智者所譏嫌　境界處精進　善取於有漏
不名爲福田　亦非摩訶薩　智者勤精進
除滅一切著　心無所依止　是名爲福田
不著於名色　爲衆作歸依　勇施離諸陰
是名爲福田　照了於愚闇　超度到彼岸
如是精進輪　斷衆煩惱縛

禪相品第十四

復次善男子菩薩摩訶薩有大莊嚴禪定輪若菩薩成就此輪從初發意斷除五欲是則堪爲聲聞辟支佛福田一切衆生守護供養善男子菩薩摩訶薩修禪有二一者世間二者出世間云何名世間禪若菩薩依於陰相染著欲界色界無色界修禪依止三解脱四念處四正勤四如意足五根五力七覺分八聖道分乃至地水火風空識等皆悉依止而生染著如是修禪是名菩薩修世間禪亦與一切聲聞辟支佛共不得名爲摩訶薩也云何名出世間禪善男子所謂菩薩能出世間放大光明不著四念處四正勤四如意足五根五力七覺分八聖道分如是等法皆無依止而修於禪乃至身口意戒三解脱門陰界諸入三受四大空處識處不用處非想非非想處今世後世悉離空靜不依止空大空是名菩薩摩訶薩出世間禪善男子以如是相故菩薩摩訶薩則能成就大莊嚴禪定輪從初發意離於五欲堪爲聲聞辟支佛福田亦爲一切守護供養爾時世尊欲重宣此義而説偈言

爲捨重擔故　修於有相禪　但斷於巳結
不名爲智者　染著而修禪　依止於解脱
取著於彼岸　不能利衆生　若爲棄重擔
欲利諸衆生　滅結修諸禪　是名眞智者
若斷於有愛　爲利諸衆生　修於無相禪
是名摩訶薩　斷除衆生縛　令世間無畏
寂滅而修禪　是名摩訶薩

智相品第十五

復次善男子菩薩摩訶薩有大莊嚴智輪若能成就如是大莊嚴智輪從初發意離於五欲則能堪爲聲聞辟支佛而作福田亦爲一切守護供養善男子菩薩摩訶薩有二種智一者世間二者出世間云何名世間智所謂菩薩依止讀誦欲滅一切衆生愚闇作大照明如來所說種種無量於聲聞乘皆悉聽受自書使人書自讀誦亦教人讀誦若說辟支佛法及大乘法皆悉隨順一切信受若自讀誦教人讀誦自書亦教人書能爲衆生廣說分別顯示其義讀誦經法求諸無漏八聖道分解脫之味而不求於寂滅智慧常有存相取著之心是名菩薩世間智輪亦與聲聞辟支佛等無有異也不可名爲菩薩摩訶薩云何名出世間智輪菩薩摩訶薩修道之時隨其精進行住誦習而於彼相不取不著不念不思惟如是行類則非下劣心如虛空同於寂滅觀法平等都無所著亦無所繫無生無滅心無退轉常行平等諸法實際深入寂滅得無生忍不取諸相心無增減不依諸地亦不住智慧菩薩若得如是具足智者是名菩薩出世間智有此行類則能成就大莊嚴智輪從初發意不染五欲亦能堪爲聲聞辟支佛福田一切衆生守護供養復次善男子菩薩摩訶薩有大莊嚴輪若菩薩成就如此大莊嚴輪者從初發心斷除五欲堪爲聲聞辟支佛作大福田亦爲一切守護供養善男子菩薩方便復有二種一者世間二者出世間云何名菩薩世間方便自爲及人常懷彼此種種技藝而成就衆生能現如是若干種身

或現佛身或現辟支佛身或現聲聞身或現父母身隨所應見而爲現形若有病人及看病者贍視羸劣無有能救一切怖畏乃至應死悉以方便救令解脱常行四攝成就衆生住於大乘若聲聞辟支佛人有不堪任爲大乘器根不熟者即於二乘法中令使修習如是甚深微妙之法開示顯現第一義諦超過凡夫顛倒境界依於四依具四辯才四念處四正勤四如意足五根五力七覺分八聖道分住善取道入方便智道成熟衆生若諸衆生有爲名稱染著利養諸根動揺而不成就涅槃善根如是等人教令習誦如來所説聲聞辟支佛乘成熟雜施功德教令勸助若有衆生多起瞋恚其心甚惡而無哀愍教令修行四無量心而得成熟若見懈怠如是衆生教令精進多瞋衆生教行忍辱散心衆生教令禪定愚癡衆生爲説正法令修智慧教化成就若有衆生無所依止心無恭敬教令開示歸依三寶有如是等教使修習優婆塞戒亦教八戒齋法或有衆生以種種技術著作務處教化成就如是等輩恒沙菩薩有世間方便智菩薩摩訶薩成就如此方便智輪以諸經論作務技術摧伏一切外道異學苦行智輪是名菩薩摩訶薩成就世間方便智與一切聲聞辟支佛共善男子若有菩薩不依明師亦不依止善知識以是行類相貌染著世間而自迷惑如是菩薩則不能住出世方便智輪不名福田亦不能善知衆生諸行若見不成法器衆生及聲聞辟支佛乘根不熟者於是人所顯示大乘是名愚癡無巧方便

而教大乘人捨菩薩道令修聲聞辟支佛法是爲錯謬不識人根若見辟支佛人教令捨離修聲聞乘不識人根而謬說法有如是失墮於過咎若見聲聞人猒於生死者爲說世間三界果報樂著生死不識人根而謬說法有如是失墮於過咎若有衆生不斷殺盗乃至不斷邪見具行十惡諸不善根見如是等而爲顯示菩薩大乘甚深之法竟不說於惡道果報生死受苦輪轉諸趣不識人根妄說諸法墮於過咎亦名愚癡無方便智若見樂持戒者爲說布施樂精進者爲說持戒樂忍辱者爲說精進樂禪定者爲說忍辱樂智慧者爲說禪定是名菩薩愚癡無巧方便智輪亦名世間智則與一切聲聞辟支佛共亦不可名爲摩訶薩也云何名菩薩摩訶薩出世間方便智輪若諸菩薩有所作業皆爲他人不念已身作若干等種種技術乃至悉欲與人共之如前所說若有已利迴施他人見堪任器者而爲說法漸教聲聞辟支佛乘見辟支佛人教令漸修摩訶衍乘亦不爲聲聞人根不熟者而爲說樂生死法爲有殺生乃至邪見爲說聲聞法生死所趣若樂修施者爲說無上技術乃至樂智慧者爲說賢聖無漏智道以是智慧成就衆生不取衆生相及智慧相是名菩薩摩訶薩能出世間最大莊嚴方便智輪若菩薩摩訶薩成就此輪從初發意斷除五欲是名菩薩摩訶薩堪爲聲聞辟支佛作大福田常爲一切守護供養爾時世尊欲重宣此義而說偈言

應說一乘道　而爲演二乘　則爲自欺誑

不名度衆生　決定墮邪聚　而示下劣乘
是則爲愚癡　不名摩訶薩　趣向一乘者
爲欲聽法故　樂處於生死　智者之所説
決定專一心　隨欲而教化　是名爲方便
智者所讚歎　一向爲聲聞　教令生猒惡
堪任爲器者　教以摩訶衍

復次善男子菩薩摩訶薩取法之慈而莊嚴輪不取衆生相何以故取衆生慈而莊嚴者則是聲聞辟支佛行不能莊嚴大乘道也聲聞辟支佛雖修於慈但自爲已不爲利人爲自調伏滅已結業盡諸煩惱已得涅槃爲我人衆生而修行慈於他衆生心常放捨是故不名爲大莊嚴輪惟斷已結不能爲人除諸煩惱菩薩摩訶薩則不如是常爲一切衆生修行慈心莊嚴大慈名爲菩薩摩訶薩無依止慈不依止陰界入故而修行慈不依止四念處四正勤四如意足五根五力七覺分八聖道分而修行慈不依止欲界色界無色界而修行慈不依止此世後世故而修行慈不依止此岸而修行慈不依止彼岸而修行慈不爲不到故而修行慈菩薩摩訶薩惟緣法故而修行慈此非聲聞辟支佛之所能行唯諸菩薩摩訶薩乃能成就如是大莊嚴緣法慈輪若菩薩從初發意離於五欲如是菩薩摩訶薩堪任聲聞辟支佛作大福田亦爲一切衆生守護供養復次善男子菩薩摩訶薩修大悲輪從初發意斷除五欲名爲摩訶薩堪爲聲聞辟支佛作大福田常爲一切衆生守護供養何以故一切聲聞辟支佛但自爲已而修悲故菩薩摩訶薩則不如是而自亡

已爲一切衆生故而修行悲是故堪爲一切衆生作大福田如是菩薩摩訶薩能兼他人修四攝法爲成熟衆生故乃至捨已支節身命及以財物以此大悲爲欲安樂諸衆生故亦不得衆生相不得施者相不得受者相乃至不得施業果報相行檀波羅蜜時不取行相愛語利益及同事相雖行四攝而不取相常以最勝心第一心寂滅心乃至無量阿僧祇心不行陰界入心心無動搖而常安住莊嚴大悲寂滅心成熟衆生善男子以如是相能大莊嚴不與一切聲聞辟支佛共菩薩摩訶薩具足成就此大悲輪從初發意斷除五欲堪爲聲聞辟支佛作大福田常爲一切衆生守護供養爾時世尊欲重宣此義而說偈言

此法難思量　甚深如虛空　無色無所住
大悲之所成　常勤行頭陁　菩薩最上智
大悲勇健力　超過一切人　衆生無歸依
生死苦所縛　普欲令解脫　大悲水洗除
乾竭生死海　則非聲聞地　及與緣覺乘
菩薩所哀愍　貪欲恚愚癡　衆生沒惡道
以此大悲水　洗浴苦衆生

復次善男子又有廣徧虛空無邊無有量數種種差別音聲辯才一切三昧總持忍辱大莊嚴輪菩薩摩訶薩若成就此輪從初發意斷除五欲則能堪爲聲聞辟支佛作大福田一切皆應供養守護云何名爲菩薩摩訶薩廣徧虛空無邊無量種種差別音聲辯才一切三昧總持忍辱大莊嚴輪所謂菩薩照明一切法猶如月光普照天下無相無依心無

所染於諸三昧身心不動眼觸眼識悉皆不動若眼緣觸內生三受若受樂受不苦不樂受生寂滅心與無生心耳鼻舌身乃至心意識無生亦如是能生三受寂滅心無生心三世陰界入一切亦皆無生無有動搖三界三行三戒三乘三解脫三根三觸亦寂滅心無生心一切處無住皆行無相檀波羅蜜乃至持戒忍辱精進禪定智慧波羅蜜皆住寂滅心無動亂四念處四正勤四如意足五根五力七覺分八聖道分皆住不動九次第定亦不動乃至三行如不如相亦悉不動知一切法悉無所障住八聖道窟宅及非窟宅有取無取有漏無漏有此彼岸無此彼岸無大無小有作無作有善無善有記無記於一切處而心不動乃能如是大慈大悲與大方便爲成熟衆生守護三業及四無畏分別十地乃至十八不共法於一切處皆住無作無起心常安住取相三受皆悉寂滅菩薩摩訶薩離一切相得虛空眼火光照明三昧一切三昧王方便大莊嚴輪若菩薩住是三昧則能滅除過去諸業三惡趣苦皆悉消滅令盡無餘善男子譬如五日出時一切泉流河池及諸大河四大海水皆悉枯竭如是菩薩摩訶薩以廣徧虛空無邊無量阿僧祇譬喻言辭巧說辯才一切三昧總持忍辱大莊嚴輪菩薩若能成就此輪滅盡三有除諸惡趣於過去世所有業障永滅無餘善男子譬如世界劫欲盡時此四天下及八萬四千諸河渚等并四天下一切諸山皆悉敗壞消滅永盡令無有餘善男子菩薩摩訶薩亦復如是成就一

切三昧諸陁羅尼忍辱輪者能滅先世所作惡業乃至三有一切惡趣永盡無餘善男子譬諸黑闇徧滿虛空日輪出時一切黑闇皆悉除滅菩薩摩訶薩亦復如是若能成就是大莊嚴輪乃至一切三昧總持忍辱輪已身及他顛倒諸闇皆悉消滅如是虛空無邊智日悉能消滅先世諸惡不善業使永盡無餘是菩薩不隨惡知識常不離諸佛而聽正法乃至不離諸菩薩行於其夢中心常念佛何等是菩薩摩訶薩大莊嚴徧滿虛空廣大無邊無量阿僧祇種種言辭音聲辯才一切三昧總持忍辱輪菩薩摩訶薩入於初禪乃至第四禪入空處乃至入非想非非想處入滿足滅盡定乃至滿足滅三行心無動受心想觸意行寂滅不動或住一日一夜乃至七日七夜住於禪味亦住第一義空身諸毛孔出於暖氣燒滅一切結使業薪如是次第遠深正念一切身體悅樂滿足譬如自在天子入現一切樂三昧入是三昧已一切身毛孔中皆悉受樂如是樂相觸菩薩身而便自憶念佛念佛已即便見佛無復餘相若念一佛則見一佛若念無量佛則見無量佛若念佛身少分則見少分若念佛無邊身則見無邊身若觀自身作佛相者則見已身同佛相好具足莊嚴若觀他身欲作佛者則見他身亦同其佛莊嚴相好若欲隨觀衆生皆作佛相者則隨所觀同佛身相餘無所見心所起念皆實不虛知一切法如幻如水中像悉觀三受三行永盡消滅如是觀已還入滅盡定禪悅味食或於一七日二七三七乃至七七日或

十日五十日如是乃至百千萬億劫還入實諦空觀如前念佛成就作是觀已善男子以如是相廣大徧滿虚空無量無邊阿僧祇種種言辭音聲辯才一切三昧總持忍辱輪菩薩成就如是輪故斷除五欲滅盡過去一切惡業三有六趣皆悉消滅令無有餘堪爲聲聞及辟支佛作大福田亦爲一切守護供養離四顛倒愚癡大闇不復更隨諸惡知識常不離佛得聞正法乃至夢中見佛聽法供養衆僧於一切菩薩所行之道疾成阿耨多羅三藐三菩提得淨佛土於彼佛國一切衆生悉皆化生相好如佛住摩訶衍結使微薄爾時世尊欲重宣此義而説偈言

堪任法器者　則破諸結使　能住於善信

皆悉無疑難　爲欲斷有縛　當作大莊嚴

修學諸禪定　智慧不思議　修學於諸禪

觀第一寂滅　以此念佛智　能盡一切惡

相與無相等　以空悉能滅　永斷於惡趣

不離見諸佛　善修學諸法　供養一切佛

疾成於正覺　以修空相故　爲衆作親友

除捨諸結使　是名淨福田　疾近於菩提

衆生作佛相　徧滿諸世界　爲求佛道故

遠離於二乘

説是法時恒河沙等無量菩薩本所曾聞念佛正法若有廢忘今悉還得無量衆生聞是念佛百千三昧悉入一切三昧方便皆得憶念總持華鬘無量衆生而皆依止首楞嚴三昧乃至成就電光三昧得一切法照明遠無生忍遠塵離垢得法眼淨無量衆生得須陁洹果斯陁含果阿那含果阿羅漢果無量衆

生皆求出家入佛法中無量衆生依於十善有發聲聞心者有發辟支佛心者有發阿耨多羅三藐三菩提心者得不退轉者無量衆生得世間正見以正見因緣故斷惡趣結皆得生天及在人間歸依三寶棄捨五欲於佛法中而得出家離一切邪見得清淨信爾時世尊告金剛藏菩薩摩訶薩善男子汝當以此不退法輪授地藏菩薩記若有衆生讀誦此經爲他解說住是法者應當擁護十法何等爲十擁護一切財物離一切怨一切邪見邪歸依十惡一切身過一切口過一切誹謗一切破戒一切横病一切横死如是衆生臨命終時皆得見佛即生天上若有衆生讀誦此經應當擁護如是十法是名諸佛伏藏佛說是經已時四部衆及諸天龍夜叉乾闥婆阿脩羅迦樓羅緊那羅摩睺羅伽人非人及地藏菩薩等聞是經已歡喜舉行

佛說大方廣十輪經卷第八

大集須彌藏經
高齊那連提耶舍共法智譯

清刻龍藏佛說法變相圖

大集須彌藏經卷上

高齊那連提耶舍共法智譯

聲聞品第一

南無十方一切諸佛

如是我聞一時婆伽婆在佉羅帝山依牟尼仙住處與大聲聞衆過出衆數一切皆是佛大弟子與大菩薩衆無量無邊悉從十方諸佛世界而來集會次第究竟梵翼記分爾時衆中去佛不遠有功德天住於佛前爲聽法故即從座起合掌向佛而白佛言大德婆伽婆有諸菩薩以施福船筏渡生死海何以故此佛世界五濁極穢多有衆生功德智慧悉皆減少以是因緣故菩薩摩訶薩於此衆生起大悲心又此衆生説無因輪資財乏短勤苦追求而不能得此諸菩薩若不行施不能

化彼罪惡衆生是故諸菩薩作如是念我今被檀度鎧起大精進汎施船艐越生死海是諸菩薩摩訶薩修行布施福德之事令入諸佛無上大海乃至獲得最上灌頂法王之位世尊復有衆生計存常見廣乏資財苦身求索亦不能得菩薩若不修行戒施則不成熟彼諸衆生是故菩薩摩訶薩於計常衆生起大悲心復作是念我當化彼計常衆生我以如是持戒鎧艐欲度生死大海乃至得受灌頂法王之位是諸菩薩以持戒福事行及十善道成熟衆生令入無上諸佛大海乃至安置灌頂法王之位世尊此復有衆生行十善道而不清淨於殺盜婬乃至貪瞋等身見衆生福德智慧減少故資財乏短勤苦追求亦不能得彼諸衆生若不以出家清淨戒無以成熟是故菩薩摩訶薩於彼殺盜婬妄語兩舌惡口綺語貪瞋等身見惡行衆生所起大悲心以無常方便令諸衆生入佛法中以出家戒成熟衆生此即是我忍進鉀冑是出家戒即爲船艐度生死海以是緣故菩薩摩訶薩以持戒福德及無常方便教化成熟出家律儀戒衆生彼菩薩以是業故乃至令入無上諸佛大海乃至安置灌頂法王之位菩薩摩訶薩便自能入無上諸佛大海爾時功德天白佛言大德婆伽婆云何菩薩摩訶薩最初修學禪波羅蜜本業學已知諸禪分能出欲界斷除五支成就五支於四神足遊戲神通善能往詣一切佛刹迅疾如電於一切佛所供養聽法爲竭衆生三種道故何等爲三謂業道煩惱道苦道滿足禪波羅蜜云何滿

足禪波羅蜜具足六波羅蜜滿足六波羅蜜已速得阿耨多羅三藐三菩提佛言善哉善哉清淨智汝清淨智於此法中以爲疲勞滿此法行爲衆生故能於如來應正遍知所問於此義汝清淨智當至心聽善思念之我今爲汝分別演說功德天言如是世尊我當聽受唯願說之於是世尊告功德天言清淨智如汝所問云何菩薩摩訶薩最初修學禪波羅蜜本業學已知於禪分能過欲界除斷五支成就五支於四神足遊戲神通善能往詣一切佛刹迅疾如電於一切佛所供養聽法爲遏衆生三種道故何等爲三謂業道煩惱道苦道能生修道所作福事滿足禪波羅蜜禪波羅蜜滿足故具足六波羅蜜滿足六波羅蜜已速得阿耨多羅三藐三菩提清淨智此菩薩摩訶薩初修禪定於一切出入息相係心緣念彼菩薩摩訶薩以不亂心出息入息隨入息觸心彼入息觸心者名爲覺隨出息觸心隨出息觸心者名爲觀乃至喜樂一心不亂心將出欲界離於覺觀斷除貪欲及瞋恚蓋伏一切惡法得於初禪有覺有觀彼時即有如是相起一切身分悉皆震動充遍於身若菩薩增上勇猛繫念專住彼時便能滅於覺觀喜樂一心得第二禪爲除喜過精勤不止既滅喜已得第三禪樂菩薩爾時其身適樂猶如煗乳以灌身體得希有樂如天身想彼得成就如是勝樂於三寶中得增上信心復作是念我爲利益一切衆生被服大鎧勤修禪定我今應捨身樂彼菩薩摩訶薩止出入息捨相續攀緣心繫意鼻端於出入

息住心觀察又觀彼心刹那散壞知生知滅又知彼心刹那相應散壞無生如水中月如光影如陽燄如電心意識一切陰界入知已是故棄捨身樂思念彼法生滅入第四禪爾時即有如是相起菩薩雖復閉目如大日光照見明了彼菩薩作是念以此攀緣光明相故一切衆生陰界入不斷增長熾然我今應當心念止於攀緣光明彼復於此以滅方便捨受想思觸憶集生滅入勝清淨善寂滅城住止身口意業彼菩薩還從定起取出入息相觀觸念想還入空定從空定起復觀出入息生滅攀緣相便入無願三昧從無願三昧起見出入息寂滅住無相定如是則能修滿四念處乃至三解脫門彼菩薩以觀出入息生滅觀於滅故修四正勤滿足彼菩薩以觀出入息出沒相便能具修滿四神足彼觀出入息故即能散壞其身猶如窻塵爾時即得修滿五根以出入息出沒方便觀察三行如是便能修滿五力彼以除出入息受相方便觀察除寂滅如是修七菩提分滿足彼以出入息風方便念散壞一切大地界及一切色悉皆無餘彼無有相無有語言無有狀貌無有假名三行寂靜極寂靜寂滅得無緣三昧此如是名遊戲禪定禪波羅蜜本業諸菩薩摩訶薩共一切聲聞辟支佛禪本業若住於此以下精進或證須陁洹果或斯陁含果阿那含果或乃至住阿羅漢果若菩薩堅固精進大悲心顧念一切衆生無量福德智慧聚爲之疲勞彼菩薩摩訶薩於如是禪本業遊戲三昧方便安住不退阿耨多羅三藐三菩

提不墮聲聞決定聚中不捨禪定本業大鎧彼菩薩摩訶薩滿足禪波羅蜜滿足禪波羅蜜已便能滿足六波羅蜜清淨智乃至若國土中或比丘比丘尼優婆塞優婆夷欲趣聲聞乘欲趣緣覺乘或趣大乘或善男子善女人於如是禪本業遊戲三昧係念思惟者隨所住處彼國土一切天王常善守護一切龍王一切夜叉王一切阿脩羅王一切緊那羅王一切摩睺羅伽王一切餓鬼王一切毗舍闍王一切羅剎王等當善護彼國若國土中有如是禪相應福田住者彼國土彼剎利王得十種可愛樂法何等爲十一者安隱滅一切患二者長命三者得上妙色四者皮膚鮮輭五者支節可愛六者得善眷屬七者能修善業八者繫念慈悲方便九者恒與名稱福器相應十者命終生於天上是爲十又彼國土復得成就十種殊勝利益何等爲十一者不爲自賊他賊之所劫害二者亦無惡賊毒獸蚊虻蝗蟲等三者無有旱潦及非時風雨寒熱等觸四者土地平正無諸丘墟谿澗嶮壙五者彼國一切種子五穀諸藥草木叢林蓊蔚茂盛無諸辛苦澁惡等味華果六者無諸惡聲鬬諍反逆饑饉病患及非時死七者彼國眾生長命端正適樂豐盈無穢濁心遊戲快樂如法修行生於天上八者其國土中諸福田器之所依住愛樂隨順禪定三昧九者彼國眾生飲食所須悉皆無乏上妙可愛資成四大稱順根性增長無違十者其土人民勇健強記有慈悲心命終生天清淨智此十種法善能莊嚴於彼國土清淨智此菩薩

摩訶薩以業障礙捨離大乘住聲聞地違化衆生此是聲聞禪波羅蜜遊戲三昧聲聞以此了知滿足禪分出三界窟宅及諸有縛斷除五支成就五支越過三界住無學地遊戲神通到八解脫禪定彼岸一劫修行得爲一切諸佛之子從佛口生從法化生彼雖如是猶故不能往諸佛土供養諸佛從佛聽法亦復不能乾竭衆生三種道若能如是遊戲三昧者隨其所住國土獲得如上大功德利

菩薩禪品第二

爾時佛告功德天言清淨智云何菩薩摩訶薩不共一切聲聞辟支佛禪波羅蜜本業差別滿足若菩薩摩訶薩滿足禪波羅蜜已便能滿足餘五波羅蜜清淨智此菩薩摩訶薩於一切出入息中及五受陰觀其生滅既觀察已消竭渴愛不墮聲聞決定聚中於四神足遊戲神通善能往詣一切佛刹迅疾如電於諸佛所供養聽法乾竭一切衆生三道謂煩惱道業道苦道雖出欲界而不捨欲界爲化衆生故現生諸趣不爲胎染斷除衆生煩惱羅網然於衆生而無所得清淨智此菩薩摩訶薩隨出入息各各別觀但新非故如實了知如是出入息中色受陰如實了知受想行陰亦如實了知如是出入息中識受陰如實了知於出息異入息異知出息異知入息異知入息異中受想思觸念知出息異中受想思觸念亦如是入息受時非出息受出息受時非入息受如是三有輪轉受想思觸念因緣故相續不斷漂生死海而不能渡數數生老死已還生不能如實覺知此法不能如

實出彼生死於出入息不能如實覺察復次如是出入息於九瘡門出入往來如是九十九那由他百千毛孔門一切皆悉息出息入而於九十九那由他百千毛孔不增不減不能覺知非過去非未來非初非中非後不知住不知出復作是念我今一切毛孔出息入息生滅方便應與生滅相相應住是菩薩摩訶薩隨九瘡門出息入息生滅觀察如是九十九那由他百千毛孔門一一毛孔中觀察出入息生滅觀察出入息生滅相應住若菩薩欲觀毛孔小相但見毛端息從往來即能見小若欲見大便能得見如芥子許若欲得見如菴摩勒果許即能得見若欲得見頻螺果許亦即能見若欲得見一由旬千由旬乃至一四天下一一毛孔而觀察之隨欲見廣即能見廣彼時菩薩作如是念衆生以眼迷惑繫縛生死相續不斷漂生死流受種種苦彼菩薩復作是念我今棄捨一切色想已得無言三昧非諸聲聞辟支佛地於彼地界亦無所得水界火界風界虛空界識界亦無所得不得陰界入非前際非後際非此世非他世非善業報非惡業報非生非滅非有煩惱非離煩惱無有所得菩薩如是住寂滅住彼若欲得於無量劫於此一切法無語言空三昧若住若加菩薩如是自智加持三昧力故便能於此一切法無語言空三昧無量劫住亦能滿足六波羅蜜爲成就衆生因緣故清淨智如是地藏菩薩摩訶薩於此一切法無語言空三昧到自在彼岸是菩薩若欲入此三昧時以福德智慧力爲成熟衆生故先作

是願乃至我未出三昧已來於此時中欲令此國土境界及四天下此佛世界一切衆生諸有所須資生之具隨其相貌隨其多少隨其所樂所謂飲食衣服卧具瓔珞莊嚴之具園林屋宅形色狀貌支節身分可愛色聲香味觸等欲見如是等事是時菩薩便入此三昧菩薩入此三昧已隨其時節於此佛世界四天下一切衆生如上所說所須之具便得充足或復作是念隨我住定時節遠近隨諸衆生多少分齊欲除衆生身心之病謂風黄飲等分之病或人非人所作如是欲滅貪瞋癡等煩惱諸病及滅十不善業令住十善業道中便即入此三昧彼菩薩摩訶薩隨其住定時節久近隨其所爲多少衆生如上所說身心病苦悉皆除滅又菩薩復作是願隨我住定時節已來欲滅地獄種種諸苦畜生之中互相殘食等苦閻魔羅界飢渴等苦及寒熱苦怨憎會苦愛别離苦求不得苦隨願分齊令諸衆生離一切苦惱及不善法成就一切善法令諸衆生慈心相向生利益心不動心無怨心無諍心無鬪訟心哀愍心乃至禪正受善住心不迷惑心及滅衆生愚惑之心又滅衆生常見斷見及諸見聚於三寶所恭敬供養生希有心令諸衆生離四顛倒住四不顛倒於四聖諦及第一義諦心善安住如是菩薩福德智慧善巧方便力之所加持菩薩爾時爲化衆生因緣故欲入三昧乃至未出三昧已來令此國土及閻浮提四天下乃至此一佛刹所有衆生隨其分齊安樂之事如上所說欲令獲得然後入於無語言一切

法空三昧彼菩薩摩訶薩入此三昧時間乃至佛刹隨所要期衆生分齊彼菩薩以福德智慧三昧力故隨住定時如上所說種種資生及諸樂具乃至未出定來令諸衆生悉皆獲得彼菩薩入此定時無有身苦心苦亦無飢渴火不能燒水不能漂乃至劫火所不能害及以劫水亦不能爛不爲風灾之所散壞又復不爲疫病饑饉刀兵等劫盡其命根欲取滅度隨意自在又人非人毒風暴熱不能侵惱又彼菩薩在定未起隨其所念欲令無量佛刹入一微塵又復十方國土一切諸佛及大菩薩聲聞眷屬於一介甲悉能得見令無遺餘又令一切衆生入一毛孔而彼衆生於自境界悉見如故又十方世界無量佛刹所有諸風菩薩悉令入一毛端隨風境界遊行虛空廣陿去來無諸障礙於彼毛端亦無增減如本不異又十方一切諸佛世界所有水界菩薩能令入一豆稽隨水廣陿流注往來亦無障礙於彼豆稽而無增減又彼菩薩不復處胎除自願力不生惡趣不受女形不生下劣諸根具足終不缺減身口意行無有過失亦不生於無佛世界除自願力爲化衆生是菩薩常不遠離見佛聞法供侍衆僧亦不遠離福德智慧無畏方便教化衆生乃至入於無上涅槃如是清淨智彼菩薩摩訶薩被於如是大堅固鎧最初修習禪波羅蜜本業能過欲界了知禪分斷除五支成就五支乃至遊戲於四神足善能往詣一切佛刹迅疾如電供養一切諸佛聽聞正法乾竭衆生所有三道所謂煩惱道業道苦道如是清淨

智菩薩摩訶薩滿足禪波羅蜜已便能滿足六波羅蜜滿足六波羅蜜已速得阿耨多羅三藐三菩提爾時世尊說是禪波羅蜜本業時於彼衆中五萬衆生曾於過去修行此法是故今得無生法忍八萬四千菩薩得首楞嚴三昧九萬九千菩薩得滿足禪波羅蜜無量無邊衆生發未曾發無上菩提心發是心已住不退轉地

滅非時風雨品第三

於時地藏菩薩摩訶薩告功德天言清淨智汝今當觀此四天下端嚴殊妙一切菩薩所應供養憶念守護於其長夜應當恭敬今釋迦牟尼佛集一切菩薩摩訶薩故顯示一切菩提道行不退轉輪究竟善巧方便佛灌頂地乃至汝行檀波羅蜜滿足最上不退轉行若汝於如是最上福田以諸飲食而修供養以此精勤速能滿足六波羅蜜滿足六波羅蜜已則能究竟安住一切種智時功德天作如是言如是如是如仁者所說唯願聽我說本因緣我念往昔過無量劫我共釋迦牟尼佛修菩薩行同發誓願汝若能得成無上道時願我於彼四天下中到功德處得功德處已於一切衆生中隨其所須衣食之具悉皆給與仁者善聽於過去世過無量劫彼時有佛號因陁羅幢相王如來應供正徧知明行足善逝世間解無上士調御丈夫天人師佛世尊出現於世人壽千歲彼時有優婆塞名光無垢德聰慧調柔多聞無畏爲四衆說法衆所歸伏多有眷屬彼有長子名無垢德即以偈頌問其父曰

父今何故　勤心不下　捨其事業　及自身命
爲護衆生　勇猛增勤　何故此身　不取滅度
爾時光無垢德復以偈頌而報子言
吾見世苦　極迷衆生　生老病死　之所逼迫
煩惱火熾　沉流惡道　故我勇猛　欲滅彼火
又智減少　不見未來　墮生死河　極重惡處
對於惡道　迷失正路　爲救度彼　故我修行
又不能成　布施調攝　而常遠離　人天安樂
於善知識　常相乖背　願示衆生　出世要路
煩惱獄中　常繫衆生　無有眼目　復無救者
執著惡見　噉食血肉　爲除彼故　故我修行
我於衆生　如是悲念　爲一一人　住阿鼻獄
具受種種　尨劇苦惱　如爲一人　衆多亦然
我不樂求　聲聞智慧　及緣覺智　亦不願求
唯求無上　最勝智慧　子今當知　我行勝道
乃至無量　恒河沙數　苦惱衆生　未脫苦來
爲欲度彼　諸衆生故　我終不取　菩提正覺
汝今當知　亦應如是　於諸衆生　常應起悲
應常勇猛　修行善法　以此迴向　無上聖道
煩惱火中　救脫衆生　汝應勇猛　何極苦惱
應當修行　布施調柔　得成佛道　無有疑也
若我得成　無上菩提　汝於衆生　給施飲食
我時授汝　勝菩提記　汝當安住　堅固誓願

爾時功德天語地藏菩薩摩訶薩言善男子我於爾時於因陁羅幢相王佛所作如是願乃至我住世間隨其久近種種精勤難行苦行布施調伏禁攝放逸及諸禪定營助衆事多聞捨行皆悉修習所有種種難捨能捨如是我父於當來世人壽百歲煩惱怨諍穢濁迷惑惡世界中成阿耨多羅三藐三菩提我

於彼國中現爲功德主於釋迦牟尼佛境界衆生及其眷屬得施無上衣服飲食資身之具即於釋迦牟尼佛前得受阿耨多羅三藐三菩提記若彼土衆生暴惡麤獷無慈愍心亦無反復惡行惡心成就如是種種諸惡風雨不時或復旱潦寒熱不調作諸災變衆生所有諸華果實五穀藥草及諸美味悉皆殄滅奪其精氣衆生資産皆悉衰耗而作闇冥願我爾時於彼衆生福德加被智慧威力悉令遮止生其信心又令衆生資生不乏不令行惡增長善法佛所應度受化衆生紹三寶性使不斷絶勢力增盛又令我得依報自在教化衆生令得阿耨多羅三藐三菩提我今佛前所發誓願於未來世得滿足者唯願印可賜言善哉爾時因陁羅幢相王佛即便印可讚言善哉善哉善男子如汝所願必得滿足又善男子我當施汝作世水宅心陁羅尼汝以此陁羅尼心能成就衆多衆生又令無量衆生豐足資生果報無乏又能度於煩惱暴流即說呪曰

多地耶他　闍藍婆　摩訶闍藍婆　阿奴呵闍藍婆　娑囉闍藍婆　郁伽闍藍婆　夜叉毗梨闍藍婆　那伽毗梨闍藍婆優羅伽毗梨　闍藍婆阿薩帝鼻梨闍藍婆　阿輸婆比　利闍藍婆　摩嗟比　梨闍藍婆曼厨迦比梨闍藍婆　佉目羅比梨闍藍婆崩起比梨闍藍婆阿摩比梨闍藍婆　蘇脂目佉闍藍婆　婆摩囉婆摩囉闍藍婆　摩囉比闍迦荼鉢多囉布跣波頗藍婆　素义梨牛婆素達摩耶若　比利使致搔醯藍婆

伽呰步(上聲)羅婆窮(去聲)窮婆羅窮頻頭窮　婆羅闍比　娑婆呵

是陁羅尼句若爲他人及自已身稱其名號爲誦此陁羅尼一切怖畏一切殃禍悉皆消滅善男子此作世水宅心陁羅尼汝若以此心陁羅尼便能成就衆多衆生汝善男子我昔於彼因陁羅幢相王佛所受持此作世水宅心陁羅尼於彼佛所種種供養持戒多聞布施精勤從是以來復於十千佛所增進如是願行以此善根令於賢劫中得大功德處念猶不堪成此大業何以故從昔以來無量惡龍及夜叉羅刹阿脩羅鳩槃荼餓鬼毗舍遮等出生世間於諸衆生毒惡凶暴無信無悲無慈愍心行於惡法非時風雨旱潦灾雹寒熱不調種種反逆自軍他軍怨憎鬬諍熱風暴起不顧來世是諸衆生於彼過去諸佛之所加持作世水宅心陁羅尼不生信樂彼惡衆生不信樂故於諸種子芽莖枝葉華果美味五穀藥草及諸資生破滅毀壞奪其精氣於諸地味放毒氣吹以是毒氣令其地味雜毒澀惡雜病垢膩臭穢無味令此大地作如是等由是因緣衆生不樂若依地味衆生食此種子芽莖枝葉華果諸味五穀藥草資身之具者便生惡心剛獷毒惡於諸衆生無悲愍心不顧後世爲諸病所逼身色麤惡種種煩惱諸苦所害具足惡見住邪歸依於三寶所不生信樂尊重恭敬希有之心乃至禽獸亦復執於種種惡見迷失本道諂曲無實但有口言彼諸衆生於三寶中身口心意違失善法破戒比丘不能禁攝於彼持戒任放

相應辯才大德諸比丘所常生遠離不能親近罵詈毀謗輕弄惱亂稱揚其過遠離慚愧離十善道心不愛樂一切善行起遠離心爾時衆生遠離福智壽命短促趣向惡道是故我今於彼衆生不能令其豐足所須亦復不能成熟衆生汝於今者是大丈夫於正法中而得自在智慧善巧又汝已度一切三昧陁羅尼忍善能觀察智慧彼岸慈悲莊嚴通智彼岸汝悉已度又汝於彼諸菩薩中爲最勝幢已能成就一切衆生汝今爲我應當於此四天下中起悲愍心自智觀察云何能令此四天下諸惡毒龍夜叉羅刹阿脩羅鳩槃茶餓鬼毗舍遮迦吒富單那等一切惡鬼皆悉降伏風雨順時水旱調適秋實豐茂寒温和平以是因緣令諸地味增長勢力氣味香美食用無患增益念力色貌充潤甚可愛樂稱意之事皆出於世依此大地諸衆生等食用無過增長念力如上所說爾時地藏菩薩告功德天言清淨智我今能令此佛刹土所有四大普徧無餘悉能令變爲天飲食使諸衆生於百千劫食不能盡何以故但此衆生薄福德故所不能食於此勝報非其應器清淨智我又能令此娑婆佛刹變爲天宫及天卧具莊嚴衣服香華果樹種種音聲衆妙妓樂衆寶莊嚴悉能爲作此諸衆生遠離福德又非其器不堪受用唯除如來應正徧知十住菩薩及住首楞嚴三昧得自在者乃能受用清淨智又我能令一切衆生置第四禪令無有餘豈可不能降伏毒龍富單那等又我不應佛未聽許而現神變譬如轉輪聖王主兵

藏臣不奉王教而發四兵無有是處如是菩薩悉是佛子從佛心生從佛口生從法化生是故一切諸菩薩等無有不請如來而現神變清淨智復有陁羅尼輪名水風摩尼宫集一切呪術章句建立一切三世諸佛三寶之性清淨智汝今可問如來水風摩尼宫大陁羅尼輪集一切呪術章句若佛說者我亦隨喜汝等若能受持此陁羅尼者一切所願皆悉滿足爾時大功德天女與大辯天女大堅固天女作光大天女可喜天女安隱天女多摩羅堅固天女明星主天女奢摩天女頗梨天女如是等上首天女八萬四千那由他百千大衆前後圍遶從座而起合掌向佛時功德天女即於佛前而說偈言

能滅極惡濁煩惱　離垢無垢清淨行
我等渴仰陁羅尼　唯願演說總持輪
牟尼說寂無穢濁　三寶熾然最勝句
令脩羅等得淨心　增長地味無毒惡
能除寒熱暴風雨　願說守護奪精氣
令食穀藥果味等　强記除患修善行
滅除毒害諸惡見　歸信最勝無上法
或奪精氣多煩惱　云何教化此衆生
此諸天等於牟尼　希求最上甚深妙
顯示趣向菩提道　令諸衆生入大乘
大衆雲集果願滿　十方菩薩讚佛德
云何降伏諸惡龍　雨澤調適苗稼茂

爾時佛告功德天言清淨智此大陁羅尼諸佛如來時乃說之如來今於大衆會前而自要誓此水風摩尼宫陁羅尼輪一切十方三世諸佛之所加持今當顯示一切十方諸來

菩薩得聞此者彼諸菩薩能住十方無佛國土五濁世中能顯示此水風摩尼宮陁羅尼輪以此陁羅尼力故其國所有非時風熱寒温旱潦悉皆除滅由此陁羅尼故令彼毒惡無慈愍衆生不顧來世謂天龍夜叉羅刹阿脩羅迦樓羅緊那羅摩睺羅伽鳩槃茶餓鬼毗舍遮富單那迦吒富單那人非人等乃至禽獸得信樂心柔和輭善念力善巧樂求正法護持正法紹三寶種以此陁羅尼力故彼佛刹土所有衆生增長壽命增長身色增長五穀增長資生增長安樂增長無恚增長名譽增長持戒增長多聞增長布施增長慈悲增長智慧增長方便增長三昧增長陁羅尼增長地觀增長樂出世增長化衆生增長入大乘增長勝願增長地地轉入增長觀察陰界入增長慚愧增長攝功德莊嚴佛土增長六波羅蜜行增長一切十方諸佛常所護念增長值遇佛一切菩薩善友增長遊戲神足增長壞一切煩惱不令增長增長神通渡於彼岸不令退減一切善法乃至無上涅槃即說呪曰

多地他　蘇婆羅　婆羅底　那耶婆羅底　制(平聲)沙吒婆羅底　阿那婆羅底　奢婆多曷　囉婆羅底　奢囉竽婆羅底　鳩牟尼婆羅底　珊支囉婆羅底　制(平聲)陁娑羅婆羅底　娑羅婆羅底　娑羅鉢利訶利　婆羅婆羅多(上聲)鉢利訶利　那耶鉢利訶利　婣毗迦鉢利訶利耶若鉢利訶利　蘇婆羅鉢利訶利頻頭鉢利訶利　闍羅鉢利訶利　顋多羅鉢利訶利　特叉鉢利訶利　珊尼

摩鉢利訶利　蘇婆婆鉢提梨　劬摩耶婆末陁索谿　阿那耶波盧誓　迷羅跋迷阿羅那求師佉羅毗闍鞞　那羅延拏娣諶林鞞　憂羅伽阿尼彌簁　宮闍囉婆胡迷訶闍債鞞　羯摩毗羅梨　舍羅摩拏娑離梨　佉曷羅伽奢迷　阿斯那迷　阿耆尼鉢底利　能求駝鼻梨婆耶遮婆留尼　揵陁債鞞梨釋迦羅是若移　阿那鷄提　帝利　那耶　娜尼利帝利耶頭婆佛阿訶地子瑟癡帝　莎婆訶　使此國天子及其眷屬悉皆吉祥莎呵　那羅延拏　尼羅移莎呵　斫迦囉吠多迦羅迷　莎婆呵

說此水風摩尼宮陁羅尼輪一切呪術章句時一切佛刹所有大地六種震動諸來大衆戰慄不安心驚恐怖同聲唱言南無南無佛陁耶爾時佛告功德天言清淨智汝以此水風摩尼宮陁羅尼輪力能除一切鬪諍一切毒害夜叉羅刹脩羅惡龍乃至人非人等及諸禽獸一切非時風熱寒冷灾雲旱潦等過悉皆消滅清淨智此陁羅尼能令五穀悉皆成好令諸衆生增益壽命增長果報乃至增長一切善法未入無上涅槃已來不令失壞若聞此陁羅尼受持讀誦如說行者彼人必定趣於涅槃安住三界爾時地藏菩薩白佛言世尊我亦欲說磨刀大陁羅尼以此陁羅尼力令一切衆果報所須及以地味悉無減損無能毀奪地之精氣又亦無能放毒氣者亦復無能壞其美味不能令其變爲澁惡亦復不能令其隱没亦復不能令此大地不生五穀芽莖枝葉花果藥草亦復不能奪其精

氣又復不令有其毒氣亦不乾枯又不澁惡不令不熟寒熱不傷食用無障食已無毒若食有毒能令食者腹痛吐下身心逼惱支體攣縮熱病顛狂心亂失念共相刼奪鬬諍殺生偷盜乃至邪見是諸衆生常與如上惡法相應所謂若天或龍或夜叉羅刹阿脩羅迦樓羅緊那羅鳩槃荼乾闥婆餓鬼毗舍遮或富單那或迦吒富單那或人或非人於諸衆生不能惱害

多地他　那鼻　摩訶那鼻　初何囉那鞞阿鼻具那鞞(去聲)　僧輸沙拏那鞞　鼻何囉闍佉鞞　阿婆囉牟尼　多嚧那胡盧醯　那他(上聲)鉢帝利　闍婆徒迷　魔囉娑帝　帝弭羅鉢帝利　蹇茶　涅利何隸　斫初婆嘶　佉拏(上聲)毗迷蹄(上聲)帝都裔　莎波呵鴦求囉蹄　莎波呵　布蹄籔耶迷　莎波呵　頗羅債鞞　莎波呵　薩智耶都裔莎波呵　賒梨囉　那婆迦羅摩毗沙　莎波呵　此陁羅尼句擁護國土　莎波呵

汝清淨智此是磨刀大陁羅尼汝以此磨刀大陁羅尼力於諸衆生能作如上諸大業事能為大樂以是因緣故汝今則能令諸衆生稟受汝化於是一切諸來大衆讃地藏菩薩言善哉善哉爾時世尊亦讃地藏菩薩言善哉善哉善男子汝令能為一切衆生如大妙藥何以故汝身即是微妙大藥汝於此四天下一切衆生中衆生之藥能滅一切衆生苦惱能施一切衆生樂具成就大悲汝能顯示如是甚深磨刀大陁羅尼力故令此衆生地味精氣種子芽莖枝葉花果諸味五穀藥草

而不衰損無毒增長具足成就衆生食者令彼衆生穢濁鬬諍悉皆消滅堪修善行於此四天下非時風熱寒温旱潦皆悉消除日月星宿晝夜月半月晝時節年歲變怪爲滅此故說此磨刀大陁羅尼以此陁羅尼力故令我三寶種及以法眼得久住世使此愚闇薄福我慢所壞者不修善根惡剎利及諸宰相於我如是百千萬億阿僧祇劫精勤苦行所集之法不滅不壞比丘比丘尼優婆塞優婆夷無有惱亂以無惱故諸天不忿天不忿故一切衆生悉皆獲得如上樂具

大集須彌藏經卷上

音釋

[舟發] 房越反與筏同　鉀 古洽切與甲同　煗 乃管切温煗也　蚊䖟 蚊音文䖟眉庚切虻䖟並齧人飛蟲也　嶮壙 嶮盧檢切巇嶮也壙苦謗切與曠同　蓊蔚 蓊烏孔切蔚紆勿切蓊蔚草木盛貌　饑饉 饑居夷切穀不熟曰饑饉渠吝切菜不熟曰饉　陿 侯夾切陿隘也　糩 苦會切糩糠也　劇 竭戟切尤甚也　雹 蒲角切雨水也　礦 古猛切猶硬也　攣 閭員切手拘攣也

大集須彌藏經卷下

高齊那連提耶舍共法智譯

陁羅尼品第四

爾時世尊告功德天言清淨智我於往昔與汝二人於因陁羅幢相王佛所同發誓願我今與汝得願滿足我今已得阿耨多羅三藐三菩提汝亦住於功德之處功德天言如是如是大德婆伽婆如是大德修伽陁與世尊所願已滿我與世尊善欲已滿我共世尊昔於因陁羅幢相王佛所同發誓願今願已滿心意滿足是故如來出現於世我今得住功德之處我今雖復得功德處猶故未能滿昔本願成熟衆生何以故此處多有象龍馬龍虵龍魚龍蝦蟇龍彼於此界諸衆生中起於惡行雖說甚深作光陁羅尼猶故未制此諸惡龍彼龍常起非時寒熱惡雲暴雨旱潦不調傷害衆生及以五穀芽莖枝葉華果藥草大德世尊今此世界四天下中諸龍大龍及龍眷屬男龍女龍龍男龍女所有龍趣生者彼一切皆已來集又十方世界一切佛刹諸大菩薩摩訶薩皆來集會及一切天夜叉羅刹乾闥婆緊那羅鳩槃茶餓鬼毗舍遮富單那迦吒富單那等一切來集又復世尊聲聞弟子人非人等亦悉來集在大集會爲聽法故住於佛前一切衆生依四食活大德婆伽婆今正是時唯願除此諸惡毒龍灾害方便於如來所無有信心其心常與惡法相應惱亂衆生損壞衆生資生之具毒惡麤獷於諸衆生無悲愍心不見後世莫令於我所化衆生爲作障難是故世尊於彼衆生應起大悲

滅彼諸惡爾時世尊告須彌藏龍仙菩薩摩訶薩言善男子汝於往昔然燈佛所爲化諸龍發大勇猛弘誓大願汝須彌藏有四生龍大龍毒惡過去未來現在所有氣毒龍見毒龍觸毒齧毒貪毒瞋毒癡毒龍等此諸惡龍今當云何如法除彼所有惡業令諸衆生所有種種資生之具無所損減於三寶中信樂愛敬深信後世離於惡業爾時須彌藏龍仙菩薩摩訶薩白佛言世尊我當入彼毒龍宮中結加趺坐入龍頻伸三昧以此三昧力故令彼惡龍貪瞋傲慢皆悉消滅柔和調伏其心寂靜深信後世於一切衆生所慈悲憐愍起救濟心令彼毒龍心生敬信亦不惱亂一切衆生安置救濟衆生心地又世間所有風雨旱潦灾雹大雲寒熱所害彼諸衆生當稱我名合十指掌作如是言大慈悲者念我念我能化伏龍須彌藏菩薩種種方便智慧勇猛修行無上菩提道者唯願救我除滅我苦

作是言已即說呪句

多地耶他　薩駞婆步闍　毗梨荼步闍

輸拒盧梨荼步闍　迷盧闍婆　伽除婆步

闍　炎(于劍切)炎阿泥婆步闍　蘇摩羅呵跋

多步闍　債菩步闍　莎波呵

此陁羅尼呪句擁護其甲莎波可

大德婆伽婆若有衆生爲諸毒龍之所惱亂當稱我名并誦此陁羅尼能滅此龍貪瞋慢妬毒惡之心我以清淨天耳過於人耳而得聞之我得聞已若四生龍大龍龍父龍母龍男龍女及龍眷屬不能令彼生敬信心猶作如是非時風雨寒熱旱潦灾雹惡等若不滅

者又我不與一切衆生安樂因緣滿其願者我便欺誑一切十方三世諸佛亦莫令我得成阿耨多羅三藐三菩提如是大德婆伽婆我於過去然燈佛所於佛眷屬大衆之前發於如是堅固大願從是以来常善安住教化衆生又從是來復於億那由他百千佛所諸佛現在眷屬前亦作如是堅固大願我常安住大精進力教化衆生策勤不倦如我今者於世尊前堅固精進等無有異爲欲降伏諸惡龍故世尊我念過去阿僧祇劫以來未曾憶念於一念頃捨於堅固勇猛精進心常安住堅固精進教化衆生乃至今日亦復教化一切衆生此諸龍王於大乘法精進修行謂此善住龍王爲一切象龍主此難陁龍王婆難陁龍王爲一切虵龍主此阿耨達龍王爲一切馬龍主此婆樓那龍王爲一切魚龍主此摩那蘇婆帝龍王爲一切蝦蟇龍主如是等諸大龍王能與衆生作諸衰惱自餘諸龍自力不堪作上衰患此五大龍王安住大乘有大威德是大龍王各各佛前約率眷屬不令起作如上灾禍於佛法燈三寶種姓久住於世不令速滅爾時一切諸來大衆同聲讃須彌藏龍仙菩薩摩訶薩言善哉善哉爾時善住龍王從座而起偏袒右肩合掌向佛而作是言大德婆伽婆依屬於我諸龍大龍所謂胎生卵生濕生化生隨佛弟子聲聞菩薩徒衆眷屬所住國土慈心相向無怨害心住安等心又彼國土得爲王者於佛法中得淨信心擁護佛法不恃豪貴自在而生憍慢毀壞佛法亦不惱亂比丘比丘尼優婆塞優婆

夷所有依佛出家若器非器剃除鬚髮服持袈裟至於彼人信心護持其國土中或餘衆生於佛法中起怨刺者國王應當如法遮約又其國中先王敬信曾施沙門及婆羅門田宅封邑令其受用更不追奪若有輔相明智大臣和合一心共治國事得財堅固常舒施手是刹利王善護國土一切國中所有闘諍穢濁如前所說我等諸王各各自勑已之眷屬不起灾變何故我今作如是勑此袈裟染衣一切過去諸佛常所加持又此袈裟則爲一切諸菩薩種則是趣向涅槃正路即是剛刀能斷煩惱則是涅槃種子則是失道者燈明亦是除病者藥如大猛風吹無明雲則是欲行惡道者杖則是吐藥散煩惱毒則是金剛壞脩羅怨則是一切善法寶藏如清淨水能洗罪染觀諸惡法猶如明鏡能攝亂心猶如羅網能容禪定猶如寶篋猶如大地能生諸波羅蜜應當頂戴如髻明珠能容忍辱猶如屋宅則是淨器容十地行障諸外道猶如城郭則是良醫治煩惱病於諸學者如須彌山除煩惱柔猶如明月除邪見闇猶如淨日爲智慧藏猶如大海於菩提分法猶如華鬘於一切智智猶如賢缾一切佛護猶如意珠又此袈裟一切諸佛之所加護於諸衆生雨法雨故是故婆伽婆若惡刹利王破壞佛法惱亂比丘比丘尼乃至器非器依佛出家者若治罰其身或稅其物乃至斷命是故其國中有敬信佛天夜叉羅刹阿脩羅鳩槃荼餓鬼等有大威德於彼一切刹利王所起瞋恚心令彼國土闘諍饑儉疫病刀兵競起非時

風雨旱潦寒熱損傷五穀種子芽莖枝葉華菓藥味此非龍過是諸龍等實自無辜橫得惡名大德婆伽婆譬如婆羅門自食蒜已與實女通不言己臭妄怨實女言汝臭穢世尊是刹利惡王亦復如是捨刹利法行首陁行以是因緣彼護國土威德諸天乃至薜荔等心生瞋忿破壞國土國王臣民不審已過妄與諸龍大龍而作惡名佛言龍王已曾教勅一切諸王若順教行者得人天樂乃至獲得涅槃之樂若惡刹利王不順教行者乃至墮於阿鼻地獄復告龍王各各自誡已之眷屬當設嚴教勿令違犯令彼現在及未來世莫壞我法及三寶種爾時龍王白佛言如是如是婆伽婆如是如是修伽陁世尊隨彼彼土若有持戒多聞所居之處於彼國中隨其所有我之眷屬若男龍女龍龍父龍母龍男龍女及龍眷屬於彼國土若城邑聚落一切諸處作非時風雨霜雹寒熱傷壞五穀華果藥味資生之具世尊若彼福田所居之處若有諸龍違背我教我與立誓令彼惡龍其身燋瘦退失神通燋熱觸身依報滅壞無復辭辯不堪爲作即說呪曰

多地耶他　那伽嚂步竹簁　那伽泥迷
那伽陁囉輸伽囉　輸伽囉　闍邏輸伽囉
阿鼻摩祇婆波呵婆囉目企　迦羅帝步竹
簁　耶婆薩眈鞞　帝闍耶　婆頗隸　毗
目賒羯隸　莎波呵

如是陁羅尼句擁護某甲令一切怖畏一切災害悉令消滅莎波呵

爾時一切大衆讚善佳龍王言善哉善哉大

龍王能護一切衆生爾時會中一切龍衆驚怖恐懼時難陁龍王婆難陁龍王從座而起偏袒右肩合掌向佛而作是言大德婆伽婆若現在世未來世若惡刹利王慳惜資財自不受用亦不施他於已資財慳惜耽著不舒施手於沙門婆羅門不信不施貧窮行路乞匃之者皆不給濟於已宮内及其眷屬亦復不與如法樂事彼彼守護國土諸天夜叉羅刹阿脩羅鳩槃茶餓鬼等有大威德彼等一切於惡刹利王起瞋怒心令彼國土鬬諍饑饉疫病刀兵競起乃至五穀藥味悉皆損壞非彼諸龍及大龍過彼龍王等實無過失横得惡名譬如有風吹彼臭屍世間之人便言臭風然彼風性實非臭也如是世尊惡刹利王亦復如是以慳貪故一切護國土者起瞋恚心以瞋恚故破亂其國横爲諸龍而作惡名雖然我爲彼龍而作教令若彼諸龍若過去若未來違我教者若於如是諸佛所有聲聞弟子持戒多聞所居國土若我眷屬胎生卵生濕生化生若男龍女龍龍父龍母龍男龍女及龍眷屬於彼城邑聚落山川谿谷作非時風雨旱潦灾雹大寒大熱傷害衆生五穀華果及諸藥味資生之具於佛聲聞弟子福德人所作損害者彼諸龍等違我命者當爲立誓令彼諸龍身體攣縮不能遊行退失神通燋熱觸身一切依報悉皆損壞無復辯辯無所能作即説呪曰

多地他　婆囉拏輸迷　鳩牛婆頭囉蹄婆嚧拏懼鞞　阿迦羅蹄　翅賒泥毗摩何囉伽蹄　鳩拏鼻　阿羅耆　阿多沙隸　那

邪那䠷䩞　迦羅鳩世　衰奮懼波羅製乾
陀何羅婆斯　莎婆呵
此陁羅尼句擁護其甲莎婆呵
爾時一切大衆讃難陁跋難陁言善哉善哉
爾時阿那婆達多龍王亦於佛前自誓擁護
勑諸眷屬亦如上說即說呪曰
多地他　那摩比梨世　那婆那摩比梨世
阿奴差那婆躬牛闍鼻蹄　佉伽裴佉鉢囉
都嚧安鷹（徒賣切）　賀邪斯隸　那囉邪拏瞿迷
比那悉顛隸　阿賒迦囉迷　阿初是泥移
簁　牟尼薩䩞　莎波呵
此陁羅尼擁護其甲令無怖畏殃禍莎波呵
爾時婆樓那龍王亦於佛前教令眷屬及自
要誓亦如上說即說呪曰
多地他　芳摩䩞迷　籛羅綺拏瞿泥　多
拏頻度帝利泥　婆羅乂達利迷　伽僧俱
迷　比邪牟苓　翅世　徒嚧謨提摩移（上）
多那鋸斯　折摩奚雞　遮羅何羅鴦者那
荼達坻　揵荼加都隸　莎波呵
此陀羅尼句擁護其甲莎波呵
爾時摩那蘇婆帝龍王即從座起偏袒右肩
右膝著地合掌向佛而作是言大德婆伽婆
若有依我諸龍大龍胎生卵生濕生化生婆
伽婆若現在未來有惡剎利王等捨剎利王
法行於惡行是王當趣阿鼻地獄先道當知
皆是惡剎利王過龍王無辜横加惡名以此
因緣龍王瞋忿作諸惡業雖然我等敬受如
來之教世尊譬如人衆之中有妙寶女澡浴
清淨以香塗身著轉輪聖王上妙衣服於其
頭首著勝七寶鬘以真金繩臂印環釧以自

莊嚴乘大象乘眷屬圍遶送詣刹利王所如是世尊我等諸龍畜生所攝損壞之身爲貪瞋慢之所染汙如來今者是法輪王以第一調伏水洗浴我等服慚愧衣以三十七助菩提分鬘莊嚴頭首以種種三昧陁羅尼忍地莊嚴我等心意識昇大乘車我今欲往離於五濁清淨佛土隨佛世尊爲諸清淨大菩薩衆之所圍遶說大乘法處是故我等敬受佛教我於今者及自眷屬安住堅固弘誓大願在在處處城邑聚落山川邊城若聲聞乘人若辟支佛乘人若菩薩乘人若出家若在家若持戒若破戒若多聞若少聞若精進若懈怠若定若亂若念若失念但於如來所愛信恭敬心生希有於法僧所及聖愛戒亦復如是於三菩提隨意趣向愛信恭敬生希有心堅固安住隨所住處若我眷屬若龍父龍母若男龍女龍若龍男若龍女及龍眷屬隨在在處處城邑聚落山川邊嶮非時風雨旱潦災雹寒熱暴起傷害五穀種子芽莖枝葉及諸藥味資生之具在在處處隨有佛土諸聲聞弟子福田住處若有諸龍違我命教我今立誓令其身體一切攣縮違失神通不能遊行燋熱觸身諸根閉塞依報失壞不能爲作

即說呪曰

多地耶他　佛陁闍耶　婆羅差　阿摩尼
迷菩哆　婆離梨　阿婆末提　鉢囉帝耶
尼利　阿婆尼邏迷　企羅輸筵　那蘇都
昇鉢梨昇婆什鞞　婆捷陁婆梨　波囉諵
訖利移　莎波呵

此陁羅尼擁護其甲莎波呵

爾時一切諸來大衆歡喜踊躍合掌讚歎摩那蘇帝龍王言善哉善哉善大丈夫汝所應作爲欲利益一切衆生是時一切龍衆驚怖戰慄悶亂失性爾時乾闥婆仙名曰樂生即從座起偏袒右肩合掌向佛而作是言諸佛大衆當一心念若現在若未來惡刹利王愚癡無智憍慢所害不顧後世欺誑無悲惱亂比丘比丘尼乃至歸依如來剃髮著袈裟衣者而作惱亂我當於彼惡刹利王所以三昧力故而作是誓令彼惡王現得果報當令王身及其眷屬資生樂具爲諸敵國之所侵奪及爲内賊反逆擾亂河池枯竭或復潦溢疫病所惱惡星變現寇賊競起飢荒著樂家親眷屬乖散不安四大變異鬼神嬈亂天及諸龍乃至餓鬼有威德者悉皆不安有刹利婆羅門毗舍首陁若男若女亦悉不安師子虎狼惡獸毒蟲亦皆不安我今爲欲利益彼惡王國故作此誓何以故是諸惡王於如來所出家剃髮一切諸佛之所住持與三寶種者而作惱亂即說呪曰

多地他　跋泥　邪婆那鉢隸　摩訶跋那泥度嚧　摩遮嚌　鳩蘇摩婆羅帝　育多杉婆差　鞞摩地利多差婆上嚧鉢那邪鉢利婆利菩摩　度嚧迦囉迷　泥何鎌闍斯邏迷帝利　裴摩跋多　磨輸嚧佉誓那邪那嫌居隸　毘婆車鞞梨栖　陁那譲制　僧伽毗余差　波羅刹帝　波羅民陁達隸　浮彌頗師嚌　十嚧摩陁隸　婆那伽逝浮摩嚌　陁婆嚌　頗那邪比梨使致什婆迦羅迷脩多羅差　乾闥婆斯悉

莎波呵

此陁羅尼句擁護某甲令無怖畏災禍莎波呵

令彼惡刹利王及不見後世惱亂比丘者得如是惡爾時一切諸來龍衆及乾闥婆衆各作是言願放捨我若刹利王違法行惡惱亂法僧我當順誓還令我等於自宫内遊戲歌舞自在受樂爾時一切諸來大衆同聲讚言善哉善哉爾時地藏菩薩摩訶薩合掌禮佛而作是言世尊我有一切三昧遊戲神通令亦欲説幢杖大陁羅尼門若於此幢杖大陁羅尼門一經耳者所有耳病悉得除愈亦除一切貪瞋癡等煩惱諸病設不全滅能令輕薄以此呪呪於海皮安禪滿百千遍用塗王鼓有聞聲者所有貪瞋癡等一切煩惱悉皆微薄於佛法中得清淨信恭敬愛樂希有之心亦得勇猛隨順法行深信後世資生豐足衆人愛樂莫不喜見即説呪曰

多地他　崩伽婆　末帝阿盧波　摩帝器多羅浮葦波那蹇地　句那磨企隸　磨蹉奴隸　橋何囉那地　那乂跋迷槃陁阿囉輸迷　捭伽羅耆梨迷　盧醯多何羅鞞濘伽羅蘇　婆伽那兮梨泥　安陁柘漩梨迦囉浮逝　鞞舍盧醯　三摩提頭婆利莎波呵

此陁羅尼句擁護某甲令離怖畏莎波呵

爾時如來讚地藏菩薩摩訶薩言善哉善哉善丈夫及一切大衆亦共讚言善哉善哉爾時無盡意菩薩即從座起偏袒右肩合掌向佛而作是言佛及大衆唯願隨喜我今亦欲

說大陁羅尼名一切如來語言音聲發幢蓋摩尼願眼有大威德有大威勢有大威力滿多聞藏滿智慧藏諸佛聲聞之所成就若有於如來所盡形壽安住淨戒安住優婆塞戒若住沙彌戒若住具足戒若器非器若於此幢蓋摩尼願眼大陁羅尼能受持讀誦七日七夜慧觀方便恒常觀察於五受陰數數誦此幢蓋願眼大陁羅尼於七日七夜能誦滿百千偏便得聞持隨聞能受得無量辯才能令剎利婆羅門毗舍首陁及一切衆生生敬信心又復能令豐足資財趣向天道常得親近生諸佛前即於佛前而說呪曰

多地他　帝利拏　僧是若翅　鼻帝利拏

頻鞞迦嚂陁差　蒱婆蘇閉　遮摩羅諶鞞

阿婆羅差　阿差邪盧臂　阿遲邪撓摩帝

彌利尸利婆毗莎婆利　薦渠闍陁是禰

闍闍囉奴迷　阿那摩輸地　彌梨佉其利

差　尼羅婆嚌　末伽婆差　袍婆莎婆利

呵佛梨　帝蘇步　莎婆囉佉逝　蘇謨帝

謨泥　莎波呵

此陁羅尼擁護其甲莎波呵

爾時世尊讚無盡意菩薩言善哉善哉善丈夫於我法中善作住持汝能顯現此幢蓋願眼大陁羅尼能示一切衆生多聞眼爾時一切菩薩大衆讚無盡意菩薩言善哉善哉善丈夫汝於現在及未來世若有趣向一切大乘衆生則能增長住持多聞之聚汝今於此幢蓋願眼滿足多聞大陁羅尼能顯示故

爾時文殊師利童子菩薩摩訶薩即從座起偏袒右肩合掌向佛而作是言世尊我今亦

欲令此四天下所有樹木華果五穀藥味芽莖枝葉及依地衆生資須之具令其豐足為擁護故說大陁羅尼名能懼尸利子利奴此四天下中希有未有未見未聞如來所作如是大集我今說此能懼尸利子利奴大陁羅尼有大威力增長一切種子芽莖枝葉華果藥味潤澤甘美悉皆豐饒令一切衆生能作信戒多聞布施智慧慈悲方便長養一切助菩提分法即於佛前而說呪曰

多地他　阿曼禰邪居閉　伽婆乂毗誓渠盧遮盧迷　鉢吒乂盧迷　尸利邪乂居蘇迷那婆鋸闍地(徒賣切)　何囉闍跋迷車吒婆波摩嚌畢素狠祇阿佛囉素隸何娑伽闍差盧摩浮闍差　鉗毗囉婆素迷　阿奴摩邪薩利鉢羅賒都裔莎波呵

此陁羅尼句擁護某甲莎波呵

爾時文殊師利白佛言世尊以此陁羅尼書高幢上以大音聲而讃誦之復以此陁羅尼呪摩阿那果汁一千徧用散樹木田苗五穀若以此呪呪諸螺鼓而吹擊之隨其音聲所到之處所有華果五穀藥味依地生者一切灾害無能毀壞無能乾枯不能燒滅亦復不能奪其精氣又亦不能損其勢力無能刧奪若天若龍乃至大威德薜茘鬼若魔若魔子若魔眷屬不能為害況餘衆生及衆生數唯除宿業定障爾時世尊讃言善哉善哉善男子汝今善能於四天下中昇施德乘善男子汝復又能助成無量衆生無上菩提之道爾時一切諸菩薩衆讃文殊師利菩薩言善哉善哉如汝所作常應如是爾時觀世音菩薩

語彌勒菩薩摩訶薩言我今與汝大陁羅尼名船華功德以此陁羅尼句於諸衆生披以大慈鎧音而爲説法是等衆生以汝三昧神通力故得聞正法除諸惡心及諸邪見諸惡知識及諸惡伴恒常憶念慈悲善根於一切衆生所起憐愍心深見後世心遠離十不善心住十善道心悉能清淨一切衆生心降注法雨穪衆生欲一切怨家令其欣喜生信善心即説呪曰

多地邪他　藍步莎婆利迦莎邪跋迷　三穪移婆竭隷　陁婆何樗伽闍隷　募刀差素何乂莎婆梨　蘇呵風祇阿婆路迦陁隷悉陁呵毗婆差馳呵　那頻婆兮梨　阿毗扇陁遏鞞　橰婆遮羅　阿婆囉何羅斯婆羅呵初地　利埵迦何囉都裔　三摩提羯泥婆羅闍尼帝利　摩訶浮多究細　阿囉拏尼隷　婆羅呵賒迷　尼羅居蘇迷　莎波呵

此陁羅尼句擁護國主莎波呵

如是彌勒此船華德大陁羅尼以此陁羅尼鎧菩薩摩訶薩爲衆生説法若諸衆生聞此陁羅尼音一經耳者乃至微細蚊蚋蝨等濁惡之心皆悉消滅於善法中得安住心況復人等得聞此陁羅尼若有人欲求雨者當至泉原龍居之處誦此陁羅尼一日誦一千八徧日日如是乃至七日復以種種好華名香百味飲食散龍池中唯除酒肉五辛不淨之食從月七日至十四日於十五日旦當以胡椒末和蜱麻油呪一千八徧塗白氎上弃龍泉中能令此龍於彼人所生大欣喜便澍大

雨爾時會中諸大龍及諸龍仙諸來集者得聞船華德大陁羅尼欣喜踴躍不能自勝深自慶幸起於慈心信後世心於三寶中淨信尊重生恭敬心希有之心懺悔自已生畜生趣惡業之心入無上大乘心彼諸龍等各隨力能欲供養佛諸龍大龍或有雨於金末銀末牛頭栴檀堅黒沉水龍堅栴檀多摩羅葉香又雨優鉢羅華波頭摩種種諸華種種衣種種蓋種種幢旛金繩珠瓔一切諸龍大龍向佛合掌一時同聲而作是言大德婆伽婆我等一切於三寶所住增上信樂心我等今者於世尊前説誠實誓在在處處城邑聚落人民之中顯示如是船華德陁羅尼如是一切諸餘陁羅尼謂水宅心陁羅尼磨刀陁羅尼幢蓋願陁羅尼能求尸利子利奴陁羅尼船華德陁羅尼及四天王所説陁羅尼并四龍心陁羅尼如是等大陁羅尼在在處處一一顯示演説受持讀誦我等諸龍隨彼彼處城邑聚落邊地山川隨其時節起雲降雨寒温調適我等於彼彼處滅除自軍他軍鬪亂諍訟疫病饑饉死亡等令其處處安隱豐熟人民安樂甚可愛樂我又令彼種子芽莖枝葉華果樹木五穀藥草增長其味不令損減衆生依報豐饒肥膩甘甜勝味妙香能令出生我等亦能令閻浮提一切諸王各生慈心利益心無怨心無違諍心如是婆羅門刹利毗舍首陁乃至夜叉令生慈心乃至優婆塞優婆夷令生和合心隨此陁羅尼所至到處我等能爲如上所説之事爾時世尊讃諸龍言善哉善哉爾時一切諸來大衆亦讃諸龍

善哉善哉爾時須彌藏菩薩亦讚善哉讚善哉已告功德天言清淨智汝今乃有如是無量諸大菩薩以爲善友猶故不能轉調伏輪成熟衆生時功德天語須彌藏菩薩言若菩薩摩訶薩以願力自在因緣故於此穢惡五濁佛刹受生得值如是善知識伴如我今日得遇如是相應善友者彼人阿耨多羅三藐三菩提便在掌中則爲滿足六波羅蜜若有勇猛精進菩薩爲善友所攝者一切種智便在掌中佛言如是如是清淨智如汝所説若有菩薩摩訶薩願力自在爲成熟衆生因緣故生五濁世勇猛精進堅固不退以四攝法相應爲如是大善知識伴所攝一切智智已在掌中當知彼人便爲滿足六波羅蜜離三惡道當知是人遠離胞胎當知是人住無學地盡諸有漏當知彼人爲一切諸佛憶念護持當知是人住離慾地爾時會中有天帝釋名無垢威德合掌向佛而作是言世尊何因何緣是諸龍大龍損壞世間衆生資財佛言有二因緣是諸龍等能壞世間衆生資財何等爲二一者貪力因緣二者瞋力因緣以是因緣故起非時雲雨霜雹寒熱損壞衆生所有種子芽莖枝葉華果五穀藥味悉令燒然乾枯墮落損減衆生資生之具令身口意造作種種諸重惡業衆生以此重業障故燒滅過去一切善根無有遺餘遠離善知識常在三惡道或有衆生於現在世爲衣食故乃至造作五逆重業以惡業故於無量劫不得人身設使久後得人身者或諸根殘缺或失正念生旃陁羅家下劣種姓工巧之家貧窮下

賤衣食不充資生乏短又復以惡業故離善知識以身口意惡業障行復墮三惡道中及至阿鼻地獄是其勝路如是善男子飲食乏短故是諸衆生久處生死沉流不絕具受三塗種種極苦爾時世尊即說偈言

所有諸苦生　皆由於飲食　若離於飲食
諸苦則不生

爾時無垢威德帝釋即說偈言

善哉恩愛羂　乃至於有頂　如是廣大羂
皆因飲食生　凡夫二種因　愛繩繫縛身
不能得逃避　猶如鹿著羂　或走或徐行
起已還復墮　愛毒藥過故　或啼或喜笑
機關苦輪逼　猶如壓油麻　一切諸天人
愛逼迫亦然　百千衆技術　雖見種種巧
愛戲弄人天　巧妙過於彼　貪愛毒之過
能害一切人　設學武勇怨　猶尚不能及
如夜叉所執　狂亂種種語　愛夜叉所執
狂亂過於是　世有吉祥人　能離恩愛怖
若能乾竭愛　則度世彼岸

爾時觀世音菩薩亦說偈言

貪瞋癡惑人　狂亂無正念　遠離一切善
造作重惡業　不敬尊父母　散滅於善道
不敬信三寶　又造諸逆業　無有悲愍心
暴惡甚可怖　彼瞋心力故　入阿鼻地獄
衆生瞋恚故　迭互相食噉　數數惡道中
衆苦所逼迫　遠離善知識　惡心所躓頓
常處諸有海　遊行黑闇路　菩薩大悲身
爲如是衆生　自捨於已樂　令彼得解脫
修習菩提行　造作三種事　建立勝法幢
除滅衆生惡　爲一衆生故　廣集諸苦行

精勤修道法　捨財及身命　爲一一衆生
無量劫受苦　救拔衆生故　堪忍世苦惱
功德天勇猛　住教化衆生　爲貪欲衆生
發起菩提心

爾時功德天以一斛器盛諸種子奉上觀世音菩薩摩訶薩而作是言我今以此一斛種子施善丈夫爲欲增益一切種子願令我意所欲成滿又令我能於四天下充足衆生資生之具於惡暴虐斷善衆生拔其苦惱令得安住菩提之種爾時觀世音菩薩摩訶薩即以手執彼種子器徧示十方作如是言一切十方諸佛菩薩及以諸龍今現在者願悉念我令使一切諸四天下所有種子芽莖枝葉華果五穀及諸藥味地味精氣衆生精氣善法精氣增長無損又復令此四天下中三寶種性相續不斷使功德天一切所願皆悉滿足常使功德天能令一切衆生資財豐足亦能教化一切衆生遠離一切惡令發菩提心又令諸衆生得離三惡道生於天中即說呪曰

多地他　牟尼尸婆　牟尼那佉　牟尼波羅　牟尼娑利　薩[豆*斤]娑於娑差帝剎多囉波羅那膩羅　婆邪婆　薩婆毗闍　邪婆悉利梨　莎波呵

此陁羅尼句擁護其甲莎波呵

爾時世尊讚觀世音菩薩功德天言善哉善哉告功德天言清淨智一切諸佛及諸大衆已作加護於此四天下中五穀種子芽莖枝葉悉令成熟又亦令汝能化衆生汝今應當教化衆生爾時帝釋憍尸迦白佛言世尊當

何名此法門云何受持佛告憍尸迦此經名曰如來共功德天本願要誓經亦名須彌藏菩薩所願亦名陁羅尼篋亦名增長地味亦名三昧方便教化衆生說此法時功德大天須彌藏菩薩摩訶薩及一切諸來龍大龍并其眷屬一切神仙天人阿脩羅乾闥婆衆聞佛所說皆大歡喜

大集須彌藏經卷下

音釋

蝦蟇 蝦胡加切蟇謨加切蝦蟇蛙屬 齧 五結切噬也 篋 音愜箱屬 匃 居太切乞請也 環釧 環音還正作鐶指鐶也釧樞絹切正作釧臂鐶也 寇 苦候切與寇同羣行攻劫曰寇 羂 古眩切網也 躓 陟利切踣也踣渠劫切 鬀 音弟髮也 ⿰豆斤 丁侯切

虛空孕菩薩經

隋天竺三藏闍那崛多譯

清刻龍藏佛說法變相圖

虛空孕菩薩經卷上

隋天竺三藏闍那崛多譯

如是我聞一時婆伽婆住佉羅坻迦山古昔神仙所居之處與大一切比丘衆俱度量已過皆悉漏盡諸大沙門復有菩薩摩訶薩衆無量無邊阿僧祇恒河沙數諸大人俱乃至世尊授功德天記莂訖已爾時世尊默然而住及諸大衆亦復如是爾時西方有一應珠是摩尼寶忽然出現復有百千帝釋天寶左右圍遶摩尼應珠時彼應珠最在其前應珠現已彼山所有諸色光明皆悉不現并諸天人大神王等聲聞菩薩大地火風諸水色光莫不隱蔽惟除如來光明不滅爾時大會覩如來光無量無邊不可說不可說徧滿十方猶如虛空而世尊光威嚴殊特照曜顯赫最

妙最勝時彼大會所有衆生集會之者各見自身所有光明并及諸大妙色隱蔽不現自已色相觸受等事亦復如是凡所觀處狀若虛空亦復隱蔽日月星宿地水火風一切諸色種種光明不與眼對耳不聞聲鼻不聞香舌不得味心意識等亦不能緣亦無彼我亦無六入一切諸大凡所求覓欲有觀視一切方處皆悉不見所視諸方惟見佛身光明相好顯現特尊遙見彼珠無量無數釋提桓因著身妙珠左右圍遶彼勝摩尼獨在於前時大衆中唯諸菩薩住十地者或得首楞嚴三昧者或復有得一生補處彼等菩薩見斯瑞相不驚不怖不沒不悔所以者何彼諸菩薩於一切法皆達眞理曉了實相勤入空門以是義故不驚不怖亦不悔沒其餘菩薩摩訶薩等及諸聲聞天龍夜叉阿脩羅迦樓羅緊那羅鳩槃茶及諸餓鬼毗舍遮富單那迦吒富單那人非人等集會之者皆悉驚怖恐懼滯沒於此彼岸不能曉了以驚怖心各各相求而不顯現心懷疑惑各作是念此是何相此事何因此誰威力欲自決疑而無問處爾時於彼海會之中有一菩薩摩訶薩名曰梵擻即從座起合掌向佛而說偈言

一切諸法相　眞實無知者　若人住諸陰
六根皆閉塞　觀一陰不實　所謂色陰是
彼疑諸佛法　迷惑衆生等　善哉大世尊
願爲說實法　如來此彼岸　教知空忍門
彼大精勤者　得定身難說　最大摩尼寶
頂戴彼莊嚴　天帝著身珠　無量左右繞
彼等欲來故　先現是瑞相　彼等諸菩薩

悉得首楞嚴　如是諸智輩　欲見佛世尊
彼等來詣此　說深法無疑　願佛慰此衆
彼當哀矜汝　是等欲來故　先現是境界
於時佛世尊　告彼菩薩言　一如汝所說
此是三昧境　若人聞無住　彼人能住智
此是虛空孕　三昧威力境　得住無說處
三昧光相現　若人住二見　彼等常迷惑
染著斷及常　即失此彼岸　此等二見者
若欲速解脫　是等莫言說　速得證諸地

爾時世尊說此偈已告彼菩薩作如是言仁者雖然但初學人諸菩薩等應欲教者應教彼等言說之相以方便力亦教攀緣六波羅蜜乃至諸大本相次第相生應教令證既證知已然後能於一切諸法無言無說須知本體生處應滅攀緣諸陰無體應證應知不令彼墮斷常見中捨二邊已即不驚怖不沒不悔於諸一切法中不生攀緣之想於諸一切波羅蜜速得圓滿具足成就亦不住於斷常二見爾時世尊說是法已時會大衆還得相見如本無異如舊所見諸色光明如前所聞還聞如故所證所觸亦復如是爾時世尊即舉右手唱如是言此是虛空孕菩薩摩訶薩來詣我所得諸三昧如大海水於菩薩行成就具足如須彌山於大智內猶若虛空勤行精進猶如大風於諸忍中猶若金剛於般若中猶如虛空於菩薩衆猶如大幢向涅槃路如大商主於諸善根猶如地藏爲衆貧窮猶如德瓶爲幽衆生猶如日光爲失路者猶如盛月爲驚怖衆如須彌山爲諸煩惱病苦衆生如甘露藥爲斷善根諸衆生等猶如拄杖

於生天路及涅槃道猶如橋梁於度彼岸猶如大船於上生天猶如閣道若有被人誹謗惱者爲作傘蓋於諸外道猶如師子於諸惱熱猶如冷水於魔怨敵猶如鎧甲於學錯悞猶如智師於諸善根猶如大地於愛鬘者猶如香華於諸持戒及知足者猶如明鏡於諸無慚無愧人所猶如刀劒於諸病患衆生之内猶如良醫於飢衆生如功德天於渴衆生猶如月珠於疲乏衆猶如牀鋪於諸勤求三昧人所猶如日珠於向菩提道心衆生猶如車乘於諸愛樂禪定衆生如清涼池於樂菩提助道衆生猶如華鬘彼善男子又於行諸波羅蜜者猶如大果彼善男子於修諸地如彼應現摩尼之寶若人修習首楞嚴三昧者如波利質多羅樹彼善男子猶如利劒割截一切諸見結故彼善男子猶如金剛破壞一切習氣煩惱故能降伏一切魔衆於方便衆生如解地藏者彼善男子顯現勝智善巧方便彼善男子於一切法眞實體中能作住持又於一切辟支佛所爲作華鬘又於一切聲聞衆所猶如衣覆於一切天猶如淨眼於諸人中猶如直路於諸畜生能作歸依憐愍餓鬼拔地獄苦又於一切諸衆生所爲大寶器是大福田於諸菩薩猶如大車彼善男子猶如大臣於三世中諸佛如來怛他阿伽度阿羅呵三藐三佛陁常能守護諸法城門彼善男子以十八不共法而莊嚴身具足一切諸佛智慧堪受一切衆生供養種種供具而供養之唯除如來汝等此會應須迎逆持諸供具隨力隨分而供給之尊重讚歎以種種寶

及諸旛蓋香華寶幢諸華鬘等末香塗香華鬘莊嚴種種瓔珞以諸寶器安置香湯淨灑道路種種瓔珞莊嚴道側種種讃歎而歌詠之何以故汝等一切不久當得如是種種功德之器爾時一切集會大衆皆從座起面向西方於虛空孕菩薩摩訶薩所來之處低頭合掌遥禮致敬心生歡喜踊躍無量熈怡含笑正立而住彼大衆中最勝菩薩摩訶薩及大沙門天王龍王夜叉王阿脩羅王迦樓羅王緊那羅王摩睺羅伽王五通諸仙各各思惟我等今者作何供具最勝最勝莊嚴供具供養供給彼善男子爾時虛空孕菩薩摩訶薩現神通力變此三千大千世界平正如掌七寶合成除滅一切山川沙鹵高峯石崖丘陵坑坎土塊礓石臭處糞穢荆棘沙礫無復遺餘除諸雲霧塵烟等穢及諸惡聲種種音樂於此大千種種諸樹變爲七寶其諸寶樹枝葉華果出微妙香於地所生種種藥草若小若大若有枝葉若無枝葉皆成七寶於此娑婆大千世界諸病患者莫不除愈一切地獄餓鬼畜生皆悉除滅一切諸苦彼等衆生飢者得食渴者得飲裸者得衣復有種種微妙瓔珞於是娑婆世界之内所有衆生隨心所樂莫不滿足身色端正世間無比最勝殊特六根具足支節洪滿離諸煩惱心得寂定樂行善行於佛法僧心得淨信如是此會所集種種一切大衆左右二手皆持應珠於應珠中復出種種微妙光明照此三千大千世界悉皆遍滿無不明耀而彼應珠復出種種微妙音聲雨種種寶種種旛蓋種種瓔珞種

種華香雨種種鬘種種寶器種種甘果復雨種種無價衣服種種金縷復雨種種眞珠羅網復雨種種優鉢羅華分陁利華波頭摩華拘物頭華沉水等香復雨種種諸末香等所謂牛頭栴檀及赤栴檀白栴檀等於彼菩薩所來之路自然灑掃於道二邊變成七寶莊嚴廊廡猶如天帝難勝法堂於其廊內自然化成種種玉女狀如欲界魔王妻妾皆作五種微妙音聲自相娛樂或歌或舞化作如是寶步廊已於佛頂上虛空之中化成一蓋如梵天王所受用者縱廣正等滿百由旬寶線爲繐眞珠垂露四散垂下諸餘瓔珞處處莊嚴其瓔珞中出五音聲一切大地所生草木若大若小若長若短若好若惡皆悉出於五種天樂一切衆生莫不聞者聞彼聲已無有不得不退轉地畢竟得至阿耨多羅三藐三菩提爾時彼會一切大衆見虛空孕菩薩現大神力如是莊嚴心生歡欣踊躍無量生殊特想復作是念我等今者於世尊前云何當爲彼善男子敷設別座爾時佛前自然即有一蓮華座白銀爲莖紫金爲葉碼碯爲臺梵摩尼寶以爲華蘂縱廣正等一俱盧舍其葉無量百千等數其華周帀自然湧出無量無邊百千華座一如前華等無有異又復於彼大蓮華上見虛空孕菩薩摩訶薩結加趺坐自然顯現首戴應珠於彼圍遶蓮華之上復有無量無邊眷屬諸菩薩等結加趺坐自然顯現爾時彌勒菩薩摩訶薩即以偈告藥王菩薩摩訶薩言

先來大菩薩　有大名聞者　頂禮世尊足

退坐蓮華上　此勝人來已　顯現大莊嚴
不禮世尊足　徑坐蓮華座
爾時藥王菩薩摩訶薩還以偈頌報彌勒菩薩摩訶薩言
此是仁者見　諸佛眞如法　不見有衆生
不染於分別
爾時彌勒菩薩摩訶薩復以偈頌報藥王菩薩摩訶薩言
若不見衆生　是住於實際　何故現莊嚴
汝決我心疑
爾時藥王菩薩摩訶薩復以偈頌報彌勒菩薩摩訶薩言
此是智者諸方便　爲化一切諸衆生
所有不解眞如者　愚癡執著住分別
是智出現爲世諦　衆苦逼惱不會眞
欲爲令彼等解脫　故現如是莊嚴事

爾時世尊讚歎藥王菩薩摩訶薩言善哉仁者如是如是如汝所說假使一切凡夫衆生彼等衆生終不能知須陁洹人境界方便解脫之事假使一切諸衆生等悉得成於須陁洹果彼等衆生亦不能知一斯陁含境界方便解脫等事乃至斯陁含人亦不能得知阿那含境界方便其阿那含亦不能得知阿羅漢境界方便其阿羅漢亦不能知一辟支佛方便解脫假使一切諸衆生等悉得獨覺辟支佛道猶如犀牛獨一無侶彼等緣覺不能得知無生法忍境界方便解脫之事而化衆生假使一切諸衆生等得無生忍亦不能得知一辯才首楞嚴三昧菩薩摩訶薩方便信行契會眞如觀察建立本不能知從何處生

從何處滅是善男子虛空孕菩薩得無生法忍已過無量無邊數劫亦復已得無礙辯才首楞嚴三昧知諸衆生心心所趣以是菩薩故令無量無邊衆生見大莊嚴顯現神力得住猒地如此善男子從此處沒隱身不現於西方出知於此刹三乘雜教以是義故現無邊虛空三昧神通勝智現三昧已令諸衆生生猒離想然後現於世諦現入莊嚴三昧現入三昧已因此三昧教化無量無邊衆生善男子此善男子若徑示現眞如境界無生法忍莊嚴事者即時世間一切天人心生擾亂即便迷惑乃至八地菩薩猶尚迷沒況餘人也善男子此大菩薩無人能知心行境界顯現之相此善男子得入如是甚深微妙功德之法故有如是無量無邊巧方便智已入一切諸佛法海無有疑心不由他悟自知方便堪爲一切大衆生等而作大王善男子此善男子虛空孕菩薩猶如寶幢能爲一切衆生示現天道解脫之路能除衆生心煩惱病能滅其身諸大苦毒善男子若有衆生墮在邪見曠野之中戹難迷惑不解方便欲求生天欲求涅槃彼等衆生若能至心燒沉水香頂禮致敬彼虛空孕菩薩摩訶薩足者此善男子知彼衆生心心所行眞實敬信而彼衆生起煩惱見迷惑顛倒如其往昔所作心業種諸善根隨其所能於諸佛邊種諸善根或於法邊或於僧邊或作施業或持戒業或復欲於內心證法此善男子或於寢中或於白日在於現前以善方便示現至眞之道作是方便已令諸衆生解諸邪見發生善願斷諸

邪路滅諸邪道歸於正見如實得彼真正三行即得真正深心所願或復得於真善知識因善知識悉得斷除臭處煩惱邪見之病復得速解惡道之願即得善行勝願因緣彼等速得心行自在亦得安住十深忍中若有衆生自於身起種種諸病遍切之者或有衆生忘失本心或復失眼或復失舌於六根內不具足者或於身分小不遂者彼等衆生若能至心頂禮虛空孕菩薩或復稱名皆得如意若有衆生欲治患者於晨朝時香湯澡浴當淨身口面正向東燒沉水香頂禮虛空孕菩薩摩訶薩大德之足而彼善男子於睡眠寤中或作婆羅門身或作天帝釋身或作功德天身或作大辯天身或作刹利身或作大臣身或作斷事官身或作醫師身或作父母身或作童子身或作童女身在病者前忽然來現以是方便而令彼病速得除愈或復示作良藥方便令彼病者一切諸患悉得除差若有衆生或求資財或求多聞讀誦經論若好寂靜深思禪定或求多智或求名聞或求技藝或求苦行或求官位或求身色或求財寶或求善根或求音聲或求饒子或求妻妾或求眷屬或求多衆或求行施或求持戒或求忍辱或求精進或求禪定或求般若或求好聲言語清辯或求事他稱彼心意或求解脱一切衆罪或求勸人令行布施乃至行智或求長命或有衆生乏少資財恒作慳貪欲令彼等除捨慳貪行於布施或破戒者欲令持戒若懈怠者欲令精進乃至無智慧者令學智慧若有衆生未得定乘教行小乘自度身

者教緣覺乘而此善男子於彼衆生示現方便令解上乘若有衆生無有慈心惟護自身不救他苦或有衆生作如是念我今當作何等方便若有衆生欲發道心爲他障破彼等衆生欲迴彼心欲作如是方便示現教彼衆生住四梵行乃至教行大慈大悲彼等衆生應當頂禮虛空孕菩薩或住阿練若處若在空閑燒沉水香燒多伽羅香或燒梅檀香香湯澡浴身口清淨胡跪合掌五體投地頂禮十方一切諸佛而誦此呪

多地他一 阿蜜利舍二 阿蜜利舍三 迦嘍尼迦四 遮囉遮囉五 毗遮囉六 羶遮囉七 迦嘍尼迦八 何囉沒囉九 何囉末囉十 毗伽陁唎十一 摩摩佉十二 蒲闍末那迦嘍尼迦十三 真多末膩十四 逋囉夜迦嘍尼迦十五 薩婆貫迷薩他鉢夜十六 阿闍若陁履十七 薩破鉗十八 薩破鉗十九 喉嘍帝毗毗伽鉗二十 地唎殺吒毗比伽鉗二十一 迦嘍尼迦晡利夜姤摩摩二十二 薩迦賜夜二十三 阿貫夜二十四 薩婆鉢達舍二十五 阿舒迦伽帝二十六 莎呵二十七

誦此呪時彼善男子即來現前或作人形或作野獸形或作鳥形或雖復來隱身不現觀彼衆生福業深淺隨所受身或出音聲示現一乘善巧方便令彼衆生從一方便能化無量百千衆生未住定乘令住定乘或住聲聞或住緣覺彼諸衆生於一時頃發智方便用少功業令入大乘不退轉地乃至教示種種三昧諸陁羅尼忍辱度等乃至令住第十菩薩行地之中善男子此虛空孕菩薩得如是等善巧方便大慈悲智善男子我今爲汝要

略說之假使有人度量虛空能盡邊際而此善男子方便大智大慈大悲總持三昧難可度量此大菩薩得如是等不可思議功德之法善男子此虛空孕菩薩見有衆生捨離諂曲遠離邪心發淳厚意成就正見不毀於他不讃自已捨離慳妬無有諂曲不求名聞信心淨者是善男子憐愍彼等清淨衆生示現方便智慧精進如是方便如是智慧如是精進得度厄難發菩提心當得阿耨多羅三藐三菩提敎彼衆生所有善根迴向菩是當得正道不退轉地速至阿耨多羅三藐三菩提敎作如是方便之利智慧精進圓滿成就六波羅蜜發大力心當速成就阿耨多羅三藐三菩提善男子此虛空孕菩薩得如是等不可思議殊特方便善巧勝智敎化衆生爾時彌勒菩薩摩訶薩白佛言世尊此善男子以何義故首戴應珠如是光燄如是威力善能示現諸餘菩薩無有是事佛告彌勒菩薩摩訶薩言善男子此善男子虛空孕菩薩摩訶薩爲諸衆生成就大慈常化衆生而無休息見諸衆生在大厄難欲拔苦故常不休息若有衆生犯四重禁將墮惡道捨諸善根散滅衆善而此善男子爲彼衆生作大醫師見彼衆生墮於無明入邪見網在危厄獄此善男子爲彼衆生猶如日光照明彼罪滅四重業爲彼衆生拔心疑刺若有衆生破壞心器而此善男子見彼衆生破滅法行爲煩惱陵失於正法欲入惡道無有歸依無有救護棄捨諸智此善男子爲彼等輩罪惡衆生猶如拄杖示現正道於諸罪垢煩惱穢惡洒令香淨

敎背惡道猶如大車將人天處速得涅槃若有衆生以欲逼心迷惑熱惱若有衆生瞋恚熾盛共相鬬諍憍慢嫉妬心無暫息煩惱所亂失於本心若有衆生無明闇障無出離心不識有因不畏來世或有衆生廣集財寶心無猒足或有衆生具行十惡曾無休息此善男子爲彼等故閉惡道門開天人路猶如妙車運令上生安置涅槃解脫正道以是義故此善男子於諸天人應受供養唯除如來阿羅呵三藐三佛陁爾時彌勒菩薩摩訶薩白佛言世尊佛於前說有四重者何等爲四而諸衆生犯四重已退失諸善斷滅善根墮於惡道違本誓願煩惱所猒爲諸天人之所憎惡而此善男子見如是等諸惡衆生拔彼苦惱置安樂處令得充足爾時佛告彌勒菩薩善男子凡刹利王有五重惡若彼國王犯五惡者失於往昔所造善根忘本誓願被煩惱蓋遠離天人一切樂事隋於惡道無有出時善男子若有刹利灌頂王者强奪佛物或奪僧物招提僧物或奪信心所施之物或自身奪或敎人奪是名第一極惡重罪若有刹利灌頂之王誹謗正法或聲聞乘或緣覺乘或復大乘誹謗不信不令他行敎令隱藏是名第二極惡重罪若有刹利灌頂之王爲我出家諸弟子等剃除鬚髮著袈裟者若持戒者若無持或身脫袈裟令彼還俗科彼與罪若打若縛若復駡辱流徙諸方或遣輸物或令入獄或斷命根是名第三極惡重罪若有刹利灌頂之王故斷父命故斷母命或復斷我弟子阿羅漢命破和合僧出佛身血此等五

逆若犯一種或始發心是名第四極惡重罪若有刹利灌頂之王不説有因棄於來世行十惡業十惡業中多教衆生行十不善建立十惡是名第五極惡重罪善男子若有刹利灌頂之王此等五惡但犯一者彼刹利王失於往昔所作善根悉令散滅違本誓願被煩惱蓋失天人樂後墮惡道於無量劫無有出期善男子此虚空孕菩薩摩訶薩爲彼衆生故生邊地顯示其身或作沙門婆羅門等威儀庠序觀彼衆生隨何身化方便示現如是身相在在處處於國王前如是説法昔未聞者如來所説一切智法甚深經典持戒忍辱諸地行相爲説示現知彼刹利灌頂之王昔造諸罪作不善行自悔自慚欲得謝過更不敢造捨離惡事有悔過者後作福德行大布施建立善業往生上界即得解脱善男子一切大臣有五重罪若有大臣奪取佛物或奪僧物招提僧物是名第一重罪若有大臣破國村邑或破聚落或破城隍或破他國是名第二重罪若有大臣誹謗正法或聲聞乘或緣覺乘或一切智乘若自誹謗若教他謗不令修行隱没不顯是名第三重罪若有大臣於佛世尊出家弟子故生擾亂而恐怖之若有持戒若不持戒若有精進若不精進脱彼袈裟逼令還俗或與身罪或打或縛禁繫罵辱呵叱恐怖或令輸物或令入獄或斷命根如是名爲第四重罪若有大臣造作五逆或一或二或三或四或具五種造罪惡業如是名爲第五重罪善男子若有大臣此五重中若犯一者彼等大臣失於往業所作善根皆

悉滅盡違本誓願失天人樂墮於惡道受大極苦善男子此虛空孕菩薩摩訶薩爲彼衆生生於邊地故住邊地示現身相作沙門身威儀庠序爲彼說法或復作於婆羅門身容儀齊肅或作童子而爲說法在在處處示現生相知彼等輩隨有善根而爲說法未曾有者諸佛所說深妙經典諸陁羅尼忍辱諸地慰喻說法作是方便令諸臣等悔過發露心生慙愧懺彼惡業捨離衆罪教修布施精進持戒建立善業往生上方得涅槃道善男子聲聞之人有五種事犯大重罪何等爲五一者殺生二者行婬三者劫盜四者妄語五者破壞形像出佛身血是名五種犯大重罪若我聲聞諸弟子等於五事中但犯一者乃至如上所說之事是虛空孕菩薩摩阿薩爲彼等故往生彼處示現身相或作沙門及婆羅門以彼威儀現彼身相爲說種種微妙法義一切智人所說甚深種種法門修多羅等諸陁羅尼一切諸地顯揚宣說令彼等聞悔昔所造種種諸惡憶念不忘深生慚愧懺悔彼罪更不敢作懺悔罪已修行布施備行苦行精勤勇猛命終上生後得涅槃即便發心入於大乘行菩薩行善男子大乘之人有八種事犯於大罪造八重已令彼初行諸菩薩等失彼往昔所種善根皆悉滅失違本誓願爲煩惱蓋使諸天人之所輕忽違背大乘即墮惡道於多時間在煩惱處離善知識善男子何等爲八若有衆生以於往昔造惡因緣生不淨刹彼等衆生以不多種善根因緣故因善知識乃能得聞甚深大乘微妙經典彼衆

生等心意狹劣亦復不能多種善根是初行菩薩雖復發於阿耨多羅三藐三菩提心聞是甚深空相經典爲他解說讀誦如其所聞如其所誦爲種種愚癡瘂羊衆生如是之輩宣揚敷演於彼前說一切智法教令讀誦而彼凡夫無有功勞以凡夫心不能得解甚深法意聞是法已生恐怖心心生悔沒即便背於阿耨多羅三藐三菩提於聲聞行中發心修學

虛空孕菩薩經卷上

音釋

佉坻（佉丘迦切坻直尼切）記莂（莂必列切記莂謂授將來成佛之記劫國名號之莂也）撅（其月切）孕（以證切妊也）鹵（籠五切鹹地也）崖（五皆切巖崖也）塊（苦潰切土塊也）礓石（礓居良切亦石也）裸（郎果切赤體也）廊廡（廊魯當切廡文甫切）繐（胡桂切踈布也）犀（先齊切徼外獸也一角在鼻一角在頂形似水牛曰犀牛）㝱（莫鳳切㝱寐也）嘍（落侯切又郎斗切）貰（時夜切）鉗（巨鹽切）晡（博孤切）姤（胡口切）

虛空孕菩薩經卷下

隋天竺三藏闍那崛多譯

善男子是名菩薩最初犯於第一大罪是善男子犯是罪已失於一切往昔所造諸善根等違本誓願被煩惱降不得上生亦復不能得涅槃樂徒自虛行於菩薩行忘菩提心後墮惡道善男子是故菩薩欲化衆生先須知心應知其行如其彼行次爲說法譬如有人欲入大海應先知彼水之深淺然後當入乃至略說此虛空孕菩薩摩訶薩爲於彼等諸衆生輩現生彼國示現身相善能知彼若干衆生犯於重罪畏墮惡道若復有人怖畏罪故或聞他說稱彼虛空孕菩薩名者或復欲樂見彼菩薩而彼菩薩爲欲懺悔深重罪故於後夜時香湯澡浴著淨衣裳燒沉水香多伽羅香右膝著地合掌向東當至心稱彼虛空孕菩薩名號時虛空孕菩薩知彼初發菩提道心人行罪福輕重隨其根性而爲現身或復作於婆羅門身乃至童男童女之身在現前住現前住已爲欲憐愍初發心故觀彼菩薩本起重業罪過因緣教令懺悔爲彼示現甚深善巧微妙方便說於最上大乘法要教令建立三昧忍門諸陁羅尼諸地等法令其解脫一切惡道重罪因緣住不轉地向於阿耨多羅三藐三菩提又得大力猶如金剛成牢固心於六波羅蜜中又得成就阿耨多羅三藐三菩提是虛空孕菩薩或衆生前示現已身現自身已而爲說法若虛空孕菩薩未爲現於身時時彼初行菩薩大士更於後夜香湯澡浴著淨衣裳燒沉水香求彼東方

黄白大士名阿樓那而口唱言仁阿樓那汝大慈悲欲出現照此閻浮提憐愍我故起慈悲心覆護於我爲我諮白虚空孕菩薩令虚空孕菩薩示我方便我今欲懺所有重罪令我於聖大乘之中得大智眼作是勸請禮拜已訖還歸本處安隱睡眠爾時東方黄白大士阿樓那出時虚空孕菩薩即來現身於睡眠寤中在彼犯重菩薩之前示現己身教彼重罪初行菩薩大智方便悔所犯罪或復示現大方便智令彼初發道心菩薩得彼三昧名無忘失菩提之心安止住於大乘法中速滿成就六波羅蜜復次善男子或有初行菩薩見行菩薩行者至其人所而告彼言汝不能行菩薩六波羅蜜亦不能成就阿耨多羅三藐三菩提汝當發聲聞辟支佛心汝於煩惱即得解脱乃至如前説善男子是名第二菩薩犯於重罪復次善男子或有初行菩薩見他衆生作如是言仁者勿行波羅提木叉毗尼戒律於是法中勿爲精進汝速發阿耨多羅三藐三菩提心汝速讀誦大乘經典汝所作三種諸煩惱行謂身口意因此惡業諸煩惱故即得清淨乃至如前所説善男子是名初行菩薩第三犯於重罪復次善男子或有菩薩見於他人作如是説汝諸人輩捨聲聞乘莫聽讀誦莫爲他説覆藏勿示汝等善男子莫示聲聞乘汝若行此聲聞乘者不得大果不能斷除諸煩惱結汝但説清淨大乘經典聽誦受持爲他顯説以此因緣汝得度脱一切惡道得滅一切諸惡等業當速成就阿耨多羅三藐三菩提彼人若聞初行菩薩

如是言者隨順此行彼等二人皆犯重罪善男子是名第四犯於重罪復次善男子初行菩薩常行兩舌以心口相違凡所讀誦大乘經典求名聞故爲利養故爲得尊重求供養故作如是心讀誦經典爲他解説受持宣通若爲他説方便隨宜於他邊聞復向他説我今身是大乘之人自餘非也發如是等嫉妬之心以利養故或見其餘大乘行者從他人邊所得財寶四事供養以是因緣彼等即便生瞋恨心爲彼菩薩處處流布鄙惡名聞毁辱駡詈誹謗輕賤稱譽自己以如是等嫉妬心故向於他人説上人法我得上人如是上法我得我知以是因緣是人違於本誓願故被煩惱降背大乘法彼等衆生於大乘中犯大重罪乃至捨身墮於惡道譬如有人欲採珍寶詣寶洲邊而不入海雖復入海在於中路自破船舶而彼癡人於海水内便取命終善男子如是如是其初行菩薩等發心欲入大乘之海而彼癡人因嫉妬故毁謗妄語以是因緣彼等癡人破信行船破信行已滅智命根善男子其初行菩薩如是愚癡無智少聞以嫉妬因緣妄語毁他遂犯大罪善男子是名初發心菩薩第五犯大重罪復次善男子有當來世初行菩薩或復俗人出家人等所有甚深空相法門微妙經典以諸陁羅尼諸地諸忍以種種行等而莊嚴之爲諸大智諸菩薩等作於勤求苦行境界於大乘經或讀或誦或解説宣揚爲他敷演分别廣宣而語他言我自然解如是經典自然證知自然明了唯我一人爲汝等故慈悲演説汝從我

聞已如是思惟如是讀誦如是甚深法中自然曉了汝以是因緣當得知見如我今者而不肯言我讀我誦如是甚深微妙經典爲汝說也如是之人從其四輩求利養故自賣其身以是因緣一切三世多他阿伽度阿羅訶三藐三佛陁及大菩薩摩訶薩一切諸聖富伽羅所彼諸癡人得波羅夷罪犯彼大重虚妄誑惑一切天人如是癡人亦復無有大乘之分況入大乘耶況得勝處況復當得成就阿耨多羅三藐三菩提耶譬如有人欲行遠路至於曠野以飢渴所逼忽值果林便入彼處求食因縁欲活命故而彼之人忽遇大樹華果充足香美成就遇已得味得是味已更上毒樹而服毒果服已命終善男子如是如是愚癡人輩今已獲得人身值善知識依倚知識入於大乘彼等衆生求利養故好自稱譽毀謗他人得如是等犯大重罪犯重罪已爲諸智人之所輕慢當墮惡道以是因緣一切刹利婆羅門毗舍首陁不得親近若有諸人親近彼者如是人輩即違一切大智聖人成大過罪善男子是名初行菩薩犯於第六大重罪也復次善男子當來之世或有刹利諸國王等爲諸惡行婆羅門國師惡行大臣惡行醫師等實是愚癡謂已大智有大才能多受封祿而彼人等修諸施行造衆福業彼諸人輩因少布施修行義故憍慢放逸謂已有道勸刹利王共我弟子諸沙門等互相諍競更相破壞或勸沙門共刹利王更相鬪諍彼惡人輩依刹利王與比丘罪或稅財物彼諸比丘以刹利王諸大臣等逼迫因縁故或

輸已物或輸僧物或輸招提僧物以是諸物輸稅供官與彼惡人而彼惡人從諸比丘取是諸物奉刹利王彼等二人悉皆犯於大重罪也彼諸刹利及惡人等共諸比丘互相鬬諍以是因緣捨彼正法建立非法取彼非法遠離正法捨彼大乘所說經典毗尼戒律優波提舍摩訶優波提舍遠離慈悲般若波羅蜜善巧方便及餘經典戒律之行如來所說莫不棄捨爲欲擾亂諸比丘故虛心横搆違佛戒律自造法制造法制已擾亂比丘令諸比丘皆悉遠離奢摩他觀正行正念乃至使於禪定之者皆生忿恚擾亂之心常恒鬬諍以是因緣令諸比丘生諸煩惱不得寂定爾時彼等諸比丘輩失正信法失善比丘威儀法式令墮諸見以是因緣令諸比丘皆悉懈怠多事世念不能持戒破戒捨戒不復能依沙門法則口言我是沙門比丘雖復唱言我是梵行舉動聲氣猶如貝聲不依正法而說於法如是之等諸比丘輩及諸眷屬於刹利王所并諸臣民以輸物故增倍供養如是等輩諸惡比丘於俗人前說諸有德阿蘭若等空閑比丘不善之事令彼刹利諸惡臣等并諸眷屬遂於精進持戒比丘生不善心誹謗之心於精進比丘所有資財皆悉奪取奪已轉施誦經比丘彼等二人悉犯重罪何以故其禪定比丘眞實福田如是觀已應令修業不令彼等知彼僧務而禪定比丘當得三昧諸陀羅尼諸忍地等當作法器眞是福田眞實福器爲世間眼爲彼世間作大光明顯示善路爲建業地於煩惱田教彼衆生皆令得

度度已建立涅槃之道善男子是名初行菩薩有八種重罪而不用功捨離二處彼初行菩薩犯大重罪因緣力故所有往昔作諸善根皆悉忘失忘失已後墮墜於惡道違於本誓被煩惱降失天人樂虛妄迷惑失菩提心善男子為如是等諸善男子故此虛空孕菩薩生彼國中為彼眾生示現身相或作比丘身威儀庠序或作婆羅門身顯現威儀具足成就乃至應以畜生而得化者即現畜生威儀之相略說乃至如首楞嚴三昧所說當知是處亦復如是巧知根機種種心器隨應現身於彼眾生隨順說法教彼種種未曾有法於一切智之所宣說微妙經典諸陁羅尼諸忍地等普為顯現令彼諸惡犯重罪者初行菩薩教生慚愧令其怖懼悔沒之心懺彼重罪遠離棄捨求不敢作善男子彼等眾生以犯重罪恐怖因緣聞是虛空孕菩薩名號欲自見身者畏墮惡道悔彼罪故是諸眾生應當頂禮虛空孕菩薩摩訶薩足復應至心稱其名號時彼虛空孕菩薩摩訶薩隨其根業以菩薩身相即在現前應以比丘身得度者即現比丘身相應以婆羅門身度者即現婆羅門身相應以童男童女身度者即現童男童女身相應觀彼初行菩薩如所犯重即現如是如是方便教令懺悔於甚深法無上乘中顯示善巧方便之行若正地若非正地若諸三昧若諸陁羅尼若諸忍中示現教行乃至次第教令建立八正道處以虛空孕菩薩力故彼等眾生得脫一切諸惡道苦脫惡道已建立置於不退轉地後得建立必得阿耨多

羅三藐三菩提善男子如是如是彼菩薩等於六波羅蜜行中大力精勤猶如電光速得成就阿耨多羅三藐三菩提道善男子若虚空孕菩薩摩訶薩於犯重罪菩薩前不現身相者其犯重罪初行菩薩知自罪失故欲請虚空孕菩薩於後夜時以香湯澡浴著淨衣裳胡跪合掌向於東面燒沉水香至心勸請東方黄白阿樓那天子應作是言阿樓那阿樓那汝有大慈悲有大功德汝初出東方普照閻浮提以慈悲故願覆護我爲我速疾勸請虚空孕菩薩具大悲者令彼菩薩特爲我故於睡眠中顯示巧便以巧方便故教我懺悔所犯重罪於大聖大乘中速得智眼作是語已彼重罪初行菩薩還入室中寢卧睡息爾時東方黄白阿樓那閻浮提顯現之時彼虚空孕菩薩即隨後來作菩薩身在彼初行菩薩目前於睡寢中現巧方便教犯罪者懺悔惡業於初行菩薩前作如是等方便知見作是方便已其初行菩薩即時得一三昧名不忘失菩提於大乘中得決定住不可退動速得成就六波羅蜜不久當證阿耨多羅三藐三菩提善男子此虚空孕菩薩最大勤勞辦最勝事成就勝妙如意摩尼微妙寶珠貫在其頂奇特顯現善男子此虚空孕菩薩有如是等無量無邊不可思議功德之聚復次善男子若有衆生聞是虚空孕菩薩名者或作形像以種種供具供是菩薩尊重恭敬禮拜讃歎以種種香華鬘塗香末香燒香以種種旛蓋寶幢供養於彼供養是已復更供養尊重恭敬將自身命付彼菩薩彼等衆生以

是菩薩威神力故火不能燒水不能溺杖不能傷一切國土所不能害於一切處人與非人畢竟不能奪其精氣唯除命盡設有重病不得久停不爲飢逼而取命終不爲縣官横所觸嬈不犯重罪乃至命盡之時眼不覩色耳不聞聲鼻不聞香舌不得味身不得觸唯有微細氣息身中暖氣及微細識猶在未離當是時間虛空孕菩薩爲彼衆生示現已身若有衆生在世之時信婆羅門者是善男子於最後識欲離身時作婆羅門身於前顯現令生歡欣若有衆生先事魔王者後命盡時是虛空孕菩薩現魔王身乃至在世事那羅延天者若大自在天若帝釋天若轉輪聖王若日月天若提頭賴吒天若毗樓勒迦天毗樓博叉天若毗沙門天乃至世間種種山神樹神河神泉井之神如是衆生隨其所有歸依之者是虛空孕菩薩還作如是如是身相臨命終時在彼衆前顯現身相隨彼衆生所有心願皆現與之於前現身現彼身已作如是言

若人以智慧　能見四諦者　是人煩惱中　即能度彼岸

彼諸衆生以意識知見此法已得生善處若有衆生應以佛身化者即現佛身在衆生前說如是言

若於佛智底　能度煩惱海　即速證彼智　諸苦得解脱

爾時彼諸衆生以念佛故以聞佛音故心生歡欣命終已後捨五濁世即生淨土值遇諸佛聽受正法乃至略說法僧亦爾善男子此

虛空孕菩薩得如是等不可思議功德之法善男子若復有人於自心中欲取種種三昧得大自在彼等衆生於後夜時應從卧起以香湯澡浴燒沉水香隨力隨分以種種供具供養虛空孕菩薩頂禮足下供養禮拜已於一切衆生邊當生慈心作如是言虛空孕菩薩得大慈悲門已得智慧速念我速念我願常與我正念三昧方便即誦呪曰

多地他一嚧慕二囉那棄三博叉尼隸四薩慕達囉多隸五多那耶那耶六摩訶迦流尼迦七阿奴波闍婆三勿利帝八阿伽囉闍婆三勿利帝九拔折囉闍婆三勿利帝十胡嚧舍三勿利帝十一阿那摩三勿利帝十二蒲多俱致三勿利帝十三莎呵十四

誦此呪已彼菩薩威神力故即得正念入諸三昧門若復有人欲誦種種經論或諸佛所說或聲聞說彼人於後夜時於東方處黃白現時以香湯澡浴著淨衣裳東面胡跪燒沉水香隨力所辦供養頂禮虛空孕菩薩於一切衆生所生慈悲心作如是言虛空孕菩薩善男子已得一切衆生邊不思議慈悲之心以大智慧念我念我汝是菩薩最勝富伽羅與我正念諸勝三昧方便巧妙深大智慧即誦呪曰

多地他一尼羅涉鞞二鉗蒲沙涉鞞三耶婆那涉鞞四博察薩迷五波乇羅闍馱六薩他那蘇嚧鞞七貰薩多羅羯囉泥八戶摩戶摩九摩呵迦流尼迦十莎呵十一

善男子乃至若有衆生欲入大海採諸珍寶或復心欲入於地下阿脩羅宮或復欲得服

定年藥或復被禁牢獄繫閉或恩愛别離或有怨憎交會而不能離若在火難若在水難若刀杖難若蠱毒難若被呪咀言説若被師子虎狼之難若被蟒虵蝮蝎之難若被盜賊或被幻惑之難或被一切恐怖之難若有衆生杻械枷鎖禁繫之難若被縣官所録若被刑流將斷命根或有長病困篤著牀疫病所逼恐怖畏死若乏衣食卧具湯藥資財之物彼等衆生於後夜間黄白出時香湯澡浴著淨衣裳頂禮虛空孕菩薩胡跪合掌以面向東隨力隨分所辦供具供彼菩薩爲諸衆生發慈悲心口唱是言虛空孕具大慈悲爲諸衆生常作利益念我念我以慈悲心願觀我心願解脱我如前所説之難應説偈言

我之無福相　願與我功德　我今貧賤苦
今應與我願　虛空孕菩薩　是我歸依處
如於此世中　未來與我樂

爾時虛空孕菩薩摩訶薩聞彼衆生音聲之辭或復現本菩薩之身乃至或現童男童女身在於彼前慰喻彼言護諸怖難所有恐怖皆悉除滅乃至略説有諸貧窮孤露衆生或無資財活命之者觀彼心意令滿彼願乃至所須一切施與善男子若有王子欲得灌頂之位欲得稱職彼諸王子應當供養彼大菩薩稱其名號隨力隨分供養彼虛空孕菩薩乃至如是等欲得婆羅門位欲得大富長者位欲得大居士位欲學諸技術欲證内法欲得呪術欲學工巧欲聞一頌欲望解脱彼諸衆生聞是虛空孕名字於後夜間黄白現時以香湯澡浴著淨衣裳以面向東胡跪合掌

頂禮虛空孕菩薩歸依彼已合掌勸請作如是言虛空孕具大慈悲我既薄福與我福相滿我心願應當説於如是偈言

我心所求者　勿令乏少耳　願發憐愍心
慈悲稱我願

爾時虛空孕菩薩以淨天耳過於人耳聞彼衆生此音聲已爲彼衆生或現自身在衆生前觀察衆生心心所行隨堪可與如是如是爲彼衆生示現方便善男子是虛空孕菩薩得如是方便功能具足入大智海此虛空孕菩薩摩訶薩有如是等不思議事善男子若復有人於四大海水滴滴數之能知多少此虛空孕菩薩摩訶薩善巧勝智方便敎化諸衆生等現作方便不可數知善男子假使有人十方虛空可現不可現處可知邊際多少此虛空孕菩薩摩訶薩善巧方便敎化衆生不可得知邊際之數爲諸衆生作巧方便變化自身而爲顯現或作佛身而化衆生或作婆羅門身敎化衆生乃至隨所應現種種身相得受化者即現彼身而不分别應以畜生身而受化者即現畜生身應以地獄身而受化者即現地獄身有諸衆生在於現前化身顯現有諸衆生應以睡寤現身益者於睡寤中即爲現身有諸衆生臨至命終唯有細識欲滅衆罪令斷惡道欲將善道爲彼衆生化種種身是諸衆生康存之日歸依何天應見彼天即得安樂者乃至應將善處即現彼天令其歡欣善男子是故此虛空孕菩薩無人能知敎化身數邊際之量善男子是虛空孕菩薩得如是等不可思議方便勝智功能具

足殊妙之法此虛空孕菩薩摩訶薩已入諸佛功德之海善男子是故虛空孕菩薩摩訶薩頭戴顯現摩尼應寶爾時一切大衆在會中者從佛所聞讃歎虛空孕菩薩已於虛空孕菩薩即生希有殊特之心生極尊重恭敬之心皆悉合掌瞻仰而住持種種香華末香塗香旛蓋寶幢雜色衣服雜寶瓔珞歌詠讃歎種種音樂供養虛空孕菩薩時虛空孕菩薩摩訶薩持前供具供養世尊奉世尊已在世尊前長跪合掌而白佛言世尊云何於此五濁之世被大黑闇無明所覆諸衆生内能作佛事佛言善男子譬如虛空不縛不解無見無迷而虛空體本性清淨而虛空内因風動現塵霧烟雲故名虛空爲不淨耳因水雨故離彼塵等諸障礙法即得顯現日月星宿便知刻漏羅婆時節晝夜長短半月滿月年歲度數如是如是善男子如來一切諸法眞如隨於虛空心之本相本性清淨但諸衆生以客塵煩惱心意成濁爲彼等故如來以慈悲等法門雨慈悲雨被煩惱所濁諸衆生輩即得清淨無有諸垢而彼衆生心得清淨即見佛日出現於世得智光明潤已於不思議諸佛功德之内自得曉了建立彼於勝四念處及聖道中乃至建立十八不共法大慈大悲眞實法中是故有諸阿羅漢辟支佛等諸菩薩輩出現於世善男子於汝意云何虛空之性能住於眼不答言不也世尊佛言眼能住於識不答言不也世尊佛言眼住觸不答言不也世尊佛言眼内因觸所生三種之受於是之中虛空住不答言不也世尊佛言略

說乃至耳鼻舌身亦復應當作如是觀善男子於汝意云何意住空界不荅言不也世尊乃至意中虛空住不因是法中諸佛如來應正遍知出現於世不荅言不也世尊佛言善男子諸衆生等依住虛空不荅言不也世尊佛言善男子於意云何虛空之性依衆生住不佛作是語已虛空孕菩薩摩訶薩白佛言世尊各各不相倚住於自境界各不相侵世尊一切諸法無有境界空故無染一如實際一如如如應作是知世尊譬如虛空不可破壞不可分別不作分別不動無物無芽無子無果無名無字無思無念如是如是世尊一切法相如是知已菩薩摩訶薩於一切法中得無生忍爾時世尊而說呪曰

多地他一縛婆何囉闍二末奴叉夜三柢那闍耶四闍那膩莫五牟尼呵囉六阿那也七破羅漂頗八伽羅婆膩莫九阿你捺也十阿婆舍舍婆十一舍那舍莫十二那舍哆多十三迦囉莫舍莫十四吉喇摩姤毗沙莫十五支多那也十六雞梨奢都十七三舒沙膩十八莎呵十九

佛言善哉善哉善男子汝能於如是眼降伏勝師子安詳步水蹪呻吼陁羅尼爲諸衆生命終之時最後出息命欲過時能滅煩惱障業障報障滅是障已令生清淨刹中善男子汝能行無量無邊諸佛世界爲諸衆生起慈悲心至於村落城邑府省縣官宮殿及諸國土至是處已現種種形種種威儀說大乘經典敎化衆生於刹利惡行乃至沙門惡行所斷於種種不善之法安置一切諸善法中爾時世尊說是法時於大衆中無量無邊諸天

世人得種種三昧陁羅尼諸忍或復有得十地法中眞實智慧十千人等於無生法中得無生忍若有衆生執著虛空是有爲者得此燈光明已有爲施根皆悉斷滅無爲施行速現成就佛說經已於大衆中諸比丘等及天龍夜叉乾闥婆阿脩羅迦樓羅緊那羅摩睺羅伽梵釋護世四大天王聞佛所說此妙經典一切皆悉歡喜奉行

虛空孕菩薩經卷下

音釋

舶白薄陌切海中大船也 櫎搆横戶孟切不以理也搆古候切成也 寢七稔切卧也 嬈而沼切擾亂也 鞞駢迷切 駛疎士切 蠱毒蠱公戶切蠱毒蟲之毒也 蟒蛇蟒莫朗切大蛇也 蝮蝎蝮芳福切毒蛇也蝎許蝎切毒蟲也 杻械杻陟久切械胡懈切 數之數所矩切數其數也 柢是支切

虛空藏菩薩經

姚秦罽賓三藏佛陀耶舍譯

清刻龍藏佛説法變相圖

虚空藏菩薩經

姚秦罽賓三藏佛陁耶舍譯

如是我聞一時佛住佉羅底翅山依牟尼仙所住之處與無量大比丘衆復與無量無邊阿僧祇恒河沙數菩薩摩訶薩俱皆從他方異佛刹來爾時世尊欲爲大衆説四辯才三明梵行住破惡業障陁羅尼經爾時西方過八十恒河沙世界有一佛刹名一切香集依其中衆生成就五濁彼國有佛名勝華敷藏如來應供正遍知明行足善逝世間解無上士調御丈夫天人師佛世尊彼佛今正爲諸大衆轉妙法輪彼有菩薩摩訶薩名虚空藏已從彼佛聞深妙法得諸禪定時彼菩薩見於他方無量無邊阿僧祇數諸大菩薩身昇虚空往詣東方又復遥見東方世界有大光

明即便往詣勝華敷藏佛所頭面禮足遶百千帀胡跪合掌而白佛言世尊我見他方無量無邊阿僧祇數諸大菩薩身昇虛空往詣東方又復遥見東方世界有大光明以何因緣而有斯事唯願爲我具解説之時勝華敷藏佛告虛空藏菩薩言善男子東方去此過八十恒河沙世界有一佛刹名曰娑婆其中衆生成就五濁彼國有佛名釋迦牟尼如來應供正遍知明行足善逝世間解無上士調御丈夫天人師佛世尊今者在於佉羅底翅山依牟尼仙所住之處爲令法流不斷絶故爲令三寶常住世故爲降諸魔建法幢故爲閉生死開般涅槃故爲諸菩薩及以聲聞諸來大衆欲説四辯才三明梵行住破惡業障陁羅尼經故欲令十方諸佛刹土一切菩薩從歡喜地乃至補處住不共法不隨他信善於方便具無礙辯如此大士悉雲集故是以彼佛放斯光明其諸菩薩見此光已乘虛而往至彼惡世爲諸衆生説破惡業障陁羅尼彼佛國土亦具五濁與此世界等無有異汝今應往娑婆世界禮拜供養聽受正法并爲彼國諸惡衆生説破惡業障陁羅尼時虛空藏菩薩摩訶薩聞佛語已歡喜踊躍與八十億菩薩同時發聲而白佛言世尊我今渴仰欲見彼佛今當承佛威神詣娑婆世界釋迦牟尼佛所禮覲供養聽受正法亦爲彼國諸惡衆生説破惡業障陁羅尼時勝華敷藏佛答虛空藏菩薩摩訶薩言善哉善哉汝自知時時虛空藏菩薩摩訶薩即與八十億菩薩俱頂禮佛足身昇虛空詣娑婆世界爾時西

方有如意寶珠光現以無量釋迦毗楞伽寶而爲圍遶其珠光明蔽於一切人天八部聲聞菩薩日月星辰地水火風界所有光明皆不復現時會大衆唯覩佛光及以珠光無量無邊不可思議不可言說無復餘色唯見虛空爾時如來光相照曜時會大衆各不自見亦不見他一切諸色悉滅無餘不與眼對不得自身色相形貌及於所觸無彼無此亦無中間隨所視方皆悉如是亦復不見日月星宿地界水界火界風界悉皆無有與眼對者耳不聞聲鼻不嗅香舌不知味身不覺觸諸心數法亦無所緣於我我所無復起相亦無六入分別之想不得諸大諸來大衆唯見佛光及以珠光其珠純以無量釋迦毗楞伽寶而爲圍遶於其會中諸大菩薩位登十住得首楞嚴三昧及一生補處者見此相已身心安隱不驚不怖所以者何緣解法相自性眞實及以於如第一義空故其餘菩薩及聲聞衆天龍夜叉乾闥婆阿脩羅迦樓羅緊那羅摩睺羅伽鳩槃茶餓鬼毗舍遮富單那迦吒富單那人非人等見此相已驚怖迷悶其心擾亂各不相見亦無問處心自思惟不知何緣有此異相亦復不知是誰神力爾時衆中有一菩薩摩訶薩名曰梵頂稽首佛足長跪合掌而說偈言

一切法自性　衆生無知者　繫著於色陰
六情所愚惑　不見於一陰　推尋求色陰
於佛法生疑　今會有此人　願說決定法
爲斷諸疑網　使知彼此岸　逮得虛空忍
勇健入三昧　身相不可說　如意大寶珠

常在其頂上　釋迦毗楞伽　而以圍遶之
此會諸大士　位皆十地者　得首楞嚴定
及一生補處　斯等諸菩薩　悉皆遙見之
覩此瑞相已　必知勝士來　禮覲無上尊
因說深妙法　安慰怖衆生　歸依天人師
勇猛所行處　敎化熟衆生

爾時世尊而說偈言

善哉如汝說　定者所行處　身相不可見
修慧能推求　此是虛空藏　常所行止處
無依無戲論　三昧力示現　衆生著二見
常爲所迷惑　以彼迷惑故　不知彼此岸
欲離於二見　修不可說行　速疾得究竟
滿足於諸地

復次善男子初發心菩薩摩訶薩初可說相及攀緣相修六波羅蜜乃至知於地水火風虛空及識生滅之相如實之性復知諸法不可言說無有自性無生無滅無有攀緣不動不搖空無所有一切諸法如是修行離斷常見不生怖畏於一切法不起觸想心無攀緣空無所有如是修行速疾具足六波羅蜜更不復住斷常見中當於如來說此語時一切大衆見聞覺知如本色像而於境界不取其相爾時世尊即伸右手指於西方而作此言如斯光瑞是虛空藏菩薩摩訶薩欲來之相是菩薩具諸三昧猶如大海住菩薩戒如須彌山忍辱之心猶如金剛精進勇猛猶如疾風智如虛空慧如恒沙諸菩薩中如大勝幢向般涅槃之大導師善根之地是貧窮者吉祥之瓶入闇者日失道者月是怖畏者所歸依處煩惱燋熱甘露之水善根者杖般涅槃

憍生天者梯度生死船由曠路乘誹謗惡口熱惱者蓋降諸外道猶如師子能淨諸見猶如雨水破煩惱怨猶如霹靂毀戒者藥生善根芽猶若春澤莊嚴菩薩猶如華鬘顯善惡行猶如明鏡無慚愧者上妙衣服三苦病者之大良醫是熱渴者明月之珠疲極者牀具諸三昧猶如日珠趣菩提路大牛之車遊禪定者清涼華池助菩提鬘波羅蜜果是十地中如意摩尼是求首楞嚴者波利質多羅樹伐惡見刀斷煩惱習猶如金剛降伏諸魔生諸功德智慧寶藏依於一切諸佛功德是諸緣覺所依窟宅是聲聞眼生天者明行邪道者正直之路是畜生歸餓鬼之怙是地獄救一切衆生無上福田三世諸佛第一輔臣能護法城已具莊嚴十八不共諸佛祕藏滿足成就佛之智慧一切人天所應供養唯除如來餘無及者汝等大衆皆應深心恭敬奉迎虛空藏菩薩摩訶薩隨力所能應以妙寶幢旛傘蓋華香瓔珞末香塗香衣服卧具歌唄讚歎平治道路種種莊嚴尊重供養汝等大衆皆亦應成如是功德器爾時大衆有從座起向虛空藏菩薩所現瑞方踊躍歡喜顏貎怡悅端目專注俱共奉迎餘菩薩摩訶薩及大聲聞天主龍主夜叉主乾闥婆主阿脩羅主迦樓羅主緊那羅主摩睺羅伽主五通仙人主各作是念我等當辦何等最上最妙供具而以供養彼大士耶爾時虛空藏菩薩摩訶薩即以神力變娑婆世界除衆穢惡及諸丘山瓦礫荆棘坑坎塠阜曠野險隘風塵雲霧皆悉澄霽七寶為地平坦如掌無量衆寶

以爲林樹枝葉花果皆以寶成名花輭草亦復如是香氣芬烈普熏世界娑婆界中一切衆生無諸苦患盲聾瘖瘂癃殘百疾一時除愈其怨惡者咸生慈心地獄餓鬼諸楚痛聲皆悉休息飲食衣服莊嚴之具自然豐足其諸衆生妙色端正肢節具足威德第一除諸結使心得寂靜於諸善根深生欣樂以清淨信安住三寶一切大衆兩手皆有如意摩尼於其珠内出大光明遍照世界并奏天樂雨種種寶雜色寶衣又雨種種妙莊嚴具寶鬘寶蓋種種寶器種種天衣金鎖瓔珞真珠瓔珞青紅赤白雜色蓮華雨沉水香牛頭栴檀遍滿世界其路兩邊有七寶臺如帝釋殿又其臺中婇女盈滿顔貌端嚴猶如魔后作天妓樂出五音聲又於佛上有天七寶大梵王蓋懸處虚空供養如來其蓋周圓百千踰闍那復以寶網羅覆其上真珠琲帶垂飾四面蓋中演出種種樂音清妙和雅超絶人天一切大地草木叢林華果枝葉皆出妙聲宣暢大乘六波羅蜜諸地行法聞其聲者於無上道皆不退轉亦有逮得無生忍者爾時大衆見虚空藏菩薩摩訶薩神變奇特心生歡喜歎未曾有各作是念此菩薩摩訶薩既現如斯大神通力不久必來至此世界我等今者當設何座以供待之當於衆會作此念時即於佛前有寶蓮華從地涌出白銀爲莖黄金爲葉金剛爲臺瑠璃爲實碼碯爲鬚梵色寶珠以爲鬚本玻瓈爲蘂其華縱廣百踰闍那有八十億諸寶蓮華周帀圍遶爾時虚空藏菩薩忽然在彼寶蓮華上結加趺坐又見頂

上如意寶珠以無量釋迦毗楞伽寶而爲圍遶其八十億菩薩各各坐餘寶蓮華上爾時彌勒菩薩摩訶薩即便說偈問藥王菩薩摩訶薩言

我自從昔來　見諸菩薩衆　有來覲世尊
先圍遶恭敬　頭面接足禮　然後退就坐
云何此大士　現斯神通力　不修菩薩儀
而坐寶蓮華

爾時藥王菩薩摩訶薩以偈答曰

此大智慧士　善住深妙法　不依妄想心
而來見世尊

爾時彌勒菩薩摩訶薩復以偈問

若不見衆生　及以諸法相　其心常安住
諸法眞實際　云何而示現　自在神通力
唯願爲演說　除我此疑惑

爾時藥王菩薩摩訶薩復以偈答

今此大士夫　勇健入方便　爲熟衆生故
現此神通力　若不住實際　愚惑諸凡夫
明智開俗諦　爲入眞諦故

爾時世尊告藥王菩薩摩訶薩善哉善哉善男子如汝所說一切凡夫衆生不能思量一須陁洹解脫行處一切衆生得須陁洹不能思量一斯陁含解脫行處一切衆生得斯陁含不能思量一阿那含解脫行處一切衆生得阿那含不能思量一阿羅漢解脫行處一切衆生得阿羅漢不能思量一辟支佛解脫行處一切衆生成辟支佛不能思量一與般若波羅蜜相應菩薩摩訶薩方便行處成熟衆生一切衆生得般若波羅蜜相應菩薩摩訶薩方便行處成熟衆生不能測量乃至得

無生法忍菩薩摩訶薩舉足下足方便行處及解第一義諦成熟衆生一切衆生得無生法忍菩薩摩訶薩方便行處及解第一義諦成熟衆生不能測量得四辯才菩薩摩訶薩舉足下足方便行處及解第一義諦成熟衆生一切衆生得四辯才菩薩摩訶薩方便行處及解第一義諦成熟衆生不能測量住般若波羅蜜究竟首楞嚴三昧菩薩摩訶薩舉足下足方便行處及解第一義諦成熟衆生善男子是虛空藏菩薩摩訶薩已無量劫得無生忍具無礙辯究竟滿足首楞嚴定住最上地決定堅固終無傾動善知衆生深心所行應觀神變莊嚴之事又復應見虛空藏菩薩摩訶薩欲來瑞相又有見虛空藏菩薩摩訶薩得離欲地住地入地故示入無邊空處

三昧於西方沒而來現此時諸衆生怖畏惑亂入於俗諦現大莊嚴爲欲成熟諸衆生故又善男子是虛空藏菩薩摩訶薩若現第一義諦無生莊嚴諸天及人乃至八地菩薩皆當迷悶無能見其境界行相善入如是深妙功德善男子虛空藏菩薩摩訶薩巧方便慧深入一切諸佛法海離諸疑惑不依他故智慧善巧於諸菩薩摩訶薩中最上幢王善男子虛空藏菩薩是一切衆生生天般涅槃大明導主能斷一切煩惱心患善治身毒及四大病若有衆生起惡邪見輪迴迷沒生死曠野無善方便不知生天般涅槃路若有衆生稱虛空藏菩薩摩訶薩名至心歸命燒堅黒沉水及多伽羅香恭敬禮拜時虛空藏菩薩觀此衆生心心善根若見衆生諸見煩惱之

所惑亂若見過去善根種子心所行業於佛法僧布施持戒忍辱精進禪定智慧及餘功德隨所堪能時虛空藏菩薩摩訶薩觀彼衆生隨所應見於其夢中現種種形即以方便而爲說法善男子若有衆生應於寤覺見虛空藏菩薩摩訶薩即於目前見種種形即以方便開正直道破諸衆生惡業邪見惡願惡歸惡處惡取如是計著悉令解脱身口意業無諸邪曲趣正直道正業正見正願正歸正處正取常獲親近諸善知識速疾捨離臭結煩惱求免三塗八難之苦常行善業得自在力乃至漸漸入深法忍若諸衆生種種身病及心狂亂聾盲瘖瘂手足拘攣諸根不具稱虛空藏菩薩摩訶薩名至心歸命燒堅黑沉水及多伽羅香恭敬禮拜或從乞藥或願除愈時虛空藏菩薩摩訶薩即隨其願或現梵天像或現釋提桓因像或現毗沙門像或現四天王像或現焰摩天像或現兜率陁天像或現自在天像或現大自在天像或現婆羅門像或現刹利像或現長者像或現居士像或現大臣官屬像或現童男童女像或現父母親屬像或現執金剛像或現天龍夜叉乾闥婆阿脩羅迦樓羅緊那羅摩睺羅伽人非人像現如是等種種諸像在於夢者及寤者前爲説病相并爲分别諸藥對治病狀如此應服此藥若如是病宜服彼藥諸衆生等旣聞説已各隨所應而合諸藥若自無者菩薩悉與是諸衆生或有一服二服三服衆病皆愈或有但見所現之身病即除者如是善男子是虛空藏菩薩摩訶薩具大慈悲若有衆

生貧窮困苦欲求大富欲多誦習欲樂多聞欲求解脱欲求離欲欲求禪定欲求名稱欲得第一欲求善巧欲得自在欲得端正欲求好色欲得妙聲欲求好香欲得上味欲求好觸欲得飲食欲求勇健欲得種姓高貴欲願生男欲願求女欲得眷屬欲求福德欲得成就六波羅蜜欲得巧言欲求覆護一切衆生欲得免脱一切牢獄欲斷一切諸惡律儀有施心者願建立之乃至智慧亦復如是欲得長壽欲願多財得已能用欲令慳者能行布施其毀禁者令堅持戒若瞋恚者令修忍辱其懈怠者使住精進散亂心者教修禪定其愚癡者令修智慧不定乘者勸學聲聞著我衆生教緣覺乘若有衆生離大慈悲自惜已身捨諸衆生願離此心生大慈悲不自護身攝取衆生發阿耨多羅三藐三菩提心善男子時虛空藏菩薩摩訶薩知彼心已即現方便令此衆生捨離先心起大慈悲不護已身不捨衆生發菩提心住四梵行若有衆生樂大慈悲欲求救濟一切衆生欲願安住阿耨多羅三藐三菩提於阿練若處若在林中若於露地燒堅黑沉水多伽羅香合掌恭敬向於十方五體投地至心歸命虛空藏菩薩摩訶薩而便説此陁羅尼呪

阿蜜栗舍阿蜜栗舍　迦樓尼迦　遮羅遮羅毗(薄履切下同)　遮羅珊(素干切)　遮羅　迦樓尼迦　羅毋羅毋　毋樓(力斗切下同)　鞞(步兒切下皆同)　迦陁履摩目佉(去佐切)　浮樓闍婆(步可切)　柰迦樓尼迦眞多磨尼富羅耶迦樓尼迦薩埵(都果切下同)　舍迷(莫隸切)他跋夜　阿若(而夜切)　陁梨踣(怖得切下同)　鈴

巨眈切下皆同踣鉾羅底都履切下同眦鞞迦鉾臺徒履切
栗致眦鞞迦鉾迦樓尼迦否方久切梨夜
鬪磨磨武左切阿奢始迦切薩埵跛履波迦夜
阿輸迦居左切伽巨左切底娑婆呵
善男子是虛空藏菩薩摩訶薩或現天像或
示人像或麞鹿像或為鳥像或不現形隨彼
所應以諸方便而為說法化度無量那由他
百千衆生令住聲聞乘辟支佛乘及住大乘
又於少時建立衆生住於大乘得阿鞞跋致
乃至令得諸深三昧及陁羅尼滿足十地者
善男子是虛空藏菩薩摩訶薩具大慈悲若
人思量乃可能知虛空邊際無能測量虛空
藏菩薩摩訶薩智慧方便大慈大悲及三昧
力成熟衆生之邊際者善男子是虛空藏菩
薩摩訶薩成就如是不可思議功德智慧善
男子若有衆生心無諂曲亦不幻僞其心純
至順入正流所見真實不譏彼闕不自矜高
不卑他人離諸嫉妬不自顯異矯惑衆人心
本具足善男子是虛空藏菩薩摩訶薩憐愍
此等諸衆生故以方便智勇猛精進修善方
便除滅此等諸衆生罪令發阿耨多羅三藐
三菩提心一切善根皆悉迴向無上菩提得
不退轉獲大勢力及精進力為欲滿足六波
羅蜜故常勤修習大慈大悲乃至究竟得阿
耨多羅三藐三菩提善男子是虛空藏菩薩
摩訶薩成就如是不可思議功德勇猛成就
一切衆生爾時彌勒菩薩摩訶薩即從座起
頂禮佛足而白佛言世尊虛空藏菩薩摩訶
薩以何因緣獨其頂上有此殊妙如意寶珠
以無量釋迦毗楞伽寶而為圍遶光明顯曜

蔽於衆色不與諸餘菩薩摩訶薩等爾時世尊告彌勒菩薩摩訶薩言是虛空藏菩薩摩訶薩具大慈悲能拔衆生危厄險難若有衆生犯根本罪應墮惡趣一切善根皆已燒然虛空藏菩薩摩訶薩是大無明邪見黑暗清淨朗日是滅根本罪者之大良師能拔疑箭破善法器能令完全善男子若有衆生犯波羅夷斷善根栽趣向地獄無所歸依智者所棄悉能濟拔開示眞路能洗衆生臭惡煩惱令離惡趣是昇人天解脫者梯若有衆生貪愚惑亂能令覺悟瞋恚害心及以癡暗謗無因果放逸不信不畏未來貪求無猒極懷嫉妬具十惡業日夜增長如此衆生是虛空藏菩薩摩訶薩能除如上諸重罪業安處人天解脫之處猶如大車善男子是虛空藏菩薩摩訶薩是諸天世人所應尊重奉迎供養爾時彌勒菩薩摩訶薩白佛言世尊云何名爲犯根本罪波羅夷耶若有衆生犯斯罪者善根燒然墮於惡趣離安隱處永失一切天人之樂是虛空藏菩薩摩訶薩能令此等諸惡衆生還得具足人天福樂爾時世尊告彌勒菩薩摩訶薩善男子若灌頂刹利王有自在力犯五根本罪先所修習皆悉燒然失安隱處遠人天樂墮於惡趣何等名爲五根本罪善男子所爲灌頂刹利王領國土有自在力取兜婆物及四方僧物或教人取是則名犯初根本罪復次善男子灌頂刹利王領國土有自在力毀謗正法捨聲聞乘辟支佛乘捨無上乘又制他人不令修學是名第二犯根本罪復次善男子灌頂刹利王領國土有自

在力若復有人以如來故剃除鬚髮身被法服持戒毀戒有戒無戒脱其袈裟逼令還俗或加杖捶或復繫縛或截手足乃至斷命自作使他造如此惡是名第三犯根本罪復次善男子灌頂刹利王領國土有自在力作五逆罪何等爲五一者殺母二者害父三者殺阿羅漢四者破和合僧五者出佛身血如是五無間罪若犯一者是則名爲犯根本罪是名第四犯根本罪復次善男子灌頂刹利王領國土有自在力謗無因果不畏未來造十惡業道亦教他人令行十惡是名第五犯根本罪善男子是名灌頂刹利五根本罪若犯一者此則名爲犯波羅夷先所修習一切善根皆悉燒然離安隱處失人天樂墮於惡趣善男子是虛空藏菩薩摩訶薩爲此人故起大慈悲現生邊地隨所應見現種種形或沙門像婆羅門像刹利長者居士等像而爲其説一切種智甚深大乘未曾有法諸陁羅尼及忍辱地以如是等種種妙法而引導之灌頂刹利旣聞法已心生慚愧極懷怖懼向説法者發露懺悔先所犯罪誓不更作安住布施持戒忍辱精進禪定智慧勤修慈悲生人天樂般涅槃樂復次善男子大臣亦有五根本罪犯波羅夷若有犯者先所修習一切善根皆悉燒然墮於惡趣離安隱處永失一切天人之樂何等爲五謂彼大臣統理國土依倚王力取兜婆物及四方僧物或教人取是則名犯初根本罪復次善男子若彼大臣統理國土依倚王力破壞村邑城郭國土或教人破是名第二犯根本罪復次善男子若彼

大臣統理國土依倚王力毁謗正法捨聲聞乘辟支佛乘捨無上乘亦制他人不令修學是名第三犯根本罪復次善男子若彼大臣統理國土依倚王力若見有人以如來故剃除鬚髮身被法服持戒毁戒有戒無戒脫其袈裟逼令還俗或加杖捶或復繫縛或截手足乃至斷命自作使他造如此惡是名第四犯根本罪復次善男子若彼大臣統理國土依倚王力作五逆罪何等爲五一者殺母二者害父三者殺阿羅漢四者破和合僧五者出佛身血如是五無間罪若犯一者是則名爲犯根本罪是名第五犯根本罪善男子是名大臣五根本罪若犯一者此則名爲犯波羅夷先所修習一切善根皆悉燒然離安隱處失人天樂墮於惡趣善男子是虚空藏菩薩摩訶薩爲此人故起大慈悲現生邊地隨所應見現種種形沙門像婆羅門像刹利長者居士等像而爲其説一切種智甚深大乘未曾有法諸陁羅尼及忍辱地以如是等種種妙法而引導之彼時大臣旣聞法已心生慚愧極懷怖懼向説法者發露懺悔先所犯罪誓不更作安住布施持戒忍辱精進禪定智慧勤修慈悲生人天樂般涅槃樂復次善男子聲聞亦有五根本罪犯波羅夷若有犯者先所修習一切善根皆悉燒然墮於惡趣離安隱處失人天樂何等爲五謂殺生偷盜淫泆妄語出佛身血善男子是名聲聞五根本罪若犯一者此則名爲犯波羅夷先所修習一切善根皆悉燒然離安隱處失人天樂墮於惡趣善男子是虚空藏菩薩摩訶薩爲

此人故起大慈悲現生邊地隨所應見現種種形或沙門像婆羅門像刹利長者居士等像而爲其說一切種智甚深大乘未曾有法諸陁羅尼及忍辱地以如是等種種妙法而引導之時彼聲聞既聞法已心生慚愧極懷恐怖向說法者發露懺悔先所犯罪誓不更作安住布施持戒忍辱精進禪定智慧勤修慈悲生人天樂般涅槃樂復次善男子初發心菩薩趣向大乘有八根本罪犯波羅夷先所修習一切善根皆悉燒然墮於惡趣離安隱處失人天樂亦失大乘境界之樂久在生死離善知識何等爲八謂彼菩薩宿業因縁生五濁世有餘善根近善知識歸趣甚深大乘之法發無上心智慧微淺是初發心菩薩又從他聞甚深空法讀誦受持復於少智愚癡人前讀誦解說餘人聞已驚疑怖畏於阿耨多羅三藐三菩提心生退没樂聲聞乘是名初發心菩薩犯於第一根本重罪先所修習一切善根皆悉燒然墮於惡趣離安隱處失人天樂及以大乘境界之樂壞菩提心是故菩薩宜應先知衆生善根及了彼心隨其所堪次第說法如入大海漸漸至深善男子是虛空藏菩薩摩訶薩隨其所應以種種形現生其土而爲說法令生慚愧於所犯罪發露懺悔不墮惡趣增進善根長養阿耨多羅三藐三菩提心善男子又有初發心菩薩犯根本罪畏墮惡趣聞虛空藏菩薩摩訶薩名至心願見欲發露懺悔所犯罪故於初夜後分燒堅黒沉水及多伽羅香至心合掌稱虛空藏菩薩摩訶薩名善男子時虛空藏菩薩

摩訶薩隨其所應現種種形或現自身或聲聞身或刹利身婆羅門身乃至童男童女等身在彼犯罪初發心菩薩前教令發露懺悔除罪以善巧方便開示甚深無上正眞大乘之行三昧總持忍辱之地捨諸惡趣得不退轉阿耨多羅三藐三菩提心精勤修行六波羅蜜得力堅固猶如金剛乃至自得阿耨多羅三藐三菩提又善男子虚空藏菩薩摩訶薩若不現身在其人前教發露者是初發心菩薩應於後夜合掌至心而向東方燒堅黑沉水及多伽羅香請明星言明星明星成大慈悲汝今初出照閻浮提大悲護我可爲我白虚空藏菩薩摩訶薩願於夢中示我方便發露懺悔犯根本罪令得大乘方便智眼善男子彼初發心菩薩即於夢中明相出時虚空藏菩薩摩訶薩隨其所應而爲現身以諸方便令彼初發心菩薩發露懺悔先所犯罪示方便智令彼菩薩深懷驚怖於阿耨多羅三藐三菩提心得不忘三昧堅住大乘疾得滿足六波羅蜜不久成就一切種智復次善男子初發心菩薩語餘人言汝今不能樂於大乘亦不能行六波羅蜜終不能得阿耨多羅三藐三菩提不如早發聲聞辟支佛心速盡生死入般涅槃餘如上説是名初發心菩薩犯於第二根本重罪復次善男子初發心菩薩語餘人言汝今何用受學波羅提木叉律儀當速發阿耨多羅三藐三菩提心受持讀誦大乘經典先所造作身口意業諸不善行當得清淨不受未來諸惡果報餘如上説是名初發心菩薩犯於第三根本重罪復次

善男子初發心菩薩語餘人言汝今不應聽受讀誦聲聞經典汝當覆蔽聲聞經典聲聞法中無大果報不能斷除結使煩惱汝當聽受讀誦清淨大乘甚深經典又能消除諸不善業疾得阿耨多羅三藐三菩提作此說已有信受者二人俱名犯根本罪餘如上說是名初發心菩薩犯於第四根本重罪復次善男子初發心菩薩欺妄兩舌希求名稱利養恭敬讀大乘經爲他解說而語人言我是善解摩訶衍者爲貪利故見他解說大乘經典得供養者憎毀輕嫉而自貢高虛誑妄語得過人法作此行者離安隱處犯波羅夷於大乘中爲犯最重根本罪也善男子譬如有人欲趣寶洲乘船入海而於中路自壞其船沒溺而死不自濟命豈能得寶如初發心菩薩亦復如是乘正信船入於大乘深廣法海始得入海自壞信船失智慧命如是愚癡初發心菩薩以嫉妬故虛誑妄語得過人法而犯大乘重根本罪餘如上說是名初發心菩薩犯於第五根本重罪復次善男子未來世中初發心菩薩語在家出家初發心菩薩言修多羅中甚深空義及以三昧諸陁羅尼忍辱之地種種莊嚴是大明智諸菩薩等所可觀行受持讀誦大乘經典又能爲他分別演說我自解了以慈悲故爲汝等說汝等亦當隨所說行於深妙法而得知見彼初發心菩薩不作是言我讀誦思惟從他聞解而言自得皆是貪求利養因緣而自衒賣違負三世諸佛菩薩及衆賢聖犯於大乘最深重罪失人天路尚不能得聲聞辟支佛乘何由漸進到

於大乘善男子譬如有人將導衆人遊行曠野經過叢林極大飢渴見彼林中有諸美果而棄捨之取於毒果食已命終善男子彼人猶尚不能自濟况復兼能度於餘人彼初發心菩薩亦復如是人身難得今已得之遇善知識發大乘心而貪利養輕自衒賣犯重根本罪違負三世諸佛菩薩爲諸賢聖之所棄捨墮於惡趣是故婆羅門刹利毗舍首陁羅不應親近此惡菩薩若親近者亦皆得罪餘如上説是名初發心菩薩犯於第六根本重罪復次善男子未來惡世初發心菩薩造作諸雜旃陁羅行謂刹利旃陁羅婆羅門旃陁羅大臣旃陁羅大將軍旃陁羅毗舍旃陁羅首陁羅旃陁羅何等名爲旃陁羅義彼謂造作諸惡心業此惡比丘自言智慧自恃財寶行於布施放逸憍慢瞋嫌憎嫉餘善比丘共相鬪諍恃王臣力取善比丘物以奉大臣大臣得已傳以上王佛法僧物亦復如是善男子王與大臣及惡比丘犯根本罪餘如上説是名初發心菩薩犯於第七根本重罪復次善男子未來惡世初發心菩薩造作諸雜旃陁羅行謂刹利旃陁羅婆羅門旃陁羅大臣旃陁羅大將軍旃陁羅毗舍旃陁羅首陁羅旃陁羅此惡比丘恃怙國王及大臣力自言智慧自恃財寶行於布施輕戲毁辱諸善比丘鬪諍惱亂法説非法非法説法捨正經律顛倒義論斷學般若離慈悲心不信如來所説經典巧方便戒違法立制令諸清淨善行比丘廢於坐禪讀誦經典無苦惱者生其苦惱有苦惱者復令增長恒懷惡心壞善威儀

行住坐卧無復時節毀禁破戒實非沙門自言沙門實非梵行自稱梵行不解經典爲他解說邀致四衆供養恭敬善男子王與大臣及惡比丘犯根本罪餘如上說是名初發心菩薩犯於第八根本重罪善男子彼善比丘坐禪誦經皆是佛法出要正因是上福田又是忍辱三昧法器能說妙法成就衆生破無明黑暗開世間眼濟拔衆生煩惱業惡若彼惱亂故犯重罪是善男子犯八根本重罪者未能深入於佛正法以功德智慧極微少故善男子是初發心菩薩犯此八根本重罪已先所修習一切善根皆悉燒然犯波羅夷離安隱處失人天樂及以大乘境界之樂壞菩提心墮於惡趣輪迴生死離善知識善男子是虛空藏菩薩摩訶薩現種種形示生其土或現刹利形或現婆羅門形或現聲聞形或現辟支佛形乃至童男童女等形在彼犯罪初發心菩薩前而爲說法令生慚愧極大驚怖又教發露懺悔除罪以善巧便開示甚深無上正眞大乘之行三昧總持忍辱之地捨諸惡趣得不退轉阿耨多羅三藐三菩提心精進修行六波羅蜜得力堅固猶如金剛乃至疾得無上菩提又善男子虛空藏菩薩摩訶薩若不現身在其人前教發露者是初發心菩薩應於後夜合掌至心而向東方燒堅黑沉水及多伽羅香請明星言明星明星成大慈悲汝今初出照閻浮提大悲護我可爲我白虛空藏菩薩摩訶薩願於夢中示我方便發露懺悔犯根本罪令得大乘方便智眼善男子彼初發心菩薩即於夢中明相出時

虛空藏菩薩摩訶薩隨其所應而爲現身以諸方便令彼初發心菩薩於所犯罪深懷驚怖示方便智令彼菩薩發露懺悔於阿耨多羅三藐三菩提心得不忘三昧堅住大乘疾得滿足六波羅蜜不久成就一切種智善男子彼虛空藏菩薩摩訶薩勇猛饒益一切衆生故其頂上特有如此如意寶珠復以無量百千釋迦毗楞伽寶而爲圍遶不與一切諸菩薩等善男子是虛空藏菩薩摩訶薩成就如斯不可思議方便智慧復次善男子若有衆生聞虛空藏菩薩摩訶薩名或造形像或設供養是人現世無諸災患水不能漂火不能燒刀不能傷毒不能中人及非人無能爲害亦無囹圄盜賊怨家諸惡疾病飢渴之苦隨壽長短必無夭横臨命終時眼不見色耳不聞聲鼻不聞香舌不知味身不覺觸手足諸根不能爲用唯餘微識及身溫煖時虛空藏菩薩摩訶薩隨彼衆生所事之神而現其身或轉輪聖王身或提頭賴吒身或毗沙門身或毗樓勒迦身或毗樓博叉身或餘天身或龍夜叉乾闥婆阿脩羅迦樓羅緊那羅摩睺羅伽人非人等身在其人前而說偈言

四聖諦義　智者應觀　若解了者　能離生死

善男子時彼衆生於命臨終既見其昔所事之神又聞爲說如此要偈既終之後不墮惡趣因斯力故速免生死又善男子若有衆生心樂佛法虛空藏菩薩摩訶薩於其臨終而現佛形爲說偈言

佛智眞實　度生死海　速求佛智　得盡諸苦

善男子時彼衆生得見佛身又聞此偈至心

觀察歡喜踊躍不能自勝命終之後得生淨國永不更在五濁世界常獲親近彼佛如來又聞妙法不久當得阿耨多羅三藐三菩提善男子是虛空藏菩薩摩訶薩隨彼衆生臨終之時應聞妙法及應見僧亦皆普示善男子是虛空藏菩薩摩訶薩成就如此不可思議方便智慧復次善男子種種衆生欲得三昧自在之力應於後夜淨自洗浴著新潔衣燒堅黑沉水及多伽羅香於一切衆生起慈悲心向於東方至心合掌稱虛空藏菩薩名而作是言憶持大智虛空藏得大慈悲唯願施我不忘三昧即便說此陁羅尼言

毆(於后切) 漏毋漏諾踦(去支切) 博叉(楚垢切) 底(都履切下皆同) 隸娑勿陁邏婆(涉可切) 頞(都可切) 隸柰夜柰夜 摩訶迦樓尼迦 阿毘(奴后切) 播闍(市盍切) 婆(薄賀切下闍婆皆同) 悉寐(莫履切下皆同) 栗底 西伽(巨左切) 羅闍婆悉寐栗底跋(蒲葛切) 闍邏闍 婆悉寐栗底盧舍悉寐栗底 阿婆(步可切) 遮柰悉寐栗底浮侈(耶賀切) 俱致悉寐栗底 娑婆呵

善男子是虛空藏菩薩摩訶薩即令彼人得於三昧自在之力復次善男子若有衆生樂欲讀誦種種書論欲伏衆生所謂彼論或是佛說或菩薩說或聲聞說或世人說是人應於後夜淨自洗浴著新潔衣燒堅黑沉水及多伽羅香於一切衆生起慈悲心向於東方至心合掌稱虛空藏菩薩摩訶薩名而便誦此陁羅尼呪

阿禰(奴履切) 邏闍鞞(步兒切下皆同) 鈐(巨耽切) 浮娑闍鞞耶婆柰闍鞞 博廁(初器切) 娑迷(莫隸切) 波吒(張伽切) 邏闍鞞 他柰婆邏鞞 薩(始達切) 多邏伽

（巨佐切）邏泥（奴渧切）休磨（武佐切下皆同）休磨　摩訶伽樓尼迦　娑婆呵

善男子是虛空藏菩薩摩訶薩即令彼人得於憶持不忘之力善男子若有衆生欲入大海欲爲商賈欲服湯藥而求力驗欲脫繫縛欲脫枷鎖欲求免脫輸送財物若愛別離若怨憎會欲避水火欲避盜賊欲避師子欲避虎狼毒虵之難欲免疾病飢渴之患欲求尊位有如是等諸所求欲稱虛空藏菩薩摩訶薩名恭敬供養虛空藏菩薩摩訶薩皆令滿願復次善男子若有王子貪樂王位欲希灌頂得自在力應於後夜淨自洗浴著新潔衣燒堅黑沉水及多伽羅香於一切衆生起慈悲心向於東方至心合掌稱虛空藏菩薩摩訶薩名而便誦此陁羅尼咒

阿禰（奴履切）邏闍鞞（步兒切下皆同）鈐（巨耽切）浮沙闍鞞耶婆柰闍鞞　博厠（初器切）娑迷（莫隸切）波吒（張伽切）邏闍鞞　他柰婆邏鞞　薩（始達切）多邏伽（巨佐切）邏泥（奴帝切）休磨（武佐切下同）休磨摩訶迦樓尼迦　娑婆呵

善男子是虛空藏菩薩摩訶薩皆令彼人得滿所願復次善男子若有婆羅門衆願樂欲得大婆羅門處復有衆生求長者處或居士處或工巧處或多聞處或威力處或思惟處或解脫處應於後夜淨自洗浴著新潔衣燒堅黑沉水及多伽羅香於一切衆生起慈悲心向於東方至心合掌稱虛空藏菩薩摩訶薩名而作是言唯願施我大慈悲力令我所求疾得滿足時虛空藏菩薩摩訶薩以淨天耳聞彼請已隨其所應現種種形而爲說法

令彼所願皆得滿足善男子是虚空藏菩薩摩訶薩成就如是不可思議方便智慧久已得入佛功德海善男子大海之水乃可有人能知滴數無能測量虚空藏菩薩摩訶薩巧方便智成就衆生之限數也又善男子虚空之量尚可得知無有能知虚空藏菩薩摩訶薩所可成熟種種衆生及其變化或作佛形或菩薩形辟支佛形或聲聞形婆羅門形或童男童女形乃至人非人等形各隨所應或令目覩或使夢見若有衆生臨命終時唯除最後極微一息先造惡業燒諸善根當墮惡趣是虚空藏菩薩摩訶薩皆能拔濟令得安立天人之路如斯等事之邊際者善男子是虚空藏菩薩摩訶薩成就如此不可思議巧方便者佛功德海久已得入善男子以此緣故頂上特有如意寶珠以百千釋迦毗楞伽寶而爲圍遶有大光明當於如來説此法時一切大衆咸生奇特歎未曾有皆悉合掌向虚空藏菩薩摩訶薩時虚空藏菩薩摩訶薩即從座起偏袒右肩長跪合掌而白佛言世尊今此世界具於五濁衆生愚暗云何世尊能於其中施作佛事爾時世尊告虚空藏菩薩摩訶薩言善男子汝見虚空無有貪欲無瞋無癡自性清淨風塵暗障以爲不淨既澄朗已即見日月星辰及知刹那羅婆時數善男子如來久於第一義空已得自在見一切法無有貪欲瞋恚愚癡無縛無解自性清淨但以衆生客塵煩惱之所覆障不能覺悟如來慈悲爲此等故方便説法而爲除斷客塵煩惱開其智眼使見如來淨日照明現在獲

觀甚深妙法四念處法乃至八聖道法令諸衆生建立安住又令疾發阿耨多羅三藐三菩提心得大慈悲乃至具足十八不共法成一切種智善男子如來出世則能成熟諸菩薩衆及以緣覺聲聞之衆善男子今是虛空爲倚於眼爲倚眼識爲倚眼觸而得住耶虛空藏菩薩摩訶薩白佛言不也世尊佛言善男子爲是内起眼觸之緣生彼三受而倚空耶虛空藏菩薩白佛言不也世尊佛言善男子耳鼻舌身意亦復如是佛言善男子衆生今者爲倚於空爲是虛空倚於衆生虛空藏菩薩白佛言世尊各各相倚互作境界又復各各不爲境界一切諸法皆悉空寂一切諸法皆悉虛假一切諸法皆依如及以實際世尊猶如虛空無壞無成無憶想分別無動無搖無愛無憎無芽無種子無果無業無報離於文字世尊一切諸法亦復如是菩薩若知此者是名善知諸法之性得無生忍爾時虛空藏菩薩摩訶薩即說陁羅尼言

阿㝹(奴侯切) 柰阿婢(夫者切) 婆(薄賀切) 邏闍(市夜切) 摩(莫可切) 㝹(奴后切) 叉夜 視柰視柰 闍柰毗(夫尼切) 磨(武佐切下皆同) 牟尼呵羅阿柰夜 頞邏(力可切下同) 曰呵(平賀切) 揭(巨謁切) 婆禰(奴履切) 婆(薄賀切) 藪毗(薄履切下同) 柰夜 藪舍舍婆 舍柰磨舍柰頞(都可切下皆同) 他(吐賀切) 磨柰末兜梵毗沙(所賀切) 舍磨支頞柰枳黎舍菴復(扶豆切) 僧輸沙(踈馬切) 泥(奴帝切) 娑婆呵

爾時世尊告虛空藏菩薩摩訶薩言善哉善哉汝今說此無盡降伏師子奮迅陁羅尼一切衆生臨命終時最後神識有重煩惱障及

重惡業此陁羅尼悉能燒然令得往生清淨佛國善男子汝今善能以此成熟無量衆生又能成熟無量佛刹村國城邑一切衆生又隨所應現種種形又隨其根說種種法或爲演說大乘經典開深法門若沙門旃陁羅婆羅門旃陁羅刹利旃陁羅毗舍旃陁羅首陁羅旃陁羅此諸人等所犯重罪以因汝故悉得燒然今於善法建立增長爾時世尊而說偈言

衆生諸貪諍　皆因諸根起　若能攝諸根　疾得於解脫

爾時如來說此經已有十千人天得無生法忍無量人天得諸三昧又無量人天得陁羅尼又無量人天逮得忍辱又無量人天於十地中各得增進爾時世尊告阿難及彌勒菩薩摩訶薩言汝等應當恭敬奉持此經爾時阿難及彌勒菩薩即從座起偏袒右肩長跪合掌白佛言世尊此妙經典我已受持當何名此經佛言善男子此經名懺悔盡一切罪陁羅尼經亦名不可思議方便智救濟一切衆生經亦名能滿一切衆生所願如如意寶珠經亦名虛空藏菩薩經如是奉行阿難當知若有善男子善女人久發阿耨多羅三藐三菩提心於無量百千阿僧祇劫修行六波羅蜜於十方世界一切佛所種種供養乃至滿無量阿僧祇恒河沙劫不如有人讀誦書寫爲人解說虛空藏菩薩經及持名號比前功德百分千分百千萬億分不及其一筭數譬類所不能知爾時阿難及彌勒菩薩白佛言世尊我當如是奉持時諸大衆聞佛所說

歡喜踊躍以諸供具供養於佛

虛空藏菩薩經

音釋

霹靂 霹芳辟切靂郎擊切雷之急激者爲霹靂
唄 蒲拜切梵音也
坑坎 坎苦感切小阱也
塠阜 塠都回切聚土也阜扶久切土山曰阜
險隘 險虛儉切險阻也隘烏懈切狹隘也
踰闍那 梵語也此云限量如此方一驛地或四十里六十里八十里也踰音俞闍音蛇
毦帶 毦仁志切罽也毦帶謂織罽毛布爲帶也
拘攣 攣力員切拘攣謂手足拘攣也
麞 諸良切麇屬無角鹿也
兜婆 梵語正云窣堵波此云方墳即佛塔也兜當侯切
滛泆 滛餘釗切滛放也泆夷質切泆蕩也
摩訶衍 梵語也此云大乘衍音演
衒 黃絹切鬻也
囹圄 囹郎丁切圄魚許切囹圄獄名
奮迅 奮方問切迅思晉切

虚空藏菩薩神咒經

劉宋罽賓三藏曇摩蜜多譯

清刻龍藏佛說法變相圖

二經同卷

虛空藏菩薩神呪經

觀虛空藏菩薩經

虛空藏菩薩神呪經

劉宋罽賓三藏曇摩蜜多譯

如是我聞一時佛住佉羅山依正覺仙所住之處與無數大比丘聲聞衆俱亦與無量阿僧祇恒河沙等菩薩摩訶薩演說如來功德經已爾時西方有如意寶現以無量百千釋迦毗楞伽寶周帀莊嚴是寶珠光隱蔽一切餘色光明唯見如來及如意寶餘無量無邊不可說色見如虛空如來威光極更明顯此諸會衆不覩自身各不相見大衆諸色悉滅

無餘不與眼對不得色身及以所觸隨所觀視唯見虛空亦不見於日月星辰地界水界火界風界不與眼對耳不聞聲鼻不齅香無心心數無我我所及六入起想瞻覩他方不得諸大在在方所唯見佛身色相光明亦復遙見如意寶珠以無量百千釋迦毗楞伽寶周帀莊嚴餘無所見於此衆中有住十地菩薩摩訶薩得首楞嚴三昧一生補處最後有身見如是相不驚怖畏解諸法空如實際性是故不驚不怖不畏餘諸菩薩摩訶薩聲聞天龍夜叉乾闥婆阿脩羅緊那羅拘槃茶毗舍遮富單那迦羅富單那人及非人在會中者極驚怖畏生於憂愁此彼闇蔽其心動亂各不相見都無問處其事云何何因緣爾爲是誰力爾時衆中有菩薩摩訶薩名曰梵德合掌向佛而說偈言

一切法如性　人無有知者　依住於色陰
六情根闇蔽　不見於一陰　思惟求色陰
於佛法有疑　此中有是人　如此彼亦爾
總知虛空相　彼三昧勇健　其身不可說
如意大寶珠　見在其頂上　釋迦毗楞寶
皆遙遠見彼　是大慧衆生　度首楞三昧
一切大慧者　欲來見世尊　今說甚深法
決定無有疑　安慰於此衆　悉來歸世尊
勇健者行處　敎化熟衆生

爾時世尊而說偈言

如是如汝說　三昧者行處　若聞正住處
是慧衆生住　此是虛空藏　菩薩所行處
無依無戲論　彼三昧示現　衆生著二見
常爲所劫奪　著斷常二見　彼此常闇蔽

如是二見等　將欲得解脫　其性不可說
速疾證諸地
復次善男子是初發心菩薩摩訶薩說初境界相謂六波羅蜜乃至知諸大生滅如實之性然後知於一切諸法不可言說無性無生無滅無境界不動不搖如是修行一切諸行如是悉離斷常二見不生怖畏於一切法不起境界心疾得具足六波羅蜜更不復住斷常見中佛說是已一切大衆見聞覺知如本色相爾時世尊伸其右臂說如是言是虛空藏菩薩摩訶薩來作是語已告諸大衆言是菩薩得諸三昧猶如大海持菩薩戒如須彌山智所通達猶如虛空勤行精進猶如疾風修行於忍猶如金剛其慧如空諸菩薩中猶如勝幢向涅槃者將導是一切善根之藏貧者德瓶入闇者日失道者月是怖畏者大須彌山是煩惱燋熱者甘露是一切種善根者栽是趣大涅槃者橋是墮惡道者船生天者梯是誹謗惡口者救熱惱者蓋於諸外道如師子王攝取諸見猶如水鏡魔怨中鎧毀戒者藥是諸善本修行之地造鬘者華具行者藏無慚愧者上妙衣服病者良醫飢者得食渴者月珠疲極者牀修三昧正行者日向菩提者大車遊禪定者勝地助菩提者寶輪善男子此是向波羅蜜者果報是善男子又是進修行十地者如意寶珠是善男子是進行首楞嚴三昧者波利質多羅樹是斷邪見結使者刀破諸習氣猶如金剛能降諸魔是良方便是開發慧是諸一切佛法所依是緣覺華鬘聲聞衣服諸天眼目人之正道是畜生

歸是餓鬼護地獄尊救是一切衆生福田是諸菩薩摩訶薩大車是善男子是三世如來應供正遍知最大輔臣護法城門是善男子乃至具足十八不共法以自莊嚴得於佛智成就具足是善男子悉是一切衆生應供唯除如來諸餘一切應供中最汝等大衆皆應奉仰各隨力能應辦供具供養恭敬而尊重之種種珍寶幢旛寶蓋塗香末香衣服瓔珞種種雜物淨治道路種種莊嚴以種種讚歎而讚歎之汝等一切不久當得是功德器爾時一切大會皆共和合從座而起向虛空藏菩薩摩訶薩所現之方叉手合掌其心歡喜顔貌怡悅以清淨目諦觀視之於時衆中諸大菩薩及大聲聞天主龍主夜叉主阿修羅主伽留羅主緊那羅主摩睺羅伽主及五通仙各作是念當設何等最上最勝供具供養是善男子爾時虛空藏菩薩摩訶薩變娑婆界地平如掌七寶莊嚴除去諸山曠野堆阜墻壁瓦礫灰糞臭穢塵霧雲雷乾闥婆聲一切樹木變成七寶華葉果香皆悉具足依地草木枝節莖葉亦變化成七寶蓋娑婆世界除一切病一切地獄畜生餓鬼無諸苦惱皆得衣服飲食瓔珞臥具娑婆界中一切衆生得成如意妙色端嚴威德第一肢體具足除諸結使心得寂靜於諸善根其心欣樂以清淨心安住三寶此所集衆兩手自然有化如意寶一一如意寶各出光明遍照於此娑婆世界又是寶珠出妙樂音雨種種寶種種妙衣種種瓔珞雨種種金鎖瓔珞眞珠瓔珞又雨種種妙華青蓮紅蓮赤蓮白蓮及水陸華

復雨多摩鉢香牛頭栴檀末香莊嚴於道其道二邊化七寶堂如帝釋堂於其堂内化諸婇女猶如魔后作於五樂歡娛受樂當於佛上虚空之中化天寶蓋滿百由旬清妙鮮潔寶網莊嚴垂眞珠貫莊嚴其中作衆妓樂過於天樂田地草木樹林華葉諸果實中各出妙音殊過天樂有聞音者於阿耨多羅三藐三菩提得不退轉爾時一切諸大會衆見虚空藏菩薩摩訶薩作是莊嚴得未曾有作是念言我等云何爲是善丈夫於世尊前當設何座爾時佛前出寶蓮華白銀爲莖黄金爲葉碼碯爲臺梵摩尼寶以爲其鬚縱廣十里復有如是無量百千諸寶蓮華周帀圍遶見虚空藏菩薩摩訶薩忽在華上結跏趺坐見其頂上如意寶珠見虚空藏所將眷屬亦各坐餘蓮華臺上爾時彌勒菩薩摩訶薩以偈問於藥王菩薩

如諸本先來　大名稱菩薩　恭敬禮世尊
然後乃就座　是善丈夫來　示現大莊嚴
不敬禮世尊　忽見其巳坐

爾時藥王菩薩以偈答於彌勒菩薩

見是大丈夫　善住於佛法　是不見衆生
不依一切想

爾時彌勒菩薩復以偈言

若不見衆生　安住於實際　何義故莊嚴
爲我顯現説

爾時藥王菩薩復以偈答

是方便勇健　教化衆生故　不知第一義
凡夫妄想行　世諦聰慧者　迷眞故受苦
爲脱是等故　現如是莊嚴

爾時世尊讚藥王菩薩言善哉善哉是善丈夫如汝所説假令一切諸凡夫不能知一須陁洹解脱行處一切衆生得須陁洹不能知一斯陁含解脱行處一切斯陁含阿那含阿羅漢亦復不知一辟支佛解脱行處一切衆生作辟支佛獨一麒麟亦不知一無生忍菩薩摩訶薩善行方便教化衆生一切衆生得無生忍不知一得首楞嚴三昧無礙辯才菩薩摩訶薩第一義諦解脱之行善男子是虚空藏得無生忍得無礙辯得首楞嚴三昧知此大衆過無量劫心之善根應當現於大莊嚴故住離欲地故此善男子從西方没而來至此示現同諸聲聞緣覺入於無量空處三昧現於神通一切衆生生奇特心復於世諦示現莊嚴教化無量諸衆生故是善男子若

現第一義諦無生莊嚴乃至天人皆當驚怖迷惑失心至八地菩薩亦復失心無有能見其行相貌入如是等深功德法是善男子善知方便度於一切諸佛法海斷於疑惑自然善知諸方便度於一切菩薩摩訶薩中猶如王幢善男子是虚空藏菩薩摩訶薩示諸衆生天道涅槃道能解衆生結使心病亦治四大身内增損諸患若有衆生諸邪見逼迷於生死曠野之中不知方便云何名爲天道涅槃道是諸衆生若稱虚空藏菩薩名禮拜供養燒衆名香是善男子觀心善根見結覆心及知過去心種善根亦知現在供養佛法僧寶修施戒德如是諸事或於夢中方便示現正直之道方便力故及於一切惡見惡事惡願惡求惡歸惡趣心得解脱身口意行悉皆

正直所願正直得近正直眞善知識疾得解脫諸惡臭結惡見諸疾速疾得盡惡道惡業所願善故行善業故速疾得作心自在者住甚深忍若有衆生種種諸病逼切其身其心散亂聾盲瘖瘂諸根不具肢節各異將有死相如是等事一心稱是虛空藏菩薩名除諸病故欲無病故燒沉水香堅黑沉水若多竭流香禮虛空藏是善大丈夫於夜夢中作婆羅門像在其人前或現釋像大功德天像妙音天像刹利像大臣像兵吏像良醫像或父毋像或男女像於夜夢中在病人前如實爲說種種隨病湯藥病者一服所患悉除復有如是所營求事欲多聞義若欲寂靜欲修禪得慧欲得名稱欲求工巧欲得自在欲得妙色欲得封邑欲得勢力欲得才能欲得妙聲欲得子息欲得眷屬欲得功德欲得布施持戒忍辱精進禪慧欲得美語欲人恭敬欲脫諸惡安止於施乃至住慧欲得長壽欲得種種所須之具得已能用欲勸慳人令行布施欲令破戒安住持戒欲令懈怠安住精進欲勸愚癡令住於慧未定乘者勸住聲聞自攝乘者勸住緣覺是善男子作是方便示諸衆生若有衆生捨離大悲自護已身心捨衆生若有是心我何方便能勸彼人令住阿耨多羅三藐三菩提安住方便四梵行處乃至令其住於大悲是人敬禮虛空藏菩薩摩訶薩若阿練若處若在林中若露地燒沉水香堅黑沉水若多竭流香至心合掌五體投地遍禮十方爾時說是陁羅尼句

阿彌隸奢阿彌隸奢迦留尼迦　遮羅遮羅

毗遮羅珊遮羅迦留尼迦 二 羅茂羅羅茂羅
毗伽陁隷 三 摩憎呿復闍摩那迦留尼迦 四
眞陁摩尼富羅移迦留尼迦 五 薩婆阿耆彌
咃羅吱離移 六 阿漬陁梨 七 破仇破仇 八 留
抵脾脾伽仇 九 僨致脾脾伽仇迦留尼迦 十
富隷移埵摩阿耆 十一 薩埵波咃羅遮阿輸迦
竭抵莎呵 十二

是善男子爲於彼人現人色像鹿色像馬色像或天色像隨彼功德現於如是色像言説示一方便是方便故能教化無量百千那由他衆生不定乘者聲聞乘者緣覺乘者令是衆生於一時中一彈指頃少方便慧能令安住無礙大乘得不退轉乃至得於種種三昧得陁羅尼亦得於忍安住十地是虛空藏菩薩摩訶薩成就如是不可思議方便智慧大悲之力善男子假使能得虛空邊際無有能知是善男子智慧方便大慈大悲三昧之力教化衆生得其邊者是虛空藏菩薩摩訶薩成就如是不可思議無邊功德善男子若有衆生無諂幻惑正行威儀成就正見質直無誑不自讃譽離於嫉妬無有奸詐善心成就如是等人是善男子而憐愍之示方便智正行精進以是方便智慧正行精進力故脱諸苦惱發阿耨多羅三藐三菩提心一切善根悉皆迴向於無上道得不退轉以精進力滿足六波羅蜜故大勤進行速疾正覺阿耨多羅三藐三菩提虛空藏菩薩摩訶薩成就如是不可思議無量功德教化衆生爾時彌勒菩薩摩訶薩白佛言世尊何緣獨見此善男子頂上如意寶極爲妙色端嚴赫焰非餘菩

薩佛言善男子是虛空藏菩薩摩訶薩成就大悲爲利衆生脫大苦事若有衆生犯根本重罪當墮惡道拔斷一切諸善根行如是衆生是善男子爲作妙藥若有衆生墮大無明闇蔽惡見牢獄繫閉爲大照明猶之如日今其悔過斷根本惡能除衆生疑心毒箭或有衆生破壞心器犯根本重罪失諸善法當墮惡道無歸無趣一切明慧之所捨棄是善男子能示是等罪闇衆生安於善道猶如寶杖又能洗一切臭惡結使能轉惡道安止人天逮涅槃樂猶如大車若有衆生多欲所縛極多瞋恚忿怒心亂或多愚癡無明覆蔽說無因果不見不怖不畏後世貪財無猒乃至常行十種惡業如是衆生是善男子爲閉惡道安止天人逮涅槃樂猶如大車以是緣故一切天人皆應供養是善男子唯除如來應供正遍知爾時彌勒菩薩白佛言世尊何等名爲犯根本罪衆生犯是根本罪已拔斷一切諸善根行當墮惡道犯墮根本罪故離於一切人天之樂復因由是善男子故今彼衆生具滿人天涅槃之樂佛言善男子灌頂剎利王犯根本重罪有五事灌頂剎利王犯五根本罪已諸先所種一切善根悉皆破壞犯墮根本罪故離於一切人天之樂當墮惡道何等爲五善男子若灌頂剎利劫奪塔物或奪僧物若招提僧物若自取若使人取是名初犯根本重罪若誹謗法故聞佛爲聲聞說爲緣覺說爲大乘說誹謗遮固不令流布是名犯第二根本重罪若爲我出家剃除鬚髮被服袈裟或能持戒或不持戒或破戒或不破

戒脱其袈裟罷令還俗或捶打其身而讁罰之收閉囹圄或斷其命是名第三犯根本重罪若灌頂刹利殺於父母殺佛弟子聲聞羅漢破和合僧於如來應供正遍知以惡逆心出其身血五無間業隨造何罪是名第四犯根本重罪若刹利王説無因果捨於他世行於十惡勸多衆生作十惡業是名第五犯根本重罪善男子若灌頂王於此五根本重罪之中若犯一一則破過去一切善根犯墮重罪離於一切人天之樂當墮惡道以是緣故虚空藏菩薩摩訶薩現生邊地或現沙門形服威儀或現婆羅門形服威儀在在現生隨彼彼處爲諸刹利説未曾聞法如一切智智説甚深經典説陁羅尼及忍辱地敷演開示以是緣故灌頂王先所作惡不善之業慚愧悔過更不復作安住布施寂靜調伏大勤進行趣向大道復次大臣亦有五事犯根本重罪何等爲五若彼大臣劫奪塔物及奪僧物招提僧物是名第一犯根本重罪若大臣破於國城村邑聚落是名第二犯根本重罪若大臣誹謗正法聞佛爲聲聞説爲緣覺説爲行一切智者説誹謗遮固藏匿隱覆是名第三犯根本重罪若諸大臣見人爲佛出家剃除鬚髮被服袈裟若持戒若不持戒若破戒若不破戒脱其法服罷令還俗撾打其身讁罰繫閉若斷其命是名第四犯根本重罪若大臣犯五無間一一惡業是名第五犯根本重罪善男子若大臣犯一一五根本重罪則壞過去一切善根離於一切人天之樂當墮地獄以是緣故是虚空藏爲是等故現生邊

地作沙門形色若婆羅門乃至男女等像而爲說法在在處處爲於大臣說甚深法如一切智智說甚深經典及陁羅尼忍辱之行開示演說大臣聞已所造惡業慚愧悔過更不敢作安住布施寂靜調伏勤行精進趣向大道善男子聲聞弟子犯根本重罪亦有五事何等爲五殺生婬欲偷盜妄語若出佛身血是名聲聞犯五根本重罪若有聲聞犯一一根本重罪疑箭在心燋滅善根必定趣向惡道虛空藏菩薩爲是等故在在現生或作沙門形色威儀乃至男女等像而爲說法令求聲聞人慚愧悔過更不敢作安住寂靜調伏趣向無上大道善男子初向大乘善男子犯根本等重罪有八何等爲八若有衆生惡業因緣生五濁世以少善根近善知識聞此大乘甚深妙法少覺少知少善根故發阿耨多羅三藐三菩提心聞第一無相等經轉爲凡愚分別解說是凡愚人聞已驚畏退失阿耨多羅三藐三菩提心願求聲聞乘是名初發心菩薩犯初根本重罪以是罪故所修善根一切破壞犯墮重罪離於天人及涅槃樂退菩提心當墮惡道是故菩薩應知他心及善根已如應說法如度大海漸漸深廣是故虛空藏現生其土同彼色像而爲說法是名初犯根本重罪行者欲見虛空藏菩薩懺悔所犯惡罪於夜後分燒沉水香堅黑沉水若多竭流香合掌稱虛空藏菩薩名是善男子隨功德分見虛空藏所現形色若見其身若沙門若婆羅門若男若女種種形色而爲說法是初發心菩薩所犯根本重罪即得懺悔堪

忍無上大方便行三昧忍辱及陁羅尼至安住地能斷惡道於阿耨多羅三藐二菩提得不退轉於六波羅蜜得大精進力猶如金剛當疾覺於阿耨多羅三藐三菩提若於其前不現身者是初行菩薩明星出時從座而起向於明星說如是言南無呵嘍那南無呵嘍那成就大悲今者初出於閻浮提願以大悲覆護於我以我言說白大悲虛空藏菩薩於夜夢中示我方便以是緣故得悔所犯根本重罪成就大乘方便智眼尋於眠中明星出時虛空藏菩薩即於夢中自現色身令其悔過滅除諸惡已即得三昧名不忘菩提之心善住大乘具六波羅蜜若初行菩薩語餘人言汝等不能行六波羅蜜亦不能覺阿耨多羅三藐三菩提汝等速發聲聞辟支佛心可得度於生死餘如上說是名初行第二犯根本重罪復次初行者或說是言汝用善持調伏戒爲但當速發菩提之心汝當讀誦大乘經典身口意惡當得清淨無有惡報餘如上說是名初行第三犯根本重罪復次初行者若說是言汝有大德應離聲聞法勿聽勿讀勿爲他說汝善男子當隱藏聲聞經法聲聞法中不得大乘不能令汝使得邊際唯當聽受大乘經典爲他人說汝諸惡業當得清淨疾成佛道若受是語攝取是見二俱犯罪是名初行菩薩第四犯根本重罪復次初行者妄語兩舌異思異說大乘經典爲於名譽利養受持讀誦如其所聞爲他廣說作如是言我知大乘非餘人也見他得利心生嫉妬說他惡名誹謗毀呰自說得過人法是人破壞

犯墮重罪離大乘法當墮惡道如人入海求寶船敗没死是初行者亦復如是是名初行第五犯根本重罪復次未來當有若在家出家初行菩薩讀誦方廣經典爲利養故言我解是妙法愍汝等故爲汝等説是初行菩薩實無饒益衆生之心如人飢乏入大果林捨諸美果服毒果而死是初行菩薩亦復如是得入大乘正覺寶林爲利養名譽故説大乘經犯根本重罪爲諸智者之所呵責人天四衆不應親近是名初行第六根本重罪復次刹利王有國相旃陁羅臣旃陁羅兵吏旃陁羅醫旃陁羅如是癡人自持財寶雖行施惠放逸憍慢破壞衆僧因倚王臣劫奪僧物是名初行第七根本重罪復次若刹利旃陁羅臣旃陁羅比丘旃陁羅等瞋嫌沙門法説非法非法説法捨諸經律非時義論非法立制斷學般若惱亂比丘令諸沙門失淨信心壞破威儀實非沙門自言沙門實非梵行自言梵行令諸四衆增致供養是王臣及比丘二俱得罪是名初行第八犯根本重罪是初行菩薩犯此根罪不名修行斷諸善根離人天樂當墮惡道善男子虛空藏菩薩爲是等故隨形入類現同色像而爲説首楞嚴等種種經藏令犯罪者悔諸惡業成就善根究竟涅槃若善男子禮拜稱讚虛空藏菩薩是人現在得大功德復次若有衆生聞虛空藏菩薩名造立形像供養恭敬尊重讃嘆種種供養具而以供養是人現身水不能漂火不能燒刀不能傷毒不能害人與非人無有能害亦無病痛飢渴之患臨命終時是虛空藏現其

所事種種天像日月等像令諸衆生各見所歸充滿其願説如是偈

是四聖諦　慧者若見　知生死過　度諸有流
若有衆生深心信佛即現佛身而説是偈

佛智真實　若度諸有　得證佛智　脱一切苦
是諸衆生臨命終時得見佛身深心愛樂歡喜踊躍既命終已離五濁世生淨佛土見佛聞法善男子是虚空藏菩薩摩訶薩成就如是不可思議功德若欲增長修諸禪定智慧自在當澡浴清潔於夜後分禮虚空藏已設諸供養作如是言於諸衆生大慈悲者願施與我念定方便即説陁羅尼句

留牟蘭那唅一颰鉢尼隸二袨呢阿婆多隸三那那移四那移摩訶迦留尼迦五阿稌婆闍婆嚃呧六阿伽闍婆嚃呧七跋闍闍婆嚃呧八路奢嚃呧九阿那摩嚃呧十復多句跛嚃呧莎呵十一

即與彼人念定方便若欲讀誦種種經論亦於明星出時供養禮拜虚空藏菩薩已作如是言大悲虚空藏拯濟諸衆生願愍念於我與我念慧力即説陁羅尼句

阿彌羅闍鞞一唅蒲沙闍鞞二吔婆那闍鞞三吙差三彌四癹嗖羅闍師五悉嗤那嚬鞞六世羅迦尼七呼摩呼摩八摩訶迦留尼迦莎訶九

若欲渡海欲求伏藏欲求仙道若繫閉若有别離若怨憎會若水若火若刀若毒若病蠱道師子虎狼毒虵盜賊等種種怖畏及所須之物是人應當稱虚空藏菩薩名禮拜供養應於彼起大慈父想説如是偈

愍我愍我大悲稱　利益世間虛空藏
願以大悲諦觀我　救我如是諸怖畏
大德施我功德利　我今苦逼最貧窮
歸依我尊大寂靜　願得現樂及來世

爾時虛空藏菩薩或現自身或現他身種種形色而安慰之令得解脫所須之物亦悉具足若復王子欲紹王位婆羅門處長者工巧處大威德處大思惟處大解脫處是人亦於夜後分稱虛空藏菩薩名禮拜供養誠心歸依虛空藏菩薩清淨天耳遠聞音聲往其人前而爲說法令滿所願善男子虛空藏成就如是不可思議功德智慧方便假令衆生數知海水不能得知虛空藏菩薩功德之量復有衆生能知十方虛空邊際亦不能知虛空藏菩薩神通變化權智之力是故虛空藏頂上寶珠光色如是爾時會衆聞佛所說歡喜踊躍頂禮佛足白佛言世尊云何能於五濁惡世教化衆生佛言善男子猶如虛空無縛無解無瞋無愛其性清淨善男子如來亦爾於第一義空心得自在其性清淨雖處濁世不爲塵垢之所染汚爲化衆生故出現於世善男子而是虛空依於六識而得住耶不也世尊虛空藏白佛言世尊各不相依各無行處一切法空無有積聚本際如實猶如虛空無壞無成無憶想分別無動無愛無子無果無報無有文字世尊菩薩摩訶薩如是知諸法性得無生忍如是世尊即說呪曰

畀婆羅闍一摩兇嗷移二愼那闍移三禪那尼摩四牟尼呵羅五阿那咃六破羅仇呵七竭婆尼摩八阿毗咃九脩婆奢奢闍婆十舍

那舍那十一舍那多哋十二剱摩舍摩十三禰摩浮摩十四毗沙舍摩十五遮那哋那十六翅疑唵蒲三輸四泥莎呵十七

佛言善哉善哉善男子汝今能說是降伏眼師子吼步水陁羅尼令諸衆生臨命終時破煩惱障業障報障得生淨土汝能愍念衆生遊諸佛土示現色身利益衆生說大乘經能斷諸惡令王旃陁羅乃至沙門旃陁羅修諸善法佛說此經時無量阿僧衹人天得種種三昧陁羅尼住於諸忍得十地智十千人得無生法忍佛說偈言

若衆生諍訟　因根本所攝　能攝諸根本
速疾得見彼

佛說經已一切大衆歡喜奉行

虛空藏菩薩神呪經

觀虛空藏菩薩經

劉宋罽賓三藏曇摩蜜多譯

清刻龍藏佛說法變相圖

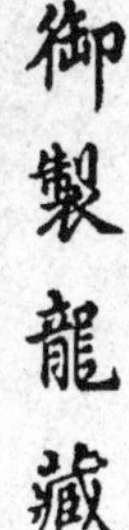

觀虛空藏菩薩經

劉宋罽賓三藏曇摩蜜多譯

如是我聞一時佛住佉陁羅山依正覺仙人所住處與千二百五十比丘俱賢劫千菩薩彌勒爲首爾時長老優波離即從座起整衣服爲佛作禮白佛言世尊世尊先於功德經中說虛空藏菩薩摩訶薩名能除一切惡不善業治王旃陁羅乃至沙門旃陁羅諸惡律儀如此惡事若欲治者當云何觀虛空藏菩薩設得見者云何共住布薩僧事若優婆塞破五戒犯八戒齋出家比丘比丘尼沙彌沙彌尼式叉摩那犯四重禁在家菩薩毀六重法出家菩薩犯八重禁如是愚人世尊先於毗尼中說決定驅擯如大石破今於此經說大悲虛空藏能救諸苦及說呪以除罪咎設

有此人云何知之以何爲證惟願世尊分别解説佛告優波離汝及未來世一切善持毗尼者應當教此犯罪衆生安慰其意世尊大慈弘誓無量不捨一切於深功德經説治罪法名决定毗尼有三十五佛教救世大悲汝當敬禮汝敬禮時當著慙愧衣如眼生瘡深生恥媿如癘病人隨良醫教汝亦如是應生慙愧既慙愧已一日乃至七日禮十方佛稱三十五佛名别稱大悲虚空藏菩薩名澡浴身體燒衆名香堅黑沉水明星出時長跪合掌悲泣雨淚稱虚空藏白言大德大悲菩薩愍念我故爲我現身爾時當起是想是虚空藏菩薩頂上有如意珠其如意珠作紫金色若見如意珠即見天冠此天冠中有三十五佛像現如意珠中十方佛像現虚空藏菩薩身長二十由旬若現大身與觀世音等此菩薩結跏趺坐手捉如意珠王其如意珠演衆法音與毗尼合若此菩薩憐愍衆生故作比丘像及一切像若於夢中若坐禪時以摩尼珠印印彼人臂印文有除罪字得此字已還入僧中如本説戒若優婆塞得此字者不障出家設不得此字使空中有聲唱言罪滅若無空聲使知毗尼者夢見虚空藏告言毗尼菩薩其甲比丘其甲優婆塞更令懺悔一日乃至七七日禮三十五佛虚空藏菩薩力故汝罪輕微知法者復教令塗治圊厠經八百日日日告言汝作不淨事汝今一心塗一切厠莫令人知塗已澡浴禮三十五佛稱虚空藏向十二部經五體投地説汝過惡如是懺悔復經三七日爾時智者應集親厚於佛像

前稱三十五佛名稱虚空藏名稱文殊師利稱賢劫菩薩爲其作證更白羯磨如前受戒此人因苦行力故罪業永除不障三種菩提業佛告優波離汝持是觀虚空藏法爲未來世無慙愧衆生多犯惡者廣分别説説是語時虚空藏菩薩結跏趺坐放金色光如意珠中現三十五佛已白佛言世尊我此如意珠寶從首楞嚴生是故衆生見珠者得如意自在爾時世尊勑優波離汝持此經不爲多衆廣説但爲一人持毗尼者爲未來世無眼衆生作眼目故慎莫忘失時優波離聞佛所説歡喜奉行

觀虚空藏菩薩經

右觀虚空藏菩薩經按開元録係是單譯止有二紙經後舊尚有八紙經文准校勘大藏　竹堂講師批該是後人採集虚空藏經呪并諸經中佛名及呪以爲勸世修行法不可連在觀虚空藏經後下竺本及福本皆無又按此經世尊先於深功德經説治罪法名決定毗尼有三十五佛者即出寶積經第九十卷優波離會與決定毗尼經同本餘文皆例此然詳觀所批理亦可以意會徒存似是姑爲删之

音釋

虚空藏菩薩神呪經

罽賓 梵語正云迦濕彌羅此云賤種罽居例切　鎧 可亥切甲也　懵呿 懵莫孔切呿丘迦切　啵 音波　仇 巨鳩切　儨 之日切　讁罰 讁陟華切責罰也　匿 女力切藏也　呵嘍 呵呼何切嘍力侯切　唅 火含切　颰

蒲撥切鞣耳由切嚙呧嚙美畢切呧丁里切拯之慶切救也[illegible]莫可切癹音潑[illegible]奴侯切

觀虛空藏菩薩經

驅擯驅虧于切逐也擯必仞切斥也癘落蓋切惡疾也又力制切疫也圊

廁圊親盈切廁初吏切圊廁溷也羯磨梵語也此云辦事又云作法羯居謁

佛說菩薩念佛三昧經

劉宋天竺沙門功德直共玄暢譯

清刻龍藏佛說法變相圖

佛說菩薩念佛三昧經卷第一

劉宋天竺沙門功德直共玄暢譯

序品第一

如是我聞一時佛住王舍城耆闍崛山與大比丘衆一千二百五十人俱皆是阿羅漢諸漏已盡無復煩惱調伏縱任善脱無脱深知無知所作已辦逮得無我捨諸重擔除滅九結決定解脱諸心自在猶如大龍唯除阿難爾時難陁天子修難陁天子栴檀天子修摩那天子自在天子大自在天子阿逸多天子修行天子如是無數淨居天子於夜後分光色倍常耆闍崛山欻然大明時諸天子往世尊所一心恭敬頂禮佛足以天細末栴檀之香多摩羅跋沉水天香天華鬘香俱修摩等種種華香以散佛上重禮佛足右繞三帀却

住一面合掌向佛時栴檀天子默然生念過去諸佛皆為諸天世人沙門婆羅門演諸佛所說菩薩念佛三昧復作是念今我世尊亦應如昔過去諸佛安樂世間諸人天故宣說菩薩念佛三昧時諸天子俱白佛言世尊過去諸佛皆說菩薩念佛三昧安樂世間人天八部唯願世尊如昔諸佛廣為衆生說此三昧爾時世尊默然許之時諸天子繞佛三帀頂禮佛足忽然不現爾時世尊於夜後分明相出時熈怡微笑作大師子謦欬之聲耆闍崛山別住諸僧承佛神力俱到佛所王舍大城諸比丘尼蒙佛威聲亦悉同集摩竭提國阿闍世王先尼梵子與無量億眷屬圍繞承佛神力於一念頃俱到佛所復有阿羅婆迦夜叉伽陁婆夜叉金毗羅夜叉修脂路摩夜叉摩羅陁利夜叉如是等夜叉神王有大威力一一皆有百千眷屬乘佛神力於一念頃至耆闍崛山復有羅睺羅阿修羅王毗摩質多羅阿脩羅王脩婆睺阿脩羅王波呵羅頭阿脩羅王及其眷屬如是乃至三千世界天龍龍王無量無邊生希有心肅然毛豎承佛神力於一念頃往到佛所東方世界如恒河沙梵天天王聞佛謦欬肅然毛豎往到佛所自餘三方及上下方亦復如是時給孤獨須達長者亦與無數百千眷屬從舍衛城往到佛所時毗耶離有大長者名曰善思次名降怨次名吉祥復有離車諸王子等名歡喜象次名舉象復有斷事庶士首陁名曰光象如是一切皆大乘學與無量衆承佛神力往到佛所時瞻婆城有庶士子名曰庠序次名饒

益復有大長者子名無量力如是等衆已於過去種諸善根有大威德承佛神力往到佛所時波羅柰無量衆生宿植德本今已成熟從波羅柰鱗次相繼步至佛所稽首作禮侍立左右是時拘尸那竭大城無量力士及力士子已於過去供養諸佛植諸善業具大威德從拘尸那共相和順隨路貫次往到佛所至心恭敬前頂禮足是時三千大千世界縱廣正等佛神力故一切八部天龍夜叉乾闥婆王阿脩羅王迦樓羅王緊那羅王摩睺羅伽如是等衆皆來集會間無空缺爾時世尊見衆已集復更發大師子之聲從僧坊出近至異處遥見彼方其地衆寶世尊見已復更微笑即時世間人天阿脩羅各持無量末香雜華以散佛上至心恭敬尊重讚歎是時衆中長老舍利弗長老大目揵連長老摩訶迦葉長老須菩提長老富樓那彌多羅尼子長老羅睺羅長老摩訶金毗羅長老摩訶迦旃延長老阿㝹樓馱長老剌柰婆羅長老輸盧那二十億子長老難陁長老阿難陁皆有威德具足神通如是聖衆悉已俱集爾時衆中長老彌勒菩薩三界菩薩越三界菩薩初發心即轉法輪菩薩善思菩薩大音聲菩薩持地菩薩文殊師利童子菩薩不空見菩薩如是等衆無量無邊已曽供養過去諸佛深種菩薩無數行願久發無上菩提之心爾時長老不空見菩薩欲知如來神通之相微笑之意更正衣服繞佛三帀却住一面合掌向佛即説偈言

最勝無爲 兩足世尊 爲調御故 現斯熙怡

富能開慧　令貧滿足　佛演法施　明發亦然
一切世間　之所歸趣　以何因緣　示此微笑
無上正覺　願爲我說

爾時世尊告不空見汝見彼處衆寶地不不空見言唯然已見如是不空見彼地乃是往昔諸佛之所遊化時不空見心自念言我宜速疾至彼地所如其相貌心入三昧入三昧已爲佛世尊化作種種衆寶法座即如其念施置座已往詣佛所勸請如來昇此寶座白言世尊此處皆是往古來今諸佛如來遊踐之地是時世尊往到彼處即就法座於一念頃如來應正遍知力故此刹三千大千世界六種震動踊遍踊等遍踊震遍震等遍震吼遍吼等遍吼動遍動等遍動搖遍搖等遍搖起遍起等遍起東踊西没西踊東没南踊北没北踊南没西踊東没東踊西没北踊南没南踊北没光明遍照無量世界一念之間一切衆生乃至阿鼻地獄悉受快樂

佛昇法座　如日輝耀　一切世間　之所歸仰
震動大千　咸生欣悅　佛登寶座　如日顯照
一切世間　頂戴法王　欲令衆生　普獲安樂
佛就座已　如日融朗　一切世間　遵承法王
放淨光明　照諸刹土　奇哉斯乘　乘之最勝
異哉斯乘　無能過者　暫現之處　已不可量
善哉斯乘　乘之弘大　乘是乘者　不可思議
諸天魔梵　所不能測

爾時世尊廣長舌相遍覆三千大千世界普告聲聞及衆菩薩諸善男子一心靜聽是夜難陁天子修難陁天子栴檀天子修摩那天子自在天子大自在天子阿逸多天子修行

天子如是無數淨居天子於夜後分光色倍常耆闍崛山欻然大明爾時諸天來詣佛所一心恭敬頂禮佛足以天細末梅檀之香多摩羅跋沉水天香天華鬘香俱修摩等種種華香以散佛上重禮佛足右繞三帀却住一面合掌向佛供養恭敬尊重讃歎是時梅檀天子默然生念過去諸佛應正遍知皆為人天沙門婆羅門敷演諸佛所説菩薩念佛三昧令我世尊亦應如昔過去諸佛安樂衆生宣説菩薩念佛三昧時諸天子作是勸請我默然許如是比丘梅檀天子難陁天子無量淨居諸天子等知我許已忽然不現爾時世尊即説偈言

告諸比丘 於後夜時 諸天身色 光焰倍常
耆闍崛山 欻然大明 供養尊重 圍繞世主
難陁天子 善喜天子 善意天子 梅檀天子
自在天子 及大自在 阿逸天子 善行天子
如是無量 淨居天子 有大神力 來至我所
廣設種種 珍妙供養 皆共恭敬 右繞三帀
頭面禮足 却住一面 梅檀天子 默然住已
發心欲為 教化衆生 請説菩薩 念佛三昧
往昔諸佛 已曾説故 善哉釋迦 十力如來
説三摩提 欲令一切 得安樂故 佛默然許
時諸天子 已知垂允 我亦於此 耆闍崛山
如過去佛 所説三昧 時諸天子 已知如來
默然許之 歡喜快樂 右繞三帀 禮足而去
比丘聽我 所演三昧 如昔諸佛 莫生疑惑
如來智慧 不可思議 過去諸佛 最上菩提
於諸知見 心無疑網 如今現在 第一菩提
我皆了知 心無滯礙 若當來世 次成菩提

欲爲憐愍　將來世故　我亦明曉　心無毫疑
是故如來　深解無窮　智力無礙　不可思議
非彼所知　我悉究盡　一切衆生　不測其奥

不空見本事品第二

爾時世尊告長老舍利弗長老目揵連長老大迦葉長老須菩提長老富樓那彌多羅尼子諸天世人皆已來集汝等比丘各昇法座作師子吼所以者何此衆多有諸聲聞人聞師子吼悉得解脫爾時世尊告彌勒菩薩越三界菩薩不思議菩薩不空見菩薩汝等即時請如來演諸佛所說真實功德師子吼音不空見言如是世尊唯然已聞即說偈讚

身色如金　百福莊嚴　爲憐愍故　了達眞諦
功德具足　名譽遠流　今日世尊　以何因緣
於大衆中　令我請問　正覺無倫　最上莫過
功德法王　大智難窮　調伏世間　以何因緣
於大衆中　令我請問　如來淨戒　定智解脫
解脫知見　悉皆無等　令我善逝　以何因緣
於大衆中　令我請問　威德無比　得度彼岸
法王世尊　能爲衆生　作大利益　善逝何因
於大衆中　令我請問　百劫修慈　習近悲處
辯才無滯　善逝何因　於大衆中　令我請問
最上法王　普利羣生　貧者得富　盲者得視
楚毒求息　恐畏獲安　以何因緣　令我請問
佛身淨妙　塵垢不污　如來之衣　種種雜色
世尊族姓　王中之王　以何因緣　令我請問
佛所著衣　去身四指　而不離身　身能降怨
以何因緣　令我請問　如來行處　無諸坑坎
智慧力故　所履皆平　以何因緣　令我請問
如來之身　不增不減　行步平正　不邪不曲

妙絶常倫　難可思議　以何因緣　令我請問
仰瞻尊顔　目不暫徙　佛行不假　神足之力
威儀自然　庠序可觀　若爲魍魎　之所挻持
迷悶失心　無所覺者　若覩世尊　於一念頃
諸惡永離　還得正念　若有衆生　觸佛足塵
於七日中　身心快樂　命終之後　得生善處
歸命世尊　施一切樂　若有人病　極受衆苦
佛以手摩　即得除愈　善逝曠劫　悉得一切
不可思議　無數安樂　佛昔勇猛　攝取當來
無量劫中　所得淨法　我於是處　無疑異心
以何因緣　令我請問　過去當來　天中特尊
今遇調伏　人中大仙　以何因緣　令我請問
爾時世尊告不空見諦聽諦聽善思念之不
空見言唯然世尊告不空見我憶往昔無央
數劫爾時有王名無量力有大神通勢力自
在是王住處造立大城城名善建縱廣正等
十二由延其城七重面有三門門城皆以金
銀瑠璃玻瓈碼碯眞珠珊瑚莊校嚴麗壍亦
七重皆悉七寶是諸門外以金銀沙布飾其
地一門兩邊各有金銀四闕相對如是不空
見又以金銀作大羅網彌覆門上金網處處
懸於銀鈴銀網往往垂於金鈴風吹鈴網皆
作箜篌樂器之聲宫商調暢更相應和王造
城已安處其中斯城壍外有七池沼金銀玻
瓈珊瑚所成此諸池沼有七階道亦是七寶
之所莊校金階道者銀爲欄楯銀階道者金
爲欄楯銀爲階道眞珠欄楯眞珠階道瑠璃
欄楯玻瓈階道珊瑚欄楯珊瑚階道眞珠欄
楯眞珠階道金爲欄楯如是不空見無量力
王植衆奇華優鉢羅華鉢頭摩華拘物頭華

分陁利華那梨尼華香氣調柔無悋惜者隨意採之其池岸上種諸華樹所謂伊曹華樹尼曹華樹迦多尼華樹阿提目多迦華樹瞻蔔華樹玻瓈師華樹拘毗陁羅華樹陁㝹伽梨華樹此諸華樹氣若天香亦無守護隨意而取又不空見是善建城有多羅樹七重行列悉以七寶互相間錯金多羅樹銀葉華果銀多羅樹赤真珠葉華果亦然白真珠樹瑠璃爲葉華果亦然瑠璃樹者玻瓈爲葉華果亦然玻瓈樹者碼碯爲葉華果亦然碼碯樹者赤真珠葉華果亦然赤真珠樹珊瑚爲葉華果亦然珊瑚樹者金爲其葉華果亦然不空見風吹諸樹更相振觸出微妙聲譬如樂師善能擊發五種之音又不空見王所住處如是衆聲恒不斷絶象聲馬聲車聲軍聲螺聲鼓聲簫聲笛聲箜篌琵琶歌儛之聲如是衆聲未曾暫廢王常宣令境内人民若有所須衣服飲食象馬車乘恣隨其意一切給與多羅樹間常出樂音諸人遊之五欲自娱王視國人如父念子一切奉王猶若慈父又不空見善建城内開諸街巷鄽邑市肆處處復有四寶池沼其池相去盡一箭道是池四岸衆寶階陛金階銀欄銀階金欄玻瓈珊瑚間錯亦然又不空見王於諸池植衆名華復於池上種雜華樹伊尼曹華樹迦曇婆華樹阿提目多伽華樹瞻蔔華樹陁㝹迦利華樹芬如天香亦無惜者城内又建諸園林觀種種華果行列其間復於園中四方周帀處處皆造諸妙華池亦以七寶莊飾如前有衆婇女更相娱樂一切人民恣意遊適又不空見無

量力王族姓豪傑大刹利種所生父母乃至七世胄胤相承悉皆清淨容色端雅人中獨絶財寶巨億不可稱計又不空見無量力王深信弘慧虛心大施施諸沙門及婆羅門乃至盲聾癃殘百疾貧窮孤獨困厄之人王所統領八萬四千城邑聚落淨業果報七寶莊飾一一城上復造八萬四千栴檀衆妙樓櫓是諸門外開四衢路路首悉起嚴麗臺觀一切人民任意遊戲常於初夜樓觀臺殿巷陌鄽里悉然燈燭其明猛盛遍照國界衆生蒙光身心快樂又不空見王有二子一名師子二名師子意久發無上菩提之願名稱遠聞具大威德爾時有佛號曰寶肩如來應正遍知明行足善逝世間解無上士調御丈夫天人師佛世尊出現於世作是唱言我於今世及以後世沙門婆羅門天人阿脩羅大衆之中一切知見普爲羣生說諸妙法初中後善語善義善具足清白梵行之相與大羅漢七百千萬億皆具神通威德自在寶肩如來於晨朝時齊整衣服執持應器比丘翼從入城乞食時無量力共其二子在高樓上歡娛受樂王遥覩佛功德相好生奇特心欣躍無極眷屬圍繞俱到宮門告其二子速齎香華幢旛妓樂疾至佛所即以牛頭栴檀末香諸妙珍異以供養佛及比丘僧右旋三帀頭頂禮足却住一面又不空見王與二子請寶肩佛及聲聞衆盡其形壽施諸所安寶肩如來於天人中敎化已周將般涅槃時王知佛不久住世與其二子臣民眷屬前後導從至涅槃所如來爾時滅度已訖頭面敬禮悲號啼哭

以身投地如太山崩作是唱言世間眼滅重更哀嗟世間眼滅如來涅槃一何駛哉猶商失主佛滅亦然世間黑闇盲無慧目搥胷拍頭舉聲大呌嗚咽抆淚告其二子辦諸香湯洗浴如來又以種種妙香塗身一切散華及諸華鬘無量妙衣纏如來身七寶爲棺以鐵爲槨聚赤栴檀高一由旬縱廣正等一拘盧舍復以華香散於積上酥油千器以灌栴檀然後起火火既發已復更號慟灑淚如雨爾時師子作是念言世尊涅槃我生何爲亦當隨佛入於涅槃立此誓訖重以種種珍妙香華散於積上白氎纏身手執火炬自投火中火即猛盛爲利衆生歸依世尊而說偈頌讚詠如來

如大珍寶聚　世間之所尊　生死苦永盡
於斯般涅槃　自從今已往　不覩轉法輪
我所奉法王　已入於涅槃　宣揚廣大義
不可復重布　何當在大衆　聞說於菩提
諸天及世人　歡喜讚善說　我於今日後
絕不思議聲　世間勝調御　於此而沉淪
龍神阿脩羅　及以緊那羅　欣悅常歌歎
不復聞斯音　貧者得滿足　苦惱蒙救護
世尊今涅槃　悉喪所依怙　父王無量力
及弟師子意　亦復無慈蔭　更不聞說法
我亦隨世尊　速取於滅度　世間無明導
何用苦生爲　今焚此毒身　願獲不思議
我昔與父王　常於長夜中　勤供佛法僧
今得獲果報　若我於佛所　修習諸善行
爲調伏世間　得不思議故　爲令諸衆生
發不思議願　世尊般涅槃　我投火盛時

若人見聞者　一切得成佛　唯除邪謗人
及證正位者　若我修菩薩　廣大無量行
衆生夢見者　皆令得佛道　唯除邪謗人
及證正位者　此身如聚沫　要必當有死
一切衆生類　若食我肉者　是等不可量
疾當得成佛　我修菩薩行　惡口罵詈者
是人值調御　必當得成佛　唯除邪謗人
及證正位者　若人於我身　修於慈悲觀
求第一菩提　速得成佛道　唯除邪謗人
及證正位者　以是燒身緣　爲求彼此願
若我心眞實　即還見佛起　設得更覩佛
如先住世者　我身投火中　猶前侍佛時
佛起如眞身　今覩不異昔　爾乃證諸佛
相續常不斷　唯願普眼尊　愍攝於世間
佛知王子心　渴仰甚殷重　即於火聚中
奮大神通力　如從三昧起　光相倍明顯
不可思議衆　咸歎未曾有　廣爲時會人
更作大利益　所化旣已畢　還入於涅槃
師子旣見佛　示大威神力　身心甚欣悅
坦然快安樂　深知諸佛法　不可得思議
如來雖涅槃　猶應衆生願　不思議戒定
智慧與解脫　及解脫知見　神化不可量
歸依於世尊　然後當放身　世間妙威儀
最勝無倫匹　自在諸神力　亦復無等雙
如來還涅槃　一切咸驚惋　是故我至心
歸依普眼尊　歸命於善逝　累盡無爲主
歸命求離苦　憐愍於世間　正智遍觀察
了達知他心　除諸煩惱病　成就無量衆
大醫人中尊　施不思議藥　能善除世間
一切衆疾苦　歸依無上師　哀矜衆生者

若我讃如來　一念之功德　燒身微毫善
須臾供養福　如是諸淨業　願施於一切
如是不空見時天魔梵及餘一切世間人民
悉見師子投身盛火皆大悲愕生奇特心命
終之後即生梵天有大神力威勢自在是梵
爾時中心念言云何忽然來生此間重更思
惟往昔人中已曾奉侍寶肩如來至心恭敬
尊重讃歎佛涅槃已燒身供養復説偈頌發
弘誓願乘此善業得生梵天我今當往至燒
身所是梵即時忽然不現譬如壯士屈伸臂
頃便到如來闍維之處以天栴檀沉水碎香
俱修摩華多摩羅跋種種香華不可稱數遍
散空中如雨而下十方交紛若風旋雪供養
寶肩如來舍利向無量力説其本緣我是王
子師子之身投火供養命過之者唯願大王

不加慈念我今已蒙獲諸善利由昔至誠虔
恭奉侍尊重歌歎寶肩如來功德果報得生
梵天是故大王與師子意應共珍敬受持妙
法收取舍利分布供養無令遺落而生懈怠
大王當知我生梵天亦常敬持受此勝法作
是言已忽然不現又不空見無量力王與師
子意取水滅火以諸妙香衆華寶鬘幢旛妓
樂種種供養須臾之頃周遍八萬四千城邑
悉起八萬四千塔廟皆以七珍莊校嚴麗是
諸寶塔高一由延縱廣正等一拘盧舍於一
一塔周帀各然八萬四千衆香油燈是諸塔
間復以種種香華妓樂供養如前遵敬受持
如此妙法無量力王以是善根與師子意經
歷八萬四千劫中不墮惡道又於八萬四千
億劫親近供養六萬諸佛次第奉敬常不斷

絶世世恒作轉輪聖王又不空見寶肩如來涅槃之後時有菩薩現於世間名普容王爲愍世間出家學道菩提樹下結跏趺坐一心定意正智解脱豁然大悟得無上道又不空見是師子梵至普容王佛世尊所住在虛空以天栴檀供養於佛右繞三帀稽首作禮請轉法輪而白佛言唯願世尊從道場起摧諸魔軍於淨神智無所毀損願世間師哀從定寤調御有解諸聲聞衆開演美妙善逝之法如來前身久修智慧攝受善法今爲人尊過去世中已發弘誓願得佛時當度未度今願已滿得安隱處最勝無爲寂然妙樂當開甘露解衆三結爾時世尊默然許之時彼大梵及無數天既知如來當轉法輪咸共歡喜踊悦無量梵天于時設諸妙供即發大願求無上道遇普容王應正遍知生我淨妙功德之聚以此果報於生死中常得親近覲十方佛若我供養佛菩提樹如是種種所修功德願慈愍故爲我説法以此果報於生死中常得讃歎諸佛塔廟又不空見師子王子燒此一身以是功德所修善根恒住梵世值五千佛供養敬侍尊重讃歎植諸善根發不思願汝不空見莫生此疑時無量力王豈異人乎我身是也時不空見即白佛言是二王子爲今現在爲已滅度唯然世尊願爲説之告不空見爾時王子師子意者彌勒是也時師子者汝身是也王子師子捨此一身寶肩如來佛法之中教化成就三萬衆生安住阿耨多羅三藐三菩提心爾時世尊即説偈言

憶念宿世時　寶肩無量眼　出現於世間

廣利一切衆　金色百福嚴　慈矜哀愍故
深解眞實諦　爲度諸世間　顯示甚深法
濟苦惱衆生　寶肩正遍知　一切世間尊
三輪善逝衆　七十二億千　與是諸大衆
入城共分衛　昔有大國王　名爲無量力
自在大威德　勢能伏一切　其王與二子
俱遊高臺觀　王於臺觀上　遥覩調伏仙
寶肩天人師　翼從諸比丘　時王與二子
速迎人中尊　既至如來所　即廣設妙供
頂禮繞三帀　却立合掌住　請佛及衆僧
盡壽奉所安　衣服及餚膳　極世之珍異
八萬四千歲　奉施未嘗息　時王及二子
淨心求菩提　時佛既滅度　收取尊舍利
爲彼寶肩佛　敬造七寶塔　八萬有四千
微妙甚端雅　一一佛塔然　八萬四千燈
時王無量力　復於善逝處　香華衆妓樂
深心以供養　已種不思議　無量諸善根
歷事六萬佛　一切世間依　至誠求第一
無上勝菩提　比丘莫疑惑　往昔有國王
汝善聰慧者　勿生於異見　時彼無量力
今則我身是　雜華及衆香　晝夜明諸燈
爲利閻浮提　供養於如來　布施恒不足
聞法亦復然　曾無懶墮意　一心求菩提
寶肩正覺尊　無上大明智　汝昔曾燒身
供養於大仙　自投猛火中　初無畏苦心
燒身如然炷　以油渧其上　漸漸不頓盡
譬如淨燈炷　爲利衆生故　供養涅槃佛
彼佛已燒身　汝知方便請　覩佛從火起
光相更明顯　見佛不異昔　心生恃怙想
即時捨此身　爲益一切故　若我果斯願

敬佛亦如前　所獲諸功德　不可得思議
我若有宿願　攝受先世業　合集百千萬
必當得見佛　我願若真實　佛應從火起
佛智甚清淨　究竟無染著　泊然常寂滅
相續恒不斷　知師子心淨　亦先照其意
佛便從火起　相好更殊特　不空見菩薩
世間怙既起　一切願無餘　彼復發誓願
其願不思議　不可得稱數　法主矜世故
起於猛火中　善逝難思力　光明更殊勝
彼時一切衆　皆悉懷驚愕　淨心發高歎
欣躍未曾有　奇哉大神通　勢力無倫匹
甚深佛境界　不可得思議　一千諸衆生
見此神變已　於諸法不受　善得心解脫
不空見當知　師子爲世間　請佛還起時
一千諸衆生　於彼善逝處　覩佛神變化
其心正趣向　無上菩提道　大悲爲世間
廣作利益已　佛還入涅槃　師子亦捨身
即於命終時　忽然生梵天　梵天從上來
以天栴檀末　散之以供養　如來闍維處
寶有滅度已　有佛普容王　最勝人中尊
天王之大仙　哀愍衆生故　出現於世間
是佛坐道樹　得成菩提已　梵天設美膳
供養於世尊　頭面接足禮　請佛轉法輪
普容王如來　即知梵天心　默然而許之
梵天大欣慶　復於燒身所　更發諸大願
是梵已曾修　不可思議善　昔於一劫中
供養五千佛　至心敬世怙　奉侍人中尊
又告不空見　慎莫懷疑惑　汝若有聰慧
勿生於異見　昔日梵天者　今即汝身是
過去五千佛　善逝般涅槃　我悉明見汝

一一諸佛前　燒身以供養　求第一菩提
過去多千佛　滅度遺舍利　如是諸佛所
捨身及手足　爲利衆生故　修習菩薩行
近世及遠世　我悉咸了知　常於百千生
勤修諸苦行　佛在及涅槃　汝願恒滿足
復告不空見　如此諸大願　攝取過去世
無量百千生　我住自在力　今悉照知之
汝聖果成就　即時皆明見　攝取不思議
眞實諸行等　住佛前讚歎　供養兩足尊
是故今勸請　衆聖之法王　普密王佛所
攝取最勝願　蒙佛現神通　汝今獲此果
不空見菩薩　白言牟尼尊　百千生諸願
云何得攝取　願少爲敷析　令我得開解
不空見昔誓　雷音成佛時　見坐菩提樹
我當請說法　先佛名帝幢　普眼之世尊
一切諸衆生　所共歸依處　是時廣發願
求無上菩提　爲日光如來　作大七寶輪
汝時於彼處　已發最勝願　不空見菩薩
此願我悉知　造七寶僧坊　雜色以莊嚴
奉令修伽陁　廣施未來佛　發此誓願已
即時而捨去　第一衆尊佛　人中上師子
名不可思議　善生之世尊　奉上七寶蓋
端飾甚微妙　天中天大仙　美身普眼佛
明燈供養已　是處發大願　近世及遠世
多有諸如來　千億那由他　其數復倍上
於是諸佛所　發無量大願　令一切衆生
悉獲快安樂　普密王佛前　先生如是念
我今說汝昔　修行至菩提　願一切大地
皆生種種華　雲雷音佛所　爲利世間故
爾時發誓願　若有諸衆生　聞我名字者

一切皆得佛　於帝幢佛所　設大珍妙供
復發諸善願　若眼見我者　於此世界中
皆當得成佛　在日光佛所　奉上七寶輪
無量大光焰　炫晃甚輝麗　時復發願已
誓生佛刹土　七寶嚴僧坊　雜色甚雅好
以此珍奇特　奉施於善逝　又發誓願已
得天妙宮殿　斯處快歡樂　皆悉成佛道
人中師子王　無上如來所　奉上珍寶蓋
發於殊勝願　願諸衆生類　不爲日所暴
身心得安樂　無復熱惱患　美身善逝所
供施燈明已　復發弘誓願　若我命過處
衆生食肉者　願皆成佛道　若聞我名者
無有貪悋心　乃至夢中聞　亦無愛惜意
一切成佛道　唯除見諦者　若眼見汝者
除諸貪嫉意　晝夜夢見時　亦捨染著心
一切當得佛　唯除見諦者　若人愍念汝
或生憎嫉者　是等於汝所　當得佛法王
若汝臨終時　又勤求菩提　我今如實說
汝之眞功德　必於當來世　獲是無上尊
若有處水陸　空行衆生等　食我身肉者
願悉得成佛　我已知汝爲　安樂衆生故
勤修菩薩道　滿足大千行　衆生多疑謗
是故不顯現　如此衆生類　即時於是處
若得信念等　及以歡喜心　悉當成正覺
唯除見諦者　若人願樂見　世間所尊怙
或樂轉法輪　有樂免衆苦　是人爲菩提
利益故發心　若有樂供養　三世諸法王
若人欲出生　一切功德聚　如是衆生等
應持此三昧

爾時世尊說是偈已即從座起還入僧坊於

常靜室右脅而卧

佛說菩薩念佛三昧經卷第一

音釋

欻許勿切猶忽也謦欬謦苦定切欬苦蓋切謦欬逆氣聲也小曰謦大曰欬

豎上主切立也魍魎魍音罔魎音兩魍魎山川之精物也壍七念切遶

城水也欗楯楯食尹切闌檻也瞢謨中切瞻蔔梵語正云瞻博

迦此云黃華蔔蒲比切掁觸掁直庚切觸尺玉切鄽澄延切市物邸舍曰

鄽胄胤胄直祐切胤羊晉切胄胤繼嗣也樓櫓櫓力古切城上望樓

曰櫓翼從翼弋職切翼衛也從疾用切侍從也齎牋西切持也駛音史

疾也抆武粉切拭也積正作積子智切聚也氎徒協切細毛布也惋

烏貫切驚歎也愕五各切驚遻也餚膳餚胡交切凡非穀而食曰餚膳時戰

切美食也炫晃炫黃絹切晃戶廣切炫晃光明也暴步木切日曬也

佛說菩薩念佛三昧經卷第二

劉宋天竺沙門功德直共玄暢譯

神通品第三

爾時長老舍利弗長老目揵連長老阿難諸天魔梵及阿脩羅沙門婆羅門閻浮提人咸生是念今日如來應正徧知以何因緣於大衆中直說念佛三昧名字不爲一切廣演分別便從座起而入靜室時不空見心自念言諸天魔梵悉已集會世尊今者右脅而卧我當微現神通變化示神通已種種讃歎宣揚如來大悲功德當如其相攝心入定以是定力變此三千大千世界地平如掌皆作衆寶微妙雜色復列八道七寶諸樹金多羅樹銀葉華果銀多羅樹瑠璃華果餘寶莊嚴亦復如此一切佛剎懸繒旛蓋妙幢寶鬘種種綺飾優鉢羅華鉢頭摩華拘物頭華分陁利華如是諸華布一切處時不空見即如所念現大神通乃至三千大千世界令諸衆生天龍夜叉乾闥婆阿脩羅緊那羅摩睺羅伽人非人等皆坐衆寶蓮華之上華葉無數色香具足各相知見坐寶蓮華時不空見又以定心入此三昧現大神通復令三千大千世界地大震動如摩竭國赤圓銅鉢置平石上傾危不定大地震動亦復如是若有衆生聞此音聲覺悟之者皆得快樂譬如東方不動國土亦如西方安樂世界其中衆生歡娛踊悅時不空見復以清淨恬寂調和柔潤端整至直無曲甚深定心如其相類示無作神通於是三千大千世界滿虛空中雨大猛火無一衆生身心熱惱此諸群生大火觸身覺是相已

快樂無比譬如比丘入火三昧身心欣躍彼亦如是時不空見復以定心現無作神通又令三千大千世界雨天栴檀細末之香香氣氤氳徧滿大千若有衆生齅斯香者開神適體快樂無極譬若釋迦牟尼如來於昔劫中修菩薩行定光佛所受記莂時獲不思議無生妙樂一念之頃不可計衆亦得如是隨意歡娛爾時阿難在大衆中而作是念佛入靜室是誰神力而現斯變爲餘聲聞目揵連等將非彌勒菩薩越三界菩薩文殊師利菩薩不空見菩薩爲是修習大乘之人乃能示此神變之相爾時阿難問目連言世尊説汝於聲聞中神通變化爲最第一今此通變非爾爲耶目連荅言長老阿難汝謂何緣有是神通如此變化非我所爲長老阿難我所能者

以此三千大千世界内置口中無一衆生生覺知想復次阿難我遊梵天發言音響徧聞大千如是阿難我在佛前作師子吼能以須彌内置口中若經一劫若過一劫阿難我又住彼焰天言語音聲此閻世界皆悉聞知長老阿難我能移於天神堂閣置閻浮提而不動摇又告阿難我能降伏惡性毒害難陁龍王優鉢難陁諸龍王等又能摧靡弊魔波旬復次阿難我往東方過三三千還住第三世界之中彼有大城號曰寶門凡有六萬億千家屬令彼家家皆見我身復能使此諸衆生等聞説無常苦空之音復次阿難我實有此諸妙神通未曾示現我今處在蓮華之座悉見諸方一一方分有阿僧祇無數如來皆名釋迦牟尼世尊處處僧坊右脅而卧覩佛刹

土有如是相猶我天眼見千世界若斯相貌
是誰神通時目揵連即説偈言
善修最勝 獲四神足 今我神通 無與等者
唯除自然 世間之師 我今住此 閻浮提界
動彼東方 諸佛刹土 帝釋宫殿 諸婇女等
覺此震動 皆悉驚悚 我能含吐 諸佛刹土
大海山川 城邑聚落 難陁龍王 及跋難陁
如斯族類 性甚毒害 我之神力 悉能摧伏
我住梵宫 言語之音 令此世間 皆悉聞知
能住佛前 呑須彌山 經百千歲 乃至曠劫
住焰世界 凡有聲響 使此刹土 莫不聞之
我往寶城 變身普現 徧在六萬 億千之家
我於此生 未現斯變 阿難當知 吾今所見
善哉奇特 靈化神通 我自見身 及諸衆生
悉共坐此 寶蓮華上 歷觀十方 大威世尊
我從昔來 未見斯瑞 不疑如來 自然神變
或是菩薩 威神之力
爾時長老大目揵連説此神通師子吼時十千衆生皆得人身遠塵離垢獲法眼淨爾時阿難問舍利弗如來説汝智慧第一今此神變將不汝耶荅言阿難非我爲也我所能者二十年中常勤修習毗婆舍那行住坐卧正念觀察其心澄寂曾無動亂分别顯説無量諸法方便精求不出法界唯有如來乃能究盡長老阿難汝頗知不若我以衣置於大地目連雖有自在神通盡其勢力不能令動長老阿難汝今當知我於佛前作師子吼諸大聲聞具六神通三果學士天人魔梵阿脩羅神沙門婆羅門一切閻浮外道異學尼犍子等來在會中若能自知身無我者我今當以

三摩跋提決定爲之師子吼說大丈夫說不思議說唯除世尊一切知見彌勒菩薩一生補處住無生忍菩薩摩訶薩海德三昧菩薩摩訶薩善建德三昧菩薩摩訶薩諸佛現前三昧菩薩摩訶薩大德聲聞今可問我如此身者何者是我爲可見耶不可見耶又問異學諸外道等汝所計身有神我者爲是過去爲當現在長老阿難我如是相種種神通變化非一聲聞緣覺所不能知亦不能見何者是我所言我者爲住何處聞如是聲長老阿難吾常精勤修丈夫業亦復恒習知解之行我今更有心自在力我能伏心心不伏我長老阿難吾自見身及以天人坐大蓮華又見諸方在在處處無數難思阿僧祇界覲佛世尊坐道樹下大梵天子請轉法輪吾當隨順聞如是聲我眼悉見諸世界中種種繒蓋幢旛華鬘如我即時見此忍土長老阿難我心念言爲是世尊作此神通大德聲聞之所爲乎菩薩往昔曾種善根今獲如斯變化果報時舍利弗即說偈言

如來不思議　如是佛功德　若有善逝衆
神通廣難思　及諸佛弟子　有學無學衆
於此剎土中　我智最第一　唯除諸菩薩
信念深固者　長老阿難陀　我慧無等雙
現在及未來　無能見過者　除世調御尊
及趣菩提人　我恒勤修習　毗婆舍那行
滿足二十年　觀察一切法　精心方便求
未曾得邊際　我所有智慧　不可得稱量
我以智慧力　現在於佛前　能師子吼說
唯除異學人　及行聲聞乘　求我眞實者

若我現神通　飛騰虛空時　此剎無人見
吾之所遊處　聲聞亦不覩　唯除世間雄
獨別兩足尊　及以善逝子　如是諸人等
知我之所在　外道衆邪見　悉非其境界
心常自在轉　禪悅不思議　若有大士業
修習深空行　長老阿難陁　我現此神通
一切聲聞衆　終不能得知　奇哉於今日
悉覩十方佛　我在蓮華座　明見諸剎土
建列不思議　寶幢妙華香　一切世界中
變化不可稱　長老我心念　不疑是世尊
威德善逝衆　種種變化事　或是不空見
菩薩之所爲

是舍利弗師子吼時一萬三千諸衆生等遠塵離垢得法眼淨時大迦葉亦在衆中阿難心念是大迦葉威德具足神通自在今者變化將非是耶於是阿難問迦葉言此之靈奇是大德乎迦葉荅言斯神化相非我所爲吾以智力悉能分別顯示一切長老阿難我今住於世尊之前作師子吼能以三千大千世界其中諸水江河谿壑泉源池沼百千萬億無量巨海一切水聚吸置口中悉使枯涸令諸水性魚龍之屬都不覺知亦無惱害長老阿難汝今當知我於佛前諸天世人梵魔沙門一切衆中師子正説無畏之言我力能吹須彌山王大轉輪山雪山山王乃至三千大千世界一切諸山皆成微塵依此山者都不覺知長老阿難我能如是得此自在神通之力復次阿難我又能吹三千大千諸世界中一時皆成猛焰熾火譬如劫燒將盡之時一切衆生亦不覺知又無燒害熱惱之者又不

生念燒刹土想我神力相具足如是長老阿難吾住此間天眼遠矚東方世界億百千刹諸佛國土始處處燒終同一火我既見已心生念言今當示現神通變化即如其相以三昧力住此世界過於東方億百千刹能以一氣吹彼猛火悉令俱滅火即滅已從三昧起復更發大炎盛之火長老阿難我神通相及波羅蜜如是滿足若有人天生疑不信世尊今者右脅而卧若從定起汝可往問唯佛如來能知此耳世尊于時於靜室中遥語阿難大德迦葉說師子吼汝善受持爾時人天阿脩羅等皆共歎言奇哉上座摩訶迦葉師子吼時三億衆生皆得人身遠塵離垢得法眼淨八十五百千那由他諸天亦皆離垢得法眼淨長老不空見菩薩彌勒菩薩文殊師利

童子菩薩越三界菩薩如是無量諸菩薩等皆被堅固弘誓之鎧聞大迦葉師子吼說以篋盛華揣如須彌作此變化供養迦葉爰及一切聲聞之衆空中復化作七寶蓋一一聲聞各蔭一蓋爾時長老摩訶迦葉見是寶蓋語阿難言此衆決定大乘之行作是種種神變之事長老阿難我坐蓮華處處方所見佛世尊不可稱計阿僧祇數復覩諸刹七寶嚴淨雜色間錯微妙無極其中衆生更相迎接悉見彼國豐樂之相譬如三十三天之上貪醉華鬘愛著瓔珞諸天身色如月光明於虛空中有化寶蓋一一衆生各蔭一蓋亦如我今等無有異處處佛刹無量菩薩從兜率天降神毋胎長老阿難我今所見奇哉達行及師子吼此實非凡之所能爲如是瑞相現大

神通爾時長老摩訶迦葉即於衆中而說偈言

阿難汝當知　我以念定力　現在於佛前
以是三千界　此佛定刹土　一切諸巨海
大小江河等　無量種水聚　我以神通故
悉能吸彼水　置之於口中　雖皆令枯涸
衆生無傷損　不惱於水性　此刹衆須彌
黑山諸山等　我住神奇力　悉能吹散之
我以聰慧智　又用神通化　令此佛刹土
一切成煙焰　衆生不熱惱　亦無畏懼想
我住於此界　見彼東方國　阿僧祇刹土
悉爲火所焚　奇哉難思力　令彼火即滅
既見諸神力　如此自在行　令無數佛刹
悉無有毀損　我處蓮華座　見此諸刹土
種種皆端妙　殊傑尠儔匹　又覩兜率天
菩薩降神時　不疑諸善逝　心達自在者
爲是諸聲聞　不空見菩薩　爲彌勒大士
而有斯瑞相

爾時阿難心生念言是富樓那彌多羅尼子說法人中最爲第一今在此會有大神德決定諸法得到彼岸如是神通將非已耶我今當問即便白言唯富樓那如是瑞相大德爲乎荅言非也長老阿難我之神通調伏利益諸衆生故力能示現以手掌摩此之三千大千世界不令衆生有傷損者若有衆生樂神通力示現翻覆大千世界譬如勇健巨力丈夫以指捻取迦利沙槃上下挑擲不以爲難我以右手轉側三千大千世界亦復如是無一衆生有惱害者長老阿難若此三千大千水界我以手指一點取之悉著口中亦無衆

生生知覺想我於佛前作此神通長老阿難於夜初分我以清淨勝妙天眼於此三千大千世界歷觀諸方何者衆生於法疑滯當爲除斷即以天眼觀諸方時處處見有四方世界其土廣大無數衆生迷於正法長老阿難我心念言不起此座往彼破疑即如三昧清淨寂定調和柔潤正直之心斷彼衆生於法疑惑我於會中演説法時一一衆生謂在其前長老阿難夜既初分四方各有無數千衆悉得安住於聖法中三萬衆生皆受禁戒六萬衆生歸依三寶從三昧起我如是相神通變化悉能斷除衆生疑惑長老阿難我能安住於此世界以淨天眼見於北方降怨國界從此佛土過三萬刹有一衆生於法疑惑是世界中佛般涅槃應聲聞法之所化度我心念言當斷其惑不往彼處即於此坐遥令衆生自然調順長老阿難我今即時如定心相入此三昧無數衆生作法光明如是相貌我之聲聞諸波羅蜜皆已滿足若使有人於此衆中脱生疑網不信受者如來起時自可往問即於是時佛神力故虚空之中出大音聲阿難汝今如是受持如富樓那師子正説時諸人天阿脩羅等皆歎奇哉實爲希有聲聞神通相貌如此豈況如來眞境界乎時諸人天作此讃已富樓那彌多羅尼子即於衆中而説偈言

我諸漏已盡　決定到彼岸　永脱一切生
爲世所歸依　既入於衆數　異佛神通力
右手能翻覆　天地山河等　不令一衆生
而有傷損者　長老我神通　勢力實如此

若有三千界　大千之水聚　於此佛土中
或見或不見　我能以一指　悉黜內口中
不使諸衆生　而有覺知想　我於初夜時
天眼觀諸方　何者衆生等　於法有疑惑
當住神通力　悉爲除斷之　我見一衆生
於法墮疑網　若有淳善心　貪慕求法者
吾不起此座　悉除彼疑惑　四方千億衆
我以淨眼施　能令彼生信　使發佛菩提
時有三萬人　從我受禁戒　六萬諸衆生
歸依於如來　其心得寂靜　安住正法中
我於初夜時　示現妙神通　一念於此坐
歷觀東北方　周觀過千刹　正降忍世界
彼有一衆生　心疑於諸法　我住此佛刹
彼人疑於法　欲令見正路　今決其迷惑
長老我神通　智力實如斯　唯佛能哀愍
一切諸世間　此處人不信　可往問世尊
我今坐蓮華　見彼佛涅槃　處處方刹土
闍維如來身　及見佛殊特　爲是誰神力
又如我所見　諸佛般涅槃　廣遠甚弘雅
不可得思議　爲是佛所作　聲聞之人耶

爾時阿難心生念言此羅睺羅是佛之子有大威德神通自在今亦在此大衆之中如是變化將非已耶阿難即便問羅睺羅汝於戒學得到彼岸此之神通汝所爲乎羅睺荅言非我所作長老阿難我如是相種種百千威德神力隨意自在爲佛之子或隱或顯未曾億念不嘗在前亦未示現長老阿難我能以此三千大千世界之中百億四天下百億日月百億大海百億須彌百億大小轉輪之山如是廣大諸餘山等以四神足置一毛端不

令衆生有傷損者於四天下不相逼迫彼此去來亦無妨礙吾之神通自在如此長老阿難我能以此三千大千一切水界大海江河谿澗池沼以一毛孔嗽置口中源流派别本相分明其中衆生適性不改水之盈竭亦不覺知長老阿難我住此土如定心相入此三昧見東北方難生如來我在此刹白淨王所撮取一把栴檀末香供養彼刹一切諸佛其香芬烈乃至十方難生世尊化作臺觀高十由延七寶所成即在此處燒衆天香復於臺上化作寶蓋其蓋足高億千由延縱廣正等百千由延彼世界中一切衆生皆共幻作栴檀樓閣其樓上高百千由延縱廣正等五千由延如是無量在寶臺中各各莊嚴不相障礙長老阿難瑞相如是我於聲聞具波羅蜜

或有生疑不能信者世尊若起自可往問我
師子吼如來證知時羅睺羅即說偈言
長老阿難陁　我以大千界　百億四天下
及無數佛刹　如是諸刹土　悉入一毛孔
我神通如是　無可譬類者　世界甚廣大
不滿一毛孔　各安去來業　悉不相妨礙
我能如是示　神力不虛行　須彌寶山王
及大小轉輪　復有諸餘山　皆入一毛孔
以我神變力　彼此不相礙　長老我如是
示此神奇相　悉見入毛孔　而身不疲倦
我又神足力　以此大千界　江河大海水
吸内毛孔中　而此佛刹土　一切大水聚
當入毛孔時　區别不渾亂　我在善逝前
示現於神通　若疑不信者　往問普眼尊
我處蓮華座　見十方菩薩　頭目及妻子

施以求菩提　奇哉我所見　實生希有心　不疑於世尊　所作之神變　爲諸大威德　善逝聲聞衆　爲是不空見　彌勒菩薩等長老羅睺羅師子吼時八十七億百千那由他諸天人等得法眼淨是諸天等見法到法選擇衆法明了於法如是相類當設供養以天栴檀細末之香以用奉散羅睺羅上奇哉佛子離垢清淨住大乘行深妙之法能演師子殊妙之音善哉羅睺羅未來之世當師子吼猶若今日爾時阿難心生念言此須菩提阿蘭若行最爲第一而無等雙今是大德在此會中世尊常說此須菩提能作種種無量神通阿難即問須菩提言如是變化將非汝耶荅言長老非我所爲我能常樂不捨閑處如彼定心入此三昧以是三千大千世界置一毛端極微之分周迴旋轉如陶家輪其中衆生無覺知者長老阿難我於佛前能師子吼正說無畏吾以一氣吹此三千大千世界悉令燒盡不使衆生有熱惱想我曾示現如此神變能在佛前說師子吼以此大千世界衆生置一指端上昇虛空彼此寂然無諸音聲不相觸礙及覺知者長老阿難我之所能如彼定心入此三昧以清淨眼一時矚對八方上下六萬諸佛一一方中又覩六萬百千世界諸佛如來彼處次第見無前後長老阿難我如定心如其相貌作神通行住此閻浮須彌山頂釋提桓因所居天宮撮取一把栴檀末香俱時徧散十方諸佛紛綸彌漫以用供養我住此刹見彼衆生恭敬尊重讚歎如來彼土衆生悉知我是釋迦如來應正徧知

聲聞之中空閑第一長老阿難我之神通如是相貌究竟彼岸若此人天於我生疑有不信者往問世尊如來自當知此三昧時佛神力於虛空中震大音聲告阿難言如須菩提正說師子無畏之音汝可受持時諸人天梵魔沙門一切閻浮阿脩羅等旣得法利生希有心驚愕毛豎歎言奇哉聲聞神變乃能如此豈況如來種種神力無數三昧眞實者哉時須菩提知諸人天已得法利即說偈言

世間師稱我　阿蘭若最勝　安住禪解脫
現無量神力　長老阿難陁　我能以大地
置於一毛鋒　旋之而不危　亦如陶家輪
雖轉不傾側　又於世尊前　破碎一切地
及以諸山嶽　無有損傷者　我住神足力
威勢皆如此　我能以手掌　舉刹及衆生
安置虛空中　從上次第下　亦無一衆生
驚疑怖畏者　我入三昧時　見彼東方佛
其數有六萬　南方亦復然　我復見西方
六萬世間尊　北方及上下　斯數亦如是
及覩衆樓閣　妙絶無等倫　以少栴檀末
供養諸世尊　我實有若斯　無垢神通行
能大師子吼　及諸示現等　不能深信者
可往問如來　我無衆生想　亦無無生想
無佛無法想　一切無相故

佛說菩薩念佛三昧經卷第二

音釋

恬（徒兼切安靜也）　悚（息拱切懼也）　吸（許及切呷也）　涸（曷各切水竭也）
矚（朱欲切視也）　篋盛（篋詰叶切箱屬盛音成貯也）　揣（徒官切捏聚也）
尠（息淺切少也）　捻（乃協切指捻也）　挑擲（挑徒弔切撥也擲直炙切投也）
嗽（色角切吸也）　派（普卦切水分流也）　撮（七活切兩指撮取也）

佛説菩薩念佛三昧經卷第三

劉宋天竺沙門功德直共玄暢譯

彌勒神通品第四

爾時彌勒菩薩摩訶薩心生念言是諸聲聞有大威德無數神通各各自說大師子吼我當於此人天魔梵沙門婆羅門聲聞菩薩大衆之前微現神變即於晨朝語阿難言大德今可正衣持鉢共往佛所到已頭面禮如來足白言世尊我今欲入王舍城中分衛乞食世尊知時黙然而許於是彌勒告阿難曰我向心念初受食處於此衆生先當令發無上道心然後乃取此人飯食大德阿難我已發意令便共行入城乞食諸大長者婆羅門家到已持鉢黙然而住長者見已即便白言善來比丘久望慈顧願聖令者受我蔬食彌勒菩薩語長者言我今未能受爾供養汝若能種無上菩提善根因緣當受汝食是時長者即白彌勒若能以我所施之食供養恒沙諸佛世尊然後乃當發菩提心決定大乘眞實之行所以者何我於先佛種善根故時阿逸多荅長者言若能安住如是誓願我當以食供養恒沙諸佛世尊皆使周徧長者復言唯然仁者我當眞實發大誓願願以此食供養恒沙諸佛世尊悉令周普如是三白爾時彌勒語長者言汝今便可時施所供當以獻上恒沙諸佛爾時長者即以名膳奉授彌勒彌勒受已於長者前一念之頃忽然往彼恒沙佛所供養周徧奉設既畢還長者家長者見是神通之相歎言希有踊悅無量我今復應種諸善根奉施甘果餚膳美味嚴飾牀座皆

悉豐足長者復持一切珍寶香華華鬘金衣素氎俱共往詣至如來所到已頭面敬禮佛足於如來前發菩提心又立大願而作誓言若有衆生修菩提行聞我施食善根因緣一切當得無上菩提若吾斯願誠諦不虚必當獲得阿耨多羅三藐三菩提時無數菩薩及諸聲聞一切大衆咸來集者此之三千大千世界即時應當六種震動發是誓已大千剎土便大起踊具十八相是時長者語阿難言大德今者現爲我證若不信者問於世尊神通相貌具足如是我今未得無上菩提自在變化已能如此彌勒菩薩語阿難言我憶過去阿僧祇劫造光佛所修得少分諸佛如來所行三昧獲是定已見於東方無數諸佛各住彼剎以三昧力於無量劫方便度脱不可計衆得阿僧祇神通變化住於阿耨多羅三藐三菩提道猶今王舍婆羅門也大德阿難我於往昔蓮華上佛應正徧所以一神通化度三萬億那由他百千衆生住無上道大德阿難我於往昔最高如來應正徧所得普世定度脱六萬欲界諸天發菩提心我具如是神通相貌時阿逸多即説偈言

正服持應器　往詣能仁尊　頭面禮佛足
白言行乞食　佛即許其去　當廣利衆生
吾般涅槃後　汝應次作佛　名譽及功德
一切皆具足　我時心念言　今日行分衛
若初施食者　令住三菩提　時彼大長者
見我行乞食　即便從座起　恭敬意無量
善來阿逸多　希現乃如此　今來一何晚
唯願前坐食　大士法難思　當設微尠膳

長者汝若能　爲利諸人天　發無上菩提
我當受汝食　即時若能爾　我當立誓願
阿逸汝即時　能以所施食　奉獻恒沙佛
悉令周徧者　然後我當發　無上菩提心
長者若定能　作此眞實誓　施於恒沙佛
願得大果報　我今保此誓　建立必不虚
持鉢受食已　普供人中尊　修行菩提道
利益諸衆生　阿難是長者　見我神通事
心驚大歡喜　歎仰未曾有　其心即安住
無上堅固願　復施珍果膳　嚴飾妙香華
素氎及名寶　種種衆妙供　共我詣如來
深發菩提願　長者發願已　更作廣大願
其願無限量　不可得思議　衆生若聞者
此刹成佛道　造光如來處　得此微妙定
諸佛之所説　施不思議樂　造光世尊所
獲得此三昧　爾時我悉覩　十方諸如來
若得大威力　乃能見是事　安住此三昧
示現諸神通　百阿僧祇劫　修習種種行
利益諸衆生　未曾有休息　蓮華上佛所
得是三昧已　我以種種化　七十千衆生
皆悉令得修　無上菩提道　最高如來所
專修諸梵行　得微妙三昧　施不思議樂
最高善逝處　又得普世定　爾時復安住
月出三摩提　迦葉如來所　得是深三昧
大德我如此　示現神變時　攝取於往昔
百千世神通　若住此威勢　能作種種化
我亦見諸佛　現作如此行　若有欲樂見
諸佛世之師　復有欲願聞　法輪深妙音
亦樂拔世間　一切生死苦　當勤受持此
清淨三昧王

爾時諸天世人魔梵一切閻浮及阿脩羅聞阿逸多師子吼已生希仰心歎未曾有

讃佛音聲辯才品第五

爾時不空見菩薩摩訶薩即從三昧庠序而起時諸人天龍神魔梵沙門婆羅門阿脩羅等一切世間皆悉讃言異哉至法時不空見告阿難言妙哉諸佛實爲希有世尊大悲無不具足故名如來應正徧知獲得無上菩提之道知一切法無生無行無得無失波羅柰國仙人鹿苑三轉十二行無上法輪沙門婆羅門諸天魔梵一切世間無能轉者所謂是苦是苦集是苦滅是苦滅道八聖道分無數章句無量諸相無限行處如此義味讀誦解説分别敷析無不具足時不空見復告阿難善哉諸佛大悲滿足故名如來應正徧知得是無上菩提之道令此大會諸聲聞衆未曾聞法當令聞之先所未説今當爲説不思議法當思議説所未得法令當使得未學之法令得修習無相之法作有相説略説少法啓悟弘多今告此衆諸阿羅漢畢竟作證無著真人永得解脱無始生死阿難當知譬如有人以一把爇投恒河中謂能以此斷彼駛流此人所作爲難不耶阿難荅言如是甚難時不空見語阿難言諸佛如來應正徧知得無上道爲諸聲聞説未聞法倍難於彼復次阿難譬如有人生無口舌聲震恒沙一切世界此爲難不阿難荅曰如是甚難不空見言諸佛如來應正徧知得無上道爲諸聲聞不思議法作思議説尤難於彼復次阿難譬如有人指虚空中示種種色爲難不耶阿難荅曰

如是實難不空見言諸佛如來應正徧知得無上道令諸聲聞所未得法今當令得彌難於彼復次阿難譬如有人無有手足及呪術力擔須彌山或欲履水或持浮木度於大海此爲難不阿難荅曰如是甚難不空見言諸佛如來應正徧知得無上道爲諸聲聞以無相法作有相說以未學法作有學說又難於彼時不空見即說偈言

諸佛不思議　深行大慈悲　常施法光明
相繼恒不絕　無數那由他　億劫甚難見
無比最勝尊　未聞當令聞　有爲緣起轉
無實恒爲僞　畢竟常無生　一切法空故
諸佛所行慈　不可得思議　佛說所未說
如此難見法　利益諸人天　普及於一切
諸如來深解　不可思議法　能爲聲聞衆
說有思議法　佛說無相法　能作有相說
外道癡所迷　不識生死源　如來旣知已
皆悉令摧伏　住十力敷演　未得法令得
世尊眞實說　利樂諸人天　欲以一把爇
斷截恒河水　長老此雖難　未足稱爲難
世依說無生　斯難過於彼　若人無口舌
聲震徧諸刹　雖復能如此　不足以爲難
未學得令學　是則最甚難　若人指空中
言有種種色　誠能爲此事　豈足稱甚難
未得法令得　我說最爲難　若人無手足
擔負須彌山　欲度於大海　未足以爲難
無相說有相　此則倍難彼

時不空見復告阿難諸佛世尊希有殊特於阿僧祇無量諸法決定究竟到於彼岸故名如來應正徧知戒定慧解脫知見等衆一切

法相無取著行建勝寳幢出一大音若有衆生樂聞施慧得解脱者即生念言如來爲我説施利益若有衆生樂聞禁戒得解脱者即生念言如來爲我説戒饒益若有衆生樂聞三昧得解脱者即生念言如來爲我説於三昧若有衆生樂聞智慧得解脱者即生念言如來今者爲我説智若有衆生樂聞解脱得濟度者即生念言如來今日爲説解脱若有衆生樂聞解脱知見之者即生念言如來爲我説於知見若有衆生樂於生天得解脱者即生念言如來爲我説於生天若有衆生樂聞無常得解脱者即生念言如來爲我説於無常若有衆生樂聞説苦而得解脱即生念言如來今者爲我説苦若有衆生樂聞無我得解脱者即生念言如來今者爲説無我若有衆生樂聞寂滅得解脱者即生念言如來爲我説寂滅法若有衆生樂聞不淨得解脱者即生念言如來爲我説不淨法若諸衆生聞無上道得解脱者即生念言如來今者爲我讚歎諸佛功德説大乘法無一衆生聞如來説如此法已不解脱者時不空見即説偈言

世間調御師　於衆中演説　戒定智解脱
解脱知見等　如是一切法　宣説皆作佛
樂聞説施戒　而得解脱者　各聞世間依
歎施戒功德　樂聞説定智　解脱功德者
即聞佛世尊　演不思議音　樂生天解脱
牟尼即爲演　樂聞智慧者　天中天今説
樂聞無常苦　無我不淨説　寂滅等諸音
而得解脱者　即時便得聞　不可思議聲

若有欲樂聞　辟支佛功德　善逝令便爲
說斯緣覺乘　聞佛諸功德　如此解脱乘
世尊說法已　衆生求菩提　如此一切音
不可得思議　佛所宣諸法　利益於世間
旣蒙解種種　清淨之妙聲　即時悉皆發
無上菩提心
時不空見復告阿難諸佛世尊殊特希有成
滿一切無數善根故名如來應正徧知親近
供養無量諸佛布施調伏一心寂定令得無
上菩提之道具足成就無數辯才釋迦如來
得無量辯最無上辯無能荅辯無取著辯勝
解脱辯無罣礙辯成就性辯成教化辯施無
熱辯有無問辯豫知之辯若有相辯若無相
辯靜默然辯能除恚辯種種章句及名字辯
甚深句字及宣示辯宣示甚深調柔之辯無
量譬辯無問荅辯具足定辯具廣大辯具難
思議辯具開敷辯具清淨辯具無毀辯具足
聰慧無毀損辯具心無著辯具心無悋辯具
足無失字句之辯具無盜辯具無妄辯具足
開發說法意辯具足說法開發煩惱生淨心
辯具足親近說章句辯具說過去辯具說未
來辯具說現在辯具說希有辯具足無生勝
妙智辯具足一切大衆喜辯時不空見即說
偈言

昔已曾至心　供養無量佛　是以人中尊
令得無上道　不思議善根　阿僧祇諸辯
無礙開發辯　佛得此衆辯　無上解脱辯
成就教化辯　廣宣諸相辯　有問無問辯
種種說甚深　隨順譬類辯　清淨難思音
具足妙說辯　淳淨義成就　決定衆相辯

不思及不退　無卑無下辯　善哉明慧人
無著無毀辯　不失字章句　無妄攝樂辯
能斷煩惱心　不忘十力辯　最上及親近
宣說三世辯　若聖與不聖　如此隨順辯
無遠無生等　近聽遠聞辯　說善逝功德
音聲清暢辯　若人以一毛　點取大海水
可知其數量　能令乾竭盡　無有知諸佛
如來大勝辯　或有量虛空　能知其邊際
稱彼須彌山　亦可識斤兩　如來智辯力
無能摧伏者　雖復歷劫數　不測如斯辯

時不空見復告阿難長老當知諸佛世尊大梵音聲師子音聲雄猛之聲龍王音聲絃聲歌聲柔輭好聲大小雷聲不思議聲無量妙聲無邊勝聲滿足音聲不退之聲迦陵頻伽聲清淨歡喜聲如來分別聲如來識了聲如來甚深聲如來無毀聲如來不却聲如來清徹聲無衰無損聲如來美妙聲如來最美聲如來無不美聲如來廣具足一切功德聲是處說如來應正徧知以一音聲令一世界其中衆生皆悉樂聞又以一音令二世界其中衆生亦願樂聞如來一音乃至百千萬億那由他無邊世界其中衆生樂聞亦然彼處衆生聞如來聲如是解了如是識知皆言如來爲我說法如是阿難諸佛如來不思議音利益之聲譬如日輪照閻浮提有目衆生皆蒙惠利如是如來應正徧知音聲法輪清淨微妙濟拔一切亦復如是長老阿難譬如初春十五日夜月輪圓滿清明澄照無諸瑕翳閻浮提人皆出遊觀得恣歡娛緣月盛故如是如來應正徧知音聲法輪清淨微妙衆生所

以得利益者緣遇如來法光明故長老阿難譬如衆川江河溪壑巨細諸水悉入大海皆成一味而此一味具足衆味亦有無量諸妙珍寶人及非人雖貪此寶大海深廣難可得度如是如來應正徧知清淨音聲法輪難解令諸衆生得法寶利無量安樂亦復如是長老阿難譬如大地開發種子生長萬物利益衆生無不豐溢聚落城邑帝王京畿一切境界皆依此地如是如來應正徧知音聲法輪清淨微妙賑救一切無量衆生悉令歡喜亦復如是長老阿難譬如虛空世間去來無所妨礙而此虛空能安樂物如是如來應正徧知音聲法輪清淨微妙饒益一切亦復如是長老阿難譬如三十三天上波利質多拘毗羅樹華葉芬敷諸天遊觀莫不歡適如是如來音聲法輪清淨敷演一切法聲甘露利樂亦復如是時不空見即說偈言

世尊梵王音　閻浮提第一　師子雄猛聲
及以大龍聲　絃竹調輭音　十方不思議
鐘鼓雷吼等　無邊普震聲　佛土滿足聲
未曾衰減聲　迦陵頻伽聲　愛順歡喜聲
聖喜無濁聲　教與無教聲　甚深無爲聲
無譏毀謗聲　難見善分別　句字之音聲
無諸衰損聲　美妙普徧聲　無有繫縛聲
及無遺忘聲　一切功德聲　世間依所說
能以一音聲　徧滿一世界　調伏群萌類
歡喜悉樂聞　皆云今如來　獨爲我說法
如來以一音　乃至恒河沙　無量世界中
衆生皆樂聞　譬如出暉明　照耀一切物
世尊如是音　爲衆演法光　初春十五夜

滿月光澄淨　如此明月輪　徧照閻浮人
皆令得歡樂　利益亦無邊　世依猶斯月
覩者無不欣　清淨妙音聲　能爲利一切
閻浮提最上　不可得思議　如大海無邊
衆寶之所出　深廣難可濟　饒益一切衆
大勝佛如是　最上無過者　有教無教等
音聲甚難解　清淨無所毀　能施一切樂
若此三千剎　安置一切衆　佛音聲如是
利物難思議　虛空無罣礙　能通諸飛行
世尊音如是　廣潤一切衆　如天香華樹
敷榮善利益　如來諸音聲　具足益世間
我於一劫中　說佛聲功德　雖復歷百劫
不測其始終　諸佛亦如是　不可思議音
十方諸衆生　異口無邊辯　說佛聲功德
不能盡其際　世間依如是　不可思議音
若使諸水陸　一切衆生等　假令悉得佛
不測聲涯底　諸善逝如是　不可思議音
如此調御師　音聲無與匹　若能隨順念
終不墮惡趣　若有諸菩薩　聞佛具足音
當得佛法王　不思議音聲

時四天王釋提桓因焰摩天子兜率天子自在天子及大自在并與其子名曰商主大梵天王淨居諸天復有大力威德諸天欲色二界諸天子等聞不空見菩薩所說佛聲功德歎未曾有以天栴檀細末之香散不空見菩薩摩訶薩乃至十方供養已畢時有六十億百千那由他欲色諸天聞此音聲皆種無上菩提善根五千比丘亦發無上菩提之心被弘誓鎧七百千萬諸比丘尼發無上心及弘誓願百千億優婆塞從華座起詣不空見大

菩薩所復有二億百千那由他諸女人等各脱身上珠寶瓔珞奉不空見菩薩摩訶薩亦發無上菩提大願

讃如來功德品第六

爾時不空見菩薩摩訶薩告阿難言奇哉希有諸佛如來具足深知生死往來憶識生處親戚眷屬善知煩惱諸惡過患具足相好具足行捨大捨意念戒定智慧解脱解脱知見具足六通到於彼岸若慈大慈若悲大悲若喜大喜若捨大捨最勝無倫到於彼岸威儀神通一切諸法最勝無礙到於彼岸若處非處示導諸方利益最勝到於彼岸及舍摩他毗婆舍那最勝無比到於彼岸一切禪定解脱三昧三摩跋提最勝無上亦到彼岸無貪無瞋無癡無慢無惛無過無有慢慢無慼無恚度脱五道四毗舍羅衆生善根業報論議最勝無等到於彼岸一切衆生戒聚不斷不漏不濁無雜無言慧明清淨勇猛殊勝沙門婆羅門人天魔梵一切世間之大法主無一衆生能測如來戒定之分如毛髮許更無有人能超過者長老當知應如是觀我能究盡虛空邊際不能度量諸佛世尊戒定智慧解脱解脱知見所以者何以無邊故如來戒定神通諸法非是淺識之所思議深不可測無能窮者時不空見即説偈言

世尊生死盡　住胎難思議　法性以爲母
不可得爲比　具足善功德　世間無能及
身相三十二　八十種妙好　世間叵思議
攝取諸善業　妙哉人中尊　具足善超出
若捨及大捨　煩惱心解脱　方便諸勝業

滿足無與等　具足戒定智　解脱知見分
諸佛法無邊　六通到彼岸　如來具慈悲
喜捨諸行處　能解衆生縛　拔濟種種苦
諸佛深智聚　不可得思議　威儀無等比
神通到彼岸　無諸煩惱行　善解於眞諦
若處及非處　利益悉具足　定解脱如此
不可得思議　善解舍摩他　毗婆舍那等
已到世所無　永離諸惡心　善學定解脱
除滅愚癡患　淨戒不斷絶　不漏亦不濁
善學戒無失　勇健明哲人　無有一衆生
而懷疑謗心　沙門婆羅門　人天及魔梵
心信不懷疑　常善學清淨　我能知虚空
四方廣大相　不能測勇猛　無上清淨戒
能以一氣吹　海水令枯涸　不能測如來
清淨法明戒　能以一氣吹　須彌令碎盡

大小轉輪山　亦復成粉塵　不能測如來淨戒之涯際　雖復歷劫數　不能得其量時不空見菩薩心生念言善哉如來應正徧知願屈威神降臨衆會我今欲爲諸菩薩等請問如來念佛三昧世尊先於大衆之中雖説其名竟不敷演便入靜室右脅而卧爾時世尊即知其念佛神力故令此三千大千世界六種震動具十八變亦如前説放大光明普照此土娑婆世界日月星宿欲界諸天無邊恒河沙衆梵天等其明隱蔽悉不復現唯佛神光顯耀殊特愍衆生故即從卧起齊整衣服往大會所時諸世間人天沙門婆羅門等及阿脩羅各見如來殊勝光明從華座起往詣佛所恭敬合掌却住一面時不空見遥覩佛來容色端嚴威儀庠序仰瞻相好無不

具足見已即告長老阿難世尊今從靜室而來必當敷演顯發最勝第一義諦無虛妄說巧妙宣說無分別說善能思量不起惡業身業無毀口業無譏意業無失三業皆淨戒定智慧及以解脫解脫知見亦悉具足無上方便神通利益不思議辯殊特具足善知生死無能過者住胎清淨毋族豪勝衆善功德最爲具足不可思議相好具足往昔因緣及意具足煩惱解脫心得具足若捨大捨超出具足五識無取離染具足五分法身清淨具足究竟已到六通諸法及法性相皆到彼岸毗婆舍那及舍摩他根力覺道到於彼岸慈悲喜捨不可思議深心慚愧到於彼岸已至諸法自在彼岸過去未來現在諸法皆悉知見不著不退能知一切過去身業亦知轉變到於彼岸口意二業亦復如是長老阿難如來世尊一念能知一切衆生心行善惡莫不了達時不空見告阿難言譬如大海深廣難度諸佛戒品淵曠亦然譬如須彌不可傾動如來定品難動亦然長老阿難譬如虛空清淨容納無有齊限諸佛三昧攝取無邊清淨智品又攝一切衆生淨心長老阿難譬如日光悉能臨照無量色像如來法光無幽不燭長老阿難譬如大火焚燒山野一切衆物如來法火能燒衆生無量煩惱求得清淨長老阿難譬如涌泉盈流出外成於淵池能洗萬物皆令潔淨如來法水亦除衆生一切結累常得獲安長老阿難譬如醫王善療衆生種種疾患如來法藥能消衆生生死重病皆使求除長老阿難譬如時雨潤益卉木無不增長

如來法雨亦潤一切枯槁衆生長老阿難如師子吼能使衆獸皆令慴伏如來法音能壞衆生計我見者求得遠離長老阿難譬如大船能濟彼岸如來法船度諸衆生四流彼岸長老阿難如優曇華希有難見如來出世亦復難遇長老阿難譬如波利質多羅樹其華敷榮馨香殊特佛大人相明發亦然長老阿難譬如父毋能育諸子如來亦爾善利衆生長老阿難若人說言如來出世無邊正說是名眞說若人說言如來出世說不思辯是名正說長老阿難略說如來有無邊辯無取著辯無罣礙辯勝解脫辯成就妙辯常隨順辯漸親近辯有無問辯微妙淨辯最無上辯慈大慈辯悲大悲辯喜大喜辯捨大捨辯佛出世辯又利益辯長老阿難若人說言如來出世具足利益一切衆生是名正說長老阿難若人說言衆生無安無救無歸無趣無主如來出世能作安救及歸趣主是名正說長老阿難我若一劫或至百劫宣說諸佛世尊功德智慧辯才億不及一又於無量一切諸劫宣述如來應正徧知功德辯才不能窮究長老阿難譬如有人羸老攣躄往他人所語彼人言奇哉丈夫我雖如此能以一毛點取一切無量諸水內置口中悉令枯竭此人旣無神通呪術能爲斯事爲可信不阿難荅言此爲難信不空見言實不能也徒空言耳如是阿難我說諸佛功德辯才不能窮極猶如彼人無竭水理長老阿難假使我於億百千那由他劫不能宣說諸佛功德智慧辯才一毛之分唯佛與佛乃能盡耳長老阿難如此大

地容受衆生乃至有足及以無足四足多足有色無色有想無想非有想非無想若此世界若他世界若千世界百千世界無量無邊一切世界其中衆生當得成佛是諸世尊於億百千那由他刼説佛功德不能窮盡一毛之分如是功德無不具足時不空見而説偈言

長老阿難陁　法王從彼來　一切諸世間
無不興供養　勝焰光明主　功德皆無毀
最勝利益説　眞説不生説　諦説無妄説
無畏及善説　出微妙音聲　大智善宣説
身口意清淨　不緣慮諸惡　如來勝戒定
第一智解脱　解脱知見等　威儀常難思
無上神通智　利益最無比　善得無垢行
最勝微妙辯　無上人中尊　具足知生死
住胎旣無比　母族亦復然　不思議殊相
八十種妙好　容色甚挺特　端正無有比
具足無惑心　捨大捨亦爾　超出一切欲
五識無不具　證智超六通　具足四無礙
備無量知見　難思衆神變　舍摩毗婆那
皆悉度彼岸　達捨離垢主　威儀恒自在
衆中大神王　徐行從彼來　無著修伽陁
住於十力智　行慈演法光　一切勝智説
能知大海水　無邊深廣量　不測無上力
淨戒之涯畔　雖歷億千刧　不知其限齊
以手接須彌　上擲至梵天　不能動如來
最初甚深定　遊騰虛空中　可知其邊際
無有能測度　如來不毀智　能以足履虛
窮極其限量　不能測離垢　棄累人中尊
如日能除暗　悉見善惡色　自然世間師

能滅愚癡瞑　譬如月盛滿　一切皆欣樂
法月光明王　覩者皆歡喜　如夜然明燈
有眼無不見　調伏無比燈　能演法光明
世師法燈炬　善滅一切陰　宣說自然法
普聞於衆生　大智勝醫王　猶如涌流泉
法藥消衆病　能施一切樂　譬如大龍王
普降於甘雨　能令此大地　一切皆沾洽
大悲哀世尊　法雨亦如此　譬如師子吼
蠕動皆怖畏　如來震法音　降伏諸外道
譬如大牢船　能運載一切　佛度多億衆
濟彼四流岸　譬如優曇華　奇哉稱希有
人中尊難遇　乃復過於此　一切諸世間
常所歸依處　如天喜見城　波利質多華
芬敷垂光彩　諸天所遊樂　世依踰於彼
相好甚微妙　世尊已爲我　示現諸神變
我今少宣說　諸佛之功德　以我所修業
以施利衆生

佛說菩薩念佛三昧經卷第三

音釋

麲與力切麥麲也　畿渠希切天子寰内地千里曰畿　賑之刃切賑濟也　卉虎畏切草之總名也　枯槁槁苦浩切亦枯也　慴之涉切懼也　羸力為切尫羸也　攣躄攣閭員切手拘攣也躄必亦切足不能行也　蠕而兗切蟲動貌　四毗舍羅此或言施戒法世間皆無慳義

佛說菩薩念佛三昧經卷第四

劉宋天竺沙門功德直共玄暢譯

如來神力證正說品第七

爾時世尊以金色手摩不空見菩薩頂上出廣長舌而告之言善哉善哉汝不空見善說如來應正遍知眞實功德信如所言又不空見若人說言無安無救無歸無趣無主衆生如來出世能爲如是諸衆生等作安作救歸趣主者是名正說又不空見若人說言如來出世說不思辯及無邊辯是名正說又不空見若人說言一切衆生深著貪欲瞋恚邪見如來出世悉能除斷貪欲等病是名正說又不空見若人說言一切衆生嫉妒纏垢之所染著如來出世悉令除斷是名正說又不空見若人說言一切衆生無慙無愧如來出世能使衆生慙愧具足是名正說又不空見若人說言一切衆生深著慳慢如來出世悉能除斷令無慳慢是名正說又不空見若人說言一切衆生無慈無悲無喜無捨不善惡念如來出世悉令具足四無量心利益善念是名正說又不空見若人說言一切衆生無諸善根如來出世敎化一切令種善業是名正說又不空見若人說言五濁惡世衆生病增如來出世能作安樂此人所言即是我說所以者何我出惡世說法利益諸衆生故爾時如來摩不空見菩薩頂時於一念頃此界衆生承佛神力悉見東方淸淨刹土無量無邊阿僧祇佛及聞諸佛說法音聲如是南方乃至十方如觀掌中菴摩勒果一切衆生悉皆見彼淸淨佛刹又一念頃如來世尊應正遍

知以金色手摩不空見菩薩頂已以佛威神示現往昔最勝願力即見上方清淨佛刹無量無邊阿僧祇數已滅度佛又復受持三昧力故得見未來一切諸佛時不空見覩諸佛已即從座起齊整衣服右膝著地合掌恭敬白佛世尊而說偈言

三千大千水　人或知其限　善調御世尊
戒品不可量　假使曠劫思　不能測其岸
如有勇健士　一吹震須彌　佛入初禪定
千劫不能動　足履虛空遊　能知其邊量
縱使窮劫中　不能度佛智　虛空無形量
狂風亦能動　世尊無煩惱　莫能斷其辯
如日照虛空　其光甚明徹　大仙尊暉相
映蔽於一切　猶月星中最　圓光甚可樂
如是法月王　一切皆歸仰　譬如優曇華
世間所希有　調御天中天　難值過於此
今者大聖尊　哀矜摩我頂　金色百福嚴
憐愍利一切　深解眞實諦　功德悉具足
世依善宣說　言論人中上　敷演難思音
普聞十方界　自然尊慈念　以手摩我頂
得見恒河沙　最勝世間主　人中大牟尼
一念摩我頂　悉覩恒沙佛　猶如阿彌陀
天中尊利益　一念摩我頂　得見不動界
阿閦兩足尊　大悲所行處　一念摩我頂
得見滅度佛　一切世間師　大慈所行處
善調伏諸根　我乘昔願力　即於摩頂時
得見未來佛　彌勒世依等　即摩我頂時
得見過去佛　亦得覩當來　十方難思尊
佛眼調伏尊　即時摩我頂　復因宿妙願
得見清淨刹　如來不思議　神通亦復然

智定諸功德　皆不可稱量　世尊慈悲故
哀愍見教化　如來金色手　以摩我頂上
得見十方佛　金塔如恒沙　復見十方界
無數諸如來　殊勝銀寶塔　莊校種種色
百千衆妓樂　供養常不絕　我又見他剎
諸佛衆異塔　金銀及玻瓈　各高一由延
端嚴甚精妙　不可以言宣　見諸牟尼塔
種種七寶嚴　住於虛空中　天華悉周布
又見殊勝塔　高十二由延　及覩燈明佛
淨光照諸剎　我復見處處　不思議衆塔
又覩餘勝尊　以手摩我頂　佛以柔輭手
一念摩我頂　見彼諸如來　安住於剎土
或復在空中　而現種種相　復覩諸菩薩
未脫衆惑累　在無量佛剎　修習諸苦行
日夜常勤心　以求勝菩提　又見處處方
無數諸菩薩　常能爲衆生　作諸利益事
燒身發光明　以求道因緣　復見諸菩薩
安住於佛前　供養滅度佛　無量珍妙塔
以求菩提剎　及以大威德　見十方法緣
燒身如燈炷　晝夜常修心　不懈於食息
又見諸菩薩　捨國城妻子　頭目及髓腦
爲安樂衆生　我悉見彼此　普眼世間尊
威力得自在　不可以言宣　如我所知者
世間最爲上　天中天以手　哀摩我頂時
即得見彼衆　歸命人中尊

不空見勸請品第八

爾時不空見菩薩摩訶薩白佛言世尊如來處室宴寂既久此會大衆皆悉渴仰嚴座已訖唯願世尊哀愍一切屈就斯座時不空見更整衣服合掌向佛白言世尊今欲請問願

少宣說我當至心聽受奉行佛告不空見恣汝所問當爲決疑令爾歡喜諸天世人亦當證知時不空見白言世尊菩薩摩訶薩親近修習何等三昧得見法樂增長其心所聞三昧曠如大海菩提之心安若須彌外道邪風所不能動於無礙法心亦無著猶如虛空無所染汚破無明暗亦如朝日施法光明若月盛滿燒一切陰熾然猛焰焚諸煩惱之大火聚譬如江海一切諸水水性之屬依之而活又如大船能度彼岸亦如橋梁能令衆生不墮生死煩惱駛流猶若波利質多羅樹生諸衆生七菩提華悉能普熏十方世界如優曇華世所希有亦如良醫善療諸患大悲廣救應病授藥如栴檀樹能消熱惱又如大雨潤施一切勝妙之法味若香蜜令衆無畏如師子王安樂衆生過於慈母深知法性達義趣相得義巧便法相亦然善於正道具足方便如實說法得安攝衆開發衆生生死根源一切法性如海一味三昧安靜猶如山王道心不動譬如帝幢得堅固力身相端嚴威儀具足無所染汚族姓豪勝功德備足得無邊辯無所著辯無異句辯不思議辯無邊量辯深解脫辯成就勝辯常忍辱辯漸親近辯問無問辯無毀壞辯無退轉辯甚深句字種種說辯甚深廣說章句字辯無量無邊譬喻之辯如是一切悉皆具足未得道者當令得道及得梵音意歡樂音迦陵頻伽師子等音大龍牛王鍾鼓美音歌音絃音雷震之音得於一切世間供養具足六通到於彼岸得無忘失憶持之法獲諸善根容儀軌則時不空見以

偈問曰
金色百福嚴　深解於眞諦　憐愍善利益
聽我問諸佛　應修何三昧　具足淨功德
人中無比尊　衆智無過者　我今問世間
最勝無上主　爲行何三昧　功德不思議
云何諸菩薩　而得人中上　應當勤修習
最勝寂靜定　行此三昧已　爲世作利益
云何得自然　多聞如大海　云何獲不動
深妙之智慧　住佛諸功德　猶如轉輪山
云何心無著　自然如虛空　摧伏諸外道
不起於惡心　云何當修得　猶若日月等
又復當云何　同彼大燈炬　求習何三昧
光明照一切　云何得消除　衆生老病累
云何令一切　得度於苦海　云何得發心
敬禮三界尊　云何如天華　相好甚明著
優曇時一現　値佛難於是　云何如醫王
施藥滅衆病　善調伏諸根　安住於戒品
云何如法王　度無邊功德　云何見法滿
猶如淨甘露　云何師子音　施利於衆生
云何如慈母　施衆難思樂　云何得四辯
行甚深菩提　爲我説最勝　無上第一道
云何能得説　無著大智慧　云何義巧便
得法不思議　善知巧便相　知世出世法
云何能得意　云何復得道　云何得憶念
云何安具足　云何得多聞　深廣若大海
云何説諸佛　眞實之功德　云何説衆生
生死之源本　諸法無異相　如海同一味
云何得三昧　不動如山王　菩提心安寂
猶如帝釋幢　云何得諸餘　不思議菩提
云何得端嚴　成就諸威儀　云何得豪族

爲功德法王　云何得無邊　及得無著辯
云何得成就　不思句字義　唯願世間依
爲我分別說　云何得最勝　無上莫能過
及以無著說　無失與忍辱　親近不思議
有問無問等　梵音意樂音　迦陵善妙音
得修菩薩行　願尊教詔我　云何得師子
大龍牛王音　云何得鍾音　絃歌與美音
云何獲聰慧　願世調伏說　云何得說法
心常無猒足　無毀諸功德　常演震雷音
云何當得宣　種種甚深法　云何衆譬喻
善說到六通　云何不失法　百千歲生念
勤修不懈倦　善法普眼尊　若爲十方界
說修不思議　於諸智不疑　歸趣求解脫
是以我今日　請問於如來

時不空見菩薩摩訶薩如彼神通無作行力於虛空中當世尊上自然變成天妙寶蓋七寶莊飾種種微妙於此蓋中雨衆雜華遶佛三帀住在頂上華傾恭敬向佛世尊即於華中而說偈言

歸命於大聖　正覺兩足尊　諸天及世人
無能與等者

爾時此華墮佛足上復更踊起起已自然遍散三千大千世界復於蓋中雨栴檀末空中交紛墮於佛上俄爾之間忽然不現香氣苾芬充溢大千是諸衆生聞此香者身心安隱皆得快樂猶如菩薩得四禪樂時不空見現神通訖即白佛言云何菩薩得大智慧速疾智慧猛利智慧無相智慧甚深智慧廣大智慧普遍智慧不懼智慧云何獲得無量善根心如金剛壞諸法相身心柔輭心大如海戒

品難量心如磐石其心柔和正直端嚴心如山王攝衆善法心如大地能安一切得不信他不譏彼闕得善趣行安住諸法正向不謗無上世尊生生恒得不離見佛住此世界得見他方無量諸佛聞法遇僧又得攝取清淨國土常得善根自利利他是以我今請問世尊我爲解脱饒益衆生爲諸菩薩得不思議具足善根請問如來爲被僧那忍苦大鎧悲一切故請問如來爲欲利樂諸衆生故著弘誓鎧無衆生想欲度生死無生死想我恒如此利益衆生是故我今請問如來世尊我於諸衆生所不起壞心亦無瞋罵誹謗毁呰及輕凌心初無恚很忿戾懟恨無忘失意亦不嫉妬不懷楚毒行於慈悲我如是相修學大乘爲利益故請問如來世尊我今爲衆生故捨五欲樂能忍衆苦施一切樂爲諸衆生作法光明世尊我於内外諸法心無悋惜我如是相利衆生故請問如來世尊我今被弘誓鎧爲一衆生於恒沙劫入大地獄受諸苦惱我未曾於一念之頃退失無上菩提心也是故我今利衆生故悉能忍受無量劇苦而不退於菩提之心爲一切故請問如來我今如此被弘誓鎧爲諸衆生作其僮僕爲利彼故請問如來世尊我今爲衆生故捨於頭目髓腦之屬悉忍斯苦不退菩提如是相貌請問如來時不空見即説偈言

云何習大智　廣智與疾智　我今故請問
大雄世間師　云何得甚深　微妙大智慧
最勝菩提道　唯願普智説　云何無懼智
善巧隨順説　復得金剛心　於法不生惑

云何得柔和　心無有垢染　清淨戒如海
不宿於死屍　復得心如山　不動難思議
云何不信他　亦不識彼闕　決定行善趣
閉塞諸惡道　安住堅固志　歡喜心不壞
云何得正念　又得於調伏　住此而得見
他方刹土佛　旣得聞説法　亦得值遇僧
欲得求供養　他方刹土佛　種種妙華香
隨意以奉獻　欲求住此界　見諸無邊刹
世依示神通　向諸十方國　我自饒衆生
亦無善友勸　安住諸慚愧　自捨於已利
以利於他故　請問大勝尊　若爲求佛智
攝取不思善　爲此利益故　請問於如來
無著世間依　當修何三昧　如是爲衆生
發弘誓大願　免濟於群生　種種諸劇苦
雖復勤修行　而無衆生想　爲利善趣故
請問於如來　於一切衆生　常起平等心
未曾有分別　恒修於慈悲　我爲利益故
請問於如來　親近何等法　疾得難思定
調御説斯定　顯示無邊德　我發弘誓願
爲利益衆生　於不思議劫　恒受燒煮苦
善哉令一切　長得獲安樂　求無幻惑心
常修正直意　恒捨内外法　攝取諸衆生
爲作利益故　請問普眼尊　不瞋不惡口
穢謗結恨等　自身能忍苦　爲他作僕使
是故我請問　大威德世尊　常以歡喜心
勤修菩薩行　捐棄無量頭　以求勝菩提
爲益世間故　捨目及手足　衆生墮生死
癡瞑無智慧　何方救濟彼　令得求解脱
捨所愛妻子　珍妙諸器服　金銀玻瓈珠
無數衆寶藏　爲趣正道故　請問於如來

惠施常無猒　聞法亦復然　住於阿蘭若
心無有懈退　爲此利益故　請問於如來
常求善言教　聞惡恒捨離　於諸群生類
初無不善念　爲是利益故　請問於如來
慈心觀衆生　如母念一子　於雠不追惡
更生憐愍心　爲利一切故　請問人中王
若獲諸福報　設復無所得　亦當爲衆生
請問大威尊　我請自然尊　若得少福者
以此業果報　疾得菩提定

讃三昧相品第九

爾時世尊告不空見菩薩摩訶薩言善哉善哉不空見無勸汝者乃能如是爲諸衆生請問三昧欲以解脱利衆生故欲令衆生具不思議淨善根故欲令衆生獲得三界最勝利故爲令衆生超出三界一切行故爲令衆生於諸有爲得善義故爲令衆生深解隨順得饒益故爲令衆生於甚深法決定義故欲令衆生尊説法故欲令衆生敬重施故欲令衆生捨諸有故欲令衆生趣無上戒故欲令衆生具足忍故欲令衆生勤精進故欲令衆生得禪定故欲令衆生深重智慧如金剛心善修定故欲令衆生心離塵故欲令衆生善攝心故欲令衆生其心不動猶帝幢故欲令衆生重法義故欲令衆生不惜身命厭諸行故以是等緣請問如來爾時世尊告不空見汝今諦聽善思念之吾當爲汝分别演説時不空見即白佛言唯然世尊願樂欲聞告不空見諸佛所説菩薩所行念佛三昧此三昧者諸菩薩等常應親近精勤修習既得修習此三昧已即便增長見法安樂增長無貪及以

瞋癡增長慚愧六神通等增長得見一切諸佛增長無數清淨佛土得知宿命生死因緣住胎清曠母族豪勝得微妙善大人相好具足出家及捨大捨得知衆生其行相續具足多聞世出世法又得種種諸善法處當得善學世無比法復得善巧說一切法及得了知前際後際字章句相智慧備足得善轉心神通變化善知過患得廣大力得知他方諸菩薩等及以衆生精麤白黑長短大小處及非處未成佛道趣向具足得不動念神通具足常得大姓高族具足端正威勢功德具足得梵音等及以諸辯無不具足悉如上說同如來生無生之生常生中國不處邊地欲求徧往他方世界至諸佛所諮受正法欲樂住此或遊十方覲諸如來恭敬供養彼此菩薩功德具足爾時世尊即說偈言

不空見菩薩　有妙三昧王　我住智力故
深知此三昧　菩薩應當修　得見十方佛
到六通彼岸　疾得菩提道　見諸淨妙土
攝知生死緣　住胎既無比　母族又殊勝
善修諸法行　相好皆具足　出家棄諸愛
人天所滯欲　爲利世間故　求於菩提道
生在豪姓家　求到甘露境　具得六神通
圓足說眞智　多聞持正法　獲得大自在
多聞廣於海　如聞皆修行　具衆決定義
及知衆生本　學習世出世　善法之所趣
獲得聰利智　捐去無知業　棄捨有爲事
行於無爲法　亦得天眼智　天耳聞諸法
憶念宿世行　知他心意識　欲樂現種種
諸妙神通事　常善轉變心　開演於明脫

開發十力慧　廣利於世間　知處及非處
諸法之所歸　說煩惱過患　常應修此定
得趣向具足　得意無與等　得念及威力
得安行亦然　姓族最殊勝　端嚴甚清顯
棄於有爲行　無毀諸功德　得大威勢力
人中最殊勝　猶如天帝釋　天中獨尊嚴
欲得無比音　雄猛諸威音　成就義大仙
當求此三昧　如龍歡喜行　普施電光耀
復降甘潤雨　沾洽於大地　是龍所遊境
實爲不思議　若安住最上　神通王三昧
能作諸供養　奉獻無邊佛　猶如龍王雨
澤及於一切　欲成就善教　親近最上說
攝取無爲樂　當修此三昧　種種深解脫
常宣諸妙偈　欲令一切衆　咸使得安樂
當修是三昧　不離佛菩提　及與聲聞衆
得見他方刹　若欲得諮問　此土之世尊
及諸他方佛　應習此三昧　若欲見他方
不思議世界　親近彼諸佛　蒙光設供養
往反諸刹土　得無數功德　應當修諸佛
所說深三昧　往往從生處　恒得與佛俱

正觀品第十

爾時不空見菩薩白佛言世尊菩薩摩訶薩若欲成就諸佛所說菩薩念佛三昧者應當親近修習何法爾時世尊告不空見若諸菩薩欲得修習諸佛所說念佛三昧欲得親近諸佛如來復欲疾得阿耨多羅三藐三菩提者應當安住決定之心又應永捨不決定心捨我見心知無我心當觀此身如水聚沫觀於色陰當如芭蕉次觀受陰如水上泡復觀想陰如熱時焰又觀行陰如空中雲觀於識

陰猶如幻化菩薩若欲入此三昧應當深生怖畏之想又宜具足慙愧之心捨不怖畏而作怖畏捨無慙愧修慙愧心具舍摩他毗婆舍那以方便智捨我無我應習智脫及三空門又當深知三受生起亦應捨離三不善根即當起於三昧之聚觀諸衆生猶如我身觀四念處身受心法觀四食患作無食想所謂揣食觸思識等修不淨想及以慈悲安住於喜令捨具足起諸禪定而不味著亦不毀呰一切諸法此身不實猶如幻焰不樂長壽應當猒離善防護心習學多聞不慢於法勤護不謗即得聞才及以法才既聞法已守護是義尊重佛法恭敬僧寶近善知識遠離惡友不著世俗言論之味恒能不離阿蘭若行心常平等憐愍衆生其心不退不懷嫉妬稱量諸法心不染累分別一切無數諸法常求甚深方等經典信心堅固不生疑慮常能精勤讀誦此經即是諸佛無上道也諸佛功德之所生處應當如是眞實其心摧伏憍慢至意聽受增長正法離殺盜婬懶墯貢高是非之心捨存眞我邪謗之説除穢亂語滅諸諍論心樂安住布施持戒忍辱精進禪定智慧諸波羅蜜皆悉具足能捨頭目心不退没如匹大性不可改易身意精勤不顧軀命於四供養心無貪著安住十二頭陁之行不求已利及以名譽捨心愛滯得四神足離四顛倒及煩惱刺度於四流於四威儀修四念處令得五根修行五力捨於五結不求五欲福報之慶捨五穢心修五解脫善知五陰棄六欲處及六身受除六受身修於六念知六識分勤

求六通修七覺意深知七界所謂害界恚界出界欲界色界無色界及以滅界除斷七使及七識住捨八懶墮去八妄語知世八法得八大人覺知八解脱修八正道捨於衆生九居之處除九慢法放棄九惱親近修學喜等九法又復懃習九次第定捨十不善行於十善方便精勤求佛十力又不空見我今略説一切諸佛所説三昧應當勤修念報佛恩學三昧已即得不退阿耨多羅三藐三菩提而是菩薩以大智力能爲衆生説此三昧其餘聲聞不能觀察宣説書寫受持讀誦若能觀察書寫受持讀誦之者此人福業亦不唐捐要當得值佛出於世若諸菩薩教化受持疾得不退菩提之道又不空見諸佛所説念佛三昧名爲要法諸大聲聞所不能行若人聞説此三昧者將來之世必當值佛爾時世尊即説偈言

若有修諸佛　所説深三昧　觀法心相續
捨不相續念　善觀於陰身　離我無我想
此身不牢固　猶如水聚沫　虚誑猶幻化
亦如嬰兒語　觀色如浮雲　見受若水泡
想如熱時焰　觀行陰無實　猶如彼芭蕉
觀五識如幻　修慙愧恐畏　舍摩毗婆那
應遠無慙恥　除我無我見　習知與解脱
及以三空門　又應知三受　捨三不善根
常學三善根　求最勝三昧　勤行戒定智
速得甚深定　離諸邪見等　正習此三昧
捨世衆諍論　常修出世法　觀察身念處
受心亦復然　於法無疑惑　不久得此定
常行禪解脱　不惜身壽命　多聞不貢高

不誹謗諸法 聞法應受持 持已諦觀察
常供養諸佛 法僧亦如是 若於善知識
恒念報其恩 遠諸惡知友 不朋邪師論
應求讚善者 常共俱遊處 不遠阿蘭若
應求勝菩提 等心於群生 不毀呰諸法
不染一切法 應知眞實法 捨諸非行法
不久得此定 除一切諸惡 及見眞我者
殺害慢婬盜 毀呰懶惰等 不作諸惡口
邪論諍訟等 次第說佛法 常求此三昧
施戒及忍辱 精進禪智等 常精勤修習
成就此諸度 不久當得斯 功德定法行
若捨內身分 及外財眷屬 不久得菩提
寂靜心三昧 若人心如地 水火風空等
皆悉當速疾 獲此妙三昧 若有諸人等
身心甚端直 不貪著衣食 牀褥及醫藥
是人當疾得 如此之三昧 成就四正勤
具足四如意 捨於四顛倒 及四煩惱刺
求度於四流 棄捨諸愛取 修行五根力
除斷於五結 不求五欲報 捨諸煩惱心
應修五解脫 及五身三昧 諦知五陰法
深修六和敬 遠離不恭敬 除去六觸身
觀六受相續 捨彼六受身 成就於六通
深修六念處 亦復勤專行 六識之法分
修七菩提分 復行於七財 念捨憍慢處
除斷七種使 當修如此行 以求勝三昧
捨彼七識住 除此八妄語 常修八正道
得三昧不難 得八大人覺 行八解脫門
知世間八法 即爲最勝智 如此常修行
得三昧不難 自離於九惱 亦不惱他人
修喜等九法 次當得三昧 聰慧捨十惡

修行十善業　又能遵十力　得三昧不難
常受持善法　捨諸不善法　晝夜常攝心
得三昧不難　住此三昧已　不思議力說
常見佛金色　亦得聞演法　若欲見十方
滅度現在佛　及以未來世　饒益衆生者
是人當修此　最上妙三昧

佛說菩薩念佛三昧經卷第四

音釋

阿閦（梵語也此云無動閦初六切）　磐（薄官切大石也）　恚很（恚於避切恨怒也很下懇切很戾也）　忿戾（忿房粉切怒也戾力霽切）　懟（徒對切怨也）　劇（竭戟切尤甚也）　洽（胡夾切浹洽也）

佛說菩薩念佛三昧經卷第五

劉宋天竺沙門功德直共玄暢譯

正觀品第十之餘

爾時不空見菩薩摩訶薩白佛言世尊菩薩若欲成就一切諸佛所說念佛三昧云何當令其心相續佛告不空見是諸菩薩若能至心憶念過去未來現在十方一切無量如來應正遍知明行足善逝世間解無上士調御丈夫天人師佛世尊悉知衆生往來生死住胎具足毋族亦然善及相好四毗舍羅慈悲喜捨慙愧恐畏威儀等行悉亦具足及舍摩他毗婆舍那解脫知見諸解脫門念處正勤神足根力覺道等法皆悉具足知諸四流及生具足亦知衆生源始具足生諸六通起大神足戒定智慧及以解脫解脫知見無不具足無礙解脫及無礙利一切善法亦皆具足色心清淨境智清淨金色等身清淨具足而此菩薩應如是念諸佛如來至心不動亦當安住無所著心復應如是心相續觀爲何等法是如來耶爲以即色是如來耶爲當異色是如來乎若以即色是如來者色處衆生具足色陰而是衆生應是如來若以異色是如來者除十二緣豈有如來又以即受是如來耶爲當異受是如來乎若以即受是如來者一切衆生具足受陰而是衆生應是如來若以異受是如來者除十二緣何有如來想行識等亦復如是爲即眼根是如來耶爲異眼根是如來乎若即眼根是如來者一切衆生應是如來若異眼根是如來者除十二緣何名如來耳等諸根亦復如是爲即四大是如

來耶爲異四大是如來乎若即四大是如來者内外四大亦是如來若離四大是如來者除十二緣何有如來地水火風皆亦如是菩薩如是相續觀已明見色陰既非如來異彼色陰亦非如來又見受陰即非如來若異受陰亦非如來即想行識非如來者異想行識亦非如來又見眼根非即如來見異眼根亦非如來耳鼻舌身非即如來異耳鼻等亦非如來見色聲等非是如來異色聲等亦非如來見香味觸非是如來異香味觸亦非如來見意及法非是如來若異意法亦非如來見即四大非是如來見異四大亦非如來地水火風亦復如是菩薩如是心相續觀於一切法得方便智又不空見汝以何法能得無上菩提道耶爲以身得爲以心得若以身得此身不淨無所覺知如草瓦礫菩提非色無有形質其相空寂不可見法此身既如草木無知云何當得菩提道耶若以心得無上道者心無形相猶如幻化菩提無心亦無色貌如幻如化云何可得若諸菩薩得如此解非身能得無上菩提亦非心得無上菩提不離身心得無上道爾時佛告不空見言應當如是觀於如來作是觀者名爲正觀又不空見菩薩如是相續觀法心不動搖菩薩應當如是深解則不退於三昧法也又常離於不相續心必當疾得無上菩提爾時世尊即說偈言

心心相續念　去來今現在　一切普眼尊
不久當見佛　住佛大威力　慈哀利世間
憶念人中華　調御功德尊　當念昔生死
住胎母族姓　容相悉具足　不久當見佛

念佛八十好　及宿世因縁　恒集最勝業
正念善法意　念佛六神變　及大自在通
戒定智解脫　皆悉得成就　云何最上師
得此寂靜地　念慈世間尊　悲喜捨最上
慚愧力無畏　世間威德師　念佛舍摩他
毗婆舍那等　又念智解脫　及以三空門
具念修正勤　神足亦復然　念根力具足
及以菩提分　念佛離生滅　獲此寂靜處
念難思善法　色受皆清淨　想行及以識
清淨亦如是　念佛眞金色　安住無著心
觀何法名佛　攝心恒相續　念色非如來
四陰亦如是　離陰非如來　想識應當知
念眼非如來　耳等法亦然　離眼非如來
五情法皆爾　念十二因縁　調心得見佛
念四大非佛　異此四亦非　應了十二縁
見佛不爲難　若使諸佛陰　而是如來者
衆生悉有陰　亦應即如來　若欲得根力
當念十二縁　陰非世間師　異陰亦如是
往昔諸因縁　相續恒分別　是以能攝取
不思議智力　此身常無知　如草木瓦礫
菩提無形色　寂滅恒不生　身不觸菩提
菩提不觸身　心不觸菩提　菩提不觸心
而能有相觸　實爲不思議　此是佛世尊
最勝寂靜處　善能滅一切　外道諸邪見

爾時不空見菩薩摩訶薩白佛言世尊菩薩云何得知我見云何復當得離斯見爾時世尊告不空見菩薩若欲捨我見者莫著住處當依無依欲以法明利益一切欲吹法螺擊大法鼓欲造法船建立法橋度諸衆生生死有流欲觀身相及不相續此身不淨穢惡充

滿膿血洟唾九孔恒流無常敗壞眴息不住危脆難信不可愛樂猶嬰兒語虛妄無知是身不實如水聚沫縱復假以衣服飲食香熏莊嚴種種寶飾於百千歲恣隨其意會當磨滅長夜無益如此身性是生死法又爲蟲獸之所食噉復於長夜或在地獄畜生餓鬼閻羅王所受無量苦未曾暫息又於求劫處生死中爲他僮僕策使萬端此身長勤受衆苦惱而初不能知苦斷集證滅修道行諸功德此身雖小受汙甚多應以是身施諸衆生若有惜命施其以壽若須力者當惠其力須肉與肉須血與血當施須者不求勿與或於彼人無所利益願以捨身善心因緣除我見惑得解無我住是捨身思惟觀時不復著於我見之惑以不堅身修於堅身又不空見譬如村邑多有童子相隨出村遊戲水邊見水聚沫是諸童子競取弄戲而此聚沫不自覺知爲他所弄亦無痛癢如是不空見若有菩薩觀自已身當如此心猶如聚沫無有分別若此菩薩作是觀者不久當得此深三昧亦當疾得無上菩提爾時世尊即說偈言

欲求最勝定　得不思菩提　永捨於我見
常應觀此身　無常苦不淨　洟唾臭汙等
九孔流諸穢　甚爲可猒患　虛誑無真實
此是磨滅法　眩惑猶幻化　亦如水聚沫
我此身危脆　瘡疣之窟宅　周遍皆臭毒
無一可樂處　養之初無益　卒爲蟲狼食
一切諸樂具　供膳於此身　會歸當朽滅
終不得一實　長勤無邊劫　苦痛恒萬端
地獄畜生報　根本受苦處　長夜增飢渴

不可得思議　衆苦所逼迫　爲此菩提
我此身不實　應施諸衆生　解法心無惜
所須便給之　作此思惟已　即唱如是言
我今捨此身　血肉隨意取　若有惜命者
我當惠其壽　忘軀濟衆生　爲疾得三昧
段段求水沫　未曾得堅實　我身亦如是
求眞不可得　若得此正觀　疾得菩提道
爾時世尊即便微笑諸佛如來法皆如是當
于世尊微笑之時面門即放種種色光青黄
赤白紅緑玻瓈上至梵天從彼還下遶佛三
帀復至頂上斯光俄頃忽然不現長老阿難
即從座起更整衣服右膝著地合掌向佛以
偈問曰
最勝調御尊　微笑非無緣　無上世間師
願爲我宣説　爲以何因緣　而現此微笑
金色百福嚴　善解於眞諦　哀矜利益者
世間所歸趣　爲以何因緣　而現此微笑
無等人中尊　最上無過者　如來諸功德
淨妙無瑕穢　復以何因緣　而現此微笑
住聖大悲尊　一切所歸者　已離諸煩惱
以淨調御音　唯願爲我説　微笑之因緣
今日誰應得　若此深廣義　誰住堅固地
誰應遇吉祥　世間所歸尊　何故現微笑
一切所歸趣　調御爲我説　願聞清淨人
微笑之因緣　若蒙聖開演　疑惑則永除
爾時世尊告阿難言我向説此相續觀時三
萬人得法眼淨八萬百千億那由他天亦悉
離垢法眼清淨復有三萬億那由他比丘比
丘尼證阿那含復有三萬比丘比丘尼及清
信士女得無生忍三萬衆生發菩提心即皆

修習菩薩之行於人尊劫悉當成佛此是初發無上道心復有九萬億那由他諸衆生等悉皆不退菩提之道當得作佛號曰放光及離垢尊釋迦牟尼日光相佛月光明佛天中尊佛九十二億那由他衆發聲聞心當成羅漢爾時世尊作是語時聲震三千大千世界佛以天眼見於十方九十九億百千那由他諸佛國土其中衆生皆見如來放眉間光名曰明焰遍照十方衆生見已心驚毛竪時彼刹土無量百千億那由他諸衆生等遇斯光者其中有得須陁洹果斯陁含果阿那含果阿羅漢果有多衆生發菩提心皆不退轉無上菩提於未來世當得作佛皆同一號號不退轉爾時世尊欲令此義光宣明顯重說偈言

我向宣說此　心相續觀時　即有六十千
九十九億衆　以聞法利故　而發菩提心
復有三萬人　皆得聖慧眼　已聞相續念
寂定之菩提　此等悉得免　惡道之苦難
八萬億諸天　既聞如來音　獲得淨法眼
求離惡趣苦　三萬億四衆　得不起法忍
度脫諸惡道　無復苦惱患　當得成佛道
如春之敷榮　三萬億諸人　學於菩提道
是人亦當得　諸佛大威力　既成無上道
憐愍於世間　六萬千天子　學習於菩提
樂中之樂行　猶如彌勒等　無礙世間依
以笑廣利益　阿難汝當知　皆有因緣故
是以我今日　示發此微笑

微密王品第十一

爾時不空見菩薩摩訶薩白佛言世尊菩薩

摩訶薩云何當知安住慚愧恐畏等法捨無慚愧得此三昧爾時世尊告不空見此諸菩薩所以慚愧身作諸惡而懷羞怖口意行惡復生恥辱嫉妬嬾惰亦復如是若起不善恭敬諸佛畏懼諸天及以世人惡不善法可羞恥故菩薩如是則住慚畏捨無慚畏諸不善法勤修衆善護清淨行黙然閑寂三業具足不久亦當得此三昧生生恒得值遇諸佛當疾得於阿耨多羅三藐三菩提又不空見奇哉希有我念過去經阿僧祇億百千萬那由他劫初第三劫名爲善生次復有劫名曰寶炬次復有劫名蓮華池時濁劫起餘一千年次復有劫名曰樂住時有國王生此劫中名勝微密有大威德勢力自在王所住城名拘脩摩清淨香聚其城縱廣七十由延有十二

重七寶莊校嚴麗光明如善建城城北有地名爲離垢此處有苑苑名安隱縱廣正等面十由延周帀皆有諸多羅樹其苑法式猶善建園又不空見爾時有佛號曰明相如來應正遍知明行足善逝世間解無上士調御丈夫天人師佛世尊出現於世佛告不空見時明相佛與其眷屬住安隱園所從比丘九十九億百千那由他皆阿羅漢諸漏已盡無復煩惱心得自在所作已辦所應學者皆悉已學明相如來應正遍知於其晨朝著衣持鉢翼從比丘入城乞食微密王聞佛當來即乘大象象名樂手前後導從無數百千皆共出城奉迎世尊又不空見是微密王遥見佛來光色相好微妙殊特皆大歡喜即便下象趣如來所頭面禮足右遶三帀即於道路請佛

及僧時明相佛默然許之王既知佛已受其請即於其夜掃灑燒香嚴辦種種珍妙供具復於城内遍豎幢旛懸諸華鬘瓔珞寶蓋牛頭香汁以灑塵坌散種種華嚴飾於地以篋盛華置於座前作衆妙妓以用供養又不空見王辦供已於晨朝時與諸營從詣安隱園頂禮如來白言世尊食時已至時明相佛聞王請已即如其相現大神通與諸比丘俱昇虛空放淨光明九萬百千照於東方三方亦然一一光中有八十億那由他等諸妙蓮華一一華上有化如來相好具足如明相佛是諸如來眷屬無量左侍帝釋右侍梵王猶如眞實釋梵無異又不空見明相如來現此種種神變相時一念之頃欲色諸天即作無量衆妙妓樂以天栴檀多摩羅跋沉水華鬘如是諸香以用供養明相如來時彼世尊爲王說法大王當知諸行無常有爲皆苦不實故空一切諸法悉無有我所以者何此身不淨九孔流穢猶糞中蟲破壞危脆念念不住四大諸陰假以爲身飢渴寒熱恒來侵迫虛誑幻焰猶水聚沫不得自在磨滅之法强名爲人無一可恃是故大王當深觀察生死諸行甚可猒患當勤方便求速遠離時微密王聞是語已合掌向佛而作是言如是世尊誠如聖教有爲諸行無常苦空一切諸法皆悉無我現見此身不淨臭穢衆苦之聚甚可猒患時王見佛神通相貌及聞如來所說之法即發阿耨多羅三藐三菩提心又不空見時彼如來知王已發菩提之心與諸大衆俱受王請乘虛而往至城便下是王從佛步入宫門

嚴座已訖次第而坐王與群臣宮內眷屬及國人民侍立左右擎諸供膳前受覲願各各授食皆令充足飯食已訖漱口澡手復以種種華香妓樂名衣上寶而以供養時微密王即於是日捨四天下及八十四億那由他妃后婇女以國王位付其長子與八十億那由他人俱共往詣明相如來於彼佛所出家修道王出家已將欲請法白言世尊云何菩薩得諸佛所說念佛三昧若人能得此三昧者當疾成於阿耨多羅三藐三菩提具足見法時明相佛告微密比丘菩薩有二法得此三昧亦當疾成無上菩提何謂二法菩薩應當信於如來所說經典此大方等諸佛行處菩薩具足此二法者得此三昧當疾成佛復有二法何謂爲二舍摩他毗婆舍那復具二法捨我無我安住慙愧恐畏等法菩薩若能具是二法得此三昧疾成正覺告不空見是微密比丘白明相佛云何菩薩安住慙愧恐畏之法得此三昧明相如來告比丘言菩薩應當捨三惡業無慙愧等諸不善法住於慙愧恐畏之法而是菩薩慙畏具足捨諸不善修行善法應護清淨身口意業又不空見是時比丘於彼佛所聞說過患即捨無慙愧恐畏諸惡精勤攝心住諸善法不失善法欲令滿足復更攝心安住正觀觀一切法不增不減亦不見法去來生滅微密比丘作是觀時不見諸法有種種相觀十二緣如夢如焰觀於諸法如影幻化觀於諸法無增無減觀於諸法無名無性觀一切法無滅無生微密菩薩如是修行不久當得此三昧也獲三昧已辯

才不斷過六萬億那由他劫當得阿耨多羅三藐三菩提佛告不空見汝莫生疑爾時捨國出家學道微密王者豈異人乎蓮華上佛如來是也微密菩薩安住慚愧修習成就一切善法不久便得如此三昧又不空見我今語汝諸佛所說念佛三昧若有衆生不種善根終不得聞如此三昧告不空見若善男子善女人等曾於過去無量佛所親近供養植衆善本方得聞此三昧寶王何況書寫讀誦受持分别解說觀其義趣是善男子善女人等所種善根無量無邊不可稱計是諸人等修菩薩乘方得少聞如是三昧次第當得阿耨多羅三藐三菩提唯除身證時不空見白言世尊是諸衆生不學大乘爲能得此三昧寶不佛言如是亦當能得又不空見譬如有藥其質堅硬不可斫削以石磨取用之塗鼓若有怨敵臨陣戰時彼軍亦以毒塗其箭聞鼓音聲毒不能行如是不空見若善男子善女人等少得遇聞三昧光聲是人皆當得於無上菩提之道唯除身證又不空見譬如衆生若依須彌金色之邊其身即與彼山同色所以然者山勢力故如是不空見若有善男子善女人等少聞三昧威光之力當得阿耨多羅三藐三菩提唯除身證所以者何而此三昧功德最勝不思議故又不空見譬如諸水悉入大海同其一味所以然者以海力故若善男子善女人等不能讀誦持說書寫但得暫聞此三昧寶一切皆當得無上道所以者何三昧力故又不空見若人正說諸佛法門得三昧毋說此三昧是名正說若人正說

如是三昧無量無邊功德之聚攝取長養是名正説又不空見菩薩摩訶薩修行布施於一念頃以衆妙寶奉獻恒沙諸佛世尊以此功德當得成佛若人讀誦受持解説書此三昧功德勝彼布施之福不可稱計爾時世尊即説此偈

我念往昔生　調御明相佛　一切諸世間
咸共所歸趣　慈悲哀衆生　爲説衆妙法
是佛大知見　明了三世法　如此普眼尊
世間最爲上　如來不思議　無量深智力
開顯諸法門　爲利羣生故　發起大悲心
拔濟無量苦　明相善逝尊　八億聲聞衆
皆是阿羅漢　諸漏悉已盡　是諸應真等
隨從法王遊　時有安隱園　在城東北隅
大仙經行處　恒與聖衆俱　時有轉輪王
微密勇健士　憐愍一切故　導從出彼城
是王遥覩佛　其心甚寂泊　相好殊世表
威儀亦無比　王即步奉迎　往到世依所
既至如來前　頭頂接足禮　合掌恭敬已
却住於一面　請佛受明供　世尊默然許
王知佛垂許　還勑諸官屬　灑掃宫城内
嚴辦諸餚膳　王復到佛所　白言食時至
世尊若矜愍　願時屈威神　與諸聖衆俱
至當奉微供　時佛聞王請　即現大神變
普放千億光　遍滿十方刹　一一光明中
化作億蓮華　大悲愍衆生　爲衆現斯瑞
又告不空見　彼諸蓮華中　有大威德王
相好特端嚴　各以最勝意　廣説諸佛法
諸行皆無常　苦空亦如是　無我恒不實
此爲磨滅法　何有聰慧人　而生樂著心

諸行猶幻焰　破壞流動法　大悲明相佛
演說如是法　諸天見世尊　奮大神通時
作衆上妙妓　廣設香華供　善哉佛威力
不可得稱說　王觀神化已　兼設妙供養
捐去四天下　及以五欲樂　出家守一心
以修菩提道　是王學道時　問彼明相佛
安住何等法　得佛力三昧　時佛說二法
如是應當修　得此深妙定　施不思議樂
聞佛說法已　踊躍充遍身　即發菩提心
當得此三昧　微密比丘者　蓮華上佛是
若人信如來　不誹謗此經　是人住佛境
疾得此三昧　若人畏生死　心不著於我
常修舍摩他　及毗婆舍那　是人如此相
疾得此三昧　安住慙恐畏　常修於正捨
利智勤苦行　速得此寂定　觀法無增減
一切如虛空　是聰慧菩薩　疾得此三昧
不見諸法起　亦不見其盡　恒觀法無常
亦如夢幻等　常能勤習行　不久得此定
不見法異相　唯觀無生滅　又如影響焰
當得此三昧　觀諸法平等　無有差別相
內既無身想　觀外亦復然　不見其名字
亦無有生滅　若能如是觀　疾得此三昧
時微密比丘　如是諦觀已　初中及後夜
其心常相續　既聞如來說　不久得此定
即於一念頃　而證此三昧　得不斷菩提
即見十方佛　具諸有爲行　其心漸清淨
比丘在生死　滿十六千劫　曾供無量億
諸佛之世尊　然後獲寂定　得於無上道
佛告不空見　莫生疑不信　汝是聰哲人
勿懷於異見　爾時比丘者　蓮華上佛是

我今語於汝　諸天及世人　若欲觀一切
無量諸法者　是人應當修　如是妙三昧
若有人樂欲　生無量功德　施衆難思樂
當持此三昧　若人樂欲見　十方三世佛
復樂轉法輪　當持此三昧　若有人樂欲
具足諸相好　深知生死緣　亦備衆善本
是以當勤持　如此勝三昧　若有人樂欲
遠離諸惡趣　爲利衆生故　當持此三昧
如是善人等　昔已曾供養　非一二與十
無量億諸佛　求最上菩提　得持此三昧
若人樂欲求　正念聞三昧　已曾多供養
過去無量佛　是人久勤修　過去所行道
若人於彼處　聞說勝三昧　即發歡喜心
踊躍意無量　昔已曾供養　多億天中天
若人於此經　常修相續心　讀誦及解說
受持與書寫　是人已曾見　無量大明力
譬如戰場所　他陣放毒箭　以聞藥鼓聲
毒消得歡樂　若人聞如是　勝定妙三昧
爲他說此法　得明三昧力　當來必成佛
唯除身證者　如須彌功德　依者同其色
行者有深慧　聞定亦復然　若有人得聞
最勝三昧聲　斯人功德聚　猶如大海量
決定明三昧　當得於菩提　譬如江河水
悉入於大海　異本衆流相　皆同一鹹味
若人聞如是　微妙之三昧　即同菩提性
無異無分別　若有諸菩薩　於多億劫中
勤修行布施　爲利一切衆　諸佛世依所
廣植無量業　是諸菩薩等　涉歷無數劫
雖行布施業　得福未爲多　慈心說三昧
功德勝於彼　如母能生育　此三昧亦然

顯現難思議　諸佛之功德　是人聰慧故
常修此三昧　不久當疾得　無上自然佛

三法品第十二

爾時不空見菩薩摩訶薩白佛言世尊菩薩摩訶薩具足幾法得此三昧世尊即告不空見言菩薩若能具足三法得此諸佛所説三昧何者爲三所謂不貪不瞋不癡如此善根若是菩薩住於無貪便得滿足檀波羅蜜心得安住如此法已攝取不貪清淨善根永離貧窮恒得豪富具大威勢如日光曜如是菩薩所修功德皆爲一切諸衆生故所可宣説無不信受得此三昧不以爲難亦當疾成無上菩提菩薩具此妙善功德天人敬信菩薩若復能修不瞋善根之行滿足忍辱波羅蜜也若是菩薩安住忍度若人罵詈刀杖加之解其支節斷其頭首不生一念忿惱之心亦不説他諸惡過咎攝取不瞋清淨善根慈心爲利一切衆生是以修行如此三昧菩薩安住此三昧已得與諸佛世尊常俱乃至夢中不離見佛經行坐卧皆獲安樂諸天護念不見惡夢寤寐歡喜刀不能傷毒亦不害水所不漂火所不燒所資四事恒得豐足是爲一切皆令歡喜疾當得於無上菩提若是菩薩除捨無明具足不癡善根之時正觀修行毗婆舍那即便攝取不癡善根於一切法決定巧便滿足般若波羅蜜也他求問難疾能荅對菩薩具足如是三法速當得此三昧之寶又不空見若是菩薩復具三法當得此定何謂爲三應觀一切諸行無常應觀一切諸行皆苦應觀一切諸法無我菩薩具足如此三

法當得斯定疾成佛道又不空見若是菩薩復具三法當得此定疾成無上菩提之道何者爲三所謂供養現在諸佛及以滅度如來舍利若以香華幢蓋繒旛種種珍妙而以奉獻若自供養勸人令行復應發願作如是言以我善根布施因緣願得諸佛所説三昧又不空見復當讚歎現在如來般涅槃佛眞實功德讚戒功德定慧解脱解脱知見威儀神通教化辯才阿蘭若行及以慈悲喜捨之法復更殊勝讚歎佛法儀容相好無量功德既讚歎已復發願言若我讚歎諸佛功德設獲微福以此善根當得諸佛所説三昧疾當得成無上菩提又不空見菩薩摩訶薩於諸佛所聞此三昧功德名字有三隨喜何謂爲三如過去佛往昔已曾修菩薩行求阿耨多羅三藐三菩提如彼諸佛求是三昧我亦隨字求此三昧亦爲自利及利他人聞三昧已即生隨喜我亦當復隨彼隨喜此是第一隨喜者也又不空見如彼未來諸佛世尊亦當修習菩提之行聞此三昧自利利他生於隨喜我亦隨喜是名第二若諸如來現在世安隱住快樂斷不善行捨諸惡趣變化幻術種種妓樂圍棊博弈一切諸惡悉皆離之深定大悲無不具足如彼諸佛往昔已曾修菩薩行聞此三昧即便求之生隨喜心我今亦爾如過去佛而隨喜之是名第三又不空見此三隨喜與發願俱若我所獲善根功德願使衆生常得是定又不空見菩薩具足此三隨喜亦當疾得如是三昧又不空見若善男子善女人等隨喜斯定得此善根功德之聚爲此

善根以譬明之如有一人以彼三千大千世界恒沙爲聚於大聚中撿取一沙擲過無量不可思議億那由他無邊世界復取一沙擲過無量無數世界如是次第盡大沙聚此諸世界若善筭師筭師弟子能得邊際知其數不時不空見即白佛言如此人者不能知也唯舍利弗不退菩薩乃能知此世界之量告不空見不可思量若于世界滿中珍寶其高過於諸天所居乃至非想非非想處以此珍寶施諸衆生此善男女得福多不時不空見即白佛言甚多世尊無量無邊爾時佛告不空見言我當語汝若善男女於諸佛刹滿中珍寶以用施於一切衆生若善男子善女人等聞此三昧三隨喜已發願求於無上菩提亦復欲樂修於多聞是善男子善女人等所獲功德勝彼施福無量無邊不可稱計佛告不空見此念佛三昧即是一切善根之母如是說者名爲正說

佛說菩薩念佛三昧經卷第五

音釋

洟唾（洟他計切鼻液也唾吐卧切口液也）眴息（眴音舜目動也息悉即切喘也）癢（餘兩切欲搔也）眩（熒絹切目無常主也）瘡疣（瘡初莊切疣羽求切瘤也）坌（蒲悶切塵坋也）擎（渠京切舉也）嚫（梵語具云噠嚫此云財施嚫初覲切）漱（蘇奏切蕩口也）澡（子皓切洗手也）斫削（斫之若切斬也削息約切刮削也）

佛說菩薩念佛三昧經卷第六

劉宋天竺沙門功德直共玄暢譯

勸持品第十三

爾時世尊告不空見乃往昔世過阿僧祇阿僧祇無邊大劫爾時有佛號寶勝光如來應正遍知明行足善逝世間解無上士調御丈夫天人師佛世尊出現於世無與等者一切人天所共恭敬解脫調伏度生死岸無上最勝第一世尊爲護一切世間之師令世後世皆悉明了所可說法初中後善其義深遠其語巧妙具足清白梵行之相時寶勝光如來世尊於彼經行與三萬億百千聲聞皆住學地人天恭敬是寶勝光佛從臥而起心生念言此諸聲聞皆住學地當隨所樂爲說深法令彼速得盡諸有漏告不空見寶勝光佛即時便現大神通力令此三千大千世界遍滿其中皆成烟焰是諸聲聞見此神變不生怖畏皆大歡喜譬如比丘得四禪樂告不空見寶勝光佛於夜後分爲說法故即現種種神通變化時寶勝光佛告諸聲聞汝等比丘見此三千大千世界烟焰不耶比丘白佛唯然已見比丘當知有爲諸行無常苦空一切諸法皆無有我所以者何此身不淨九孔常流臭穢充滿諸行無常輪轉之法危脆不堅一念不住生老病死之所逼切猶如幻焰水聚泡沫無人無主猶若草木甚可患厭應速遠離佛告不空見是三萬億百千聲聞聞寶勝光佛說是法時是諸比丘見法住法選擇善法度四顛倒於佛法僧得淨善法能不信他皆得漏盡時諸聲聞同聲白佛如是世尊有

爲諸行無常苦空一切諸法皆悉無我此身不淨九孔流溢甚可猒惡應速捨離誠如聖教誠如聖教又不空見有三示現神通示現教詔示現説法示現時寶勝光佛以此示現如是調伏諸聲聞衆度三脱門空無相願及三萬億百千那由他諸菩薩等皆當成無上菩提告不空見是諸菩薩聞彼世尊説寶三昧開化人天八萬四千億百千歲轉法輪已然後滅度時不空見白佛言世尊彼寶勝光如來出世調伏聲聞爲有幾何正法像法住世幾歲爾時世尊告不空見如是三千大千世界一切星宿可知其數寶勝光佛諸聲聞衆無量無數不可限量寶勝光佛般涅槃後正法住世足八十億那由他歲像法住世十二億歲於是中間有佛出世號曰慈行壽不可稱量其佛身長足一由延國人身量六拘盧舍蓮華周圓亦復如是悉以此華遍布大地一切衆生遊息其上爾時世界名多蓮華其地柔軟猶如鹿茸若觸身時狀若天衣一切衆生快樂無極又如自在諸天宮殿是諸衆生欲度東海眴頃之間便到彼岸南西北方亦復如是若有衆生凡欲所之發心即至是寶勝光佛初成道已時四海内其地縱廣足八萬億百千那由他諸聲聞衆悉滿其中諸阿羅漢皆各一食唯除阿難金剛密迹及阿逸多八十那由他不退菩薩請彼慈行如來世尊爲諸菩薩説此三昧將欲分別顯示之時一音之中而説偈言

若人勤方便　求習出家行　競修最勝法
摧彼四魔軍　猶如大象王　踐踏衆小草

若人欲疾得　寂定菩提道　爲諸衆生故
修行此三昧　敷演淨妙法　施彼一切樂
是人則與佛　同其大悲心
爾時慈行佛般涅槃後有一比丘名曰樹王
於正法中廣宣流布是妙經典三昧寶王有
轉輪王號帝幢天有大威德政法治世是王
有城名帝幢處縱廣正等十二由延城郭樓
觀皆是眞金種種綵畫衆寶莊嚴其城四面
各有三門國界嚴飾如善建城又不空見時
王帝幢於夜後分眠寐之中有淨居天來至
其所即於夢中而告之曰大王當知有三昧
名諸佛所説念佛三昧若有菩薩修是三昧
恒生淨土不離見佛世出世辯無不具足必
當疾得無上菩提時王忽然於夢驚寤猶見
此天故在其前即白天曰誰能受持如是甚
深念佛三昧天告王曰去此不遠有大比丘
名曰樹王常樂受持讀誦敷演如説修行是
深三昧爾時帝幢從彼天所受此三昧及比
丘名至心憶持不令忘失即於晨朝捨四天
下金輪七寶及八萬億無數百千宫人婇女
爲求三昧甚深法故即與眷屬同時捨家俱
共往詣樹王比丘又不空見時彼四衆天龍
八部皆共圍遶有九萬億欲界諸天八萬那
由他諸菩薩等亦與眷屬恭敬圍遶樹王比
丘時爲大衆説此甚深念佛三昧帝幢大王
即至其所以天眞寶散比丘上五體投地至
心頂禮復持八萬淨妙金華天曼陁羅沉水
末香又以敬心奉散比丘供養既畢即與眷
屬皆悉出家披淨法服爲欲修習此三昧故
供養恒沙無量諸佛與其眷屬求是三昧八

萬四千億那由他歲衣服飲食及諸珍寶親近供養樹王比丘常自受持讀誦解說如說修行是妙三昧亦化一切無量衆生大悲爲心初無懈倦帝幢菩薩及其眷屬聞樹王師說此妙法至心受持未曾暫捨深生恭敬恒如佛想精勤修習初不休息樹王比丘皆悉成就彼八萬億百千比丘修菩薩行住不退地然後滅度彼諸眷屬皆亦命過爾時復有佛出於世號閻浮幢如來世尊十號具足帝幢比丘既值世尊供養恭敬諮稟如是甚深三昧受持讀誦如說修行饒益一切人天世間皆得無上菩提大利帝幢比丘廣宣流布諸佛所說甚深定故過三千劫當成正覺又能成就九億百千那由他等無量眷屬皆悉安住不退菩提爾時世尊告不空見時帝幢

王大比丘者豈異人乎今現成佛號曰高行如來世尊應正遍知十號具足又不空見汝今當知以是三昧威神勢力饒益如是無量衆生以少聞故常值佛世又不空見若有菩薩少得聞此三昧名故常值佛世何況菩薩於今現在若得聞遇此三昧經受持讀誦其福如上已不可量何況復能廣聞受持讀誦解說如說修行又不空見若有菩薩乘於大乘辟支佛乘及聲聞乘人天之乘若善男子善女人等或得暫聞是妙三昧是諸菩薩及善男女皆當疾得無上正覺又不空見是諸人等譬如有人在閻浮提見彼明相決定必知日出不久大光普照閻浮提人因日光明能得分別青黃等色如是不空見若有行者略聞諸佛所說三昧是善男子善女人等不

久當得無上菩提猶彼明相知日必出汝當深信此妙三昧受持憶念勿生疑惑又不空見善男子等如劫將盡六日出時一切大地皆成烟焰七日出時三千大千世界之中一切洞然如是不空見善男子等學大乘者有不學者若得少聞此三昧寶書持讀誦解說其義皆當疾得無上菩提又不空見善男子等譬如掘井若見淤泥必定知水不復遠也又不空見若有菩薩及諸衆生於佛所說念佛三昧應當書寫受持讀誦解說其義如說修行憶而不忘是善男子善女人等不久疾得無上菩提又不空見善男子等譬如有人呑金剛丸時諸聰慧善男子等必知此人定死不久以此金剛極難消故如是不空見善男子等若人於是妙三昧寶受持讀誦廣說深義乃至少聞三昧妙法此善男子善女人等不久當得無上菩提所以者何諸佛所說念佛三昧如金剛故過去未來現在諸佛應正遍知之所宣說分別選擇威神守護令諸行者不失作業菩薩應當如是修習恒欲利益一切世間是名菩薩乘此樂行如忉利天歡喜之園若有見者身心踊悅菩薩如是得此三昧疾成無上菩提正覺於所未聞諸章句等若欲習學得亦不難妙哉往古一切諸佛爲利益故分別示現令滿句義安住法界諸大菩薩攝持擁護敷演教化令樂正道如是法門次第儀式菩薩大士皆應當知又不空見若有菩薩於此諸佛所說三昧若少聞者是諸人等皆當疾得無上菩提又不空見是故我今爲汝分別開示演說汝又當知若

得聞此諸佛所說念佛三昧受持解說不久疾得無上正覺菩提之道是故汝今應當受持讀誦修行乃至書寫亦當廣爲一切四衆國王大臣沙門婆羅門及諸異學分別解說所以者何此等若聞當得滿足無上菩提又不空見若善男子善女人等應當決定至心淨信此深三昧所以者何皆是往古一切諸佛之所稱讚汝今當以不思議意至心憶持深信此定精勤修習令心相續所以者何此三昧者皆是諸佛眞實之說隨順佛說至佛行處選擇分別佛所證知甚深寳財諸佛本事往生因緣諸佛法藏究竟祕密諸佛聖印如實智性諸佛眞身又不空見此三昧者出生行人無量善根恒得生於大刹利家大婆羅門及餘勝家得大威力終成菩提所以者何諸佛所說念佛三昧甚深妙典能施衆生不虛果故亦令行者得無邊福若有聞者是人獲得無量無邊阿僧祇等不可思議諸功德聚又不空見我今當說譬況之法成滿此義如有智人聞譬則解猶若大施諸菩薩等常於清旦及以中晡日昝三時如來三昧憶念力故以諸珍妙一切雜寳遍滿恒沙大千世界常以奉施億千恒沙如來世尊及聲聞衆經百千億那由他等恒河沙劫如是大施以求阿耨多羅三藐三菩提告不空見此大菩薩所得功德寧爲多不不空見言甚多世尊無量無邊不可思議告不空見我當爲汝分別解說此施善根如此諸佛所說三昧第一眞實佛口所說若能書寫受持讀誦敷演分別解說之者出生無量諸功德聚比前功

德其福甚多何況聞已勸人受持廣爲四衆分別解說又不空見我今說此功德寶聚不可窮盡

諸菩薩本行品第十四

爾時不空見菩薩善現菩薩善歡喜菩薩無量示現菩薩無量力菩薩無量幢菩薩無量明菩薩無量勝菩薩無量智菩薩無量修王菩薩無量意菩薩無量勝思菩薩無量定菩薩分別一切法意菩薩分別虚空意菩薩分別無著意菩薩無量實意菩薩一切寂定自在菩薩善教詔意菩薩如是等比九萬百千億那由他此諸菩薩而爲上首即從座起更整衣服右膝著地合掌恭敬白佛言世尊我等於此諸佛所說菩薩念佛甚深三昧憶念受持書寫讀誦廣分別說如說修行令心相續乃至菩提常當受持分別宣說所以者何我等皆於諸佛所說甚深經典種種相貌未曾滿足若有多人欣樂勤修則能增長建立安樂所以者何若能次第修行是法書寫讀誦亦教他人受持解說必能滿足無上菩提漸漸增進成就無餘爾時世尊知諸菩薩摩訶薩等心之所念以佛常法即現微笑於其面門放雜寶光所謂金銀瑠璃硨磲碼碯珊瑚琥珀赤真珠寶種種無量微妙衆色其光普照無量世界明耀朗徹乃至梵世從上還下住佛頂上譬如淨喜天寶帝幢微妙修直甚可愛樂此剎三千大千世界皆悉莊嚴猶若瓔珞爾時大衆諸菩薩等覩斯神變咸共驚歎善哉希有如來神通時有菩薩摩訶薩名慙愧安定發衆意行即整衣服右膝著地

恭敬合掌瞻仰世尊以天沉水細末妙香及天曼陀奉散世尊即於佛前而說偈言

調御無與等　色身妙相嚴　猶如天華樹
香氣遍十方　具足善行意　修習無量智
調御大威尊　愍利諸惡趣　唯願無量智
爲說微笑緣　最勝無邊智　大威無等等
何故現微笑　願說其因緣　此三千大千
一切諸世界　嚴飾如華瓔　淨若忉利天
見者皆歡悅　何因現斯笑　盲瞑得明視
聾者獲聰聽　狂亂果心念　瘖瘂皆能言
以何因緣故　示現斯微笑　象馬及衆鳥
皆發和雅音　一切諸樂器　不鼓而自聲
令以何因緣　天尊忽微笑　上方諸天等
及下世間人　一切妙音樂　悉演殊美聲
何因示斯笑　唯願爲顯說　善哉甚希有
人天皆相見　以何因緣故　示現此微笑
調御兩足尊　矜愍衆生故　願聞尊笑意
令我得淨善

爾時世尊知慙愧安定發衆意行菩薩及餘大士請問意故佛即宣說如恒沙等應正遍知之所說偈

告諸菩薩衆　汝等且應觀　彼六萬八千
諸善男子等　往昔已墮落　今還修菩提
皆誓言我等　各住生死中　當來牟尼所
當受持此經　皆樂聞此典　最勝不思議
諸佛所說法　心常無猒足　我今當告汝
此諸菩薩衆　非唯一佛所　發斯深敬心
憶念於往昔　三萬六億等　百千那由生
爲攝法利故　爾時於是處　初起一切行
又於彼前生　恒沙大智所　是處初起行

攝取最勝法　明慧人求法　心常不滿足
恒捨身命財　以求菩提道　憶昔恒沙等
不可思議劫　時有正覺尊　無量大勝光
是處初起行　爲求法利故　又於寶勝焰
大明及電光　難思照一切　是等大仙所
三業持此法　爲攝最勝道　日光及月光
難思功德海　具足一切行　如是諸佛所
是處初發心　爲求勝菩提　又於彼前生
值遇猛威光　及與師子佛　於彼如來所
三業受斯法　求第一菩提　於彼過去世
諸佛恒相繼　師子幢如來　功德悉具足
是處又發心　爲求法利故　復有他方佛
號曰勝帝幢　調伏闍世間　於彼諸佛所
爲求勝法故　攝取無上慧　無量智生等
不思議諸佛　海音闍高遠　如是世尊所
三業受斯法　求第一菩提　昔於善眼佛
猶無邊大幢　發此猛利心　求無量菩提
又於光力王　變化神剎土　住是大仙所
以求勝菩提　光焰生調御　無量相德明
於彼初發心　求此三昧寶　焰光及大衆
明聚降怨佛　如是世尊所　求法施衆樂
一切光如來　難思及日明　無量力善逝
無邊定意佛　於彼諸世尊　發心施法樂
金華大聖尊　善華香正覺　阿蘭若行佛
無漏如來等　如是諸佛所　敬求最勝道
此方及他剎　過去無量智　於彼兩足尊
受持此三昧　身口意勤修　求第一菩提
以此諸善業　供養天中尊　具足滿八萬
常求無上道　是諸菩薩等　死此離惡道
一切共俱生　恒奉人天尊　永捨邪惑法

不生卑賤家　遠離惡知識　親近於善友
攝取諸功德　乃至於菩提　當於未來世
值遇彌勒尊　供養天中天　攝取勝菩提
慈氏尊滅後　師子佛調御　於彼世尊所
爲法淨三業　攝持諸勝行　以求正覺道
賢劫中千佛　無上兩足尊　當爲此菩薩
宣説深妙法　是諸善逝子　必獲無礙色
過此賢刼已　無量光如來　月顯及賢觀
相繼出于世　賢觀佛滅度　其間甚久遠
多羅幢如來　紹繼廣開化　彼諸敏慧人
爲法設妙供　多羅大聖尊　既入于涅槃
分別世如來　其後次成佛　爲深三昧故
奉敬彼法王　分別佛滅度　示現尊出世
示現聖日沒　華上世所依　次第成正覺
當生一切見　華上既善逝　優鉢羅勝佛
出現調世間　當供兩足尊　優鉢羅滅度
拘修摩世依　其次成菩提　彼佛慧日沒
莊嚴大勢尊　於是出于世　莊嚴聖眼滅
次有衆智勝　於彼爲法故　廣設無量供
衆智勝滅後　善現佛大智　當興于世間
善現泥洹已　妙持世依師　次爲調御尊
妙持如來後　善圍繞世尊　第一智當興
於彼求菩提　善圍繞佛滅　無量光正覺
大勝無邊明　現前最法王　如是三調御
相繼出于世　現前慧日沒　最熾念王與
爲此法利故　供養難思議　知彼當來佛
一切世主上　受行此菩提　爲求法壽命
以是諸善業　於此界命終　得供無量壽
大威降怨佛　既值人中尊　廣設無邊供
爲得法義利　攝第一菩提　值彼諸世界

衆多世智所 爲利益衆生 不求五欲樂
奉敬多億佛 當成無礙智 憐愍脫衆苦
安樂諸世間 獲最勝菩提 彼刹廣難議
衆寶妙莊嚴 無邊淨妙樂 多億那由他
是諸菩薩等 讚人中法王 不思議佛智
我今告汝等 諸天及世人 若求學佛智
則與如來等 是人樂佛智 求習勝菩提
以求菩提故 應獲人尊法 諸天龍夜叉
迦留摩睺羅 及諸拘槃茶 常深護佛法
若人求菩提 護法應如子 若求佛菩提
則得大果力 端嚴甚殊妙 色像如眞金
常爲一切衆 普慧深遠義 具足不思議
一切諸功德 淨色百福嚴 世間最上寶
人天無比尊 龍鬼莫能護 是人依菩提
得供最勝仙 爲利衆生故 開示深定法

正念品第十五

爾時衆中思義菩薩捨非義菩薩心勇健菩薩分別心菩薩無慳意菩薩拔煩惱菩薩善思義菩薩衆智菩薩無縛菩薩衆光菩薩智燈光菩薩造智知識菩薩無等煩惱菩薩帝幢天子他化天子皆共恭敬而白世尊言今諸佛之所說者何故名爲諸佛所說云何佛說何者是佛當云何念名爲念佛爲起身念爲起法念爾時世尊告諸菩薩善哉善哉諸善男子汝等所問甚深難思皆是承佛威神之力生此樂說無礙辯才諸佛所說名爲佛說正念諸法眞實之相是名念佛何謂正念莫著一切諸惡誹謗應修一切無譏謗法當離於我及以非我不見衆生壽命宰主育養士夫人及生者莫著作者使作之者陰界諸

入想所緣處於一切法今世後世乃至三界無依無染我見諸行無取無捨禪定解脫及六神通如意根力菩提覺分毗舍羅等無量善法略說九萬億那由他不可思議甚深三昧一切諸佛常所念法佛方便慧隨而書寫讀誦敷演方等經典說佛功德名佛所說爾時世尊即說偈言

常能捨一切　有爲虛危相　不得諸法性
則獲是三昧　莫著諸誹謗　及憶想分別
求離我我所　如是得三昧　不於諸陰法
見衆生壽命　我人及起者　士夫養育等
亦無分別想　是名爲說法　於諸法不染
我性及我所　見身非陰生　則得此三昧
色受想行識　一切空無相　根本皆不淨
知此得三昧　觀諸有爲法　從緣不自在
一切不眞實　虛誑不可取　如彼從緣法
是即名眼入　耳鼻等亦爾　皆無有自性
若能諦分別　得生此三昧　是身虛無實
陰聚無一淨　九孔流膿血　誰當樂此處
意入念念滅　虛妄常如幻　若能深分別
則得是三昧　一切諸入等　皆空無有實
凡夫猶小兒　癡惑計有身　貪愛之所迷
不知是虛妄　是身如空聚　衆賊之所止
可患虛誑法　智者常猒離　如是深觀察
則得是三昧　陰界入諸法　皆空無一實
若人能分別　得生此三昧　如焰泡聚沫
幻化芭蕉等　當觀身危脆　不實倍於此
若此諸菩薩　如是智不毀　疾得一切佛
所說深三昧　諸法不自生　亦不從他有
畢竟無所住　無漏法亦然　若能如是觀

則生此三昧　捨一切不爲　諸行變異相
此法如虛空　生者不可得　菩薩如是知
修學一切法　疾得勝菩提　轉無上法輪
是菩薩則能　建立於法幢　以不思議智
分別一切法　皆見是虛誑　畢竟不眞實
我今雖爲汝　宣示此三昧　如是儀式相
其義甚難知

爾時世尊說此法時有諸菩薩得無生忍又復安住念佛三昧是諸菩薩皆見東方如恒沙等諸佛世尊說此三昧清淨平等無增無減無二無異其餘諸方亦復如是皆有無量億那由他如來世尊俱時皆演諸佛所說念佛三昧時諸菩薩聞佛所說身心歡喜快得安樂不勝踊躍即於佛前重以偈頌說其相貌

歸命世光明　正覺牟尼尊　大法聖醫王
釋迦佛智海　人依師子王　普示諸色相
見彼東方刹　那由他諸佛　悲愍衆生故
說法如師子　調伏那由他　如是諸菩薩
安住童眞地　得無生法忍　善順甚深性
於法無所壞　其餘九方等　相貌亦如是
悉見多億衆　那由他諸佛　譬如師子王
恐畏之所依　無漏寂無等　轉第一法輪
是處無去來　其相亦不住　一切法無實
性空無生滅　衆生及壽命　士夫亦如是
一切陰界入　無實如空拳　譬若諸野獸
畢竟無所依　諸法實無生　或身常不淨
穢心貪生死　如彼癡嬰兒　多億那由劫
恒苦而不猒　是以佛慈悲　爲此說菩提
是故諸佛子　常捨身手足　頭目及髓腦

妻息妙珍寶　皆悉能棄捨　以此行菩提
既能施妻子　眷屬諸外財　又棄天世位
身肉及筋骨　能捨是難捨　疾得成正覺
施戒最勝果　忍進禪慧等　行慈悲喜捨
以求無上智　菩薩應修是　爲利衆生故
爾時世尊即以偈頌答諸菩薩
菩薩若多劫　修行是眞如　不異不分別
汝此說菩提　其性甚寂靜　難得難可見
當起無盡意　修習如是行　是菩薩則得
進智近菩提
爾時世尊爲諸菩薩略說四法滿菩提故而
告之言諸善男子當學戒品善自防愼守護
觀察生智方便常勤修習乃至菩提於諸衆
生恒起慈心爲除我見及我所想求於最勝
無上菩提乃至捨身及以命財應當守護成
就增長如是四法三昧根本

大衆奉持品第十六

爾時世尊知九萬億那由他等諸大菩薩摩
訶薩衆皆悉已集復有百千萬億菩薩是等
當於彌勒佛時悉得住於不退轉地是時東
方九萬九億百千那由他諸菩薩衆梵上菩
薩而爲上首南方復有九萬九億諸菩薩衆
持誠菩薩摩訶薩等而爲上首西方復有九
萬九千諸菩薩衆大智菩薩摩訶薩等而爲
上首北方復有九萬九千諸菩薩衆大光菩
薩摩訶薩等而爲上首復有住彼歡喜世界
無量菩薩皆悉來集梵身天王大華梵王無
量梵王皆悉來集復有無邊百千那由他釋
提桓因衆念天主而爲上首復有無量百千
億萬那由他等四大天王復有無量迦流夜

叉持鬘夜叉常醉夜叉復有諸餘天龍夜叉乾闥婆王阿脩羅王迦留羅王緊那羅王摩睺羅王羅刹夜叉拘槃茶鬼富單那鬼及與迦吒富單那鬼如是種種無數百千大力鬼神亦來在座爾時世尊應正遍知知諸大衆皆悉已集將爲此等略説斯經功德深重次第之法爲欲調伏諸人天故復作師子謦欬之聲即爲時會説未曾有此經法者去來現在三世諸佛之所修行能滅一切諸大苦惱是故諸佛尊重是法已行當行令亦修行是故大士欲求我身應當尊重眞實之法敬事法者當如敬佛所以者何法不異佛是人求法應到於此若天若龍人及非人能求法者疾捨諸苦行法除苦佛説最勝是故菩薩爲欲利益一切世間求菩提法是諸菩薩則爲已施一切衆生菩提之樂疾得度於生死大海當我須史説此三昧微妙經王敎世間時一切山河及以大地皆悉俱時六種震動時諸衆生皆稱善哉所以者何當佛説此菩薩念佛大三昧王大乘方等微妙經典無邊功德大智海時億百千數那由他等無數世界佛之刹土皆悉六種十八相動及放淨光大明普照爾時虛空無量諸天擊大天鼓聲若雷震又奏和雅調暢之音復有八萬億那由他地神天女持衆寶座從地涌出至世尊前至心恭敬而以奉獻復有主樂乾闥婆王作億百千那由他等種種妙音甚可愛樂復有諸龍及龍王子興大密雲普覆世界雨天曼陁及衆妙華周布大地高百由延時娑竭羅諸大龍王於虛空中變成宮殿衆寶莊校微

妙殊特天栴檀末普散此刹三千大千佛之世界復有色界諸梵天王於如來上作寶華蓋遍覆三千大千刹土是蓋處處垂諸寶鈴其鈴皆出微妙之音譬如他化自在天樂爾時此會一切衆生皆修慈悲喜捨之心旣聞法音不勝喜悅各各至心重歸三寶時會聞法無邊衆生皆發無上菩提之心復有無量諸衆生等皆悉深發辟支佛心復有無數諸衆生等皆發聲聞菩提之心復有無量諸刹利王沙門婆羅門毗舍首陁長者居士皆悉獲得須陁洹果斯陁含果阿那含果復有無邊諸衆生等皆證無著阿羅漢果爾時世尊說是經已一切大衆皆大歡喜不空見等諸大菩薩大聲聞衆及諸世間人天八部阿脩羅等聞佛所說皆大欣樂頂戴奉行

佛說菩薩念佛三昧經卷第六

音釋

鹿茸（茸如融切鹿茸初抽之鹿角也）眴（音舜目動也）踐踏（踐在演切踏達合切）泡（音拋水漚也）沫（莫曷切水沫也）須臾（臾羊朱切須臾猶斯須也）

佛說大方等大集菩薩念佛三昧經

隋天竺三藏達磨笈多譯

清刻龍藏佛說法變相圖

佛說大方等大集菩薩念佛三昧經卷第一

隋天竺三藏達磨笈多譯

序品第一

爾時婆伽婆在王舍城耆闍崛山中與大比丘衆千二百五十人俱一切皆是大阿羅漢諸漏已盡無復煩惱心善解脫慧善解脫調伏一切猶如大龍捨離重擔不受後有所作已辦獲眞已利住平等智入解脫門自在得度衆苦彼岸惟除尊者阿難一人復有無量諸菩薩摩訶薩衆皆從十方世界來者各與一切菩薩摩訶薩衆俱復有無量淨居諸天子其名曰難陀天子須難陀天子栴檀那天子須摩那天子自在天子大自在天子難勝天子善威光天子如是等諸天子衆過夜半已放大光明直照於此耆闍崛山已咸詣佛

所頂禮尊足即以天多摩羅跋香天沉水香天多伽羅香天末栴檀香及牛頭栴檀香如是等種種諸香慇懃再三散於佛上已復以天散華及天雞婆羅華摩訶雞婆羅華曼陀羅華摩訶曼陀羅華曼殊沙華摩訶曼殊沙華阿地目多華以如是等種種衆華亦慇懃再三散於佛上已而復漸進前詣佛所右遶三帀一心恭敬合十指掌稽首禮佛退住一面爾時諸天子衆各如是念今此菩薩念一切佛三昧法門過去諸如來應供等正覺已曾於彼天人大衆中宣揚分别利益一切諸衆生故今我世尊豈不爲斯天人大衆梵魔沙門婆羅門諸龍夜叉乾闥婆阿脩羅迦樓羅緊那羅摩睺羅伽人非人等敷演宣説如是妙典爲欲利益一切世間天人大衆故亦令未來世一切衆生咸蒙利益故爾時難陀天子須難陀天子栴檀那天子須摩那天子自在天子大自在天子難勝天子善威光天子如是一切諸天子衆作是思惟已即白佛言世尊婆伽婆今此菩薩念一切佛三昧法門過去諸如來應供等正覺已曾爲諸天人大衆梵魔沙門婆羅門諸龍夜叉乾闥婆乃至一切人非人等敷揚演説如是經典利益世間諸衆生故惟願世尊大慈哀愍今亦爲此天人大衆梵魔沙門婆羅門及彼一切人非人等演説如是方等法門令諸世間多獲利益安隱快樂故爾時世尊大悲熏心爲欲利益一切世間諸衆生故默然受是諸天子請時諸天子見佛默然知聖哀許頂禮佛足圍遶三帀即於耆闍崛山忽然不現還於天

宫爾時世尊過夜後分將明旦時便作大師子王謦欬之聲而復微笑時佛如來應供等正覺忽發如是殊異聲已須臾之間是耆闍崛山精舍所有諸比丘衆承佛威神一切皆悉集於如來應供等正覺所爾時復有衆多異阿蘭若處諸比丘等具大神通有大威德亦皆承佛威神俱從阿蘭若處來入耆闍崛山集如來所爾時王舍大城一切諸比丘尼亦皆承佛威神入耆闍崛山集如來所爾時摩伽陀國主韋提希子阿闍世王與無量百千眷屬前後圍遶入耆闍崛山集如來所爾時復有諸夜叉大將其名曰阿吒婆迦曠野居夜叉大將伽陀婆迦驢形夜叉大將金毗羅摩竭魚夜叉大將須脂路摩針毛夜叉大將摩羅陀棃持華鬘夜叉大將如是等諸夜叉爲首并餘諸夜叉輩有大威神具大勢力各與無量百千眷屬前後圍遶入耆闍崛山集於佛所爾時復有諸阿脩羅王其名曰大斗羅睺阿脩羅王種種可畏毗摩質多阿脩羅王須婆睺善臂阿脩羅王波訶羅舒展陀阿脩羅王有大威神具大勢力聞佛謦欬聲心生驚悚舉身毛豎各與無量百千眷屬前後圍遶來入耆闍崛山集於佛所爾時復有此三千大千世界所有諸大龍王及其眷屬彼各聞佛謦欬聲時心生驚悚身毛皆豎承佛威神來入耆闍崛山集於佛所爾時舍婆提大城給孤獨長者亦與無量百千眷屬前後圍遶自舍婆提詣王舍城入耆闍崛山集於佛所爲欲恭敬供養如來聽聞正法故爾時毗舍離大城亦有無量諸棃車子皆生大

淨婆羅門家其名曰善思棃車子伏怨少壯棃車子功德生棃車子無邊手棃車子舉手棃車子然手長者子如是等而爲上首皆巳久住無上大乘各與無量百千眷屬前後圍遶自毗舍離詣王舍城入耆闍崛山集於佛所爾時瞻波大城復有無量諸長者子巳於過去供養無量無邊諸佛種諸善根具大威德有大勢力其名曰善住長者子利益長者子無邊精進婆羅門子如是等而爲上首及餘無量長者居士各與無量百千眷屬前後圍遶自瞻波城詣王舍城入耆闍崛山集於佛所爲欲恭敬供養如來聽聞正法故爾時波羅柰城有無量種異類人衆巳於過去供養無量百千諸佛植諸善根皆巳純熟自波羅柰詣王舍城入耆闍崛山集於佛所爲欲恭敬供養如來聽聞正法故爾時拘尸那城復有無量諸力士末羅子亦曾供養無量百千諸佛世尊以久熏修諸善根故有大威德具足勢力亦與無量眷屬圍遶自拘尸那詣王舍城入耆闍崛山集於佛所亦爲恭敬供養如來聽聞正法故爾時東方過無量恒河沙諸世界中一切大梵天王并餘天衆有大威德具大神通聞佛世尊大師子王謦欬聲時咸大驚悚舉身毛竪承佛威神各與無量千萬天衆眷屬圍遶皆自本處發來詣此娑婆世界王舍大城入耆闍崛山集於佛所如是南西北方四維上下皆有如是無量恒河沙世界所有一切大梵天王及餘天衆有大威德及大神通聞佛世尊大師子王謦欬聲時亦咸驚悚舉身毛竪承佛威神各與無量

千萬天衆眷屬圍遶皆自本處發來詣此娑婆世界王舍大城耆闍崛山集於佛所爾時耆闍崛山其地弘博縱廣正等如此三千大千世界大衆充滿無有空處如杖頭許然彼大衆皆有無量大威德力及大神通一切天人諸龍夜叉乾闥婆阿脩羅迦樓羅緊那羅摩睺羅伽人非人輩皆悉充滿爾時世尊知諸世間天人大衆一切集已復發如是大師子王謦欬之聲發大聲已自精舍出至一方所而復微笑時諸世間天人大衆覩是事已各捨已服及諸華鬘以種種香而散佛上供養恭敬至心瞻仰爾時大衆中有尊者舍利弗尊者目揵連尊者大迦葉尊者須菩提尊者富樓那彌多羅尼子尊者羅睺羅尊者大劫賓那尊者大迦旃延尊者何泥樓陀尊者護世尊者守籠那尊者難陀尊者阿難等而為上首及餘一切諸大聲聞皆是大德具大神通一切皆來集斯會坐爾時大衆中復有尊者彌勒菩薩摩訶薩越三界菩薩摩訶薩踊大步菩薩摩訶薩初發心即轉法輪菩薩摩訶薩善思菩薩摩訶薩大音聲菩薩摩訶薩善行步菩薩摩訶薩越三世菩薩摩訶薩持世菩薩摩訶薩文殊師利菩薩摩訶薩不空見菩薩摩訶薩等而為上首及餘無量無數菩薩摩訶薩皆於過去無量諸如來所種諸善根衆行熏修功德成滿久已得住阿耨多羅三藐三菩提爾時尊者不空見菩薩摩訶薩見佛世尊復微笑已從座而起整容理服偏袒右肩右膝著地合掌向佛而說偈言

最勝無上兩足尊　無緣不應現微笑

一切世間無等侶　惟願爲我演笑因
常施貧窮諸所須　亦說大乘最妙寶
能與生盲抉眼瞙　今事微笑何因緣
世尊三界尚無比　何況世間得論勝
能作世間大導師　今應顯笑有何緣
爾時世尊即告不空見菩薩摩訶薩言不空見汝今見斯勝地方所左右邊動衆相莊嚴可愛樂不不空見言如是世尊如是婆伽婆佛復告言不空見汝應當知此地方所往古諸如來應供等正覺已曾受用教化遊居爾時不空見菩薩聞佛教已速疾而行趣彼方處至彼方已便入三昧住三昧時自然成就上妙寶座種種莊嚴皆悉具足嚴飾座已還詣佛所頭面禮足而白佛言世尊今此方處莊嚴若是惟願世尊亦當及時處斯勝地爾

時世尊便徃方所至方所已如法陞座於是如來應供等正覺陞此座時如此三千大千世界一切大地六種震動所謂動徧動等徧動震徧震等徧震涌徧涌等徧涌吼徧吼等徧吼起徧起等徧起覺徧覺等徧覺東涌西没西涌東没南涌北没北涌南没中涌邊没邊涌中没時此大地如是動已佛神力故徧此世界有大光明令諸衆生等受快樂下至阿鼻大地獄中所有衆生蒙光觸身諸苦消滅等受快樂如是一切諸地獄中受苦衆生及以諸畜生輩更相殘害閻羅王界諸餓鬼等遇斯光已所有苦具皆悉消除飢渴充滿無有衆生不受樂者當爾之時一切衆生悉捨惡念皆起慈心逓相愛樂各懷悲愍猶如親屬相視歡欣和合同坐於是讚曰

世尊處斯座　能放大光明　大地六反動
令衆生歡喜　如來處斯座　法王放光明
當知如是時　衆生等受樂　正覺處斯座
大智歸依處　放光利世間　徧照此佛刹
奇哉是大乘　最勝乘無上　如來處斯座
利益難思議　奇哉是大乘　最勝乘無上
沙門婆羅門　於此莫能測

爾時世尊出廣長舌徧覆於此三千大千世界已告諸菩薩摩訶薩及諸大聲聞衆言諸善男子汝等當知昨中夜後欻有淨居諸天難陀天子須難陀天子栴檀那天子須摩那天子難勝天子乃至須多波天子等與無量諸天子有大威德具大神通放盛光明直照耆闍崛山來至我所即以種種天上妙香所謂天末栴檀乃至天多摩羅跋香等散於我上復以種種天華所謂優鉢羅華乃至大曼殊沙華等供養於我右遶三帀頂禮我足退住一面彼退住已更於我所增敬上心合十指掌默然而住住已即作如是思惟今此一切菩薩念佛法門過去諸如來應供等正覺已曾爲彼天人大衆宣揚解釋惟欲安樂彼諸衆生今者世尊亦當爲此天人大衆如是演說念佛法門安樂利益諸衆生故彼諸天子如是念已即便請我說此法門時我默然許爲其說諸天知已於是不現爾時世尊即說頌曰

比丘知昨中夜後　淨居天王摩醯羅
將諸天衆及眷屬　難陀及以須難陀
須摩那天栴檀等　乃至難勝須多波
普放世間勝光明　直照此山耆闍崛

彼天既來至我所　以天華香而供養
然始右遶我三帀　頂禮恭敬一面住
彼諸天子默生念　今此念佛修多羅
過去最勝曾廣宣　憐愍世間衆生故
我今釋尊十力具　寧不演説斯法門
利益世間諸群生　安隱一切天人故
諸天念已便發請　時我默然遂許之
我故欲於耆闍山　如先諸佛所演説
天知我已許之故　生大歡樂尊敬心
一切咸復恭敬禮　右遶三帀然後去
比丘汝輩當善聽　我聞過去諸佛説
莫於是處生驚疑　諸如來智難可測
往昔諸佛所行道　我先知盡無復疑
現在一切人中尊　所得菩提我已證
當來大悲愍世者　自然法身我覺知
我今具足無礙智　如是大智難稱量
超出世間無與等　一切衆生莫能測

不空見本事品第二

爾時世尊告尊者舍利弗尊者大目揵連尊者大迦葉尊者須菩提尊者富樓那彌多羅尼子如是等具足神通有大威德諸大弟子言汝諸比丘如汝所知依汝境界當於我前各師子吼何以故若汝説者令此一切天人大衆諸聲聞人咸得信解故爾時世尊復告彌勒菩薩摩訶薩文殊師利菩薩摩訶薩越三界菩薩摩訶薩超不思議菩薩摩訶薩善行步菩薩摩訶薩初發心即轉法輪菩薩摩訶薩善思惟菩薩摩訶薩大音聲菩薩摩訶薩持世菩薩摩訶薩不空見菩薩摩訶薩等言不空見汝今應當大師子吼決定請説諸

佛世尊所得功德眞實相貌汝若請者則能利益一切世間諸衆生輩是故我今躬自勸汝時彼不空見菩薩聞聖教已即於佛前以偈讚曰

世尊百福金色身　慈悲妙覺第一義
功德智慧斯無減　忽令我請何因緣
無有等類人中尊　世間勝智靡超者
法王功德已究竟　何緣今日勸我請
佛滅清淨禪第一　智慧深妙解脫眞
解脫知見光圓滿　何故今日勸諮問
法王威儀咸具足　一切世間最尊雄
既能自利亦利他　大師何因勸我請
世尊慈悲久淳至　曠劫常行無怨親
無障礙辯難稱量　何因世尊今我請
能施一切貧乏財　亦開世間生盲眼
勝尊能令怖者安　何緣世尊勸我請
佛身滓穢不能汙　衣服本來離塵垢
生處王中聖王家　何因今者方勸請
聖衣離身四指間　終無近體而能住
旋嵐巨風吹不動　聖尊何事而勸請
世尊尋常行路時　所至窊凹自平滿
或經高阜即坦然　何因今日令我請
世尊身相悉圓滿　行步肢節無動搖
由得不壞難思議　不應今日令我請
我觀世尊迴顧時　大地便隨六反動
無有神足若如來　如是自在人中最
世尊光明所照觸　能令狂者不失心
但能暫觀如來光　或時失念旋即復
世尊行時足動塵　衆生遇者七日樂
乃至壽終隨意生　故我歸命與樂者

若人遭病受大苦　衆痛酸迫不能堪
暫蒙世尊以手摩　即得安隱不可説
世尊法身具斯力　皆因曠劫長時修
是處終無有疑惑　導師不應勸我請
人中獨尊種種能　調伏大仙度一切
我今還白天人師　是故不應勸我請

爾時世尊復告不空見菩薩言善哉善哉汝不空見快説是事善思念之吾當解説不空見言如是世尊惟願廣説我今諦受佛告不空見我念過去無量無邊阿僧祇劫時彼有王名無邊精進有大神通具足威德正法治化所居大城名曰善住其城寛曠東西具滿十二由旬南北惟有七由旬半城有七重其城重別皆以七寶所謂金銀瑠璃玻瓈碼碯硨磲眞珠珊瑚盡用如是衆寶間錯復次不空見當知彼城城有四面面別三門門各皆有二闕相對樓閣高廣莊嚴殊麗具足咸以妙寶合成當其門中竪帝釋勝幢以爲門限乃至所有楣棖樞闔一切皆是衆寶廁實復次不空見彼城諸門或有金銀二種絡網羅覆其上復於網上種種嚴飾金網銀鈴銀網金鈴清風吹動出微妙音具足和雅猶如天樂復次不空見彼城七重於七重内具足寶階斯有欄檻鏤綺分明七寶所成雜色可愛於金欄處垂白銀茸於銀欄所懸眞珠茸於珠欄處懸瑠璃茸乃至種種諸綵交錯衆寶間懸互相映發復次不空見彼城七重周帀皆有寶壍圍遶所謂金銀瑠璃玻瓈碼碯諸種莊嚴皆用寶成其壍各有七寶階陛雜色分炳微妙可觀復次不空見彼精進王諸壍

水中妙華盈滿所謂優曇鉢華鉢頭摩華拘
物頭華分陀利華如是衆華光明可愛鮮潔
柔輭芳烈遠聞衆生受用無遮護者復次不
空見彼精進王其壍岸上植種種華所謂尼
文迦多華鉢帝㗚華阿地目多迦華瞻波迦
華婆棃師迦華拘毗羅陀華達奴迦利迦華
如是諸華香鮮可愛猶如天華民人取用亦
無遮護復次不空見彼城各有七重行列多
羅寶樹周帀圍遶鮮明可愛七寶合成其黄
金樹白銀爲葉及以華果白銀樹者眞珠爲
葉及以華果眞珠樹者瑠璃爲葉及以華果
瑠璃樹者玻瓈爲葉及以華果玻瓈樹者碼
碯爲葉及以華果碼碯樹者硨磲爲葉及以
華果硨磲樹者赤眞珠爲葉及以華果赤眞
珠樹者珊瑚爲葉及以華果珊瑚樹者眞金
爲葉及以華果復次不空見諸多羅樹光茂
可觀微風觸動出妙音聲若得聞者歡喜受
樂如人作樂能出種種微妙音聲若有得聞
無不愛樂彼多羅樹風來觸時出微妙音令
人樂聞亦復如是復次不空見彼王城中常
有如是種種諸聲未曾斷絶所謂象聲馬聲
車聲步聲鼓聲貝聲箜篌聲琴瑟琵琶箏笛
笳簫如是一切種種音聲未曾暫息王恒宣
令國内民人誰有所須飲食衣服象馬車乘
隨意所須皆悉給與復次不空見彼王城外
多羅樹林行人遊處在下休息若飲若食或
卧或坐聞此寶樹諸微妙音莫不皆受五欲
妙樂復次不空見彼精進王於大城内近遠
皆如一射箭所置一華池四岸及底皆四寶
成四面階道七寶莊飾所謂黄金階道白銀

莊飾白銀階道瑠璃莊飾瑠璃階道玻瓈莊飾玻瓈階道碼碯莊飾碼碯階道珊瑚莊飾珊瑚階道琥珀莊飾衆寶雜廁見者歡喜復次不空見彼池復有諸種妙華所謂優鉢羅華鉢頭摩華拘物頭華分陀利華如是衆華香氣芬馥衆生聞者無不愛樂於池岸上復植諸華所謂伊尼摩迦乃至達㲉迦利華衆華可愛猶如天華彼華池門常開不閉人民往來無遮禁者復次不空見彼精進王於大成内置遊觀園於諸園中復有種種七寶樹林常有華果王與夫人後宫侍御同共遊處歡欣取樂門亦不限任彼人民遊觀嬉戲等受快樂復次不空見又於彼園内面各一箭所别置華池亦以金等四寶所成復用七寶嚴飾階陛衆色光麗見者樂觀彼池水内種種諸華所謂優鉢羅華乃至分陀利是等衆華芳鮮可愛池岸復有多種林樹及諸華果所謂婆尼斫迦華陀摩那伽乃至達㲉迦利華是等華果香鮮可愛人民取用無遮禁者復次不空見彼精進王稟性仁愛慈念衆生如母愛子亦常深心敬事沙門婆羅門刹利長者如子事父復次不空見彼王形量瓌偉挺異常人身體圓滿衆相具足面目端正顔色光榮威德弘普天人愛敬復次不空見彼王宿植德本生刹利家種姓尊高世無勝者所生父母七世清淨妻子眷屬福慶會同無有一人行過非者復次不空見彼王以福業故天下豐饒凡是百味恒滿倉廚繒錦諸珍盈溢府庫

佛説大方等大集菩薩念佛三昧經卷第一

音釋

謦欬 謦棄挺切欬苦蓋切謦欬逆氣聲也小曰謦大曰欬
悚 息拱切怖也
抉 於決切挑也
膜 音莫翳膜也
欻 許勿切忽也
滓 側氏切澱也
窊凹 窊烏爪切汙下也凹玄交切不平也
楣棖 楣靡爲切棟下橫楣也棖直庚切門兩旁木也
廁窴 廁初吏切間也窴徒年切滿也
鏤 盧候切雕刻也

佛說大方等大集菩薩念佛三昧經卷第二

隋天竺三藏達磨笈多譯

不空見本事品之餘

復次不空見彼精進王以慈愛憐愍多好行檀常爲大會無礙施主天下所有沙門婆羅門貧窮疾病諸乞求者隨須給與無有休猒復次不空見彼精進王凡所統領八萬四千城邑聚落皆是淨業勝因所感七寶合成於諸城上一一復造八萬四千栴檀樓觀諸門左右亭傳路次悉有堂舍衆寶莊嚴門無晝夜常開不閉以擬一切等獲大安又諸城内衢巷街陌恒然燈燭有大光明令彼人民各力爲作同共受斯安隱快樂復次不空見彼精進王時有二子一名師子二名師子意諸根明利身相圓滿有大威德具足神通皆已先發阿耨多羅三藐三菩提心復次不空見當爾之時有佛世尊號曰寶聚如來應供等正覺明行足善逝世間解無上士調御丈夫天人師佛世尊出現於世常爲天人梵魔沙門婆羅門諸龍夜叉乾闥婆阿脩羅乃至一切人非人等宣明正法初中後善義味深奥其文亦善純備無雜清白梵行復次不空見時彼寶聚如來應供等正覺常與七十二億百千諸大聲聞皆阿羅漢具足神通有大威德近善住城說法教化復次不空見爾時寶聚如來應供等正覺即於食時著衣持鉢與彼七十二億百千大聲聞衆前後圍遶威容庠雅入善住城次第乞食彼精進王適與二子在高樓上遥望見彼寶聚如來大衆圍遶端嚴殊特威德巍巍行人觀覩莫不樂見諸

根清淨心慮澹然上下調伏勝奢摩他到於第一功德彼岸具足圓滿一切種地王既見已生奇特心喜勇無量即與二子取諸華鬘塗香末香及餘名香俱出宫門速疾持詣寳聚如來應供等正覺所奉獻供養佛及大衆頂禮佛足却住一面復次不空見彼精進王及其二子即便要請寳聚如來與諸大衆盡形供養所謂衣服器具飲食醫藥凡是所須悉皆奉給庻事隆厚聖衆獲安是精進王與其二子宿植德本常求佛法今旣遭逢又蒙受請心生歡喜慶幸特深復次不空見時彼寳聚如來應供等正覺於天人中説法教化所應作已便於中夜入無餘涅槃不空見時精進王聞彼世尊般涅槃已即與夫人及其二子躬率群臣及諸民衆詣彼世尊般涅槃處至已敬禮世尊足下悲號啼哭椎胷大呌舉身投地如樹中摧躃地宛轉而傷歎曰世尊滅度一何駛哉大聖涅槃遺棄我等世間方盲導師長逝衆生貧困商主告終世界將昏慧燈忽滅不空見彼精進王如是追慕極悲歎已方與二兒詣世尊所以諸香水沐浴聖身復用衆香徧塗尊體更以種種殊異華鬘微妙樂音盡虔供養然後方用迦尸迦衣妙氎纏裹安處金棺及以鐵槨其棺又以七寳雜厠如是盛置彼佛身已方聚清淨赤妙栴檀高一由旬縱廣正方一拘盧舍散諸種華及以華鬘燒然殊勝塗末香等灌以酥油然後起火闍維寳聚如來色身復次不空見時彼王子師子旣見如來般涅槃已如是思惟天人大師捨我滅度我於今日何義苟存

令我若獲隨從如來應供等正覺而取滅度豈不樂哉不空見時彼王子如是念已用諸名香自塗其身復以諸香熏其衣服以氎纏裹然後周圍放大猛火焚燒其身火熾盛已師子方於猛焰之中發大誓願救諸衆生歌讚歸依如來功德以偈頌曰

世間寶中最尊上　今日放捨入無餘
天人大師轉法輪　我等從此不復覩
法王利益無量衆　今已棄置入涅槃
吼宣如是大菩提　長不復見衆圍遶
不可思議大導師　說法能令聞者喜
一切天人諸魔梵　從今永絕不聞聲
能施貧窮法財寶　爲衆演說皆樂聞
諸天龍鬼人非人　自此長徃無歸趣
世間從此無所依　徧悼我王何恃怙
并師子意失覆護　永不聞佛說法音
我寧捐軀及壽命　無用獨住於世間
以是今滅所愛身　因茲更廣弘誓願
我於佛所種善根　父王亦常尊三寶
先願以此諸功德　令王及我證法身
於不思議諸佛所　供養修行衆善業
普願群生同斯福　亦令我誓無虛言
世尊滅度我焚身　其有得聞或親見
一切皆同等正覺　非彼現在身證者
若人覺悟及夢中　但令見我今所作
彼必成佛無有疑　非彼現在身證者
我此愛身終敗壞　事同水沫無堅牢
願彼食我諸蟲獸　皆得速成菩提道
今我誓行精進事　或有毀罵或輕訶
令我速得調御師　非彼現在身證者

我求無上正覺時　其或慈心相觀視
即於世間疾成佛　非彼現在身證人
我今所願及未發　爲是焚燒所愛身
若此誠誓必不虛　令我還見滅度佛
如我暫得覩世尊　何異天師重出世
今我雖復盛焦然　猶異身存得觀佛
世尊智慧無障礙　常轉三世清淨輪
如昔廣利諸衆生　今我見佛從火起
濟世大師若暫起　如先威力普眼尊
佛知師子心精誠　爲之暫起現神力
廣與世間興變事　令無量衆猒患身
畢竟利益諸衆生　還復焚身入寂處
大衆覩佛巨神變　以清淨意讚妙音
諸佛妙法難思議　戒及禪定亦復然
智慧解脫不可量　神通變化亦難測

雖已滅度能淨我　今故歸命焰熾身
世尊威德無有比　神通已達彼岸邊
滅度能令生猒離　今我歸依普眼觀
慈悲一切最尊勝　能以自心知他心
悉治無邊界衆生　歸命無諍善逝者
於諸醫中第一尊　常以妙藥施衆生
能除無量衆病苦　歸命憐愍救護人
以我稱讚諸善根　恭敬供養諸功德
放捨愛身所獲福　先願利益諸衆生
不空見時彼王子師子發斯大願以自莊嚴然後增火卒捨身命時諸世間天人梵魔沙門婆羅門乃至一切人非人等見斯事已咸於世間生重猒離復次不空見時彼王子捨身命已即生梵天作大梵王於諸梵中最尊最勝有大威德具大神通不空見時彼王子

生梵宫已即自思惟我從何處作何善根而來生此得有如是功德果報大神通力作是念已便自了了分明見知我於人間爲精進王子我與父王衆具供養恭敬歌讚寶聚世尊世尊滅度我即焚身於彼熾然猛火之中發大誓願歎佛功德以此善根今生梵宫然我今應還下人間開慰我父答所生恩復當供養寶聚如來入於涅槃燒身處也復次不空見時大梵王如是念已與眷屬天於彼宫没猶如壯士屈伸臂頃即至人間往詣寶聚如來應供等正覺闍毗身處以天衆香所謂天末栴檀及天牛頭沉水多摩羅跋香等而爲供養復散種種天上妙華華若車輪猶雲徧滿而爲供養師子梵天供養佛已方慰其父精進王言大王當知王子師子燒身喪命今我是也我時即生大梵天中願王勿復憂悲痛惱惟應歡喜深自慶快何以故王今已獲第一大利所以者何諸佛世尊難遭難遇而王已得值遇世尊寶聚如來應供等正覺尊重恭敬具足供養是爲希有第一大利是故大王從今已後惟當一心受持是法弟師子意亦應如是受持此法復應供養世尊舍利處處流布廣興塔廟我於梵宫亦常如是持斯妙法遵奉舍利如是言已忽然不現復次不空見時彼精進王聞梵語故即與其子師子意者往詣寶聚如來應供等正覺舍利之所恭敬禮拜歌誦讚歎持一切香一切華鬘幷諸音樂復持諸種幢旛寶蓋奉獻供養又少時間於彼八萬四千諸城純以七寶與起八萬四千塔高一由旬面各廣長一拘盧

舍殊特端嚴光曜可愛安止舍利咸令供奉又於一一寶塔之所常然八萬四千燈明各各復以一切名香一切妙華及以華鬘一切幢旛一切寶蓋一切樂音鼓螺角貝鍾鈴磬鐸凡是衆具莫不畢備如是供養受持是法彼精進王以斯善根於八萬四千劫不生惡道及師子意亦同果報王大夫人名曰善意其最大臣名曰無瞋亦於八萬四千劫中受勝果報彼王如是於諸劫中次第供養六萬諸佛所生常受轉輪王身正法治化利益衆生復次不空見彼寶聚佛滅度之後時節未幾有一菩薩摩訶薩名普密王現生世間爲世間故捨家出家示修苦行詣菩提樹坐於道場以一念慧斷除無明煩惱習氣即證阿耨多羅三藐三菩提不空見時彼師子大梵天王以天眼觀見普密王如來應供等正覺出興於世即復還下住虛空中持天衆香及以妙華散於佛上然後至地右遶三帀恭敬合掌頭面禮拜勸請世尊轉大法輪時彼師子梵王住於佛前以偈請曰

世尊今應闡妙法　我等衆生堪聽聞
智慧摧敵今適興　一切世間莫能毀
如來無上調御者　具足至眞十種號
利世大師今已起　自然正覺妙菩提
功德圓滿人中上　聖智久修非始然
世尊但爲演妙音　今此大衆樂聞受
弘誓本爲度世間　無歸依者作覆護
如昔所願今既滿　已到寂靜無爲處
今當速開甘露門　能壞三縛出衆惱
梵王陳請義已周　如來於是默然許

於須臾頃普密佛　遂令彼梵極歡喜
及無量億天人衆　以聞善逝轉法輪
時彼梵天蒙說已　廣持衆具奉報恩
於是復發弘誓願　爲求無上菩提處
今於普密世尊前　陳我所作諸功德
以此善根所生處　常奉十力諸世尊
我昔道場供養佛　請聽慈說利衆生
因是微善凡所居　願於佛前常歌讚

爾時世尊復告不空見菩薩摩訶薩言不空見時彼精進王子師子梵天以燒身善根得生梵宫次第供養五千諸佛聽聞正法增長善根常發廣大不思議願不空見汝今當知爾時無邊精進王者豈異人乎即我身是時彼不空見菩薩復白佛言世尊彼王二子師子及師子意者今何所在爲於現世供養諸佛爲已滅度在他世耶佛言不空見汝知爾時王子師子意者今此彌勒菩薩摩訶薩是爾時王子師子者即汝不空見菩薩是也以汝於彼寶聚如來佛法之中發大誓願一捨身故能令三萬天人大衆發阿耨多羅三藐三菩提心彼輩終必證大菩提無有疑也爾時世尊爲重宣此義以偈頌曰

我觀過去久遠劫　佛號寶聚無上尊
無師自覺現世間　能益天人群生類
具足百福金色相　慈心顯發實義門
開示衆生菩提路　吼唱能盡衆苦源
寶聚挺特人中勝　七十二億衆聖賢
三明六通具八解　隨佛入城而分衛
我於爾日爲勝王　無邊精進大威力
恒將二子從左右　因巡遊觀處高樓

遥見調伏大仙神　比丘僧衆悉圍遶
我時及子趨疾下　馳詣無等尊勝前
既至大師善逝所　施設諸種妙供具
頂禮尊足口發言　啓請如來及僧衆
衣食衆具盡形奉　滿足八萬四千年
并是二子淨信心　爲求無上菩提故
人中極尊既涅槃　興起八萬四千塔
衆寶間厠奇光曜　但爲人寶遺餘身
一一城中寶塔所　各然無量百千燈
香華音樂鼓鍾鈴　彼王爲佛興斯供
因種如是勝善根　次第遭遇六萬佛
悉皆供養親承事　爲求無上大菩提
汝不空見勿復疑　曩時統領大地主
彼深智王我身是　其號無邊精進力
常以華香修供養　教化一切諸衆生
具然無量百千燈　爲世除闇作光明
施與財寶未曾休　聽聞正法亦無猒
精進苦行不暫捨　爲證無上大涅槃
汝於寶聚如來所　以衣纏身火洞然
猶如燈炷塗膏油　須臾火至即熾爐
汝時身火熾焰盛　毛色無動神不驚
於彼人寶滅度日　爾躬如是超世間
猛火如斯煎迫時　汝猶方便而勸請
願見世尊從火起　大悲護世現本形
我今所願成就者　方得如意捨身命
但能暫見如往昔　所獲功德不思議
我凡所有諸誓言　冀其一切皆和會
若我當來必成佛　願於猛焰見世尊
佛智清淨無障礙　於彼三世坦然平
照明師子淳淨心　佛以精誠從火現

不空見此願力持　護世須臾應念起
因茲更發莊嚴誓　不思議願實難量
世尊從彼火起時　一切皆得猒離心
又以淨意發讃音　佛威希有難可測
無邊相好火盛然　法王應念忽便起
以佛世尊現神變　千數衆得解脱心
汝不空見知師子　大慈應感忽還坐
由見世尊此神變　千數衆發菩提心
大悲爲世利益已　還復偃卧猛火中
師子於是放捨身　一念往生大梵處
即從梵宫還佛所　具足供養人中尊
奉持微妙天華香　投散彼佛碎身地
彼寶聚尊涅槃後　其間時節無幾何
復有普容天人師　爲利世間故興世
坐於道樹等至眞　是天中天號大覺
大梵天王設供養　恭敬頂禮兩足尊
請轉法輪利世間　佛知心淨默然許
梵王聞法大歡慶　身得安樂心怡然
更發殊常大誓願　植不思議衆善根
一劫值遇五千佛　皆得親承興供養
智者不應更他疑　彼時師子汝即是
不空見時爲吾息　汝後事佛經五千
我皆明見汝燒身　求斯無上菩提道
汝復無量千佛所　於彼滅度舍利時
亦燒無量所愛軀　皆爲他樂自受苦
我知汝今及異世　無量千生長時修
或佛現在或涅槃　汝常建斯誠實語
經昔無量百千生　惟我神力能知汝
不空汝久發斯願　果報今者皆明現
汝於諸佛大師前　不思議行悉圓滿

常業歌讚兩足尊　苦行熏修諸大誓
今獲偈歎大法王　斯由往積勝因緣
又於普密王佛前　攝取最上無邊願
汝今果獲如斯報　蒙佛如來現威神
時不空見於衆所　恭敬合掌頂禮佛
請問天尊調御師　慈悲利益衆生事
大仙我曾何誓願　而能捨棄無量生
惟願世尊開少分　我蒙聖說乃能了
不空汝於往昔事　吾今爲汝粗說之
汝於雲音如來所　已發如是廣大願
諸佛若證菩提時　當令我身常奉覲
又於帝幢普眼佛　彼時亦發大誓願
世間若有最導師　當令我即同斯道
汝於日燈如來所　亦發勝妙諸行願
汝不空見惟我知　造作衆寶經行處
或營壯麗佛精舍　若搆殊異僧伽藍
彼皆微妙七寶成　一切資具奉諸佛
於不思議衆所尊　人中師子善生佛
持七寶蓋及衆具　供奉超世天中天
於彼普眼如來所　爾時又起妙願行
廣施燈明衆供設　奉獻世間天人師
汝於如是無量佛　過千萬億那由他
自受勤苦安衆生　發彼莊嚴弘廣誓
汝於普密王佛前　所發誠願我今說
如其修行成佛者　我所散華徧大地
汝於雲雷音佛所　爲世間故發斯願
若有衆生聞我名　願彼咸即成佛道
復於帝釋幢佛前　廣興供養因誓願
凡我所處若見聞　彼彼皆得成佛道
汝於日燈如來所　奉施七寶經行處

無邊威所大明佛　汝當爾時發願言
常施勝處妙莊嚴　願我佛剎亦如是
汝於月上如來所　願得第一最天宮
佛尊處中而遊化　衆生遊者悉成佛
汝於澡浴善逝前　實作如是至誠願
若於夏日盛暑時　衆生身心離熱惱
汝於鴦祇羅佛所　亦發如是增上願
恒於長夜黑闇時　願施燈明除迷惑
若我捨施身命處　其有食肉諸衆生
必皆成佛無有疑　非彼現在身證者
或於覺寤及夢裏　若有衆生聞我名
一切成佛無有疑　非彼現在身證者
汝於勇猛精進時　具有愛憎爾所作
斯等皆當成法王　非彼現在得證者
汝先無量世生處　於彼恒願求菩提
我今說汝實功德　當來必獲無上尊
若有禽獸及餘衆　彼必成佛無復疑
諸是食汝身肉等　一切自然證法身
我知汝有千數行　皆爲利益諸衆生
若有聞者或生疑　以時未至我不說
凡我所說汝諸事　其或衆生願樂聞
彼彼得佛必無疑　非餘現在身證者
若人欲見救世尊　轉此清淨勝法輪
聞已能破諸苦惱　爲證菩提故樂聞
若人欲見三世佛　恭敬供養上福田
具足積聚諸功德　必先受持此三昧
爲利世間天人故　世尊宣說是事已
遂下法座而徐行　即還歸寂於本室

佛說大方等大集菩薩念佛三昧經卷第二

音釋

躃地躃必益切躃地謂足不能行而仆于地也駛踈士切疾也氎徒協切細毛布也螺落戈切蚌屬鐸徒各切鈴屬熸燼熸音尖火滅也燼徐刃切火餘也粗坐五切略也

佛説大方等大集菩薩念佛三昧經卷第三

隋天竺三藏達磨笈多譯

神變品第三

爾時尊者舍利弗尊者大目揵連尊者大迦葉尊者阿難及諸天人梵魔沙門婆羅門等咸作是念何因何緣令我世尊如來應供等正覺在於天人大衆中爲諸梵魔沙門婆羅門諸龍夜叉乾闥婆阿脩羅及以人非人等宣説如斯念佛三昧法門名已而未解釋即從座起還本住處默然寂坐耶爾時不空見菩薩摩訶薩如是思惟令此天人梵魔沙門婆羅門及彼一切諸龍夜叉乾闥婆等大衆咸集而我世尊本處入定我今亦應少現神通現神通已爲令種種稱歎世尊大慈功德爾時不空見菩薩摩訶薩如是思惟已即入三昧三昧力故令此三千大千世界莊嚴微妙凡諸所有皆七寶成所謂金銀瑠璃玻瓈碼碯硨磲珊瑚真珠如是衆寶之所嚴飾其地平正猶如手掌一切大地咸有如是寶諸多羅樹八道間錯羅布其中彼等諸樹端嚴可愛金多羅樹白銀葉華銀多羅樹瑠璃葉華瑠璃樹者玻瓈葉華玻瓈樹者碼碯葉華碼碯樹者硨磲葉華硨磲樹者真珠葉華赤真珠樹黄金葉華如是處處懸繒綵蓋垂諸金鈴寶網羅覆建布幢旛皆用雜寶復以種種微妙莊嚴周帀圍遶世尊住處一切多是可愛衆華所謂優鉢羅華波頭摩華拘物頭華分陀利華如是等華皆悉充滿於此世界具足莊嚴清淨微妙其事亦爾爾時不空見菩薩摩訶薩三昧力故復現如是莊嚴之事

令此三千大千世界所有大衆乃至天龍夜叉乾闥婆阿脩羅迦樓羅緊那羅摩睺羅伽人非人等一切衆故化作衆寶大蓮華座其華具有無量千葉清淨柔輭譬若迦耶隣尼天衣令諸衆生各相見知彼此咸得坐於華座爾時不空見菩薩摩訶薩復於定中更現如是大神通事令此三千大千世界一切大地六種震動所謂動徧動等徧動涌徧涌等徧涌起徧起等徧起震徧震等徧震吼徧吼等徧吼覺徧覺等徧覺是六合三合十八相如是乃至中涌邊没邊涌中没猶如摩伽陀國赤圓銅鉢置於石上傾轉不定自然出聲如此三千大千世界不扣不擊自然出聲其事若此當震吼時彼諸衆生聞聲覺悟者一切皆受上妙觸樂猶如東方不動世界亦如西方安樂國土其中衆生等受快樂聞聲獲安亦復如是爾時不空見菩薩摩訶薩住三昧故心轉清淨無有垢濁隨順調柔遠離麤獷寂無變動心深潤澤普令安樂然後復作如是神通令此三千大千世界徧虚空中雨熾然火不令滅壞衆生身心而彼衆生蒙火觸身皆得受斯微妙勝樂猶如比丘入火三昧恬然安樂觸火衆生怡悦亦爾爾時不空見菩薩摩訶薩以三昧力復作如是大神通事令此三千大千世界雨天栴檀細末之香其香微妙徧滿三千大千世界若彼衆生聞此香者皆得如是第一勝樂猶如釋迦如來應供等正覺其於往昔行菩薩時在彼然燈佛世尊前受菩提記已得不思議希有妙樂時諸衆生聞天妙香不思議樂徧滿身心亦

復若此爾時衆中尊者阿難作如是念今何因緣忽見如是不可思議希有莊嚴此大神變誰所致乎然我世尊還房宴寂不當若是斯大神通豈我諸大聲聞衆中所能作耶爲此會衆多諸大人猶如龍象或其所作得非彌勒菩薩文殊師利菩薩越三界菩薩乃至不空見等亦或是餘諸大菩薩摩訶薩輩具足威光現斯事耳爾時尊者阿難如是念已即白尊者大目連言大德我聞世尊常如是說我弟子中神通第一則目連其人也今現是瑞將無大德之所爲乎時大目連答阿難言仁者此瑞殊常非我能作所以者何憶念我昔於一時間取此三千大千世界悉內口中其時衆生乃至無有一念驚懼覺往來想阿難又念我昔住梵天宮殿發一大聲徧此

三千大千世界阿難復念我昔在世尊前作師子吼能以須彌內於口中能過一劫若減一劫如是爲常阿難又念我昔至陽焰世界於彼發聲徧此世界咸得聞知阿難又念我昔身在於此閻浮提界而能搖動忉利天宮難勝大殿阿難又念我昔至彼難陀優波難陀諸龍王所彼龍如是焰熾巨毒我時降伏令住戒善又亦曾辱惡魔波旬阿難我念往昔至於東方住彼第三千世界有一大城名曰寶門於彼凡有六萬億千家人我即於彼六萬億千家中一一皆現我目連身爲彼衆生演說諸法無常苦空無我皆令安住如是正法阿難我雖能爲曩之變化初未曾見如是神變云何作耶阿難今我處此大蓮華座觀見十方一一佛土無量無邊同我世尊釋

迦號者皆還本室默然寂坐而我見彼諸佛國土亦如觀此娑婆世界阿難我於向時亦以天眼周徧觀察是變因緣而終弗知所從來處爾時六目連爲重明此義以偈頌曰

我所成就四神足　同類孰能相校比
惟獨世尊天人師　餘人神通寧我及
我曾吞合此佛刹　大地衆生弗覺知
我又曾至梵天宮　一音充滿此世界
我又曾於世尊前　吞噉須彌若經刼
我又焰界發大聲　令此佛刹徧聞聽
我又震動天帝宮　彼於天女衆中坐
我又往詣難陀所　降伏如斯大毒龍
我又念昔作神變　身在於此現東方
我令六萬億千家　彼彼各謂見我身
阿難我今所觀變　初未覩是大神通
我惟生大希有心　然是神通非我作
我今處大蓮華座　亦見衆生坐華中
復見諸佛大威王　觀察盡於十方界
決定自在天尊作　或能大士之所爲
如是非常大神變　昔來未見今方覩

爾時尊者大目揵連作如是等師子吼時彼大衆中十千天人於諸法中得清淨眼爾時阿難白尊者舍利弗言大德我親從佛聞如是言我諸聲聞大弟子中智慧第一則舍利弗其人也今此神變將非大德之所作乎時舍利弗語阿難言阿難此瑞殊常非我所及所以者何我念自從二十年來精勤修習毗婆舍那一念觀察求法實相終不能知諸法邊際阿難又念我昔取一袈裟投置地上時大目連第一上座威神若是既不能取乃至

不能舉令離地何云手挈阿難又念我昔居世尊前作師子吼亦於一切具足神通諸大聲聞及學無學天人梵魔沙門婆羅門乃至一切諸龍夜叉乾闥婆阿脩羅等諸大衆前時彼外道波棃波闍來至我所與我諍入諸禪定已復欲共我較隱其身競師子吼我於彼時建丈夫志行丈夫事遂作如此諸不思議惟除世尊一切知見及以彌勒菩薩摩訶薩諸是一生補處者又除彼成就甚深法忍諸菩薩摩訶薩又除得海德三昧諸菩薩摩訶薩又除得善住三昧諸菩薩摩訶薩又除得諸佛現前三昧菩薩摩訶薩除如是等諸大菩薩摩訶薩已自外所有如來世尊聲聞大弟子若來問我隱身時事乃至外道波棃波闍等而更問我隱没身時爲住何處者阿難我作如是大神變時一切聲聞設辟支佛皆不能知我身所在及其説時空聞我聲終不能知我身所在阿難我常精勤大丈夫行亦復成就大智人事也阿難我心隨我行非我隨心行阿難我今自知身處大蓮華座亦見一切天人大衆皆悉坐彼大蓮華座阿難我復見彼一切十方無量無邊不可思議世界中皆有諸佛世尊悉在菩提樹下坐於道場成等正覺具足成就無量無邊大威德力諸天大衆恭敬圍遶大梵天王請轉法輪曰世尊若當轉法輪者我等隨順阿難我聞是聲我見是事今者如是無量無邊諸佛國土皆是七寶雜色繒綵懸諸金鈴羅網覆上種種宮殿微妙莊嚴如此娑婆世界阿難我於向時亦作是念今此不思議大莊嚴事將非

世尊大神通作乎或是諸大菩薩摩訶薩輩厚集善根具足福智能現若斯大神變耳亦或世尊聲聞衆中諸大弟子久種善根具大威德之所爲也爾時尊者舍利弗爲重明此義以偈頌曰

世尊神力難思議　及求如來功德者
所有聲聞大弟子　滿此佛刹學無學
於彼智中我第一　云何更有勝我者
惟除諸佛如來輩　及諸菩薩行菩提
自我觀察諸法相　具足滿於二十年
求諸法底不得邊　我之智慧過於彼
今者在佛世尊前　欲以此智師子吼
具置一切諸外道　惟大聲聞求我身
終無有能見我身　及以所作諸神變
惟除如來等正覺　并諸佛子大菩薩
是乃知我身所在　非彼外道及聲聞
禪定解脫不思議　是心任我而迴轉
我修丈夫眞空行　仁者我業常如是
我有如是勝神通　一切聲聞不能入
然我今所見十方　若斯神力我貪羨
我今處大蓮華座　徧見諸方無量土
無量刹中咸有佛　各詣佛樹坐道場
彼刹衆寶異莊嚴　端正微妙甚可愛
我時亦作如是念　決定如來現神通
或大弟子之所爲　於諸菩薩不空見

爾時尊者舍利弗作如是師子吼時衆中有一萬三千人遠塵離垢得法眼淨爾時阿難如是思惟此大迦葉有大威德具足神通今是變化或其所作我今亦當問其作不於是阿難即白尊者摩訶迦葉言大德我親從佛

聞如是説我弟子中頭陀第一則大迦葉其人也是不思議大神變事將非大德之所爲乎時大迦葉答阿難言仁者此變殊常非我能作所以者何我念一時輙不自量在世尊前作師子吼阿難我時於此三千大千世界須彌山王及大鐵圍乃至諸餘黒山之屬一以口吹能令破散乃使無有如微塵許其有衆生住彼山者不令損害亦無覺知如是諸山皆悉滅也阿難我又一時於此三千大千世界一切大海大河小河陂池諸水乃至無量億那由他百千水聚以口一吹皆令乾竭而彼衆生不知不覺亦無苦惱阿難我又一時在如來所及諸天人梵魔沙門婆羅門一切世間諸大衆前作師子吼廣現神通阿難我今惟有如斯威力能作如是自在神通阿難我念一時在於如來應供等正覺前爲諸世間天人梵魔沙門婆羅門一切大衆作師子吼世尊我能於此三千大千世界之内以口一吹即令大火熾然徧滿猶如劫燒終亦不使損一衆生亦令衆生竟不覺知阿難我眞具足如是神通阿難我念一時於此世界以天眼觀見彼東方過億百千世界有一佛刹猛火洞然我既見已如是思惟而我今應示現神通既思惟已即入三昧於三昧中以口一吹過於東方千億世界熾然猛火即令潛滅彼火滅已我便出定即見彼界還復如本阿難我今但有如是神力阿難令此衆中有諸衆生若天若人若梵若魔若沙門婆羅門多有疑心謂我妄言彼若不信世尊後時從三昧起任自諮問而今世尊雖入三昧足

知是事亦聞我聲爾時世尊尚坐本處住三昧中遥命阿難曰如是如是如大迦葉師子吼說眞實非虛汝當憶持時諸天人一切大衆聞佛教已方於迦葉生希有心起難遭想時彼尊者摩訶迦葉作如是等師子吼時有三億人於諸法中遠塵離垢復有八十五那由他百千諸天遠塵離垢得法眼淨爾時不空見菩薩彌勒菩薩文殊師利菩薩越三界菩薩如是及餘無量無邊諸大菩薩摩訶薩等皆自久來被服如是大弘誓鎧聞大迦葉作師子吼便化華聚若須彌山乃至再三散迦葉上復多化作大七寶蓋住虛空中覆大迦葉頂并覆一切聲聞大衆爾時大迦葉見如是等諸七寶蓋遂告阿難曰阿難今此衆中決定知有大乘高行菩薩摩訶薩能作如是大神通事而今復現斯大神變也阿難我今坐此大蓮華座所見諸方無量無邊不可稱數諸佛世尊又見彼刹皆七寶成殊麗莊嚴眞可瞻覩彼諸衆生復有如是勝上果報我今悉見猶如忉利一切諸天躭醉華冠常帶瓔珞諸天身色如月光明於虛空中有化寶蓋彼諸衆生一一頂上悉有寶蓋如我頂上覆七寶蓋無别異也阿難我又見彼諸佛刹土有諸菩薩自兜率天降入　母胎阿難我見如是神通事時深生歡喜踊躍無量阿難我復思念如是奇異如是希有豈彼隨宜凡劣衆生能作如是大師子吼能現如是大神通事爾時尊者大迦葉爲重明此義以偈頌曰

阿難十方大水聚　大海巨河諸流等

我以口風一往吹　令彼枯竭無遺滴
曾住正覺世尊所　於此剎中作神變
我能乾涸水聚時　衆生無損亦不覺
此界所有一切山　須彌鐵圍黑山等
能以口風吹令散　仁者我住如是通
衆生所有住須彌　及餘諸山不動處
爾時令彼無損覺　智者我有如是通
我以神通燒此剎　口風一吹皆爔然
彼等衆生不覺知　當爾之時無毀壞
我昔於此佛剎中　遥見東方滿剎火
用口氣吹能滅彼　我通如是難思議
我今見此大神通　心生殊特大希有
諸佛弟子不思議　一切諸行亦如是
我今處此蓮華上　觀彼衆剎妙莊嚴
菩薩降自兜率天　入於母胎盡生際
爲當定此聲聞輩　心得自在神通人
爲是菩薩不空見　復彼彌勒文殊等

爾時阿難復作是念此富樓那彌多羅尼子於一切法已到彼岸有大威德具足神通或時能作如是大事我今亦應問其作不尊者阿難如是念已即便白彼富樓那言大德我親從佛聞如是語我大聲聞諸弟子中說法第一則富樓那彌多羅尼子其人也是不思議莊嚴神瑞將非大德之所爲乎時富樓那答阿難曰此瑞異常非我能及所以者何我念昔時有諸衆生應以神通得教化者我便爲彼取此三千大千世界以手摩之開示彼等當爾之時無一衆生有驚怕想亦不覺知惟彼衆生應在此化與神通者乃能見我手摩世界阿難譬如壯士以右手取一迦梨沙

般那左手迴轉不以爲難如是阿難我取於此三千世界以手迴轉不以爲難亦復若此阿難我念一時於世尊前以一指節取此三千大千世界一切水聚皆令入我手指節間無一衆生有損減想阿難我往一時於初夜中以淨天眼過於人眼觀此三千大千世界作如是念是中復有何等衆生於諸法中心生疑惑我當解釋令得除斷我即觀此三千大千世界所有一切諸四天下無量衆生疑惑諸法我復生念我今應當不離是坐不出是定爲諸衆生斷除疑網阿難我時念已便入定心清淨明了光澤成就寂然不動爲彼衆生宣説諸法決斷疑網無有滯礙令彼衆生各作斯念我等今者皆各蒙此尊者富樓那彌多羅尼子獨住我前爲我宣説阿難我當初夜説法之時即有一萬四千衆生皆得安住佛正法中復有三萬衆生護持禁戒復令六萬衆生信佛法僧歸依三寶然始安詳自三昧起阿難我惟有是説法餘巧決疑事也阿難我又復念於此世界以天眼觀見彼北方過三萬佛刹有一世界其號伏怨彼世界中有一衆生於諸法中多起疑網時彼衆生有聲聞根易可受化然彼世尊般涅槃已我即生念我今亦應不起此坐不往彼刹而爲衆生解釋疑網如是念已即入三昧於三昧中爲彼世界無量無邊不可稱數阿僧祇諸衆生輩演説正法令彼皆得諸法光明阿難我但具是聲聞神通令此衆中若有疑者須世尊出請問自知如是語時佛神力故虚空出聲告阿難曰阿難如是如是如富樓那

大師子吼汝當憶持爾時諸天世人阿修羅等一切大衆聞是事已發希有心生奇特想作如是言希有希有聲聞尚能建斯大事況彼菩薩諸佛世尊爾時尊者富樓那彌多羅尼子爲重明此義以偈頌曰

我於說事悉通達　諸漏有生皆滅除
望佛如來無分毫　大尊神變獨超世
我取此界及諸山　以手迴轉亦摩抹
彼時不動一衆生　我但有斯神通力
三千世界諸水聚　此剎若見若不聞
我內彼水一指間　於諸衆生無損減
我於初夜天眼觀　何等衆生心疑惑
求其善根及諸法　欲以神力爲決除
我於如是生念時　不離本坐亦無往
已爲宣說正道法　令彼得聞破心疑
我於如是說法時　令萬四千住聖法
三萬諸人護禁戒　六萬正信受三歸
我復念彼初夜時　所出神通甚微妙
觀過北方三萬界　見一佛剎名伏怨
彼佛界中諸衆生　獨有一人深疑惑
我時不起現彼說　令彼各謂已獨聞
阿難我智正若此　如是神通佛自知
衆生若有疑惑者　但當決定請世尊
我今坐斯蓮華上　見一世尊般涅槃
彼佛處火就闍維　自外諸方亦皆爾
我心觀佛生希有　是不可測誰所爲
爲是世尊爲聲聞　而我見佛斯滅度

爾時阿難復如是念彼尊者羅睺羅世尊之子於一切法已度彼岸有大威德具大神通或時能作如斯大事我今亦當問其作不尊

者阿難作是念已即便白彼羅睺羅大德我親從佛聞如是言我諸聲聞大弟子中持戒第一則羅云其人也是不思議莊嚴神變將非大德之所爲乎時羅睺羅答阿難曰阿難世尊大悲普覆一切雖稱讚我持戒精進具足神通然而今者所現神變事特非常不可測度我從生來未嘗見覩亦未思惟又無分別況復能爲如斯神變阿難是大莊嚴實非我作所以者何我念往昔惟此三千大千世界廣大若是所謂百億四天下百億日月百億大海百億須彌山百億大鐵圍山如是及餘黑山之類一切皆納一毛孔中當爾之時我身如本衆生不異諸四天下所有大地須彌諸山乃至大海及以衆流咸皆安隱無相振觸一切無有逼迫損傷阿難我但有是自在神力阿難我昔一時取此三千大千世界所有大海及餘小海大河小河乃至陂池微細水聚如是一切悉入毛孔當爾之時我身無損衆生無害諸大海水及與河流乃至陂池細微水聚各皆如本無相漂迫所居皆知身在水中阿難我昔一時此處入禪既入定已即於東北至一世界彼佛世尊號難勝威如來應供等正覺明行足善逝世間解無上士調御丈夫天人師佛世尊所現身禮敬敬已即復還此世界迦維羅城淨飯王前求索一掬栴檀末香得已還持於彼佛刹供養世尊香氣徧滿時即爲彼難勝威佛化作樓觀象輦分明高萬由旬一切妙寶莊嚴間錯復以天香爲七寶蓋覆佛頂上高一萬億八千由旬廣八千由旬又於彼界爲一切衆生各

各化作栴檀樓觀象輦高百由旬廣五十由旬四柱方整隨意所樂令彼衆生備具莊嚴各皆自有無相障礙阿難我但如是究竟聲聞神通彼岸今此衆中若有於我生疑惑者任諮世尊世尊雖處寂定尚當證知爾時羅睺羅欲重宣此義而說偈言

我曾取此三千界　百億四天與鐵圍
一切悉入毛孔中　阿難我有如斯力
此閻浮提如是大　彼彼各住不相知
一切皆入毛孔中　阿難是我神通力
此須彌山甚高廣　鐵圍衆山不隨宜
皆悉置一毛孔中　阿難知我神通力
彼等皆各無迫觸　而見入我一毛中
時我身體不覺疲　彼亦不知處毛道
三千大千諸水聚　衆流陂河及大海
一時吸之置毛孔　我但有是大神通
此界如是衆水聚　大海諸河及細流
彼等皆各不相知　而我能令入毛孔
阿難我此神通事　昔曾數現世尊前
此衆如有疑惑人　當問如來無礙眼
阿難我處大蓮華　見彼十方諸菩薩
捨施頭目及妻子　悉祈無上菩提尊
我見神變生希有　決謂世尊之所爲
或不空見彌勒輩　亦或聲聞大弟子

爾時尊者羅睺羅作如是等師子吼時彼大衆中有八十七億百千那由他諸天人等遠塵離垢得法眼淨是諸天人得法證已以天栴檀末香慇懃再三散於尊者羅睺羅上如是供養已復發是言希有希有清淨佛子眞行大乘已於諸法種衆善根今能如是大師

子吼

佛說大方等大集菩薩念佛三昧經卷第三

音釋

獷古猛切麤惡貌　鎧苦亥切甲也　涸下各切水竭也

佛說大方等大集菩薩念佛三昧經卷第四

隋天竺三藏達磨笈多譯

神變品之餘

爾時阿難復作是念彼尊者須菩提善修無諍行於一切法已到彼岸有大威德具足神通或能爲是不思議變我今應當問其作不時彼阿難如是念已即復白彼須菩提言大德我親從佛聞如是說我諸聲聞大弟子中解空第一則須菩提其人也是不思議大莊嚴事將非大德之所作乎時須菩提答阿難曰阿難世尊雖說我修無諍空行第一然是神通非我能作所以者何我念一時入於三昧如此三千大千世界弘廣若斯置一毛端往來旋轉如陶家輪當爾之時無一衆生有驚懼心亦不覺知已之所處阿難我念往昔於如來前欲作如是大師子吼白言世尊如此三千大千世界寬廣如是我能以口微氣一吹皆令散滅復令其中所有衆生不驚不迫無往來想阿難我於爾時在世尊前已曾示現如是神通阿難我念一時復於佛前作師子吼白言世尊我今能以如此三千大千世間其間所有一切衆生皆悉安置一指節端上至有頂然後還來住於本處令彼衆生寂然無聲不相逼迫無往返想阿難我念一時宴坐三昧見彼東方現前則有六萬諸佛如是南西北方四維上下無量無邊百千世界各有六萬諸佛世尊昔所未見今皆見知阿難我於彼時住閻浮提以是定心復發神力至須彌頂天帝釋邊撮取一掬栴檀末香往彼無量諸世界中供養向時爾許如來應

供等正覺彼彼世界諸衆生等皆悉明了見我住是閻浮提界供養承事彼諸世尊知我是此娑婆世界釋迦牟尼如來應供等正覺聲聞大弟子上座須菩提於空無諍三昧門中最第一者阿難我到如是神通彼岸具足成就神通波羅蜜阿難今此衆中若天若人若梵若魔若沙門婆羅門等於我所說尚有疑心彼若能問我師世尊今在寂定自當證知爾時佛神力故於虛空中出大音聲命阿難曰阿難如是如是如上座須菩提向師子吼汝如是持時彼天人梵魔沙門婆羅門阿脩羅等見聞是已身毛皆竪發希有心得未曾有作如是言甚爲希有實未曾覩如是大事乃至世尊諸弟子等尚有如是勝妙神通大威德力何況諸佛所有三昧神通境界而可思量而可宣說爾時尊者須菩提見諸世間天人梵魔沙門婆羅門生希有已爲重明此義以偈頌曰

我住禪定解脫門　無諍三昧最第一
我昔曾於世尊所　現神通力無有邊
我轉三千世界地　一切令入毛道中
如彼陶輪無窮已　衆生安然不覺往
我昔住於如來前　分散諸世及大地
時彼衆生無損減　以住如是神通門
我以此界及衆生　皆置掌中入有頂
乃至還下彼不覺　一切咸是斯神通
我曾入定觀東方　見彼六萬諸世尊
南西北方亦如是　六萬如來無有闕
又彼四維及上下　諸佛亦足六十千
平等具相金色身　我以天香而徧散

令彼衆生悉知見　各言我有須菩提
亦令此界牟尼尊　聲聞禪中最第一
我今作此師子吼　時衆若疑當問佛
佛放大聲誡告曰　如是阿難汝受持
我滅衆生及我心　乃至佛想無遺行
無諍空行無倫比　我實住此三摩提

彌勒神通品第四

爾時彌勒菩薩作如是念今者世尊諸大聲聞弟子衆輩有大威德具足神通各皆自陳師子吼事如我今者亦應於此一切世間天人梵魔沙門婆羅門諸大衆前少現菩薩神通事耳時彼彌勒菩薩如是念已即告尊者阿難曰我念昔曾於晨朝時著衣持鉢詣世尊所頂禮佛足白言世尊我今欲入此王舍城如法求食言已即行阿難我於今日復如斯念今於誰家初施食者我要當令其人先住阿耨多羅三藐三菩提然後方受斯人食也阿難我時念已即入大城次第乞食至一大姓婆羅門家於彼門下默然立住阿難時彼大姓施婆羅門知我乞食見我默住即告我言善來阿逸多聖者阿逸多今日何故自屈臨此其有所須願取我食阿難我即告彼婆羅門言大婆羅門汝今若能於阿耨多羅三藐三菩提種善根者然後乃當受汝施食阿難時婆羅門即答我言仁今若能持此食分徧奉十方恒河沙等一切諸如來應供等正覺者然後我當發阿耨多羅三藐三菩提心盡力勤修諸菩薩行所以者何我亦先於諸如來所種彼一切諸善根故阿難我時復語婆羅門言大婆羅門汝今必能建立斯志

我當受食分布供養恒沙如來阿羅訶三藐三佛陁無有疑也時婆羅門復語我言聖者阿逸多但受我食分張奉獻恒沙如來我便發誓亦如誓行阿難我復語彼婆羅門言大婆羅門汝今審能發如斯誓如誓行者我取汝食分散供養恒沙如來阿難彼婆羅門乃至三反要我供養我亦慇懃令其發心也阿難我時如是與婆羅門反覆周旋相約束已然後告彼婆羅門言大婆羅門如汝言者速將食來吾當爲汝分布供養恒沙世尊阿難時婆羅門聞我言已便授我食我既受已則於其前如彈指頃分布供養恒沙如來阿難我於爾時分布彼食供養恒沙諸世尊已然後還彼婆羅門家阿難時婆羅門見我如是無礙神通心生驚怪身毛皆竪然後歡喜踊躍無量即持種種上妙飲食奉施於我勸我飽食我時受已自恣食之彼婆羅門然後方持一切珍寶一切諸香一切衆華一切華鬘一切上妙諸瓔珞具與我相隨詣世尊所恭敬合掌頂禮佛足即於佛前發阿耨多羅三藐三菩提心復作是願其有衆生聞我施此摶食善根皆即住於不退轉地世尊若我此願必得成就阿耨多羅三藐三菩提者以此善根令我未來成菩提時亦有如是無量無邊諸聲聞衆皆是清淨大阿羅漢如今無異若我此誓眞實不虛者以是因緣令此三千大千世界一切大地六種震動而彼大婆羅門發是願時佛神力故應時此間三千大千世界所有一切大地六種震動阿難今此衆中若天若人於我此事生疑心者世尊出時

應當諮問阿難我今未成阿耨多羅三藐三菩提已具如是大威德力到於一切神通彼岸阿難我念往昔無量無邊阿僧祇劫有佛世尊號曰然燈如來應供等正覺出現世間我時於彼然燈佛前獲得如是一切菩薩念佛三昧得三昧已諸方所有一切諸佛現說法者彼諸世尊常現在前又我得此三昧門已即於無量無邊劫中以此神通教化無量無邊衆生悉令住於阿耨多羅三藐三菩提中猶如今者王舍城中大婆羅門阿難復念往昔於彼蓮華上如來應供等正覺所以一神通教化成熟彼三萬億百千衆生皆令住於阿耨多羅三藐三菩提中阿難我又曾於最上不退轉行佛世尊所得一三昧名曰普明得三昧已教化成熟六萬八千欲界諸天皆令發於阿耨多羅三藐三菩提心阿難當如是知菩薩摩訶薩一切皆有不可思議大神通力第一彼岸爾時彌勒菩薩摩訶薩爲重明此義而說頌曰

我曾晨朝整衣鉢　請問釋師教明行
於是頂禮辭如來　世尊我今將求食
大師如是誡我曰　汝去當念利衆生
我涅槃後汝成佛　諸種功德皆圓滿
阿難我時如是念　未知今往前食所
當於誰家初受食　我應教令住菩提
我行乞食有所遇　遂逢大姓婆羅門
以恭敬心稱善來　希有遠至阿逸多
我今自悔仁來晚　惟願時坐受我食
大士妙法難思議　我當奉上精美膳
我時語彼婆羅門　汝能先發菩提意

利益天人大衆等　然後我方受汝食
彼婆羅門復要我　汝阿逸多今若能
以我此供恒沙尊　如是我發菩提志
我便許彼婆羅門　汝於菩提慎莫退
吾以汝供奉諸佛　終令汝身獲大果
時婆羅門更誠誓　願爲我奉諸如來
諸佛勝尊若受者　我行菩提無疑惑
彼婆羅門信我言　發誠至心授我食
我持彼供恒沙尊　令婆羅門須臾見
彼既覩我大神通　或驚或喜增珍饍
供養我畢至佛所　便發無上菩提心
時婆羅門發心已　復廣弘誓不思議
若有菩薩得聞者　彼於世界速成佛
我昔在於然燈前　得此微妙勝三昧
彼名菩薩念諸佛　能與妙樂難稱量

昔於然燈世尊所　受此勝念三昧時
我登得見十方佛　以彼威德故能覩
若人住此三昧中　能現無邊諸神變
百僧祇劫諸所作　皆爲利益諸衆生
我於蓮華上佛所　得三昧故現神通
滿足七萬諸衆生　皆因我住菩提道
我又最上如來前　於彼精勤修梵行
所得三昧實端正　能施深樂難稱量
我於最上行佛所　受一三昧名普明
月上佛時住勝禪　迦葉佛前獲深定
阿難如是大神通　皆於往昔得成就
以此神通自在力　我所修見諸如來
若人欲見諸世尊　欲轉無上妙法輪
欲拔衆生出苦海　是人應學斯妙定

爾時衆中梵魔沙門婆羅門天人阿脩羅一

切世間得聞彌勒菩薩摩訶薩師子吼時皆大歡喜生奇特心歎未曾有

歎佛妙音勝辯品第五

爾時不空見菩薩摩訶薩覩諸大衆天人梵魔沙門婆羅門諸龍夜叉乾闥婆阿脩羅等得未曾有生奇特心或時驚怖身毛皆竪見是事故一心安詳從三昧起已即告尊者阿難言大德善哉善哉諸佛世尊甚爲希有甚爲希有所以者何諸如來應供等正覺乃至能有大慈大悲具足無量諸功德等阿難諸如來應供等正覺能證如是阿耨多羅三藐三菩提時覺一切法無有生故見一切法無有作故知一切法不可得故然後於彼波羅柰城古仙住處鹿苑林中三轉十二行無上妙法輪而是法輪初未曾見一切世間若梵若魔若天若人若沙門婆羅門有能如法爲斯轉者何等名爲三轉法輪云何復稱十二行也所謂此是苦此是集此苦滅此苦滅道乃至此苦已知此集已斷此滅已證此道已修是爲三轉如是三轉得名爲十二行也又此爲八聖道分是中有無量文字無量名句無量言音無量義趣無量解釋然説斯義爲開示故爲論義故爲分别故爲顯示深義故爲易知故爲具足故時彼不空見菩薩摩訶薩復告尊者阿難言阿難是故我言諸佛世尊甚爲希有諸如來應供等正覺有大慈悲具足功德諸佛世尊既證得阿耨多羅三藐三菩提已然後爲諸聲聞衆等於彼無教法中以教説故無言法中以言説故無相法中以相説故無證得中教令證得彼法雖無語

言可說相貌可得而諸智者皆已覺悟諸賢善人亦得證知諸阿羅漢咸得解脫於彼無始生死中也復次阿難譬如有人持一束草言欲堰塞恒河大流於意云何彼人如是其事可乎阿難答曰不也大士何以故彼人所作世間本無何論可不不空見言如是阿難如來應供等正覺爲諸聲聞於無言法更以言宣無名相中以名相說其事若此復次阿難譬如有人本無口舌欲以一音徧諸世界咸得聞知於意云何彼人所作其事可乎阿難答曰不也大士何以故彼人所作世間本無何論可不不空見言如是阿難如來應供等正覺爲諸聲聞無言說中更以言宣無名相法以名相說其事亦爾復次阿難譬如有人手持彩筆欲畫虛空望成文字於意云何彼人所作可成就乎阿難答曰不也大士彼人所作世間亦無何問成不不空見言如是阿難如來應供等正覺爲諸聲聞無言法中更以言宣無名相法以名相說其事若此復次阿難譬如有人先無手足呪術技能而大唱言我能擔負須彌山王於意云何彼人所作其可遂乎阿難答曰不也大士是人所作世間旣無何問可不不空見言如是阿難如來應供等正覺爲諸聲聞無言法中更以言宣無名相法以名相說其義亦爾復次阿難亦如有人至大海際或取一板或持小筏或欲身涉或欲身浮廣施方便發如是言我度大海登陟彼岸於意云何彼人所作爲可爾乎阿難答言不也大士一切世間本無斯事何云可不不空見言如是阿難如來應供等

正覺爲諸聲聞無言説中更以言宣無名相法以名相説其義若此爾時不空見菩薩摩訶薩爲重明此義以偈頌曰

諸佛大慈難思議　常以悲光照一切
於無量億那由他　正覺如是深法門
諸法本性無生處　因緣集會往來空
無上天師雖善宣　然彼自性常寂滅
諸佛正法難稱量　世尊慈愛故宣演
能開如是難見法　利益世間諸天人
不可説法難值聞　十力雄猛能廣説
顯示最上清涼道　安隱世間天人衆
世尊巧説無相法　無師自然能覺知
破壞一切諸外道　凡愚莫知此實際
諸佛智海難測量　宣説法界亦無盡
一切聲聞同已證　開示轉變不思議

如人把草塞恒河　尊者我謂不爲難
正覺轉彼無生輪　我持此事難於彼
若人手執五色筆　種種衆彩畫虚空
無語言中置語言　我持此事難於彼
若人無手亦無足　求負須彌度大海
無相法中轉相輪　我謂此事難於彼
若人無舌復無口　一音徧滿恒沙界
無證法中能令證　我謂斯事難於彼

爾時尊者不空見菩薩摩訶薩告阿難言尊者諸佛如來應供等正覺甚爲希有能於無量阿僧祇劫覺了通達一切諸法究竟彼岸號佛世尊然諸如來應供等正覺隨順衆生諸根差別樂欲所應微妙圓音自然而出普爲宣説種種句門所謂若諸衆生樂行布施如來則爲讃説檀波羅蜜彼亦隨念世尊爲

我宣説施法有諸衆生樂修禁戒如來則爲讃説尸波羅蜜彼復生念世尊爲我宣説戒法有時衆生樂行忍辱如來則爲讃説羼提波羅蜜彼亦生念世尊爲我宣説忍法有時衆生樂行精進如來則爲讃説毗梨耶波羅蜜彼亦生念世尊爲我宣説精進或時衆生樂習禪定如來則爲讃説禪波羅蜜彼亦生念世尊爲我宣説禪法或時衆生樂求智慧如來則爲讃説般若波羅蜜彼亦生念世尊爲我宣説智慧

或時衆生樂求解脱如來則爲讃説解脱彼亦生念世尊爲我宣説解脱或時衆生樂修解脱知見如來則爲讃説解脱知見彼亦生念世尊爲我宣説解脱知見有諸衆生樂修無常如來則爲讃説無常彼亦生念世尊爲我宣説無常有諸衆生樂修苦者如來則爲讃説衆苦彼亦生念世尊爲我宣説苦法有諸衆生樂修無我如來則爲讃説無我彼亦生念世尊爲我宣無我法有諸衆生樂修空寂如來則爲讃説空法彼亦生念世尊爲我宣説空法

有諸衆生樂修不淨如來則爲讃説不淨彼亦生念世尊爲我宣説不淨有諸衆生樂欲生天如來則爲説生天法彼亦生念世尊爲我説生天法尊者乃至有諸衆生樂種種法如來則爲説種種法彼亦生念世尊爲我説種種法爾時不空見菩薩欲重明此義而説偈言

諸佛世尊具圓音　隨衆生類自然出
彼之意樂所欲聞　如來隨順説發起

或有衆生樂布施　如來則爲讃檀度
或有衆生樂持戒　如來復爲讃尸羅
或有衆生樂忍辱　如來則爲讃羼提
若彼衆生樂精進　如來爲讃毗梨耶
或有衆生樂三昧　如來則爲説禪定
若彼衆生樂智慧　如來則爲讃般若
若彼衆生樂解脱　如來亦爲讃解脱
若彼衆生修無常　即令聞彼無常法
彼若樂聞苦不淨　亦令聞苦不淨音
彼若樂聞空無我　不思議音讃空寂
彼若樂聞緣覺乘　世師妙音説緣覺
彼若樂聞諸佛乘　兩足尊讃菩提道
乃至彼樂生天宫　音中亦顯生天事
如是妙音難思議　隨諸類感便應現
彼等既聞清淨音　其誰不趣菩提道

爾時不空見菩薩摩訶薩復告尊者阿難言阿難諸佛世尊殊特希有如來應供等正覺能有如是熾然善根所以者何諸佛世尊從久遠來乃能供養無量無邊過恒沙數諸如來等又復常行施忍精進諸事所謂捐捨身命頭目髓腦難作能作種種苦行調伏身心然後方證阿耨多羅三藐三菩提證菩提已則能具足無量辯才爲他説法云何辯才謂不思議辯才無上辯才無勝辯才無取著辯才妙解脱辯才無障礙辯才善和合辯才相應辯才熾盛辯才無有問辯才豫知辯才作相辯才無作相辯才靜默然辯才不怯弱辯才除恚辯才種種文字莊嚴辯才種種詞句莊嚴辯才義句莊嚴辯才甚深句莊嚴辯才顯現深義辯才於深示淺易知辯才無邊譬

喻辯才捷疾辯才善決疑辯才成就無餘辯才能問辯才略問廣答辯才利益辯才無毀辯才善思量辯才無謇塞辯才無恥辱辯才具足成就離謗辯才具足成就智人所讚辯才具足無畏心辯才具足不狹劣辯才具足不錯文句辯才具足不忘辯才具足無失辯才具足隨心説法辯才具足知他至心爲説辯才具足開發無穢濁辯才具足莊嚴音句能説辯才具足能説過去辯才具足能説未來辯才具足能説現在辯才具足聖者辯才具足知無生妙智辯才具足能令一切衆生歡喜辯才爾時不空見菩薩摩訶薩重宣此義而説偈言

供養最勝尊　無數無邊量　能證無上道
世間大導師　廣集諸善根　得彼難思辯
無謇復無礙　無量亦無邊　和合解脫義
尊勝無上人　善説斷疑網　隨問皆能釋
種種深容教　及以諸譬喻　具足莊嚴辯
妙音難可量　清淨咸相應　決了法安住
不思無能壞　亦無懼畏心　妙音與智俱
不驚不毀損　無錯莊嚴句　安樂無忘失
不惑於諸方　無滓致心淨　過去與當來
現在無罣礙　凡聖平等轉　辯才非他心
近遠同時聞　佛音説時出　海水可知量
毛滴可知數　諸佛大名稱　辯才難得邊
虛空可盡邊　須彌易稱量　無上天人師
辯才深難測

佛説大方等大集菩薩念佛三昧經卷第四

音釋

撮七活切兩指撮也　堰於建切壅水也　陟竹力切升也　謇名假切亡也

佛説大方等大集菩薩念佛三昧經卷第五

隋天竺三藏達磨笈多譯

歎佛妙音勝辯品之餘

爾時不空見菩薩摩訶薩復告尊者阿難言阿難諸佛世尊是大梵聲是大師子聲是大雄朗聲是大龍王聲是大妙鼓聲是大妙歌聲是妙好聲是大風聲是大雲聲是大雷聲等阿難諸佛世尊是大善聲不思議聲是無量聲是無邊聲是不可稱聲是滿足聲是無礙聲是迦陵頻伽聲阿難諸佛如來是圓滿聲諸如來是可證聲諸如來是可知聲諸如來是深遠智聲諸如來是不可壞清聲諸如來是無垢聲諸如來是無識訶聲諸如來是無麤破聲諸如來是妙好聲諸如來是最上妙好聲諸如來是無缺聲諸如來是不怯弱聲諸如來是具足一切功德聲阿難諸佛如來應供等正覺出音聲時若欲一音徧滿一佛世界即能徧滿若欲徧滿二佛世界若三若四若五若十乃至百千世界乃至億那由他乃至無量無邊阿僧祇不可數知世界如來世尊還出如是無量無邊阿僧祇不可數不可知殊異聲音皆悉充滿彼諸世界令彼衆生諸有得聞如來聲者咸作是念今者世尊獨爲我轉如斯法輪阿難諸佛世尊有如是等不思議聲阿難諸佛世尊有如是聲如是利益尊者阿難譬如日輪爲閻浮提諸衆生輩有眼目者作大利益云何利益所謂光明照了一切如是阿難諸如來應供等正覺清淨聲輪凡所至處能爲一切信根衆生隨宜宣說作大利益其義亦爾復次阿難譬如

秋月十五日夜彼月光輪清淨圓滿閻浮提人見者歡喜如是阿難諸如來應供等正覺圓滿聲輪能爲一切法音光明聞者歡喜得大利益其義亦爾復次阿難譬如大海水平等一味常住澹然難入難度其間多有諸異珍寶而能爲彼一切衆生若人非人作大饒益如是阿難諸如來應供等正覺圓音平等一味湛然難入難測微妙而能安樂一切衆生其義亦爾復次阿難譬如大地任持一切山林河海王都大城民人聚落復能生長諸種苗稼根莖華果饒益安樂一切衆生如是阿難諸如來應供等正覺普載聲輪任持一切令無壞損復能生長衆生善根功德華果饒益世間其義亦爾復次阿難譬如虛空容受一切能令衆生種種興作往來遊處爲大利益如是阿難諸如來應供等正覺廣大聲輪徧滿一切能令衆生多有所作受用去來無不利益其義亦爾復次阿難譬如三十三天波利質多羅樹其華敷時能令三十三天皆生歡喜多受適樂如是阿難諸如來應供等正覺開發聲輪能爲一切啓甘露門令諸衆生等證常樂其義亦爾爾時不空見菩薩摩訶薩爲重明此義以偈頌曰

世尊眞善大梵音　師子妙音牛王吼
最上龍吼滿世界　器度雄朗丈夫聲
雲雷風等弘壯聲　彼不思議悉無量
轉行十方無邊界　所至無礙皆悉聞
如來出聲甚圓備　世間未能障其聲
亦如迦陵頻伽音　所聞清婉甚微妙
聖不望報生物喜　教令證此最勝聲

解脱深句無有比　世間無有能毀壞
不破不缺微妙聲　相續不斷和合出
救護世間無窮已　具足一切功德音
調伏丈夫如意聲　其聲徧聞於三界
彼諸衆生斯念喜　各言爲我宣妙聲
若欲聲滿一世界　若二三四及與五
若十二十至五十　百千億數復過前
若復過彼恒沙土　皆能充滿一切刹
令彼衆生無異心　咸作是念但爲我
譬如日輪出現時　能爲閻浮作明導
如是世尊天人師　法聲光明照世間
猶如秋月處衆星　其輪圓滿異明淨
彼爲閻浮興大利　衆生覩見皆歡喜
世尊如是滿月聲　不思議淨勝世間
其有聞者心無猒　爲諸衆生作饒益
猶如大海水湛然　深廣無邊難得底
其間常出衆異寶　爲諸世間作利益
如是諸佛大名稱　其聲深遠亦難窮
恒教證彼清淨音　與不可壞一切樂
若此三千諸大地　能持異類諸衆生
如是諸佛普載聲　生成一切衆饒益
譬如虛空能容受　飛鳥群生皆獲益
如是足尊廣納音　恒以勝善利衆生
猶如忉利質多羅　華時已樂彼諸天
如是諸佛甘露音　能爲衆生畢竟利
尊者設我滿一劫　或復百劫讃其聲
生生弗能得其邊　佛不思議聲若是
假令十方諸衆生　各各咨口長歌歎
終亦莫能致少分　佛音如是難思議
假使行住諸衆生　或於一時皆成佛

彼諸佛説亦無盡　佛聲如是難思議
世尊如是衆妙音　莊嚴具足無倫匹
若人但能生喜心　彼等終無惡道畏
佛音如是難思議　第一微妙無可比
若有菩薩得斯喜　不久則成佛法王
爾時四天王天主帝釋須夜摩天王兜率陀天王化樂天王他化自在天王魔王之息導師太子娑婆世界主大梵天王乃至淨居天王及餘一切大威德諸天與欲色界中復有無量諸天子等聞不空見菩薩摩訶薩稱讚世尊音聲功德已一切皆於不空見所起尊重心歡喜踊躍不能自持咸以天妙栴檀末香天華及鬘天妙衣服寶蓋幢旛雜色彫彩施散懸置於不空見菩薩摩訶薩上時會衆中有六萬億那由他百千欲色界天聞説如來音聲功德爲當得故發阿耨多羅三藐三菩提心種諸善根復有五千比丘被精進鎧於阿耨多羅三藐三菩提種諸善根復有七百千萬諸比丘尼發阿耨多羅三藐三菩提心及弘誓願復有百千優婆塞皆從彼寶蓮華座起直詣不空見菩薩摩訶薩所復有二億那由他百千女人各解自身衆寶瓔珞散擲虛空住於不空見菩薩摩訶薩上皆於阿耨多羅三藐三菩提種諸善根

讚如來功德品第六

爾時不空見菩薩摩訶薩復告尊者阿難言阿難諸佛世尊甚爲希有諸如來功德具足故自天降下具足故入胎具足故住胎具足故出胎具足故毋生具足故善根具足故衆相具足故衆好具足故莊嚴具足故出家具

足故入定具足故大人定具足故深心具足故至心具足故眞信具足故無畏具足故戒身具足故定身具足故慧身具足故解脱身具足故解脱知見身具足故諸通具足故證智具足故至一切證知第一彼岸故至慈大慈第一彼岸故至悲大悲第一彼岸故至喜大喜第一彼岸故至捨大捨第一彼岸故至最勝無等第一彼岸故至諸威德第一彼岸故至諸神通第一彼岸故至一切諸法無礙第一彼岸故至是處非處力第一彼岸故至諸開導利益第一彼岸故至奢摩他毗婆舍那第一彼岸故至一切禪定解脱三摩跋提第一彼岸故至無貪無瞋無癡無慢無放逸無嫉妬無恚捨離諸過解脱五道至四無畏第一彼岸故令一切衆生種諸善根受業果報教論發起第一彼岸故令一切衆生諸戒行聚不破不缺不漏不雜成丈夫志無所觸犯智者所讃無有過愆一切世間若天若人若梵若魔沙門婆羅門乃至無能如法呵責非理毀者阿難諸佛世尊功德殊勝一切世間衆生類中乃至無有能得測量宣說如來戒等功德知其少分何處有人復能過者阿難汝等從今當如斯觀此虛空界如是廣大此四方界如是弘寬我皆了知限量邊際諸佛功德不可測量如是阿難諸佛世尊所有戒聚所有定聚所有慧聚及解脱聚解脱知見聚乃至一切威儀神通利益無礙不可宣說不可顯示不可得知不可得入所以者何阿難諸佛世尊所有功德皆無有邊何以故諸佛世尊有無量戒行有無量定行有無量

慧行有無量解脱行有無量解脱知見乃至有無量諸功德悉等是故阿難當知諸佛世尊具足若此爾時不空見菩薩摩訶薩爲重明此義以偈頌曰

世尊天降入胎時　住不思議出亦爾
生家最勝毋無比　最上第一諸功德
體備衆相三十二　諸好具足莊嚴身
諸佛所作不思議　皆緣曠劫久修集
人中勝上求出家　成就禪定大三昧
正心淳信斯堅固　一切方便無不知
戒行三昧皆具足　智慧成滿無倫比
解脱知見亦已獲　神通威德彼岸邊
能滅熾苦救衆生　慈悲要行最爲首
喜捨亦妙行平等　諸佛世尊自證知
身口常與意行合　所行隨智難思量
威儀無比超世間　法王神力到彼岸
無諍三昧見法如　是處非處皆明了
禪定解脱難測度　普能饒益諸衆生
定慧止觀斯成就　光明徧覺滅垢心
無有貪恚衆過愆　解脱無畏皆善學
戒行無破亦無羸　無濁無雜盡清淨
多衆生觸不瞋惱　不求果報智所稱
内無過失外無毀　假使天人及梵魔
或復沙門婆羅門　莫能譏訶常清淨
虚空猶可盡其界　諸方亦可極其邊
無上調御天人師　清淨戒行孰能測
大海可以口噓乾　無邊水聚亦復爾
諸佛光明不可識　清淨戒行誰得邊
須彌可以口吹散　大小鐵圍亦復然
諸佛妙行不可知　清淨戒行難得底

爾時不空見菩薩摩訶薩作是思惟今者如來應供等正覺若降威神俯臨斯會可謂善哉今我亦當爲諸菩薩摩訶薩故請問世尊一切菩薩念佛三昧微妙法門如來先已顯示其名今者當應爲諸弟子演說斯法宣明義理世尊寧當過安禪寂乎爾時世尊知彼不空見菩薩摩訶薩如是念已佛神力故應時此會三千大千世界大地六種震動所謂動涌起震吼覺等如是具足十八相動乃至涌沒如是動已時佛世尊復以神力放大光明照此三千大千世界彼光出時能令一切星宿天宮月天子宮日天子宮乃至欲界諸天宮殿所有光明喪滅不現復有如是無量無邊不可思議阿僧祇恒河沙數諸梵天宮所有威光悉皆闇晦乃至色界一切天宮蒙佛光故亦皆不現諸光沒已惟佛世尊神光獨盛爾時世尊大慈熏心爲欲饒益諸衆生故從禪定起安詳徐步詣彼大衆周旋觀察是不空見菩薩摩訶薩等已於是一切世間諸天及人若梵若魔沙門婆羅門諸龍夜叉阿脩羅輩遇佛光明咸各自彼蓮華座起前詣佛所曲躬合掌禮敬世尊各還退坐爾時不空見菩薩摩訶薩遥見世尊身相分明端嚴殊特諸根寂靜如調象王心意朗然若澄淨水一切種具足一切智圓滿自彼而來深生喜已於是不空見菩薩即告尊者阿難言阿難汝觀世尊從禪定起如來世尊從靜室來必當開演第一誠諦終無虚妄如來世尊是妙語者是眞語者是實語者是如語者是不異語者是善語者心善思惟常行善事身

業無失口業無失意業無失一切功德斯皆具足所謂具足最上第一戒聚故具足最上第一定聚故具足最上第一實慧聚故具足最上第一解脱聚故具足最上第一解脱知見聚故具足最上第一威儀故具足最上第一神通故具足最上第一利益故具足最上第一不思議辯才故具足最上第一成就故具足最上第一微妙故具足最上第一無退故具足最上第一入胎故具足最上第一住胎故具足最上第一生家故具足最上第一圓滿功德故具足最上第一不思議諸相故具足最上第一不思議諸好故具足最上第一過去業故具足最上第一善根故具足最上第一具足發心故具足信心故具足破煩惱故具足大破煩惱故具足捨家故具足知

五種故所謂具足第一戒身故具足第一定身故具足第一慧身故具足第一解脱身故具足第一解脱知見身故已到第一神通彼岸故已到第一無餘智證彼岸故已到第一分别法彼岸故已到第一分别義彼岸故已到第一分别辯才彼岸故已到第一寂靜定彼岸故已到第一明達彼岸故已到第一根力覺道彼岸故已到第一慈及大慈彼岸故已到第一悲及大悲彼岸故已到第一喜及大喜彼岸故已到第一捨及大捨彼岸故已到第一不思議威儀彼岸故已到第一慚愧彼岸故已到第一於一切法自在彼岸故已到第一過去智知見無礙彼岸故已到第一未來智知見無礙彼岸故已到第一現在智知見無礙彼岸故已到第一身業隨智慧行

彼岸故已到第一口業隨智慧行彼岸故已到第一意業隨智慧行彼岸故阿難如來應供等正覺於一念中能具足知一切衆生心心所行若善若惡若淨若垢等爾時不空見菩薩摩訶薩復告尊者阿難言尊者阿難諸佛世尊如大海淨戒聚不可得底故尊者阿難諸佛世尊如須彌山三昧聚不可動摇故尊者阿難諸佛世尊如虛空智慧聚無有邊故尊者阿難諸佛世尊如虛空攝一切衆生無障礙故尊者阿難諸佛世尊如日輪爲諸世間作法光明故尊者阿難諸佛世尊如大火聚焚燒一切衆生諸煩惱薪故尊者阿難諸佛世尊如河如陂如池如泉洗盪衆生生老病死垢故尊者阿難諸佛世尊如良醫能愈一切衆生諸疲病苦故尊者阿難諸佛世尊如大雲雨能以法水潤澤衆生枯槁故尊者阿難諸佛世尊如師子王能破一切衆生大我慢故尊者阿難諸佛世尊如大船能度衆生生死河故尊者阿難諸佛世尊如那羅延能伏一切世間大力故尊者阿難諸佛世尊如優曇華一切世間難得見故尊者阿難諸佛世尊如波利質多樹華三十二大人相可愛樂故尊者阿難諸佛世尊如父母能與一切衆生安樂利益故尊者阿難諸佛世尊作利益安樂能令一切衆生得住故尊者阿難若人説言如來出世有無量辯才如是説者是則名爲善説如來如來出世有不思議辯才是名善説尊者阿難乃至如是略説如來出世有無邊辯才如來出世有無礙辯才如來出世有無取著辯才如來出世有勝解

脱辯才如來出世有隨順義辯才相應義辯才微妙淨辯才巧問辯才不問辯才上辯才無上辯才慈辯才大慈辯才悲辯才大悲辯才喜辯才大喜辯才捨辯才大捨辯才佛出世利益辯才尊者阿難若人説言如來出世具足利益一切衆生是則名爲善説如來尊者阿難若人正言同義辯才利益衆生是則如來出於世間又説若言彼利益辯才爲一切衆生得利益故當正言音悉令具足是則如來出於世間斯人亦名善説如來尊者阿難若人説言彼無歸衆生無依衆生無救衆生無護衆生無憐愍衆生如來出世爲歸爲依爲救爲護爲憐愍者是則名爲善説如來尊者阿難假使我今若經一劫若減一劫長時歌讚諸佛世尊辯才功德終不得一又復

經於無量劫數具足演説如來應供等正覺辯才功德終亦不得其少分邊尊者阿難譬如有人老病羸瘠至大衆中發如是言諸人當知我雖年邁爲病所摧而猶能以一毛端勺滴取大海令即乾枯是人素無神通呪術而能如是果決壯言尊者於意云何彼人言義可取信不阿難答曰無也大士不空見復言尊者彼人之言一切世間諸天及人頗曾驚歎此事希有如是困人能以毛端盡大海水如斯念不阿難答曰不也大士如是尊者此事本無依何取信我今讚説諸佛世尊辯才功德不得少邊其事若此尊者阿難且置斯事假使佛今還自讚説毛分功德過億百千那由他劫亦不能盡而況餘人尊者阿難且置斯事我今更説假使大地所有一切衆

生若干種類有足無足二足四足乃至多足有色無色有想無想非有想非無想如此世界及以十方無量無邊諸世界中所有衆生設使盡皆一時成佛彼諸世尊經無量劫皆還歎佛一毛功德終亦不盡尊者阿難當知一切諸佛世尊乃有如是不可思議具足功德爾時不空見菩薩摩訶薩爲重明此義以偈頌曰

尊者當觀法王來　一切世間應供養
功德威光殊顯赫　一切智滿難可傾
最上妙言佛眞說　實語及如無異言
善說聖法眞實知　身口離過意亦爾
心無異念絕分別　戒行最勝三昧深
智慧解脫悉超倫　解脫知見無可比
威儀具足不思議　無上神通如實智
利益世間無有量　辯才妙行亦無類
降天下生象牛王　入胎成就世中勝
住胎殊異無有等　家生具足母尊高
成就衆根最第一　勝相圓滿不思議
妙好咸備極莊嚴　一切分明世瞻仰
具足眞心信清淨　禪定除垢有大威
放捨世欲樂出家　菩提成就得五種
已度神通第一岸　智慧無礙亦無邊
及奢摩他毗舍那　法王通達斯自在
大海之水廣且深　其或可以毛端測
調御丈夫清淨戒　雖經曠劫不能知
須彌雖固猶可動　以手投擲至梵宫
諸佛初住定禪時　已自無能動亂者
虛空容有得其邊　四方亦可知其限
終無能見正覺境　思惟分別此彼處

尊者大地實弘廣　然可以指徧度量
捨離煩惱人中尊　彼心意識不可盡
如日輪光破衆闇　觀諸善惡若見色
如是自在世間師　能破巨黒無明雲
猶如秋月出重雲　衆生見者皆歡喜
法王智光如滿月　如覩妙色無不樂
冥寂長夜如明燈　爲諸眼目作光導
世間智者能除闇　恒以法光照衆生
能設法炬自在尊　天人大師爲他作
一切諸有皆滅盡　是故稱佛光明王
聖智如河及泉水　能盪生老病死塵
如大醫王施良藥　調御能除衆疾苦
猶如龍王降大雨　能滿一切諸大地
諸佛如是行慈悲　充足一切樂法者
大師子王震吼時　降伏世間諸惡獸
世尊如斯決定説　破除外道我慢心
如大舟船常往返　濟度一切諸去來
諸佛如是徧周旋　拔彼常没四流者
優曇鉢華世希有　此閻浮提最難見
天人世尊難中難　一切世間歸依處
如波利樹華現時　三十三天甚愛樂
大人相好出興世　衆生覩見悉歡喜
世尊神變難窮盡　如我今者請宣説
我以歎佛諸功德　畢竟利益諸群生

佛説大方等大集菩薩念佛三昧經卷第五

音釋

甈（先奚切瓦器破聲）　婉（於阮切順也）　盪（徒黨切滌器也）　槁（苦浩切枯也）　羸瘠（羸力追切瘠才亦切羸瘠瘦也）

佛說大方等大集菩薩念佛三昧經卷第六

隋天竺三藏達磨笈多譯

佛作神通品第七

爾時世尊自袈裟內出金色手摩彼不空見菩薩摩訶薩頂復出廣長舌相即告不空見菩薩言善哉善哉汝不空見汝今乃能爲諸衆生如是歎說如來應供等正覺眞實功德也不空見若有說言世間衆生無救護時是中必有能救護者出現世間爲作救護不空見當知即是善說如來也復次不空見若復說言世間衆生無歸趣時是時必有不思議辯才無量辯才出現於世能與衆生作大歸依不空見當知即是善說如來也復次不空見若復說言世間衆生多貪欲行多瞋恚行多愚癡行是時必有無欲恚癡大師出世爲除三毒不空見當知即是善說如來也復次不空見若復說言世間衆生多慳悋時多嫉妬時是時必有遠離慳嫉好行布施大師出興爲破慳嫉不空見當知即是善說如來也復次不空見若復說言世間衆生無有慚愧羞恥之行是時必有慚愧羞恥大師出世除無慚恥不空見當知即是善說如來也復次不空見若復說言世間衆生多行憍慢貢高之事是時必有和敬調柔大師出世爲除憍慢不空見當知即是善說如來也復次不空見若復說言世間衆生無有慈悲不能喜捨多行瞋恚穢濁毒心是時必有斷除瞋毒具足四等導師出世教修慈悲大利益事不空見當知即是善說如來也復次不空見若復說言世若多惡無善衆生其有能教令生善

根先有善根令其增廣如是利益大師出興不空見當知則是善說如來也復次不空見若復說言五濁惡世衆生病增世有大人能行利益導以出法安樂衆生不空見當知是言則謂我也所以者何吾今出於五濁惡世宣揚妙法斷除邪垢能多利益諸衆生故爾時世尊手摩不空見菩薩頂時即以神力於一念間令此大衆咸見東方無量無邊不可說阿僧祇現在一切諸佛國土彼國土中諸佛世尊未滅度者及彼衆生一切境界皆悉現前亦聞彼佛說法音聲亦見彼剎清淨莊嚴種種具足如是乃至南西北方四維上下十方所有諸佛淨土一切境界明了現前若觀掌中菴摩勒果又復世尊以手摩彼不空見菩薩摩訶薩頂時以佛神力及不空見本願因緣於一念間即見十方無量無邊阿僧祇不可數過去諸佛入涅槃者乃至彼剎清淨莊嚴了了分明若觀手掌又蒙佛力亦見當來諸佛世尊清淨剎土莊嚴具足爾時不空見菩薩摩訶薩以本願力承佛威神盡見十方三世諸佛及彼佛剎清淨莊嚴已爲重宣此義即從座起正持威儀偏袒右肩右膝著地合掌向佛以偈頌曰

三千世界所有水　若人欲量皆可知
調御丈夫天人師　戒行深遠孰能測
須彌高廣最巍巍　羸老病人口吹散
世尊初入於禪定　億百千劫難可了
虛空足量能盡邊　四方亦可步其際
世尊大師等正覺　智慧甚深無源底
虛空平等無罣礙　可爲暴風所飄動

如來本性無煩惱　貪恚癡毒何所居
日輪圓滿處空中　清淨光明徧世界
如是阿羅仙種姓　於此天衆而曜暉
又如秋月合昴宿　威光超世挺衆星
如是滿月大法王　焰赫獨出天人上
若優曇華甚希有　時乃一遇不出世
諸天中天調御師　有時而現隨意感
世尊妙手摩我頂　金色百福相莊嚴
不可毀壞悉具足　其爲利益斯若是
世尊真言及實語　人中法王轉正輪
普徧十方世界中　甚爲利益悉自在
蒙世尊手摩頂時　我見十方最上人
如恒河中說沙數　大威德仙衆多彼
大牟尼尊手加我　即見諸佛如彌陀
猶恒河中算沙數　人中最勝衆多彼

如來慈手親摩覺　極樂世界我見知
阿閦應供兩足尊　大悲光明作饒益
我蒙世尊神手觸　盡見世間滅度尊
於一念頃如恒沙　大慈降伏諸根者
世尊以手摩我時　亦覩彌勒昔諸願
如彼當來一切事　了了明白無復疑
過去諸佛我已見　未來現在亦復然
十方三世諸如來　神通德力難稱說
世尊以手摩我時　普見十方救世者
幷覩諸佛清淨刹　我因更發最上願
諸佛神通難思議　戒定智慧亦如是
諸餘功德不可說　惟願如今常教示
如來下手摩我時　即見十方諸塔廟
衆寶金色如恒沙　具足種種微妙供
諸佛皆具大名稱　彼彼相好充十方

百千樂音以供養　我見彼刹悉如是
彼刹復有諸佛塔　金縷間錯寶玻瓈
高大過於一由旬　端正莊嚴皆若此
復見大尊諸塔廟　衆寶雜廁甚精華
亦有住於虚空中　常以天華散其上
我復見彼諸勝塔　涌出高滿十二旬
彼諸佛所名燈然　光明徧照十方刹
世尊以手摩頂時　我見妙塔不可說
彼佛各有大名稱　其間皆悉如來力
世尊手摩我頂時　於是得見諸佛刹
彼或燒身或受辱　種種行類不可宣
各於自刹修苦行　無有晝夜如救然
勇猛弘誓度衆生　皆爲無上菩提故
我又覩見十方刹　有諸菩薩常辛勤
自剜身肉然多燈　彼爲菩提光明故

我又復見清淨身　於諸佛前常立住
至彼世尊涅槃已　爲求菩提大德故
我又復見爲法人　香油灌身然燈炬
苦身精意徧十方　終不繫心財食類
我又更見諸丈夫　恒捨頭目及身手
妻子王位與國城　悉令群生獲安樂
如我所見無遺餘　不可口言而宣說
我所知見最勝等　蒙佛威靈故徧觀
世尊威神加持故　令我見斯希有事
吉祥第一天中天　我今歸依最無上

見無邊佛廣請問品第八

爾時不空見菩薩摩訶薩白佛言世尊今此一切天人大衆既見世尊久處禪定默無言說咸生渴仰惟願世尊俯就斯座爾時世尊聞不空見菩薩摩訶薩爲彼天人大衆請已

端身正念默然許之爾時不空見菩薩旣蒙默許偏袒右臂右膝著地合掌向佛復白佛言世尊我今欲問若聖聽者乃敢發言佛告不空見如來應供等正覺隨汝所問當爲汝說斷汝所疑令爾心喜然是天人梵魔沙門婆羅門等皆當證知時不空見菩薩摩訶薩承佛教已即便白言世尊菩薩摩訶薩應當思惟何等三昧應當親近何等三昧應當修行何等三昧如是菩薩思惟親近及以修行此三昧已現見何法而得安樂云何當得如大海多聞受故云何當得如須彌山菩提心安住不傾故云何當得如大鐵圍山一切外道邪論不能動故云何當得如虛空一切法無礙故云何當得如虛空心無染著故云何當得如日輪破除一切無明闇故云何當得如月輪白淨法圓滿故云何當得如燈輪作法光明故云何當得如大炬一切受陰滅故云何當得如火聚焚燒一切諸煩惱故云何當得如河池泉源一切衆生隨意受用故云何當得如大船一切衆生度彼岸故云何當得如橋梁不沒生死煩惱中故云何當得降伏衆敵破壞魔軍諸憍慢故云何當得如波利質多羅樹爲一切諸方所有衆生開七菩提華香風普熏故云何當得如優曇鉢華希有難得故云何當得如藥王等療一切衆生病苦故云何當得如大醫王起大悲心愍傷衆生故云何當得如栴檀樹除衆熱惱作清涼故云何當得如大雲雨等注法雨令滿足故云何當得如寳器能具足說一味法故云何當得如師子吼能與一切衆生無怖畏故

云何當得如父母等與一切衆生安樂利益故云何當得見眞法至如法性實際彼岸故云何當得解釋深趣至實義彼岸故云何當得巧說法辯至能分別彼岸故云何當得善巧說法至具足方便彼岸故云何當得分別了義善知字句法故云何當得正意正行具知足故云何當得統御大衆無所畏故云何當得說如實義入實際故云何當得如大海一切法同一味故云何當得如大山三昧安靜無能動摇故云何當得如門閫菩提心不可動轉故云何當得堅固力心志具故云何當得具足威儀不作虛諂故云何當得端正身爲他歡喜說法故云何當得最妙最上色相故云何當得尊貴大姓家生故云何當得大法王福報功德故云何當得具足無量辯才故云何當得不取著辯才故云何當得不錯辯才故云何當得分別種種名字句辯才故云何當得不思議辯才故云何當得無邊辯才故云何當得解脫辯才故云何當得同義辯才故云何當得隨他意義辯才故云何當得漸親近辯才故云何當得所問能答辯才故云何當得無問自說辯才故云何當得不毀壞辯才故云何當得無退轉辯才故云何當得甚深句字種種說辯才故云何當得無量無邊譬況辯才故云何當得未證大菩提已能具足梵音聲故云何當得第一微妙音聲故云何當得迦陵頻伽音聲故云何當得師子王音聲故云何當得大龍王音聲故云何當得大牛王音聲故云何當得大鐘鼓音聲故云何當得勝妙歌讚音聲故云何當

得樂絃音聲故云何當得哀婉清美音聲故云何當得風雲雷震音聲故云何當得甚深莊嚴辯才音聲故云何當得諸妙語言文字章句真正莊嚴辯才音聲故云何當得甚深能大巧說音聲故云何當得種種譬喻辯才音聲故云何當得一切世間最勝供養音聲故云何當得共他論義辯才音聲故云何當得神通彼岸音聲故云何當得不忘失法音聲故云何當得不缺少善法音聲故云何當得諸善根行具足他讚音聲故如是一切悉皆具足爾時不空見菩薩摩訶薩發如是等諸疑問已爲重宣此義以偈問曰

具足金色百福相　能覺一法利無邊
最勝功德我今問　何等三昧先應思
如來妙智無等倫　世間寧有加上者
我今世尊修何定　所獲功德不思議
天人大師上調御　思惟是定何功能
菩薩於此云何修　而能安樂於一切
云何自然多聞海　云何守護決定心
得住諸佛功德處　云何如大鐵圍山
是中都無恚恨心　而能降伏諸外道
云何無礙如虛空　云何復得心自在
云何如日復如月　云何同炬亦如燈
云何爲衆作光明　云何復須觀三昧
云何解脫諸煩惱　云何能度生死岸
云何發心苦輪中　獨超三界無與等
云何波利質多樹　大人相好妙莊嚴
云何如彼優曇華　勇健雄猛不出世
云何施藥不望報　良醫救苦調御師
能除衆生諸熱病　安住淨戒得清凉

云何當得如法寶　無量功德度彼岸
云何甚深微妙法　猶蜜甜味妙無加
云何得此師子音　能令衆生無怖畏
云何等益如父母　得彼深樂不思議
云何能得妙辯才　行於菩提大名稱
云何說彼最勝道　云何而得無礙智
云何於義能巧便　云何妙知諸法相
云何分別名句身　云何世法及出世
云何正念與正行　云何知足具思惟
云何多聞如大海　云何歎佛眞實德
云何說彼諸衆生　生死根本如實際
云何諸法無差別　猶如大海同一鹹
云何如山定無動　不退轉心如門閫
云何一心無餘業　但求無上大菩提
云何具足諸威儀　身相端嚴見者喜
云何常生大姓家　亦受法王大福聚
云何得彼無量辯　所有言論世莫思
云何字句義深微　我今請問護世者
云何無上難得勝　親近眞辯無遺忘
云何同義稱根性　若問不問斯相應
云何未證具梵音　其聲清婉甚微妙
迦陵頻伽聲可愛　大智雄猛聲遠聞
云何師子大龍音　更得深重牛王吼
云何世尊得絃樂　具足種種諸器聲
云何獲彼甜味音　而常演說衆欣樂
云何功德音無毀　其出如風若震雷
云何多種譬喻音　能宣甚深諸言說
云何所出善語音　云何諸法不忘失
云何有中獲宿命　彼諸神通云何修
云何修行無疲倦　徧知一切諸善法

如是諸法不思議　自然輪轉徧十方
世尊我皆無復疑　是故今問歸依處
爾時不空見菩薩摩訶薩慇懃鄭重如是問已即以神力身昇虛空於虛空中自然化作天寶華蓋莊嚴微妙七寶所成謂金銀瑠璃玻瓈碼碯硨磲眞珠具如是等種種寶飾彼寶蓋中雨種種華而彼衆華右遶三帀住佛頂上即彼華中以偈歎曰
歸命丈夫大調御　無上正覺兩足尊
一切世間天人輩　寧有可以比類者
長夜黑闇諸衆生　愚癡顛倒墮邪道
極尊明智世間眼　能令還復平正路
失於清白法種子　衆生煩惱内燒心
勝尊猶如世父母　能令安止白法處
遺喪善法深利人　後世方將可怖畏
最尊成就大慈行　爲諸衆生眞導師
一切衆生無善利　無有覆護無救者
希有大悲教世師　世尊眞爲作救護
爾時華中説是偈已彼華方至如來足上須臾即飛徧往三千大千世界徧諸佛前施散供養彼寶蓋中復出栴檀末團大如車軸至如來身忽然不現而彼栴檀香氣微妙充滿三千大千世界所有衆生得聞此香皆悉受於上妙快樂猶如菩薩入第四禪爾時不空見菩薩摩訶薩示現如是神通事已即白佛言世尊是諸菩薩摩訶薩等云何當得如斯智慧所謂大智慧速疾智慧機捷智慧猛利智慧無相智慧巧入智慧甚深智慧廣普智慧無畏智慧圓滿智慧云何復得不可算數不可稱量諸妙善根所謂心如金剛善根穿

徹一切法故心如迦隣提衣柔輭善根能作業故心如大海善根攝諸戒聚故心如平石善根住持一切事業故心如山王善根發生一切善法故心如大地善根負持衆生事業故得心不隨他行善根遠離非法教誨故得心善修行善根一切法安住故得不壞信善根於諸如來所行之處不疑惑故信一世界自然徧見十方諸佛亦聞彼佛宣說妙法復見菩薩聲聞大衆又覩佛刹清淨莊嚴受用等事悉無疑故乃至攝受決定善根於一切時自利利他故世尊如我今者實爲自利復欲利益諸衆生故請問如來也世尊我今復爲弘廣衆生淨信心故請問如來也世尊我今復爲彼諸菩薩摩訶薩輩具足圓滿不思議善根故請問如來也世尊我復爲斯被大

精進弘誓鎧甲諸大菩薩摩訶薩故請問如來也世尊有諸菩薩摩訶薩輩於生死中發大精進爲一切衆生而亦不取衆生之相然是菩薩摩訶薩雖於生死煩惱中長夜度脫一切衆生而實不住生死煩惱想世尊我爲如是諸衆生故請問如來也世尊有諸菩薩摩訶薩等行慈悲時於諸衆生都無瞋恨設諸衆生訶責罵辱楚撻搥打種種苦迫如是菩薩於衆生所終無報荅乃至不起嫌心不失本願無異分別及餘思惟一心修行大慈大悲世尊我爲如是住於大乘諸菩薩故請問如來也世尊有諸菩薩摩訶薩輩爲衆生故欲捨已樂及諸樂具欲受一切熾然大苦發如斯念我當云何令一切衆生得最勝樂令一切衆生得大法明世尊彼諸菩薩如是

念時凡所有物若内若外無不施者無不益者無不饒者世尊我爲如斯諸菩薩故請問如來也世尊有諸菩薩摩訶薩輩被著如是精進鎧時發如斯念我今當應爲一一衆生於恒河沙劫住大地獄受諸苦惱猶入出息不以爲苦亦不退没菩提之心世尊我復爲是諸菩薩故請問如來也世尊有諸菩薩摩訶薩輩被著如是精進鎧已發如斯念我今當爲一切衆生執諸事業廝役服勤種種承事不以爲苦於是或爲奴婢或爲僕隷或爲僮從或爲弟子我應如是乃至爲作種種眷屬成熟衆生世尊我復爲是諸菩薩故請問如來也世尊有諸菩薩摩訶薩輩爲一切衆生故發大勇猛修諸苦行捨身手足頭目髓腦或時節節支解其形析骨消髓不以爲苦無有休懈方更熾然於阿耨多羅三藐三菩提事世尊我爲如斯諸菩薩故請世尊耳爾時不空見菩薩摩訶薩如是問已爲重宣此義以偈頌曰

我問大師諸勝智　大智彼等云何成
云何速智及捷疾　利智聰明能通達
何因得彼甚深智　盡無邊智爲我宣
弘廣普徧一切智　是爲最勝求菩提
云何當得無怖畏　具足善巧爲我説
云何而得金剛心　一切法中無疑惑
云何得是柔輭心　戒行清明淨如海
云何如山不動轉　菩提決定頗莊嚴
云何行行不隨他　於義明了得安住
云何而得不壞信　諸佛所作無復疑
云何得彼生念智　住於一界現十方

徧覩諸佛及聞法　幷大集衆亦明了
其身不離於一刹　而能供養十方尊
妙華衆香及塗香　諸餘衆具難可説
心住此刹無他緣　身現十方無量土
親承奉事彼諸佛　悉由神通力無邊
無請我今爲行慈　住於慚愧修行者
不自利已常益他　爲斯我請大名稱
諸有發心求佛智　善根成熟不思議
如是三昧云何修　我故爲彼問無著
被此忍鎧爲衆生　我要當拔諸重苦
彼等已離衆生想　爲斯故問正覺眞
彼輩常住平等心　觀察衆生無異想
常能成就慈悲者　我爲彼故問如來
是中應行何等法　速得如是不思議
所得功德無有邊　我爲彼故請調御

被弘誓鎧勇猛人　爲一衆生恒沙劫
大地獄中受酸苦　善哉安樂諸衆生
彼等無睡亦無疲　内外諸物無不施
如是攝受衆生者　我今爲彼問普觀
呵責毀辱及捶罵　身受煎迫衆事苦
爲他奴婢及僕隷　皆由斯輩請世尊
無量百千數億頭　有來求者皆能捨
當捨頭時極歡喜　爲求無上妙菩提
爲諸衆生而更捨　手足及以身餘股
救解失道衆生類　除撥生死還正路
又施妻妾及男女　七寶珠玉及金銀
亦捨上妙衆器具　我爲彼故問如來
捨身命財無猒倦　長夜聽説不疲勞
心常寂滅行頭陀　我以彼故問正覺
眞實妙語恒繫心　麤鄙惡言聞即離

而於他所無嫌恨　我緣彼故諮自在
常以慈心觀衆生　其猶父母愛一子
而於怨親行平等　故我爲彼請人王
現有如斯諸功德　然我今日以宣陳
其或未具諸衆等　我亦爲是諮問佛
世尊我今有善根　初發問時便剋獲
藉此菩薩諸功德　速登寂靜三昧王

佛說大方等大集菩薩念佛三昧經卷第六

音釋

剜（於丸切刻削也）闑（魚列切橛也）撻（他達切打也）撾（陟瓜切擊也）
厮（息茲切役也）析（先擊切分也）捶（之累切擊也）股（公戶切髀幹也）

佛說大方等大集菩薩念佛三昧經卷第七

隋天竺三藏達磨笈多譯

讃三昧相品第九

爾時世尊讃不空見菩薩摩訶薩言善哉善哉不空見汝於往昔乃能供養無量無數諸佛世尊於諸佛所種諸善根具足修行諸波羅蜜一切法中所作已辦而常爲彼諸衆生輩作不請友爲行大慈成就正信諸衆生故請問世尊如斯大義爲被大鎧諸衆生故請問世尊如是大義爲不動不退大菩提心諸衆生故請問世尊如斯大義爲不壞信意諸衆生故請問世尊如斯大義爲發弘廣大願莊嚴諸衆生故請問世尊如斯大義爲不思議善根諸衆生故請問世尊如斯大義爲著不思議鎧甲諸衆生故請問世尊如斯大義爲超越三界諸衆生故請問世尊如斯大義爲專精實義諸衆生故請問世尊如斯大義爲隨順大智諸衆生故請問世尊如斯大義爲樂甚深法行諸衆生故請問世尊如斯大義爲重布施諸衆生故請問世尊如斯大義爲重開示諸衆生故請問世尊如斯大義爲一切能捨内外身財諸衆生故請問世尊如斯大義爲成就最上無上戒聚諸衆生故請問世尊如斯大義爲深忍相應諸衆生故請問世尊如斯大義爲勇猛精進諸衆生故請問世尊如斯大義爲得深禪定諸衆生故請問世尊如斯大義爲深重智慧諸衆生故請問世尊如斯大義爲以資財方便巧攝一切諸衆生故請問世尊如斯大義又爲心若金剛諸衆生故爲心如門閫不動不轉諸衆生

故爲心如淨水無有塵垢諸衆生故爲心如迦耶隣提衣諸衆生故爲樂入深義諸衆生故爲尊重正法諸衆生故爲捨擔能擔諸衆生故爲不惜身命諸衆生故爲不樂一切世間有爲諸衆生故請問如來如是大義不空見汝於今者能爲如斯諸大菩薩摩訶薩輩請問如來如是義耳爾時世尊復告不空見菩薩摩訶薩言不空見汝應諦聽善思念之吾當爲汝廣分別解說時彼不空見菩薩摩訶薩即白佛言善哉世尊如蒙聖說一心諦受佛言不空見有菩薩三昧名念一切佛菩薩當應親近修習觀察思惟如是三昧既能修習觀察思惟此三昧已則得增廣成就現前安樂法行故則得增廣無貪善根故則得增廣無瞋善根故則得增廣無癡善根故則得具足慚愧故則得成就神通故則得圓滿一切佛法故則得清淨一切佛土故則得天降下生具足故則得入胎具足故則得住胎清淨具足故則得母生微妙清淨具足故則得家生清淨具足故則得諸根微妙清淨具足故則得大人相清淨具足故則得諸妙好清淨具足故則得出家具足故則得最上寂靜具足故則得大寂靜具足故則得諸通具足故則得爲一切衆生作歸依具足故則得多聞具足故則得世間出世間法具足故則得一切諸法住處具足故則得巧妙方便知出世法具足故則得善通達一切諸法具足故則得巧如前際後際法相具足故則得善巧莊嚴文字句義具足故則得智慧具足故則得微妙神通具足故則得巧轉變心具足

故則得善教示他具足故則得爲他衆生及富伽羅勝負白黑上下滿鈌增損勝力具足故則得是處非處具足故則得未成阿耨多羅三藐三菩提趣向具足故則得正行具足故則得意具足故則得自在具足故則得神通具足故則得尊勝大家具足故則得大姓具足故則得端正具足故則得大威具足故則得大光明具足故則得作諸功德具足故則得大功德具足故則得大人牛王具足故則得令他歡喜音具足故則得令他深歡喜音具足故則得微妙音具足故則得梵音具足故則得相應辯才具足故則得無諍辯才具足故則得無著辯才具足故則得稱實辯才具足故則得種種辯才具足故則得一切言音辯才具足故則得所生不離諸佛世尊而常恭敬供養具足故則得離邊地生具足故則得生中國具足故則得徧遊諸世界禮拜承事諸佛世尊諮請論義具足故則得成就無量無邊功德具足故則得一切菩薩功德莊嚴具足故乃至則得菩提樹下道場莊嚴具足故爾時世尊爲重宣此義以偈頌曰

不空見斯勝三昧　如我今住智德中
其有菩薩能修行　彼見十方一切佛
當即速獲諸神通　因是復覩清淨剎
遂能下生妙具足　入胎具足亦復然
住胎之時無有比　母最清淨勝家生
一切相好咸具足　亦當修彼諸行法
捨家出家離衆欲　捐棄人欲及與天
彼爲世間求菩提　所生常有諸甘露
亦得諸通及神足　轉智圓滿彼世間

多聞總持大德人　行行斯由多聞海
統諸大衆義明了　巧知衆生方便學
諸法行處皆悉知　世間之法及出世
智人所知智具足　遠離諸業及癡惱
有爲之法盡皆捨　而常親近於無爲
常以天眼觀衆生　復用天耳聽聞法
宿命明白知過往　他心善達前人意
神通變化自在遊　心能巧轉隨所用
得大名聞行佛國　能廣利益諸世間
明達是處及非處　一切諸法靡不知
深照淨法及垢染　以常修習勝三昧
能得正行具足人　彼之智慧實無比
具正思惟大威德　亦得安住正修行
復生大家及尊姓　衆事端嚴見者喜
彼雖處於有爲中　所作功德無能壞
所生常受大功德　往來多作人中王
或爲忉利釋天尊　時作光天及梵主
凡所出聲悉無比　梵天妙響師子音
諸龍美音徧行中　大功德聲牛王吼
備於絃樂及歌聲　迦陵頻伽音精妙
能會義理令衆歡　以獲三昧故得然
善出清雅及好聲　多用愛言悦一切
深婉妙音并善語　彼聲常有未曾絶
行步舉動若龍王　普放電光照一切
降雨滂洽於大地　是謂龍德難稱量
如是人龍所遊處　住斯妙定勝神通
無量無數諸化身　徧諸佛前等供養
偈頌譬喻諸種作　言詞雅正理趣安
彼常法樂與衆生　得是勝定故無礙
所生不離於諸佛　亦見菩薩及聖僧

恒居利益無難處　成就三昧照十方
欲徧諸佛有諮論　或生無量難思刹
現前供養一切佛　成就三昧故若斯
如是功德不可說　超過數表絶稱量
道樹等覺恒俱生　諸佛咨嗟惟此定

正觀品第十

爾時不空見菩薩摩訶薩白佛言世尊若諸菩薩摩訶薩欲得成就諸佛所說菩薩念佛三昧者彼菩薩摩訶薩應當親近修習何法能得成就思惟三昧耶爾時世尊告不空見菩薩摩訶薩言不空見若諸菩薩摩訶薩欲得成就諸佛所說念佛三昧欲得常親一切諸佛承事供養彼諸世尊欲得疾成阿耨多羅三藐三菩提者當住正念遠離邪心斷除我見思惟無我當觀是身如水聚沫當觀是色如芭蕉虛當觀是受如水上泡當觀是想如熱時燄當觀是行如空中雲當觀是識如鏡中像菩薩若欲入是三昧當應深生怖畏之想當念遠離譏嫌免他訶責當念除去無慚無愧成就慚愧當應成就奢摩他毗婆舍那當應遠離斷常二邊常念一心精勤勇猛除去懈怠發廣大心常念觀察三解脫門常念先生三種正智常念斷滅三不善根常念成就諸三昧聚常念成熟一切衆生常念等爲衆生說法當觀四念處所謂身念處受念處心念處法念處當念四食過患所謂摶觸思識等於是食中生不淨想當念四無量所謂修於大慈行於大悲安住大喜具足大捨當念成就諸禪而不味著然後思惟一切諸法常念不惜其身不保其命捨身及心攝受

多聞念如是法應如是護不得誹謗多聞法財如所聞法如義受持於諸佛所起尊重心又於法僧生肅恭意親善知識遠離惡友除滅世間無義語言不著世樂不捨空閑住於一切生平等心於諸衆生無有退没無損害心亦無妬嫉於一切法起稱量心不作罪惡心無垢染一切諸法無處可得常求甚深廣大經典於中恒起增上信心莫生嫌疑無爲異意如是經典最勝廣大常念誦持常思演説何以故是爲諸佛世尊道法獨能生成佛菩提故於當來世得彼無量諸佛功德應當爲他如法宣説降伏憍慢莫亂正聞恭敬尊重供養是法捨諸欲求息諸諍競除諸睡眠滅諸疑網殄絶迷惑明識我見不事戲論遠離尼乹邪命自活遮羅迦波黎婆闍語言論等常應善住檀波羅蜜中圓滿尸波羅蜜常念羼提波羅蜜不捨毗梨耶波羅蜜遊戲禪波羅蜜具足般若波羅蜜棄捨身命無愛惜心如四大性不可改變如於地界起平等心水火風界亦復如是成就身業心意精勤無不活畏不貪衣食湯藥牀鋪房舍殿堂一切衆具樂行頭陀常住知足不求利養不事名聞凡是愛著悉滅無餘觀四念處斷四顛倒不念惡刺求度四流修四如意住四威儀當具五根亦增五力應滅五蓋不用五情遠離五濁成五解脱得入五身内自思惟廣大聖智正觀五陰不行六塵降伏六根亡滅六識斷絶六受除六渴愛行六念處及六智分法於六通中常求利益修七覺分通達七界滅除七使及七識住離八怠惰除八妄語明了

世間八法所因應得八種大人覺法證八解脱修八正道親近思惟廣大分別專精遠離九衆生居滅九種慢捐棄九惱常思九種歡喜等法親近修習九次第定終不念行十種惡業而勤造作十善業道常求如來十種力智不空見我今爲汝略説如是菩薩摩訶薩念佛三昧法門諸所當得大利益事若有菩薩摩訶薩應當修學念佛三昧如是修者名報佛恩思惟是者即不退轉於阿耨多羅三藐三菩提亦當滿足彼諸佛法乃至能爲一切衆生作大依止亦令成就無上種智故不空見斯諸菩薩摩訶薩有大智故乃能思惟非彼聲聞辟支佛人得觀察也不空見若人於此念佛三昧或時親近思惟修習若受持若讀誦若書寫若教他書寫若教讀誦受持

若少開發若爲解説若能廣宣彼雖少時勤苦疲勞然其所作終不虚棄必獲果報得大義利不空見彼菩薩摩訶薩以爲他受持法故速得不退阿耨多羅三藐三菩提於當來世決定作佛不空見當知如是念佛三昧則爲總攝一切諸法是故非彼聲聞緣覺二乘境界若人暫聞説此法者是人當來決定成佛無有疑也爾時世尊爲重宣此義以偈頌曰

若人欲修此三昧　能念一切諸如來
彼既思惟是法門　諸非法處當遠離
亦當遠離無慚愧　破除斷見及與常
復應安住三空門　當念勤修解脱智
既拔三種不善根　即亦思惟三善本
若知觀察三受處　得斯妙定良非難

若人欲求勝三昧　先應持戒後修智
自然遠離諸邪見　亦無戲論及語言
次第觀受斯皆苦　然後觀察生滅心
若人思惟三昧時　當應深念出世事
諸法有疑咸悉除　得此三昧甚爲易
亦應善通四念處　先當觀身不暫住
恒求解脱及禪定　不愛壽命豈惜身
弗以多聞陵侮人　寧當誹謗於正法
聞正法已能思惟　晝夜受持身所誦
尊重諸佛深敬法　承事僧衆不敢輕
善知識所常念恩　遠離一切諸惡友
不與惡人同坐起　除彼爲衆説法處
爲求最上菩提故　終勿捨離阿蘭若
一切衆生皆平等　於諸法中莫分别
欲求彼法眞實際　諸法相中無著心
彼輕慢意悉能除　不久必得此三昧
明識我見及疑心　亦當觀察諸調戲
不得起於惡欲意　應滅諍競與睡眠
若不學彼外道法　諸是戲論自然除
但能隨順佛法言　求此三昧須臾獲
常行布施及戒忍　勇猛精進無倦時
恒處禪思及智慧　自然得斯三昧行
能施頭目無愛畏　捨餘諸物終不疑
彼趣菩提無艱難　亦速獲斯凝靜定
若能持心如大地　又同水火及與風
更等虚空無邊涯　彼人速得此禪定
若有精誠身口意　彼不貪食及衣財
其於衆具既無求　能如是修證三昧
應常專念四正勤　亦當成彼諸神足
速須遠離顛倒想　煩惱棘刺先斷除

當念杜絶四流河　亦思乾消諸渴愛
具足五根及五力　分裂破壞五蓋衣
五種欲事不俱懷　内心幻僞亦宜捨
復當願求五解脱　思惟五身三摩提
應速觀知五陰處　正心和敬於六緣
彼不恭慎應遠離　亦當滅損六觸身
於六受處心正觀　常念斷除六種愛
復以六通成就世　亦修六念及智明
勤求七覺七聖財　必須捨彼疑惑處
欲得三昧恒若斯　漸當散滅諸煩惱
彼常遠離七識住　斯八顛倒亦拔除
若能住於八正道　自當速證此深定
恒住八大丈夫行　復以八解自娱心
不染八法離世間　獲最勝智當不遠
於他人所無瞋心　先應除此九種慢
思九歡喜根本法　得彼次第九種禪
絶此十惡不善因　應修智人十種善
若能修行十種力　得是三昧終無難
當念攝持諸善法　放捨不善衆惡緣
前後勤求彼正念　證此三昧豈能久
若住如是三昧已　當轉智力不思議
徧見諸佛金色身　所生常得聞正法
若欲見彼諸世尊　或已滅度及現在
當來一切愍世者　應思惟此勝三昧

思惟三昧品第十一

爾時不空見菩薩摩訶薩白佛言世尊若諸菩薩摩訶薩念欲成就諸佛所説念佛三昧者云何思惟而得安住佛告不空見菩薩言不空見若諸菩薩摩訶薩必欲成就是三昧者先當正念過去所有諸如來應供等正覺

次念現在所有諸如來應供等正覺次念未來所有諸如來應供等正覺彼如是念一切三世十方世界中是等一切諸如來應供等正覺明行足善逝世間解無上士調御丈夫天人師佛世尊天降成就入胎成就住胎成就出胎成就出家成就諸功德成就諸根成就諸相成就諸好成就莊嚴成就戒品成就三昧成就智慧成就解脫成就解脫知見成就四無畏慈悲成就喜捨成就慚愧成就威儀成就諸行成就奢摩他成就毗婆舍那成就明解脫成就解脫門成就四念處成就四正勤成就四如意足成就五根成就五力成就覺分成就正道成就往昔因緣成就雙教示成就諸通教示成就大通教示成就戒品成就一切三昧成就無礙利益成就爲他利益無礙成就一切善法成就清淨色成就清淨心成就清淨智成就諸入成就金色百福成就時彼菩薩念諸如來如是相已復應當念彼諸如來應供等正覺心無動亂亦常安住無所著心心無著已彼復應作如是思惟是中何等名曰如來爲當即色是如來耶爲當離色是如來乎若以色法爲如來者彼諸衆生皆有色陰一切衆生應是如來若以離色爲如來者離色則是無因緣法無因緣法云何如來菩薩如是觀知色已次復觀受彼時更作如是思惟爲當即受是如來耶爲當離受是如來耶若即受法爲如來者彼諸衆生皆有受陰一切衆生應是如來若離受法爲如來者離受則爲無因緣法彼無緣法云何如來彼既如是觀色受已乃至觀識亦如

是時彼菩薩復如斯念若此諸陰非如來者豈彼諸根是如來乎如是念已則先觀眼爲當即眼是如來耶爲當離眼是如來乎若即彼眼是如來者一切衆生皆有是眼一切衆生應是如來若離彼眼是如來者離眼則爲非因緣法彼非緣法云何如來菩薩如是觀察眼已觀耳觀鼻乃至觀意亦如是時彼菩薩復如斯念若此諸根無如來者豈彼諸大有如來乎如是念已則先觀地爲即地界是如來耶爲離地界是如來乎若即地界爲如來者彼内外法皆屬於地如是地界應是如來若離地界爲如來者離地即爲無因緣法彼無緣法云何如來彼既如是觀察地界乃至觀彼水火風界亦如是而彼菩薩能作如是正思惟時不以色觀察如來不離色觀察如來如是不以受不離受不以想不離想乃至不以識不離識觀察如來亦如是又彼觀時亦不以眼觀察如來不離眼觀察如來如是不以耳不離耳不以鼻不離鼻乃至不以身意不離身意觀察如來亦如是又彼觀時不以色觀察如來不離色觀察如來如是不以色不離色不以聲不離聲乃至不以觸法不離觸法觀察如來亦如是又彼觀時不以地觀察如來亦不離地觀察如來如是不以水不離水乃至不以風不離風觀察如來亦如是彼菩薩如是觀時即能於彼一切法中善通達知明了無礙爾時彼菩薩復應當作如是思惟是中更以何等眞法而能得彼阿耨多羅三藐三菩提爲以身得菩提耶爲用心得菩提乎若身得者而今此身無覺無識

頑癡無知譬如草木若石若壁然彼菩提非色非身非行非得不可見聞不可觸證此身如是云何能得成就菩提若心得者而即此心本自無形無有相貌不可見聞不可觸證不可執持猶如幻化菩提如是亦無有心無有觸對不可見聞不可知證此心 如是云何能得成就菩提不空見是爲菩薩正念思惟不以身心亦不離身心而能證得阿耨多羅三藐三菩提耶佛言不空見然彼菩薩常應如是觀察思惟若能如是觀諸法時即得安住於正法中心無遷變不可移動當知爾時具足菩薩摩訶薩法自然遠離不善思惟速疾成就阿耨多羅三藐三菩提正覺平等眞實法界爾時世尊爲重明此義以偈頌曰

過去未來諸世尊　現在一切徧見者
寘心空寂行慈愛　欲覩諸佛無艱難
往昔諸佛大威光　憐愍世間等與樂
彼念人中分陀利　調御丈夫功德滿
更念下生及入胎　住胎尊母皆具足
思彼生家衆妙相　當見等覺弗爲難
亦念諸好勝莊嚴　及彼本願先所行
微言妙義初中後　彼皆善逝解脱身
住解脱門及供養　正勤與彼四神足
應念諸根具滿者　力菩提分亦復然
若念諸佛解脱尊　不久當到勝寂地
一切世間利益念　善法功德難思量
妙色及與清淨心　復思世尊衆好分
金剛身體百福相　當知如來諸念滿
何等法中名如來　正當觀察無邊處
諸佛非色復非受　非彼想行非識心

如是等法非如來　正見智人亦應體
亦非離彼是諸佛　應供善逝但有名
諸佛非眼非耳鼻　非舌身意及法等
亦非離彼爲如來　正覺莊嚴惟名耳
惟有大名無眞佛　離名何處有實者
智人若知盡和合　當取等覺實非難
若以諸陰爲如來　彼諸衆生皆有陰
衆生即應是諸佛　以陰平等斯共有
不以色等爲諸佛　亦不離陰名如來
無量數劫正思惟　不思議智乃成就
身如草木及石壁　菩提無色寂無生
亦無頑身及草木　云何說身證菩提
是心無相復無形　菩提非心亦無狀
非身非心能得證　亦非無證難思議
是爲最勝寂靜地　外道於中皆荒迷
若於此法求正勤　必當速得是三昧

佛說大方等大集菩薩念佛三昧經卷第七

音釋

摶 度官切挽聚也　殄 徒典切滅也　惡刺 刺七自切芒刺也
七界 謂害界恚界出界欲界色界無色界及滅界也

佛說大方等大集菩薩念佛三昧經卷第八

隋天竺三藏達磨笈多譯

思惟三昧品之餘

爾時不空見菩薩摩訶薩復白佛言世尊菩薩摩訶薩當何證知捨離我見耶佛言不空見若諸菩薩摩訶薩得證知時無有住著則離我見如是菩薩雖無住著而能爲彼一切世間天人衆生作大利益云何利益所謂爲大法明然大法炬吹大法螺擊大法鼓奮大法輣乘大法船設大法橋方當欲度一切衆生出於生死四流暴河置於涅槃無爲彼岸即當觀察是身本性次當觀身不淨臭穢腐爛癰膿屎尿盈溢是身無常不暫停住破壞枯槁不可長久誑惑小兒危脆不堅猶水沫聚戶蟲充滿筋骨相輔空負而行無實用處或經百年及百千歲縱八萬劫一切樂具守護長養終歸墮壞此身長夜不離煩惱不出顛倒恒爲諸惡鳥獸食噉又亦常與地獄餓鬼畜生共行生死往來受諸苦惱或爲奴隷種種苦事常繫於他不得自在而彼所生云何當能見苦斷集證滅修道令我此身但是空虛誑嚾愚癡無一堅法以是我今當應持此一切身分施諸衆生若有衆生寶重已身我當爲彼放捨身命若有衆生須我精氣我當給與彼之精氣若有衆生須我肉者我當以肉供奉彼等何以故寧我先施令彼得食無容不施使彼自食令我以此淨心布施所獲善根願即滅除我見根本而彼菩薩如是觀時不著我見滅我見已然後捨身令衆生用爲惜命者棄捨命根須精氣者授以精氣

須肉食者便以肉施若有衆生須其力用即時爲奴充彼驅策不空見以是因緣彼菩薩摩訶薩除捨我見不住我見證知我見而能於此不牢固中求牢固身不空見譬如都城邑聚村落之中多有童男或多童女自舍出已至河岸邊見水沫聚以彼水沫更相嬉戲所謂破壞水沫分段磨滅令其消散無有遺餘而彼沫聚不作是念誰於今日能分散我是沫雖壞無惱恨心不空見如是菩薩摩訶薩自觀已身無常破壞如彼沫聚不可長久當知是人得此三昧疾成阿耨多羅三藐三菩提爾時世尊爲重明此義以偈頌曰

若能遠離我見者　一切無有住著處
爲利世間天人故　當證難見大菩提
彼若猒身諸不淨　癰瘡所處膿血流
此身變壞不堅牢　無常羸劣斯破法
暫住如幻無實體　猶彼聚沫空無眞
長夜養育終無宜　鳥獸斯食最可惡
雖以衆具供贍之　是身會當歸敗滅
既不能得牢固法　經無量劫惟有苦
地獄畜生餓鬼苦　飢渴衆惱恒熾然
世間催切超百羅　初不覺知彼如實
我身今日自空虛　不常之體須臾變
謂諸衆生食肉者　精氣僕役我甘爲
我思此時常發言　其有食肉及精血
我爲其故令放捨　任從噉食我此身
當令一切寶身者　悉得觀我捨斯命
我今軀命不敢愛　願速成彼三摩提
猶如彼沫常破壞　未曾起一瞋恨心
令我此身如沫團　豈有生於嫌怨事

若能觀身如水沫　此人必定求菩提
非但得奉十方尊　彼當速獲勝三昧

示現微笑品第十二

爾時世尊怡然微笑諸佛世尊法如是故即微笑時世尊口放種種光明所謂青黃赤白金色玻瓈其光遠照上至梵宮而復還下右遶三帀入世尊頂時尊者阿難見斯事已即從座起整理衣服右膝著地合十指掌向佛世尊以偈問曰

最勝世尊非無因　今現微笑當有以
世間調御應爲說　而復微笑何因緣
金剛色體百福身　由證眞如能利益
一切世間所歸依　今此微笑有何緣
世尊無上亦無比　何處當有能超勝
功德備具無可毀　今斯微笑有何緣
一切世間皆歸趣　調御丈夫今當宣
誰於今日獲大利　世尊無何微笑者
今日誰當受大位　今日誰得眞福聚
今日誰爲安隱王　能致世尊是微笑
一切世間所歸依　天人大師今應說
若聞佛尊斯妙音　天人歡喜衆聖讚

尊者阿難設斯問已於是世尊告阿難曰阿難我當說是正念三昧法門義時此大衆中有三萬人遠離塵垢得法眼淨復有八萬億百千那由他諸天子遠塵離垢得法眼淨復有三萬比丘比丘尼衆得阿那含果復有三萬比丘比丘尼優婆塞優婆夷得無生忍法復有三萬衆生發阿耨多羅三藐三菩提心此輩皆於星宿劫中成等正覺此即前發菩提心者是也復有九萬億那由他菩薩摩訶

薩安住菩提無有退轉此輩當來皆得成佛彼諸世尊有四種號或號光明或號毗盧遮那或號釋迦牟尼或名日月歲星有如是等諸種名號隨其刹土出現於世復有九十二億百千那由他衆生但發聲聞心是輩未來皆證聲聞果

爾時世尊知是事已以淨天眼過於人眼觀察十方見九十億百千那由他諸佛世界應作如是大利益故更出殊大微妙之聲徧此三千大千世界咸得聞已然後及彼諸佛國土所有衆生亦皆得聞然後復從眉間白毫相中放大光明名無邊威此光徧照十方佛國令無量億百千那由他衆生得須陀洹果斯陀含果阿那含果阿羅漢果復有過於前數衆生發阿耨多羅三藐三菩提心彼等當來皆得不退轉於阿耨多羅三藐三菩提然後於彼十方國土皆得成佛號曰難伏如來應供等正覺出現於世爾時世尊欲重宣此義以偈頌曰

過百千數無減少　三種三十復九十
如是一切見菩提　彼爲發心利益故
彼滿十千諸衆生　復三萬智得淨眼
聞已正思等正覺　解脫人身諸惡道
復過八億那由他　諸天獲於聖淨眼
以聞如來妙音故　永滅惡趣無遺餘
得忍三萬億由他　發心即離三惡道
彼輩當來悉成佛　其猶盛春草木敷
復有三萬億衆生　從座而起發大心
以此威德當成佛　於大地上利世間
復有六萬諸天子　皆發無上菩提心

彼等斯同彌勒尊　以修樂因證樂處
以是因緣天人師　爲斯廣大故微笑
我已宣揚微笑旨　阿難當知此笑緣

神通品第十三

爾時不空見菩薩摩訶薩白佛言世尊云何當知菩薩摩訶薩住於慚愧遠離於彼無慚愧已然後當得此三昧耶爾時佛告不空見菩薩言不空見若有菩薩摩訶薩常行慚愧而是菩薩行慚愧時或能造作種種惡事所謂身惡行時即生慚愧口惡行時亦生慚愧意惡行時亦生慚愧起嫉妬心亦生慚愧起懈怠心亦生慚愧於諸如來所亦生慚愧於大菩薩摩訶薩所亦生慚愧於住菩薩乘諸衆生所亦生慚愧於聲聞乘人所亦生慚愧於辟支佛乘人所亦生慚愧於人天所亦生慚愧云何慚愧所謂常愧於他亦慚自身住於一切不善法中故常慚愧住慚愧已遠離一切無慚無愧除滅不善思惟善事荷負重擔體性清淨終無毀犯他不能謗而是菩薩常能具足無毀身業亦能具足無毀口業亦能具足無毀意業具足斯已然後乃能住是三昧住三昧已常不遠離見一切諸佛常不遠離聽聞諸佛所說妙法常不遠離恭敬供養一切聖僧具足如斯已然後乃能疾成阿耨多羅三藐三菩提復次不空見我念往昔過無量無邊阿僧祇劫時有大劫名曰善來於彼善來劫中復有第三劫名曰寶炬不空見彼於劫中復有小劫名九莊嚴於彼時中名多劫濁復次有劫名曰千歲彼中有轉輪王名善觀作而彼善觀作王宿植德本具大

威德不空見時善觀作王所居大城名曰淨華妙香充滿其城東西廣六十由旬南北長七十由旬墻壁周圍有一千二百重彼城身量純以真金衆具莊嚴間用七寶不空見汝今欲知淨華香城善觀作王果報衆具莊嚴殊麗如先所説無邊精進王善住大城無差異也不空見彼城北面有一内門名曰華鬘門外有園名曰無畏其園縱廣四十由旬周帀皆有七寶樹林而爲圍遶有一大池形量方廣面十由旬八功德水彌滿其間如忉利天鞞陀吉尼池也彼池四面周帀皆有寶多羅樹其金多羅樹銀爲花果銀多羅樹瑠璃華果如是乃至真珠多羅樹金爲華果如善住城一等無異復次不空見當爾之時有佛世尊號鴦耆羅娑如來應供等正覺明行足善逝世間解無上士調御丈夫天人師佛世尊出現於世不空見時彼鴦耆羅娑如來處遊居止無畏園中與大比丘衆九十九億百千那由他人俱前後圍遶皆阿羅漢諸漏已盡無復煩惱皆得自在心善解脱慧善解脱所作已辦捐捨重擔盡獲已利不受後有隨順正教達於彼岸不空見時彼鴦耆羅娑如來應供等正覺於晨朝時著衣持鉢與九十九億百千那由他聲聞大衆左右圍遶入淨華香城不空見時彼善觀作王知彼世尊晨朝入城即自莊嚴乘大調象名曰樂手與無量億百千那由他衆前後導從自彼淨華香城而出爲奉迎彼佛世尊故不空見時善觀作王既遥見彼鴦耆世尊尋路而來光儀端遠狀若金山諸根寂靜神志和穆已達第一

調柔彼岸猶如大龍降伏一切亦如大象所爲自在又如大池澄清映徹如是見已自乘而下進詣世尊頭面作禮右遶三帀而啓白言唯願世尊受我明朝所設供養復次不空見時彼鴦耆羅娑如來應供等正覺聞善觀作王如是請已爲諸衆生作利益故默然受請復次不空見時善觀作王聞彼世尊許納其請即於斯夜速命廚官嚴辦種種上味美食人間所有靡不畢具於淨華城平治道路以諸香塗泥飾其地所在街巷建立寶幢妙善名旛處處羅布兼列種種金寶器具又用上妙牛頭栴檀以爲香水灑散其地復以種種末香種種散華上徹於佛而爲供養然後於彼如來應供等正覺前燒種種名香積種種華鬘而爲供養又以種種歌頌讚歎偈句法言而爲供養又作種種上妙樂音及諸玩具而爲供養彼王如是作諸供養然後奉獻上妙飲食供養世尊及比丘衆復次不空見爾時彼善觀作王廣設如是微妙第一最上衆具滿足供養鴦耆如來應供等正覺已更於異時莊嚴大駕躬自率彼無量千數諸衆生等詣無畏園至彼鴦耆如來應供等正覺所頂禮尊足已而白佛言世尊今正是時惟願垂慈作所應作也復次不空見時彼鴦耆羅娑如來聞善觀作王慇懃請已知諸衆生堪受化故於是爲彼如所應作種種神通現神通已遂與九十九億百千那由他諸阿羅漢等身昇虚空住虚空已即放九十九億百千那由他光明照於東方無量世界如是復放前數光明照彼南方及以西北四維上下

周徧十方亦皆如是彼一一方各有九十九億百千那由他諸大光明彼一一光皆各化作八十億百千那由他等大蓮華座彼諸華座皆各有一化如來坐彼諸如來形量長短乃至一切威儀多少一如鴦耆羅娑如來應供等正覺無差别也不空見如彼變化諸佛世尊各有無量億那由他諸比丘衆前後圍遶住虚空中又亦各有化天帝釋及化梵王形量大小皆如今此無超勝梵天及人供養天帝釋等無有異也不空見時彼鴦耆羅娑如來應供等正覺示現如是神通事時於須臾間一切諸天所有音樂不鼓自鳴一切衆具不作自現不空見時彼欲界諸天既覩鴦耆世尊示現如是大神變時即以天栴檀末香沉水香多伽羅香多摩羅跋牛頭栴檀黑

沉水香等奉散佛上復以種種妙華所謂雞娑羅華大雞娑羅華等奉散於彼鴦耆羅娑如來應等正覺上復次不空見爾時鴦耆世尊告彼善觀作王言大王諸行無常大王諸行皆苦大王諸行無我大王諸行暫住不得久停大王諸行不堅是破壞法大王諸行熾然如猛火焰大王諸行深奥如大火坑大王乃至應當念捨諸行當生深猒亦不可樂當念遠離終思解脱不空見爾時善觀作王一心合掌恭敬向彼鴦耆如來具領讃曰如是如是大德修伽陀大德婆伽婆諸行無常大德婆伽婆諸行是苦諸行無我大德婆伽婆誠如聖教一切諸行皆應遠離亦須棄捨終當免脱不空見爾時彼鴦耆羅娑如來爲彼善觀作王説如斯法令其歡喜令其專念令

其奉行令歡喜已令專念已令奉行已然令發阿耨多羅三藐三菩提心復次不空見爾時鴦耆羅娑如來見善觀作王聞法歡喜發菩提心一切衆生咸得益已即與九十九億百千那由他諸阿羅漢比丘大衆舉身騰涌足步虛空出淨華城然後還下如常威儀前後圍遶入無畏園不空見時彼善觀作王既得親覲鴦耆羅娑如來應供等正覺廣現如是神通事時發菩提心更作誓曰當令我等於未來世悉獲如是大神通慧復當令我悉得如是統諸大衆復當令我於未來世悉得如是天人衆前大師子吼一如今日鴦耆如來應供等正覺無有異也不空見時彼善觀作王見彼世尊鴦耆羅娑如來應供等正覺及諸大衆乘空而返王便嚴駕奉從世尊達本住所然後乃還復次不空見後於異時彼鴦耆如來應供等正覺與諸大衆次第而行至善觀作王宮殿中已當鋪而坐諸比丘僧亦次第坐已爾時彼善觀作王及諸大臣與其眷屬各自圍遶城內人民及其眷屬亦各圍遶又皆自持所有供食各自手奉鴦耆世尊及諸弟子聲聞大衆其食香美衆味具足隨意奉上佛及衆僧一切噉食皆得充滿然後更以種種妙香種種花鬘種種衣服種種珍寶一切衆具微妙音樂供養恭敬已即於是日呼召太子加以天冠授以王位棄四天下及諸眷屬深猒生死詣佛出家即於鴦耆佛世尊所鬄除鬚髮法服著身時有八萬四千億百千那由他人民善根既淳熟故亦深猒世從王出家復次不空見時彼善觀作王

既出家已即於衆中整理衣服恭敬合掌遂便請彼鶖者如來應供等正覺言世尊云何菩薩修習思惟念佛三昧耶菩薩摩訶薩云何證此念佛三昧即得住於不退轉地速疾成就阿耨多羅三藐三菩提現前成就諸功德法不空見時彼善觀作王比丘如是問已彼鶖者如來即便告彼王比丘言善觀作汝應當知有二種法菩薩摩訶薩具足修習即便得此菩薩念佛三昧能速成就阿耨多羅三藐三菩提何等爲二一者信諸如來不生違逆二者信佛所說不敢謗毀作如斯念是爲諸佛廣大境界不可思議善觀作是爲菩薩摩訶薩得此三昧能速成就阿耨多羅三藐三菩提善觀作復有二法菩薩摩訶薩具足修習能速成就阿耨多羅三藐三菩提何等爲二一者奢摩他二者毗婆舍那善觀作是爲菩薩摩訶薩具足修習得此三昧能速成就阿耨多羅三藐三菩提善觀作復有二法菩薩摩訶薩具足修習得此三昧能速成就阿耨多羅三藐三菩提何等爲二一者遠離斷見二者滅除常見善觀作是爲菩薩摩訶薩具足修習得此三昧能速成就阿耨多羅三藐三菩提耶善觀作復有二法菩薩摩訶薩具足修習得此三昧能速成就阿耨多羅三藐三菩提何等爲二一者住於羞慚二者修於恥愧善觀作是爲菩薩摩訶薩具足修習得此三昧能速成就阿耨多羅三藐三菩提復次不空見時彼如來如是說已彼善觀作王比丘復白鶖耆羅娑如來言世尊云何菩薩摩訶薩住慚愧已而能得斯念佛三

昧耶爾時鶖耆羅娑如來應等正覺即告彼善觀作比丘言善觀作若諸菩薩摩訶薩於諸所作常行慚愧謂起身惡行生慚愧心起口惡行生慚愧心起意惡行生慚愧心起嫉妬時生慚愧心起懈怠時生慚愧心於諸佛所生慚愧心於諸菩薩摩訶薩所生慚愧心於住諸菩薩乘衆生所生慚愧心於諸聲聞乘所生慚愧心於諸辟支佛乘所生慚愧心於諸天人所生慚愧心

佛說大方等大集菩薩念佛三昧經卷第八

音釋

鞉（徒刀切鞉鼓也）癰（於容切疽也）膿（奴冬切腫血也）脃（此芮切物易斷也）筋（舉欣切骨絡也）鏝（莫官切）鶖耆羅娑（梵語也此云分味鶖於良切耆渠伊切）

佛説大方等大集菩薩念佛三昧經卷第九

隋天竺三藏達磨笈多譯

神通品之餘

云何慚愧所謂常慚於人亦愧自身住於一切不善法中常行慚愧成就慚愧遠離不善念求善事身荷重擔種姓清淨無所虧犯時彼善觀作王比丘既從彼佛聞教誨已住於慚愧爲滅一切不善法故勤求精進及以意欲一心迴向住諸善法又令滿足更廣思惟不令忘失專精攝心住於正觀深入法界如是比丘觀法界時不見一法增不見一法減彼既觀法無增減已彼當如是見一切法無有去來彼當如是見一切法無得喪彼當如是見一切法無有生滅彼當如是見一切法無有差别彼當如是見一切法無有異彼當如是見一切法因緣生彼當如是見一切法猶如陽焰彼猶如夢想彼當如是見一切法猶如鏡像彼當如是見一切法猶如形影彼當如是見一切法猶如聲響彼當如是見一切法猶如幻化彼當如是見一切法無有勝負彼當如是見一切法本無優劣彼當如是見一切法不可成就彼當如是見一切法本來不生彼當如是見一切法無有生處彼當如是觀一切法皆悉平等不空見彼既能作如是觀已亦即能作如是修行不久便能得是三昧不空見而彼善觀作王比丘得此三昧已即能成就無礙辯才説諸法義無有窮盡又彼善觀作王比丘即於爾時過六十億百千那由他劫已然後得成阿耨多羅三藐三菩提不空見汝今於此

猶有疑心我爲汝釋令得除斷不空見當知彼時善觀作王捨四天下五欲衆具與彼八萬四千億那由他臣民大衆於彼鴦耆佛世尊所同時出家剃除鬚髮精勤修道者非謂異人汝亦不應更作他觀何以故不空見當知彼時善觀作王比丘今彼蓮華上如來是也又於爾時善觀作王捨四天下一切樂具與八萬四千億那由他臣民大衆鴦耆佛所出家修道住慚愧行正觀諸法一心思惟未幾即便證此三昧也復次不空見以是因緣我於今者慇懃鄭重爲汝宣説此三昧門所作功德甚深廣大不可思議當知非彼不能廣種勝妙善根諸衆生輩而得聽聞而能讀誦受持修行乃至爲他解説義理復次不空見若有諸善男子善女人但能耳聞此三昧者當知彼諸善男子善女人輩終非薄福種少善根也亦非一如來所種諸善根也亦非二三四五諸如來所種諸善根也亦非一十二十三十四十五十乃至非一百諸如來所種諸善根也亦非二百三百乃至千萬億諸如來所種諸善根也如是乃至亦非於無量億百千那由他乃至亦非於無量阿僧祇及過無量阿僧祇爾許諸如來所種諸善根厚集功德而獲聞此寶三昧王名字少分何況當能書寫披讀讃誦受持思量義趣如法修行爲多人衆分別解釋也復次不空見若彼一切善男子善女人輩但得耳聞此菩薩念佛三昧門者應知彼善男子善女人非是薄福種少善根者當知彼諸善男子善女人等即是具足菩薩乘者何以故不空見若人得

聞此三昧王當知彼輩依其次第自然證成阿耨多羅三藐三菩提惟除一切諸漏盡者爾時不空見菩薩白佛言大德世尊所住行阿耨多羅三藐三菩提大德世尊彼等當證此三昧王耶彼佛報言不空見如是如是彼等亦證此三昧王也復次不空見譬如有藥名曰眞正若以其藥用塗軍鼓於鬭陣時以椎擊打假令陣中有爲毒箭刀矟所傷彼藥力故皆即平復安隱無患如是不空見若有善男子善女人但能耳聞此三昧王名字少分者彼等以此三昧名聲威力皆當得成阿耨多羅三藐三菩提惟除漏盡身證之人復次不空見譬如須彌山王四寶所成若諸衆生至其所者即同其色何以故以彼山威光皆同一色如是不空見若彼善男子善女人耳暫聞此寶三昧名彼等皆以三昧名聲威德力故自然速成阿耨多羅三藐三菩提惟除漏盡正位諸富伽羅何以故不空見以此三昧有不思議勝功能故復次不空見譬如一切大河陂池及以諸流皆入大海同一鹹味悉由大海德力弘故如是不空見彼諸善男子善女人但能耳聞此三昧名假令不讀不誦不受不持不修不習不爲他轉不爲他說亦復不能廣分別釋然彼諸善男子善女人皆當次第成就阿耨多羅三藐三菩提何以故以此三昧名聲勝故威德力故復次不空見若有諸善男子善女人誠言時善說時但能誠言及與善說諸佛法門必定當得開示與顯能廣利益諸世間者是名誠言是名善說不空見若彼善男子善女人能得正言

及善說者必定當得無量無邊過阿僧祇不可思議大功德聚何況彼能善說於此菩薩念佛三昧法門所獲功德聚也不空見假使無量無邊恒河沙菩薩摩訶薩復經無量無邊過恒河沙劫數修行布施無暫休廢我若說是所得功德不可思議今更爲汝廣分別說若復有一菩薩摩訶薩能聽受斯念佛三昧若讀誦若受持若少分修行若少分論說所得功德望前布施不可喻比不可稱量不可計校不可算數不可宣說何況有能具足聽受修行演說是功德聚而可校量耶爾時世尊爲重明此義以偈頌曰

我念往昔無量劫　有佛世尊鴦耆羅
一切世間所歸依　具大慈悲演妙法
於彼所見無不知　過去未來悉明了
亦能通達現在事　等見幽微斯覺察
諸佛智慧難思議　憐愍衆生故爲說
愚癡衆生苦煎迫　觀彼一切興悲心
時彼如來有如是　九十九億聲聞衆
咸具自在有生盡　悉共圍遶正法王
彼城東北有園林　具足莊嚴名無畏
如來大仙住於此　兼彼億衆阿羅漢
彼善觀作轉輪王　嚴備寶駕自城出
無量臣民衆圍遶　一切衆生皆愛樂
王覩世尊心寂靜　身口清淨諸根調
具足勝妙諸威儀　彼善觀王轉增敬
王便往詣彼佛所　頭面頂禮世尊足
啓口請佛受其供　世尊許納故默然
王以如來許受故　即勑城內諸臣民
今宜具辦微妙供　吾欲奉獻鴦耆佛

眾事既嚴王親告　惟願哀愍照此時
大師世尊及聖僧　受我今日微末飯
鴦耆如來赴王請　大功德聚廣現神
遂作無量千億光　普照十方諸佛土
彼一一光出無量　百千億數大蓮華
微妙鮮明人喜樂　爲發衆生諸善本
汝不空見知諸華　各出化諸如來形
意念現前人瞻仰　十方同說如斯法
諸行無常亦實苦　復說無我極羸劣
終是破壞不堅牢　孰云智者生貪樂
諸行焚燒如猛火　燄赫烗熾甚難當
鴦耆世尊如如宣　佛爲衆生發深猒
諸天覩斯大神通　百千樂音俱時作
香華自然而雨下　異哉希有難思議
彼王見佛神變故　設諸供事不可量

此四天下可重尊　投棄五欲如脫屣
佛前鬄髮服袈裟　便爾請問微妙定
當住何等勝法已　丈夫能入三昧門
鴦耆世尊如是說　住於二法善思惟
當自證此微妙禪　得不思議最上樂
王蒙彼佛誠實言　深心歡喜觸斯定
常念菩提奉諸佛　即受尊號上蓮華
若能信受如來語　於是經典無復疑
入佛境界深法門　自然得入此三昧
若聞實際不驚疑　於法亦無我人想
勤念奢摩毗婆舍　如是深思觸勝禪
住於慚愧及恭敬　常應修習諸正勤
知已惡現生恥心　證三昧王豈能久
恒觀諸法不見增　亦自弗知諸法減
見一切法如虛空　菩薩智人通達此

諸法非興復非喪　本性清淨常湛然
知一切法同睡夢　如是見者逮三昧
於彼不作差別相　本不見滅亦無生
猶如陽焰及鏡像　能如是見得三昧
法相平等無高卑　亦無存亡及優劣
如彼聲影與幻化　如是見人證三昧
諸法寂然無勝負　不見外相及內心
無有成就復無名　如是見者證三昧
比丘如是專精觀　初中後夜常思惟
頂受尊教於佛所　不久當證此三昧
彼當證此三昧時　已於菩提無缺減
亦見十方一切佛　供養功德大衆生
過是六十億百千　那由他劫修諸行
承事無量諸佛已　然後證彼大菩提
汝不空見今應知　爾時彼王其誰是
智人不當生異見　蓮華上佛即善觀
我今教誡於汝輩　一切世間諸天人
若欲究竟諸法源　當念速淨此三昧
彼必大集功德聚　不可算數難稱量
欲得妙樂不思議　要先淨修此三昧
若欲盡見一切佛　現在未來及十方
或復求轉妙法輪　亦先修習此三昧
若欲圓滿諸妙相　具足衆妙上莊嚴
及求轉生清淨家　必先受持此三昧
汝不空見諸衆生　即欲遠離諸惡道
悉欲知於下生者　應常讀誦此三昧
彼非供養於一佛　亦非二三及四五
乃至億數那由他　方得聞斯勝三昧
彼供諸佛過僧祇　爲證無上大菩提
及衆所欲皆悉得　乃得聞此勝三昧

彼供無量百數佛　過去久種諸善根
常生歡喜尊敬心　方得説此勝三昧
彼事無量千數佛　天中勝天能放光
精勤修習無懈惓　爾乃讃誦三昧經
彼見無量億數佛　無邊淨光若日輪
厚習一切諸善根　然始得聞妙三昧
又如世間攻戰場　其中多有被毒害
彼或遇聞藥鼓音　衆毒消除得安樂
若人説此三昧時　其或得聞勝定者
三昧威力證菩提　非彼漏盡正位人
彼定功德等須彌　若人證時無異相
其或能往到山所　即同其色難別知
若人得聞三昧聲　諸定中勝猶如海
由斯三昧威德力　彼證菩提不復疑
亦如衆流歸大海　大河小河及陂池
等同一味難別知　彼亦如是無異相
若人聞此三昧時　即念十方一切佛
三昧威力登正覺　非彼身證富伽羅
若諸菩薩唯修檀　過於無邊恒沙劫
供養十方一切佛　下及法界諸衆生
如是曠劫行布施　所獲功德雖言多
猶不及説妙定門　起一念慈被一切
三昧善思如慈母　光顯聖德難度量
智人若能一心求　當速成佛具自在

說修習三昧品第十四

爾時不空見菩薩摩訶薩白佛言世尊菩薩摩訶薩具足幾法當能入斯念佛三昧耶佛告不空見菩薩言不空見若諸菩薩摩訶薩具足三法即能入此念佛三昧何等爲三一者具足不貪善根二者具足不瞋善根三者

具足不癡善根若能具足三善根已即得成就六波羅蜜而彼菩薩摩訶薩以能住彼不貪善根故而常行施具足成就檀波羅蜜所生常得家產豐饒財寶具足所須便至永離貧窮有大威德有大勢力其心弘廣無復陋劣自然攝彼貪不善根以能具足諸福德故衆生見者莫不尊敬凡所言說人皆信行不用多功獲此三昧速疾成就阿耨多羅三藐三菩提又彼菩薩以於一切世間天人諸衆生所無有瞋恚忿恨之心故故能具足不瞋善根而常住彼尸波羅蜜羼提波羅蜜能具足滿忍波羅蜜已或逢罵詈謗毀楚撻撾捶割截手足挑髓破腦一切諸苦競來迫切不怒不恨不恚不瞋於是除滅瞋不善根起大慈心徧覆一切衆生界已所生不離諸佛世尊夢寤常安天神衛護刀仗不害毒不能中火不能燒水不能溺常足飲食湯藥衣服卧具種種衆物一切世間天人衆生見者讚美不久即能證此三昧當能速成阿耨多羅三藐三菩提又彼菩薩以能具足無癡善根故長夜修習奢摩他毗婆舍那具足方便善能斷除癡不善根成就微妙甚深智慧於一切法了了分明諸異論門無有罣礙若他問難辯釋無疑不空見是爲菩薩摩訶薩具足三法證此三昧當能速成阿耨多羅三藐三菩提復次不空見菩薩摩訶薩復有三法能入三昧復能速成阿耨多羅三藐三菩提何等爲三一者觀一切行無常如實知二者觀一切行苦如實知三者觀一切法無我如實知菩薩若能如是觀已不久即能入此三昧不

空見是爲菩薩摩訶薩具足三法能證三昧亦速成就阿耨多羅三藐三菩提復次不空見菩薩摩訶薩復有三法能入三昧亦能速證阿耨多羅三藐三菩提何等爲三一者如來現在修諸供養若滅度後或時供養諸佛舍利或以種種上妙香華及以華鬘塗香末香燒衆名香然燈旛蓋寶幢音樂等若自供養或復教他常發誓願願我所生以此供養行願善根令我速得念佛三昧亦當證成阿耨多羅三藐三菩提二者若佛現在及入涅槃讚說如來眞實功德若戒若定若智慧若解脫若解脫知見若威儀若神通若辯才若無諍若慈悲若喜捨及餘世尊諸功德法皆常讚說亦發誓願願我從今讚歎諸佛所獲福聚所得功德藉此善根當令我得念佛三昧復能速成無上道果不空見是爲菩薩摩訶薩成就三法能入三昧亦能速成阿耨多羅三藐三菩提復次不空見菩薩摩訶薩復有三法不久則能成就三昧亦當速證阿耨多羅三藐三菩提何等爲三一者若諸菩薩摩訶薩或從一切佛世尊所聞此三昧眞實功德或時但聞三昧名字即自思念如彼過去諸如來應等正覺本行菩薩求菩提時彼輩皆求如此三昧是以聞此三昧即生隨喜我於今日爲大菩提亦應勤求如是三昧成就具足大利益故是故我今聞此三昧功德名字深生隨喜是名具足第一隨喜法也二者如彼未來一切諸如來應等正覺爲求菩提行菩薩時修此三昧爲大利益是故我今聞此三昧亦生隨喜是名第二具足隨喜法

也三者如今現在所有十方無量無邊諸如來應等正覺現住世者已度諸有已拔習根斷滅語言遠離覺觀證甚深定具大慈悲亦於往昔行菩薩時聞此三昧皆生隨喜我今既獲聞此三昧何獨不可起隨喜乎如是念時深生隨喜是名具足第三隨喜法也不空見是爲菩薩摩訶薩具足成就三種隨喜所獲功德及諸善根願與衆生同證三昧亦速成就阿耨多羅三藐三菩提復次不空見若彼諸善男子善女人輩於此三昧生隨喜時所得功德眞實廣大無量無邊難可稱説我今爲汝引諸譬喻開示少分令汝知耳不空見如此三千大千世界其間所有諸恒河沙若人取彼諸恒河沙聚置一處然後於彼大沙聚中取一一沙末爲微塵然後將此沙之一塵過恒河沙世界更復過彼無量無邊阿僧祇不思議不可稱不可量恒河沙等世界已然後方乃置一微塵如是次第一切沙塵計諸世界悉皆布盡不空見汝意云何假使彼世間人頗能少知世界數不不空見言無也世尊不空見且置是事假使世間聰明智慧第一算師盡其智力及以算術頗能稱量頗能思察復能數知世界數不不空見言無也世尊無也世尊今我所見惟有上座舍利弗及彼不退轉地諸菩薩摩訶薩輩應少髣髴耳佛言不空見若有善男子善女人以上爾所諸世界盛滿七寶及餘衆具持用供養一切衆生不空見汝意云何彼人如是供養行檀所獲功德寧爲多不不空見言甚多世尊無量世尊佛言不空見我更語汝彼善男

子善女人雖能以上一切世界盛滿七寶衆具供施一切衆生功德雖廣然故不及前善男子善女人等聞此三昧寶王名字發起三種隨喜之心誓願迴向阿耨多羅三藐三菩提所得功德何以故不空見以彼三種由多聞生也彼多聞從正說起故不空見由彼正說故能生一切善根即此三昧也何等三昧能生一切善根所謂即此菩薩念佛三昧也又復能生一切善根亦即正說何等正說謂正說時善說是也以是義故彼三種隨喜所獲功德望布施福不可稱量不可校比復次不空見我念往昔過於無量阿僧祇復無量阿僧祇劫爾時世界名動不動彼界有佛號曰寶山莊嚴如來應供等正徧知明行足善逝世間解無上士調御丈夫天人師佛世尊

出興於世得大自在調伏一切具足解脫到彼岸最上最妙最勝無比能爲衆生作大歸依能與衆生爲大覆護能治衆生諸煩惱病通達三世無不明了以自證法爲衆生說其所說法初中後善其義深遠其言巧妙純一無雜具足清白梵行之相爲諸衆生常如是說時彼寶山如來應等正覺住一王城城名伏怨與三十億那由他百千聲聞大衆皆是學人當有所作當有所斷當有所得應受世間天人供養不空見時彼寶山如來從三昧起作如斯念今我此三十億那由他百千聲聞皆是學人所作未辦未到彼岸我於今者應爲此等如法而說當令一切速得漏盡不空見爾時彼寶山莊嚴佛廣現如是大神通事令彼三千大千世界盡皆煙出猛焰熾

然不空見爾時彼聲聞衆觀彼如來廣作如是大神通事見已歡喜踊悅徧身猶如比丘入第四禪彼聲聞衆身心快樂亦復如是復次不空見爾時彼佛於靜夜中顯示如是神通事已因即告彼聲聞衆言汝諸比丘應當觀此三千大千世界滿中煙出又復猛火焰熾炯然諸比丘一切諸行無常亦爾諸比丘一切諸行苦事亦爾諸比丘一切諸法無我我所無有堅牢虚妄不眞可破可壞皆滅盡相諸比丘我今略説一切諸行乃至一切放捨莫著深生猒離自然解脱不空見爾時彼三十億那由他百千聲聞衆等蒙彼如來説如是法如是教誡皆得漏盡通達諸法於諸法中無有罣礙善住諸法度諸疑網於教師所聽受法已於諸法中了無所畏發大聲言如是婆伽婆如是世尊諸行無常如是世尊諸行是苦如是世尊諸法暫住如是世尊諸法破裂不可依止如是世尊諸法熾然猶如草木及以石壁如是世尊一切諸行乃至可放可捨可猒可脱不空見時彼寶山莊嚴如來以如是神通以如是説法以如是教詔三種示現化諸聲聞衆令入三解脱門謂空無相願已復有三十億那由他百千諸菩薩衆皆當得成阿耨多羅三藐三菩提不空見爾時彼佛爲彼三十億那由他百千諸菩薩衆説此三昧寶王如是顯示已復爲彼天人世間作利益故經八萬四千億那由他百千歲轉正法輪已然後於彼無餘涅槃而般涅槃爾時不空見菩薩摩訶薩白佛言世尊彼寶山莊嚴如來現前教化幾菩薩衆彼佛滅度

後法住幾時耶佛告不空見菩薩摩訶薩言不空見於此三千大千世界所有星宿其數可知然後寶山莊嚴如來應等正覺邊際數量難可得知而彼如來般涅槃後正法住世滿八十億那由他百千年像法住世二十億歲其後未幾復有佛出名曰慈行如來應等正覺出現於世壽命無量其佛身量滿一由旬爾時衆生身以量足長六拘盧舍其蓮華狀大者高十三由旬小者猶高六由旬徧滿大地所有衆生往返周旋行住坐卧皆各在於蓮華之上爾時世界名盛蓮華其地柔輭猶如羊毳毛衆生觸者如天妙衣其色光澤狀忉利天黃白之石彼諸衆生等受快樂亦如他化自在天宮彼諸衆生欲度東海瞬息之間便到彼岸南西北海駿速亦然彼諸衆生凡所之從發心即至而彼慈行如來初成佛時其地廣博盡四海邊時彼大地縱廣正等滿八十億那由他百千由旬諸聲聞衆皆悉充滿諸阿羅漢多一坐食惟除侍者阿難及金剛密迹阿斯多等復有八十那由他諸大菩薩摩訶薩衆一切皆住不退轉地彼諸菩薩諮問甚深妙定法門而彼慈行如來爲諸菩薩開發顯示深法門時慈行世尊惟出一音即說斯偈

若人方便求出家　應當一心思妙法
彼必摧壞惡魔軍　猶如香象破草屋
誰求疾成大菩提　應爲世間常說法
而欲淨斯最勝地　此三昧樂則能爲

佛說大方等大集菩薩念佛三昧經卷第九

音釋

矟 所角切矛屬 **鬄** 他力切除鬄也 **髣髴** 髣撫兩切髴敷勿切髣髴猶依俙也 **烔** 徒東切熱貌 **毳** 充稅切細毛也 **瞬** 舒閏切目動也 **駿** 私閏切疾遠也

佛説大方等大集菩薩念佛三昧經卷第十

隋天竺三藏達磨笈多譯

說修習三昧品之餘

時彼慈行如來大化將末有一比丘名曰樹王廣爲衆生說此三昧示教利喜於彼如來應供等正覺滅度之後正法之際有轉輪王名曰天主具足威德有大神通七寳金輪正法治世不空見彼天主王所居大城名曰因陀羅跋帝縱廣正等十二由旬其城内外樓觀臺殿皆以七寳雜色所成復以金廊而覆城上不空見彼城四面各有三門若說其城諸莊嚴事如上所說精進力王善住大城莊嚴華麗殊妙無差也不空見後於一時夜過半已彼天主王睡猶未覺有淨居天下降王所令王夢見即於夢中爲王說此念佛三昧法門名字大王汝應求此念佛三昧何以故若諸菩薩摩訶薩能得成就此三昧者常不遠離諸佛世尊亦於世間出世間文字章句音聲語言皆悉明了具足辯才自然速成阿耨多羅三藐三菩提不空見時天主王夢見天已即便覺寤白彼天言諸天人輩如是三昧誰能持者彼天報曰大王汝寧不聞耶今有比丘名曰樹王現能受持如斯三昧廣爲世間分別演說利益一切人天大衆不空見彼天主王當得聞此三昧名時即能受持思惟觀察并亦誦念彼比丘名過是夜已即於晨朝捨四天下金輪王位亦復棄捨八萬億百千那由他後宫妃后女侍之屬又盡放棄五欲衆具斯皆爲是三昧王故王時復與九十六億百千那由他衆生求彼比丘捨家出

家不空見時彼樹王比丘與四部衆天龍夜叉及人非人周帀圍遶復有九十億欲界諸天左右聽法復有八十那由他諸菩薩衆在前讚説是三昧王分別解釋顯其義趣彼天主王至其所已即以衆寶散比丘上然後方始五體投地一心頂禮彼比丘足又以八十寶箱各容一斛盛滿金華奉散其上復以天華所謂優鉢羅華鉢頭摩華拘物頭華分陀利華曼陀羅華摩訶曼陀羅華用散其上復以天諸妙香所謂天沉水香多伽羅香多摩羅跋牛頭栴檀黑沉水栴檀末香等用散其上廣設如是衆供具已然後請爲比丘弟子即於是日與九十六億百千那由他臣佐民人在比丘前剃除鬚髮服袈裟衣猒世出家皆爲求此妙三昧故是後其天王比丘常得與彼九十六億那由他百千眷屬比丘親近供養恒河沙等諸佛世尊亦皆爲此勝三昧故不空見爾時彼天王比丘經八十四億那由他百千歲以種種衆具供養事彼樹王比丘求此三昧讀誦受持如説修行教諸弟子終不暫懈又彼眷屬比丘大衆勇猛精進亦無倦心不空見彼天王比丘及其眷屬於樹王法師生尊重心起諸佛想聞説妙法一心受持長夜精進初不休息彼樹王比丘皆悉成就彼九十六億百千比丘行菩薩行住不退地然後滅度彼諸眷屬皆亦命終時復有佛名閻浮幢如來應供等正覺出現於世而彼天王比丘與諸眷屬而更於彼閻浮幢如來應供等正覺所勤求諮問如此甚深三昧經典讀誦受持思惟其義如説修行爲他解

釋利益世間一切天人爲證無上大菩提故又彼天王比丘爲此無上勝三昧故廣分別說諸佛所宣甚深經典過三千劫已然後作佛又能教化無量大衆皆得成熟畢竟安住不退轉地悉受阿耨多羅三藐三菩提記佛告不空見汝今當知爾時彼天主王者豈異人乎即今之最上行如來應供等正覺是也是故汝今不應疑惑復次不空見汝當一心思惟觀察此三昧王善根淺深功德少多吾今爲汝少分說耳若彼世間無量無邊億那由他百千衆生但能耳聞此三昧名當來必定成等正覺何況此衆菩薩摩訶薩親於我前或在我後聞我廣說此三昧王若讀誦若受持若思惟義若修行若能爲他稱揚廣說也不空見若有菩薩摩訶薩住菩薩乘聞此三昧經於心耳彼亦不久必當成就阿耨多羅三藐三菩提復有初住菩薩乘諸菩薩等即便速證不退轉地於阿耨多羅三藐三菩提亦不爲遠復次不空見譬如夜分將盡其日未出東方明相始現之時閻浮提人莫不歡喜何以故知彼日輪不久當現廣爲世間作大照明令閻浮人咸得覩見若善若惡淨穢諸色得有所作如是不空見若有善男子善女人者但能聞此念佛三昧經於耳者彼輩不久盡得成於阿耨多羅三藐三菩提是故汝等於此三昧作決定心起不壞信莫生異見勿懷疑網復次不空見如劫將盡彼第六日現世間時如是一切三千大千世界大地盡皆煙出煙既出已當知不久第七日出一切世界皆悉洞然如是不空見若有善男

子善女人或已住彼菩薩乘中及未住者若曾聞此念佛三昧經於耳者或時讀誦或有受持或思惟義或如說行乃至或能爲他廣說彼等決定速得成就阿耨多羅三藐三菩提復次不空見如人穿井若見濕土黏汙手足或時復見水泥雜和智者當知去水不遠如是不空見若有善男子善女人聞此菩薩念佛三昧正意受持諦善思惟分别義理廣爲他人宣揚解釋當知彼諸善男子善女人不久自成阿耨多羅三藐三菩提復次不空見譬如有人吞金剛丸當知是人不久必死何以故彼金剛丸不可消故如是不空見若有善男子善女人但能聽聞如是三昧或復思惟或常親近或亦修習或能宣說當知彼諸善男子善女人不久必成阿耨多羅三藐三菩提何以故此三昧者即是過去現在未來三世一切諸如來應供等正覺思惟修習清淨成就眞實金剛無有虚僞不可破壞復能教化諸菩薩輩令其安住以諸菩薩必能安隱住於大乘故復次不空見譬如三十三天見歡喜園皆生安樂如是不空見彼一切菩薩摩訶薩皆因聞此三昧名字故能速成阿耨多羅三藐三菩提以是三昧法門名字往昔諸佛之所讚歎爲他廣說釋解理義開發顯示名味句身具足圓滿安住法界擁護攝持諸大菩薩教化增長令樂眞道正直淳和常受安樂不空見以是因緣汝應知此若諸菩薩聞此三昧暫經心耳如是諸善男子善女人不久當證阿耨多羅三藐三菩提不空見吾故語汝汝當善知若諸菩薩摩訶薩

聞此甚深念佛三昧能受持者彼等善男子善女人自然疾成阿耨多羅三藐三菩提復次不空見汝應受持如是三昧常念爲彼一切世間比丘比丘尼優婆塞優婆夷及諸國王大臣宰相刹利婆羅門毗舍首陀一切乞士并餘種種外道尼揵遮羅迦波利婆闍迦等班宣廣説何以故以此三昧大威德力能令彼等速成阿耨多羅三藐三菩提故復次不空見若有善男子善女人淨信敬心分明知此念佛三昧過去諸佛之所讚歎一切如來之所印可如是知已當即讀誦當即受持當即修行當即敷演復應當作如是思惟念此三昧爲不思議大功德聚如是思已當更信敬當更尊重當更深入當更證知所以者何今此三昧乃是一切諸佛之所説也一切諸佛之所行處也一切諸佛之所印可也一切諸佛之正教也一切諸佛之辯才也一切諸佛之所覺也一切諸佛之選擇也一切諸佛之所作也一切諸佛之財寶也一切諸佛之府庫也一切諸佛之伏藏也一切諸佛之倉廩也一切諸佛之印璽也一切諸佛之舍利也一切諸佛之體性也不空見若彼善男子善女人等能如是知即得無量無邊善根緣此功德所生常處大刹利家大婆羅門家及餘一切大威勢家大尊重家大德天處乃至當證阿耨多羅三藐三菩提何以故不空見由此三昧具足能得不思議出世間果報聚故不空見彼善男子善女人若但耳聞此三昧名當得無量無邊福聚亦復當作無量無邊福行然彼所得福聚善根福行功德廣

大甚深不可校計不可算數不可稱量不可得知復次不空見言粗若此義尚未明我今爲汝更引譬喻令諸智者少分解之不空見若有菩薩摩訶薩專心信樂修行檀波羅蜜日三時施於日初分以神通力故即令七寶及餘衆具充滿於彼恒沙世界還用奉上恒沙如來應供等正覺及諸弟子聲聞衆等如日初分如是行施日中後分行施亦然日别如是三時行施乃至經彼無量無邊億那由他恒河沙劫而常行是無有休廢亦復求於阿耨多羅三藐三菩提不空見於意云何彼菩薩摩訶薩能於如是長時行施所獲功德可謂多不不空見言甚多世尊無量無邊不可算數不可稱量不可思議也時佛復告不空見菩薩言不空見吾更語汝汝宜諦聽假彼菩薩摩訶薩如是修行檀波羅蜜所種善根所獲福聚實爲廣大然猶不及斯善男子善女人但能耳聞此三昧名或時書寫或時讀誦或時信解如來所説深妙法門少功德也不空見然此善男子善女人但以聞名所獲功德尚超前福無量無邊不可稱量不可校比何況彼善男子善女人具足得聞是三昧能即書寫讀誦受持思惟義理善能爲諸人天大衆宣揚廣釋也不空見汝今當知我但略説三昧功德若欲廣説此定善根假經多劫終不能盡

諸菩薩本行品第十五

爾時不空見菩薩摩訶薩善見菩薩摩訶薩善喜光菩薩摩訶薩無邊見菩薩摩訶薩無邊莊嚴菩薩摩訶薩無邊幢菩薩摩訶薩無

邊光明菩薩摩訶薩無邊稱菩薩摩訶薩無邊邊禪菩薩摩訶薩無邊智菩薩摩訶薩無邊發王菩薩摩訶薩無邊自在王菩薩摩訶薩思惟最勝無邊菩薩摩訶薩思惟一切法意菩薩摩訶薩思惟虛空意菩薩摩訶薩思惟無礙意菩薩摩訶薩無邊寶意菩薩摩訶薩能滅一切怖畏菩薩摩訶薩善淨意菩薩摩訶薩如是等菩薩摩訶薩爲首與九十億那由他百千菩薩摩訶薩俱從座起偏袒右肩右膝著地合掌恭敬而白佛言世尊我等從佛聞是菩薩念佛三昧功德利益我等要當躬自書寫讀誦受持思惟義理廣爲他說亦令他人如說修行何以故我等爲欲攝受阿耨多羅三藐三菩提故世尊我等於此諸佛世尊所說三昧甚深經典令諸衆生聞已歡喜我等亦當益其氣力與其安樂所以者何彼等若能於是大乘修多羅中次第修行聞已書寫讀誦受持分別思惟廣爲他說亦令他人分別解說必得成就阿耨多羅三藐三菩提故爾時世尊知諸菩薩摩訶薩等一心念求遂便微笑諸佛世尊法如是故即微笑時世尊面門放種種光所謂金銀瑠璃玻瓈碼碯硨磲眞珠如是一切諸寶光中各皆復出無量百千異色光明皆自世尊面門而出徧遊十方無量世界上至梵宮還住佛頂如天帝釋建立寶幢端直光華見者歡喜時此三千大千世界莊嚴壯麗微妙無比爾時彼諸菩薩摩訶薩衆見是神變莊嚴事已咸皆驚歎奇哉希有世尊神通於是衆中有一菩薩摩訶薩名如意定智神通即從座起正持

威儀合掌恭敬頂禮世尊已用天沉水香多伽羅香多摩羅跋香牛頭栴檀末栴檀等奉散佛上復以天曼陀羅華摩訶曼陀羅華天優鉢羅華波頭摩華拘物頭華分陀利華雞娑羅華摩訶雞娑羅華等供養世尊已說偈讚曰

世尊調御無倫匹　金色相好具足人
光明威德徧十方　狀若林間開華樹
妙行圓滿智無邊　大威能爲世間益
最勝方便願演說　今復微笑有何緣
世尊無等無邊智　挺超衆類誰能加
無上威德今應宣　何因今日復微笑
今此世界徧大千　華敷盡若帝天樹
一切衆生皆歡喜　今更微笑何所因
盲者能視聾得聞　瘂者得言蹇能步
狂亂失心獲本念　今復微笑何因緣
群獸喜躍悉鳴吼　異鳥歡欣吐清音
衆樂不鼓自然鳴　今者何因復微笑
一切樂音同時作　本非天人之所鼓
而令人天獲安樂　今更微笑何所緣
彼天觀人明照此　斯人今亦見彼天
天人交發希有心　何緣今更現微笑
無上丈夫世依止　大尊今日爲我宣
若聞大慈憐笑者　惟深慶幸豈能報

爾時世尊即爲如意定智神通菩薩摩訶薩宣說大士所有妙問亦即宣彼恒沙諸如來應供等正覺名號其偈詞曰

諸善男子等　聞法王妙聲　彼六十八千
悉發菩提願　亦於當來世　正法毀壞時
世尊自護持　如是深妙典　我聞大名稱

終無有猒倦　不思議法門　諸佛之所説
汝聽我今説　斯諸菩薩衆　非但一佛所
發此誠敬心
我念往昔諸生處　六十六億那由他
爾時皆亦如斯起　惟爲護持此深法
又復過去昔於茲　無量恒沙諸佛所
於彼爲首修虔敬　最上妙法我護持
斯諸大士爲法故　能捨重命豈愛身
其何甘法不憚苦　獨爲菩提無上證
不可思議恒沙數　無量威德諸如來
彼時上首皆敬起　亦惟愛樂斯法故
寶光火光大光佛　電光普光不思議
斯輩三等攝持法　爲求菩提無上道
惟我神力能知汝　果報今日皆明現
不空汝久發斯願　經昔無量百千生
汝於諸佛大師前　不思議行悉圓滿
常業歌讚兩足尊　苦行熏修諸大誓
由往積集勝因緣　今獲偈歎大法王
往昔世尊號善眼　亦名火幢無邊威
斯輩彼時爲上首　欲求無上正覺故
往昔有佛莊嚴王　剎若他化天宮所
斯輩多是勝上士　彼時已就大菩提
過去有佛名放光　亦無邊光無量相
斯輩於彼已爲首　初求如是妙三昧
大摩尼珠火光佛　普光明聚調御師
彼時攝法爲首起　求於菩提安樂故
大光日光不思議　無量精進無邊定
於彼攝法上首起　爲求安樂菩提故
善華香佛及金華　無漏如來無諍行
彼時皆爲護法首　爲求如是上菩提

如是過去諸如來　無邊智尊兩足尊
於彼三種攝持法　祈願最上佛菩提
八萬丈夫通達士　爲證第一妙菩提
斯輩因是勝善根　當來奉侍人中覺
所生常處尊勝家　一切求除諸惡道
斯等集會爲法朋　終不遠離世間覺
長違一切外論師　亦捨一切邪智友
攝諸功德不可說　此福要登於菩提
當來得值彌勒尊　此輩爾時皆集會
於是三業持護法　因此能成勝菩提
復於彌勒涅槃後　有佛師子調御師
亦求彼法三業持　因此得成等正覺
當來千佛無上尊　即是賢劫衆生導
斯等法師世恒說　因證無礙妙色身
過是賢劫諸佛已　復有正覺無量威
更有如來厥號賢　及以世尊毗婆尸
賢與毗婆尸滅後　復有佛出名娑羅
彼時智者皆攝持　廣設衆具與供養
娑羅世尊旣涅槃　有佛如來名觀察
斯輩於彼求法故　而復供養妙法王
觀察如來涅槃已　有佛世尊名徧見
徧見如來涅槃已　有佛厥名蓮華上
華上如來涅槃已　有佛稱名優鉢羅
爾時諸智還求法　承事供養兩足尊
優鉢羅佛涅槃已　有佛世尊名日華
彼華如來涅槃已　有佛世尊號莊嚴
莊嚴如來涅槃已　有佛世尊名勝智
斯輩於彼亦求法　與建供養無有邊
勝智如來涅槃已　有佛世尊名善見
善見如來涅槃已　有佛世尊名善持

善持如來涅槃已　有佛名曰具威儀
彼亦三種法攝持　惟求證斯菩提道
具威儀佛涅槃已　有佛世尊無量威
無量威佛涅槃已　有佛世尊名勝王
勝王如來涅槃已　有佛世尊名現前
現前如來涅槃已　有佛世尊最熾王
爾時此等爲法故　廣設供養不思議
如是未來諸世尊　世間勝智超一切
於已身命無愛悋　但爲求證佛菩提
因藉如斯勝善根　將來奉承勝威德
是佛人中最第一　如彼調御阿彌陀
於彼殊勝世尊所　即欲修證上菩提
爲求法故常精勤　當設無邊妙供養
彼方所有諸世界　遠離衰惱除五塵
惟求法樂利群生　供養億數恒沙佛
當來成佛無邊智　能多利益滅衆苦
爲求安樂諸衆生　供養無量無邊佛
當來成佛大名稱　彼刹莊嚴難思議
盡是衆寶人樂觀　猶安樂國殊廣大
多億那由諸菩薩　咸受佛記人中尊
以不思議諸佛智　如是讚稱大法王
我於今者爲汝說　一切大衆諸天人
其有求於正覺真　終自同彼如來證
若能願樂勝菩提　彼號上人蒙威護
諸天守衛及龍鬼　鳩槃金鳥并夜叉
若欲祈願成菩提　心常樂修佛勝道
世尊哀愍如一子　身金色力智多聞

佛說大方等大集菩薩念佛三昧經卷第十

音釋

因陀羅跋帝梵語也此云天主城又云帝幢跋蒲末切

寤五故切與悟同

黏女廉切著也

璽胥里切印也

蹇居偃切跛也

憚徒按切畏也